Harald Gilbers

Tanzpalast

Roman

KNAUR

Besuchen Sie uns im Internet:
www.droemer-knaur.de

MIX
Papier | Fördert gute Waldnutzung
FSC® C014496

Originalausgabe Juli 2024

Ein Imprint der Verlagsgruppe
Droemer Knaur GmbH & Co. KG, München

Dieses Werk wurde vermittelt durch die
Literarische Agentur Thomas Schlück GmbH, 30161 Hannover.
Redaktion: Ilse Wagner
Covergestaltung: ZERO Werbeagentur, München
Coverabbildung: Collage von ZERO Werbeagentur
unter Verwendung von Motiven von
AKG-Images und Richard Jenkins Photography
Satz: Daniela Schulz, Gilching
Druck und Bindung: GGP Media GmbH, Pößneck
ISBN 978-3-426-53014-6

2 4 5 3 1

1

Dienstag, 23. Mai 1950 –
Mittwoch, 24. Mai 1950

Jeder wusste, dass die Wüste Propheten und Skorpione hervorbrachte. Er fragte sich, was das für die Einöden der Neuzeit bedeutete, die nicht aus Sand, sondern aus Trümmern bestanden. Was brachte zum Beispiel der Moloch namens Berlin hervor? Das Beste oder das Schlimmste? Oder beides gleichzeitig?

Mit hochgeklapptem Kragen und in die Stirn gezogenem Hut schlenderte der Mann den regenfeuchten Ku'damm entlang und hing diesen Gedanken nach. Die Sonne war noch nicht aufgegangen. Ein warmer Tag kündigte sich an. Obwohl die Temperaturen angenehm waren, fiel unentwegt Regen aus den Wolkenmassen. Ziellos streifte der Mann durch die Stadt. Die Angestellten würden frühestens in einer Stunde zur Arbeit strömen. Die leeren Gehsteige kamen ihm gerade recht. Die Unruhe in seinem Inneren war zu groß, um sich auf den Weg zu konzentrieren und Kollisionen zu vermeiden.

Das Gefühl ließ sich schlecht einordnen. Vielleicht war es ja nicht Unruhe, sondern Vorfreude darüber, dass die Frau bald wieder erwachen würde? Dass er eine neue Mission gefunden hatte, die seiner würdig war? Die Straßen waren überfüllt von Götzendienerinnen wie dieser Frau. Wahllos eine von ihnen zu ergreifen fand der Mann jedoch indiskutabel. Es gab den einfachen Weg, und es gab den richtigen Weg. In seinem Leben hatte er sich nie gescheut, den richtigen zu wählen, auch wenn er noch so beschwerlich war.

Im Vorfeld sicherzustellen, dass sein nächster Gast für ihn alle

Voraussetzungen erfüllte, war nur der erste Schritt von vielen. Ein weiterer wichtiger Punkt war die Ergreifung der Frauen. Es musste rasch geschehen und durfte kein Aufsehen erregen. Diese Fertigkeit hatte sich der Mann mittlerweile angeeignet. Doch das allein gab ihm keine Befriedigung. Schließlich handelte es sich dabei nur um die unabdingbare Vorarbeit. Die Ouvertüre zu dem eigentlichen Stück. Erst danach folgte die Phase, auf die es ihm wirklich ankam.

Die Gedanken des Mannes kreisten um die Frage, was geschehen würde, wenn die Frau erkannte, dass sie sich in seinem Gewahrsam befand. Er machte sich keine Illusionen. Zweifellos würde sie es nicht verstehen, genau wie alle anderen vor ihr. Er stellte sich das Entsetzen in ihrem Gesicht vor, wenn sie sich in dem kahlen Zimmer wiederfand und vergeblich an der Tür rüttelte.

Das Licht von Scheinwerfern erfasste den Mann. Ein Auto raste dicht neben ihm durch eine Pfütze und bespritzte seine Beine mit Regenwasser. Viel zu spät sprang der Mann zur Seite. Als er sich mit nassen Schuhen erneut der Straße zuwandte, erkannte er einige Hundert Meter vor sich den Altarraum der Kaiser-Wilhelm-Gedächtniskirche. Vor dem blassen Morgenhimmel waren die zerklüfteten Mauern mehr zu erahnen als zu sehen. Die Fensterhöhlen waren leer, das Dach eingestürzt. Zwei der ehemals drei schmalen Seitentürme standen noch und erinnerten an marode Zahnhälse. Allerdings hatte nicht Karies die Löcher in die Fassade gerissen, sondern schwere Geschütze. Zwischen den beiden Zinnen ragte der massive Hauptturm in die Höhe, nur fehlte dort oben die Spitze mit dem Kruzifix.

Der Mann erstarrte mitten in der Bewegung. Die Sonne würde bald aufgehen. Als er seinen Arm hob, um auf die Armbanduhr zu blicken, begriff er, dass er seit fast einer Stunde unterwegs war. Die Wirkung des Beruhigungsmittels würde in Kürze nachlassen. Schon bald würde die Frau aufwachen. Er musste sich sofort auf den Rückweg machen, wenn er das mitbekommen wollte.

Der Mann beschleunigte seine Schritte. Er liebte es, dabei zuzusehen, wie seine Gäste allmählich ihr Bewusstsein wiedererlangten. Die ersten Stunden nach dem Erwachen waren die wichtigsten. Auf den ersten Blick mochten ihre Reaktionen ähnlich sein, und doch hatte der Mann mit der Zeit ein besonderes Gespür dafür entwickelt, hinter die Fassade des Entsetzens zu blicken. Es gab wertvolle Hinweise darauf, ob seine Arbeit mit den Götzendienerinnen schwerfallen oder einfach sein würde. Letztendlich war es eine Frage der richtigen Herangehensweise. Der Mann hatte unterschiedliche Methoden entwickelt. Selbst wenn die Frauen noch so verstockt sein mochten, bislang war er immer ans Ziel gelangt.

Aus seinen beschleunigten Schritten wurde ein Traben. Schließlich begann er zu rennen. Falls er doch jemandem auf dem leeren Prachtboulevard auffallen sollte, gab es immer noch den plausiblen Grund, dass er in dem prasselnden Regen trocken nach Hause kommen wollte.

Niemand würde die Frage stellen, was dort auf ihn wartete.

Am folgenden Nachmittag fuhr Oppenheimer den Ku'damm entlang. Mit seinem Rad war irgendetwas nicht in Ordnung. Seine Waden brannten wie die Hölle, denn auf den letzten Metern hatte er tüchtig in die Pedale treten müssen, um sich überhaupt noch fortzubewegen. Es begann wieder zu schütten, also schlug er kurzerhand den Lenker ein und bremste in einer überdachten Hofeinfahrt ab.

Wenigstens konnte er hier geschützt vor dem Regen die Reifen begutachten. Ein wenig ungelenk beugte er sich nach vorn und bekam seinen Verdacht augenblicklich bestätigt. Der hintere Reifen war platt. Und mit der Luftpumpe ließ sich da auch nichts mehr machen. In dem Profil klaffte ein langer Riss, sogar der Luftschlauch war durchstochen.

Oppenheimer fluchte still in sich hinein. An dem zusammengeflickten Drahtesel musste er nun ein weiteres Bauteil ersetzen. Von dem ursprünglichen Fahrrad waren nur noch der Rahmen und der Gepäcksattel übrig. Auf jeden Fall konnte er so nicht weiterfahren. Er verwarf seine Idee, das Fahrrad durch den Regen nach Hause zu schieben. Die *Rio Bar* seines guten Freundes Ede erschien ihm als eine bessere Lösung. Sie lag nur wenige Hundert Meter entfernt, und Ede würde ihm sicher erlauben, das fahruntüchtige Rad vorübergehend im Hinterhof abzustellen.

Während Oppenheimer noch den Reifen betrachtete und sich ausrechnete, was ein neuer wohl kosten würde, glitt unweit von ihm eine Limousine an den Straßenrand. Rasch warf er einen Blick zur Seite. Zuerst sah er nur seine eigene Reflexion auf dem polierten schwarzen Lack. Dann erkannte er hinter dem Steuer die scharf umrissene Kontur eines Chauffeurs mit Schirmmütze. Den Fahrer schien es nicht zu kümmern, dass er mit seinem Luxusschlitten die Einfahrt blockierte.

Oppenheimer packte mit beiden Händen den Lenker seines Fahrrads und wollte sich bereits auf den Weg zur *Rio Bar* machen, als ihn eine Frauenstimme zurückhielt.

»Richard? Bist du das?«

Fragend richtete er sich auf. Die hintere Autotür war geöffnet. Eine Dame in einem weißen Kleid beugte sich ihm entgegen.

Erst als unter dem Hut die feuerroten Haare aufblitzten, erkannte Oppenheimer die Frau.

»Rita«, rief er erstaunt. »Wo kommst du denn her?«

Rita winkte ihn zu sich ins Auto. »Ich hab dich gesucht. Komm, mach 'nen Satz!«

Er wies auf sein Rad. »Mir ist gerade ein Malheur passiert. Ich wollte das Rad bei Ede abstellen.«

Rita überlegte kurz. »Also gut. Treffen wir uns eben dort!« Sie lehnte sich zurück und zog mit der gleichen Bewegung die Tür zu.

Ritas Chauffeur musste die breite Straße zunächst weiterfahren, bis er eine Möglichkeit fand, die Schienen der Straßenbahn zu überqueren. Als der Wagen vor der *Rio Bar* anhielt, erwartete Oppenheimer sie bereits. Ohne auf eine erneute Einladung zu warten, sprang er durch den Regen und stieg rasch ein.

Rita grinste. »Kompliment! Hurtig wie eine Gazelle.«

»Mach dich nur lustig über mich.« Oppenheimer seufzte. Er war Ritas Frotzelei gewohnt. Seitdem sie in der *Rio Bar* ihr Geld als Stripteasetänzerin verdient hatte, schien sich das nicht geändert zu haben.

Oppenheimer bemerkte die Ledersitze. Sofort machte er Anstalten, seinen feuchten Mantel auszuziehen, doch Rita winkte ab.

»Lass mal. Nachher wischt Marius drüber, dafür wird er ja bezahlt.«

Damit schien sie den Chauffeur zu meinen, der Oppenheimer im Rückspiegel auch prompt einen strengen Blick zuwarf. Er schloss die Tür, und Marius ließ die Kupplung kommen. Eingeschüchtert lehnte sich Oppenheimer zurück und warf Rita einen langen Seitenblick zu. Ihre grünen Augen blitzten verschmitzt. In einer derart eleganten Aufmachung hatte er sie bislang noch nie gesehen. Er kannte sich mit Kleidern nicht aus, doch der schimmernde Stoff war keine Billigware.

Die Narbe auf Ritas Wange war dick überschminkt, sodass sie im gedämpften Licht des Regentags kaum auffiel. Damals war sie in eine Konfrontation zwischen Ede und einer Bande russischer Deserteure um die Kontrolle der Unterwelt geraten. Wie bei allen Berlinern hatte das Kriegsende auch bei Rita Spuren hinterlassen. Doch aufkeimende Gedanken an die unschöne Vergangenheit wurden von ihnen meistens ignoriert. Und vor allem jetzt, wo sich das Leben in der Stadt wieder ein wenig normalisiert hatte.

Nachdem die Sowjetadministration vor etwas mehr als einem Jahr die Blockade der westlichen Stadtsektoren aufgehoben hatte, wurde Ende September schließlich auch die Luftbrücke offiziell wieder eingestellt. Obwohl die Versorgungstransporte nach Berlin auf ihrer Route quer durch das sowjetisch kontrollierte Territorium auch weiterhin behindert wurden, durfte fortan alles verkauft werden, was in die Läden gelangte. Die Lebensmittelrationierung, die seit Beginn des Krieges den Alltag weitgehend bestimmt hatte, war endlich vorbei.

Überschattet wurden diese Erleichterungen allerdings unverändert von der Konfrontation der Großmächte. Oppenheimer ahnte, dass die Einstellung der Blockade nur eine Galgenfrist bedeutete, bis die Feindseligkeiten von Neuem hochkochen würden. Mittlerweile gab es offiziell zwei deutsche Staaten: im Westen die Bundesrepublik Deutschland und im Osten die Deutsche Demokratische Republik. Eine Wiedervereinigung der zerstrittenen Brüder zu einem gesamtdeutschen Staat wurde von der Bevölkerung zwar herbeigesehnt, erschien jedoch zunehmend unwahrscheinlich. West und Ost hatten sich in den letzten Jahren politisch und wirtschaftlich ohnehin auseinanderentwickelt. Diese Spaltung war jetzt auch formal endgültig besiegelt.

Oppenheimer war nicht wirklich überrascht, Rita plötzlich mitten in Berlin in einer teuren Limousine zu begegnen. Schließlich war sie eine Überlebenskünstlerin. Und doch wunderte er sich, wie es dazu gekommen war.

»Du bist also auf die Butterseite gefallen?«, fragte er.

»Wie man es nimmt«, antwortete Rita leichthin. »Ich hab ’nen Sponsor gefunden. Er ist ein ganz hoher Offizier von den Amis. It’s really a big deal! Jetzt muss ich mich nicht mehr vom fremden Pöbel anglotzen lassen. Ich gebe nur noch Privatvorstellungen!«

Beifall heischend wandte sie sich ihm zu. Oppenheimer fiel auf Anhieb keine intelligente Antwort ein, also stellte er fest: »Du hast also einen Liebhaber der schönen Künste gefunden.«

»Na ja, 'n Zuckerschlecken isset auch nicht grade. Die Männer sind alle gleich gestrickt. Whatever, wenigstens ist mein Ami nicht nur anspruchsvoll, sondern auch spendabel.«

Oppenheimer freute sich für Rita und auch für sich selbst, da ihm das Schicksal nun im strömenden Regen eine unerwartet komfortable Mitfahrgelegenheit bescherte. Hinter den Seitenfenstern glitt der Boulevard des Ku'damms vorbei. Weil der Chauffeur einfach stur geradeaus fuhr, fragte Oppenheimer: »Wohin fahren wir überhaupt?«

»No idea«, antwortete Rita ihm auf Englisch. »Musst du wohin?«

Oppenheimer zuckte mit den Schultern. »Eigentlich bin ich auf dem Nachhauseweg.«

Rita ließ sich die Adresse geben und beugte sich dann vor, um ein paar Worte mit Marius zu wechseln, dann sank sie wieder in den weichen Sitz zurück. »Schon erledigt! Wir sind auf dem Weg.«

Einige Augenblicke später setzte ihr Fahrer bereits den Winker und bremste ab, um zum Fehrbelliner Platz abzubiegen.

Rita fuhr im Plauderton fort: »Und was ist mit dir? Bei Ede arbeitest du nicht mehr?«

Oppenheimer schüttelte den Kopf. Unmittelbar nach dem Krieg hatte er ein paar Monate bei Edes Stripteaseshows als Beleuchter gearbeitet, und das auch nur, weil es keine andere Stelle für ihn gegeben hatte. »Nein, ich bin schon längst wieder bei der Kripo. Du hast mich grade an meinem freien Tag erwischt.«

Die weiteren Details ersparte er Rita. Nach einem besonders vertrackten Mordfall hatte er vom Dienststellenleiter Seeßlen endlich die Erlaubnis bekommen, einen Teil seiner angesammelten

Urlaubstage zu nehmen. Trotzdem stand ihm an diesem Wochenende ein außerplanmäßiger Einsatz bevor, weil im Ostteil der Stadt ein dreitägiges Deutschlandtreffen der kommunistischen Jugendorganisation FDJ angesetzt war. Es waren große Propagandaveranstaltungen geplant, die Teilnehmerzahl wurde vorab auf eine halbe Million geschätzt. Hartnäckige Gerüchte kursierten, dass auch ein Aufmarsch in den westlichen Stadtsektoren auf dem Programm stand, was zweifelsohne eine Menge Stunk verursachen würde. In dieser aufgeheizten Situation erschien alles denkbar, selbst handgreifliche Auseinandersetzungen. Und so waren Oppenheimer und einige seiner Kollegen zum Bereitschaftsdienst verdonnert worden.

Rita nickte. »Du bist also wieder Bulle? Sehr gut, darauf hatte ich gehofft.«

Oppenheimer stutzte, denn ihm war nicht bewusst gewesen, dass Rita von seinem angestammten Beruf überhaupt eine Ahnung hatte.

»Du musst mir helfen«, fuhr sie fort. Plötzlich klang sie nicht mehr so unbeschwert. »Du hast ja sicher gute Kontakte, nicht wahr? Eigentlich geht es nicht um mich, sondern um eine Freundin.«

»Ich bin bei der Mordkommission.« Als er Ritas bestürztes Gesicht sah, lachte er auf. »Ich möchte nicht hoffen, dass du einen dringenden Bedarf hast, der in mein Metier fällt. Aber natürlich kann ich mich für dich umhören. Worum handelt es sich?«

»Ich habe keine Ahnung, ob es sich um einen Mord dreht. Und genau das ist es ja. Ich weiß gar nichts und werde langsam verrückt!«

Oppenheimer legte ihr die Hand auf den Arm, woraufhin sie sich wieder beruhigte.

»Meine Freundin Lotte ist verschwunden. Am Montagabend habe ich sie noch gesehen. Heute wollte ich sie treffen, aber sie ist nicht aufgetaucht. Das sieht ihr nicht ähnlich, also habe ich mich bei Bekannten erkundigt. Seit gestern hat sie niemand mehr gesehen.«

Rita war bisher immer ausgesprochen optimistisch gewesen. Wenn sie jetzt den Teufel an die Wand malte, musste die Angelegenheit tatsächlich ernst sein. Wie auch sonst in einer solchen Situation versuchte Oppenheimer instinktiv zu beschwichtigen.

»Ihr Verschwinden könnte viele Gründe haben. Vielleicht wollte sie in den Ostsektor und wurde dort aufgehalten. Oder sie ist überraschend verreist.«

Rita schüttelte entschieden den Kopf. »Lotte verreist nicht, ohne alles drei Monate im Voraus zu planen. Sie ist keine spontane Person. Deshalb verstehe ich es nicht. Wenn sie ein Treffen arrangiert und dann ohne einen Pieps nicht auftaucht, das ist schon verflucht merkwürdig, wenn man Lotte kennt!«

Oppenheimer nickte. »Wir können sofort auf der nächsten Polizeiwache eine Vermisstenanzeige aufgeben. Das müsstest du in jedem Fall selbst machen, weil du eine Bekannte von Lotte bist.«

»Und bringt das auch was?«

»Das kann man nicht wissen. In den meisten Fällen ist es nur ein Missverständnis, und die Vermissten tauchen nach einer kurzen Zeit wieder auf. Es gibt einfach zu viele Fälle, um sie alle lückenlos zu bearbeiten. Eine Fahndung wird normalerweise nur bei der begründeten Annahme eingeleitet, dass sich die vermisste Person in Lebensgefahr befindet. Gibt es denn einen Hinweis für eine solche Gefahr? Ich nehme an, dass Lotte nicht hilflos oder suizidgefährdet ist?«

Mit gerunzelter Stirn starrte Rita ihn an. »Nein, das gerade nicht. Aber es gibt die Möglichkeit, dass sie Opfer einer Straftat geworden ist.«

»Wurde etwa in Lottes Wohnung eingebrochen?«

Erneut schüttelte Rita den Kopf. »Sie ist in einer Position, die andere Leute ausnützen könnten.« Sie beugte sich vor und sagte mit gesenkter Stimme: »Sie hat sich auch ’nen Ami geangelt. Na ja, du weißt ja, was die Leute so denken. Alles Idioten, Amis sind in deren Augen ja sofort steinreich und so ...«

»Du gehst also von einem Erpressungsversuch aus?«

Rita erhob entschuldigend die Hände. »Einen anderen Reim kann ich mir darauf nicht machen!«

Oppenheimer schob den Hut in den Nacken und rieb sich die feuchte Stirn. Der Chauffeur lenkte das Auto gerade über die Kolonnenbrücke. Nur noch wenige Hundert Meter trennten sie von Oppenheimers Einzimmerwohnung in der Villa seiner guten Freundin Hilde. Kurz entschlossen rückte er auf die vordere Kante des Sitzes und klopfte an die Trennscheibe. Mit einer routinierten Bewegung schob Marius das Glas zur Seite.

»Wir fahren jetzt doch weiter«, kündigte Oppenheimer an. »Zum Polizeipräsidium in der Friesenstraße!«

Bereits eine Stunde später befanden sie sich wieder auf der Rückfahrt. Es war Oppenheimer gelungen, die Angelegenheit schnell zu regeln. In der Polizeiwache wurde ihm bestätigt, dass Lottes Hausverwalter bereits eine Vermisstenanzeige aufgegeben hatte. Seinen Kollegen bei der Kripo wiederum war nichts von einer Lösegeldforderung bekannt.

Oppenheimer nutzte die Abgeschiedenheit der geräumigen Limousine, um sich bei Rita nach weiteren Details über ihre verschwundene Freundin zu erkundigen. Ihren Angaben zufolge hieß Lottes Liebhaber Wharton und bekleidete den Rang eines Lieutenant Colonel. Wenn es sich bei der Angelegenheit tatsächlich um einen erpresserischen Menschenraub handelte, würden die Entführer zuerst ihn kontaktieren. Zur Westberliner Kripo war nichts durchgesickert, also mutmaßte Oppenheimer, dass

Wharton entweder stillschweigend zahlen wollte oder bereits die amerikanische Militärpolizei eingeschaltet hatte.

Rita konnte diese Frage nicht beantworten.

»Den Wharton habe ich vielleicht zwei- oder dreimal bei einem Dinner gesehen«, erklärte sie. »Wir haben nur ein paar Floskeln gewechselt. Er scheint recht knickrig zu sein. Lotte hat sich wiederholt beklagt, wie knapp sie bei Kasse ist. Wenigstens zahlt er ihre Miete. Obwohl sie nicht zusammenleben, ist Lotte für ihn hier in Berlin so eine Art Zweitfrau. Gelegentlich begleitet sie ihn sogar zu offiziellen Anlässen.«

Oppenheimer runzelte die Stirn. »Und die anderen Offiziere denken sich nichts dabei?«

»Die Jungs sind doch fern der Heimat!« Rita lachte auf und schüttelte über Oppenheimers Naivität den Kopf. »Fast alle von ihnen halten das so. Gentleman's Agreement, verstehste?«

»Auf jeden Fall scheint Wharton nicht jemand zu sein, der freiwillig einen großen Geldbetrag hinlegt. Selbst wenn seine Begleiterin entführt wird.«

»Kann sein. Wie gesagt, ich kenne ihn nicht so gut.«

Das alles hörte sich für Oppenheimer so an, als würde er von Wharton persönlich wohl die besten Hinweise bekommen.

Unruhig rutschte er auf dem Ledersitz herum. »Wie komme ich an diesen Wharton heran? Wie ich dich kenne, hast du sicher Kontakte, die du anzapfen könntest.«

»Du willst den Fall also übernehmen?«

»Nicht so eilig. Wir wissen noch nicht, ob es überhaupt ein Fall ist. Aber ich werde mir die Sache mal anschauen.«

Als Rita laut jauchzend Oppenheimer um den Hals fiel, rutschte ihm fast der Hut vom Kopf.

2

Mittwoch, 24. Mai 1950

In Hildes Villa angekommen, hängte Oppenheimer seinen regenfeuchten Mantel sofort an die Garderobe. Die holzgetäfelte Vorhalle, in der er stand, war seiner Meinung nach eine Monstrosität. Aber das traf auf nahezu alles in diesem Haus zu, denn der verblichene Erbonkel seiner guten Freundin hatte beim Bau des riesigen Kastens an nichts gespart. Um von einem Zimmer zum nächsten zu gelangen, musste man lange Korridore entlangwandern. Selbst für eine Großfamilie war die Villa zu groß, in den zahlreichen Einzelzimmern wiederum gab es gerade mal ausreichend Platz für zwei Personen und ein Doppelbett. Auch Hilde hatte das als frischgebackene Eigentümerin der Villa rasch erkannt und die beste Lösung gefunden. Sie selbst war in das viel gemütlichere Chauffeurhäuschen nebenan gezogen, um die einzelnen Zimmer im Hauptgebäude vermieten zu können.

Oppenheimers Mitbewohner waren an diesem Nachmittag nicht zu sehen. Vermutlich befanden sie sich in ihren Zimmern oder in der Kellerküche, dem eigentlichen Treffpunkt für die Mieter. Da Oppenheimer sich nach seiner Radfahrt im Regen immer noch etwas klamm fühlte, lief er über die Holztreppe ins erste Stockwerk, um sich in seinem Zimmer trockene Kleidung anzuziehen. Lisa würde bald kommen, und er wollte seine freie Zeit nutzen, um mit seiner Frau gemeinsam zu Abend zu essen. Oppenheimer freute sich auf diesen ungewohnten Luxus, denn meistens hielten ihn seine Ermittlungen so sehr auf Trab, dass er unterwegs aß, wenn er gerade mal daran dachte.

An sich hätte er dünn wie eine Spargelstange sein müssen. In der langen Zeit der Rationierungen hatte es für die Bevölkerung meistens nur künstliche Ersatzlebensmittel und Kartoffeln in allen erdenklichen Varianten gegeben. Und Oppenheimer hatte während des Dritten Reichs als Jude extra geringere Zuteilungen bekommen, ehe er schließlich mit Hildes Unterstützung untergetaucht war, was ihn vor den Vernichtungslagern der Nationalsozialisten rettete. Jetzt war in den Läden alles wieder zu bekommen, und Oppenheimer fand, dass es viel nachzuholen gab. In der letzten Zeit hatte er eine verhängnisvolle Vorliebe für Kuchenbrot entwickelt, das prächtig zu rabenschwarzem Kaffee passte. Sein Bild im Spiegel des Kleiderschranks zeigte immer noch eine kantige Schulterpartie, allerdings gesellte sich mittlerweile knapp über dem Hosenbund ein Rettungsring dazu.

Lisa bewahrte ihre Vorräte nicht in der Kellerküche auf, sondern in ihrem Zimmer. Nachdem sich herausgestellt hatte, dass sogar diese Vorsichtsmaßnahme die Langfinger unter den Nachbarn nicht abschreckte, war es Oppenheimer zu bunt geworden, und er hatte die begehrten Lebensmittelkonserven aus den CARE-Paketen seiner Schwester bei Hilde verstaut, sodass sich in ihrem Zimmer nur noch angebrochene Waren und Essensreste befanden, die später aufgewärmt wurden. Oppenheimer öffnete die Kommode, in der sie gelagert waren. In der abgedeckten Kasserolle befand sich der Rest der gestrigen Graupensuppe. Bereits bei dem Gedanken daran lief ihm das Wasser im Mund zusammen. Aber es würde für sie beide nicht mehr ganz ausreichen, und von dem Brot war nur noch ein schmales Endstück übrig.

Oppenheimer beschloss, eine kurze Stippvisite beim Bäcker zu machen, um einen neuen Laib zu kaufen. Eine Dreiviertelstunde später kehrte er mit einem vollen Einkaufsnetz zurück, denn er hatte noch andere Leckereien gefunden, auf die er nicht verzichten wollte.

Er verstaute die Backwaren in seinem Zimmer und lief dann nach unten mit der Absicht, in der Kellerküche eine Kanne Ersatzkaffee aufzubrühen. Oppenheimer kam nur bis in die Vorhalle, denn dort wartete Besuch auf ihn.

»Ah, Herr Oppenheimer«, schallte ihm bereits auf der Treppe die Stimme seiner Mitbewohnerin Frau Schmude entgegen. »Besuch für Sie. Ich wollte Sie gerade holen!«

Die Frau war Mitte vierzig und eine elegante Erscheinung. Mit ihrer aufrechten Haltung und den hochtoupierten blonden Haaren war ein größerer Kontrast zu ihrem Begleiter kaum denkbar. Es handelte sich um einen grauen Herrn mit einer Augenklappe und einer penibel gebundenen Krawatte.

Oppenheimer blieb überrascht stehen und lachte auf.

»Herr Furmannek, was führt Sie hierher?«

Furmannek wirkte eigenartig bedrückt. An diesem Tag ähnelte er mehr wie sonst einem Leichenbestatter. »Herr Oppenheimer, ich bin hier, um eine Angelegenheit zu regeln.« Nach einem raschen Seitenblick zu Frau Schmude fügte er hinzu: »Eine Behördenangelegenheit, vertraulich.«

Frau Schmude verstand den Wink mit dem Zaunpfahl, entschuldigte sich und verschwand in den Keller.

Vor vier Jahren hatte Oppenheimer eine Weile für den *Deutschen Suchdienst* gearbeitet, der Kriegsheimkehrer mit ihren Familien zusammenführte, und Furmannek war dort sein Kollege gewesen. Oppenheimer bekam ein flaues Gefühl im Magen, denn er ahnte, dass sich die Angelegenheit nur um ihr Ziehkind Theo drehen konnte.

In der Küche war es sicher für ein vertrauliches Gespräch zu voll, also führte er Furmannek notgedrungen in sein Zimmer.

Um Konversation zu machen, fragte er auf der Treppe: »Und arbeiten Sie immer noch beim *Suchdienst?*«

Furmannek seufzte schwer. »Die Arbeit geht uns leider nicht

aus. Die Westmächte haben die deutschen Kriegsgefangenen mittlerweile zurückgeschickt, und doch bleiben immer noch viele verschollen. Die Sowjets behaupten, dass sie ebenfalls alle Deutschen freigelassen hätten, aber nur zwei Millionen sind zurückgekehrt. Also sind anderthalb Millionen Männer spurlos verschwunden. Das gibt Anlass zu den schlimmsten Befürchtungen.«

Oppenheimer brummte zustimmend. Da er in einem Speziallager für feindliche Elemente die Willkür des stalinistischen Staatsapparates am eigenen Leib erfahren hatte, wunderte es ihn nicht, dass viele Gefangene eine solche Tortur nicht überlebten und der Kreml alles daransetzen würde, um das zu vertuschen.

In seinem Zimmer bot er Furmannek einen Stuhl an dem kleinen Tisch vor dem Dachfenster an. Als guter Gastgeber holte Oppenheimer das in Wachspapier eingeschlagene Gebäck hervor. Noch ehe er Furmannek ein Stück anbieten konnte, sagte dieser: »Es geht um Ihr Ziehkind. Theo Kallinich heißt er, wenn ich mich recht entsinne?«

Oppenheimer blieb, ein Stück Kuchenbrot in der Hand, stehen und starrte Furmannek an. Dieser sagte erst einmal nichts mehr, also fragte er: »Hat sich etwa ein Familienmitglied gemeldet?«

»Es scheint zumindest so«, antwortete Furmannek vorsichtig. Er rückte den steifen Kragen seines Hemds zurecht, obwohl dieser tadellos saß. »Ein Mann ist aus Russland zurückgekommen, ein gewisser Meinolf Kallinich. Er behauptet, dass Theo sein Sohn ist.«

Plötzlich wurde es Oppenheimer schwindlig. Es fühlte sich so an, als würde die ganze Energie aus ihm entweichen. Im letzten Augenblick ergriff er die Lehne des zweiten Stuhls und ließ sich darauf fallen.

Furmannek war aufgesprungen und stand bereits neben ihm. »Mein Gott, Herr Oppenheimer, geht es Ihnen gut?«

Oppenheimer rang keuchend nach Luft. In seinem Brustkorb stach es.

»Es geht schon«, ächzte er. »Ich muss nur ein bisschen sitzen. Könnten Sie mir vielleicht aus dem Bad ein Glas Wasser holen?«

Furmannek brauchte nicht lange, um einen gefüllten Zahnputzbecher zu bringen. Oppenheimer trank einen Schluck und atmete tief durch. Konfrontiert mit Furmanneks besorgtem Blick, wiegelte er ab: »Dieses verrückte Wetter. Mein Kreislauf macht das nicht mit.«

Furmannek nickte, doch er schien nicht überzeugt zu sein.

Mit heiserer Stimme fragte Oppenheimer: »Ist es sicher? Dass dieser Mann Theos Vater ist? Wurden die Personalien überprüft? Kann er überhaupt Papiere vorlegen?«

Ehe er antwortete, setzte sich Furmannek wieder auf seinen Platz. »Nur keine unnötige Aufregung, Herr Oppenheimer. Die Überprüfung steht noch aus, und Sie wissen ja, wie gründlich wir vorgehen. Zumindest seine bisherigen Angaben stimmen so weit. Herr Kallinich wird nach Berlin kommen, und dann gehen wir alles durch.«

Oppenheimer schaute aus dem Fenster nach draußen. Aus dem wolkenverhangenen Himmel fielen wieder Regentropfen.

»Ich hatte doch für Theo bereits eine Anfrage gestartet«, murmelte er. »Seine Mutter wurde noch nicht aufgespürt?«

Furmannek runzelte die Stirn. »Weder die Mutter noch andere Verwandte haben sich bei uns gemeldet. Herr Kallinich ist unser erster Kontakt.«

Nachdem Furmannek versprochen hatte, ihn auf dem Laufenden zu halten, verabschiedete er sich. Oppenheimer hatte den ersten Schock so weit verarbeitet, dass er wieder klar denken konnte. An sich war damit zu rechnen gewesen, dass sich früher oder später ein Verwandter von Theo melden würde. Jetzt war das Unvermeidliche eben geschehen, und sie mussten das Beste daraus machen.

Der Schwächeanfall war vorüber, und Oppenheimer ahnte, dass er sich doch nur wieder aufregen würde, wenn er in seinem Zimmer blieb und düsteren Gedanken nachhing. Eine viel bessere Idee war es, nach unten zu gehen und den Ersatzkaffee aufzusetzen.

Noch ehe das Wasser zu kochen begann, erschien Lisa in der Kellerküche. Wie üblich trug sie noch die dunkelblaue Uniform der britischen Luftfahrtgesellschaft *British European Airways*. Oppenheimer fand, dass sie mit dem steifen Pillbox-Hut auf ihren dunkelbraunen Haaren überaus vornehm wirkte. Lisa war am Flughafen Gatow eingesetzt und musste jeden Tag fast drei Stunden in der Bahn zubringen, um zur Arbeit und zurück zu kommen. Trotz ihrer Erschöpfung zuckte sie bei Oppenheimers Anblick zusammen.

»Warum bist du so bleich?«, fragte sie.

Frau Schneider befand sich mit ihren zahlreichen Kindern ebenfalls in der Küche. Sie stand am Herd und bereitete das Essen zu, was sie aber nicht daran hinderte, neugierig die Ohren zu spitzen. Trotz der indiskreten Zuhörerin glaubte Oppenheimer, Lisa eine Erklärung schuldig zu sein. Noch ehe er eine Andeutung machen konnte, drängelte bereits Theo um sie herum. Der Junge polterte zu seinem angestammten Platz am langen Küchentisch.

Oppenheimer stand auf, strich mit der Hand über Theos Wuschelkopf und näherte sich Lisa. Er küsste sie auf die Wange und wisperte dann: »Der Furmannek war hier.«

Lisa riss die Augen auf, denn sie wusste genau, was dieser Besuch zu bedeuten hatte. Oppenheimer bestätigte ihren Verdacht mit einem angedeuteten Nicken und ging dann zu dem pfeifenden Wasserkessel, um den Ersatzkaffee aufzugießen.

Es gelang Lisa, ihren Schrecken zu überspielen. Nach einer Tasse von dem Muckefuck verschwand sie nach oben, um sich umzuziehen, und kam mit der Graupensuppe und dem frischen

Brot zurück. Ahnungslos schaufelte Theo das Essen in sich hinein. Zwischen den einzelnen Happen erzählte er von den Abenteuern, die er an diesem Tag erlebt hatte.

Er war jetzt um die zwölf Jahre alt, mehr wussten sie nicht, denn auf Theos Flucht aus Ostpreußen waren in Berlin mit seiner Mutter und der Schwester auch alle Papiere verloren gegangen. Um sich etwas Taschengeld dazuzuverdienen, betrieb er am Potsdamer Platz einen privaten Postdienst. Er hatte mittlerweile zahlreiche Kunden, für die er Briefe über die Sektorengrenze transportierte und dort in die Briefkästen warf, was eine große Zeitersparnis mit sich brachte und die Zensoren im Ostsektor umging. Ein Großteil seines Geschäfts bestand mittlerweile darin, Zeitschriften aus dem Westsektor zu schmuggeln, für die im Ostteil der Stadt ein offizielles Verkaufsverbot galt. Allerdings war dieses Geschäftsmodell nicht ganz ungefährlich. Obwohl ein fixes Kerlchen wie Theo unverdächtig aussah, bestand doch die reale Gefahr, von einem Grenzpolizisten geschnappt zu werden. Oppenheimer hatte gehofft, dass ihm der Nebenerwerb mit der Zeit langweilig werden würde, doch aufgrund der verhärteten Fronten zwischen Ost und West begann Theos Geschäft jetzt erst so richtig zu florieren.

Mit einem nachsichtigen Lächeln hörte Lisa ihrem Schützling zu. Nur der unstete Blick verriet ihre Anspannung. Zweifelsohne plagten sie dieselben Gedanken wie Oppenheimer. Ihre kleine Ersatzfamilie, an die sie sich in den letzten dreieinhalb Jahren gewöhnt hatten, war jetzt bedroht.

Oppenheimer versuchte, es positiv zu sehen. Anstatt Trübsal zu blasen, sollten sie lieber für Theo froh sein, dass er seinen leiblichen Vater wiedersehen konnte.

Andererseits wussten sie nichts über diesen Mann. Niemand konnte garantieren, dass der Vater überhaupt dazu geeignet war, seinen Sohn großzuziehen. Und auch für Theo würde er mittlerweile ein Fremder sein, an den er sich nicht mehr erinnern konnte. In diesem Fall war es für den Jungen womöglich am besten, bei ihnen zu bleiben.

Sosehr Oppenheimer auch nach einem Ausweg suchte, über ihnen hing jetzt wie ein Damoklesschwert die Einsicht, dass die Zeit des unbeschwerten Zusammenlebens abgelaufen war.

Lotte schrak auf. Ihr Gesicht war zu einer Maske des Entsetzens verzerrt. Das Herz raste. Ihre Arme und Beine waren angewinkelt in der Erwartung, dass sich eine Nachtgestalt über sie beugte und nach ihren Beinen griff, um sie in die Unterwelt zu zerren.

Doch sie war allein. Zumindest vorläufig.

Als sich ihr Körper wieder entspannte, vernahm sie unter sich das Quietschen rostiger Bettfedern. Und jetzt spürte Lotte auch wieder das schmerzhafte Pulsieren in ihrem linken Fußknöchel.

Mit etwas Verspätung kam ihr auch das kahle Zimmer bekannt vor. Das Verlies, in dem sie eingesperrt war.

In ihrem Gedächtnis gab es Lücken, insbesondere konnte sich Lotte nicht mehr genau an die Einzelheiten ihrer Entführung erinnern. Sie war bereits das zweite Mal in Gefangenschaft wach geworden. Der Sonnenschein hinter dem vergitterten Fenster warf ein helles Rechteck an die gegenüberliegende Wand. Der langsam wandernde Lichtfleck war der einzige Hinweis darauf, dass die Stunden vergingen. Leider konnte Lotte nicht hinaussehen, denn das Fenster befand sich in mehr als zwei Metern Höhe. Sie war von der Außenwelt abgeschnitten. Allein und doch nicht allein.

Denn es gab noch ihn. Den Beobachter.

Bei dem Gedanken begann Lotte zu frösteln. Obwohl sie zu entkräftet war, um sich aufzurichten, strengte sie sich an, ihren Kopf so weit zu bewegen, dass sie die Tür im Auge behalten konnte. Sie bestand aus Holz und war mit Metallbeschlägen verstärkt.

Auf Augenhöhe befand sich eine verschließbare Scharte und direkt über dem Boden eine zweite.

Als sie das erste Mal aufgewacht war, um sich in einer fremden Umgebung wiederzufinden, hatte der Mann bereits hinter der Tür verharrt. Durch die geöffnete Luke waren seine Augen starr auf Lotte gerichtet und registrierten die geringsten Bewegungen von ihr. Obwohl sie bis auf das Augenpaar nichts von ihrem Entführer gesehen hatte, war es ihr so vorgekommen, als amüsierten ihn ihre Furcht und Orientierungslosigkeit. Der Mann vor der Tür konnte nur ihr Entführer sein. Sonst kam niemand anders infrage.

Heute stand er nicht dort. Die Scharte war verschlossen.

Die Öffnung am Boden hingegen war immer noch weit geöffnet. Lotte erinnerte sich daran, dass ihr der Entführer gestern einen Teller mit einer Mahlzeit und einen Becher Wasser dort hindurchgeschoben hatte. Der Durst und der Hunger waren so groß gewesen, dass sie das Essen restlos vertilgte.

Dabei war ihr zum ersten Mal bewusst geworden, dass etwas nicht zusammenpasste. Denn das war keine karge Gefängniskost gewesen, sondern Corned Beef – für die ausgehungerten Berliner eine begehrte Delikatesse. Der Gedanke schien geradezu absurd, die kostbare Fleischkonserve an eine Gefangene zu verschwenden.

Lotte fühlte sich eigenartig matt und vermutete, dass etwas im Essen gewesen war. Wahrscheinlich Beruhigungsmittel, denn kurz darauf hatte der Schlaf sie wieder übermannt.

Die Gedanken in ihrem Kopf waren noch ein wenig ungeordnet. Auf der Seite liegend, strengte sie ihr Gedächtnis an. Wie war sie überhaupt in diese Lage geraten? Sie ging zurück bis zu ihrem letzten Tag in der Freiheit. Bis zu der Nacht, die schlagartig alles änderte.

Sie wusste noch so viel, dass sie vor ihrer Wohnung gestanden hatte. Es war das letzte Bild, an das sie sich entsinnen konnte. Von den Geschehnissen danach waren nur noch einzelne Bruchstücke übrig geblieben. Am klarsten war dabei noch die Erinnerung an das schiere Entsetzen. Vor irgendjemandem war sie fortgelaufen. Der schmerzende Fußknöchel ließ erahnen, dass sie nicht weit gekommen war. Lotte fand es merkwürdig, dass ausgerechnet das Bild ihres Entführers vorerst im Dunkeln blieb. Wer hatte sie derart in Furcht versetzt, dass sie kopflos davongestürmt war?

Sie griff nach dem Kopfende des eisernen Bettgestells und zog sich in eine sitzende Position. Ihr Entführer war gerade nicht anwesend. Diese Chance musste sie ausnutzen. Vielleicht konnte sie durch die untere Öffnung in der Tür spähen. Vielleicht gab es ja eine Fluchtmöglichkeit.

Lotte nahm sich Zeit, um ihre Kräfte zu sammeln. Als sie schließlich glaubte, die drei Meter bis zur Tür überwinden zu können, schob sie sich von der morschen Matratze. Sowie sie das Gewicht auf die Füße verlagerte, begann der Knöchel wieder zu schmerzen. Lotte hielt kurz inne, dann humpelte sie, die Zähne zusammengebissen, zu der Tür.

Gegen die Wand gestützt kniete sie sich hin und beugte sich nach vorn, bis sich der Kopf direkt vor der Öffnung befand.

Der Anblick war ernüchternd. Hinter der Tür befand sich nichts weiter als ein dunkler Korridor. Und am Ende des Gangs zeichnete sich ein schwarzes Rechteck ab. Bestimmt war es eine weitere verschlossene Tür.

Trotz ihrer Enttäuschung versuchte Lotte, sich diese Eindrücke so gut wie möglich einzuprägen. Vielleicht würde es einmal wichtig werden.

Sie war bereits auf dem Rückweg zum Bett, als sie draußen Schritte vernahm. Eine Tür knarrte, ein Schalter klickte. Durch die untere Luke fiel Licht.

Lotte beeilte sich, zum Bett zu kommen. Jetzt achtete sie nicht einmal mehr auf ihren schmerzenden Knöchel. Gerade noch rechtzeitig ließ sie sich auf das Bett fallen.

Holz schlug gegen Holz. Die obere Luke in der Tür wurde geöffnet. Das Augenpaar ruhte wieder auf Lotte.

Obwohl der Entführer das Knarren der Bettfedern mitbekommen haben musste, schien er nicht alarmiert zu sein. Er fühlte sich sicher. Auch seine Stimme, die Lotte zum ersten Mal hörte, klang ruhig.

»Es sind Dinge zu erledigen«, kündigte der Mann an. Da die Tür sie trennte, bemühte er sich, die Worte klar zu artikulieren. »Bevor wir dazu kommen, muss ich deinen Fuß sehen.«

Verständnislos hob Lotte ihre Brauen.

»Der Fußknöchel. Wahrscheinlich ist er nicht gebrochen. Aber ich muss ihn mir ansehen. Ich habe was gegen die Schwellung.«

Lotte war zu eingeschüchtert, um zu antworten. Der Mann klang für einen Entführer viel zu freundlich. Trotz des auffällig rollenden »R« konnte sie seinen eigentümlichen Akzent nicht verorten. Lotte blickte einfach starr auf die Tür und sagte nichts. Damit beging sie wenigstens keinen Fehler.

Ein Schlüssel wurde außen ins Schloss gesteckt und herumgedreht. Der Mann öffnete die Tür einen Spaltbreit und trat ins Zimmer.

Jetzt erkannte Lotte ihren Entführer. Sie öffnete den Mund, brachte jedoch keinen Laut heraus. Für einen Moment dachte sie, dass alles nur ein dummer Streich sei.

Aber der Gesichtsausdruck des Mannes sagte etwas anderes. Es war ihm todernst. Er trug eine Metallschale, bedeckt von einem weißen Tuch, stellte sie auf dem Boden ab und verschloss sorgfältig die Tür hinter sich. Dann hob er die Schale wieder auf und trat zu Lotte.

Endlich konnte sie sich erklären, warum sie bei ihrer Entführung so heftig reagiert hatte. Sie hätte niemals geglaubt, dass dieser nette Mann zu so etwas fähig war. Jetzt wusste sie es besser. Als er nach ihr gegriffen hatte, war Lotte schlagartig bewusst geworden, dass es harmlose Männer nicht gab.

3

Donnerstag, 25. Mai 1950

Lieutenant Colonel Wharton führte in Berlin ein vergleichsweise komfortables Leben. In Dahlem war er mit anderen Offizieren in der ehemaligen Kameradschaftssiedlung der SS untergebracht, einer der besten Wohnlagen von Berlin. Die Einfamilienhäuschen lagen inmitten einer idyllischen Waldgegend. Mehrstöckige Wohnblöcke schirmten die privilegierten Bewohner von dem Lärm und Treiben auf der benachbarten Argentinischen Allee ab. Im Westen luden die Gewässer Krumme Lanke und Schlachtensee und das Naherholungsgebiet Grunewald zu Spaziergängen ein. Auch ungeachtet dieser Vorzüge war der Standort dieser Siedlung für die US-Offiziere optimal, denn das Hauptquartier der US-amerikanischen Armee befand sich nur einen Katzensprung entfernt.

Das unschöne Detail, dass das nationalsozialistische *Rasse- und Siedlungshauptamt* die etwa sechshundert Wohneinheiten ursprünglich für die Angehörigen von Hitlers völkischer Elite errichtet hatte, war den neuen Bewohnern vermutlich nicht einmal bewusst. Oppenheimer spürte eine gewisse Schadenfreude darüber, dass ausgerechnet die militärischen Feinde des Nationalsozialismus diese Vorzeigeimmobilien bewohnten.

Von der nächstliegenden U-Bahn-Station musste er einen Fußmarsch von etwa einem halben Kilometer zurücklegen, um zum Führerplatz zu kommen. Einem Straßenschild zufolge hatte man ihn mittlerweile in Selmaplatz umgetauft. Oppenheimer bog nach links ein und betrat durch einen schmalen Durchgang in der Front der Wohnblöcke die Siedlung.

Wie versprochen hatte Rita ihm Whartons Adresse besorgt und gleich einen Termin für eine Befragung ausgemacht.

Der Weg dorthin war von langen Kolonnen von Reihenhäusern gesäumt. Oppenheimer hatte ausreichend Zeit, um sich zu vergegenwärtigen, dass ihn mit der Kameradschaftssiedlung eine gemeinsame Vergangenheit verband. Das kleine Häuschen, in dem er vor exakt sechs Jahren unter der Bewachung von Hauptsturmführer Vogler daran gearbeitet hatte, im Auftrag der SS einen Massenmörder zu schnappen, befand sich jedoch in einem anderen Teil der Siedlung.

Oppenheimer folgte dem sanft geschwungenen Weg und zählte dabei die Hausnummern ab. Nach einer Weile fand er Whartons Doppelhaushälfte und betätigte die Klingel an der Haustür.

Fast augenblicklich wurde von innen geöffnet. Ein Schrank von einem Mann stand vor ihm. Wharton empfing ihn in einer makellos gebügelten Offiziersuniform. Oppenheimer schätzte ihn auf Mitte dreißig. Seine tiefschwarzen Augenbrauen wirkten wie mit dem Kajalstift gezogen. Obwohl das quadratische Kinn glatt rasiert war, lag schon wieder ein bläulicher Schimmer auf den Wangen.

»Sie sind dieser Polizist?«

Bei Whartons Frage atmete Oppenheimer auf. Er konnte deutsch sprechen, zusammen mit Oppenheimers gebrochenem Englisch ließ sich bestimmt eine Unterhaltung bestreiten, selbst wenn es für Feinheiten erst mal nicht reichte.

»Kommissar Oppenheimer«, stellte er sich vor. »Ich wollte mit Ihnen über Fräulein Tieken reden?«

Wharton warf ihm einen fragenden Blick zu, bis er sich daran erinnerte, dass es der Familienname seiner verschwundenen Freundin war. Er ließ Oppenheimer eintreten und nickte in die Richtung einer geöffneten Zimmertür. Diese lässige Geste wirkte bei Wharton eigenartig ruppig.

Das Hausinnere war makellos geputzt, er schien ein Dienstmädchen oder eine Haushälterin zu beschäftigen. Die verschnörkelten Bauernmöbel und karierten Deckchen passten nicht zu dem amerikanischen Offizier. Er hatte die Einrichtung vermutlich komplett zusammen mit dem Haus übernommen. Selbst beim Durchqueren des eigentümlich fremdartigen Wohnzimmers strahlte Wharton eine Selbstsicherheit aus, die schon arrogant wirkte.

»Ich habe zwanzig Minuten. Also schnell.« Mit dieser Ankündigung nahm er auf einem Holzstuhl Platz. Ansonsten gab es hier nur Polstermöbel, also ließ sich Oppenheimer in einen niedrigen Sessel sinken. Emotionslos schaute Wharton auf ihn hinab, als Oppenheimer sich bemühte, sein Schulheft und den Stift aus der inneren Manteltasche zu angeln.

Ihre Unterredung hatte sich Oppenheimer anders vorgestellt, doch er versuchte, das Beste aus der knappen Zeit zu machen. Normalerweise unterhielt sich Oppenheimer mit den Leuten erst einmal, um sie besser kennenzulernen. Das erleichterte ihm, ihre Aussagen einzuschätzen. Doch jetzt übersprang Oppenheimer diesen Teil und begann mit einer direkten Frage.

»Wann haben Sie Fräulein Tieken das letzte Mal gesehen?«

Whartons knappe Antwort kam prompt. »Sonntagabend. Wir waren bei einem Dinner.«

Das musste der Tag vor Lottes Verschwinden gewesen sein.

»Und wie sind Sie auseinandergegangen?«

»Mein Fahrer hat sie zu ihrer Wohnung gebracht. Ich blieb noch auf der Party.«

Oppenheimer stutzte. »Ist das üblich? Mir wurde erzählt, dass Fräulein Tieken Sie zu offiziellen Anlässen begleitet. Ich verstehe das so, dass sie zusammen mit Ihnen erscheint und Sie beide sich dann auch wieder zusammen verabschieden.«

Whartons Mundwinkel zuckten. »She's my companion«, begann er auf Englisch. »Ich kenne das deutsche Wort nicht. Ich weiß nicht, was in Deutschland normal ist. Lotte kann kommen und gehen, wann sie will.«

»Fräulein Tieken ist also vor Ihnen gegangen. Können Sie sich an die ungefähre Uhrzeit erinnern?«

»Twenty-one hundred oder twenty-two hundred hours.«

»Also neun bis zehn Uhr abends«, rekapitulierte Oppenheimer und schrieb die Angabe in sein Heft. »Das erscheint mir bei einer Abendgesellschaft recht früh.«

»Die anderen Gäste können das genauer sagen.«

Nach Whartons hingeworfener Bemerkung blickte Oppenheimer auf. Wharton räusperte sich kurz und sagte dann: »Okay, kein Zweck, es zu verschweigen. Sie hat sich mit mir gestritten. Vor den Leuten. Es wurde sehr laut.«

»Worum ging es dabei?«

»Ich habe Schluss mit ihr gemacht, und sie wollte mehr Geld. To get by.«

Mit gerunzelter Stirn überlegte Oppenheimer, wie er den nächsten Punkt möglichst taktvoll ansprechen konnte. Whartons Andeutungen genügten nicht, er brauchte eine Bestätigung. »Und in welcher Beziehung stehen Sie genau zu ihr? Ist Fräulein Tieken offiziell bei Ihnen angestellt?«

Wharton war sichtlich genervt. Plötzlich schnauzte er los: »I fuck her, for Christ's sake! And I pay very well for that privilege! Sie können das notieren!«

Danach sprach er sehr rasch in einer Mischung aus Deutsch und Englisch. Oppenheimer verstand so viel, dass Wharton bald seine Gattin in Berlin erwartete, die sich in den Kopf gesetzt hatte, in der fremden Stadt dauerhaft an seiner Seite zu bleiben. Für ein Techtelmechtel war da kein Platz mehr. Wharton tat sich nicht schwer mit dem Schlussstrich, denn die Übereinkunft mit Lotte verstand er in erster Linie als finanzielle Transaktion. In der Zeit ihres Beisammenseins hatte er nicht nur Lottes Wohnungsmiete übernommen, sondern ihr auch noch Geschenke gemacht. Ritas Einschätzung, dass Wharton knauserig sei, schien nicht so recht ins Bild zu passen, aber vielleicht verglich sie ihn ja auch mit ihrem eigenen amerikanischen Gönner.

Jedenfalls wollte Lotte laut Whartons Aussage noch um eine weitere Jahresmiete feilschen, ehe sie abserviert wurde. Nur mit dieser Gegenleistung war sie bereit, ihm keinen Ärger zu bereiten. Oppenheimer wertete das als kaum verhüllten Erpressungsversuch.

Die Dinnergäste mussten die Auseinandersetzung zwischen Wharton und Lotte mitbekommen haben, sonst hätte er das kaum freiwillig angesprochen. Er schien Angriff für die beste Verteidigung zu halten. Wharton besaß durchaus ein Motiv, seine Gespielin verschwinden zu lassen, aber Oppenheimer hielt es für zu schwach. Die einfachste Option war für den Offizier, stillschweigend zu bezahlen.

»Zu einer Einigung sind Sie mit Fräulein Tieken bislang noch nicht gekommen«, führte Oppenheimer den Gedanken weiter.

Wharton bestätigte dies mit einem knappen Kopfschütteln.

»Und Ihnen ist nicht aufgefallen, dass sie seitdem verschwunden ist?«

»Ich bin froh, wenn sie mich in Ruhe lässt. Ich habe genug Arbeit, um die ich mich kümmern muss. Ich dachte, Lotte meldet sich sowieso, wenn ihr das Geld ausgeht.«

Obwohl Wharton seine Verärgerung jetzt wieder unter Kontrolle hatte und den Sachverhalt emotionslos schilderte, wirkte er wie ein Vulkan kurz vor dem Ausbruch. Es folgten Routinefragen, die Oppenheimer auch jedem anderen Zeugen gestellt hätte. Damit seine nächste Erkundigung nicht wie ein direkter Vorwurf wirkte, hielt er den Blick auf die rot karierten Gardinen gerichtet.

»Die letzten Tage nach diesem Dinner, waren Sie die ganze Zeit hier in Berlin?«

Wharton runzelte unheilvoll die Stirn und richtete sich auf dem Stuhl auf.

»Was wollen Sie damit sagen?«

Es war noch nicht sicher, ob mit Lotte überhaupt etwas geschehen war. Also brachte es nichts, auf Konfrontation zu gehen. So harmlos wie möglich antwortete Oppenheimer: »Mir geht es nur darum, diese Fragen abzuhaken. Damit ich später nicht mehr darauf zurückkommen muss.«

Wharton verzog seinen Mund. »Mit anderen Worten wollen Sie ein Alibi von mir. Das kann ich Ihnen geben. Die ganze Woche hatte ich abends Einladungen. Ich war unterwegs. Dutzende Leute haben mich getroffen. Soll ich eine Liste schreiben?«

Oppenheimer winkte ab. »Besten Dank für Ihr Entgegenkommen. Vorerst wird das nicht nötig sein. Hoffen wir, dass Fräulein Tieken unversehrt wieder auftaucht. Sie hatten von ihrem Verschwinden nichts geahnt, wenn ich das richtig verstehe, also ist bei Ihnen auch keine Lösegeldforderung eingetroffen?«

»Ransom money?« Wharton ließ sich die Frage durch den Kopf gehen und sagte nachdenklich: »Wenn jemand Lotte entführt hat, dann macht er einen schlechten Deal. Sie bedeutet mir nichts. Ich werde sicher nicht zahlen.«

Oppenheimer nahm dies ohne große Überraschung zur Kenntnis. Wharton war ihm von Anfang an unsympathisch gewesen. Ihre Unterredung hatte diesen Eindruck nur bestätigt.

Unruhig rückte der Colonel auf dem Stuhl herum und blickte auf seine Armbanduhr.

»Ich habe keine Zeit mehr. Let's make it short. Sie fragen, ob Lotte entführt wurde? Wahrscheinlich ja. Aber dabei geht es nicht um Lösegeld.«

Von dieser Enthüllung wurde Oppenheimer kalt erwischt.

Zuerst starrte er Wharton wortlos an, schließlich fragte er: »Was steckt denn sonst Ihrer Meinung nach dahinter?«

Wharton zuckte mit den Schultern und sagte wie selbstverständlich: »Die Commies. Sie versuchen alles, um uns zu infiltrieren. Besonders hier in Berlin. Joe Stalins Gangster stehen doch an jeder Ecke. Sie kümmern sich nicht um die Sektorengrenzen. Kommen rein und raus, wie es ihnen gefällt. Sicher schmuggeln sie auch Spione ein. Bei uns im Westen gibt es viele innere Feinde. Sie agieren verdeckt, einige Behörden sind komplett unterwandert. Dasselbe mit den Wissenschaftlern. Was meinen Sie, warum die Russen schon die Atombombe haben? Selbst sind sie doch viel zu dämlich, um sie zu entwickeln. Nein, das Atomgeheimnis wurde verraten. Es hat bereits erste Verhaftungen in den Staaten gegeben, und noch weitere Köpfe werden rollen.«

Oppenheimer ließ sein Heft sinken. Es war sehr informativ, eine Lageeinschätzung aus erster Hand zu bekommen. Whartons Ausführungen mochten nicht viel mit dem Verschwinden von Lotte zu tun haben, und doch spitzte er die Ohren. Der Offizier hatte einen Punkt angesprochen, der die Berliner Bevölkerung, die jede Verschlechterung der Beziehungen zwischen Ost und West am eigenen Leib zu spüren bekam, besonders stark beschäftigte.

Seit fast einem Jahr lebten sie in einem neuen Zeitalter. Die große Aufregung nach der Zündung der ersten Atombomben in Japan war zwischenzeitlich in Vergessenheit geraten. Das amerikanische Atomarsenal war seitdem nicht mehr eingesetzt worden, also war die verheerende Zerstörungsgewalt der neuen Waffentechnologie zumindest im Westen kein großes Thema mehr gewesen. Doch als die UdSSR am 29. August 1949 in der kasachischen Steppe mit der erfolgreichen Zündung einer eigenen Atombombe nachgezogen hatte, war den westlichen Verbündeten ein harter Schlag versetzt worden. Von einem Tag auf den anderen waren sie militärisch nicht mehr überlegen und mussten lernen, mit einer Drohkulisse zu leben. Die Waffengleichheit zwischen den großen Mächten glich einem Tanz auf dem Drahtseil. Ein falscher Schritt konnte jetzt verheerende Folgen haben.

Wharton war dermaßen in Fahrt gekommen, dass er sogar sein enges Zeitfenster vergaß. Er lehnte sich zurück und fuhr fort: »Aber mit der Atombombe ist das Spiel noch längst nicht zu Ende. Die Commies wollen auch weiterhin geheime Informationen bekommen, um sie gegen uns zu verwenden. Das geht schon seit ein paar Jahren so. Im Zweiten Weltkrieg haben die Russen von uns schweres Kriegsgerät erhalten und andere Unterstützung gegen Hitler, das Scheunentor stand die ganze Zeit weit offen. Während dieser Zeit wurden wir unterwandert. Und jetzt sind wir konfrontiert mit noch anderen inneren Feinden. Ich meine die Sympathisanten, Schriftsteller, Professoren, diese Leute. Die Russen nennen sie Intelligenzija, aber besonders clever können die nicht sein. Sie posaunen nur Moskaus Propaganda heraus. Und sie tun das nicht im Geheimen, sondern ganz offen. Roosevelt war das egal, er sah die Gefahr nicht. Was sollte man von ihm auch erwarten, er war doch selbst ein Commie. Und seine Frau ist noch viel schlimmer.«

Oppenheimer war überrascht, wie verächtlich Wharton über den verstorbenen amerikanischen Präsidenten sprach. Der Vorwurf, dass Roosevelt ein Kommunist gewesen sei, kam ihm geradezu absurd vor. Soweit er die amerikanische Innenpolitik verstand, hatte der Präsident einen Kurs verfolgt, der am ehesten der europäischen Sozialdemokratie nahekam. Mit Kommunismus hatte das überhaupt nichts zu tun, doch diese Feinheiten schienen Whartons Fassungsvermögen zu übersteigen. Zuerst hatte Oppenheimer noch gebannt zugehört, doch mittlerweile ahnte er, dass man Whartons Einschätzung nicht in allen Punkten für bare Münze nehmen konnte.

Düster schloss der Offizier: »Anyway, West und Ost, im Krieg hatten wir einen gemeinsamen Feind: Hitler. Stalin nutzte unsere Militärhilfen, um Osteuropa zu besetzen. This is not the end. He wants to spread communism everywhere. Der nächste Schritt ist ganz Europa, bis hin nach Portugal, dann folgt der Sprung über den großen Teich, bis er auch Amerika unterjocht hat. Berlin ist das letzte freie Fleckchen im Sowjetreich. Wir verteidigen hier Gott und unser Vaterland. Die Gegenseite setzt jedes schmutzige Mittel ein. Dazu gehört auch Kidnapping.«

Oppenheimer verstand nicht so recht, wie dies alles mit Lottes Verschwinden zusammenhing. Er fasste zusammen: »Ihrer Meinung nach wurde Fräulein Tieken also von russischen Spionen entführt. Und das alles, um aus Ihnen Informationen zu erpressen? Haben Sie konkrete Hinweise für diese Theorie?«

Wharton stand auf und wies zur Haustür.

»Ich werde als Erstes mit der Militärpolizei sprechen. Lotte ist ein Druckmittel in den Händen der Sowjets, da gibt es keinen Zweifel.«

Oppenheimer gab Whartons demonstrativem Drängen nach und begab sich zur Haustür. Der Offizier öffnete und schob ihn dann mit sanftem Druck hinaus.

»Unsere Jungs werden der Bande das Handwerk legen«, sagte er.

Als Oppenheimer sich vor der Hausschwelle umwandte, nickte Wharton ihm zum Abschied kurz zu.

»Vielen Dank für Ihre Bemühungen. Aber überlassen Sie diesen Job besser unseren Profis.«

Mit dieser Ankündigung schloss Wharton die Tür vor Oppenheimers Nase.

Oppenheimer war etwas enttäuscht von der Unterredung mit dem Offizier, denn es war ihm nicht gelungen, den Zeitraum von

Lottes Verschwinden genauer einzugrenzen. Um an bessere Informationen zu kommen, beschloss er, sich noch einmal mit Rita zu unterhalten.

Es war bereits später Nachmittag, als er sich ihrer Adresse näherte. Er hielt das für den optimalen Zeitpunkt, denn seines Wissens war Rita immer eine Langschläferin gewesen. Und er zweifelte, dass sich daran etwas geändert hatte.

Von der U-Bahn-Station Boddinstraße musste Oppenheimer nur wenige Meter zurücklegen. Rita wohnte in der Nähe des Flughafens Tempelhof, aber das Eckhaus lag so weit nördlich, dass es sich nicht in der Einflugschneise der lärmenden Flugzeuge befand. Dennoch war für Abwechslung gesorgt, denn gleich um die Ecke gab es einige Theater und Kinos.

Das Gebäude, in dem Rita residierte, verfügte über fünf Stockwerke, in die Hauswand waren Balkone eingelassen. Nicht nur von außen machte das Mietshaus einen gepflegten Eindruck, auch im Inneren fand Oppenheimer einen glänzenden Steinboden vor. Er stieg die Treppe zum dritten Stockwerk hinauf, suchte an den Türschildern, bis er Ritas Namen fand, und klingelte. Während er wartete, überlegte Oppenheimer, ob dies wohl der sprichwörtliche *goldene Käfig* war, in dem es sich Gespielinnen wie Rita gut gehen ließen.

Es wurde geöffnet, und eine schwarzhaarige junge Frau mit Schürze und Häubchen fragte vorsichtig: »Ja, bitte?«

»Ich bin Kommissar Oppenheimer. Ich möchte Rita« – er korrigierte sich – »ich meine natürlich Frau Woltmann sprechen.«

Das Dienstmädchen runzelte die Stirn. »Einen Moment, da muss ich fragen.«

Mit dieser Ankündigung ließ sie Oppenheimer im Flur stehen. Die Tatsache, dass ihm nun bereits zum zweiten Mal an diesem Tag die Tür vor der Nase zugeschlagen wurde, ärgerte ihn. Einige Augenblicke später öffnete das Dienstmädchen wieder die Tür.

Wie ein Zerberus stand sie neben der Pforte und nickte ins Innere der Wohnung. Kaum war er in den Flur getreten, raunte ihm die junge Frau bereits zu: »Und die Straßenschuhe ausziehen.«

Oppenheimer erstarrte. Diese Vorsicht war angebracht, denn überall lagen dicke Teppiche auf dem Boden. Beeindruckt öffnete er die Schuhbänder und streifte seine Treter ab. Das Dienstmädchen zeigte mit dem Finger auf eine leere Schuhwanne direkt neben der Tür. Oppenheimer stellte seine Schuhe dort ordentlich nebeneinander.

Um sich nicht weiter herumkommandieren zu lassen, rief er in die Wohnung. »He, Rita, wo steckst du?«

Ihre gedämpfte Stimme drang zu ihm.

»Lass dir von Silke nicht den Tag vermiesen! Die ist immer so ein Muffel. Komm einfach rein!«

Als einzigen Kommentar zog ihr Dienstmädchen Silke einen Mundwinkel nach oben und verschwand durch die gegenüberliegende Glastür. Schmunzelnd folgte Oppenheimer Ritas Stimme zu einer geöffneten Schlafzimmertür.

Das überbreite Doppelbett war von Kleiderschränken und Plüschmöbeln umringt. Gegenüber dem Fußende hing ein wandhoher Spiegel. Rita stand vollkommen nackt davor. Im einfallenden Licht des Fensters schienen ihre roten Haare förmlich zu glühen – ein prägnanter Kontrast zu ihrer blassen Haut. Sie war vollauf damit beschäftigt, sich vor dem Spiegel zu drehen und ihre Rundungen zu inspizieren.

Als ehemalige Stripteasetänzerin war Rita keine schüchterne Person. Während Oppenheimers Beschäftigung als Beleuchter in der *Rio Bar* war sie an ihrem Arbeitsplatz die meiste Zeit über hüllenlos herumstolziert, und schon bald hatten ihn die nackten Tatsachen zu langweilen begonnen. Besonders Edes damalige Strip-Sensation Rita war ihm dermaßen häufig im Evakostüm begegnet, dass ihm jede einzelne ihrer Sommersprossen vertraut war.

Trotz allem fühlte er sich als Eindringling. Das hier war schließlich keine Garderobe oder Bühne, sondern ein Liebesnest. Also blieb er, die Hand auf der Klinke, im Türrahmen stehen und gab sich demonstrativ unbeeindruckt.

»Vornehm geht die Welt zugrunde, was?«, juxte Oppenheimer. »Du hast ein eigenes Dienstmädchen? Und wo ist denn der Chauffeur? Wohnt der etwa auch hier? So geräumig sieht die Bude eigentlich nicht aus.«

Ohne den Blick von ihrem Spiegelbild abzuwenden, winkte Rita ab. »Ach, den rufe ich per Telefon, wenn ich ihn brauche.«

»Soso, ein praktisches Arrangement.« Da von Rita nichts mehr kam, fragte Oppenheimer: »Ist das jetzt der Punkt, an dem du behauptest, nichts zum Anziehen zu haben?«

Rita warf ihm einen verdutzten Seitenblick zu. Andere Dinge beschäftigten sie.

»Komm, sag mir, bin ich fett?«, fragte sie mit Nachdruck. »Hab ich zugelegt?«

Dazu war Oppenheimer überfragt. »Du meinst seit der Zeit in der *Rio Bar?*«

»Hast du mich danach etwa noch mal nackt gesehen?«

»Nicht dass ich wüsste, aber ich könnte es auch nicht beschwören.«

Rita schaute immer noch, als würde sie von ihm eine ernsthafte Antwort erwarten. Er ahnte, was sie hören wollte, also strengte er sich an, ihre Zweifel zu zerstreuen. »Nein, ich finde nicht. Du bist immer noch sehr … proper.«

»Proper, ist das gut oder schlecht?«

Oppenheimer atmete tief ein. Er war gerade dabei, sich um Kopf und Kragen zu reden.

»Nein, du hast nicht zugelegt, soweit ich mich erinnern kann.«

Rita blickte wieder in den Spiegel. »Die Amis sind nicht so wie die deutschen Männer«, erklärte sie. »Die mögen ihre Mädchen schlank. Ich hab schon versucht, mehr zu rauchen, damit ich keinen so dollen Hunger habe, aber es klappt nicht.«

Darauf angesprochen, fiel Oppenheimer der überquellende Aschenbecher auf dem Nachttisch auf. Ritas Luxusleben besaß also doch gewisse Tücken. Wenn sie es sich allzu gut gehen ließ und dem Schönheitsideal ihres Colonels nicht mehr entsprach, würde diese Einkommensquelle versiegen.

»Mit dem Rauchen sollte man es sowieso nicht übertreiben«, sagte Oppenheimer leichthin. »Es gibt doch noch andere Methoden, um Gewicht zu verlieren. Wie wäre es mit Fahrradfahren? Oder Boxen? Gewichtheben? Mehr Ideen habe ich nicht.«

Rita lachte auf, riss sich endlich von ihrem Spiegelbild los und nahm ein durchsichtiges Negligé vom Bett. Oppenheimer hielt das hauchdünne Material für Nylon. Damenstrümpfe daraus waren in der Damenwelt heiß begehrt, am ehesten bekam man sie, wenn man amerikanische Bekannte hatte. Oppenheimer fand es ein interessantes Mysterium, dass die amerikanischen Truppen bei der Befreiung Europas ausgerechnet so viele Nylonstrümpfe mitgebracht hatten. Auch Ritas Negligé stammte bestimmt von ihrem Gönner. Im Prinzip hätte sie weiterhin nackt herumstolzieren können. Der teure Fummel enthüllte mehr, als er verhüllte, was vermutlich auch Sinn und Zweck war. Ausgerechnet jetzt, da sich Rita im halb bekleideten Zustand befand, fühlte sich Oppenheimer in ihrer Gegenwart zum ersten Mal verlegen.

Er spürte, dass sein Gesicht knallrot anlief. Rita tat so, als würde sie das nicht registrieren. Nur ein kurzes Blitzen in ihren Augen verriet, dass sie über ihre Wirkung zufrieden war.

Gutmütig sagte sie: »Komm, gehen wir ins Wohnzimmer. Sonst vermutet Silke gleich das Schlimmste. Sie ist ein wahres Schandmaul!«

Ehe sie in den Flur traten, raunte Oppenheimer ihr zu: »Aber warum behältst du sie dann?«

Rita zuckte mit den Schultern. »Ich bezahle sie ja nicht. Das tut Tim.« Vermutlich war das der Vorname ihres Offiziers. Vertraulich beugte sie sich vor und flüsterte: »Ich glaube, dass er mit Silke mal ein Verhältnis hatte. Vor meiner Zeit. Und statt sie abzuservieren, hat er ihr die Stelle hier gegeben. Tja, Tim hat eben ein viel zu gutes Herz.«

Oppenheimer runzelte die Stirn, denn er fand das alles höchst merkwürdig. In dem wallenden Negligé führte Rita ihn durch die Glastür in das Wohnzimmer und ließ sich auf das Sofa fallen. »Puh, ich komme heute nicht in die Gänge. Dabei muss ich später noch auf ein Dinner.« Spielerisch klopfte sie neben sich auf das Sitzpolster. Oppenheimer verstand und setzte sich zu ihr.

»Und jetzt sag, was hast du rausgefunden?«

Oppenheimer seufzte schwer. »Nicht viel. Dieser Wharton hat gemauert. Für ihn ist das eine Sache der Amerikaner, und in die soll ich mich nicht einmischen. Jedenfalls behauptet er, keine Lösegeldforderung bekommen zu haben. Mit Lotte ist er im Streit auseinandergegangen. Letzte Woche hatte er in der Öffentlichkeit einen handfesten Krach mit ihr, weil er ihre, nun ja, Dienste nicht mehr benötigt.«

Rita nickte wissend. »Längst gehört. Das hat schon die Runde gemacht. Whartons Olle hat sich angekündigt und will ihn wieder an die Kandare nehmen. Für den ist jetzt Schluss mit lustig, aber für Lotte ist das tragisch. Nicht weil er ein Adonis wäre, aber wenn sich keine andere Lösung findet, ist es für sie existenzbedrohend.«

Das erklärte Lottes Erpressungsversuch, aber eine Entschuldigung war es Oppenheimers Meinung nach trotz allem nicht. Er hielt es für besser, diesen Punkt vorerst auszuklammern. Rita würde ihn durchschauen, wenn er Mitleid heuchelte, also fuhr er fort: »Wie auch immer. Jedenfalls komme ich so nicht weiter. Wharton will die Militärpolizei auf den Fall ansetzen. Er sieht überall kommunistische Verschwörer am Werk, und vielleicht hat er ja recht. Mit Sicherheit bekommt er bessere Informationen als unsereiner. Und doch klingt das nach meinem Geschmack alles zu aufgebauscht.«

Oppenheimer hatte mittlerweile vom vielen Reden einen trockenen Mund. »Entschuldigung, aber hast du was zu trinken? Ich bin schon ein paar Stunden unterwegs.«

»Aber klar, willst du was aus der Bar? Oder lieber aus dem Kühlschrank? Die Küche ist da hinten!« Rita zeigte auf eine Tür.

Es amüsierte Oppenheimer, dass sich Ritas legere Manieren nicht geändert hatten. Er hievte sich vom Sofa hoch und lief zur Küche. Kaum hatte er die Tür geöffnet, als ihm auch schon dicker Zigarettenqualm entgegenschlug. Silke saß am Küchentisch vor einer ausgebreiteten Zeitung und paffte, was das Zeug hielt. Als sich Oppenheimer räusperte, warf sie ihm einen eisigen Blick zu. »Was?«

»Ähm, etwas Kühles zu trinken?«, stammelte er.

Mit wiegenden Schritten schlenderte Silke zum Kühlschrank. Oppenheimer hatte reichlich Zeit, die Küche zu begutachten. Die Tischplatte war aus Resopal und hatte funkelnde Metallleisten als Verzierung. Die Geräte waren brandneu. Das windschnittige Design mit den gerundeten Kanten war unverkennbar amerikanisch.

Silke trat vor Oppenheimer und reichte ihm eine eiskalte Colaflasche. Ein Glas bekam er von ihr nicht. Also kehrte er mit der Flasche in der Hand zum Sofa zurück und ließ sich wieder in das Polster sinken. »Eine andere Herangehensweise ist wohl nötig. Am besten gibst du mir noch mehr Details über Lotte, damit ich weiter nachhaken kann. Was dir gerade so einfällt. Mit welchen Leuten verkehrte sie? Was hat sie so gemacht?«

Rita schmunzelte. »Aber du kennst Lotte doch! Das ist mir gerade erst eingefallen!«

Oppenheimer glaubte, sich verhört zu haben. »Wie bitte?«

»Du musst sie kennen. Lotte hat damals in der *Rio Bar* gearbeitet. Sie kam zur gleichen Zeit wie ich, kurz nachdem Ede den Schuppen aufgemacht hat.«

Obwohl sich Oppenheimer das Gehirn zermarterte, konnte er sich zu seiner Schande nicht an Lotte erinnern.

»Ede hatte zu Beginn ein gutes Dutzend Tänzerinnen«, rekapitulierte er. »Eine davon ist also Lotte gewesen?«

»Sie war nicht lange in der *Rio Bar*. Kann schon sein, dass du dich nicht mehr an sie entsinnst, die ersten Wochen ging es ja drunter und drüber. Die Probezeit hat Lotte jedenfalls nicht überstanden. Ede war nicht so richtig zufrieden und ließ sie wieder gehen.«

Oppenheimer war eher an den jüngeren Geschehnissen interessiert, also fragte er: »Seit wann ist Lotte denn mit Wharton zusammen?«

Auf seine Frage hin runzelte Rita die Stirn. »Ich denke, das müssten jetzt anderthalb Jahre sein.« Als sie die Beine übereinanderschlug, raschelte das Negligé leise. Um sich von der Vorstellung abzulenken, wie das Nylon gegen Ritas Haut rieb, nahm Oppenheimer einen großen Schluck von der eiskalten Cola.

»Soviel ich weiß, hat sich Lotte bis dahin mit Gelegenheitsjobs über Wasser gehalten«, fuhr sie fort. »Seit der *Rio Bar* ist sie von den Nachtlokalen nicht weggekommen. Sie erzählte mir, dass sie eine Zeit lang in einem anderen Vergnügungslokal gearbeitet hat. Das befindet sich auch am Ku'damm, gleich in der Nachbarschaft der *Rio Bar*. Deren Spezialität ist es, an die Gäste kleine Angelruten zu verteilen. Die Schönheitstänzerinnen müssen dann nicht mehr viel machen. Sie laufen nur herum, während die Kunden versuchen, ihnen mit den Angeln die Papierkleider herunterzureißen.« Bei dem Gedanken schüttelte Rita lachend den Kopf. »Das ist völlig albern, nicht wahr? Aber immer noch besser, als sich an der Schreibmaschine die Finger kaputt zu hämmern.

Jedenfalls hat Lotte damit nicht genug Geld verdient und brauchte noch einen zweiten Job, um über die Runden zu kommen. Da fing sie eben im *Luxor* an.«

Rita führte das nicht weiter aus. Sie schien ganz selbstverständlich davon auszugehen, dass Oppenheimer dieses Etablissement bekannt war.

»Was ist das *Luxor?*«, fragte er nach.

»Ein Tanzlokal. Unter den Besatzungssoldaten ist es recht beliebt. Nur Russen lassen sich nicht blicken. Vielleicht geht es denen da zu gesittet zu. Für 'ne Weile war Lotte dort als professionelle Tanzpartnerin angestellt. Bis sie schließlich ihren Ami fand.«

Oppenheimer hörte dies mit einer gewissen Verwunderung, denn er hatte professionelle Tanzpartner immer für ein Relikt aus einer vergangenen Epoche gehalten. Zwischen den Kriegen war dieses Geschäftsmodell in Berlin noch alltäglich gewesen. Die unterschiedlichsten Etablissements hatten damals Tanzpartner zum Mieten angeboten. Vor allem Herren waren in diesem Beruf gefragt, weil viele ihrer Geschlechtsgenossen im Ersten Weltkrieg gefallen waren und es den tanzwütigen Damen somit an geeigneten Partnern mangelte. Einen geradezu legendären Status erlangten die kultivierten Eintänzer in den piekfeinen Hotels und Restaurants. Das populäre Klischeebild des verarmten Adeligen oder entlassenen Offiziers, der sich notgedrungen als bezahlter Tänzer über Wasser hielt – und auch einem Nebenerwerb als Gigolo nicht abgeneigt war –, hatte Stoff für unzählige Schlager und Kolportagegeschichten geliefert.

»Der Betreiber des *Luxor* ist vor ein paar Jahren auf die Idee gekommen, wieder Tanzpartner anzubieten«, erklärte Rita. »Er wollte eine *Dance Hall* nach amerikanischem Vorbild aufziehen. Das ist eigentlich recht clever. Die Amis haben das meiste Geld, und er gibt ihnen, was sie kennen. Die Mädels und Jungs auf dem Parkett kriegen für jeden absolvierten Tanz eine Standardrate von ein paar Groschen oder Cent. Das ist nicht viel, aber dafür läppert sich das Trinkgeld, besonders wenn sie sympathisch sind und sich in ihre Kundschaft einfühlen können.«

»Das klingt einigermaßen halbseiden.«

Rita zog Oppenheimers Einwand in Erwägung. »Es ist halt Kapitalismus in Reinkultur. Tanzen gegen Bezahlung. Nicht mehr und nicht weniger. Nun gut, Lotte hat mir erzählt, dass es üblich ist, von den Kunden betatscht zu werden. Das gehört wohl dazu.«

Sie lehnte sich zurück, dachte nach und verschränkte plötzlich die Arme vor ihrem Busen.

»Lotte spricht kein schlechtes Wort über ihre Arbeit. Soweit ich das beurteilen kann, hat sie dort auch die meisten Freunde. Falls es einen Zeugen für ihr Verschwinden gibt, dann wirst du ihn am ehesten im *Luxor* finden.«

4

Donnerstag, 25. Mai 1950 –
Freitag, 26. Mai 1950

Er war wieder da. Und er brachte ein Geschenk mit.

Lotte hatte sich ihre Gefangenschaft völlig anders vorgestellt.

In seiner Metallschale befand sich neben der Salbe für ihren verstauchten Knöchel auch noch eine schmale Blumenvase, in die nur eine einzige rote Tulpe passte. Lotte wollte nicht zeigen, wie dankbar sie für den Farbtupfer in ihrem Gefängnis war. Der Mann mochte sich verstellen, aber er war immer noch ihr Feind. Und Lotte war noch immer seine Gefangene. Mit keiner noch so netten Geste ließ sich das wiedergutmachen.

Wie üblich stellte der Entführer die Schale auf dem Boden ab, ehe er die Tür zuzog. Dann bückte er sich nach der Vase. Lotte fand die Situation völlig absurd. Er stand vor ihr und suchte im Zimmer nach einem geeigneten Platz für die Blume. Allerdings gab es hier außer dem Bettgestell, dem Hocker und dem abgedeckten Kübel für die Fäkalien keine Möbel.

Er brummte verlegen und platzierte die Vase schließlich vor dem Fenster auf dem Boden. Dann drehte er sich zu Lotte um.

»Es ist besser, wenn du den Knöchel noch einmal einsalbst.«

Instinktiv wich sie zurück, als er die Metallschale neben ihr auf das Bett stellte. Genau wie letztes Mal trat er einige Schritte zurück und wartete geduldig darauf, dass sie die Salbe aus dem Tiegel auf die schmerzende Stelle auftrug.

Ihr Knöchel war immer noch dick geschwollen, doch die Salbe brachte eine gewisse Linderung. Die Fürsorglichkeit des Mannes war ein Indiz dafür, dass er sie irgendwann wieder gehen lassen wollte. Trotzdem traute Lotte ihm nicht, denn der Entführer hatte ihr seine Identität preisgegeben. Wenn sie wieder auf freien Fuß gesetzt wurde, konnte sie ihn identifizieren. Das war für ihn ein zu großes Risiko.

Viel wahrscheinlicher erschien ihr der Schluss, dass seine Freundlichkeit die Vorbereitung für einen Einschüchterungsversuch war. Er wollte ihr die Gewissheiten nehmen. Nach dem Zuckerbrot würde unweigerlich wieder die Peitsche folgen.

Abgesehen davon fiel Lotte noch eine weitere Erklärung ein. Und die war nur auf den ersten Blick harmlos. Vielleicht war ihr Entführer einfach krankhaft schüchtern und konnte sich Frauen nur nähern, wenn er sie einsperrte und die völlige Kontrolle besaß. Das bedeutete auch, dass es ihm irgendwann nicht mehr ausreichen würde, Lotte nur anzustarren.

Sie hatte aufgehört, ihren Knöchel einzureiben. Mit gesenktem Kopf saß sie einfach da. Während die Gedanken in ihrem Kopf rasten, versuchte sie, nach außen hin ruhig zu bleiben, harmlos zu wirken. In diesem Augenblick kam sich Lotte wie eine Schachmeisterin vor, die jeden erdenklichen Spielzug im Voraus durchging.

Ihr Entführer machte den ersten Zug.

»Ist der Knöchel schon besser?«, fragte er. Er sprach so leise, dass Lotte genau hinhören musste, um ihn zu verstehen.

Sie blickte auf. »Nein, es ist schlimmer geworden«, log sie. »Ich brauche einen Arzt. Mit dem Knöchel kann ich nicht laufen. Kennen Sie vielleicht jemanden, der sich das ansehen kann?«

Diese Antwort gefiel ihm nicht. Der Mann runzelte die Stirn, schien zu überlegen. Dann schüttelte er entschieden den Kopf.

»Es tut mir leid, aber das geht nicht. Es ist noch zu früh.«

Lotte hielt es strategisch für vorteilhaft, wenn sie bei dem Gespräch ausblendete, dass sie seine Gefangene war. Sie stellte einfach die erste Frage, die ihr in den Sinn kam.

»Worauf warten Sie denn? Ich kann doch nicht ewig hierbleiben.« Damit es nicht wie ein Vorwurf klang, stöhnte sie noch einmal. Mit gepresster Stimme fügte sie hinzu: »Und mein Knöchel tut wirklich weh.«

Ihr Entführer klang jetzt sachlich. »Er ist nicht gebrochen. Ich habe das schon überprüft. In ein paar Tagen kannst du wieder laufen. Bis dahin darfst du den Fuß nicht belasten. Das gibt uns etwas Zeit. Wir müssen uns nämlich unterhalten. Über wichtige Dinge.«

Lotte horchte auf. »Dann lassen Sie mich frei? Wenn es mir wieder besser geht?«

»Das liegt an dir. Wenn du mitarbeitest, wird es nicht lange dauern.«

Trotz der aufkeimenden Hoffnung spürte Lotte eine gewisse Enttäuschung, dass sich der Mann nicht auf einen konkreten Zeitpunkt ihrer Entlassung festlegen wollte. Die Befürchtung, dass er sie mit seinen Versprechungen nur hinhielt, wischte sie beiseite. Jetzt sah ihre Situation wenigstens nicht mehr ganz so düster aus.

Während sie noch über eine passende Antwort nachdachte, fügte er hinzu: »Das alles hier geschieht nur zu deinem Besten. Am Schluss wirst du mir dankbar sein. Das verspreche ich.«

Von dem Besuch bei Rita kam Oppenheimer schwer bepackt nach Hause. Sie hatte ihm ein generöses Fresspaket mitgegeben.

Als er in sein Zimmer trat, saß Lisa bereits am Fenstertisch und las in einem Buch. Sie blickte auf, und Oppenheimer streckte ihr die zwei Taschen voller Lebensmittel entgegen.

»Wo hast du die denn her?«, fragte sie überrascht.

»Das ist alles von Rita«, antwortete er gut gelaunt. »Sie ist auf Diät und suchte ein Opfer, dem sie ihre amerikanischen Lebensmittel aufhalsen kann.«

»Nett von ihr.« Lisa erhob sich.

Gemeinsam inspizierten sie die leckeren Dinge in den Taschen. Oppenheimer hatte nicht mitbekommen, was ihm das Dienstmädchen auf Ritas Weisung hin alles eingepackt hatte. Oben lag in Wachspapier eingeschlagenes Rindfleisch, darunter befand sich eine Fülle von Konserven, deren englische Beschriftungen Oppenheimer mittlerweile durch die CARE-Pakete vertraut waren.

Er tauschte einen Blick mit Lisa.

»Zu Hilde damit?«, fragte er.

Lisa nickte. »Das ist auf jeden Fall besser. Nur weiß ich nicht, was wir mit dem Rindfleisch machen sollen. Wir haben keinen richtigen Kühlschrank hier im Haus. Das wird doch schlecht.«

»Um es zu pökeln, ist das Fleisch viel zu schade. Am besten, wir braten es sofort auf Hildes Herd.«

»Dann müssen wir uns eben opfern und alles aufessen.«

Oppenheimer hatte kein Problem mit Lisas Vorschlag. »Wir nehmen Theo mit rüber, der vertilgt das doch im Handumdrehen!«

Theo war allzu gern für eine Stippvisite bei seiner *Tante Hilde* bereit. Sie waren dermaßen oft bei ihr zu Gast, dass im ungemähten Rasen bereits ein Trampelpfad zum benachbarten Chauffeurhäuschen führte. Dennoch bekam Oppenheimer beim Betätigen der Türklingel ein schlechtes Gewissen, weil sie die gute Freundin am späten Nachmittag gleich mit der kompletten Familie überfielen.

Wie sich herausstellte, trafen sie gerade zur richtigen Zeit ein. Hilde war noch mit dem Zeitungslesen beschäftigt und nicht dazu gekommen, sich eine Mahlzeit zuzubereiten.

»Das passt mir gut.« Hilde trat zur Seite und winkte die kleine Familie in ihr Häuschen. »Ihr beide übernehmt das Kochen, und ich habe mehr Zeit für die Abendlektüre.«

Hilde war etwa zehn Jahre älter als Oppenheimer und eine energische Person. Doch heute wirkte sie müde. Die Falten um ihre Augen waren besonders stark ausgeprägt. Oppenheimer schrieb dies ihrem strapaziösen Schichtdienst als Ärztin im benachbarten St.-Joseph-Krankenhaus zu. Ihr grauer Haaransatz verriet, dass sie nicht einmal Zeit für einen Friseurbesuch hatte.

»Wann hast du wieder einen freien Tag?«, fragte Oppenheimer sie, während er die Haustür hinter sich zudrückte.

»Theoretisch übermorgen. Aber ich stehe dann auf Abruf. Für Notfälle.« Hilde durchquerte die ungenutzte kleine Arztpraxis im Vorraum und schlenderte zum Wohnzimmer.

»Du meinst wegen dieses Deutschlandtreffens der FDJ?«

Hilde antwortete mit einer Gegenfrage. »Wird das so schlimm, wie alle befürchten?«

»Kann ich nicht sagen. Es soll ein Betreuungsprogramm geben. Für die Jungs und Mädels, die sich auf eigene Faust in den Westsektor wagen.«

Breit grinsend warf Hilde ihm einen Seitenblick zu. »Aha! Antipropaganda also?«

Auch Oppenheimer lachte auf. »Wahrscheinlich läuft es darauf hinaus. Aber ich schätze, dass die meisten von ihnen gleich in die Kinos verduften werden, um sich die neuesten amerikanischen Filme anzusehen. Für Jugendliche aus dem Ostsektor ist der Eintritt ja meistens frei. Ein billiger Spaß also.«

»Cecil B. DeMille als Botschafter der westlichen Lebensart? Na, das hätte ich mir nicht träumen lassen.«

Hilde trat zu ihrem Sessel, neben dem sich Zeitungen stapelten. Theo war bereits mit Lisa in der Küche zugange. Beim Klappern der Töpfe wurde Hilde unruhig. Sie hatte nicht gern Männer und Kinder in der Küche. Nur Oppenheimer war eine seltene Ausnahme, weil er völlig akzeptierte, dass sich seine Kochkünste auf das Aufsetzen von Kaffeewasser beschränkten.

Sie verschwand in der Küche. Dann hörte Oppenheimer, wie Hilde Theo zuredete. »Du kannst das Radio anmachen und einen vernünftigen Sender suchen.«

Der Junge war von dieser Idee begeistert. Wie von der Tarantel gestochen schoss er zurück ins Wohnzimmer. Dann drehte er so lange an den Knöpfen des Radios herum, bis laute Swingmusik aus dem Lautsprecher drang.

Hilde brachte Oppenheimer einen Becher mit Kaffee.

»Hat er den AFN gefunden?«, fragte sie.

Oppenheimer bedankte sich mit einem Kopfnicken. »Darauf kannst du Gift nehmen.« Dann setzte er sich an den überdimensionierten Küchentisch, denn Hilde war immer noch nicht dazu gekommen, für die Sitzgarnitur einen halbwegs passenden Couchtisch zu organisieren. Die leeren Bücherregale, die fast jeden Zentimeter der Wände bedeckten, füllten sich allmählich wieder. Hilde hatte hier während der Nazizeit verfemte Literatur gehortet und die Bücher nach dem Ende von Hitlers Barbarei der örtlichen Bücherei gestiftet.

Theo hatte unterdessen sein Interesse an Musik entdeckt. Doch Oppenheimers Versuche, ihm die klassische Musik nahezubringen, waren auf taube Ohren gestoßen. Stattdessen begeisterte sich Theo, wie die meisten Jugendlichen in seinem Alter, für amerikanische Populärmusik. Und insbesondere der amerikanische Soldatensender *American Forces Network* hatte es ihm angetan, weil er die Hörer mit den neuesten Hits versorgte.

In der Küche brutzelte das Fleisch, und der Geruch von Gebratenem stieg Oppenheimer in die Nase. Er spürte Gewissensbisse, dass Lisa allein arbeiten musste, richtete sich auf und fragte: »Kommt Lisa klar?«

Hilde winkte ab.

»Sie hat mich rausgejagt. Und sie hat ja recht. Meine Kombüse ist für zwei Köche zu klein.«

Halbwegs besänftigt ließ sich Oppenheimer in den Polstersessel zurücksinken und gönnte sich einen Schluck Kaffee. Er nickte zum Zeitungsstapel.

»Was ist denn so los in der Welt? Außer diesem Deutschlandtreffen habe ich nichts mehr mitbekommen.«

»Über die Pläne des französischen Außenministers Schuman hast du nichts gelesen?«

Oppenheimer blickte sie ausdruckslos an. »Da musst du mich aufklären.«

»Robert Schuman. Er stammt aus Luxemburg, sein Vater war ein gebürtiger Franzose mit deutscher Staatsbürgerschaft, die er seinem Sohn dann auch vererbt hat. An sich sitzt er damit zwischen allen Stühlen. Vielleicht hat Schuman deswegen begriffen, dass die Nationaltümelei der europäischen Länder zu kurzsichtig ist und uns bislang nichts weiter als Kriege beschert hat. Vor zwei, drei Jahren war er übergangsweise französischer Premierminister, mittlerweile leitet er das Außenministerium. Zuerst hat er in der Résistance die Nazis bekämpft, und jetzt setzt er sich für die Aussöhnung zwischen Frankreich und Deutschland ein. Vor ein paar Tagen hat er einen Plan zur völligen Neugestaltung Europas vorgestellt. Seine Ideen sind geradezu revolutionär.«

Hildes Augen blitzten vor Begeisterung, doch Oppenheimer war immer noch ratlos.

»Und was schlägt er vor? Will er etwa alle Staaten abschaffen?«

»Ach Quatsch!« Hilde wischte Oppenheimers allzu simple Vermutung beiseite. »Was ist der größte Zankapfel zwischen Deutschland und Frankreich? Es geht nicht nur um die Grenzregionen, sondern vor allem um die Industrie. Der wichtigste Punkt sind Stahl und Kohle. Wer Zugriff auf diese Materialien hat, verfügt auch über eine große Machtposition.«

Oppenheimer stimmte ihr zu. »Damit lässt sich eine Kriegsmaschinerie aus dem Boden stampfen.«

»Na, ist doch kein Wunder, dass unsere Nachbarn Deutschland nicht mehr über den Weg trauen und die Industrie im Ruhrgebiet unter internationale Kontrolle gestellt wurde. Wir wurden vernichtend geschlagen, zum Glück. Aber niemand kann so recht einschätzen, wann diese blöden imperialistischen Reflexe wieder zum Zuge kommen und unsere Landsleute erneut dem Eroberungswahn anheimfallen.«

»Ich dachte, dass deswegen die Industriebetriebe stillgelegt worden sind. Damit Deutschland nicht mehr aufrüstet.«

»Tja, aber das ist keine dauerhafte Lösung. Und Schumans Vorhaben setzt genau da an. Er will eine Montanunion schaffen. Es läuft auf eine Zusammenlegung der gesamten deutschen und französischen Stahl- und Kohleproduktion hinaus. Aber diese Union ist offen. Auch andere europäische Nationen können der Initiative beitreten und bekommen im Gegenzug einen zollfreien Zugang zu Kohle und Stahl. Adenauer soll dem Plan auf der Stelle zugestimmt haben, und mit weiteren Staaten wird jetzt verhandelt.«

Oppenheimer trank noch einen Schluck Kaffee und ließ sich das alles durch den Kopf gehen. Schließlich dämmerte ihm, welche Perspektiven sich dadurch ergaben.

»Bei diesem Vorschlag sehe ich noch einen weiteren Vorteil«, sagte er. »Nationen, die wirtschaftlich so eng verflochten sind, werden nicht so schnell gegeneinander Krieg führen. Man könnte das als einen verkappten Friedensplan für Deutschland, Frankreich und deren Nachbarstaaten werten.«

Zufrieden nickte Hilde ihm zu. »Du hast es erfasst! Aber noch längst nicht alle haben das kapiert.«

»Einen Haken gibt es natürlich«, räumte Oppenheimer ein. »Am besten wäre, wenn möglichst viele Länder mitziehen und ebenfalls aus freien Stücken beitreten. Wenn ich es richtig verstehe, dann bedeutet das auch, einen Teil ihrer Hoheitsrechte an ein Gremium zu übergeben.«

»Stimmt, diese Kröte wäre zu schlucken. Aber als Mitglieder im Gremium können sie ja auch weiterhin mitentscheiden. Und im

Gegenzug gibt es den unbegrenzten Zugang zu Stahl und Kohle. Ich finde, das ist kein schlechtes Geschäft.«

Oppenheimer war froh, dass es zur Abwechslung einen Anlass gab, etwas positiver in die Zukunft zu blicken. Er hatte sich dermaßen an die täglichen Hiobsbotschaften über das Gezänk zwischen den Westalliierten und den sowjetisch kontrollierten Staaten gewöhnt, dass er es sich nicht mehr antun wollte, die Nachrichten im Detail zu verfolgen.

»Auf jeden Fall ist es besser, ein gemeinsames Projekt zu verfolgen, anstatt sich ständig die Köpfe einzuschlagen«, sinnierte er.

Wenig später brachte Lisa einen mit gebratenen Schnitzeln beladenen Teller. Theo schien ihren aromatischen Duft nicht einmal wahrzunehmen. Obwohl im AFN jetzt keine Musik mehr spielte und lediglich ein Sprecher zu hören war, klebte er immer noch vor dem Lautsprecher des Radios. Mit gerunzelter Stirn bewegte er den Mund und versuchte offensichtlich, die englischen Sätze nachzusprechen.

Schließlich bemerkte auch Hilde, dass noch jemand am Tisch fehlte. Sie drehte sich zu Theo um und rief: »Kommst du jetzt auch zum Essen? Sonst kriegst du nichts mehr!«

Theo wandte sich zu ihnen um, hörte jedoch mit einem Ohr der fremden Stimme zu.

»Wer ist dieser Watson?«, fragte er.

Oppenheimer stutzte. »Was meinst du?«

»Da im Radio. Sie reden laufend von einem Mr. Watson. Ich hab das schon ganz oft gehört. Und der Sprecher sagte jetzt gerade wieder: *Watson in Germany?*«

Hilde und Oppenheimer blickten sich ratlos an, bis Lisa plötzlich auflachte.

»Ach, jetzt verstehe ich, was du meinst«, sagte sie. »Die englische Aussprache ist anders. Im Deutschen wird jedes einzelne Wort nacheinander artikuliert, aber im Englischen werden die einzelnen Wörter zusammengezogen. Und die Amerikaner sprechen besonders schnell. Dieses *Watson* besteht also aus zwei Wörtern. Korrekt lautet der ganze Satz: *What's on in Germany?* Ich denke, das ist so eine Art Veranstaltungskalender im Radio.«

Nach dieser Erklärung ließ sich Theo endlich zu Tisch bitten und hatte auch seinen üblichen Heißhunger wiedergefunden. Der frühe Abend verlief unbeschwert, bis Lisa beschloss, dass es Zeit war, Theo in sein Zimmer zu bringen.

Erst jetzt bekam Oppenheimer die Möglichkeit, sich mit Hilde in Ruhe über das plötzliche Erscheinen von Theos Vater zu unterhalten. Wenn es jemanden gab, auf dessen Rat er große Stücke hielt, dann war es sie. Außerdem war er froh, sich die Probleme endlich von der Seele reden zu können. Lisa kam zurück, noch ehe er seine Schilderung beendet hatte.

Hilde brachte eine Wasserflasche mit selbst gebranntem Schnaps zum Tisch und goss sich herzhaft ein. Oppenheimer reagierte gerade noch rechtzeitig und legte die Hand auf den Becher. Er konnte den scharfen Fusel nicht vertragen, mochte die Situation noch so trostlos sein. Lisa hingegen nickte Hilde zu, ihr einzugießen.

»Ist jetzt auch schon egal«, sagte sie. Resignation schwang in ihrer Stimme mit.

Hilde kippte den Klaren hinunter und sagte dann mit kratziger Stimme: »Da seid ihr in einer richtig beschissenen Situation. Aber damit war früher oder später zu rechnen. Irgendwann mussten Verwandte von Theo aufkreuzen. Dass es jetzt gleich ein Elternteil ist, macht die Sache nicht gerade einfach. Und was ist mit dem Vater? Ich nehme an, er will Theo zurückhaben?«

Oppenheimer wollte antworten, doch Lisa kam ihm zuvor. Mit gesenktem Kopf erklärte sie: »Er ist unterwegs nach Berlin. Keine Ahnung, wo Kallinich untergebracht werden soll. Die Familie kommt ja nicht von hier.«

Am Vortag hatte Oppenheimer die Möglichkeit gehabt, die Angelegenheit noch einmal mit Herrn Furmannek eingehend am Telefon zu besprechen. Neue Erkenntnisse hatte es dabei nicht gegeben. »Furmannek rechnet damit, dass Herr Kallinich auf sein Elternrecht pochen wird«, berichtete er. »Dabei hat sich Theo gerade eingelebt. Für ihn gibt es jetzt endlich geordnete Verhältnisse. Aber nein, das Gezerre geht wieder los. Theo wird erneut aus einer Familie herausgerissen.« Unzufrieden schwenkte er den letzten Rest Kaffee in seinem Becher.

»Theo hat keine Ahnung?« Hildes Frage klang wie eine Feststellung. Sie kannte Theo gut und hätte eine Änderung in seinem Verhalten bemerkt.

»Bislang noch nicht«, bestätigte Oppenheimer. »Wir wissen ja selbst nicht, was wir tun sollen. Also dachte ich, dass ich ihn erst mal nicht damit behellige.«

Hilde kippte den Klaren und runzelte die Stirn. »Auf Dauer lässt sich das nicht verheimlichen. Theo sollte man reinen Wein einschenken. Er ist ein fixes Bürschchen. Wenn man es ihm behutsam beibringt, wird er es wahrscheinlich kapieren. Aber ich stimme zu, vorerst ist es nicht notwendig.«

»Vielleicht kommt es ja nicht dazu«, unterbrach Lisa Hildes Überlegungen. »Ich kann mir nicht vorstellen, dass ein Kriegsheimkehrer wie Kallinich auf Anhieb wieder Fuß fasst. Das wird eine Weile dauern. In der Zeit kann er sich schlecht auch noch um Theo kümmern. Vielleicht sieht das der Richter auch so.«

Hilde horchte auf. »Ihr wollt vor Gericht?«

Oppenheimer wiegte seinen Kopf hin und her. »Zumindest steht es im Raum. Aber ich werde diese Entscheidung nicht treffen, ohne Kallinich persönlich gesprochen zu haben. Ich kann ihn ja noch nicht einschätzen. Vielleicht ist er ein netter Kerl. Womöglich will er für Theo wirklich nur das Beste.«

Über diesen Punkt hatte Lisa wohl bereits ausführlich nachgedacht. Sofort sagte sie: »Dann sollte er ihn besser bei uns lassen.«

Hildes Brauen zuckten kurz nach oben. Oppenheimer kannte sie gut genug, um ihre Reaktion lesen zu können. Obwohl sie es zu verbergen suchte, war sie besorgt.

Beschwichtigend hob sie die Hände. »Redet erst mal mit Theos Vater. Vielleicht könnt ihr euch einigen. In jedem Fall ist eine einverständliche Lösung besser.« Sie schenkte Lisa von ihrem Klaren nach. »Geht es vors Gericht, habt ihr eine Menge Ärger am Hals«, fuhr sie langsam fort, um ihren Worten Nachdruck zu verleihen. »Und Theo wird davon auch nicht verschont bleiben. Vor allem dürft ihr nicht vergessen, dass der leibliche Vater beim Vormundschaftsgericht immer die besseren Karten hat. Ein Rechtsstreit verschlingt Zeit, Energie und vor allem Geld. Das gilt für alle Beteiligten. Ich kenne das noch von Gregor.«

Oppenheimer wusste zuerst nicht, von wem Hilde sprach. Bis er sich schließlich an den zentnerschweren Anwalt Gregor Kuhn erinnerte, der Hilde in der Endphase des Dritten Reichs in einer dramatischen Wendung des Schicksals vor dem Volksgerichtshof verteidigt hatte. Durch die jahrzehntelange Freundschaft mit einem Rechtsanwalt wie Kuhn verfügte sie über beträchtliche juristische Kenntnisse.

Lisa nahm einen großen Schluck von dem Schnaps. »Sollen wir uns denn alles gefallen lassen?«, fragte sie mit bebender Stimme.

»Darum geht es nicht«, beharrte Hilde. »Noch ist nichts geschehen, ihr habt alle Optionen offen. Aber an eurer Stelle würde ich nicht sofort vor Gericht preschen. Das sollte der allerletzte Schritt sein, wenn alles andere gescheitert ist. Sucht zuerst nach einer gütlichen Lösung. Wisst ihr, zu Beginn eines Rechtsstreits haben Mandanten fast immer unrealistische Erwartungen. Versteht mich nicht falsch, das heißt nicht, dass man sich nicht verteidigen sollte. Aber auch scheinbar eindeutige Gerichtsurteile haben meistens einen Haken. So funktioniert halt die Justiz. Egal, wie das Urteil über Theos Vormundschaft dann auch aussieht, es wird auf beiden Seiten Verlierer geben.«

Am Freitag wollte Oppenheimer seinen letzten Urlaubstag nutzen, um weitere Details zu Lottes Verschwinden herauszubekommen. Die besten Informationen erhoffte er sich von dem Hausverwalter. Er war mit seiner Vermisstenanzeige bei der Polizei Rita zuvorgekommen, also lag es nahe, dass auch er einen Verdacht haben musste.

Lottes Wohnung befand sich nahe dem südlichen Ende des Ku'damms im Stadtteil Wilmersdorf. Zuerst sah Oppenheimer von dem Mietshaus nur eine hoch aufragende Steinwand. Das im Krieg zerstörte Nachbargebäude war bereits abgetragen worden und hatte eine leere Fläche hinterlassen. Die letzten Trümmer waren von Unkraut überwuchert. Zur Straßenseite hin zeigte Lottes Wohnhaus eine aufwendig gearbeitete Steinfassade. Im Vergleich zum frisch gestrichenen Erdgeschoss wirkten die darüberliegenden Stockwerke allerdings wüst. Die Wand war zum Teil mit Einschusslöchern perforiert, an den Seiten der Balkone waren Stuckelemente abgeplatzt und gaben den Blick auf den grauen Unterputz frei.

Oppenheimer trat zur bogenförmigen Eingangstür und überflog die Klingelleiste. Als er das Schild mit Lottes Namen entdeckte, hielt er inne, denn es befanden sich zwei Namen darauf: *Tieken* und *Lehn*. Darunter war die Klingel des Hausverwalters namens Burmester. Oppenheimer schellte, und kurz darauf erschien in der Tür ein Herr mit hohlen Wangen und langen dunkelblonden Haaren, die er hinter die Ohren gekämmt hatte. Die Trostlosigkeit des benachbarten Ödlands schien auf ihn abgefärbt zu haben. Die Haut war grau. Oppenheimer schätzte Burmesters Alter in den Dreißigern. Obwohl er einen Anzug trug, wirkte der Verwalter so vernachlässigt wie der obere Teil seines Hauses.

Nachdem sich Oppenheimer vorgestellt hatte, fragte Burmester sofort: »Haben Sie Neuigkeiten über Frau Tieken?«

»Leider nicht«, gab er zu. »Eine Freundin von ihr hat mich beauftragt, weitere Erkundigungen anzustellen.«

Burmester verengte die Augen. »Moment, ist das hier jetzt offiziell? Können Sie mir Ihren Dienstausweis zeigen?«

Oppenheimer kramte in seiner inneren Brusttasche. Dann klappte er den Kripoausweis auf und hielt ihn seinem Gesprächspartner entgegen. Es war interessant, dass sich Burmester nicht mit dem Vorzeigen der Kripomarke abspeisen ließ. Oppenheimer machte sich in Gedanken eine Notiz, dass Lottes Hausverwalter in der Vergangenheit vermutlich bereits Bekanntschaft mit der Kripo gemacht hatte.

Als Burmester endlich zufrieden war, räusperte er sich und führte Oppenheimer in den Keller. Dort befand sich eine kleine Werkstatt, die durch ein Fenster auf Straßenniveau erhellt wurde.

Die Werkbank mit dem aufmontierten Schraubstock sah einigermaßen sauber aus. Also lehnte Oppenheimer sich dagegen und rekapitulierte: »Sie haben festgestellt, dass Fräulein Tieken verschwunden ist, und die Polizei verständigt. Wann genau haben Sie sie zuletzt gesehen?«

Burmester war auf diese Frage vorbereitet. »Das war am Sonntagnachmittag. Ich kann mich noch so genau daran erinnern, weil Frau Tieken fein rausgeputzt war. Verstehen Sie mich nicht falsch, sie ist wirklich sehr hübsch. Und legt immer großen Wert auf ihr Äußeres. Aber an diesem Tag trug sie einen Pelzmantel. Das schien also ein besonderer Anlass zu sein.«

Oppenheimer hielt sein Schulheft in das trübe Tageslicht und notierte diese Angaben. Vermutlich hatte Burmester seine

Mieterin gesehen, als sie zum Dinner aufgebrochen war, bei dem Wharton mit ihr Schluss gemacht hatte.

»Und wann sind Sie zur Polizei gegangen?«

»Das war am Dienstag.«

»Sie ist seitdem also nicht mehr aufgetaucht, und das erweckte Ihr Misstrauen?«

»Nein, das haben Sie falsch verstanden«, widersprach Burmester Oppenheimers Schlussfolgerung. Er riss seine wässrigen Augen auf. »In der Nacht von Montag auf Dienstag habe ich mitbekommen, wie sie entführt wurde!«

5

Freitag, 26. Mai 1950

Oppenheimer zuckte zusammen. Nachdem er die erste Verblüffung überwunden hatte, gewann augenblicklich seine Routine als Kripokommissar die Oberhand. Wenn Burmesters Behauptung tatsächlich zutraf, dann war er ein wertvoller Zeuge. Das war Glück im Unglück.

Er machte sich bereit, alles in sein Heft zu notieren, und fragte: »Wann genau ist das geschehen? Können Sie sich an die Uhrzeit erinnern?«

»Das war so gegen halb drei nachts.« Burmester zuckte mit den Schultern. »Ich kann schlecht schlafen und hab noch ein Buch gelesen. Da hörte ich Stimmen draußen.«

»Eine davon gehörte Fräulein Tieken?«

»Ja, die hab ich sofort wiedererkannt.«

»Ihr Fenster geht zur Straße raus?«

»Ich wohn im ersten Stock. Genau über dem Eingang.« Burmester legte die Stirn in Falten. »Zuerst hab ich mir nicht viel dabei gedacht. Das war ein Fehler. Ich hätte es verhindern können. Aber es gab keine Hinweise darauf, dass etwas ungewöhnlich war. Frau Tieken hat sich mit jemandem unterhalten. Mit einem Mann. Ein ganz normales Gespräch.«

Gespannt verfolgte Oppenheimer Burmesters Worte. »Konnten Sie zufällig verstehen, was geredet wurde?«

Kopfschüttelnd antwortete Burmester: »Leider nicht. Aber ihre Stimme klang freundlich. Sie sprach wie mit einem Bekannten.«

An dem Abend war es stark bewölkt gewesen, und Burmester hatte sein Fenster höchstwahrscheinlich geschlossen. Oppenheimer zweifelte, ob er diese Details tatsächlich gehört hatte. Es erschien ebenso plausibel, dass Burmester sie später erst hinzufantasiert hatte, als er die Ereignisse jener Nacht Revue passieren ließ.

»Wie lange dauerte diese Konversation?«

»Nicht lange. Das Gespräch wurde schnell hitzig. Frau Tieken erhob die Stimme. Ich bin dann ans Fenster, um zu gucken, ob sie meine Hilfe benötigt.«

Oppenheimer hielt den Atem an.

»Und? Haben Sie Fräulein Tieken gesehen?«

Burmester ließ die Schultern hängen. »Es war zu spät. Sie war nicht mehr zu sehen. Ich dachte, dass es ihr zu blöd geworden war und sie einfach ins Haus gegangen ist.«

Gedankenversunken klopfte Oppenheimer mit dem Bleistift gegen seine Lippen. »Und dieser Gesprächspartner? War von ihm etwas zu sehen?«

»Auf der Straße sah ich nur Schatten. Direkt vor dem Haus war ein Fahrzeug geparkt, und da bewegte sich etwas. Aber ich wollte mich nicht einmischen.« Bei diesem Geständnis wirkte Burmester ehrlich zerknirscht. Er nahm ein Zigarettenpäckchen aus seiner Anzugtasche. Ohne auf die Idee zu kommen, Oppenheimer ebenfalls eine Zigarette anzubieten, zündete er sich eine an.

»War Fräulein Tieken tatsächlich ins Haus getreten?«, fragte Oppenheimer nach.

»Das kann ich nicht beschwören. Sie wohnt im Erdgeschoss. Wenn sie in ihre Wohnung geht, bekomm ich das nicht mit.« Burmester atmete tief durch. »Ein paar Minuten später hörte ich dann einen Motor starten. Es war ein Zweitakter, mehr kann ich nicht dazu sagen. Ich blickte noch mal auf die Straße, da war der geparkte Wagen vor dem Haus fort, und auf der Straße entfernten sich zwei rote Lichter.«

Oppenheimer nickte, während er sich alles notierte. Wenn

man von einer Entführung ausging, erschien es möglich, dass sich Lotte in diesem Fahrzeug befunden hatte. Der Entführer musste sie kennen. Er hatte gewartet, um sie anzusprechen und in sein geparktes Fahrzeug zu lotsen. Nur schien das nicht so glatt gelaufen zu sein wie geplant.

Hatte Lotte sich gewehrt? Das ließ sich nicht beantworten. Oppenheimer war sich bewusst, dass Lottes Entführung bislang nichts weiter als reine Theorie war. Obwohl der Hausverwalter glaubte, etwas mitbekommen zu haben, waren seine Hinweise nicht eindeutig genug.

Den Rest konnte Oppenheimer sich zusammenreimen. Burmester hatte Lotte am nächsten Morgen nicht gesehen und war dann angesichts der merkwürdigen Begleitumstände zur Polizei gegangen. Wenn Burmester von Lotte sprach, dann schimmerte bei ihm durch, dass er in sie verliebt war. Vielleicht wollte er mit der prompten Vermisstenmeldung wiedergutmachen, dass er in der Nacht ihres Verschwindens als Beschützer jämmerlich versagt hatte.

Oppenheimer glaubte, aus Burmester nicht mehr viel herauszubekommen. Und so stellte er noch eine letzte Frage.

»Und was ist mit Fräulein Tiekens Wohnungsgenossin? Kann sie das bestätigen?«

»Bitte was?«, fragte Burmester verwirrt.

»Das Klingelschild«, erklärte Oppenheimer. »Darauf befinden sich zwei Namen. Ich dachte, sie teilt sich die Wohnung vielleicht mit einer anderen jungen Dame?«

Burmester lachte bitter auf. »Wie kommen Sie darauf, dass es sich dabei um eine junge Dame handelt? Nein, nein, Frau Tieken ist verheiratet. Und der Mietvertrag wurde von beiden Ehepartnern unterzeichnet.«

Nun war Oppenheimer verwirrt. »Sie meinen damit wohl Herrn Tieken?«

»Nein, Herrn *Lehn*. Eigentlich ist Lottes richtiger Name Frau Lehn. Aber sie zieht ihren eigenen Familiennamen vor.« Burmester seufzte. »Das ist wohl unverfänglicher für sie ... bei den vielen Herrenbekanntschaften.«

Oppenheimer hatte sich bereits darüber gewundert, dass Burmester die ganze Zeit darauf beharrt hatte, Lotte *Frau* Tieken zu nennen. Er schlug das Schulheft wieder auf und sagte: »Ich befürchte, dass Sie mir das alles etwas genauer erklären müssen.«

Burmester nahm einen tiefen Zug von der Zigarette und kratzte sich dann verlegen am Kopf. »Nun gut, Ihnen gegenüber darf ich es ja verraten. Die Wohnung wurde vor drei Jahren gemietet.« Mit säuerlicher Miene fügte er hinzu: »Kurz danach fing es an, dass Frau Tieken häufiger Amis mit nach Hause brachte. Über Nacht, Sie wissen schon. Vor einiger Zeit hörte das aber auf. Ich dachte schon, dass wieder alles normal sei. Aber von wegen. Irgend so ein hohes Tier stand plötzlich bei ihr auf der Matte. Ein Offizier von den Amis. Um ein Haar hätte er Herrn Lehn in ihrer Wohnung erwischt. Es war schon fast komisch. Lottes Mann konnte sich nur retten, indem er halb nackt aus dem Fenster gesprungen ist. Seitdem wohnt Frau Tieken allein in der Wohnung.«

Trotz Burmesters offenkundiger Befangenheit war Oppenheimer über dessen Geschichten amüsiert. Damit sein Gesprächspartner nicht verstummte, bemühte er sich, ein ernstes Gesicht zu machen und sich in Burmesters Lage zu versetzen.

»Das ist für Sie als Vermieter sicher keine angenehme Situation.«

Burmester winkte ab. »Mir gehört das Haus nicht. Ich bin hier nur der Verwalter. Aber ja, derartige Angelegenheiten sind sehr unangenehm. Leider ist unser Haus in der Nachbarschaft in Verruf geraten.«

»Und dieser Herr Lehn, wo kann ich ihn erreichen?«

An Lottes Gatten war Burmester deutlich weniger interessiert.

»Keine Ahnung, wo der untergekommen ist. Ich weiß nur, wo er gearbeitet hat. Vielleicht haben Sie Glück, und man kann Ihnen dort weiterhelfen.«

Oppenheimer zückte wieder den Bleistift. »Sehr gut, das hilft mir sehr! Und wo hat Herr Lehn denn gearbeitet?«

»Der ist Tänzer. Im *Luxor,* das kennen Sie doch bestimmt?«

Oppenheimer merkte auf. Es war der Name des Tanzpalastes, von dem auch Rita gesprochen hatte. Anscheinend liefen einige der Fäden dort zusammen. Andererseits konnte es auch purer Zufall sein.

Oppenheimer nahm sich vor, das herauszufinden.

Es war noch nicht ganz dunkel, und doch waren an den langen Holzpfählen bereits die Flutlichter eingeschaltet. Alles musste hell erleuchtet sein, denn gleich hinter der Brücke über den Neuköllner Schifffahrtskanal lag ein Übergang zum Ostsektor. Oppenheimer schlenderte am Zaun einer Sportanlage das Maybachufer entlang. Trotz der angenehmen Temperaturen vergrub er seine Hände in den Manteltaschen.

Mit tuckerndem Motor fuhr eine Barkasse unter dem breiten Brückenbogen hindurch. Die Abgase aus dem Schornstein hinterließen eine schwarze Spur in der Luft. Weil die Lohmühlenbrücke eine viel frequentierte Schnittstelle zwischen den Stadtbezirken Neukölln und Treptow war, konnte Oppenheimer die Menschenschlange vor der Kontrollstelle bereits von Weitem erkennen.

Die wachsende Spannung zwischen den Machtblöcken in Ost und West hatte bislang praktisch keine Auswirkung auf den täglichen Betrieb an den Sektorengrenzen. Etliche Berliner mussten pendeln, weil sie in einem anderen Sektor arbeiteten. Tagsüber kamen dann noch die Westberliner hinzu, die eine Stippvisite im Osten machten, um den günstigen Wechselkurs der Westmark für Einkäufe in den freien Warenhäusern zu nutzen, für einen billigen Haarschnitt oder einen Restaurantbesuch. Gegen Abend folgten schließlich die Nachtschwärmer mit ihrem Interesse am reichen Theaterleben des Ostsektors. Das von Bertolt Brecht geleitete *Berliner Ensemble* wurde über die Sektorengrenzen hinaus gerühmt ebenso wie die ausgefeilten Musiktheaterinszenierungen von Walter Felsenstein in der von ihm gegründeten *Komischen Oper* nahe dem Brandenburger Tor.

Oppenheimer stellte sich zwischen den Leuten in die Schlange und näherte sich schrittweise den Flutlichtern. Wie immer, wenn er in den Ostsektor musste, war er ein wenig nervös und beruhigte sich mit dem Gedanken, dass alles glatt laufen würde, solange er sich nicht als Mitarbeiter der Westberliner Kripo zu erkennen gab. Die nötigen Vorbereitungen zum Sektorenübertritt hatte er penibel befolgt. In der Geldbörse befand sich kein Westgeld mehr, und auch die Kripomarke mitsamt Ausweis ruhten jetzt in der verschlossenen Schublade seiner Nachttischkonsole.

Es war verwunderlich, dass die Passanten überhaupt kontrolliert wurden. Die meisten Berliner zogen es nämlich vor, die Sektorengrenze einfach mit der Ringbahn zu überqueren, in der es nur ein geringes Risiko einer Stichkontrolle gab.

Trotz allem nahmen die Grenzpolizisten am Lohmühlenplatz ihre Aufgabe sehr ernst. Gewissenhaft überprüften sie jeden Passanten. Oppenheimer suchte nach Anzeichen, ob die Volkspolizisten vor ihm bewaffnet waren, denn seit einiger Zeit kursierten in den Westzonen beunruhigende Gerüchte über diese Frage.

Erst Anfang dieser Woche hatten die Westmächte von der sowjetischen Militärverwaltung die komplette Auflösung der Ostpolizei verlangt, weil sie angeblich insgeheim in eine paramilitärische Organisation umgewandelt werde. Das Polizeicorps der DDR bekäme eine militärische Ausbildung an der Waffe. Zwei im Westen wegen unerlaubtem Waffenbesitz inhaftierte Volkspolizisten hatten vor einem US-amerikanischen Gericht sogar die

Lieferung von Flugzeugen, Artillerie und Panzern bestätigt. Sollte dies tatsächlich stimmen, dann bedeutete das einen gravierenden Verstoß gegen das Potsdamer Abkommen, dessen zentraler Punkt Deutschlands strikte Entmilitarisierung war. Auch Oppenheimer hatte von seinen Polizeikollegen seit letztem Jahr immer häufiger gehört, dass die Ostpolizei mit Vorliebe Wehrmachtsoffiziere als Ausbilder einsetzte. Jede erdenkliche Schlussfolgerung daraus war letztendlich unangenehm: Entweder trieben Stalins Stellvertreter tatsächlich ein finsteres Spiel, oder der Westen war endgültig der Paranoia anheimgefallen. Oppenheimer hielt es sogar für möglich, dass beides gleichzeitig zutraf.

Um auf andere Gedanken zu kommen, richtete er sein Augenmerk auf den Lohmühlenplatz, dem er stetig näher kam. Das letzte Mal war Oppenheimer hier gewesen, um die Mörderin Frau Ostendorf an die Ostkripo zu übergeben. Obwohl seitdem keine zwei Jahre vergangen waren, hatte sich der dreieckige Platz stark verändert. Die angrenzenden Straßen waren mit Eisengeländern gesichert, die fest im Kopfsteinpflaster verankert waren. Zusätzliche Holzbarrikaden mit Warntafeln markierten die Sektorengrenze, sodass nur ein schmaler Zugang frei blieb.

Weil Oppenheimer kein Gepäck mit sich führte, gab es bei ihm nicht viel zu kontrollieren. Nach dem Vorzeigen seines Personalausweises wurde er anstandslos durchgewunken. Auf der anderen Seite der Sektorengrenze musste er sich kurz orientieren. Direkt gegenüber war an einer Hauswand ein großes Plakat aufgeklebt. *Die Freundschaft mit der Sowjetunion verbürgt den Frieden!* Diese Parole war vor allem an die Besucher aus dem Westen adressiert.

Wenige Meter entfernt erspähte er unter einem Baum einen geparkten Mannschaftstransporter der Volkspolizei. Bei diesem Anblick brummte Oppenheimer zufrieden. Sie hatten ihn also erwartet. Diese Vorgehensweise hatte sich mittlerweile als übliches Prozedere etabliert, wenn Kripoleute aus den verfeindeten

Sektoren – abgeschirmt vor den Augen der Öffentlichkeit – miteinander reden mussten.

Mit zielgerichteten Schritten lief er zum Transporter und klopfte an die Karosserie. Fast augenblicklich glitt die Schiebetür zur Seite, und Kommissar Negele blinzelte ihm entgegen. Er war kein besonders amüsanter Zeitgenosse, und so zog er statt eines Lächelns nur seine prägnanten Augenbrauen zusammen.

»Sie sind pünktlich. Sehr gut.« Negele wies auf den Sitz neben sich. »Bitte nehmen Sie doch Platz.«

Er schaltete die Deckenleuchte ein und schloss die Seitentür wieder. Oppenheimer kam sich in der Blechkiste wie eine eingelegte Sardine vor. Negele nahm seinen Hut vom Kopf und warf ihn achtlos auf einen Sitz. Reflexartig fuhr er mit der Hand durch seine welligen braunen Haare und holte dann ein Päckchen Zigaretten aus der Jackentasche. Im Gegensatz zu Burmester hatte er bessere Umgangsformen. Kollegial bot er Oppenheimer eine Zigarette an, ehe er sich selbst einen Stängel zwischen die Lippen steckte. Oppenheimer fand, dass Tabakqualm angenehmer roch als der Schweißgestank im Transporter, der von den unzähligen Einsätzen herrührte. Er holte seine Zigarettenspitze hervor, ließ sich Feuer geben und stieß dann mit einem zufriedenen Seufzer den blauen Qualm aus.

»Schön, dass wir uns mal wiedersehen«, begann er. »Auch wenn der Fall so undurchsichtig ist.«

Negele zuckte mit den Schultern. »Was will man machen. Wenn es keine Spitzbuben gäbe, hätten wir ja nichts zu tun.«

Oppenheimer lachte auf. Negele wirkte wie ausgewechselt. Er war nicht mehr so knochentrocken, wie ihn Oppenheimer kennengelernt hatte. Vielleicht lag es daran, dass sie schon zum wiederholten Mal über die Sektorengrenze hinweg kooperierten. Negele war um die dreißig, und soweit Oppenheimer mitbekommen hatte, kam er bei der Ostkripo auf der Karriereleiter rasch voran.

Aber viel wichtiger war die Gewissheit, dass er sich auf Negele verlassen konnte. Im Gegenzug hatte er auch ihm schon so manchen Gefallen erwiesen.

Oppenheimer hatte das Treffen mit Negele am Vormittag arrangiert und ihm die wichtigsten Details bereits mitgeteilt. Jetzt musste er nur noch Lottes Daten in Schriftform übergeben, damit Negele sie an die Vermisstenstelle der Ostpolizei weiterleiten konnte. Während Negele in den Dokumenten blätterte, fragte er: »Hat diese Frau Tieken irgendwelche Bekannten bei uns im Ostsektor? Jemanden, bei dem sie im Zweifelsfall für ein paar Tage unterkommen könnte?«

Oppenheimer schüttelte den Kopf. »Nicht dass ich wüsste. Aber heute hatte ich eine interessante Unterredung mit ihrem Hausverwalter.«

Nachdem er in knappen Worten auf die mutmaßliche Entführung eingegangen war, fragte Negele unverzüglich: »Eine Lösegeldforderung ist immer noch nicht eingetroffen?«

»Mir ist nichts bekannt.«

Auf Oppenheimers Antwort hin schürzte Negele die Lippen. Als erfahrener Kriminalist kam er zu demselben Schluss wie sein Westkollege.

»Oh, verdammt!« Er rieb sich die Stirn. »Das sieht nicht gut aus. Sie wurde in der Nacht von Montag auf Dienstag angeblich entführt, und wir haben noch nichts gehört?«

Oppenheimer zog an seiner Zigarette und knurrte: »Ich weiß.« Schließlich sprach er aus, was ihnen beiden durch den Kopf ging und was er Rita vorerst nicht verraten wollte.

»Frau Tieken befindet sich vermutlich in den Händen eines Triebtäters.«

Lotte war auf dem Weg der Besserung. Zumindest sah das ihr Bewacher so. Er hatte sie die letzten Tage über gepflegt und ihren

Zustand aufmerksam beobachtet. Wenn er sie allein ließ, blickte sie sehnsüchtig aus dem Fenster. Lotte brannte darauf, wieder in die Freiheit zu gelangen. Und sie glaubte, auf dem richtigen Weg zu sein.

Ihr Entführer führte lange Gespräche mit ihr. Schon bald war Lotte bewusst geworden, dass alle ihre Vermutungen nicht zutrafen. Er verhielt sich ausgesprochen taktvoll. Und er schien sich wirklich für sie zu interessieren, zeigte Verständnis. Trotz allem blieb sie vorsichtig, denn die Stunden mit ihm waren ja erzwungen. Sie konnte nicht vergessen, dass sie seine Gefangene war.

Es würde nichts bringen, ihren Entführer vor den Kopf zu stoßen, also hatte Lotte einfach mitgespielt. Seine Wünsche zu erfüllen verlangte ihr nicht viel ab. Nachdem sie erkannt hatte, was er von ihr erwartete, war es ein Kinderspiel gewesen, sich selbst zu verleugnen und einfach alles nachzuplappern. Lotte beglückwünschte sich für ihre Findigkeit. Der Bewacher war dermaßen selbstzufrieden, dass er ihre Lügen nicht durchschaute. Es war so einfach, ihm die Unwahrheit schmackhaft zu machen.

Auch jetzt leistete er Lotte wieder Gesellschaft und saß auf dem Holzschemel, den er in der Zwischenzeit für sich organisiert hatte. Wie üblich war er darauf bedacht, eine gewisse Distanz zu ihr einzuhalten. Und wenn er doch mal näher kam, warnte er sie vorher.

So wie jetzt.

»Ich werde mir deinen Knöchel ansehen«, kündigte er an, die Stirn gerunzelt, und rückte seinen Schemel an die Bettkante. Es kostete ihn eine gewisse Überwindung, sie zu berühren. Um es ihm einfacher zu machen, streckte sie dem Entführer das Bein hin. Sanft umfasste er den Fuß und bewegte ihn.

Lotte zuckte bei der Berührung zusammen.

»Tut es noch weh?«, fragte er mit gesenkter Stimme.

»Es ist wieder völlig heil«, beeilte sich Lotte zu antworten. »Die Salbe hat wirklich geholfen.«

Wirst du mich jetzt endlich freilassen, du Scheißkerl?, ergänzte sie in Gedanken.

Der Mann nickte ernst. »Körperlich fehlt dir also nichts«, fasste er zusammen. Dann warf er einen Blick zum Tisch, auf dem immer noch der halb gefüllte Blechteller mit ihrer letzten Mahlzeit stand.

»Aber du hast zu wenig gegessen.« Tadel schwang in seiner Stimme mit. »Das ist nicht gut.«

Lotte war stolz auf ihre schlanke Taille. Sie fragte sich, warum er es ausgerechnet darauf abgesehen hatte, sie zu mästen. Aber wenn es das war, was er wollte, dann sollte er es auch bekommen.

»Das hier ist eine fremde Umgebung, da spüre ich keinen großen Appetit«, entschuldigte sie sich. »Ich war schon als Kind so.«

Wie jedes Mal blitzten seine Augen auf, wenn Lotte etwas von sich preisgab.

»Wenn ich dich wieder freilasse, soll mir niemand vorwerfen, dass ich dich nicht gut behandelt habe.«

Lottes Herz begann heftig zu schlagen. Genau diese Nachricht hatte sie herbeigesehnt. Ihre erfolgreiche Verstellung, der ganze Bockmist, den sie über sich ergehen lassen musste, ihr Versuch, den Entführer zu beeinflussen – dies alles sollte sich jetzt auszahlen. Lotte versuchte, sich ihre Freude nicht anmerken zu lassen. Sie schluckte hart und ließ bewusst einige Sekunden verstreichen, bis sie fragte: »Und wann komme ich frei?«

Der Entführer schien bereits alles im Voraus geplant zu haben. »Bald«, sagte er. »Sobald du wieder etwas an Gewicht zugelegt hast.«

Er stand von seinem Schemel auf und drückte ihr den Blechteller in die Hände.

Die Antwort war für Lotte eine Enttäuschung. Ganz so schnell würde es also nicht gehen. Doch der Entführer hatte ihr einen

Ausweg gezeigt. Wenn sie kooperierte, musste er seinen Teil der Abmachung einhalten.

Der Mann stellte den Schemel auf den alten Platz zurück, ein Stück entfernt von dem Bett. Dann blieb er stehen und wandte sich Lotte zu. Eindringlich sagte er: »Es ist die Chance auf einen frischen Start. Du hast gut mitgearbeitet.« Er hielt inne und verengte die Augen. »Ist dir auch bewusst, welche Gnade dir zuteilwird?«

Lotte wurde von dieser Frage überrumpelt. Würde er ihr glauben, wenn sie ihm unumwunden zustimmte? Einen kompletten Wandel ihrer Persönlichkeit in so kurzer Zeit musste ihm auffallen. Aber Lotte hatte keine andere Wahl.

Um die Schwere ihrer Entscheidung zu betonen, machte sie ein ernstes Gesicht. Sie kam sich wie eine Schauspielerin vor. »Ja. Jetzt erkenne ich es«, sagte sie.

Der Entführer schien unschlüssig zu sein. Doch dann räusperte er sich, und es kam wieder Leben in ihn. Seine Stimme klang bestimmt.

»Drei Tage noch. Und du wirst frei sein. Nicht diese Tür hielt dich eingesperrt. Nicht das Schloss. Mit deinen eigenen Untaten hattest du ein Gefängnis für dich errichtet. Stein um Stein. Du warst gefangen, die ganze Zeit. Und du hast es nicht einmal bemerkt. Aber jetzt, wo du es einsiehst, wirst du zum ersten Mal in deinem Leben wirklich frei sein.«

6

Freitag, 26. Mai 1950

Die Unterredung mit dem Ostkollegen Negele war reibungslos über die Bühne gegangen, und so hatte Oppenheimer gegen Abend noch ausreichend Zeit, um nach einer kurzen Stippvisite bei sich zu Hause Lottes Ehemann auf den Zahn zu fühlen.

Am Freitagabend war die Wahrscheinlichkeit groß, den ominösen Herrn Lehn an seinem Arbeitsplatz aufzuspüren. Das *Luxor* befand sich in einer Seitenstraße südlich des Ku'damms. Diese Gegend war vor dem Krieg als Brennpunkt der Berliner Halbwelt berühmt-berüchtigt gewesen. Auch Oppenheimer erinnerte sich noch gut an das wilde Gemisch aus unzähligen Cafés, von denen manche als Treffpunkt für Homosexuelle beiderlei Geschlechts bekannt waren, Travestie-Lokalen und Vergnügungsetablissements, in denen dem Publikum – wenn nicht nackte, dann doch zumindest spärlich bekleidete – Revuegirls präsentiert wurden. Aufgrund des Drogenhandels und der Straßenprostitution hatte sich das Viertel nahe der Tauentzienstraße für abenteuerlustige Nachtschwärmer rasch als verruchte Alternative zum benachbarten Ku'damm etabliert.

Während Oppenheimer zum *Luxor* lief, hatte er ausreichend Zeit, um sich zu vergegenwärtigen, dass von der sagenumwobenen Sündenmeile nicht mehr viel übrig geblieben war. Im näheren Umkreis hatten die Bombardierungen bis auf wenige Einzelhäuser nur Ruinen hinterlassen. Und doch war nach dem Krieg das halbseidene Nachtleben wieder zurückgekehrt, das jetzt allerdings größtenteils auf dem Ku'damm selbst stattfand.

Das *Luxor* konnte eine derartige Nobeladresse allerdings nicht vorweisen. Es residierte in einer Seitenstraße, nur einen Steinwurf von dem großen Boulevard entfernt. Um den Tanzpalast zu finden, vertraute Oppenheimer seinem Orientierungssinn und lief im Dunkeln quer durch die Gassen. Als der glitzernde Asphalt vor ihm blau zu schimmern begann, wusste er, dass es nicht mehr weit sein konnte. An der nächsten Hausecke blieb er stehen und starrte auf den brillanten Neonschriftzug des *Luxor.* Für einen kurzen Augenblick blieb ihm die Spucke weg.

Im Vergleich zu den teilweise aufwendigen Vergnügungstempeln der Zwischenkriegszeit, von denen einige über mehrere Restaurants, Säle und Bars verfügt hatten, war der Neubeginn des Berliner Nachtlebens deutlich bescheidener ausgefallen. Die Fassade des *Luxor* ließ jedoch erahnen, dass hier jemand beabsichtigte, den alten Glanz wieder aufleben zu lassen.

Die Leuchtreklame erhellte den kompletten Straßenzug. Nicht von ungefähr fühlte sich Oppenheimer an die Außenfassade des Kinos *Titania Palast* in Steglitz erinnert, denn auch hier ragten waagrecht übereinander angebrachte Zierstreifen aus Neonröhren in den Himmel empor. Am Straßenrand standen dicht gedrängt abgestellte Fahrzeuge. Von Motorrädern über Jeeps bis hin zu schweren Limousinen war alles vertreten.

Oppenheimer schlängelte sich zwischen zwei Autos hindurch und betrat das *Luxor* durch eine schwere Doppeltür. Er fand sich in einem Foyer mit Garderobe wieder. Der eigentliche Eingang zum Tanzsaal wurde von einem bulligen Türsteher im Frack bewacht. Oppenheimer lief auf den Herrn zu, als ihm jemand aus der benachbarten Kasse etwas zurief.

»He! Sie brauchen ’n Ticket!«

Oppenheimer wandte sich um. In dem Glaskasten saß eine junge Dame. Die blonden Haare waren zu einer kunstvollen Frisur aufgedreht, wie Oppenheimer sie bislang nur in amerikanischen Filmen gesehen hatte. Das Gesicht war stark geschminkt, nicht hübsch, aber ebenmäßig. Unheilvoll starrte sie Oppenheimer an. Als er dem Türsteher einen letzten fragenden Blick zuwarf, nickte dieser nur kommentarlos zur Kasse.

»Ich kenne mich hier nicht aus«, entschuldigte sich Oppenheimer und trat vor das Fräulein. »Ich bin nicht zum Tanzen hier, ich muss nur dringend mit Herrn Lehn sprechen.«

Die junge Frau verzog den Mund. »Dit kann jeder behaupten! Nee, nee. Herren ohne Begleitung kommen nur rinne, wenn se ’ne Karte koofen. Is nur een Jroschen. Und ’nen Tanz kriejen Se noch umsonst dafür!«

Erst jetzt fiel Oppenheimer das Preisschild auf. Die Tarife waren per Hand auf ein Stück Karton geschrieben. Für jeden Tanz mit einem Tanzpartner musste vorab ein Billett für zehn Pfennig erworben werden.

»Also ohne Ticket komme ich hier nicht rein?«, fragte er.

Die Kassiererin entschied sich, dem renitenten Kunden gut zuzureden. »Kommen Se, jeben Se Ihrem Herzen ’nen kleenen Stups! Zehn Pfennich sind doch nich die Welt! Und drinnen jibt et ’n paar kesse Motten!«

Oppenheimer fand die Situation einigermaßen amüsant, aber er sah trotzdem nicht ein, weswegen er Eintritt zahlen sollte.

»Macht es vielleicht einen Unterschied, wenn ich Ihnen meinen Kripoausweis zeige?«

Die junge Dame blieb unbeeindruckt. Das änderte sich auch nicht, als er seinen Ausweis gegen die Scheibe hielt. Sie verschränkte die Arme und zuckte mit den Schultern. »Ick hab mir dit nich ausjedacht. Is Firmenpolitik!«

»Aber, Evi! Jetzt lass den Herrn doch rein!« Ein Mann in einem weißen Kittel trat zu ihnen. Er hatte graue Haare mit Geheimratsecken, eine ausgeprägte Nase und einen schmal rasierten Oberlippenbart. »Du siehst doch, er ist nicht zum Vergnügen hier.«

»Dit kann jeder behaupten«, murmelte die Kassiererin.

»Ich passe auch auf, dass er gleich wieder verschwindet«, schlug der hilfreiche Mann vor. »Na, was sagst du?«

Das Fräulein gab schließlich einen Stoßseufzer von sich und winkte Oppenheimer durch. Er murmelte einen Dank und folgte dem Herrn in dem weißen Kittel in den Tanzsaal.

»Viel Spaß!« Mit diesen Worten klopfte er Oppenheimer auf die Schulter und verschwand dann durch die Tür seitlich vom Eingang, die zur Herrentoilette führte.

Oppenheimer stand vor einer hell erleuchteten Tanzfläche. Das Parkett war brechend voll, außen herum waren Tische platziert, an denen Männer in Uniform neben Frauen in Abendgarderobe saßen. Die Kapelle tat ihr Bestes, um gegen den Lärm des Publikums anzuspielen.

Die Musik endete. Oppenheimer registrierte, dass die meisten Partner auf der Tanzfläche in verschiedene Richtungen auseinandergingen. Unterdessen betrat ein Herr mit einem schneeweißen Frack die Bühne und stellte sich in den Scheinwerferkegel. Im hellen Licht wirkte seine Haut milchweiß, Schweißperlen glänzten auf dem Gesicht. Mit einem verschmitzten Lächeln sprach er ins Mikrofon.

»Und jetzt, meine Herrschaften, ist es wieder so weit. Ladies, your choice! Damenwahl!«

Ein Fräulein blickte sich suchend um und steuerte dann zielstrebig auf Oppenheimer zu. In dem Halbdunkel abseits der Tanzfläche wirkten ihre Haare pechschwarz. Keck stellte sie sich, die Hände in die Hüften gestemmt, vor ihn hin.

»Wie wäre es mit uns? How about us? Et nous? One dance, one ticket?«

»Tut mir leid, alle schon aufgebraucht«, log Oppenheimer.

»Dann bis zum nächsten Mal, Süßer. Ich bin Olga. Vergiss es nicht.« Sie drehte ihm den Rücken zu. Jetzt hatte sie einen Tisch im Visier, an dem fünf junge Soldaten ohne weibliche Begleitung saßen. Mit wiegenden Schritten stolzierte sie zu den Junggesellen.

Oppenheimer blickte Olga schmunzelnd hinterher. Das hauchdünne Tanzkleid unterstrich bei jedem Schritt ihr wohlgeformtes Hinterteil. Dann fiel ihm auf, dass sich in einem fernen Winkel eine Bar befand. Dort bekam man meistens die besten Informationen.

Die Musiker spielten schon wieder, als Oppenheimer zum Tresen gelangte. Eine rundliche Frau undefinierbaren Alters zapfte dort Bier aus dem Hahn, knallte das Glas auf ein Tablett und rief mit einer kratzigen Stimme: »Mecki!«

Ein Kellner mit müden Augen erschien, um das Tablett entgegenzunehmen und zu den Gästen zu tragen.

Die Schankwirtin zündete sich eine Zigarette an. Oppenheimer hatte sie bereits erspäht. »Wat woll'n Se? Vous commandez, s'il vous plaît? Your order please?«

»Ich suche Herrn Lehn.« Er streckte ihr den Kripoausweis entgegen.

Die Frau warf herablassend einen Blick auf die Doppelkarte und stieß dabei genüsslich den Zigarettenqualm aus.

»Erst die Bestellung, dann jibt et eene Antwort. Aber auch nur vielleicht, mein Lieber. Firmenpolitik!«

Ein Kellner kam mit einer neuen Bestellung. Während die Frau mit dem Einschenken beschäftigt war, setzte sich Oppenheimer auf einen der Hocker und blickte zur Tanzfläche.

Niemand gab ihm eine Antwort, stattdessen wurde er ständig zum Geldausgeben animiert. Obwohl das zweifelsohne zur Strategie einer Vergnügungsstätte gehörte, ärgerte sich Oppenheimer allmählich.

Einen Versuch wollte er noch unternehmen und lief kurzerhand zur Herrentoilette. Endlich war ihm das Glück hold. Der Toilettenwärter befand sich an seinem Arbeitsplatz. In dem allgemeinen Trubel kam Oppenheimer die Toilette wie eine Oase der Stille vor. Die Tanzmusik der Kapelle drang nur gedämpft in den weiß gekachelten Raum. Der strenge Geruch des Desinfektionsmittels wurde von einem Parfum überdeckt. Hier gab es keine umherwirbelnden Tänzer, alles war ordentlich aufgeteilt. Vor Oppenheimer erstreckte sich eine Reihe Waschbecken. Die gefalteten Handtücher hingen exakt in der Mitte der Chromstangen. Auf einem separaten Tisch lagen Seifen und Flaschen mit Duftwasser bereit. Weiter hinten befanden sich die Toilettenkabinen.

Bei Oppenheimers Eintreten erhob sich der Toilettenwärter von seinem Stuhl. Die Sitzgelegenheit stand zusammen mit einem kleinen Tisch neben der Eingangstür. So musste jedem Kunden der Unterteller für das Trinkgeld ins Auge fallen.

Lächelnd näherte sich der Mann im weißen Kittel. Oppenheimer fiel auf, dass er bereits die Kleiderbürste parat hielt. »Kann ich Ihnen helfen?«

»Das könnten Sie tatsächlich. Ich suche Herrn Lehn. Ihre Kollegen sind leider nicht sehr auskunftsfreudig.«

Oppenheimers Gesprächspartner hob die Brauen. »Die Kripo will etwas vom schönen René?« Bei diesem Gedanken lachte er in sich hinein. »Den finden Sie mit Sicherheit draußen auf der Tanzfläche. Falls er nicht gerade ein Chambre séparée gebucht hat. Aber da könnte ich mich erkundigen.«

Um sich zu vergewissern, dass er die Anspielung richtig verstanden hatte, fragte Oppenheimer: »Ist es üblich, dass das Tanzpersonal hier auch noch private Techtelmechtel veranstaltet?«

Der Toilettenwärter zwinkerte ihm vielsagend zu. »Eigentlich nicht. Aber Regeln sind dazu da, um gebrochen zu werden, Herr Kommissar. Wissen Sie, René ist schon eine ganze Weile hier. Als er damals angefangen hat, dachte ich, er packt es nicht. Er bestand ja nur aus Haut und Knochen. Aber dann hatte er irgendwann den Dreh raus. Jetzt ist er auf der Tanzfläche quasi der Dienstälteste, ein Meister unter unseren Eintänzern. Und da kann er sich einige Freiheiten herausnehmen.« Er blickte sich um und machte dann eine rasche Geste mit der Kleiderbürste. »Verstehen Sie mich nicht falsch. Nicht alle unserer Tänzer sind Gigolos. Wir haben auch ein paar Jungs hier, die sehen das nur als Nebenbeschäftigung. Mit dem Tanzen machen sie eine schnelle Mark, um ihr Studium zu finanzieren. Aber René, der geht ja schon auf die vierzig zu und hat sonst keine Perspektiven. Das einzige Talent ist seine Ausstrahlung auf das schöne Geschlecht, aber niemand kann wissen, wie lange das noch anhält. Und wenn er einen Weiberrock sieht, wird er sowieso nicht Nein sagen. Wer kann es ihm verdenken, dass er sich holt, was er kriegen kann?«

»Aber sein Nebenerwerb wird ja irgendwann auffallen. Sie zum Beispiel sind doch gut über ihn informiert.«

Der Toilettenwärter steckte die Kleiderbürste in die Brusttasche seines Kittels. Er rechnete wohl damit, dass dies eine längere Unterredung wurde. Da ihm sonst niemand Auskunft geben wollte, war es Oppenheimer durchaus recht, mit ihm ein wenig Tratsch auszutauschen.

»In der Herrentoilette schaut jeder Mann früher oder später mal vorbei«, philosophierte sein Gesprächspartner. »Zwar sitze ich hier in meinem stillen Kämmerlein, doch ich bekomme alles mit.« Dann senkte er die Stimme und sagte mit Nachdruck: »Und unser Chef mit seiner hochtrabenden *Firmenpolitik*, das ist alles Unsinn, sage ich Ihnen. Er schaut nur drauf, dass seine Tänzer genügend Billetts für die Tänze einkassieren. Das ist der Gradmesser für ihren Erfolg. Ein ausgeklügeltes System, das muss man unserem Chef lassen. Wer zu wenig hat, pfft, wird nach einer Weile gefeuert. Sie können sich vorstellen, dass es unter den Tänzern ein Hauen und Stechen gibt. Aber René hat hier Narrenfreiheit, weil er eine ganze Reihe von Stammkundinnen vorweisen kann. Von denen bekommt er die Tickets gleich rollenweise. Und ich bin sicher, dass er nebenbei so manches private Arrangement getroffen hat, wenn Sie wissen, was ich meine.«

Froh über Oppenheimers Schmunzeln legte der Toilettenwärter nach. »René muss allerdings auch alle zufriedenstellen. Keine einfache Chose. Manneskraft besitzt er genug, aber er kann sich eben nicht zweiteilen. Der schöne René ist ein Opfer seines Erfolgs.«

Oppenheimer holte sein Schulheft hervor und zückte den Bleistift. Er sah eine günstige Gelegenheit, um zu ergründen, ob Lehn vielleicht ein Motiv hatte, seine Frau verschwinden zu lassen.

»Meinen Informationen zufolge ist er verheiratet. Gab es da keine Unstimmigkeiten über seine Tätigkeit als Gigolo?«

Der Toilettenwärter stutzte.

»Die Lotte? Ha, da haben sich zwei gefunden. Die hat es faustdick hinter den Ohren. Genau wie René. Die passen wie ein Deckel auf einen Topf. Natürlich kenne ich die Kleine. Lotte hat hier anderthalb Jahre als Tänzerin gearbeitet. Da haben sie sich ineinander verguckt und auf der Stelle geheiratet. Diese jungen Leute heutzutage sind ja alle gleich so impulsiv.«

Oppenheimer spürte eine gewisse Skepsis. Mit gerunzelter Stirn hakte er nach: »Dann ist alles eitel Sonnenschein? Trotz der ganzen Affären?«

Gedankenversunken fuhr der Toilettenwärter mit dem Finger über seinen Schnurrbart.

»Es geht das Gerücht um, dass sie ein Arrangement unter sich getroffen haben. Keiner darf eifersüchtig sein. Die beiden sind mit offenen Augen in diese Ehe gegangen. Ohne sich große Illusionen zu machen. Sie waren im selben Metier tätig, und auch Lotte war einem Nebenerwerb nicht abgeneigt. Mit der Zeit haben sich die beiden dann auf Amis spezialisiert. Vermutlich gehen sie davon aus, dass bei denen was zu holen ist, weil Amerikaner sowieso das meiste Geld haben. Gerade die Ehefrauen der Offiziere langweilen sich in Berlin sehr häufig und zeigen sich für eine, wie soll ich sagen, außereheliche Aufmunterung überaus dankbar. Lotte ist dann ja der große Wurf gelungen, weil sie sich einen amerikanischen Offizier geangelt hat, der sie exklusiv für sich selbst wollte. Das kommt eher selten vor.«

In diesem Licht fand es Oppenheimer ironisch, dass Lotte bei Wharton ausgerechnet an einen Geizhals geraten war. Der Toilettenwärter beobachtete interessiert, wie der Kommissar eifrig Notizen in sein Heft eintrug.

»Sie sind also nicht wegen René hier, sondern wegen Lotte?«, fragte er.

Oppenheimer wollte das nicht direkt bestätigen. Der Toilettenwärter war intelligent genug, um aus seinen Fragen die richtigen Schlüsse zu ziehen.

Bewusst vage antwortete er: »Ich erkundige mich nur für ein paar Freunde von ihr. Wann haben Sie Lotte hier zum letzten Mal gesehen?«

»Bei uns im *Luxor*? Sie mag hier nicht mehr arbeiten, aber schaut doch relativ häufig vorbei. Zuletzt war sie am Montag hier.«

Oppenheimer hielt beim Schreiben kurz inne. Das war der Abend, an dem Lotte vermutlich entführt worden war.

»Und war sie lange hier?«

Der Toilettenwärter musste nicht nachdenken. »Lotte war völlig aufgedreht, ich kann mich noch genau erinnern. Die wollte gar nicht mehr nach Hause. Ich musste sie hinaus auf die Straße bugsieren.«

»War sie etwa betrunken?«

»Nicht mehr als sonst. Lotte kann schon ordentlich was vertragen. Bis zu ihrer Wohnung ist es ja nicht besonders weit. Also hab ich sie 'ne Weile begleitet, bis sich unsere Wege eben trennten.«

»Von welchem Zeitraum sprechen wir da?«

»Um zwei haben wir unsere Pforten geschlossen, war ja ein Werktag. Und als ich mich auf der Straße verabschiedet habe, da war es vielleicht eine Viertelstunde später.«

»War sie da immer noch so aufgedreht, wie Sie sagten?«

Bei dieser Frage wirkte der Toilettenwärter ertappt. Plötzlich zögerte er.

»Nun ja. Sie hat mit mir geflirtet. Aber bitte erzählen Sie das nicht herum. An dem Abend war Lotte die ganze Zeit hinter Kerlen her. Keine Ahnung, was mit ihr los war. Aber …« Er hob die rechte Hand und präsentierte Oppenheimer den Ehering.

»Glücklich verheiratet. Mich interessiert nur Kirsten.«

Oppenheimer nickte. »Lottes Pech.«

Der Toilettenwärter lachte auf. »Ja, genau!«

Danach war Oppenheimer gern bereit, seinem willigen Informanten ein Trinkgeld zuzustecken. Begleitet von dem Herrn im Kittel, kehrte er in den Tanzsaal zurück und bekam von ihm einen Fingerzeig, bei welchem der Tänzer es sich um René Lehn handelte.

Für eine Weile blieb Oppenheimer neben einer Säule stehen und beobachtete Lottes Gatten aus der Ferne. Er war für einen Mann zierlich gebaut, aber keinesfalls mehr so spindeldürr wie angeblich zu Beginn seiner Karriere. Er machte einen durchtrainierten Eindruck. Sein sehniger Körper bewegte sich elegant über das Parkett. Die braunen Haare waren zu einer Tolle frisiert. So ordentlich, wie sie auf dem Kopf lagen, besuchte Lehn sicherlich jede Woche mindestens einmal den Friseur.

Oppenheimer wartete ab, bis die Musik aufhörte und Lehn seine brünette Tanzpartnerin zurück an ihren Tisch begleitete. Im Vergleich zu ihm wirkte sie füllig, was durch den bauschigen Petticoat noch unterstrichen wurde. Oppenheimer näherte sich ihnen mit schnellen Schritten.

»Herr Lehn, Entschuldigung für die Störung. Aber ich müsste kurz mit Ihnen reden.«

Lehn musterte Oppenheimer über die Schulter. »Tut mir leid«, murmelte er irritiert. »Aber ich darf den Tanzsaal während der Arbeit nicht verlassen.«

Oppenheimer präsentierte diskret die Kripomarke, woraufhin Lehn den Mund tonlos auf- und zuklappte. Seine Tanzpartnerin konnte von ihrem Galan jedoch nicht genug bekommen. Wohl um zu verhindern, dass ihn ein fremder Mann in ein Gespräch verwickelte, entschied sie sich, nur kurz ihren Schal abzulegen und Lehn dann sofort wieder auf das Parkett zu entführen. Breit grinsend hielt sie Oppenheimer ein rotes Billett vor die Nase und reichte es dann an Lehn weiter.

»You should get a ticket!«

Mit diesem sarkastischen Kommentar schmiegte sie sich an Lehn und schob ihn zur Tanzfläche. Oppenheimer wurde es allmählich zu bunt. Er stapfte nach draußen, stellte sich im Foyer vor die Kasse und zückte das Portemonnaie.

»Also schön! Ich will fünf Billetts!«

Die Kassendame riss überrascht die Augen auf, dann begann sie zu grinsen.

»Ah, ham Se jetzt doch noch 'nen dollen Brummer jefunden?«

Statt einer Antwort verzog Oppenheimer nur griesgrämig den Mund, legte die fünfzig Pfennig auf den Tresen und griff sich das Band mit dem gelochten Karton.

Er kam gerade rechtzeitig in den Tanzsaal zurück, um Lehn abzupassen, dessen Tanzpartnerin erneut einen Versuch machte, ihn an ihren Tisch zu lotsen. Oppenheimer stellte sich den Turteltauben in den Weg und wedelte mit den Billetts.

»Bekomme ich jetzt ein wenig von Ihrer kostbaren Zeit?«

Lehn blieb stehen. Mit einem gespielten Seufzer vertröstete er die Frau. Er flüsterte der Brünetten ins Ohr, und ihr giftiger Blick ließ erahnen, wie ungern sie ihn gehen ließ.

»Gut, ganz schnell«, sagte Lehn, plötzlich geschäftsmäßig. »Am besten draußen, hier ist es zu laut.«

Lehn steuerte auf die Bar zu. Dahinter befand sich ein Seiteneingang mit einer schweren Metalltür, die in die Zufahrt des Hinterhofs führte. Draußen blieb Lehn nach einigen Schritten stehen und wandte sich Oppenheimer zu. Das Licht der Neonschrift tauchte die nächtliche Gasse in sanftes Licht. Lehns Gesicht wirkte bei der blauen Beleuchtung wie eine Geistererscheinung.

»Also schön, was gibt's?«

»Wann haben Sie zum letzten Mal Ihre Frau gesehen?«

Lehn hob die Brauen. »Lotte? Letzte Woche irgendwann. Ich weiß nicht mehr genau.«

»Und nicht zufällig am Montag?«

Lehn stutzte. »Moment mal.« Dann holte er tief Luft und setzte nach: »Können Sie mir bitte erklären, was das soll?« Besorgnis lag in seiner Stimme.

»Wir sind auf der Suche nach Ihrer Frau«, antwortete Oppenheimer. »Seit Montag wurde sie nicht mehr gesehen. Zuletzt war sie hier im *Luxor.*«

Reflexartig nahm Lehn aus der Brusttasche seines schwarzen Anzugs ein Zigarettenetui, ließ es aufschnappen und nestelte einen der weißen Stängel heraus. Seine Finger zitterten. Als Zeichen des guten Willens riss Oppenheimer ein Streichholz an und gab Lehn Feuer.

Er nahm einige hektische Züge. »Was soll das heißen, wurde Lotte etwa entführt?«

»Das steht noch nicht fest«, wiegelte Oppenheimer ab. Um etwas aus Lehn herauszubekommen, war es besser, ihn nicht weiter aufzuregen. »Wir ermitteln in mehrere Richtungen. Als ihr Ehegatte könnten Sie uns wichtige Hinweise geben.«

»So eine Ehe ist das nicht«, sagte Lehn. »Wir sind zwei Freigeister. Die bourgeoise Moralität gilt für uns nicht.«

»Das bringt mich leider nicht weiter.«

Lehn zog noch einmal an der Zigarette.

»Was ich damit sagen wollte, wir wohnen nicht zusammen. Ich bin vor ein paar Monaten bei meinem Bruder untergekommen. Es war mir nicht bewusst, dass Lotte verschwunden ist.«

»Seit vergangener Woche haben Sie Ihre Frau also nicht gesehen?«

»Genau. Und am Montag war ich nicht im *Luxor*, denn ich hatte keinen Dienst.« Lehn zupfte einen Tabakkrümel von der Zunge und wartete auf eine neue Frage.

»Haben Sie eine Ahnung, wo sie sich aufhalten könnte? Vielleicht bei Bekannten oder Verwandten?«

»Wenn sie bei Bekannten ist, dann nicht für ein paar Tage.« Lehn runzelte die Stirn. »Eine Möglichkeit gäbe es eventuell. Lottes Eltern. Die wohnen in Friedrichshain. Vielleicht ist sie ja zu Besuch dort.«

Friedrichshain lag im Ostteil der Stadt. Zum Glück kannte Lehn die genaue Wohnadresse seiner Schwiegereltern. Oppenheimer nahm sich vor, Negele darauf anzusetzen.

»Mein Gott, wenn Lotte etwas passiert sein sollte«, murmelte Lehn fassungslos. »Sie war mal Tanzpartnerin, genau wie ich. In unserem Beruf begegnen wir so manchen merkwürdigen Leuten. Die kaufen ein Billett und denken, dass sie dadurch automatisch einen Besitzanspruch haben.«

Oppenheimer horchte auf. Er erinnerte sich daran, dass Lotte ihren mutmaßlichen Entführer zu kennen schien.

»Haben Sie etwa jemanden in Verdacht? Gab es konkrete Vorfälle?«

Wieder führte Lehn die Zigarette zum Mund und brachte die Spitze zum Glühen.

»Lotte hatte zwei oder drei Kunden, die etwas hartnäckiger waren. Aber das ist normal, sie kommt damit klar. Wenn einer von denen frech geworden wäre, dann hätte sie mir das gesagt.« Nicht ohne einen gewissen Stolz fügte er hinzu: »Wir im *Luxor* haben unsere eigenen Methoden, solche Dinge zu regeln. Und um den letzten Verehrer mussten wir uns keine Sorgen machen. Der hatte sogar genug Pinke, um sie auszuhalten, und Lotte konnte mit dem Tanzen aufhören.«

Oppenheimer kam auf den Zeitpunkt von Lottes Verschwinden zurück. »Nur um das abzuhaken – wo waren Sie an Ihrem freien Tag?«

»Sie meinen bestimmt, wo ich Montagnacht war?«

Auf Lehns Frage hin nickte Oppenheimer kurz.

»Wie gesagt, einige Kunden sind etwas besitzergreifend«, sagte er, und ein verschmitztes Lächeln trat auf sein Gesicht. »Ich kann Ihnen die Kontaktdaten der Dame geben. Aber nur, wenn es absolut nötig ist. Ich denke, Sie verstehen das?«

7

Dienstag, 30. Mai 1950

Das Jaulen der Sirene drang bis in Peer Goernes Träume. Er zuckte unter der wohlig warmen Bettdecke zusammen. Seine Sinne waren darauf trainiert, das Signal der Sirene im Schlaf wahrzunehmen, so wie andere Leute nur bei dem Klingelton ihres Weckers aufwachten.

Als Ulrike ihn an der Schulter rüttelte, hatte er die Augen bereits geöffnet.

»Einsatz«, hauchte sie ihm ins Ohr.

Goerne streckte seine Beine unter der Decke aus und setzte sich auf. Um in die Gänge zu kommen, schüttelte er kurz den Kopf. Gestern war Pfingstmontag gewesen, und den Feiertag hatte er wie gewöhnlich im Kreise der Familie verbracht, wo viel gegessen, laut geredet und anständig getrunken wurde. Goerne war diesmal das schwarze Schaf, weil er keinen Alkohol anrühren wollte. Jetzt wusste er, dass es die richtige Entscheidung gewesen war. Bei einem Einsatz brauchte er einen klaren Kopf.

Er zog hastig die Socken an und lief in den Flur. Für den Notfall lag dort bereits seine Straßenkleidung parat. Goerne benötigte nur ein paar Sekunden, um hineinzuschlüpfen.

Ulrike lehnte mit verschränkten Armen am Türrahmen. Die langen schwarzen Haare waren zerzaust. Mit starrem Blick beobachtete sie, wie Goerne sich fertig machte. Sie musste nichts sagen, er wusste auch so, dass er auf sich aufpassen sollte. Schließlich sollte er in vier Monaten Vater werden.

Er griff nach seinen Schlüsseln und küsste Ulrike auf die Stirn. So viel Zeit musste sein. Dann rannte er ins Treppenhaus.

Peer Goerne konnte kaum noch etwas überraschen. In seinem dreißig Jahre kurzen Leben hatte er bereits zu viel erlebt. Wie bei den meisten seiner Altersgenossen war der Krieg dafür verantwortlich gewesen. Als Infanterist war er in Italien zum Einsatz gekommen, als die Alliierten von Sizilien aus eine Invasion in Richtung Norden gestartet hatten. Was seine Kriegserlebnisse anging, war Goerne sogar seiner Ulrike gegenüber wortkarg.

Er hatte sich aus politischen Dingen stets herausgehalten, denn er war ein Tatmensch und kein Denker. Politische Diskussionen fand er immer noch sterbenslangweilig. Doch er hatte ein Mittel gefunden, wie er das Leben seiner Mitmenschen verbessern konnte – vor zweieinhalb Jahren war Goerne der Berufsfeuerwehr beigetreten.

Es war Viertel vor vier und die Straßen wie leer gefegt. Als er mit seinem Fahrrad durch Moabit flitzte, benötigte er deshalb nicht einmal fünf Minuten, bis er die breite Zufahrt zur Feuerwache durchquerte, die seit einem Bombenvolltreffer während des Kriegs provisorisch in der Zentralwerkstatt untergebracht war. Im Gerätehaus wechselte er vor dem Spind hastig ein paar Worte mit seinen Kollegen. Sie hatten einen Hilferuf bekommen, dass es in der Nähe des Telefunken-Werks einen Brand gab.

Er hatte nicht viel Zeit, um darüber nachzudenken. In voller Montur hastete Goerne zum bereitstehenden Einsatzfahrzeug und sprang hinein.

Das Martinshorn war diesmal nicht notwendig. Eingekeilt zwischen anderen Feuerwehrleuten bekam Goerne nicht viel davon mit, wie ihre Fahrzeugkolonne mit Blaulicht durch die Straßenschluchten raste. Ihr Einsatzwagen bremste ab, die Türen wurden aufgerissen. Sofort nahm Goerne den Geruch von verbranntem Benzin wahr.

Er sprang hinaus und fand sich auf einem Industriegelände wieder. Weiter hinten war das Holztor einer Lagerhalle zur Seite geschoben worden, aus der Öffnung drang dicker Qualm. Zwei Wachleute standen in sicherer Entfernung davor und winkten die Feuerwehrleute aufgeregt zu sich.

Die Schläuche wurden ausgerollt. In der Halle brannten bereits einige Kisten, aber wie sich herausstellte, hatte das Feuer noch nicht auf die benachbarten Regale übergegriffen. Und auch die anderen Gebäude waren nicht gefährdet. Sie waren gerade noch rechtzeitig eingetroffen. Goerne wusste, dass es ihm erspart blieb, die Schutzmaske aufzusetzen und die Halle zu sichern. Es war eine einfache Angelegenheit, nur das lodernde Feuer musste gelöscht werden.

Als das Wasser angestellt wurde, postierte er sich etwas abseits außerhalb des Qualms und beobachtete, wie sein Kollege den Strahl der Spritze ausrichtete. Nach wenigen Minuten waren von dem Feuer nur noch verkohlte Holzstücke zurückgeblieben. Obwohl der Geruch von verbranntem Benzin schwer in der Luft hing, suchte Goerne unwillkürlich nach weiteren Hinweisen auf die Brandursache.

Er war so tief in Gedanken versunken, dass er die Unruhe unter seinen Kollegen zuerst nicht mitbekam. Deren Reaktion überraschte ihn. Schließlich war das Feuer gelöscht.

Doch Goernes Kollegen würdigten die Brandstelle keines Blickes. Etwas anderes hatte ihr Interesse geweckt.

Die Männer starrten zur Hallendecke. Jemand rief: »Scheiße, wo ist der Sani?«

Auch Goerne schaute jetzt nach oben. Unter dem Dach hing etwas. Im fahlen Licht des neuen Tags verschmolz der Umriss mit den Schatten des Giebels, sodass er den Anblick zuerst nicht einordnen konnte. Als sich seine Augen an die Dunkelheit gewöhnt hatten, erkannte er, dass in etwa drei Metern Höhe ein fremder Gegenstand hing. Er war von den Flammen unversehrt.

Und dann verstand Goerne es endlich. Obwohl ihn seine Erlebnisse in den Kriegsjahren abgehärtet hatten, war er auf eine solche Situation nicht vorbereitet.

Von Entsetzen gepackt hastete er nach draußen. Er wollte nur weg von diesem Ort des Wahnsinns. Goerne stolperte durch den Rauch, bis er wieder frische Luft atmen konnte. Der Sauerstoff half ihm, sich zu beruhigen. Aus den Augenwinkeln nahm er wahr, dass ein anderer Feuerwehrmann an ihn herantrat. »Nimm den Helm ab. Dann ist es besser.«

Goerne folgte dem Rat. Hastig schob er den Lederriemen übers Kinn und riss den Stahlhelm herunter. Der Druck auf seinen Kopf ließ nach. Um sich zu bedanken, wandte er sich an den Kollegen.

Auch er war barhäuptig. Sein Blick flackerte. Goerne fand, dass der Kollege so ausgekotzt aussah, wie er sich fühlte. Ihre Blicke trafen sich, und er wusste, dass ein kurzes Kopfnicken als Dank genügte.

Nicht zum ersten Mal hatten sie gemeinsam dem Tod ins Antlitz geschaut. Und doch war ihnen beiden klar, dass sie diesen Einsatz niemals vergessen würden.

Oppenheimers Spiegelbild war an diesem Morgen reichlich verknautscht. Er konnte sich noch so viel kaltes Wasser ins Gesicht spritzen, die Zeichen der Übermüdung ließen sich nicht wegwaschen. Er hatte die kompletten Pfingsttage in der Kripozentrale zugebracht. Bei solchen Gelegenheiten beneidete er Angestellte, die ihre Arbeit nicht mit nach Hause nahmen, jeden Sonntag freihatten und auch an den Feiertagen vom Dienst nicht behelligt wurden.

Zum Glück war es am Rande der großen FDJ-Veranstaltung in Ostberlin nicht zu den befürchteten sektorenübergreifenden Ausschreitungen gekommen, und so hatte er den Bereitschaftsdienst in seiner Schreibstube abgesessen und kannenweise echten Bohnenkaffee getrunken, um sich wach zu halten. An diesem

Dienstag war zum Glück endlich die Abschlusskundgebung angesetzt. Oppenheimer rechnete damit, dass der Tag erneut ereignislos verlaufen würde.

Doch weit gefehlt, er sollte an diesem Morgen nicht einmal mehr in die Nähe seines Büros kommen.

Er hatte gerade sein Fahrrad vor dem Polizeipräsidium abgestellt und war die Treppe nach oben gelaufen, als er auf dem Gang dem Dienststellenleiter Seeßlen begegnete. Dieser rückte seine runde Brille zurecht und sagte: »Ah, Oppenheimer. Ich müsste eine Sache mit Ihnen bereden.«

Es schien dringend zu sein, also folgte er Seeßlen.

In Seeßlens Schreibstube war es so unordentlich wie sonst auch. Auf allen Möbelstücken stapelten sich Akten. Ein Ordnungsprinzip konnte Oppenheimer nicht erkennen. Seeßlen nahm hinter seinem voll beladenen Schreibtisch Platz und überließ es dem Kommissar, sich einen Besucherstuhl freizuräumen.

»Wie ich hörte, haben Sie sich letzte Woche nach einer vermissten Person erkundigt?«

Noch mit den Akten in den Händen hielt Oppenheimer kurz inne. Die Nachricht, dass er mit einer attraktiven jungen Dame bei der Vermisstenstelle vorstellig geworden war, hatte sich also auch in seiner Dienststelle herumgesprochen. Und doch war es für ihn eine Überraschung, dass Seeßlen über die Gerüchteküche so gut informiert war.

Oppenheimer nahm Platz. So viel Zeit musste sein. Dann sagte er: »Ich habe eine gute Bekannte beraten. Eine Freundin von ihr wird vermisst.«

Seeßlen angelte nach einem Blatt Papier und beugte sich vor, bis sich das Tageslicht auf seiner Halbglatze spiegelte.

»Sie suchten nach einem Fräulein Lotte Tieken«, las er ab. Dann runzelte er die Stirn und warf Oppenheimer einen ernsten Blick zu. »Es könnte sein, dass sie in den Morgenstunden aufgefunden wurde. Wir haben eine Tote, die der Beschreibung ähnelt.«

Oppenheimer schloss kurz die Augen und murmelte eine Verwünschung. Obwohl er es hatte kommen sehen, war es doch eine bittere Enttäuschung. Er hatte Lottes Tod nicht verhindern können.

Seeßlen erriet seine Gedanken und nickte teilnahmsvoll.

»Ich nehme an, Sie wollen den Fall übernehmen?«

»War es Mord?«, fragte Oppenheimer.

Seeßlen suchte nach den richtigen Worten. »Mit ziemlicher Sicherheit«, antwortete er schließlich. »Die Begleitumstände sind, sagen wir mal, äußerst ungewöhnlich. Es wurde ein Feuer gemeldet, und bei den Löscharbeiten stieß die Feuerwehr auf die tote Frau.«

Oppenheimer stutzte. »Gibt es einen Zusammenhang mit dem Brand?«

»Das ist noch nicht klar.«

Wenn es sich bei der Toten tatsächlich um Lotte handelte, war es auf jeden Fall besser, wenn Oppenheimer auch die Untersuchung übernahm. Er war mit den Details bereits vertraut, außerdem hielt er es für seine Verpflichtung, wenigstens die Umstände ihres Todes aufzuklären.

»Ich sehe mir das an«, erklärte er.

Daraufhin gab ihm Seeßlen die Adresse des Fundortes. Zum Schluss fragte er: »Ich nehme an, Sie werden Fräulein Murr dazuholen?«

Oppenheimer fand diese Frage reichlich überflüssig. Schließlich hatte er in den letzten Monaten gemeinsam mit der jungen Kollegin schon mehrere Fälle bearbeitet. Oppenheimer bestätigte Seeßlens Vermutung mit einem Kopfnicken.

Dieser lehnte sich gemütlich zurück und erkundigte sich interessiert: »Wie macht sie sich denn? Sie setzten ja sehr große Hoffnungen auf die junge Dame.«

Jetzt verstand Oppenheimer, woher der Wind wehte. Sabine Murrs Unterstützung war im vergangenen Jahr bei dem Fall mit der Jugendbande sehr wertvoll gewesen. Und so hatte Oppenheimer seine Beziehungen spielen lassen, damit die ehrgeizige – und seiner Meinung nach außerordentlich talentierte – Kollegin von der weiblichen Kriminalpolizei zur Mordkommission versetzt wurde. Es war alles andere als einfach gewesen, diese Personalie durchzuboxen. Interessanterweise hatte sich dabei herausgestellt, dass der Kripoapparat vor der Machtergreifung der Nationalsozialisten wesentlich fortschrittlicher gewesen war als heutzutage. Mord und Totschlag galten jetzt als ein Aufgabenbereich für hartgesottene Männer. Oppenheimer konnte das nicht nachvollziehen. Ganz im Gegenteil war er der Meinung, dass eine junge Frau auch eine andere Perspektive einbringen würde. Erst mit dem Hinweis darauf, dass er bereits in der Zeit der Weimarer Republik weibliche Kolleginnen hatte, war es ihm gelungen, die Einwände zu entkräften.

Oppenheimer antwortete auf Seeßlens Frage, dass Fräulein Murr eine gute Arbeit mache und sich durchaus mit seinen bisherigen Assistenten messen könne. Als er wenige Minuten später Seeßlens Büro verließ, hatte er jedoch das ungute Gefühl, dass von Sabine mehr als ein normaler Einsatz verlangt wurde, um ihre Einstellung zu rechtfertigen.

Obwohl es nun fast schon Sommer war, herrschte in Berlin immer noch Aprilwetter. Strahlender Sonnenschein wechselte sich mit plötzlichen Schauern ab. Oppenheimer hatte an diesem Tag den Regenmantel übergeworfen, doch das Innere des Einsatzwagens war durch die Sonne dermaßen aufgeheizt, dass er bereits nach wenigen Kilometern anhielt und ihn wieder auszog.

Der Fundort der Leiche befand sich in Moabit, das zum britischen Stadtsektor gehörte. Um möglichst schnell dorthin zu gelangen, fuhr Oppenheimer durch den Tiergarten und klärte Fräulein Murr unterdessen über Ritas verschwundene Freundin auf.

Sie saß auf dem Beifahrersitz und hörte konzentriert zu. Gedankenversunken nahm sie das schwarze Barett ab, glättete mit der Hand ihre schulterlangen kastanienbraunen Haare und setzte es dann wieder auf. Sie war Mitte zwanzig, doch Oppenheimer fand, dass sie mit ihrer Selbstsicherheit durchaus älteren Kollegen Paroli bieten konnte. Nachdem er mit seiner Schilderung zum Ende gekommen war, runzelte sie die Stirn.

»Die Tote wurde vor sechs Stunden entdeckt«, fasste Fräulein Murr zusammen. »Es würde mich überraschen, wenn sie schon identifiziert ist. Es muss nicht diese vermisste Frau sein.«

Oppenheimer brummte vor sich hin. »Trotzdem will ich mir keine großen Hoffnungen machen.«

Beim Großen Stern bremste er ab und bog in den Kreisverkehr ein. Die Schrift auf dem Bodensockel der Siegessäule ließ sich dabei nicht übersehen. In weißer Farbe hatte jemand die Parole FRIEDEN IN FREIHEIT aufgemalt. Die Buchstaben waren bestimmt zwei Meter hoch und klar konturiert. Die Beschriftung war also keine Schmiererei, die Stadtbehörde musste ihren Segen dazu gegeben haben, falls sie nicht sogar selbst der Initiator war. Oppenheimer hatte nicht mitbekommen, wie es passiert war, aber er hielt sie für einen wirkungsvollen Seitenhieb gegen das sowjetische Ehrendenkmal, das in etwa zwei Kilometern Entfernung vor dem Brandenburger Tor stand.

In Moabit fuhr er zuerst in die Richtung des Westhafens, bog dann vor dem Güterbahnhof nach links ab und folgte der Ringbahn. Nachdem sie einige Wohnhäuser hinter sich gelassen hatten, näherten sie sich dem Telefunken-Werk. Das fünfstöckige Gebäude von der Größe eines kompletten Straßenblocks war auf der linken Straßenseite schon von Weitem zu erkennen. Und es war ebenso ersichtlich, dass die Bauherren viel Geld in diese monolithische Werkanlage investiert hatten. Hervortretende senkrechte Pfeiler strukturierten die Front des roten Backsteinbaus, die oberen drei Stockwerke waren mit weißen Verzierungen versehen.

Hinter dem Telefunken-Werk folgte ein reines Industriegebiet. Ein Einsatzwagen der örtlichen Schutzpolizei stand bereits am Straßenrand. Oppenheimer parkte direkt dahinter und lief in Begleitung von Fräulein Murr durch das offen stehende Tor.

Weiter hinten auf dem mit Mauern eingefassten Gelände hatten Polizisten eine Absperrung errichtet. Als sich Oppenheimer näherte, wurde der Geruch des gelöschten Feuers immer deutlicher.

Kurz vor der Absperrung zeigte er seine Kripomarke. Der Wache stehende Polizist verstand und salutierte lässig. Ohne das Tempo zu verringern, durchquerte Oppenheimer den abgesperrten Bereich.

Dann hörte er hinter sich die Stimme des Polizisten.

»Dit sehn Se sich besser nich an, junget Frollein.«

Oppenheimer wandte sich um. Der Polizist stand vor Fräulein Murr und gestikulierte.

»Aber das gehört zu meinen Aufgaben«, sagte sie ungeduldig und hielt dem Wachtmeister ihre Kripomarke entgegen.

Der Polizist warf Oppenheimer einen verwirrten Blick zu und wartete auf eine Bestätigung von ihm. Seit seiner Zusammenarbeit mit Fräulein Murr war so etwas schon mehrmals geschehen, und längst war der Punkt erreicht, dass Oppenheimer nicht mehr gewillt war, dieses Spiel mitzumachen. Anstatt sich mit langwierigen Erklärungen zu rechtfertigen, schaute er den Polizisten an und sagte nichts.

Unter den Blicken der beiden Kripoleute wurde dieser unsicher und rückte seinen schwarz glänzenden Tschako zurecht.

»Na ja, wenn Se meinen«, gab der Polizist kleinlaut von sich und trat zur Seite.

Nachdem diese Hürde genommen war, näherten sie sich dem geöffneten Hallentor. Drinnen blitzte es. Zwei Männer in Nachtwächteruniform standen neugierig davor und verfolgten, was in dem Halbdunkel der Halle vor sich ging.

Mit einem Schaudern sagte der eine: »Meine Güte, wer macht denn so was?«

Der zweite Nachtwächter zuckte nur mit den Schultern. Er war aschfahl im Gesicht und atmete schwer.

Mit einer unguten Vorahnung blickte Oppenheimer in die Halle und sah reihenweise Metallregale voller Kisten. Nahe dem Tor befand sich auf dem leeren Hallenboden eine tiefschwarze Stelle, dort musste der Brandherd gewesen sein.

Ein drahtiger Herr mit dichtem Haarkranz stand gleich daneben. Obwohl er sich nicht bewegte, waren seine in die Hüften gestemmten Hände ein unmissverständliches Zeichen, dass er hier das Sagen hatte. Oppenheimer erkannte den Kriminaltechniker Hergesheimer sogar von hinten. Dessen Leute sicherten bereits die Beweise. Ein Assistent entnahm eine Blitzlichtbirne aus dem Reflektor seiner Kamera und wechselte ein paar Worte mit seinem Chef.

Hergesheimer schien darauf gewartet zu haben. Ruckartig setzte er sich in Bewegung und winkte zwei seiner Leute heran, die abseits an der Seitenwand warteten.

»Hier unten haben wir so weit alles gesichert«, rief er. »Ihr könnt sie jetzt losbinden!«

Oppenheimer fand diesen Befehl eigenartig. Doch er kam nicht mehr dazu, sich zu wundern.

Hergesheimers Assistenten folgten der Anweisung und machten sich an Seilen zu schaffen, die an der Hallenwand herabhingen. Fast gleichzeitig nahm Oppenheimer unter dem Dach eine Bewegung wahr.

Er legte den Kopf in den Nacken und erstarrte. Auch Fräulein Murr neben ihm sah nach oben und atmete tief durch. Über ihnen hing eine Frauenleiche an zwei Seilen von der Hallendecke und wurde jetzt abgeseilt. Je tiefer sie kam, umso deutlicher zeichnete sich hinter dem Schleier aus Staub und Qualm ihre Kontur ab. Ruckartig glitt die Tote zu den Kripoleuten hinab.

»Wer macht denn so was?«, murmelte Oppenheimer entgeistert. Ohne es zu merken, wiederholte er die Worte des Nachtwächters.

Als die Tote so nahe war, dass man ihre Gesichtszüge erkennen konnte, fühlte Oppenheimer einen Stich in seinem Inneren. Rita hatte ihm Fotos der verschwundenen Freundin gezeigt. Es handelte sich zweifelsfrei um Lotte.

Fräulein Murr flüsterte: »Sie ist es also?«

Er nickte wortlos, immer noch damit beschäftigt, die merkwürdigen Begleitumstände dieses Leichenfunds in sich aufzunehmen.

Lotte war in edlen Stoff gehüllt. Das protzige Abendkleid schimmerte im Tageslicht, während sich die Tote dem Boden näherte. Stellenweise war es angesengt, hatte jedoch nicht Feuer gefangen. Das Kleid schien sich der Schwerkraft zu widersetzen. Obwohl das Gewebe schwer aussah, hing es nicht nach unten. Erst als sie sich knapp über ihren Köpfen befand, sah Oppenheimer, dass das Kleid mit Sicherheitsnadeln fixiert war, um diesen Effekt zu erzielen.

Zwei von Hergesheimers Leuten stellten sich in den Aschehaufen und griffen nach der Toten. Eine Plane war bereits ausgebreitet, um sie zur Begutachtung darauf abzulegen. Zwei weitere Assistenten kamen zu Hilfe, um Lottes sterbliche Überreste auf den Rücken zu legen.

Hergesheimer trat an Oppenheimer heran und rückte seine Brille zurecht. Ihm zur Seite stand ein schweigsamer Herr, dessen Schnurrbart genauso schwarz wie sein Anzug war. Dazu gesellten sich schmale Lippen und eine spitze Nase. Hergesheimer stellte ihn als Dr. Surnow von der Rechtsmedizin vor.

Von der Leiche wurden Fotos gemacht, dann kniete Surnow nieder, um sie zu untersuchen. Oppenheimer musste das nicht beobachten. Die Resultate würde ihm Hergesheimer sowieso umgehend präsentieren. Er nahm Hergesheimer beiseite und fragte: »Wer hat die Frau gefunden? Die Nachtwächter oder die Feuerwehr?«

»Die Feuerwehr. Einer der Jungs sitzt noch in der Werkskantine, den kannst du gleich befragen.«

Als Oppenheimer wenige Minuten später dort erschien, saß der Feuerwehrmann vor einer Tasse Muckefuck.

»Stell uns schon mal vor«, sagte Oppenheimer zu Fräulein Murr und besorgte dann zwei weitere Tassen.

Sie nahm sich einen Stuhl vom Nachbartisch und überließ Oppenheimer den Platz direkt dem Feuerwehrmann gegenüber. Er hieß Peer Goerne und hatte raspelkurze Haare in einer undefinierbaren Farbe. Die Frisur betonte seinen runden Kopf. Die Antworten kamen schnell und waren präzise.

»Ich habe mich bei den Kollegen der Feuerwache bereits erkundigt, wann der Brand gemeldet wurde. Es war zwanzig vor vier.«

Oppenheimer notierte das in sein Heft.

»Und wann seid ihr eingetroffen?«

»Kurz nach vier.«

»Wer war vor Ort?«

»Nur zwei Nachtwächter. Sie erwarteten uns bereits am Hallentor. Sie hatten den Brand gemeldet und die Zufahrt geöffnet, damit wir gleich reinkamen.«

Von der Seite schaltete sich jetzt Fräulein Murr ein.

»Zu diesem Zeitpunkt wusste noch niemand etwas von der Toten?«

Goerne bestätigte das. »Wegen der starken Rauchentwicklung war sie zunächst nicht zu erkennen. Sie hing direkt über dem Brandherd. Der Brandstifter hatte mit zerkleinerten Kisten und Holzwolle eine Art Scheiterhaufen errichtet. Aber das Feuer reichte nicht weit genug in die Höhe, um sie zu erfassen.«

Auf Oppenheimers Nachfrage erklärte Goerne, dass die Feuerwehr gerade rechtzeitig eingetroffen war, um ein Übergreifen der Flammen auf die anderen Holzkisten zu verhindern.

»Dann hätte es gebrannt wie Zunder, und von der Toten wäre nicht viel übrig geblieben. Aber so … Ich meine, anstatt gleich die Regale mit den Kisten anzuzünden, hat der Brandstifter einfach ein separates Feuerchen gemacht.«

»Also war es kein routinierter Brandstifter?«, fragte Oppenheimer.

Goerne verzog den Mund. »Das ist durchaus möglich. Aber es könnte auch etwas anderes dahinterstecken.« Dann blickte er Oppenheimer direkt ins Gesicht. »Vielleicht wollte der Täter das Feuer aus der Nähe beobachten, ohne sich selbst zu gefährden. Das halte ich für die wahrscheinlichste Erklärung. Manche Brandstifter ticken so.«

8

Dienstag, 30. Mai 1950

Um die Fakten in seinem Kopf zu ordnen, musste Oppenheimer sich erst einmal die Beine vertreten. Mit Fräulein Murr begutachtete er ein letztes Mal den Fundort. Hergesheimers Leute waren dabei, ihre Sachen zu packen. Auch die Tote befand sich in einem geschlossenen Zinksarg bereit zum Abtransport. Oppenheimer wunderte sich, dass der Gerichtsmediziner Surnow immer noch vor Ort war. Er stand etwas abseits in der Halle und redete gestikulierend auf Hergesheimer ein.

Ihm war das alles ein zu großes Durcheinander, also führte Oppenheimer Fräulein Murr auf den ummauerten Innenhof des Werksgeländes. Er schlenderte an den geparkten Lastwagen mit ihren festgezurrten Planen vorbei und fasste zusammen: »Warum werden die meisten Brände gelegt? Um Hinweise auf eine Straftat zu vertuschen. Ein Punkt scheint dieser Annahme jedoch zu widersprechen. Wenn es dem Täter darauf angekommen wäre, die Getötete möglichst schnell zu verbrennen, dann wäre für ihn die beste Option gewesen, sie auf den Scheiterhaufen zu legen. Aber nein, er macht sich extra die Mühe, sie von der Decke baumeln zu lassen, wo das Feuer sie nicht so schnell erreichen konnte.«

Nach einer Weile sagte Fräulein Murr: »Mich beschäftigt immer noch das Kleid. So etwas trägt man nur zu speziellen Anlässen. Wenn man überhaupt so eines im Kleiderschrank hat.«

Schweigend liefen sie weiter. Die Stille wurde von einem anschwellenden Surren unterbrochen. Die hintere Mauer war nicht hoch, und so konnte Oppenheimer erkennen, wie auf der benachbarten Bahntrasse eine S-Bahn näher kam. Er kniff die Augen zusammen und blickte dem Zug hinterher.

»Es erinnert mich an den Fall mit Frau Ostendorf«, sagte er plötzlich. »Du warst dabei, als das Bein eines Opfers gefunden wurde.«

Fräulein Murr nickte. »Diese Ostendorf hat mehrere Menschen getötet und ihre Körperteile konserviert, wenn ich das richtig verstanden habe.«

»Ja, und die nicht benötigten Einzelteile nutzte sie für inszenierte Stillleben. Einen zusammengesetzten Toten hatte sie in ein Zugabteil der Ringbahn gesetzt. Die Ostendorf hat später dazu geschwiegen. Ich konnte es mir damals nur so erklären, dass sie sich mit der Zurschaustellung über die Polizei lustig machen wollte.«

Fräulein Murr blieb stehen. »Dann ist das jetzt wieder eine Zurschaustellung? Eine Inszenierung?«

Oppenheimer atmete tief durch. »Ich schätze schon. Aber zu einer Inszenierung gehört auch ein Publikum. Wer war diesmal das Publikum? Abgesehen von den Mitarbeitern verirrt sich kaum jemand in das Lager.«

Fräulein Murr runzelte die Stirn, sie hatte die Schwachstelle dieser Hypothese sofort erkannt.

»Wäre die Feuerwehr nur ein bisschen später gekommen, hätte auch die Leiche Feuer gefangen. Die Kleidung war auf der Unterseite bereits angesengt. Dann hätte niemand von dem makabren Scherz etwas mitbekommen, dass über dem Scheiterhaufen eine Tote in der Luft hing. Das wäre dann eine Inszenierung ohne Zuschauer gewesen.« Sie schüttelte den Kopf. »Es ergibt keinen Sinn.«

Oppenheimer lüpfte seinen Hut und rieb sich angestrengt die Stirn. Dann begann er, Muster auf dem Boden abzuschreiten. Fräulein Murr kannte diese Marotte bereits. Gespannt blieb sie abseits stehen und wartete darauf, dass ihm ein Geistesblitz kam.

Aber dafür war es noch zu früh. Oppenheimer brummelte lediglich: »Es muss dafür eine Lösung geben. Irgendwas wird sich der Täter schon dabei gedacht haben.«

»Diese Ostendorf war ja eine Massenmörderin«, rekapitulierte Fräulein Murr. »Ob wir es diesmal wieder mit mehreren Morden zu tun haben?«

Oppenheimer blieb stehen und schloss die Augen. »Ich fürchte, ja. Hinweise darauf gibt es noch nicht, aber ich denke, das wird eine recht aufwendige Untersuchung.« Er blickte nach oben, wo sich Regenwolken vor den blauen Himmel schoben. »Frau Tieken wurde eine Woche vor ihrem Auffinden entführt. Gehen wir davon aus, dass es die übliche Vorgehensweise unseres Täters ist. Ich werde uns Thomas Kubelik zuteilen lassen. Er soll sich erkundigen, ob es in den letzten Monaten ähnliche Vermisstenfälle gab. Und du kümmerst dich um die letzten Fälle von Brandstiftungen.«

»Hier im Stadtgebiet?«

»Konzentrieren wir uns erst mal auf die drei Westsektoren, das ist einfacher.«

Fräulein Murr signalisierte ihre Zustimmung mit einem raschen Kopfnicken. Dann hörte Oppenheimer Schritte näher kommen und wandte sich um. Hergesheimer steuerte auf sie zu. Er schüttelte den Kopf und sagte: »Meine Herren! Wenn man denkt, schon alles gesehen zu haben, kommt prompt so etwas!«

Während Hergesheimer seine Pfeife, die er sich endlich gönnen konnte, mit Tabak stopfte, teilte er Oppenheimer die wichtigsten Erkenntnisse mit.

»Es war ganz einfach, den Eindruck zu erwecken, dass die Tote über dem Feuer schwebt. Der Eindringling hat über zwei Haken in der Deckenkonstruktion Seile geworfen. Das funktionierte dann wie eine Umlenkrolle. Um oben dranzukommen, benutzte er eine der Leitern. Dann befestigte er die Seile an den Fußgelenken und unter den Achseln der Toten.«

Oppenheimer brummte zustimmend und sagte: »Er zog die Tote also mit den herabhängenden freien Seilenden nach oben und band sie an der Seite fest, um die Endposition zu fixieren.«

»Exakt«, bestätigte Hergesheimer, steckte die Pfeife in seinen Mundwinkel und rollte den Tabakbeutel zusammen.

»Also muss der Täter die Halle vorher inspiziert haben«, schloss Oppenheimer. »Das verringert den Kreis der Verdächtigen.«

Hergesheimer lachte auf. »So viel Glück haben wir leider nicht. Das Gelände hier ist kaum gesichert, und es gibt mehrere Zugänge. Und die zwei Nachtwächter allein schaffen es nicht, das komplette Areal lückenlos zu überwachen. Ihr Chef hat am falschen Ende gespart.«

Bei diesem Gedanken schnaubte Fräulein Murr. »Also kann hier jeder rein- und rausspazieren, wie es ihm gefällt?«

Hergesheimer nickte. »Das trifft es recht genau. Bereits ein hundsordinärer Dietrich reicht aus, um Zugang zu bekommen.«

Oppenheimer blickte sich um und dachte, dass die dicken Mauern und schweren Tore nur zum Schein hier standen.

»Der Täter konnte das Areal im Vorfeld also ungestört nach Herzenslust inspizieren«, fasste er zusammen und wandte sich wieder Hergesheimer zu. »Und was hat unser Mann von der Gerichtsmedizin gesagt?«

Hergesheimer erstarrte, das Zündholz in der Hand. »Der Surnow? Da müssen wir den kompletten Befund abwarten. Er konnte nur feststellen, dass sie mehrere Stunden vor ihrem Auffinden bereits tot war. Der Täter brachte sie erst danach in die Halle. Die Todesursache ist vorläufig ungeklärt.«

»Sie wies keine Verletzungen auf?«

»Nichts. Nicht einmal einen Kratzer.«

Oppenheimer stöhnte auf. »Da hätten wir noch ein weiteres Rätsel.«

Hergesheimer riss sein Zündholz an. Oppenheimer wusste, wie

sehr er Herausforderungen liebte, und so wunderte ihn nicht, dass der Kriminaltechniker an diesem Tag einen besonders zufriedenen Eindruck machte. Bevor er den Tabak anzündete, sagte Hergesheimer mit einem verschmitzten Lächeln:

»Zumindest eines ist sicher, langweilig wird diese Untersuchung nicht!«

Oppenheimer hielt es für seine Pflicht, Rita die schlechte Nachricht persönlich zu überbringen. Zuerst fuhr er den Einsatzwagen zurück zur Polizeizentrale und ließ sich den Fall offiziell übertragen. Nachdem alles mit Fräulein Murr und Kubelik geklärt war, holte er vom Appellhof sein Fahrrad und schwang sich auf den Sattel.

Es lag nahe, dass Lottes Entführung und die Brandstiftung mit der Zurschaustellung der Leiche zusammenhingen. Zwei potenzielle Täter hatte Oppenheimer bereits ausgemacht. Doch beide, sowohl ihr ehemaliger Liebhaber Colonel Wharton als auch der Ehemann René, behaupteten, für den Zeitraum von Lottes Verschwinden Alibis zu besitzen. Als Nächstes würde er überprüfen, ob diese tatsächlich wasserdicht waren.

Besorgt klingelte Oppenheimer an Ritas Wohnungstür. Er ging in Gedanken durch, wie er es ihr beibringen würde, dass ihre Freundin tot aufgefunden worden war.

Die Tür wurde von innen geöffnet. In der Erwartung einer weiteren Konfrontation mit dem unfreundlichen Dienstmädchen Silke drückte Oppenheimer seinen Rücken durch. Zu seiner Überraschung sah ihm ein Mann entgegen. Das kakifarbene Hemd und die braungraue Krawatte zeigten eindeutig, dass vor Oppenheimer ein US-Offizier stand. Der Mann hatte einen breiten Nasenrücken und sinnliche Lippen und war etwas kleiner als Oppenheimer. Die braunen Haare waren tadellos zu einem Bürstenschnitt frisiert. Obwohl er mit seinem runden Gesicht ein wenig jungenhaft wirkte, schätzte ihn Oppenheimer auf Mitte dreißig. Das konnte nur Ritas Verehrer Colonel Hurst sein.

»Guten Tag, ich bin Richard Oppenheimer«, stellte er sich vor. »Ist Rita hier?«

Hurst entblößte eine Reihe strahlend weißer Zähne. »Natürlich, ich bin Tim«, antwortete er und winkte ihn hinein. »Come in!«

Auf Oppenheimers Nachfrage, ob er die Landessprache könne, antwortete er auf Englisch, dass er das meiste verstehe, aber nicht fließend spreche.

Noch während sie im Flur standen, konnte Oppenheimer sehen, dass Rita aus dem Wohnzimmer auf sie zusteuerte. Diesmal trug sie ein schwarz gepunktetes weißes Kleid. Ihr Gesicht war angespannt. Sie ahnte bereits, dass es Neuigkeiten gab, da Oppenheimer bei ihr aufkreuzte.

»Los, Richard, raus damit«, sagte sie ohne Umschweife. »Was ist mit Lotte?«

Oppenheimer erwiderte fürsorglich: »Es ist besser, wenn du dich hinsetzt.«

Diese Andeutung genügte bereits. »Oh, Scheiße«, hauchte Rita und schwankte, als ob ihr jemand einen Kinnhaken versetzt hätte. Hurst reagierte augenblicklich und griff ihr unter die Arme.

Rita war bemüht, sich zusammenzureißen. Sowie sie ihr Gleichgewicht wiedergefunden hatte, rief sie durch die Wohnung: »Silke! Bring unserem Gast was Kühles zum Trinken, ja?« Dann fügte sie murmelnd hinzu: »Stimmt, setzen wir uns besser.«

Oppenheimer folgte Rita und Hurst ins Wohnzimmer und nahm in einem der Couchsessel Platz. Der Offizier ließ sich neben Rita auf dem Sofa nieder und legte den Arm um sie.

»That girl, Lotte, she's dead?«

»Sie wurde heute früh tot aufgefunden«, bestätigte Oppenheimer.

Rita wartete ab, bis das Dienstmädchen Oppenheimer eine Colaflasche gebracht hatte. Nicht nur die Flasche war eiskalt, auch die allgemeine Stimmung schien in Silkes Gegenwart auf den Gefrierpunkt zu sinken. Obwohl es Rita schwerfiel, ihre Gefühle zu unterdrücken, saß sie mit versteinerter Miene aufrecht auf dem Sofa. Ihr Offizier hingegen war mit seiner offenen Art leicht zu durchschauen. Es gelang ihm nicht, seine Befangenheit zu überspielen, sodass Oppenheimer sich fragte, was ihn wohl zu diesem obskuren Arrangement veranlasst hatte, ausgerechnet seine alte Flamme als Dienstmädchen zu beschäftigen.

Sowie Silke die Küchentür wieder hinter sich zugezogen hatte, bestürmte Rita Oppenheimer mit Fragen. Er versuchte, möglichst wenige Details preiszugeben. Trotz des ersten Schocks nahm Rita die Fakten sehr gefasst auf.

»Verdammt«, raunte sie mit rauer Stimme. »Da kriegt man eine Heidenangst. Lotte wurde einfach so von der Straße geschnappt. Mitten in Berlin. Und niemand hat das verhindert.« Dann blickte sie Oppenheimer ins Gesicht. »Diesen Schweinehund musst du schnappen.«

»Wir stehen noch am Anfang«, räumte er ein. »Aber ich habe meine besten Leute drangesetzt. In der Zwischenzeit könntest du mir weiterhelfen.«

Hurst stand auf und brachte von der Bar eine Flasche Bourbon und drei Gläser. Er mixte für sie alle den Whiskey mit Cola und erhob sein Glas.

»Here's to Lotte.«

Oppenheimer hasste Alkohol, und Bourbon ganz besonders. Doch im Angedenken an Lotte wollte er nicht kneifen und trank. Zu seiner Überraschung schmeckte diese Mischung gar nicht übel.

Rita leerte ihr Glas in einem Zug und wandte sich dann an Oppenheimer.

»Also gut. Was willst du wissen?«

»Hattest du eine Ahnung, dass Lotte verheiratet ist?«

»Und wer war der Glückliche? Kenne ich ihn?«

»Das könnte sein. Es war René aus dem *Luxor*.«

Rita lachte ungläubig auf. »Was, der schöne René?« Sie schenkte sich reinen Bourbon nach und kippte ihn hinunter. »Also zu meiner Zeit im *Luxor* war das noch nicht.«

»Es lag nicht in ihrem Interesse, die Ehe publik zu machen«, sagte Oppenheimer. Die nächste Enthüllung war im Beisein von Hurst einigermaßen heikel. Oppenheimer warf ihm einen raschen Seitenblick zu und beugte sich nach vorn.

»Die beiden hatten es wohl auf amerikanische Kunden abgesehen«, erklärte er bewusst zweideutig.

»Du meinst, um sie auszunehmen?« Rita tat so, als würde sie seine Diskretion nicht verstehen. »Du kannst völlig offen mit uns reden. Ich habe keine Geheimnisse vor Tim. Er weiß, wie hässlich die Welt sein kann.« Demonstrativ legte sie eine Hand auf Hursts Knie.

Oppenheimer nickte. »Deswegen hat Lotte weiterhin ihren Mädchennamen beibehalten.«

»Das wundert mich alles nicht«, sagte Rita ungerührt. »Ich weiß, dass sie beide immer mal wieder etwas am Laufen hatten.«

»Und wie ging René damit um?«

»René ist eigentlich ganz in Ordnung. Auch wenn ich ihn ein bisschen zu schnieke finde. Aber auf manche Frauen wirkt das ja anziehend. Er kommt mir nicht wie der eifersüchtige Typ vor. Er weiß, dass er eine begrenzte Zeit hat, bis ihn die Frauen nicht mehr interessant finden, und versucht, noch möglichst viel Kapital daraus zu schlagen.« Schulterzuckend fügte sie hinzu: »Das geht doch jedem so. Und die Kundschaft im *Luxor* erwartet das auch. Sie wollen Spaß ohne Komplikationen, das ist alles nur eine Preisfrage.«

»Und wie ist es, wenn ein Kunde mehr will?«

»Es gibt Möglichkeiten, das zu regeln. Eine Vereinbarung, so wie sie Lotte mit Wharton getroffen hatte.«

Hurst nickte. Obwohl Oppenheimer nicht wusste, wie viel er von Ritas Aussage mitbekommen hatte, schien auch er das völlig in Ordnung zu finden.

Oppenheimer versuchte, diesen Gedanken weiterzuführen.

»Aber dazu braucht man Geld. Selbst wenn man so knickrig wie Wharton ist. Was passiert zum Beispiel, wenn es einen Fußsoldaten mit einem geringen Sold erwischt, der nicht akzeptieren will, dass seine Angebetete weiter fremdgeht?«

»Ja, das könnte Probleme geben«, stimmte Rita zu. »Ob das mit Lotte geschehen ist? Keine Ahnung, eine solche Geschichte klingt plausibel. Auf Anhieb fällt mir aber niemand ein, der dazu passen würde. Und Lotte hat mir gegenüber nichts dergleichen erwähnt.« Nachdenklich fügte sie hinzu: »Vielleicht solltest du in eine andere Richtung ermitteln.«

Oppenheimer wusste nicht auf Anhieb, worauf sie anspielte. »Was meinst du damit?«

Rita machte große Augen. »Na, unsere Volksgenossen meine ich! Du kannst dir nicht vorstellen, wie viele dumme Sprüche ich über mich ergehen lassen muss, weil ich mit einem Amerikaner zusammen bin. Ich bin für die eine Goldgräberin, ein Flittchen, eine Volksverräterin. Und das sind noch die harmloseren Beleidigungen.«

»So etwas kommt tatsächlich vor?«

»Na, was denkst du denn? Ein paar Leute sind immer noch in Adolfs Zeiten stecken geblieben. Und das kriegt man aus denen nicht mehr raus. Ich könnte mir vorstellen, dass sich auch im *Luxor* so manche Kunden herumtreiben, die mit Argusaugen verfolgen, ob sich eine Tänzerin mit Ausländern aufs Parkett wagt.«

»Ich behalte es mal im Hinterkopf«, sagte Oppenheimer. Obwohl er nicht vollends überzeugt war, dass Lotte von einem Rassisten entführt wurde, um ihr eine tödliche Lektion zu erteilen, ließ sich diese Theorie nicht von der Hand weisen.

»Jedenfalls habe ich bereits mit Wharton und mit René gesprochen«, fuhr er fort. »Vor allem das erste Gespräch war sehr interessant, denn es scheint Wharton nicht gerade zu gefallen, dass ich Lottes Verschwinden aufkläre. Tja, da hat er Pech gehabt. Den Fall habe ich offiziell übernommen.«

Interessanterweise schaltete sich jetzt Hurst ein. Auf seine Frage, ob Wharton Ärger mache, antwortete Oppenheimer, dass er nach seiner Unterredung mit ihm nichts mehr gehört habe.

Hurst nahm das mit umwölkter Stirn zur Kenntnis. Er begann auf Oppenheimer einzureden, viel zu schnell, um ihn zu verstehen, doch zum Glück war Rita zur Stelle.

»Vor Wharton musst du dich in Acht nehmen«, übersetzte sie. »Der kann richtigen Stunk machen. Tim hat heute mitbekommen, dass er die Militärpolizei einschalten wollte, um Lotte zu finden. Aber Wharton ist nicht weit damit gekommen. Lotte war eine Deutsche und keine offizielle Familienangehörige eines Amerikaners. Die Militärpolizei meinte, dass sie nicht zuständig sei.«

Angesichts der möglichen Komplikationen, wenn sich auch noch die Amerikaner in die Ermittlung einschalteten, atmete Oppenheimer auf. »Na, wenigstens das!«, sagte er, nippte an seinem Getränk und kostete die süße und doch ein wenig scharfe Whisky-Cola auf seiner Zunge. Etwas verstand er nicht so recht. Vielleicht lag das an Ritas Übersetzung, also fragte er nach. »Aber wenn Wharton keine so guten Verbindungen hat, wieso kann er dann Probleme bereiten?«

Hurst verzog das Gesicht zu einem ironischen Grinsen und antwortete, dass Wharton wohl auf das richtige Pferd gesetzt hatte.

»Die Spionagetätigkeiten der Russen sind vor Kurzem aufgeflogen«, übersetzte Rita. »Denen kann man nicht trauen. Du erinnerst dich doch an diesen Fuchs?«

Oppenheimer wusste sofort, dass von dem Atomspion Klaus Fuchs die Rede war. Der emigrierte deutsche Forscher mit britischem Pass war maßgeblich an dem *Manhattan-Projekt* zur Entwicklung der US-amerikanischen Atombombe beteiligt gewesen. Zu zweifelhaftem Weltruhm war er erst im Januar gelangt, als seine Verhaftung Schlagzeilen machte und ihm vorgeworfen wurde, zentrale Atombombengeheimnisse an die Sowjets verraten zu haben. Zu diesem Zeitpunkt war die UdSSR noch ein Alliierter im Kampf gegen Hitlerdeutschland gewesen, und daher war die Frage strittig, inwiefern die Weitergabe der Forschungsergebnisse tatsächlich als Verrat gewertet werden konnte.

Oppenheimer glaubte, irgendwo aufgeschnappt zu haben, dass Fuchs beim Spionageprozess seine Motivation damit erklärt hatte, dass er den Missbrauch der neuen Bombentechnologie durch eine einzige Nation verhindern wollte. Der Verurteilung zu vierzehn Jahren Freiheitsstrafe konnte der Forscher jedoch nicht entgehen. Der FBI-Chef J. Edgar Hoover behauptete, dass dieser Verrat es den Sowjets ermöglicht hätte, ihre eigene Atombombe ein Jahr früher als erwartet fertigzustellen. Um es noch schlimmer zu machen, besaß Fuchs angeblich sogar Erkenntnisse über die neue Wasserstoffbombe, die sich momentan noch in der Entwicklungsphase befand. Der von den Westmächten erhoffte Vorsprung bei der Waffentechnologie war durch Fuchs' Aktivitäten gefährdet.

Hurst war über diese Angelegenheit gut informiert. »Fuchs arbeitete nicht allein«, erklärte er. »Sechs Monate vor dem Abwurf unserer ersten Atombombe hat er einem russischen Agenten alles ausgeplaudert. Und zwar nicht in Moskau, sondern bei uns – in den Staaten! Zwei Jahre später verriet er dann weitere Details, diesmal in England.« Er richtete sich auf und murmelte Oppenheimer zu: »Es wird nicht hinausposaunt, aber es gibt Hinweise, dass noch ein weiterer Forscher des *Manhattan-Projekts* Verrat begangen hat. Das weiß ich aus erster Hand.«

Nach dieser vertraulichen Enthüllung lehnte Hurst sich wieder zurück und sprach mit normaler Stimme weiter. »Okay, die Russen sind in diesem Spiel die Bösewichte, das wissen wir mittlerweile. Jetzt ist nur die offene Frage, wie wir darauf reagieren. Bei mir daheim ist eine richtige Hysterie ausgebrochen. Einige Politiker und Militärs aus den hinteren Reihen haben das Thema für sich entdeckt, um endlich mal im Rampenlicht zu stehen und Karriere zu machen. Der lauteste von ihnen ist ein Senator aus Wisconsin, Joseph McCarthy.«

Gebannt hörte Oppenheimer zu. Von McCarthy hatte er noch nie gehört. In den drei westlichen Stadtzonen von Berlin wurde der Antikommunismus spätestens seit der Blockade kaum noch in Zweifel gezogen. Dass zum ersten Mal seit Langem jemand eine etwas differenziertere Sichtweise präsentierte, fand Oppenheimer höchst erfrischend. Und dass es ausgerechnet ein Angehöriger der US-Armee tat, verlieh diesen Worten eine große Glaubwürdigkeit.

Hurst versuchte nicht, seine Abneigung gegenüber McCarthy zu verbergen. Er gab eine unflätige Bemerkung von sich, die Rita nicht zu übersetzen brauchte. Sein jungenhafter Charme war verflogen. »Dieser McCarthy«, regte er sich auf, wobei ihm die Hitze in den Kopf stieg, »lügt, dass sich die Balken biegen. Bei den Senatswahlen spielte er den Kriegshelden. Und wo hatte er seine angebliche Verwundung her? Die bekam er nicht im Gefecht, nein, sondern bei einer wilden Feier. Dieser Hinterwäldler ist eine Beleidigung für alle aufrechten Patrioten. In diesem Jahr will McCarthy wiedergewählt werden. Weil ihm sonst nichts einfällt, hat er vor ein paar Monaten eine Kampagne gegen russische Spione gestartet. Im Prinzip mag er vielleicht recht haben, aber

McCarthy übertreibt es maßlos. Jetzt sieht er an allen Ecken Commies. Und mit der Wahrheit nimmt er es weiterhin nicht so genau.«

Hurst hatte sich derart echauffiert, dass er sein Temperament mit einem weiteren Schluck abkühlen musste. Rita warf Oppenheimer einen entschuldigenden Blick zu und erklärte: »Du musst verstehen, Tim ist Demokrat. Die Parteien in Amerika sind sich spinnefeind.«

Hurst verstand sie und wischte dies mit dem Argument beiseite, dass er durchaus auch mal für die Republikaner gestimmt hätte. Doch jemand wie McCarthy sei für ihn ein rotes Tuch.

Eindringlich fügte er hinzu: »McCarthy behauptet, Beweise dafür zu haben, dass unser Außenministerium von Kommunisten unterwandert ist. Man muss sich das mal vorstellen. Schon diese Idee ist völlig absurd. Eine Untersuchung ergab dann auch, dass der Vorwurf frei erfunden war, aber das ist McCarthy egal. Ständig kommt er mit neuen Anschuldigungen. Und seine Gefolgsleute machen bei dieser Hetze allzu gern mit.«

Jetzt hatte Oppenheimer endlich eine Ahnung, worauf ihr Gespräch hinauslief. Er schaute Hurst an und fragte: »Dann gehört Wharton also auch zu den McCarthy-Leuten?«

Hurst explodierte geradezu. »Damn well he is! And he uses the same playbook!«

Rita hatte Schwierigkeiten, seine Bestätigung zu übersetzen, doch Oppenheimer gab ihr mit einem Wink zu verstehen, dass er den Sinn mitbekommen hatte. Mit dem Rest tat sie sich dann leichter.

»Wharton ist sehr aktiv. Er präsentiert sich als beinharter Kommunistenbekämpfer. Damit wird er in unserer Armee sicher Karriere machen. Meiner Meinung nach ist er ein Volltrottel, aber täusche dich nicht. Wenn man Wharton in die Quere kommt, kann er hundsgemein werden.«

9

Mittwoch, 31. Mai 1950 –
Donnerstag, 1. Juni 1950

Wohin kamen die Menschen, wenn ihre Seelen gerettet werden mussten? Der Mann hatte darauf eine überraschende Antwort gefunden. Die wirklich verlorenen Geschöpfe wussten nicht, dass sie der Erlösung bedurften. Auf keinen Fall fand man sie in der Kirche. Ganz im Gegenteil, sie stürzten sich in Ablenkungen, um nicht mit der Wahrheit konfrontiert zu werden, dass sie die göttliche Gnade benötigten. Und der Verstand ließ sich so einfach betäuben beim Anblick von erhitzten Leibern, die eng im Tanz umschlungen waren. Der Mann hatte nicht lange suchen müssen. Berlin verfügte über zahlreiche solcher Lasterhöhlen. Und in seinem Viertel trafen sich die meisten Sünder im *Luxor*.

Es knirschte unter seinen Fußsohlen, als er über das regenfeuchte Pflaster des Ku'damms lief. Wieder einmal war der Mann von den hell erleuchteten Schaufenstern und den Leuchtreklamen verblüfft. Er konnte sich noch gut erinnern, wie dunkel es während der Blockade der westlichen Stadtsektoren auf der Flaniermeile gewesen war. Der Sündenpfuhl hatte damals nicht geglitzert. Er war schwarz gewesen wie die Seelen seiner Besucher.

Wie üblich folgte er seinem vertrauten Weg. Als die Abzweigung gekommen war, die er immer nahm, bog er nach links in das Geflecht der Seitengassen ein. Hier war es nicht mehr so grell. Nur die Straßenlaternen warfen einen schwachen Schimmer auf den Asphalt. Die Schritte des Mannes wurden zielstrebiger. Die nächtliche Seitenstraße erinnerte ihn an einen Tunnel. Eine unsichtbare Macht zog ihn immer weiter hin zu dem blauen

Flackern unzähliger Neonröhren. Sie priesen eine Lasterhöhle an, und genau dorthin musste er sich wagen, um seine Pflicht zu erfüllen.

Entschlossen stellte er sich an der Menschenschlange an. An der Kasse kaufte er einige Billetts, damit sie ihn in den Tanzsaal ließen, ohne Fragen zu stellen. Alles konnte man im *Luxor* bekommen. Dass er die unmoralischen Umtriebe mit seinem Eintrittsgeld mitfinanzierte, war leider unvermeidbar. Die junge Dame an der Kasse warf ihm einen leeren Blick zu. Natürlich nahm sie ihn kaum wahr, genau wie alle anderen. Er war nur einer von den unzähligen Stammgästen, vielleicht hatte sich sogar herumgesprochen, dass er ein harmloser Spinner war, der niemals von seinen Billetts Gebrauch machte. Als die Kassendame die perforierten Kartonstücke zu ihm hinüberschob, unterdrückte der Mann ein Grinsen. Das junge Fräulein hatte keine Vorstellung davon, wie genau er sie kannte. Wie nahe er ihr gekommen war. Sie wusste nicht, dass er fast zwei Wochen auf ihrer Fährte gewesen war, sie ausgekundschaftet hatte. Nur um dann zu entscheiden, dass sie ein dummes Ding und seiner Aufmerksamkeit nicht würdig war.

Nun, es war ihr Verlust. Das Seelenheil würde sie nicht finden. Sie war verdammt und würde es auch bleiben.

Mit den Billetts in der Hand lief er über den abgetretenen roten Teppich zum Tanzsaal. Vor der unscheinbaren Tür nahm er all seinen Mut zusammen und tauchte dann in das Reich der Verderbnis ein.

Die Musik dröhnte ihm in den Ohren. Dem Bandleader auf der Bühne lief in schwarzen Rinnsalen ein Gemisch aus Schweiß und Haarfarbe über die Wangen. Im grellen Licht der Scheinwerfer war sein Gesicht zu einer grinsenden Maske verzerrt. Mit glitzernden Augen verfolgte er die Eskapaden der Tänzer und gab gleichzeitig seinen Musikern den Takt vor. Die Musik erstarb, der

Taumel auf der Tanzfläche kam für einen kurzen Augenblick zum Stillstand. Der Bandleader sprach ins Mikrofon, die gewisperten Worte donnerten elektrisch verstärkt aus dem Lautsprecher wie das Brüllen eines Löwen. Die Menge applaudierte ihm.

Der Mann achtete nicht auf die Ansage. Mit schnellen Schritten strebte er auf eine unbeleuchtete Ecke zu, denn er wusste, dass ihn dort kaum jemand bemerkte. Alle Blicke waren auf die Kapelle gerichtet. Aus den Augenwinkeln nahm er wahr, dass die Tänzer wieder in Bewegung kamen. Die Musik begann, der Taumel ging von Neuem los. Männer in dunklen Anzügen und kakifarbenen Uniformen drehten sich mit herausgeputzten Frauen im Kreis. Rocksäume flatterten über den schwarzen Nähten ihrer Nylonstrümpfe.

Irgendwo in dem Getümmel musste sie stecken. Die nächste Seele für seine Sammlung.

Er genoss die Anspannung. Das erste Mal hatte er sie auf der Jagd mit seinem Vater gespürt. Die Umstände mochten jetzt andere sein, aber das Gefühl war immer noch dasselbe.

Dann plötzlich sah er sie.

Ohne es zu bemerken, verhärtete sich etwas in dem Mann. Sie trug ein grünes Kleid und eine glitzernde Halskette. Die braunen Haare waren nach oben toupiert. Ihre Arme hielten einen schmalen Mann umschlungen, der jünger als seine Tanzpartnerin zu sein schien. Die grellrot geschminkten Lippen öffneten sich und entblößten Zähne, die ein wenig zu groß waren. Der Mann konnte das Lachen der Frau trotz der lauten Musik hören.

Er konnte nicht beantworten, warum er gerade auf sie aufmerksam geworden war. Handelte es sich um reinen Zufall? Oder hatte doch die Vorsehung ihre Hand im Spiel?

Er verwarf diese Fragen. Nichts davon war wichtig. Nur die Resultate zählten.

Jetzt gab es für ihn ein neues Ziel. Sein Herz pochte wie wild. Er wusste mittlerweile, dass er vorsichtig vorgehen musste. Seine Taten konnten fehlinterpretiert werden. Also war es besser, sich in den Schatten zu verbergen, geduldig im Hintergrund zu warten, bis schließlich die Zeit zum Handeln gekommen war.

In den nächsten Tagen würde er diese Frau auf der Tanzfläche sehr gut kennenlernen.

»Also, was haben wir?« Oppenheimer stand in seinem Büro vor der großen Wandkarte von Berlin. Kubelik und Fräulein Murr saßen an den zusammengeschobenen zwei Schreibtischen für die Assistenten und blickten ihn erwartungsvoll an. Er wies auf den Fundort von Ritas getöteter Freundin in der Nachbarschaft des Telefunken-Werkgeländes.

»Also, das Opfer ist Frau Lehn, geborene Tieken. Die Ergebnisse der medizinischen Untersuchung liegen jetzt vor.«

Oppenheimer machte eine Kunstpause. Fräulein Murr hob ihr Kinn ein wenig, auch Kubelik beugte sich interessiert vor. Der Anzug des muskulösen Assistenten sah aus, als wären die Nähte kurz vor dem Platzen. Auch jetzt warf der Stoff tiefe Falten, sodass Oppenheimer jederzeit damit rechnete, dass die Knöpfe absprangen.

»Surnows Bericht bringt uns wohl nicht weiter?«, fragte Fräulein Murr.

»Auf den zweiten Blick schon«, erwiderte Oppenheimer. »Gut, erst mal zu den weniger interessanten Punkten. Surnow hat eine ellenlange Abhandlung über eine Fußdistorsion und überdehnte Bänder geschrieben. Auf gut Deutsch hat sich Frau Tieken den Knöchel verrenkt. Und den Zeitpunkt dieses Unfalls können wir auch halbwegs eingrenzen.«

Mit einem nervösen Seitenblick auf seine Kollegin platzte es aus Kubelik heraus: »Das muss nach dem Besuch des *Luxor* geschehen sein!« Oppenheimer bestätigte diese Vermutung mit einem zufriedenen Kopfnicken. Derart ermutigt, führte Kubelik weiter aus: »Mit einem verrenkten Fuß geht man nicht tanzen. Und dieser Toilettenwärter, der Frau Tieken einen Teil des Weges zurückbegleitete, hat vermutlich auch nicht erwähnt, dass sie humpelte.«

Oppenheimer hatte bereits mitbekommen, dass zwischen Fräulein Murr und Kubelik eine gewisse Rivalität bestand. Er schätzte junge Kollegen, weil sie noch nicht von der Routine gelangweilt waren. Diese beiden waren aber besonders bemüht, ihren Wert vor Oppenheimer zu beweisen. Kubelik war haarscharf einer Entlassung aus dem Kripodienst wegen seiner Mitgliedschaft in der SED entgangen. Obwohl er mit einem Parteiaustritt gerade noch rechtzeitig die schlimmsten Konsequenzen verhindern konnte, fühlte er sich seit dieser unschönen Episode auf dem Prüfstand. Und Fräulein Murr war ohnehin schon immer eifrig gewesen, soweit Oppenheimer es beurteilen konnte. Bestimmt hoffte sie auf Karrierechancen. Und die bekam sie am ehesten, wenn sie ihre Vorgesetzten beeindruckte.

Fräulein Murr nahm Kubeliks Hypothese interessiert zur Kenntnis, ohne darüber verärgert zu sein, dass er als Erster auf die von Oppenheimer erwünschte Erklärung gestoßen war.

»Exakt«, sagte Oppenheimer. »Dieser Unfall muss passiert sein, nachdem sie daheim angekommen war. Die plausibelste Erklärung wäre, dass es bei der Entführung geschah.«

»Aber …«, begann Fräulein Murr mit gerunzelter Stirn.

»Ja, Sabine?«

»Ihr Vermieter, dieser Burmester, hat doch angegeben, dass sie den Entführer kannte.«

»Er hat nur Stimmen gehört, aber nicht den genauen Wortlaut verstanden. Das war seine Aussage.« Mit gesenktem Blick ließ sich Oppenheimer ihr Argument durch den Kopf gehen. »Das muss kein Widerspruch sein. Es gibt zwei Optionen. Entweder war der Entführer nicht die Person, die sie vor dem Haus getroffen hat. Oder es war eine ihr bekannte Person, die plötzlich zudringlich wurde und eine Fluchtreaktion bei ihr auslöste. Das Resultat bleibt dasselbe. Sie versuchte fortzulaufen und verstauchte sich den Knöchel.« Oppenheimer hielt inne. »Der Entführer ist mobil, das erscheint mir eindeutig. Burmester sprach von einem Kastenwagen, der vor dem Haus geparkt hatte und dann verschwunden ist. Frau Tiekens Wohnadresse und der spätere Fundort ihrer sterblichen Überreste befinden sich in unterschiedlichen Stadtvierteln. Auch das spricht dafür, dass der Täter ein motorisiertes Fahrzeug besitzt.« Dann wandte er sich an Fräulein Murr. »Und jetzt noch einmal zum Leichenfund. Ist dir dabei auch etwas komisch vorgekommen?«

Ihre Augen blitzten bei der Erinnerung auf. »Keine Anzeichen von äußerer Gewalt«, antwortete sie mit rauer Stimme.

»Ja. Und die hat es wohl tatsächlich nicht gegeben. Surnow kam zu dem Schluss, dass Frau Tieken eingeschläfert wurde.«

Abrupt richtete sich Kubelik auf, und auch Fräulein Murr blieb der Mund kurz offen.

»Schlafmittel?«, fragte Kubelik.

»Das steht jetzt fest.« Oppenheimer holte die Zigarettenspitze aus der Innentasche seiner Jacke. Anstatt auf ihr herumzukauen, um seine Gedanken auf Trab zu bringen, drehte er sie in den Händen. »Im Magen wurden Barbiturate festgestellt. Genug, um sie bewusstlos zu machen. Eine zweite, tödliche Dosis wurde ihr dann per Spritze verabreicht. In ihrem Nacken befand sich ein frischer Nadeleinstich.«

Seine beiden Assistenten benötigten einige Momente, um diese Neuigkeit zu verarbeiten. Schließlich lachte Fräulein Murr ungläubig auf.

»Das klingt sehr … schonend, irgendwie.« Sie unterbrach sich selbst. »Ich meine, das Resultat bleibt natürlich dasselbe. Ein

Leben wird vernichtet. Aber bei Schlafmitteln fehlt der Zorn, der sonst aus einer solchen Tat spricht.«

Oppenheimer lehnte sich gegen das Bogenfenster und verengte die Augen. »Ich denke, es ist zu früh, um das zu konstatieren. Aber es scheint durchaus möglich.«

»Zu den Reaktionen von Frau Tieken würde es doch passen«, stimmte Kubelik zu. »Vielleicht wirkt der Täter sogar wie ein netter Kerl. Er plaudert mit Frau Tieken, bekommt die Möglichkeit, sich ihr zu nähern, und plötzlich, zack, entführt er sie. Und er scheint diese Nettigkeit nicht einmal vorzuspielen, wenn man seine Mordmethode betrachtet. Und auch die lange Zeit zwischen der Entführung und dem Auffinden der Leiche sprechen gegen einen Mord im Affekt. Ja, er ist ein … ein …« Kubelik suchte erfolglos nach Worten.

»Ein rücksichtsvoller Mörder«, vollendete Oppenheimer den Satz. Plötzlich war es totenstill. Kubelik und Fräulein Murr blickten einander an, bestürzt über ihre eigenen Schlussfolgerungen.

Die Anspannung entlud sich in verhaltenem Gelächter, in das auch Oppenheimer einstimmte. Ebenso abrupt brach es wieder ab. Sie alle waren sich bewusst, dass eine Mordsache keinesfalls lustig war.

Oppenheimer breitete die Arme aus.

»Warum nicht? Kann alles sein. Unser Unhold muss nicht wie ein solcher aussehen. Die Todesart finde ich aber aus einem anderen Grund sehr interessant.«

Jetzt kam weder Kubelik noch Fräulein Murr auf eine Idee, was er damit andeuten wollte, also zählte er die Punkte mit der Zigarettenspitze an seinen Fingern ab: »Wenn der Mörder Schlafmittel verabreicht hat, dann muss er es vorher irgendwo besorgt haben. Entweder er arbeitet in einem medizinischen Beruf, oder er hat Zugang zu Arzneimitteln, sei es über eine Apotheke oder sonst wie.«

Kubelik unterdrückte ein Seufzen, denn ihm schwante bereits, auf welch nervtötende Arbeit dies hinauslief.

Lächelnd hob Oppenheimer die Brauen. »Ich befürchte, ich kann uns die Laufarbeit nicht ersparen, Thomas«, sagte er gutmütig. »Wir müssen uns in den Apotheken und Krankenhäusern erkundigen, ob Schlafmittel gestohlen wurden oder jemand auffallend große Mengen gekauft hat.«

Er setzte sich zu den Assistenten.

»Mich interessiert, was der Entführer die ganze Woche über mit seinem Opfer angestellt hat«, sagte Fräulein Murr. »Das wird er doch nicht aus Jux und Tollerei gemacht haben. Konnte Surnow dazu etwas sagen?«

»Er meinte, dass Frau Tieken während dieser Zeit gut, nein, sogar sehr gut versorgt wurde«, antwortete Oppenheimer. »Am verrenkten Fuß konnte er Spuren einer Heilsalbe nachweisen. Im Mageninhalt befanden sich halb verdaute Fleischkonserven.«

Fassungslos riss Fräulein Murr die Augen auf. »Das finde ich fast noch verstörender als einen brutalen Angriff«, murmelte sie. »Wenn der Entführer sein Opfer derart umsorgt, warum tötet er dann überhaupt?«

Kubelik öffnete den Mund, behielt seinen Gedanken jedoch für sich.

»Ich verstehe das Tatmotiv ebenfalls nicht«, gab Oppenheimer zu. »Jedenfalls noch nicht. Immerhin haben wir jetzt genügend Auffälligkeiten, mit denen wir arbeiten können. Bevor wir uns mit dem Motiv näher beschäftigen, sollten wir zuerst die konkreten Punkte durchgehen.«

Wenig überraschend hatten Kubeliks Nachforschungen ergeben, dass in der Gegend um Moabit seit Jahresbeginn mehrere Vermisstenmeldungen eingegangen waren. Da sie bislang nur von der Tötung Lotte Tiekens wussten, ließ sich noch nicht eingrenzen, nach welchen Ähnlichkeiten sie Ausschau halten mussten.

Also hatte es Oppenheimer vorerst bei einer Auflistung der noch ungeklärten Fälle belassen.

»Kommen wir noch einmal auf die Brandlegung zurück«, schlug Kubelik vor und goss sich aus der bereitstehenden Kanne eine Tasse Muckefuck ein. Er nahm aus seinem Emaillebecher einen großen Schluck und starrte vor sich auf die Tischplatte. »Vier Brandstiftungen mit Benzin hat es seit Jahresbeginn in den Westsektoren gegeben«, fasste er die von Fräulein Murr zusammengetragenen Ergebnisse zusammen. »Das ist gut zu überblicken. Wenn wir keine weiteren Hinweise bezüglich der aktuellen Brandstiftung finden, gehen wir eben die Ermittlungsunterlagen der anderen Fälle durch. Vielleicht haben wir ja Glück.«

Er versuchte, optimistisch zu klingen, versagte aber kläglich.

Auch Oppenheimer war nicht weitergekommen. In den letzten Tagen hatte er die Alibis der zwei verdächtigen Männer in Lottes Leben überprüft. Wie sich herausgestellt hatte, waren die Entlastungszeugen allesamt Amerikaner. Die Angaben von Colonel Wharton und des Eintänzers René galten jetzt als bestätigt. Für den Zeitpunkt der Entführung kamen sie als Täter nicht infrage.

Das klingelnde Telefon auf Oppenheimers benachbartem Schreibtisch durchschnitt die Stille. Unwillkürlich zuckte er zusammen und stand dann auf, um das Zimmer zu durchqueren.

»Oppenheimer«, meldete er sich. Dann wandte er sich an Fräulein Murr. »Sabine, da will jemand von der Polizeiwache Moabit mit dir reden.«

Sie lief zum Telefon und nahm den Hörer entgegen. Während sie sprach, stellte sich Oppenheimer an eines der Fenster, um sich im Sonnenschein den Nacken zu wärmen. Er fühlte sich plötzlich eigenartig matt. Vermutlich deshalb, weil sich immer weitere Fragen auftürmten, ohne dass es eine Antwort gab. In seiner beruflichen Laufbahn als Mordkommissar hatte er selten einen Fall gehabt, der auf den ersten Blick so widersprüchlich erschien.

Als Fräulein Murr den Hörer auflegte, wirkte sie wie ausgewechselt. Ihr Gesicht strahlte.

Kubelik lehnte sich auf seinem Stuhl zurück und scherzte: »Lass mich raten, du hast den Fall gelöst!«

»Das nicht«, antwortete Fräulein Murr. »Aber die Fronarbeit mit den vier anderen Brandstiftungen können wir erst einmal abhaken.« An Oppenheimer gerichtet fuhr sie fort: »Für die Brandstiftung in Moabit gibt es eventuell einen Augenzeugen. Und ihr werdet es nicht glauben, es ist wieder ein Amerikaner!«

Oppenheimer lief sofort zum Kleiderständer, angelte den Hut vom Haken und setzte ihn auf.

»Dann fängt unser Tag also doch gut an!«

10

Donnerstag, 1. Juni 1950

Auf der Polizeiwache wurden sie bereits erwartet. Ein Polizist führte sie in ein kahles Nebenzimmer, nicht viel mehr als eine überdimensionierte Besenkammer. Oppenheimer nahm an dem einzigen Tisch Platz und musterte den von feinen Rissen durchsetzten Wandputz und den schwarz gestrichenen Heizkörper. In Kopfhöhe befand sich ein niedriges Fenster, das durch drei Gitterstäbe Ausblick auf die Backsteinwand des Nebengebäudes bot. Die Tristesse war erdrückend. Es war einer dieser typischen Räume, die bei Bedarf für Befragungen genutzt wurden.

Die Tür wurde geöffnet. Als sich Oppenheimer umblickte, nickte ihnen ein älterer Herr mit ordentlich geschnittenen grauen Haaren zu. Die Polizeiuniform war ihm ein wenig zu eng. Er stellte sich als der Leiter der Polizeiwache vor. Ohne um den heißen Brei herumzureden, kam Oppenheimer gleich zur Sache.

»Was ist denn geschehen? Zuerst hieß es doch, dass es für die Brandstiftung keinen Zeugen gibt.«

Noch ehe sich der Leiter der Polizeiwache auf einen Stuhl gesetzt hatte, fing er bereits mit den Entschuldigungen an.

»Da ist meinen Leuten leider ein Malheur unterlaufen. Ich hatte es Fräulein Murr bereits am Telefon erklärt. Das ist völlig unentschuldbar, natürlich. Ich nehme es auf meine Kappe.«

Oppenheimer hob beschwichtigend die Hände. »So weit müssen wir nicht gleich gehen«, brummte er. »Dann handelt es sich nicht um einen Zeugen, der sich nachträglich gemeldet hat?«

Der Polizist ihm gegenüber druckste ein wenig herum. »Nun ja, zwei meiner Leute haben in der Nacht der Brandstiftung einen

Mann aufgegriffen und ihn in die Ausnüchterungszelle gesteckt. Aber wie sich jetzt herausgestellt hat, war der Mann nicht betrunken.«

Fräulein Murr war darüber noch nicht aufgeklärt. Sie lachte überrascht auf.

»Wie kommt denn so was zustande?«, rief sie.

Der Leiter der Polizeiwache zuckte zusammen. »Wie gesagt, es ist völlig unentschuldbar«, murmelte er betreten. Dann atmete er durch und hob sein Kinn. »Ich denke, es wäre sinnvoller, wenn das die Herren gleich selbst erklären.«

Oppenheimer schmunzelte. Ganz so begierig war ihr Gesprächspartner also doch nicht, die volle Verantwortung zu übernehmen.

»Nur hereinspaziert mit ihnen«, sagte er gutmütig.

Der Polizist sprang erleichtert von seinem Stuhl auf. Als sie wieder allein waren, murmelte Fräulein Murr: »Mein Gott, wie kann man nur …« Sie schüttelte den Kopf, sichtlich erzürnt über eine derartige Unprofessionalität.

Es dauerte nicht lange, bis jemand zaghaft an die Tür klopfte und zwei Polizisten ins Zimmer schlichen. Ihr Verhalten ließ erkennen, dass sie an diesem Tag bereits einen gehörigen Anschiss bekommen hatten. Sie wagten kaum, Oppenheimer und Fräulein Murr in die Augen zu blicken. Im Gänsemarsch traten sie zu den zwei Stühlen auf der anderen Seite des Tischs und nahmen Platz.

Es handelte sich um zwei Männer in den Vierzigern. Erst jetzt, da sie Oppenheimer im Schein der Deckenlampe direkt gegenübersaßen, ließ sich erkennen, wie aufgedunsen ihre Gesichter waren. Der Hagere von den beiden hielt die Stille schließlich nicht mehr aus und sagte: »Da sind wir.«

»In der Tat«, sagte Oppenheimer. »Und jetzt schildern Sie mir bitte genau, was vorgefallen ist.«

Der hagere Polizist begann zu reden, doch er sprach so undeutlich, dass Oppenheimer ihn unterbrach.

»Wie bitte?«

Der Uniformträger riss sich zusammen und setzte von Neuem an.

»Es war in der Nacht von Pfingstmontag auf den Dienstag.«

»Der dreißigste Mai«, erklärte sein Kollege.

Dieser Einwurf brachte den hageren Polizisten aus dem Konzept. Er sammelte kurz seine Gedanken und fuhr fort:

»Also, wir waren auf Streife mit unserem Einsatzwagen. Wir wollten gerade zurück zur Wache und sind durch die Berlichingenstraße.«

Fräulein Murr versuchte mit geschlossenen Augen, sich das bildhaft vorzustellen. »In welche Richtung?«, unterbrach sie.

Der Hagere hatte die ganze Zeit Oppenheimer angesehen und war überrascht, von dem jungen Fräulein angesprochen zu werden.

»Süden, wir fuhren nach Süden«, sagte er schnell. »Es war so gegen halb vier. Wir waren kurz vor der Kreuzung zur Wittstocker Straße. Alles war dunkel, da springt uns doch plötzlich so ’n Kerl ins Scheinwerferlicht. Direkt vom Bürgersteig vor unsere Karre!«

»Das muss man sich ma vorstelln!«, sekundierte der zweite Polizist. »Ick dacht mir ja, der is lebensmüde oder so!«

»Ja, und ich bin dann sofort in die Bremsen gestiegen. Wir beide sind raus, um zu sehen, was Sache ist. Der Mann, das war so ’n Schwarzer. Ich seh nur weiße Augen in dem Gesicht. Und er redete wie ’n Wasserfall. Aber ich hab nix kapiert.«

Jetzt platzte es aus dem zweiten Polizisten heraus. »Wirklich, dit konnten wa nich vastehn. Uns wurde jetzt jesagt, dit war Englisch. Hat sich aba nich danach anjehört!«

»Auf jeden Fall hörte er nicht auf zu reden. Er packte mich

sogar am Kragen und solche Sachen. Ich sag ihm, lassen Sie das, mein Herr! Finger weg, sonst muss ich Sie festnehmen.«

»Der hatte 'nen richtijen Narren an ihm jefressen.« Der zweite Polizist grinste, doch bei Fräulein Murrs eisiger Reaktion zog er schlagartig den Kopf ein.

»In der Nähe, wo wir standen, is 'ne Kneipe«, fuhr der andere fort. »Da musste mir niemand was erklären. Ich dachte, der is besoffen. Außerdem hörte er nicht auf mich. Da ham wir ihn eingesackt.« Er zuckte mit den Schultern. »Er wollte nicht vernünftig mit uns reden und hat mich tätlich angegriffen. Was sollte ich denn tun?«

Oppenheimer versuchte, diesen Vorfall zeitlich einzuordnen. Er wandte sich Fräulein Murr zu und sagte: »Das war kurz bevor die Feuerwehr von den Nachtwächtern gerufen wurde. Die Kreuzung dürfte nicht mehr als dreihundert oder vierhundert Meter vom Brand entfernt sein. Das klingt plausibel.«

»Die Sirene haben wir erst gehört, als wir zurück auf der Wache waren«, verteidigte sich der hagere Polizist. »Aber wir sahen keine Verbindung zu unserem Betrunkenen.«

»Der sowieso bereits in der Ausnüchterungszelle saß«, vollendete Oppenheimer die Schilderung. »Und woher wisst ihr jetzt, dass er ein Zeuge der Brandstiftung war?«

»Er hat heute früh noch mal angerufen und sich beschwert. Er wurde direkt an unsren Chef weitergeleitet. Er ist bereit, 'ne Aussage zu machen, heute hat er wohl frei und ist zu sprechen. Aber er hat keine Lust, auf die Wache zu kommen.«

Oppenheimer konnte das nachvollziehen und beschloss, die Befragung des Zeugen selbst zu übernehmen. Er ließ sich die Adresse geben und setzte sich mit Fräulein Murr wieder in den Einsatzwagen.

Sie war immer noch verstimmt. Mit verschränkten Armen saß sie auf dem Beifahrersitz und sagte: »Wenn die nur ihre Arbeit getan hätten, dann wären uns nicht zwei Tage durch die Lappen gegangen.«

Um zur Adresse des Zeugen zu kommen, benötigte es nur wenige Minuten. Er lebte in dem Wohnviertel zwischen dem Telefunken-Werkgelände und der Reformationskirche. Oppenheimer fuhr die lange Steinfassade des Fabrikgebäudes entlang und schlug dann den Lenker nach rechts ein. Genau an dieser Stelle waren die Polizisten in der Nacht der Brandstiftung auf den Zeugen getroffen. Die ersten Häuser an der Seitenstraße wiesen alle noch starke Kriegsschäden auf, aber als sie sich von dem Industriekomplex entfernten, gab es immer mehr unbeschädigte Gebäude. Die Adresse gehörte zu einer Mietkaserne, an der sogar die Zierleisten und Stuckelemente an der Fassade eintönig wirkten.

Der Klingelleiste zufolge lebte der Augenzeuge, ein gewisser Eugene Peters, im zweiten Stockwerk. Nachdem Oppenheimer die Schelle betätigt hatte, wurde die Haustür fast augenblicklich von innen aufgezogen. Eine ältere Frau in einer Küchenschürze stand vor ihnen. Die mit Lockenwicklern aufgedrehten Haare waren von einem Kopftuch bedeckt. Erwartungsvoll streckte sie ihnen eine spitze Nase entgegen. Es machte nicht den Eindruck, als würde sie Oppenheimer ohne eine Erklärung ins Haus hineinlassen, also erkundigte er sich nach Herrn Peters.

Die Dame verengte die Augen. »Polente, wa? Wir ham schon erwartet, dat jemand von euch aufkreuzt.« Sie war nicht gerade amüsiert, Ordnungshüter auf ihrer Schwelle vorzufinden. Sie bewegte sich nicht von der Stelle und warf ihnen einen Schwall von Vorwürfen an den Kopf. »Dat ihr euch nich schämen tut! Der arme Jung. Der tut doch wirklich keenem wat! Nur weil er 'n bisschen anders aussieht, habt ihr die Frechheit, ihn einzubuchten, ohne zuzuhörn, wat er zu sagen hat! Ick hab mir heut früh extra die Zeit jenommen, um die Polente anzurufen für ihn, damit die endlich kapieren, wat da los war!«

Um den Wortfluss der Frau zu unterbrechen, präsentierte ihr Oppenheimer seine Kripomarke. »Genau das versuchen wir gerade aufzuklären. Verantwortlich dafür waren die Kollegen von der Schutzpolizei, für die ich mich entschuldigen möchte. Wir sind von der Kripo. Herr Peters könnte uns behilflich sein.«

In diesem Moment hörte er, wie jemand im Flur eine knarzende Treppe herabstieg. Die Schritte kamen näher, und ein Mann sagte: »Aber Frau Andrea, I told you not to get upset. Alles ist gut.«

Die angesprochene Dame trat jetzt endlich zur Seite. Ein dunkelhäutiger Mann tätschelte sie am Arm. Oppenheimer hielt ihn für Ende zwanzig. Bei den Amerikanern in Berlin handelte es sich fast ausschließlich um Militärangehörige. Also hatte er einen Soldaten mit einer praktischen Kurzfrisur erwartet, doch Peters' schwarze, krause Haare waren lang. Der sauber rasierte Oberlippenbart verlieh ihm ein gepflegtes Aussehen. Nicht dazu passen wollte die Schwellung der linken Gesichtshälfte. Oppenheimer kannte solche Spuren. Jemand hatte Peters vor nicht allzu langer Zeit einen gewaltigen Kinnhaken versetzt.

Statt einer Uniform trug er eine schwarze Hose mit einem weißen Hemd ohne Krawatte, bei dem die oberen Knöpfe geöffnet waren. Beim Anblick von Fräulein Murr hielt Peters kurz inne, dann fiel ihm auf, dass seine Gäste immer noch auf der Türschwelle standen. Mit ironisch hochgezogenen Brauen manövrierte er Frau Andrea zurück in den Flur und winkte die beiden herein.

»Please come in.«

Peters bewohnte eine Einzimmerwohnung. Ein Teil wurde von einem Paravent abgeschirmt. Der Rest bestand aus einer kleinen Anrichte, einem Küchentisch mit Stühlen und zwei gepolsterten Sesseln. Die einzige Kommode war vollgestopft mit amerikanischen Taschenbüchern, obendrauf stand ein Radiogerät. Während die Möbel deutliche Gebrauchsspuren aufwiesen, war das Radio ein brandneues Modell, wie es Oppenheimer noch nie gesehen hatte. Peters bot Oppenheimer und Fräulein Murr die Sessel an. Er selbst setzte sich an den Küchentisch und schien dann nicht zu wissen, wie er das Gespräch beginnen sollte.

»Mr. Peters«, sagte Oppenheimer, doch mit einer Lässigkeit, die nur Amerikanern zu eigen war, winkte Peters ab. »Call me Gene.«

Oppenheimer griff die Gelegenheit beim Schopf, um sich noch mal für das Verhalten seiner Kollegen zu entschuldigen. Peters sollte mit ihnen kooperieren, also war es besser, das Missverständnis sofort zu bereinigen. Als Fräulein Murr für Oppenheimer übersetzte, wirkte Peters erleichtert. Wie sich herausstellte, konnte er Deutsch sinngemäß verstehen. Sie unterhielten sich in beiden Sprachen, wobei Oppenheimer bei schwierigeren Sätzen die Hilfe von Fräulein Murr in Anspruch nahm.

Oppenheimer wies auf die Schwellung am Kinn.

»Waren das etwa die Polizisten? Möchten Sie eine Beschwerde einreichen?«

Peters winkte ab. »Nein, nein. Das ist in derselben Nacht geschehen, aber das war nicht die Polizei.« Plötzlich wirkte er unsicher. Er blickte von Fräulein Murr zu Oppenheimer. Dann fragte er auf Deutsch: »Ähm, möchten Sie ’ne Coke?«

Oppenheimer wollte nicht unfreundlich sein, außerdem war er nach der Fahrt im aufgeheizten Auto tatsächlich ein wenig durstig. Noch ehe er antworten konnte, hörte er Fräulein Murr sagen: »Aber gern«, und er sah, dass sie Peters ein Lächeln schenkte.

Dieser nickte und holte drei Flaschen aus seinem Kühlschrank. Klappernd fielen die geöffneten Kronkorken in die Spüle. Ohne sich um Gläser zu kümmern, offerierte Peters ihnen die Flaschen.

Als sie sich zuprosteten und tranken, spürte Oppenheimer, wie ihr Gastgeber sie beobachtete. Insbesondere schien es ihm schwerzufallen, seine Augen von Fräulein Murr abzuwenden. Oppenheimer konnte das nachvollziehen, für einen jungen Burschen wie Peters war sie bestimmt ein angenehmerer Anblick als der ältliche Kommissar an ihrer Seite. Nachdem Fräulein Murr einen Schluck der Cola genossen hatte, seufzte sie wohlig auf.

Lächelnd fragte Peters: »Gut?«

Sie bestätigte das mit einem Kopfnicken.

Oppenheimer fand die Atmosphäre so gesellig, dass er nicht anders konnte, als ein wenig zu plaudern.

»Was bringt Sie nach Berlin?«, fragte er. »Ich nehme an, dass Sie nicht beim Militär sind?«

Peters lächelte. »Das ist eine Frage der Interpretation. Ja, ich bin Zivilist, aber die U.S. Army ist mein Arbeitgeber. Ich war in Europa als Soldat stationiert. Nach dem Ende meiner Dienstzeit habe ich dann nach einem Job gesucht, der es mir ermöglicht, hierher zurückzukehren. Ich arbeite jetzt im *PX-Shop* gleich gegenüber der Hauptverwaltung.«

Oppenheimer hatte keine Ahnung, um was es sich dabei handelte. Peters erklärte, dass es Ladengeschäfte des Verteidigungsministeriums waren, die Militärangehörige in der Fremde mit amerikanischen Waren jeglicher Art versorgten. »Die Zigaretten der G. I.s, die stammen alle vom *PX-Shop*. Die Familien der Offiziere machen dort ihre täglichen Einkäufe. Wir haben alles, um über die Runden zu kommen. Deswegen haben es im Ausland stationierte amerikanische Soldaten und ihre Angehörigen nicht nötig, zum Beispiel in deutschen Geschäften einzukaufen.«

»Eine parallele Welt, mitten in Berlin«, sinnierte Oppenheimer.

»Ja, das kann man so sagen.«

Oppenheimer stellte die kühle Colaflasche auf den Couchtisch und zückte sein Schulheft.

»Bei dem Telefonat heute früh gaben Sie an, Informationen zur Brandstiftung zu haben?«

»Das kann man wohl sagen. Ich habe den Kerl mit eigenen Augen gesehen! Er hat mir auch den Kinnhaken verpasst!«

Oppenheimer frohlockte innerlich. Das klang nach einem Durchbruch.

»Am besten schildern Sie alles der Reihe nach.«

Peters hielt kurz inne, um den Faden zu finden. »An dem Abend war ich bei einem Kollegen. Der wohnt auch hier in dem Viertel. Er hat eine Party organisiert, ein paar Freunde eingeladen. Es war ein lustiger Abend, und der hat ein bisschen länger gedauert.«

Oppenheimer vernahm das mit einem gewissen Unbehagen. »Sie haben also Alkohol getrunken?«

»Klar«, antwortete Peters. »Aber ich kann was vertragen. Jedenfalls war es dann spät. Ich weiß nicht mehr die genaue Uhrzeit, aber ein Taxi war nirgends zu kriegen. Ich dachte mir, die paar Meilen kann ich auch laufen.«

»Und der Nachhauseweg führte Sie durch das Industriegebiet?«

Peters zuckte mit den Schultern. »Es ist der kürzeste Weg. Jedenfalls sah ich, dass am Straßenrand ein kleiner Transporter geparkt war. Er stand in der Nähe einer brennenden Laterne, also ließ sich erkennen, dass die hintere Klappe geöffnet war. Es roch nach Benzin, und da waren Kanister drin. Und das Tor zur benachbarten Fabrik stand weit offen. Da dachte ich mir, da ist doch was faul.«

Oppenheimers Bleistift flog über das Papier. Auch Fräulein Murr verfolgte gespannt Peters' Schilderung. Auf Oppenheimers Bitte hin lieferte er eine genauere Beschreibung des Transporters, während Fräulein Murr sicherheitshalber versuchte, seine Aussage möglichst präzise zu übersetzen.

»Das dürfte der Kastenwagen sein, von dem auch Burmester sprach«, ergänzte sie.

»Okay, es stimmt, ich war ein bisschen angesäuselt«, räumte

Peters ein. »Vielleicht habe ich mich deswegen eingemischt. Trotzdem, es ist doch nicht in Ordnung, einfach so Benzin zu verschütten. Und dann auch noch mitten in der Nacht. Ich fand das verdächtig. Da bin ich auf das Fabrikgelände, um mich umzusehen.«

Peters nahm einen Schluck aus seiner Flasche und fuhr fort:

»Irgendwo hinten flackerte Licht. Sah nach einer Taschenlampe aus. Ich dachte, wenn das Wachleute sind, dann warne ich die besser mal. Für den Fall, dass es doch der Einbrecher war, schlich ich mich näher ran. Und das war dann auch so. Das Licht war hell genug, dass ich sehen konnte, wie ein Mann einen weiteren Benzinkanister auf einen Holzhaufen goss. Dann stand er nur da und schaute sich für 'ne Weile alles an. Als er ein Streichholz anzündete, war für mich alles klar. Er wollte die Halle niederbrennen. Das konnte ich nicht geschehen lassen, also stellte ich ihn zur Rede.« Händeringend fügte Peters hinzu: »Ich meine, ich musste ihn doch aufhalten, nicht wahr?«

Oppenheimer unterbrach ihn an dieser Stelle.

»Konnten Sie den Brandstifter genauer sehen? Würden Sie ihn wiedererkennen?«

Daran hatte Peters keinen Zweifel. »Das werde ich niemals vergessen! Die eingeschaltete Lampe lag in einem Regal und beleuchtete den Holzstapel. Ich konnte ihn genau vor mir sehen! Der Kerl drehte sich um und blickte mich überrascht an. Er wirkte völlig wahnsinnig. Und dann ging er sofort mit den Fäusten auf mich los. Ich konnte seine Schläge zuerst parieren, ich habe ihm sogar einen Treffer versetzt. Aber dann hat er mich ausgeknockt. A lucky punch.«

»Sie waren also bewusstlos?«, vergewisserte sich Oppenheimer.

Peters nickte betreten. »Ich war nicht lange k. o. Als ich zu mir kam, brannte das Feuer schon, ein paar Meter von mir entfernt. Ich musste Hilfe suchen, nur fand ich niemanden. Keine Ahnung, wo die Wachleute waren. Ich dachte, es geht schneller, wenn ich von zu Hause aus mit der Feuerwehr telefoniere. Auf dem Weg sah ich ein Polizeiauto. Aber die Jungs haben mich dann festgenommen, anstatt mir zuzuhören! Und den Rest kennen Sie ja.«

Als Oppenheimer mit Fräulein Murr zu ihrem geparkten Wagen lief, war er noch dabei, die Aussage zu verarbeiten. Ein Punkt gefiel ihm dabei absolut nicht.

»Jetzt interessiert mich vor allem, wie stark betrunken Peters war«, murmelte er. »Ist er ein zuverlässiger Zeuge oder nicht?«

Fräulein Murr fand diese Vorsicht übertrieben. »Seine Angaben erscheinen doch recht eindeutig. Alles klingt schlüssig.«

Oppenheimer seufzte. »Es hängt viel von dieser Aussage ab. Mit dem Zeugen könnten wir eine direkte Verbindung zur Entführung von Frau Tieken herstellen. Und dann will er den Täter auch noch gesehen haben. Für unsere Untersuchung käme das gerade recht.«

Mit ernstem Gesichtsausdruck strich sich Fräulein Murr eine Haarsträhne aus dem Gesicht.

»Nachträglich können wir kaum noch herausfinden, wie viel Alkohol Peters getrunken hat. Eine Blutprobe wurde ihm auf der Polizeiwache nicht entnommen, also bleibt es reine Spekulation.«

Oppenheimer holte die Schlüssel aus seiner Hosentasche und schloss zuerst für Fräulein Murr die Beifahrertür auf.

»Mal sehen, was er uns liefert«, sagte er. »Kopp soll eine Phantomzeichnung erstellen. Und dann muss jemand Peters Bilder von Transportern zeigen. Vielleicht erkennt er das Modell.«

»Ich mach das schon«, sagte Fräulein Murr leichthin und setzte sich ins Auto.

11

Sonntag, 4. Juni 1950 –
Montag, 5. Juni 1950

Am Sonntag wurde Oppenheimer von der Sonne geweckt. Es versprach der erste richtig heiße Tag zu werden. Schon am Vormittag war die Luft in ihrem Zimmer so stark erhitzt, dass er die Fenster öffnete und die Läden bis auf einen Spalt schloss.

Lisa war gerade nicht da, also legte er sich wieder hin, um noch ein wenig zu dösen. Oppenheimer hatte ein flaues Gefühl im Magen, denn ein ausgesprochen heikler Termin stand an.

Vor einigen Tagen war Theos Vater in Berlin eingetroffen. Die Entscheidung über die Zukunft ihres Ziehkinds rückte unaufhaltsam näher. Mit Furmannek als Vermittler war es Oppenheimer gelungen, ein persönliches Gespräch mit Herrn Kallinich zu arrangieren. Er wollte an diesem Sonntag bei ihnen zum Mittagessen vorbeischauen.

Herr Furmannek hatte darauf hingewiesen, dass es noch andere Möglichkeiten für eine Begegnung von Kallinich mit seinem Sohn gebe, letztendlich war es ihm aber nicht gelungen, Oppenheimer umzustimmen. Seiner Meinung nach war diese Einladung der einzige Weg, um dem Vater zu demonstrieren, dass sein Sohn in geregelten Verhältnissen aufwuchs. Wenn Kallinich mit eigenen Augen sah, wie sehr Theo mittlerweile bei ihnen verwurzelt war, würde er es sich vielleicht zweimal überlegen, den Jungen aus einer intakten Familie zu reißen.

Die Tür zum Gang wurde geöffnet, und Lisa erschien im Bademantel. Die feuchten Haare verrieten, dass sie im Gemeinschaftsbad geduscht hatte.

»Du bist spät dran«, sagte sie. »Nur noch zwei Stunden!«

Sie stellte sich vor das Fenster und legte den Bademantel zur Seite. Durch die Fensterläden vor fremden Blicken geschützt, stand Lisa nackt da und genoss den kühlen Luftzug.

Oppenheimer schob sich träge aus dem Bett und stellte sich hinter sie. Er vergrub den Kopf in ihrem Nacken und legte seine Hand auf eine Pobacke. Er hoffte, dass dieser Augenblick ewig dauern würde. Oppenheimer war zufrieden, nur dort zu stehen und den Duft ihrer feuchten Haut einzuatmen.

»Warum kann der uns nicht in Ruhe lassen«, seufzte er schließlich.

Lisa drehte sich um und küsste ihn auf die Wange.

»Komm, wasch dich. Du musst doch ordentlich aussehen.«

Oppenheimer maulte zuerst ein wenig, machte sich dann aber auf den Weg zum Bad.

Obwohl er sich selten in dem hinteren Garten der Villa aufhielt, stellte Oppenheimer einige Stühle dort auf den Rasen und besorgte einen Tisch. Es war besser, mit Kallinich an der freien Luft zu speisen und nicht in der Gemeinschaftsküche in Hörweite der neugierigen Nachbarn. Lisa hatte am Vortag einen Gulascheintopf vorbereitet, den sie jetzt nur noch aufwärmen musste. Oppenheimer freute sich auf die herzhafte Mahlzeit, von der sie vor einigen Jahren nur hatten träumen können. Gerade war er im Begriff, zurück zur Villa zu laufen, um das geschnittene Brot zu holen, als ihm auffiel, wie ein fremder Mann durch die Einfahrt schritt.

Er war so dürr, dass ein Lufthauch ihn davonwehen könnte. Die Wangenknochen traten spitz hervor. Seine Kleidung bestand aus einer umgearbeiteten Wehrmachtuniform. Der dunkel verfärbte Stoff ließ erkennen, an welchen Stellen sich früher einmal Insignien befunden hatten.

Oppenheimer ging dem Mann entgegen.

»Herr Kallinich, nehme ich an?«

Der Mann blieb stehen. Als Oppenheimer aus dem Schatten der Schirmmütze tief liegende Augen anstarrten, spürte er ein Frösteln.

»Ja?« Zu dem Erscheinungsbild hätte Oppenheimer ein heiseres Raspeln nicht gewundert, doch Kallinichs Stimmlage war ein fülliger Bariton.

Oppenheimer überwand seine Befangenheit und streckte die Hand aus. »Richard Oppenheimer, Theos Pflegevater«, stellte er sich vor.

Voller Misstrauen musterte Kallinich die Hand, ehe er sich dazu entschloss, sie zu schütteln.

»Wo ist Theo?«

»Er kommt gleich. Wir hatten Sie nicht so früh erwartet.« Dann standen sie sich gegenüber und wussten nicht, was sie sagen sollten. »Wenn Sie vielleicht in den Garten gehen möchten? Der Tisch ist schon gedeckt.«

Hinter der Villa angekommen, setzte Kallinich sich. Erleichtert seufzte er auf und nahm dankend ein Glas von dem Bier entgegen, das Oppenheimer speziell für diesen Anlass gekauft hatte.

Bis Theo erschien, überbrückten sie die Wartezeit mit Konversation. Es stellte sich heraus, dass Kallinich einen gesetzlichen Anspruch auf ein Entlassungsgeld von hundertfünfzig Mark hatte. Er wartete momentan noch auf die Zahlung, schließlich war das Gesetz erst vor ein paar Tagen offiziell verabschiedet worden. Außerdem sollte er bald als Überbrückungshilfe zweihundertfünfzig Mark in Form von Kleidung oder Gebrauchsgegenständen bekommen.

»Ich weiß noch nicht, ob ich in Berlin bleiben werde«, erklärte er. »Als Kriegsheimkehrer kann man in den ersten sechs Monaten seinen Wohnsitz frei wählen. Theo ist zwar hier, nur weiß ich nicht, wo sich meine Frau und die Tochter gerade aufhalten. Aber ich habe auch nicht vor, durch ganz Deutschland zu karriolen. Irgendwo muss ich bleiben.«

»Hat man Sie denn wenigstens gut untergebracht?«, erkundigte sich Oppenheimer.

Kallinich nahm einen großen Schluck aus seinem Glas und wischte sich mit dem Handrücken über die Lippen. »Eine Wohnung wurde mir jedenfalls nicht zugewiesen. Man hat mir gesagt, dass es in Berlin zu wenig Platz gibt. Weil gerade so viele Flüchtlinge aus Ostdeutschland rüberkommen.«

Seit dem Kriegsende war die Bevölkerung in Westdeutschland durch die Migration der Vertriebenen und DDR-Flüchtlinge um etwa zwanzig Prozent angewachsen. Der Behördenapparat stand vor der großen Herausforderung, die Integration der neuen Bewohner sicherzustellen. Die größten Engpässe herrschten beim Wohnraum und den Arbeitsplätzen. Und besonders galt dies für die Westberliner Stadtsektoren. Im Gegensatz zur streng bewachten Demarkationslinie zur BRD standen die Übergänge innerhalb der Stadt weit offen. Also emigrierten jährlich Zehntausende DDR-Bürger zu Fuß und mit leichtem Gepäck in den Westteil der Stadt.

Doch die Solidarität in Westdeutschland war nicht grenzenlos. Um den starken Zustrom von Flüchtlingen zu begrenzen, hatte der Bundestag ein Notaufnahmegesetz verabschiedet, das vorsah, die Aufenthaltsgenehmigungen künftig nur noch bei unmittelbarer Gefahr für Leib, Leben oder Freiheit zu gewähren. Der Bundesrat legte daraufhin ein Veto ein, sodass es letztendlich wohl auf einen abgeschwächten Kompromiss hinauslaufen würde.

»Seit der Gründung der DDR hat sich die Zuwanderung wieder beschleunigt«, erklärte Oppenheimer. »Gerade die ganz jungen Leute wollen lieber in den Westen. Wie viele sich hier in Westberlin aufhalten, kann niemand so genau sagen, weil nur ein Teil von ihnen registriert ist oder als politischer Flüchtling offiziell anerkannt wird.«

Kallinich verfügte über Wissen aus erster Hand. Er nickte und erwiderte: »Sie brauchen es mir nicht zu erzählen, ich erlebe das jeden Tag. Die Behörden wussten nicht, wohin mit mir, also wurde ich in einem Flüchtlingslager einquartiert. Aber ich beklage mich nicht. Das alles erfüllt einen Zweck. Diese ganzen Jahre in der Kriegsgefangenschaft, es wird schon zu was gut gewesen sein. Der Herrgott weiß, warum er mir diese Bürde aufhalst.«

Eine Bemerkung von Kallinich fand Oppenheimer besonders interessant, weil sie auch Theo direkt betraf. »Dann haben Sie also noch nichts von Ihrer Frau gehört?«

»Ich werde sie finden«, sagte Kallinich mit fester Stimme. »Meine Frau und auch mein Marjellchen. Selbst wenn es eine Weile dauert. Menschen verschwinden doch nicht einfach so. Vom *Suchdienst* kam noch nichts, aber wenigstens habe ich Familienmitglieder von ihr gefunden. Die werde ich kontaktieren.«

Oppenheimer nahm dies stirnrunzelnd zur Kenntnis. Kallinich mochte verhärmt aussehen, doch sein ungebrochener Optimismus war bewunderungswürdig.

Plötzlich geschah mit ihm eine Verwandlung. Etwas hinter Oppenheimers Rücken hatte Kallinichs Aufmerksamkeit erregt. Ruckartig setzte er sich auf. Sein Blick wirkte jetzt unsicher.

»Ist er das?«, fragte er mit tonloser Stimme.

Oppenheimer drehte sich um und sah, dass Lisa in Begleitung von Theo die Villa umrundete.

»Das ist Theo«, bestätigte Oppenheimer.

Nichts hatte Kallinich auf die Emotion der ersten Begegnung mit seinem Sohn vorbereitet. Er stand auf und lief ihnen einige Schritte entgegen.

Theo blieb abrupt stehen. Der Junge wusste längst von dem Besuch. Trotz der Versuche von Oppenheimer und Lisa, ihn so schonend wie möglich auf die Begegnung vorzubereiten, war die Situation verwirrend für ihn. Dies ließ sich aber nur an seinem unsteten Blick erkennen. Abgesehen davon stand er ohne eine erkennbare Regung vor dem Fremden und wartete ab. Auch Oppenheimer erhob sich und gesellte sich zu der kleinen Gruppe.

Er nickte zu Kallinich und sagte: »Theo, das ist dein Vater. Er ist hier, um dich zu besuchen.«

Kallinich machte Anstalten, seine Arme auszubreiten, besann sich jedoch eines Besseren und strich Theo nur verlegen über den Kopf. Dann reichte er Lisa zur Begrüßung die Hand. Sie gab sich große Mühe, ihre Nervosität zu verbergen.

»Setzt euch doch einfach«, schlug Oppenheimer vor. »Ich bringe dann das Essen hoch.«

Er war froh, sich kurz aus dem Staub machen zu können. Als er mit dem Gulaschtopf zurückkehrte, führte Lisa mit Kallinich eine stockende Unterhaltung, während Theo zwischen ihnen am Tisch saß und schwieg.

»Wenn man sich vor Augen führt, wie gering die Wahrscheinlichkeit war, zu überleben. Aber ich bin immer noch da.«

»Das gilt wohl für die meisten«, gab Lisa zu bedenken, doch Kallinich wollte nicht von der fixen Idee lassen, dass ihm ein besonderes Schicksal vorbestimmt war.

»Sie können das nicht beurteilen«, kanzelte er sie ab. »Das ist einfach so. Die Leute in der Heimat haben keine Vorstellung davon, wie es an der Front aussieht. Und welche Entbehrungen die Gefangenschaft bedeutet, gerade bei den Sowjets!«

Pikiert presste Lisa die Lippen zusammen. Oppenheimer ahnte, was sie dachte. Was er den Zivilisten unterstellte, galt auch umgekehrt für die Kriegsteilnehmer. Sie hatten die Bombardierungen nicht mitgemacht, waren nicht erobert oder vergewaltigt worden.

»Als ich aus dem Gefangenenlager herauskam, habe ich mir

geschworen, dass ich ein freies Leben führen werde. Und es wird ein glückliches Leben sein. Es kann nur besser werden.«

Sein Blick ruhte auf Theo. »Zuerst hole ich meine Familie. Mein Jungchen habe ich jetzt zurück, meine Frau und Theos Schwester werde ich auch noch finden.«

Bei diesen Worten bekam Oppenheimer ein flaues Gefühl im Magen, denn Kallinich klang alles andere als kompromissbereit.

Mit einem dumpfen Knall stellte er den Topf auf den Tisch.

»Wir brauchen nur noch das Brot.«

»Ich mach das«, sagte Lisa, noch ehe Oppenheimer ausgeredet hatte. Mit sorgenvoll gerunzelter Stirn lief sie zum Haus. Auch Oppenheimer fand, dass Kallinich einem schnell auf die Nerven ging. Das Essen kam gerade richtig, um zu verhindern, dass er mit vollem Ernst weitere Kalendersprüche von sich gab.

Kurze Zeit später war Lisa mit dem Brot zurück. Als gute Gastgeberin füllte sie als Erstes Kallinichs Teller mit der Schöpfkelle. Bei dem aromatischen Duft des Gulaschs wurde Kallinich unruhig. Doch er hielt sich zurück, bis vor allen ein Teller mit Eintopf stand.

Dann faltete er die Hände und sprach mit geschlossenen Augen das Tischgebet.

Oppenheimer war bereits im Begriff, sich den ersten Löffel in den Mund zu schaufeln. Betreten hielt er inne. Sie alle waren es nicht gewohnt, dass jemand vor der Mahlzeit betete. Lisa senkte pro forma den Kopf, während Theo erstaunt von ihr zu Oppenheimer blickte.

»Alle guten Gaben, alles was wir haben, kommt, oh Gott, von dir – wir danken dir dafür. Amen.«

Bei den Worten seines Vaters kicherte er in sich hinein.

Es war das erste Mal, dass Theo an diesem Tag einen Laut von sich gegeben hatte.

Nach dem nervenaufreibenden Wochenende brannte Oppenheimer am Montag förmlich darauf, zur Arbeit zu entfliehen, selbst wenn es bedeutete, sich mit Mord und Totschlag zu beschäftigen. Fräulein Murr konnte die Phantomzeichnungen vorlegen, die nach Angaben von Peters erstellt worden waren. Am einfachsten war es gewesen, das Fahrzeug des mutmaßlichen Täters zu identifizieren.

Stolz legte Fräulein Murr einen Fotoabzug auf Oppenheimers Schreibtisch.

»Es war ein Tempo A 400!«

Oppenheimer musterte das Bild genauer. Der betreffende Kastenwagen war schmal und erinnerte an das Vorderteil eines Motorrads mit einer montierten Metallkiste. Das einzige Vorderrad wurde von einer Motorhaube abgedeckt. Das Führerhaus und die Ladefläche teilten sich einen nahezu rechteckigen Blechkorpus. Der Abbildung zufolge schätzte Oppenheimer die Höhe des Wagens auf wenig mehr als anderthalb Meter. Ganze Scharen dieser kleinen Flitzer knatterten durch Berlins Straßen.

»Hat er etwas zur Farbe der Karosserie gesagt?«

»Die Farbe war auf jeden Fall dunkel. Ein tiefes Blau oder Grün, meinte er.«

Diese Angabe war sehr brauchbar, fand Oppenheimer.

»Er kann sich nicht zufällig an das Nummernschild erinnern?«, fragte er ohne große Hoffnung.

Fräulein Murr lächelte versonnen. »Das nicht. Und doch hatte er noch einen Hinweis. Auf den Seiten befand sich ein übermaltes Emblem. Er hielt es für einen Reichsadler.«

»Ein Reichsadler?«, drang Kubeliks Stimme zu ihnen herüber. Er saß an seinem Tisch und wartete darauf, dass er bei ihrer Dienstberatung an die Reihe kam. »Waren das etwa Nazis?«

Oppenheimer schürzte die Lippen. Er erinnerte sich an Ritas Vermutung, dass es jemand eventuell darauf abgesehen haben könnte, Lotte als Volksverräterin zu bestrafen. Es war allerdings noch zu früh, um diese Theorie zu verwerfen. »Halten wir fest, dass der Wagen übermalt wurde«, schlug er vor.

Fräulein Murr entfaltete ein aufgerissenes Briefkuvert mit einer Kritzelei.

»Gene hat es aufgezeichnet.«

Oppenheimer nahm das Papierstück entgegen und beäugte die Zeichnung. »Das ist ein Kopfteil mit zwei Flügeln. Das kann alles Mögliche sein. Vielleicht sollte es auch auf eine Firma hinweisen.«

Damit sie alle das Foto und die Zeichnung vor Augen hatten, stand er auf und pinnte sie auf die Berlinkarte.

»Nun gut, so viel zum Fahrzeug«, sagte Oppenheimer und rieb sich die Hände. »Und wie sieht es mit der Phantomzeichnung aus?«

Fräulein Murr stellte sich neben Oppenheimer und reichte ihm weitere Papiere. Jetzt klang sie nicht mehr ganz so enthusiastisch.

»Leider trug der Brandstifter Mantel und Hut. Damit haben wir wenige Merkmale für die Identifizierung.«

Oppenheimer überflog die Zeichnungen und stimmte ihr dann zu. Die Kleidung ließ keine Schlüsse zu, ob der Mann dünn oder dick gewesen war.

»Die Körpergröße konnte Peters einschätzen?«, fragte Oppenheimer.

»Eine normale Größe. Um die eins siebzig.«

»Das klingt nach einer Durchschnittsperson«, sinnierte er und heftete auch die Zeichnungen an eine freie Stelle der Wandkarte. Er betrachtete die von Kopp hergestellten Zeichnungen aus der Nähe, entfernte sich einige Schritte und fixierte sie dann erneut.

»Mit viel Fantasie sieht er aus wie der Lehn«, sagte er langsam.

»Der *schöne René* aus dem Tanzpalast?«, fragte Fräulein Murr interessiert.

Kubelik schüttelte demonstrativ den Kopf.

»Das ist reichlich unwahrscheinlich. Ich fand keine neuen Verdachtsmomente gegen Lehn.«

»Kläre uns doch auf, Thomas«, sagte Oppenheimer. Er hatte Kubelik darauf angesetzt, auch für den Zeitpunkt der Brandstiftung den Aufenthaltsort von Lehn und Wharton zu ermitteln. Und die Resultate schienen eindeutig.

»Es gibt Augenzeugen, die Lehn an diesem Tag noch bis früh morgens im *Luxor* gesehen haben. Er war auf der Tanzfläche, das scheint festzustehen.«

»Andererseits ist es von dort bis zum Fundort der Toten nicht weit«, schränkte Oppenheimer ein. Auf der Karte maß er mit seinem Zeigefinger die Distanz ab. »Das sind um die sechs Kilometer. Diese Transporter schaffen nur sechzig Stundenkilometer, aber die Straßen sind in der Nacht praktisch leer. Für die Strecke braucht man unter diesen Voraussetzungen vielleicht zehn Minuten.«

Kubelik war nicht überzeugt. »Dann muss er aber noch den Brand legen und die Leiche herrichten. Peters hat den Brandstifter irgendwann nach drei Uhr ertappt. Eine halbe Stunde vorher war Lehn noch im *Luxor*. Rein theoretisch ist es vielleicht machbar, aber ich finde es trotzdem zu knapp.«

Mit dem Blick auf die Karte runzelte Oppenheimer die Stirn. »Es ist nicht auszuschließen, dass die Entlastungszeugen ihm nur eine Gefälligkeit erweisen wollten«, murmelte er. »Mit Sicherheit kann René gut mit Menschen umgehen, das bringt sein Beruf mit sich. Vielleicht ist er auch geschickt darin, die Leute zu manipulieren?« Ohne zu einem Schluss gekommen zu sein, schüttelte er den Kopf. »Und was ist mit Wharton?«

Kubelik blätterte in seinen Notizen. »Der konnte keine Entlastungszeugen liefern. Abends hat er sich mit anderen Soldaten einen Film angesehen, und dann war er in einem Club für US-Soldaten. Aber der schließt bereits um halb elf. Danach ist er zu Fuß nach Hause gelaufen.« Er wies auf Kopps Porträt. »An sich hätte Wharton mehr als genügend Zeit gehabt, um sich in Zivilkleidung zu werfen, die Tote zum Fundort zu bringen und dort herzurichten, aber leider passt er nicht auf Peters' Beschreibung. Er ist viel zu groß.«

Sie alle starrten jetzt auf die Zeichnungen.

»Schreiben wir Wharton erst einmal ab«, sagte Oppenheimer zum Abschluss. »Und Lehn setzen wir unter Vorbehalt auf unsere Liste mit Verdächtigen.«

Oppenheimer nahm sich vor, die Sache mit Lehn an diesem Tag noch zu klären. Gleich nach Feierabend radelte er zum *Luxor*. Anstatt auf der kurzen Strecke ein wenig den schönen Sommertag zu genießen, trat er ungestüm in die Pedale, sodass er nach wenigen Minuten erhitzt in der Seitenstraße des Ku'damms eintraf. Die Neonreklame war noch nicht eingeschaltet. Ohne den verführerischen Glanz der Leuchtbuchstaben und Zierleisten wirkte das Amüsierlokal von außen wie ein x-beliebiger Wohnblock. An der Fassade waren Stellen mit bröckelndem Putz zu erkennen, der Gehweg vor dem Eingang war nicht gekehrt. Von Glanz und Verruchtheit war nichts zu spüren.

Derart ernüchtert bremste Oppenheimer ab und stieg vom Sattel. Das Fahrrad an die Beine gelehnt, lüpfte er den Hut und wischte mit dem Taschentuch über die feuchte Stirn. Nachdem er das Rad an die nächste Laterne angekettet hatte, versuchte er sein Glück bei der Eingangstür. Zu seiner Erleichterung war sie geöffnet.

Bereits als er die Glastür einen Spaltbreit geöffnet hatte, drang ihm gedämpfte Musik entgegen. Das Foyer war angenehm kühl. Weder die strenge Kassiererin noch der vierschrötige Herr von der Einlasskontrolle waren zu sehen, also verschwand er mit raschen Schritten durch die offen stehende Tür in dem Tanzsaal.

Obwohl die Tische um die Tanzfläche unbesetzt waren, erhellten Scheinwerfer das Podium. Die Musiker probten mit hochgekrempelten Hemdsärmeln neue Stücke ein. Oppenheimer kannte das ungezwungene Treiben von seiner Zeit in Edes *Rio Bar*. Der Rest des Saals wurde von unzähligen Glühlampen beleuchtet, die an der schwarzen Decke wie eingefangene Sterne blinkten. Bestimmt war das Putzlicht so diffus, dass die Gegenstände keinen Schatten warfen, und doch so hell, dass selbst der kleinste Krümel zutage trat.

Zielstrebig näherte sich Oppenheimer der Männertoilette und verharrte in der geöffneten Tür. Von dem gesprächigen Toilettenwärter war in dem weiß gekachelten Raum nichts zu sehen. Zurück im Tanzsaal, ließ Oppenheimer den Blick wandern. Das Reinigungspersonal war gerade nicht da, und er scheute sich, die Band bei ihrer Probe zu stören. Aber auch an der Bar herrschte Betrieb. Ein Mann in französischer Uniform saß vor dem Tresen und unterhielt sich angeregt mit der Schankwirtin.

»Ist die Bar schon geöffnet?« Mit dieser Frage setzte sich Oppenheimer neben dem Soldaten auf einen Hocker.

Die Schankwirtin antwortete mit ihrer Raspelstimme: »Nur für Stammkunden. So wie Jean, er is unser Maskottchen.«

Sie zwinkerte dem jungen Soldaten mit den blauen Augen und den aschblonden Haaren zu. Zur Begrüßung nickte Oppenheimer ihm kurz zu. Er erinnerte sich, diesen Gast auch beim letzten Mal dort sitzen gesehen zu haben.

Die Schankwirtin stützte sich mit einem gutmütigen Seufzer auf dem Tresen ab. »Na wat willste denn, Kleener?«

»Ein Pils könnte ich jetzt schon vertragen.«

Die Schankwirtin griff nach einem Glas und hielt es unter den Zapfhahn. Dann knallte sie es vor Oppenheimer auf den Tresen, dass der Schaum überschwappte.

Noch ehe er zum Trinken ansetzte, zeigte Oppenheimer mit

dem Daumen zu den Toiletten. »Ich suche diesen Herrn, der für die Reinigung der Männertoilette zuständig ist.«

Der Soldat wollte gerade von seinem eigenen Bier trinken, hielt jedoch inne. »Ah, *Monsieur Pipi* meinen Sie?«, fragte er, das Glas in der Hand. Sein Gesicht strahlte wie bei einem Scherz, den Außenstehende wie Oppenheimer nicht verstehen konnten.

»*Monsieur Pipi?*«, wiederholte Oppenheimer konsterniert. Statt eine Erklärung zu liefern, kippte der Soldat breit grinsend sein Bier hinunter.

Auch die Schankwirtin wirkte erheitert. »So nennen ihn alle. Aber sagen Se ihm dit nich. Eijentlich is sein Name Karl.«

Oppenheimer sammelte sich kurz.

»Ja, wie gesagt, ich wollte Karl kurz sprechen. Ist er irgendwo?«

Die Schankwirtin blickte ihn mit großen Augen an. »Und warum? Ham Se Probleme uffm Klo jehabt oder wat? Da kenn ick viele, aba die behellijen deswegen nich unseren *Monsieur Pipi!*« Sie brach in schallendes Gelächter aus, bei dem der Soldat mit einstimmte.

Oppenheimer zog seine Mundwinkel nach oben, während er nach einer unverfänglichen Antwort suchte. Es war vermutlich nicht klug, sich gleich als Kripomann vorzustellen. Doch die Schankwirtin winkte ab. Sie schien keine Antwort zu erwarten.

»Nix für unjut, Kleener. Der Karl is hinten mit dem Müll.« Sie zeigte auf den Ausgang zur Seitengasse.

Oppenheimer kramte seine Brieftasche hervor. »Was bin ich schuldig? Für das Bier?«

»Lass stecken. Trink doch erst mal 'nen Schluck!«

Dankbar nahm Oppenheimer einen Zug. Das kühle Bier zischte in seiner Kehle. Erst jetzt merkte er, wie ausgedörrt er nach der Radfahrt war.

Es wäre schade gewesen, das herrliche Bier einfach so stehen zu lassen, also nahm Oppenheimer das Glas und verschwand damit durch die Metalltür. Draußen folgte er dem Klappern der Mülltonnen zum Hinterhof, der sich als halb leerer Parkplatz herausstellte. Erst beim genauen Hinsehen erspähte Oppenheimer in der hintersten Ecke einen Holzschuppen. Ein Mann in einem weißen Kittel kehrte dort geschäftig etwas zusammen. Es war Monsieur Pipi.

Der Toilettenwärter hörte Oppenheimers Schritte schon von Weitem. Er drehte sich fragend um, dann hellte sich sein Gesicht auf. Oppenheimer sah ihn zum ersten Mal bei Tageslicht. Jetzt fiel ihm auch der helle Ansatz der schwarz gefärbten Haare auf.

»Ah, Herr Kommissar! Schön, Sie wieder begrüßen zu dürfen. Ich hoffe, dass Sie Fortschritte gemacht haben?«

»Möglicherweise können Sie dazu beitragen«, begann Oppenheimer. »Ich hätte noch ein paar Fragen. Allerdings möchte ich das nicht zwischen Tür und Angel besprechen.«

Monsieur Pipi deckte die Mülltonne ab und legte dann das Kehrblech und den Handfeger ordentlich zusammen.

»Aber natürlich, das lässt sich arrangieren. Wenn Sie mir bitte folgen möchten?«

12

Montag, 5. Juni 1950 –
Mittwoch, 7. Juni 1950

Oppenheimer rechnete damit, dass ihn sein Gesprächspartner in die Herrentoilette lotsen würde. Stattdessen führte ihn Monsieur Pipi ins obere Stockwerk. Sie liefen weiß gekalkte Korridore entlang, bis sie schließlich zu einer Tür gelangten. Lächelnd zog der Toilettenwärter sie auf, knipste das Licht an und wies einladend hinein.

Es handelte sich um eine Art Büro. In der Luft hing das Aroma teurer Zigarren. Links stand ein aufgeräumter Schreibtisch, rechts davon gab es eine Sitzecke mit einer fahrbaren Bar. Darüber hing das lebensgroße Gemälde einer liegenden nackten Dame. Aber auch dieser Einrichtungsgegenstand konnte nicht davon ablenken, dass das senkrechte Streifenmuster der Tapeten an einigen Stellen von getrockneten Wasserflecken verunstaltet war. Direkt gegenüber der Tür befanden sich zwei zugezogene Vorhänge. Da sonst nirgends Tageslicht in das Zimmer drang, fragte Oppenheimer sich, ob dahinter vielleicht die Fenster versteckt waren.

Monsieur Pipi bemerkte seinen neugierigen Blick und lachte auf.

»Warten Sie, genau das wollte ich Ihnen zeigen.«

Er ließ Oppenheimer mitten im Raum stehen und zog an einer dicken Kordel. Die Vorhänge teilten sich und enthüllten tatsächlich zwei Fenster. Nur gingen sie nicht zur Straße hinaus, sondern boten einen Logenblick auf den Tanzsaal.

»Deswegen ist unser Chef immer genau darüber informiert, ob sich die Tänzer unerlaubt entfernen. Von hier oben behält er alles im Blick.« Der Toilettenwärter klopfte gegen das Glas. »Und das Beste daran, niemand kann ihn dabei beobachten.«

»Ein Venezianischer Spiegel«, murmelte Oppenheimer erstaunt.

»Hier sind wir absolut sicher, wenn Sie vertrauliche Dinge regeln wollen«, sagte Monsieur Pipi. »Weder lange Ohren noch Stielaugen können vordringen.«

Damit näherte er sich der kleinen Sitzecke. Als sich Oppenheimer auf einem der drei Polsterstühle niederließ, merkte er, dass die Sitzfläche ziemlich durchgesessen war.

Monsieur Pipi trat an die Bar und nickte zu Oppenheimers halb vollem Bierglas. »Ich sehe, dass Sie noch versorgt sind. Oder möchten Sie etwas? Schinkenhäger, Cognac, Kräuterlikör?«

Oppenheimer lehnte dankend ab, woraufhin der Toilettenwärter aus einer Flasche den Stopfen zog und eine dunkelbraune Flüssigkeit in ein Schnapsglas goss. Er musste schon eine außerordentlich gute Beziehung zu seinem Chef haben, wenn er sich derart ungeniert in dessen Büro bewegen durfte.

Monsieur Pipi kippte die hochprozentige Spirituose hinunter und seufzte wohlig auf. Dann schenkte er nach und setzte sich zu Oppenheimer. Dieser hatte auf dem Couchtisch inzwischen Kopps Phantombilder und das Foto des Kastenwagenmodells ausgebreitet.

Aufmerksam musterte Monsieur Pipi die Bilder und murmelte: »Als Nächstes möchten Sie bestimmt fragen, ob ich diesen Mann oder den Transporter schon einmal gesehen habe.«

»Lassen Sie sich ruhig Zeit«, sagte Oppenheimer.

Der Toilettenwärter kauerte vor der niedrigen Tischplatte und strich mit Daumen und Zeigefinger über den dünnen Schnurrbart.

Dann kam wieder Leben in ihn. Er schüttelte entschieden den Kopf.

»Also dieser Kastenwagen, es gibt so viele. Davon sehe ich täglich bestimmt Dutzende! Das wird uns nicht weiterbringen.« Er reichte das Foto zurück und arrangierte die Zeichnungen auf der kleinen Tischplatte zu einer Reihe. Mit Spannung verfolgte Oppenheimer, wie Monsieur Pipi langsam den Kopf schief legte.

»Es könnte …«, begann er, brach dann aber abrupt wieder ab. »Jedenfalls ist das niemand aus unserem Haus.«

Oppenheimer brummte enttäuscht. Damit kam der schöne René als Tatverdächtiger endgültig nicht mehr infrage.

»Und doch …«, sagte der Toilettenwärter.

Oppenheimer zerrte es gehörig an den Nerven, dass er nicht gewillt schien, seine Sätze zu vollenden. Um sich zu beruhigen, trank er einen Schluck Bier.

Schließlich richtete sich Monsieur Pipi wieder auf und blickte Oppenheimer ins Gesicht.

»Ich denke, das könnte einer unserer Gäste sein.«

Skeptisch zog Oppenheimer die Augenbrauen hoch.

»Wie kommen Sie darauf?«, fragte er. »Ich meine, pro Tag gehen hier doch Hunderte von Kunden ein und aus.«

Der Toilettenwärter warf ihm ein spitzfindiges Lächeln zu. »Vor ein paar Wochen hat es einen Vorfall gegeben. Eine Bedienung von uns war bedauerlicherweise ein wenig abgelenkt und ist direkt in einen Gast hineingelaufen. Der arme Kerl stand ganz friedlich in einer Ecke und bekam einfach so das Serviertablett und den Inhalt der Gläser über das Hemd geschüttet. Unschöne Geschichte. Unser Chef war natürlich außer sich! Er führte den Herrn in die Toilette und gab mir den Befehl, den Gast und seine Kleidung zu säubern.«

Der Toilettenwärter verengte die Augen.

»Ja, jetzt, wo ich es mir vergegenwärtige, erscheint mir die Ähnlichkeit mit den Zeichnungen noch deutlicher. Ich erinnere mich so genau daran, weil mir die Reaktion des Geschädigten sehr merkwürdig vorkam.«

Oppenheimer horchte auf. »Inwiefern?«

»Er war« – Monsieur Pipi suchte nach den richtigen Worten – »er schien krankhaft schüchtern zu sein, und die Aufmerksamkeit war ihm unangenehm. Ich bekam nicht einmal die Möglichkeit, seinen Anzug, das Hemd oder die Krawatte zu reinigen. Nein, er wand sich wie ein Aal und wollte so rasch wie möglich fort!«

Oppenheimer trank noch einen Schluck und ließ sich die Schilderung durch den Kopf gehen. Ihm fiel es schwer, an einen solch günstigen Zufall zu glauben, dass der Verdächtige seinem Informanten direkt in die Arme gelaufen war. Gleichzeitig wusste er, dass manchmal eben auch eine gehörige Portion Glück nötig war.

»Würden Sie diesen Mann wiedererkennen? Wenn er direkt vor Ihnen steht?«

Der Toilettenwärter sog die Luft ein.

»Ich denke schon«, sagte er nach einer kurzen Pause. »Er ist nicht gerade auffällig. Und er behielt die ganze Zeit über den Hut auf dem Kopf. Ich könnte also nicht beschwören, welche Haarfarbe er hat. Aber an seinem Verhalten könnte ich ihn wiedererkennen.«

Oppenheimer nickte, doch er war einigermaßen enttäuscht. Das Verhalten einer Person ließ sich in einer Phantomzeichnung nicht festhalten.

»Sie hatten ihn schon vorher mal hier gesehen, wenn ich das richtig verstehe?«

Monsieur Pipi nickte. »Er war davor einige Male auf der Toilette. Er gibt kein Trinkgeld. Diese Leute merke ich mir besonders genau.«

»Wenn dieser Mann hier wieder auftaucht, würden Sie mich dann per Telefon kontaktieren? Jederzeit, Tag oder Nacht.«

Oppenheimer gab ihm eine Karte, auf der seine Durchwahl im Polizeipräsidium vermerkt war, und notierte noch seine Privatnummer. Der Toilettenwärter nahm eine Lesebrille aus der Brusttasche seines Kittels, beäugte die Nummern und drehte die Karte dann in seiner Hand. Mit einem verlegenen Kichern antwortete er: »Wie gesagt, für ein kleines Entgegenkommen bin ich immer sehr dankbar. Das gilt für alle Bereiche meines Lebens.«

Oppenheimer begriff, woher der Wind wehte. Dass der Toilettenwärter seine Mitarbeit honorieren lassen wollte, überraschte ihn nicht. Er hatte sich längst daran gewöhnt, dass es immer wieder Zeugen gab, die ihre Hand aufhielten. Einige seiner besten Informanten hatten Geld verlangt. Oppenheimers Einstellung dazu war pragmatisch.

»Aber natürlich, da lässt sich etwas machen«, murmelte er, zückte die Geldbörse und zog einen Schein heraus. »Momentan kann ich leider nicht mehr bieten. Aber wenn Sie mit neuen Erkenntnissen kommen, habe ich ein offenes Ohr. Je wertvoller der Tipp, umso großzügiger das Honorar.«

Bei diesem Anreiz begann Monsieur Pipi zu strahlen.

Der Mann umkrallte das Lenkrad. Der Zweitaktmotor war kalt, das Tuckern des Fahrzeugs verstummt. Er hatte den Kastenwagen strategisch günstig vor einer langen Reihe von Hausruinen geparkt. Niemand wohnte in den Steinhaufen, und kaum ein Passant lief hier vorbei. Vor allem nicht abends, wenn sich der Trubel auf den nahen Ku'damm verlagerte. Mit den Vorsichtsmaßnahmen, die er sich hatte einfallen lassen, würde kein Mensch etwas bemerken. Ungesehen könnte er im Zwielicht der fortschreitenden Dämmerung die nächste Sünderin entführen.

Die Frau mit dem falschen Lächeln durchschaute er jetzt. Er hatte sie verfolgt, sich mit ihren Gewohnheiten vertraut gemacht. Und er war zu der Gewissheit gelangt, dass sie der Gnade bedürftig war. Die Verderbtheit konnte man ihr nur ansehen, wenn man ein trainiertes Gespür für diese Dinge hatte, denn bei dieser Mrs. Leary war die Fassade makellos. Nach außen hin war sie eine fürsorgliche Mutter und treue Gattin, ein Vorbild für ihre Nachbarn. Sie bewohnte ein luxuriöses Haus und beschäftigte einige Bedienstete, die ganz zufrieden mit ihrem Los zu sein schienen.

Aber es gab da noch die Untiefen in dem Leben dieser Frau, verschwiegene Begegnungen in geraubter Zeit, wenn sie sich unbeobachtet fühlte. Mrs. Leary langweilte sich in ihrem komfortablen Leben. Und Langeweile verleitete die Menschen zu närrischen Taten.

Wie auch andere Offiziersgattinnen besuchte sie in regelmäßigen Abständen das *Luxor*. Wenn sie dorthin zum Tanzen kam, dann tat sie es ungeniert vor den Augen der ganzen Welt. Und warum auch nicht? Es war in ihren Kreisen akzeptiert, galt als harmloses Amüsement. Nichts war harmlos dabei, aber die Leute verschlossen lieber die Augen vor dem Laster, selbst wenn es ihnen direkt ins Gesicht starrte. Es hatte sich herausgestellt, dass Mrs. Leary dem *Luxor* auch Besuche abstattete, was die anderen nicht wissen durften. Und dabei ging es nicht ums Tanzen.

Das *Luxor* besaß Zimmer, von denen die normale Laufkundschaft keine Ahnung hatte. Die Stelldicheins in diesen Separees wurden höchst diskret abgewickelt. Der Mann hatte selbst erst davon erfahren, nachdem er sich auf Mrs. Learys Fährte gesetzt hatte. Um in diese Räume zu gelangen, musste man sich nicht durch den Vordereingang zwängen. Für die privaten Treffen gab es eine spezielle Seitentür. Die Schlüssel wurden nur an gut betuchte Kunden beiderlei Geschlechts vergeben. Die Kellner brachten Getränke auf die Zimmer und wurden in erster Linie für ihre Diskretion entlohnt. Das Personal im *Luxor* hatte in der Vergangenheit bereits ausreichend Gelegenheit gehabt, um den Ablauf zu perfektionieren. Mrs. Leary war nur eine von vielen Kundinnen, die neben dem Tanzen auch für Liebesdienste bezahlten.

Motorenlärm näherte sich. Zum wiederholten Male blickte der Mann in den Seitenspiegel und kontrollierte die Straße. Mrs. Leary hatte sich einen günstigen Platz ausgesucht, um von ihrem Chauffeur abgesetzt zu werden. Es war eine kaum befahrene Seitenstraße, und das *Luxor* befand sich in Laufweite.

Es dauerte nicht mehr lange, bis die Limousine auf der Straße endlich auftauchte. Der Wagen schnurrte dicht an ihm vorbei. Die Bremsleuchten tauchten die Fahrerkabine seines Kastenwagens für einen Moment in grellrotes Licht, dann glitt das Fahrzeug an den Straßenrand.

Der Mann stieg aus, während sich wenige Meter von ihm entfernt die Hintertür der Limousine öffnete und eine Frau auf den Gehweg trat. Obwohl es schon seit einer Woche knochentrocken war und die Tagestemperaturen dreißig Grad Celsius erreichten, trug sie einen Regenmantel.

Von den Vorbereitungen ihres Verfolgers bekam sie nichts mit. Mrs. Leary klappte den Kragen hoch und zog den breitkrempigen Damenhut in die Stirn. Sie hatte diese Prozedur schon oft wiederholt. Die Abwicklung ihrer Stelldicheins war zur Routine geworden. Von der anfänglichen Aufregung war nichts mehr übrig geblieben. Ihren Bewegungen war anzusehen, dass sie sich in Sicherheit wiegte. Es war nur ein weiterer Ausflug in das vertraute Liebesnest.

Ohne einen Kommentar schloss sie die Tür. Die Bremslichter erloschen, die Limousine fuhr an, bog wieder auf die Straße ein und verschwand in der Ferne.

Mrs. Leary wandte sich dem Gehweg zu. Obwohl sie etwas im Schilde führte, konnte sie das gut überspielen. Demonstrativ gelassen lief sie die Straße entlang. Es war genau ihre übliche Route, wie der Mann es vorhergesehen hatte, und sie wich keinen

Schritt von ihr ab. Ahnungslos steuerte sie auf die ihr zugedachte Falle zu.

Sie passierte den Kastenwagen und achtete nicht darauf, dass die hinteren Klappen weit offen standen. Denn etwas anderes hatte ihre Aufmerksamkeit geweckt. Ein Mann bückte sich über ein Fahrrad und versuchte, es an den Laternenmast zu ketten. Leider steckte sein rechter Arm in einem weiß schimmernden Gipsverband, und es wollte ihm mit seiner linken Hand nicht so recht gelingen, das Vorhängeschloss in die Kettenglieder zu stecken. Laut schnaufend mühte er sich ab. Die Kette entglitt seinen Fingern und fiel zu Boden. Über den Sattel gebeugt griff er danach, doch sein Arm war nicht lang genug. Umständlich richtete er sich auf, fuhr sich mit der Hand über die Stirn, ehe er einen Schritt zur Seite trat, um die Kette besser erreichen zu können.

»Just wait!« Die helle Stimme der Frau durchschnitt die laue Sommernacht, woraufhin der Mann erstarrte und ihr überrascht einen Blick zuwarf.

»Ich mache das«, fügte sie mit einem starken amerikanischen Akzent hinzu und ging in die Hocke.

In diesem Moment war es bereits zu spät. Die Falle schnappte zu.

Der Mann hob den rechten Arm, nahm Schwung für den Schlag auf den Kopf der Frau.

Unter dem Aufprall zerbrach der Gipsverband. Feine weiße Splitter fielen zu Boden. Im gleichen Augenblick gab die Frau einen tiefen Seufzer von sich. Ihr Körper wurde schlaff. Knapp über dem Boden konnte er sie noch auffangen.

Der Mann hatte diese gewalttätige Methode nur gewählt, weil es diesmal besonders rasch gehen musste. Er hatte die bewusstlose Frau auf die Arme gehoben. Sie war leicht genug, um sie zum Kastenwagen zu tragen. Das Fahrrad benötigte er nicht mehr. Es war nur Schrott, den er irgendwo aufgesammelt hatte.

Mit geübten Bewegungen schob er den leblosen Körper auf die Ladefläche. Die Fahrt würde nicht lange dauern, es war unnötig, sie zu fesseln.

Der Mann drückte die seitlichen Klappen zu und hastete nach vorn. Als er sich auf den Fahrersitz fallen ließ, merkte er, dass der Gips locker an seinem Arm hing. Er hatte keine Zeit, um ihn abzuschlagen. Er musste so schnell wie möglich hier weg.

Mit einem Vibrieren startete der Motor. Der Mann vergewisserte sich, dass hinter ihm kein Fahrzeug kam, und legte dann einen Blitzstart hin.

Die Entführung hinterließ nur wenige Spuren. Am nächsten Morgen waren Kette und Schloss verschwunden. Jemand anders konnte sie brauchen. Um das schrottreife Rad kümmerte sich dagegen niemand. Und die Splitter des Gipsverbandes hatte der Wind längst in alle Richtungen verteilt.

13

Donnerstag, 8. Juni 1950

Wie üblich machte es sich Peters nach einem langen Arbeitstag in seiner Wohnung mit einem Glas Whisky-Cola gemütlich und blätterte durch die neuesten amerikanischen Zeitschriften aus dem *PX-Shop*. Doch er war unkonzentriert. Er hielt das letzte Exemplar des *TIME Magazine* in den Händen, aber die Buchstaben ergaben für ihn keinen Sinn. Nur die Bilder vermochten sein Interesse für einige Sekunden zu fesseln.

Andere Gedanken beschäftigten ihn. Im Zentrum stand eine gewisse junge Dame. Dieses Fräulein Murr war eine hübsche Person, das musste Peters zugeben. Aber er war unsicher, ob er schon wieder bereit war, jemanden in sein Leben zu lassen, den Schutzschild aufzugeben, hinter dem er es sich gemütlich gemacht hatte und eine sorgenfreie Existenz führte. Sollte er sich tatsächlich darauf einlassen? Hatte ihn das Schicksal den weiten Weg von New Jersey bis nach Berlin geführt, nur damit er am Schluss die alten Fehler wiederholte?

Er nahm einen herzhaften Schluck aus seinem Glas und wandte sich erneut dem Magazin zu. Wie üblich zeigten die ersten Seiten Anzeigen für alles, was der Amerikaner so brauchte oder ersehnte. Eine giftgrüne Limousine vor einem Eigenheim im idyllischen Vorort, Einwegtrinkbecher, Golfbälle, Armbanduhren. Peters fand es interessant, dass sich der erste Artikel bei den nationalen Nachrichten ausgerechnet mit Berlin befasste. Er berichtete bewundernd von der Standhaftigkeit, den die westlichen Alliierten während der Luftbrücke gezeigt hatten, und bekräftigte letztendlich, dass es im Pentagon nun einen Stimmungswandel hin zur entschlossenen Verteidigung der demokratischen europäischen Nationen gebe. Genau das interessierte Peters brennend. Freudig nahm er zur Kenntnis, dass er vorläufig wohl weiter in Deutschland bleiben würde.

Als er nach dem Eintritt der Vereinigten Staaten in den Zweiten Weltkrieg zum Militärdienst eingezogen wurde, hatte Peters nicht erwartet, dass es sein erster Schritt in die Freiheit sein würde. Und dass er diese Freiheit ausgerechnet an Orten finden würde, wo er am wenigsten damit gerechnet hatte, das war eine noch größere Überraschung.

In seiner Collegezeit war Peters während der Touristensaison täglich in den weißen Teil seiner Heimatstadt Atlantic City gelaufen, um in den Hotels zu arbeiten. Mal wurde er in der Küche beschäftigt, mal als Page und gelegentlich auch als Fahrstuhlführer. Es war eine vorübergehende Beschäftigung, bei der er möglichst viel Geld zur Seite schaffen musste, um über die kargen Wintermonate zu kommen, wenn sich auf der Vergnügungsmeile am Strand weit und breit kein Tourist blicken ließ.

In seinem Bekanntenkreis kursierten damals schlimme Gerüchte über die Südstaaten. Es hieß, dass unterhalb der Dixie-Linie die Schwarzen von den weißen Landbesitzern immer noch in einem Abhängigkeitsverhältnis gehalten würden. Seine Kollegen in den Hotels, die aus dem Süden nach Atlantic City oder in den benachbarten Vorort Pleasantville gezogen waren, bestätigten ihm, dass die Gesetze im Süden darauf abzielten, die Rechte der schwarzen Bevölkerung zu beschneiden. Peters kam zu dem Schluss, dass die Südstaatenjustiz eine andere Form der Sklaverei errichtet hatte. Ob man die Gesetze nun gemäß ihrer offiziellen Bezeichnung Black Codes oder umgangssprachlich Jim-Crow-Gesetze nannte, machte keinen Unterschied, nur der Name war jetzt ein anderer. Vielleicht hatte dies dazu beigetragen, dass er schon bald Interesse daran zeigte, Rechtsanwalt zu werden. Sein Vater war Arzt und erfreut über den Berufswunsch des Sohns.

Offiziell gab es seit dem Ende des Bürgerkrieges keine Rassentrennung mehr, aber entgegen aller Beteuerungen hieß das noch lange nicht, dass jeder Bürger der Vereinigten Staaten auch dieselben Möglichkeiten eingeräumt bekam, seine Talente frei zu entfalten. Auch in den Städten des Nordens verlief das Leben von Schwarz und Weiß weitgehend getrennt. Man kannte die Restaurants, Kaufhäuser und Amüsierlokale, in denen sogenannte *Farbige* unerwünscht waren, und machte einen weiten Bogen um sie. Und Peters hatte dann auch schnell gemerkt, dass er den gleichen Widerständen die Stirn bieten musste wie einige Jahrzehnte zuvor sein Vater, wenn er eine Ausbildung zum Anwalt beginnen wollte.

Seine Einberufung zum Militär sollte schließlich alles auf den Kopf stellen. Peters hatte keine andere Wahl, als das Jurastudium für mehrere Jahre aufzuschieben. Vielleicht am schwersten war ihm der Abschied von seiner Verlobten Jessie gefallen. Doch er empfand es als Pflicht, seinem Vaterland zu dienen und gegen menschenmordende Diktatoren zu kämpfen, ob nun in Europa oder Asien. Außerdem bot sich die Aussicht auf einen sicheren Monatssold von dreißig Dollar, den er auf die hohe Kante legen konnte.

Die Army war damals als einziger Dienst der Streitkräfte bereit, auch Schwarze als Soldaten zu akzeptieren. Leider vertrat das Oberkommando der Army den Irrglauben, dass weiße Offiziere aus den Südstaaten am besten geeignet seien, um schwarze Rekruten auszubilden. Diese widmeten sich ihrer Aufgabe mit besonderer Brutalität – und speziell hatten sie es dabei auf schwarze Nordstaatler wie Peters abgesehen. Denn die schwarzen Soldaten aus dem Norden galten als aufmüpfig und standen unter Generalverdacht, den angeblich gottgegebenen höheren Stellenwert der Weißen nicht zu akzeptieren.

Gleichzeitig war sich Peters allzu bewusst, dass es ihm zugedacht war, auch an der Front eine Zielscheibe abzugeben, denn die Militärführung hatte sich stets davor gescheut, schwarze *Privates* in Kampftruppen einzusetzen. Stattdessen wurde er der *Quartermaster Company* zugeteilt, deren Aufgabe es war, dem ständigen Kugelhagel zu trotzen und Nachschub an die Front zu bringen. Peters betrat beim D-Day als einer der ersten alliierten Soldaten französischen Boden. Während der Stürmung von Utah Beach waren er und seine Kameraden damit beschäftigt, unter wildem Beschuss dort tonnenweise Vorräte abzuladen. Als dann Anfang August vom Omaha-Brückenkopf ausgehend der Nachschub für die allmählich vorrückende Front organisiert wurde, war Peters wieder mit dabei. Er wurde als Lastwagenfahrer für den *Red Ball Express* eingesetzt, der vierundzwanzig Stunden am Tag im Dauerbetrieb gehalten wurde.

Seine große Stunde sollte schließlich im Dezember 1944 kommen, als sich die Reihen der amerikanischen Soldaten durch die Ardennenoffensive der deutschen Truppen dramatisch gelichtet hatten. Um die gefallenen Kameraden möglichst rasch zu ersetzen, willigte die Militärführung schließlich nun doch ein, auch schwarze Soldaten als Kämpfer an die Front zu schicken. Peters meldete sich als freiwilliger Schütze und wurde der *99th Infantry Division* zugeteilt. In den folgenden Monaten kämpfte er Seite an Seite mit weißen Soldaten. Gemeinsam unterstützten sie den Vorstoß nach Deutschland, mitten ins Herz der faschistischen Bestie. Ausgerechnet seine geliebte Jessie sollte Peters bei seiner Rückkehr aus dem Krieg den härtesten Stoß versetzen. Ihre Beteuerungen, auf ihn zu warten, hatten der Realität nicht standgehalten. Während er an der Front pausenlos an sie gedacht hatte, entpuppte sich Jessies viel beschworene Treue als eine hohle Phrase. Peters fand sie mit einem Verlobungsring am Finger vor – und der Ring stammte nicht von ihm. Anstatt sich ihre Ausreden anzuhören, hatte er auf dem Absatz kehrtgemacht und den Kontakt abgebrochen. Seitdem ging er Frauen zwar nicht aus dem Weg, aber er hatte auch keine Anstrengungen unternommen, um eine Partnerin zu finden – was letztendlich auf dasselbe hinauslief.

Peters legte das Magazin zur Seite und überlegte, ob er einen kurzen Spaziergang machen sollte. Er kippte den Rest des Drinks hinunter und wusch das Glas im Küchenwaschbecken aus. Peters war noch immer zu keiner Entscheidung gekommen, wie er den Rest des Nachmittags verbringen sollte, als jemand an die Wohnungstür klopfte.

Ohne eine Idee zu haben, wer das sein konnte, öffnete er. Zu seiner Freude stand Fräulein Murr vor der Tür.

»Oh, hallo«, sagte Peters. Er bemühte sich, Deutsch zu sprechen, schließlich musste er es irgendwann lernen. »Bitte komm rein.« Er fand, dass ihm seine gewollt lockere Geste ein bisschen unbeholfen geriet.

Fräulein Murr schien das kaum wahrzunehmen. Ihr Gesichtsausdruck war ernst.

Peters schloss die Tür und war sich plötzlich bewusst, dass sie beide jetzt allein waren. Beim ersten Mal hatte Fräulein Murr Kommissar Oppenheimer an ihrer Seite gehabt und danach diesen Phantombildzeichner Kopp.

Peters durchbrach die peinliche Stille zwischen ihnen, indem er zum Kühlschrank hin nickte und fragte: »Eine Coke?«

»Gern«, antwortete Fräulein Murr und setzte sich in ihren angestammten Sessel.

Peters entnahm dem Kühlschrank eine Flasche und öffnete den Kronkorken.

Währenddessen begann Fräulein Murr: »Sie wollen doch bestimmt wissen, wie es mit der Untersuchung weitergeht. Ob Ihre Angaben uns weiterhelfen.«

Peters stutzte. »Gibt es noch Fragen?«

»Das nicht. Aber vielleicht haben Sie sich mittlerweile an andere Details erinnert?«

»Tut mir leid«, sagte Peters und reichte ihr die gekühlte Flasche. Fräulein Murr nahm sie entgegen und berührte dabei seine Hand. Das alles lief so flink ab, dass Peters es erst im Nachhinein begriff. Obwohl er mitbekommen hatte, dass die Europäer bezüglich der Rassentrennung wesentlich liberaler waren als der Großteil seiner Landsleute, glaubte er immer noch, dass eine weiße Frau ihn nicht lieben konnte. Doch jetzt saßen sie sich gegenüber. Fräulein Murr redete kurz über die Ermittlungen, und Peters versuchte, ihren Ausführungen zu folgen. Schließlich stellte sie eine Frage und blickte ihn dabei auffordernd an.

»Dieser Tanzpalast *Luxor*, ist er Ihnen zufällig ein Begriff?«

Peters runzelte die Stirn.

»Der Name klingt bekannt. Könnte sein, dass ihn mal jemand im *PX-Shop* erwähnt hat.« Ohne lange darüber nachzudenken, fragte er: »Sollen wir uns den Laden irgendwann mal ansehen?« Als von Fräulein Murr keine Antwort kam, fügte Peters hinzu: »Wir beide? Zusammen?«

Sie lächelte. »Wann würde es bei Ihnen denn passen?«

Darauf hatte Peters keine Antwort. Das alles kam ihm plötzlich zu überstürzt vor. Er war in Herzensangelegenheiten nicht so spontan und wollte ein wenig Zeit haben, um sich an den Gedanken zu gewöhnen, mit ihr auszugehen.

»Ich weiß nicht – übermorgen Abend? Da ist sicher viel Betrieb. Vielleicht fangen wir den Mörder!«

Fräulein Murrs Gesicht strahlte bei seiner scherzhaften Bemerkung.

14

Freitag, 9. Juni 1950 –
Samstag, 10. Juni 1950

Am Freitag wartete Kubelik mit einer interessanten Neuigkeit auf. Nachdem Oppenheimer die täglichen Aufgaben verteilt hatte, hob er die Hand wie ein Pennäler.

»Was gibt es denn, Thomas?«, fragte Oppenheimer.

Kubelik antwortete ungewohnt zögerlich. »Möglicherweise habe ich eine Spur gefunden. Und zwar zu einem zweiten Fall.«

Oppenheimer stieß den Atem aus und lehnte sich zurück. Eine neue Spur war genau das, was sie benötigten, obwohl dies mit der schlechten Nachricht erkauft wurde, dass sich womöglich ein zweites Opfer in den Fängen des Mörders befand.

»Nun gut, was wissen wir über diesen zweiten Fall? Und wo ist die Verbindung zu unserem Mord?«

Kubelik rückte auf die Stuhlkante vor und beugte sich über den Tisch.

»Die Jungs von der Vermisstenstelle haben mich informiert. Sie bekamen von mir die Instruktion, mich zu kontaktieren, wenn sie etwas von einem Kastenwagen hören.«

Gespannt richtete sich Oppenheimer auf. Auch Fräulein Murr starrte Kubelik interessiert von der Seite an und wagte kaum zu atmen.

»Lass mich raten«, brummte Oppenheimer. »Eine Frau wurde mit einem solchen Fahrzeug entführt?«

Kubelik nickte. »Korrekt, und zwar am Mittwochabend. Es war schon recht dunkel, aber es gab einen Augenzeugen. Ein dunkler

Kastenwagen wurde erwähnt. Und das Ganze fand südlich des Ku'damms statt.«

Oppenheimer sprang auf und lief zur Karte. »Wo war das genau?«, fragte er.

»Beim Nürnberger Platz. Ein paar Meter von der U-Bahn-Haltestelle entfernt.«

Oppenheimer markierte den Punkt mit einer Stecknadel. Gedankenversunken blieb er vor der Karte stehen.

»Ringsherum gibt es praktisch nur Ruinen«, murmelte er. »Ein Wunder, dass es überhaupt jemand mitbekommen hat.«

»Es war ein Passagier, der zum Wittenbergplatz wollte und zu früh aus der U-Bahn ausgestiegen war. Er dachte sich, dass er die paar Meter zu Fuß laufen kann.« Kubelik begann jetzt so breit zu grinsen, dass seine Zähne aufblitzten. »Aber einen zweiten Punkt finde ich noch viel interessanter. Der mutmaßliche Tatort ist nur wenige Hundert Meter vom *Luxor* entfernt.«

»Also doch«, entfuhr es Fräulein Murr. »Das ist sein Jagdgebiet. Er entführt Frauen in der Umgebung dieses Tanzpalastes!«

Die neuen Hinweise untermauerten tatsächlich diese Hypothese. Oppenheimer spürte plötzlich eine große Unruhe. »Und wer ist die Entführte?«

»Das wurde mir nicht mitgeteilt«, sagte Kubelik. »Jemand von der Kripo ist aber schon am Ball. Kommissar Turban, sagt dir der Name was?«

Kopfschüttelnd antwortete Oppenheimer: »Keine Ahnung, aber mal sehen, ob ich ihn an die Strippe bekomme.«

Oppenheimer schnappte sich das Telefon von seinem Tisch und ließ sich mit Kommissar Turban verbinden. Während es am anderen Ende der Leitung klingelte, tigerte er unruhig umher. Das Gespräch war schnell erledigt. Turban befand sich gerade in seinem Büro und war gern bereit, mit ihm unter vier Augen zu reden.

»Also gut«, sagte Oppenheimer, noch ehe er den Hörer zurück auf die Gabel gelegt hatte. »Ihr wisst ja, was ihr zu tun habt. Ich werde sehen, ob ich die Sache mit dem Turban geregelt bekomme.«

Da sich der Kollege in demselben Gebäude befand, marschierte Oppenheimer gleich in Hemdsärmeln los. Auf dem Weg zur Treppe hörte er hinter sich im Gang die Stimme von Fräulein Murr.

»Richard?«

Er wandte sich um. Fräulein Murr näherte sich mit gesenktem Blick. Sie wirkte unsicher.

»Es könnte sein, dass ich eine Dummheit gemacht habe«, sagte sie kleinlaut. Noch ehe sie weitersprechen konnte, winkte Oppenheimer sie in die Kaffeeküche. Es war besser, wenn sie derartige Dinge nicht vor anderen Kollegen erörterten.

Oppenheimer lehnte sich in der winzigen Küche an den Herd. Mit einem feinen Lächeln fragte er: »Was hast du denn ausgefressen, Sabine?«

Fräulein Murr musste sich einen Ruck geben, um ihm zu beichten. »Es dreht sich um Peters, unseren Augenzeugen. Ich weiß auch nicht, was mich geritten hat, aber ich habe ihm von unseren Ermittlungen erzählt. Und auch von unserem Verdacht, dass alles irgendwie mit dem *Luxor* zusammenhängt.«

Damit war für Oppenheimer klar, dass sie Peters noch einmal einen Besuch abgestattet hatte. Ihn wunderte das nicht, denn er hatte gespürt, dass zwischen den beiden der sprichwörtliche Funke übergesprungen war. Er versuchte, sein Amüsement zu verbergen, und sagte: »Nicht der Rede wert. Manchmal muss man seiner Intuition folgen. Und was hat Peters gesagt? Kennt er das *Luxor?*«

»Er war noch nie dort. Hat den Namen aber ein paarmal gehört.« Sie blickte zu Oppenheimer auf und zögerte. »Er hat mich eingeladen, es mit ihm morgen Abend anzusehen. Als Gäste, sozusagen.«

Jetzt konnte Oppenheimer ihren merkwürdigen Blick deuten. Er sollte den Anstandswauwau spielen.

»Das ist vielleicht keine schlechte Idee«, erwiderte er nachdenklich. »Morgen Abend, sagtest du?«

Fräulein Murr nickte. Oppenheimer wollte ihr nicht absagen, andererseits hatte er eine Überraschung für Theo geplant, den er ebenso wenig enttäuschen wollte.

Mit gerunzelter Stirn fügte er hinzu: »Wenn es dir recht ist, könnte ich mich anschließen. Allerdings muss ich vorher noch ins Kino. Was meinst du, wollt ihr vielleicht mitkommen?«

Fünf Minuten später kreuzte Oppenheimer in Turbans Büro auf. Die Tür zu dessen Schreibstube stand weit offen. Die Temperaturen der letzten Tage hatten das Zimmer in einen Backofen verwandelt. Mit angewinkelten Armen stand ein Mann vor dem geöffneten Fenster und genoss die leichte Brise.

Oppenheimer klopfte an den Türrahmen. »Kommissar Turban?«

Der Mann wandte sich um. Er hatte die Krawatte gelockert und die obersten Hemdknöpfe aufgeknöpft. Er hatte hohe Geheimratsecken, und in seinen braunen Haaren zeigten sich erste graue Strähnen. Das einzig auffällige Merkmal in seinem Gesicht war ein leicht verkniffener Zug um den Mund.

»Ja, ich bin Turban«, bestätigte er. »Sie sind dann wohl mein Kollege Oppenheimer?«

Oppenheimer interpretierte das als Aufforderung, einzutreten und Turban die Hand zu reichen.

»Sie müssen meinen etwas legeren Aufzug entschuldigen«, erklärte Turban und machte Anstalten, angesichts des Besuchers seine Krawatte ein wenig strammer zu ziehen. »Aber meine Assistenten haben es versäumt, die Fensterläden zu schließen, als wir gestern unterwegs waren. Wenn die Sonne auch nur ein wenig scheint, haben wir hier drinnen gleich eine wahre Sauna.«

Um zu demonstrieren, dass Turban sein vollstes Verständnis besaß, lockerte auch Oppenheimer seine Krawatte und setzte sich auf den angebotenen Stuhl vor dem Schreibtisch.

Noch ehe Turban auf seinem eigenen Stuhl Platz genommen hatte, fragte er: »Sie sind also wegen des Falles Leary hier?«

Oppenheimer erwiderte: »Der Name sagt mir nichts.«

»Natürlich, dumm von mir. Das können Sie auch nicht wissen, denn wir haben es gerade erst selbst erfahren.« Turban lehnte sich zurück. »Wie gesagt, der Name der entführten Frau ist Leary. Joanne Leary. Sie ist Amerikanerin. Die Militärpolizei hat uns kontaktiert, weil sie vermisst wird und an dem fraglichen Abend in der Nähe vom Nürnberger Platz abgesetzt wurde.«

»Schon wieder eine Verbindung zu den Amerikanern«, murmelte Oppenheimer, woraufhin er einen fragenden Blick von Turban erntete. Also fügte er hinzu: »Vor etwas mehr als zwei Wochen wurde die Mätresse eines US-Offiziers entführt und dann ermordet aufgefunden.«

Turban quittierte das mit einem wissenden Lächeln. »Sie sind der Meinung, dass der Täter bei Mrs. Leary erneut zugeschlagen hat?«

»Die Möglichkeit besteht. Beide Male wurde ein Kastenwagen als Fluchtfahrzeug verwendet. Wir haben einen Augenzeugen, der uns auch den mutmaßlichen Täter beschreiben konnte.«

»Nichts wäre mir lieber als eine Verbindung zwischen diesen Fällen, das könnte uns kostbare Zeit sparen«, sagte Turban und breitete die Arme aus. Ernst fügte er hinzu: »Und wie sah der Modus Operandi des Täters aus? Wie viel Zeit bleibt uns noch, bis wir mit Mrs. Learys Leiche rechnen müssen?«

»Die Zeit zwischen der Entführung und der Ermordung betrug eine Woche. Wir wissen nicht, warum es diese Verzögerung gab.«

Daraufhin schilderte er in knappen Worten den Ablauf der Ereignisse. Als Oppenheimer auf die merkwürdigen Begleitumstände des Leichenfunds zu sprechen kam, brummte Turban: »Eine unschöne Sache, in der Tat.« Trotz der hohen Raumtemperatur war sein Gesicht blass geworden. Er wischte sich mit einem Taschentuch über die Stirn und seufzte: »Herrjemine!«

»Wer sind denn diese Learys? Können Sie mir vielleicht etwas über sie erzählen?«

Turban blies die Backen auf. »Ich weiß bislang nur, was uns von der Militärpolizei mitgeteilt wurde. Sie ist die Gattin eines hochrangigen Offiziers. Das Paar hat zwei Kinder. Sie müssen auch sehr begütert sein. Die Learys haben hier in Berlin ein recht großes Haus gemietet. Dazu kommen Bedienstete und ein Chauffeur, ebenfalls aus Amerika. Der Chauffeur hat Mrs. Leary abgesetzt und sollte sie ein paar Stunden später wieder abholen. Aber dann ließ sie sich nicht mehr blicken. In ihrem Interesse kann ich nur hoffen, dass sie nicht an denselben Täter geraten ist.«

Oppenheimer stimmte Turban zu. Instinktiv zog er andere Optionen in Betracht. »Wenn die Familie angeblich so begütert ist, wäre es ja möglich, dass jemand einfach nur Lösegeld erpressen will«, wandte Oppenheimer ein. »Hat sich der Entführer schon mit einer Forderung gemeldet?«

»Eben nicht. Und das macht die Militärpolizei anscheinend auch nervös. Seit dem Verschwinden von Mrs. Leary ist es totenstill.«

»Verdammt«, fluchte Oppenheimer. »Je mehr Sie mir erzählen, umso deutlicher fallen mir die Ähnlichkeiten auf! Ein amerikanischer Offizier ist involviert, es gibt keine Lösegeldforderung …«

Turban nickte zustimmend. »Dass mir die amerikanische Militärpolizei auf die Finger sieht, erschwert unsere Ermittlungen leider. Da muss alles nach Dienstvorschrift gehen.«

Oppenheimer wischte diesen Einwand beiseite. »Dienstvorschrift, papperlapapp! Schließlich steht ein Menschenleben auf dem Spiel. Und eine Woche ist schneller vorbei, als man denkt. Wozu haben wir denn Telefone? Was halten Sie davon, wenn ich Ihnen kurz Bescheid gebe, sobald wir neue Erkenntnisse haben, und Sie rufen mich an, wenn sich etwas bei Ihnen tut? Wir müssen es ja niemandem sagen. Wenn sich etwas daraus ergibt, haben wir Glück gehabt. Und falls nicht, dann war es wenigstens einen Versuch wert.«

Turban lachte in sich hinein. »Das sehe ich ganz ähnlich, werter Herr Kollege. Sollen sich doch andere mit der Bürokratie abplagen. Wir machen es so!«

Er stand auf, und zur Bekräftigung ihres Abkommens schüttelten sie einander die Hände.

»Was hältst du davon, wenn wir mit Theo heute ins Kino gehen?«, fragte Oppenheimer Lisa am nächsten Morgen beim Frühstück. Sie befanden sich in der Kellerküche, die wie üblich um diese Zeit einem Taubenschlag glich. Momentan saß die Kriegerwitwe Frau Schneider mit ihnen am Tisch, inklusive ihrer drei Kinder. Der älteste Sohn Martin war jetzt zehn Jahre alt. Oppenheimers Hoffnung, dass sie mit dem Alter irgendwann auch etwas leiser würden, hatte sich als Illusion herausgestellt. Gerade war unter den Geschwistern ein lautstarkes Gezanke ausgebrochen, sodass er sich zu Lisa beugte, um seine Frage zu wiederholen.

»Warum nicht?«, meinte sie. »Etwas Ablenkung tut ihm bestimmt gut.« Lisa wirkte angespannt. Die ungelöste Sache mit der Vormundschaft belastete sie. Oppenheimer war der Meinung, dass auch sie etwas Zerstreuung vertragen konnte.

»*Robin Hood* wird gezeigt«, erklärte er. »In der Waldbühne. Freilichtkino. Helden mit Schwertern, Pfeil und Bogen, das ist doch was für ihn.«

Neben Lisa zog der kleine Martin an den Zöpfen seiner Schwester. Bei ihrem schrillen Kreischen hielt Lisa kurz die Luft an und warf Frau Schneider einen bösen Blick zu, weil sie nichts gegen ihren ungezogenen Nachwuchs unternahm.

»Mit Theo haben wir wirklich Glück«, murmelte Lisa.

Oppenheimer blickte sich um. »Wo steckt er überhaupt? Er ist bald zu spät für die Schule.«

Wie aufs Stichwort betrat Theo die Küche und trottete zum Tisch. Seine Lippen waren entschlossen zusammengepresst. Er stellte sich hinter seinen Stuhl und sah Oppenheimer und Lisa an.

»Ich habe nachgedacht«, erklärte er. »Ich will nicht zu meinem Vater. Ich bleib lieber bei euch.«

Oppenheimer überlegte, wie er am besten antworten sollte.

»Das freut uns. Ja, es freut uns sehr. Wir würden dich liebend gern bei uns behalten. Aber was sagen wir deinem Vater? Jetzt, wo er zurück ist, will er auf dich aufpassen.«

Theo nahm neben Lisa Platz und nippte an dem bereitstehenden Ersatzkaffee. »Das kann er ja machen, aber dazu muss ich doch nicht bei ihm wohnen.« Dann hielt er inne und blickte Oppenheimer ins Gesicht. »Ist er denn wirklich mein Vater? Ich kann mich überhaupt nicht an ihn erinnern. Vielleicht ist er ja ein völlig Fremder.«

Für Oppenheimer war das keine Überraschung. Soweit er es verstanden hatte, war Kallinich kurz nach der Geburt seiner Tochter zum Militärdienst eingezogen worden. Theo war damals gerade mal drei Jahre alt gewesen. »Seine Identität wird in jedem Fall noch eingehend überprüft«, sagte er beruhigend. »Darüber musst du dir keine Sorgen machen.«

Lisa wandte sich Theo zu. »Dein Vater gefällt dir also nicht?«

Er runzelte die Stirn. »Der ist irgendwie komisch.«

Oppenheimer war geneigt, Theo zuzustimmen. »Er hat viele schlimme Dinge erlebt«, räumte er ein. »So etwas prägt einen Menschen. Aber das muss nichts bedeuten, und manchmal sind komische Leute sogar ganz nett, wenn man sie näher kennenlernt.«

Skeptisch verzog Lisa den Mund. »Ich weiß nicht, ich kann ihn nicht einschätzen. Abgesehen von der Blutsverwandtschaft bezweifle ich ernsthaft seine Fähigkeit, Theos Erziehung zu übernehmen. Er kann ja kaum für sich selbst sorgen!« Den letzten Satz äußerte Lisa mit einer ungewohnten Heftigkeit, sodass Theo zu ihr aufblickte.

»Dann ist alles klar?«, fragte er.

Um Theo nicht zu beeinflussen, hatten sie bislang vermieden, vor ihm über seinen Vater zu reden. Aber jetzt, wo die Katze aus dem Sack war und er wusste, wo Theo stand, hielt es Oppenheimer für angebracht, ihm die Komplikationen zu erklären.

»Und wie ist es mit deiner Mutter und der Schwester?«, fragte er. »Möchtest du vielleicht lieber zu denen?«

Theo zuckte mit den Schultern. »Weiß doch sowieso keiner, wo die sind. Und wenn die mich sehen wollen, warum haben die mich noch nicht besucht?«

»Diese Frage kann nicht einmal dein Vater beantworten«, sagte Lisa.

Oppenheimer warf ihr einen Seitenblick zu, und Lisa verstand, dass sie sich mäßigen sollte.

»Nun ja, es dauert noch eine ganze Weile, bis du volljährig bist«, erklärte er. »Dann kannst du machen, was du willst, und leben, wo du willst. Bis dahin muss sich jemand um deine Erziehung kümmern. Ich werde noch mal versuchen, mit Herrn Kallinich zu reden, vielleicht finden wir einen Kompromiss.« Oppenheimer seufzte, denn es fiel ihm schwer, daran zu glauben. »Und falls nicht, gibt es nur noch den Klageweg, um durchzusetzen, dass du bei uns bleiben kannst. Dann werden eben die Richter vom Vormundschaftsgericht entscheiden. Aber niemand kann garantieren, dass sie auf unserer Seite stehen.«

Enttäuscht ließ Theo die Schultern hängen. Es war nicht die Antwort, die er erhofft hatte.

»Aber bis dahin bleibst du erst einmal bei uns«, bestätigte Oppenheimer und versuchte, ein wenig Optimismus in seine Stimme zu legen. Dann beugte er sich zu Theo. »Und heute Abend gehen wir ins Kino. Errol Flynn als Robin Hood. Na, was hältst du davon?«

Theo riss die Augen auf. »Robin Hood?«, krakeelte er so laut, dass sogar Frau Schneiders nervtötende Kinder verstummten und sich fragend umsahen.

Oppenheimer fand, dass die Ermittlungen im Fall Tieken sehr zäh liefen. Er hatte allerdings keine Ahnung, wie sich der Knoten lösen ließ. Peters' Angaben zum Täter und dem Kastenwagen waren zu ungenau, um eine Fahndung einzuleiten. Oppenheimer setzte seine Hoffnung darauf, dass Turban weitere Parallelen bei der zweiten Entführung aufdeckte.

Wie üblich nutzte er den halben Arbeitstag am Samstag, um den Papierkram zu erledigen. Einsatzprotokolle mussten getippt und dann abgeheftet werden. Kubelik und Fräulein Murr hatten momentan auch keine heiße Spur, sodass sie sich allesamt im Büro befanden, als kurz vor Feierabend jemand an der Tür klopfte.

Froh darum, einen Vorwand zu bekommen, die Schreibmaschine zu verlassen, stand Oppenheimer auf und öffnete die Tür. Davor stand Turban. Lächelnd sagte er: »Ich dachte mir, dass ich Ihren Besuch erwidere. Es gibt nämlich Neuigkeiten.«

»Immer rein in die gute Stube«, rief Oppenheimer erfreut und rückte für Turban den Besucherstuhl zurecht.

Dieser betrat das Büro und schaute sich aufmerksam um. »In eurem Büro lässt es sich wenigstens aushalten.«

Sein Blick war auf die beiden Assistenten gerichtet. Oppenheimer folgte dem Wink und stellte zuerst Fräulein Murr vor. Dann wandte er sich Kubelik zu.

»Und das hier ist Thomas. Thomas Kubelik. Er hat den Tipp mit Mrs. Leary aufgeschnappt.«

Turban nickte anerkennend. »Wacker, junger Mann. Nur weiter so!«

Damit setzte er sich hin und schlug die Beine übereinander.

»Wir haben neue Angaben von der Militärpolizei zu Mrs. Leary bekommen.«

Oppenheimer rückte seinen eigenen Stuhl an Turbans Seite, setzte sich hin und hörte gebannt zu.

»Die Amis stellen auch Nachforschungen an und konzentrieren sich dabei auf ihre eigenen Leute«, erklärte Turban. »Es gibt jetzt eine weitere verdächtige Person. Wie das alles zusammenhängt, lässt sich noch nicht erklären. Aber so, wie es aussieht, wurde Mrs. Leary in der letzten Zeit von jemandem beschattet.«

Fräulein Murr erlangte als Erste die Fassung wieder. »Gibt es eine Beschreibung von dem Verfolger? Ist es der Mann, den unser Augenzeuge am Fundort der Toten überrascht hat?«

Turban blickte auf die große Stadtkarte an der Wand und wies auf die angepinnten Phantomzeichnungen.

»Das dort soll den Verdächtigen darstellen?«

Kubelik und Fräulein Murr nickten eifrig. Turban genügte ein kurzer Blick.

»Nein, das ist er auf keinen Fall. Es handelt sich um einen baumlangen Kerl. Die Aussagen von Mrs. Learys Angestellten waren da ganz klar. Er soll ein wahrer Hüne sein. Diese Zeichnungen passen überhaupt nicht.« Er wandte sich an Oppenheimer. »Erinnern Sie sich zufällig noch an Paul Wegener als Golem? In den alten Stummfilmen? Dann bekommen Sie die richtige Vorstellung.«

Die ausdruckslosen Gesichter von Oppenheimers jungen Assistenten verrieten, dass sie völlig ahnungslos waren, wovon Turban sprach.

»Also ein schwer gebauter, großer Mann«, fasste Oppenheimer zusammen. Colonel Wharton konnte mit seiner Körpergröße auf diese Beschreibung passen, nur war er nicht sonderlich korpulent. »Und mehr haben die Amerikaner noch nicht herausbekommen?«

Turban wiegte den Kopf hin und her. »Das ist Ansichtssache. Zu diesem Verdächtigen gibt es keine genaueren Hinweise. Zwischenzeitlich haben sie Mrs. Learys Chauffeur noch einmal in die Mangel genommen.«

Oppenheimer nickte. »Sie haben ihn wohl gefragt, warum er seine Chefin ausgerechnet in einer Trümmergegend absetzen sollte?«

»Das haben sie getan, aber keine Antwort erhalten.« Turban lachte auf. »Was immer Mrs. Leary dort getrieben hat, es war ihr Geheimnis. Der Fahrer meinte, dass er sie ein- oder zweimal in der Woche dort hinfahren musste. Vier Stunden später holte er sie dann wieder ab. Genau am gleichen Treffpunkt.«

»Sie war niemals in Begleitung? Und sie hat nicht erwähnt, wo sie gewesen ist?«

»Nein. Aber er glaubt, einmal Konfetti am Kragen ihres Pelzmantels gesehen zu haben.«

Enttäuscht verschränkte Oppenheimer die Arme.

»Außer dass sie sich irgendwo amüsiert hat, wissen wir also überhaupt nichts.«

Turban sagte schulterzuckend: »Bis zum Ku'damm ist es nur ein kurzer Fußmarsch. Ob sie dort ein Stammlokal hatte oder jedes Mal woandershin ging oder sich vielleicht privat mit jemandem traf, wer weiß das schon? Ausschließen lässt sich nichts.« Plötzlich hielt er inne und warf einen raschen Seitenblick auf Kubelik und Fräulein Murr. »Und dann gibt es da noch eine zweite Sache. Die ist streng vertraulich, wenn Sie verstehen.«

Oppenheimer verstand Turbans Andeutung sofort. »Für meine Assistenten verbürge ich mich«, beeilte er sich zu sagen.

Turban fuhr sich kurz mit der Zunge über die Lippen.

»Also gut, was ich Ihnen erzähle, darf diesen Raum nicht verlassen. Es könnte für uns der Durchbruch sein.« Er holte noch einmal tief Luft und fuhr dann mit gesenkter Stimme fort: »Sie hatten gesagt, dass für Frau Tieken kein Lösegeld gefordert wurde?«

Bei dieser Frage schwante Oppenheimer bereits etwas.

»Ja, das war so«, antwortete er.

»Interessant«, sagte Turban. »Mr. Leary, der Ehemann, er hat gestern eine Lösegeldforderung erhalten. Der Entführer hat ihn per Telefon kontaktiert. Angeblich sprach er fließendes Englisch.«

In Oppenheimers Ohren war das eine schlechte Nachricht. Er machte eine entschuldigende Geste.

»Vielleicht hatte ich mich da in etwas verrannt«, gab er zu. »Das klingt für mich tatsächlich nach einem anderen Täter.«

Turban schüttelte den Kopf. »Nicht zu vorschnell! Noch sehe ich da keinen Widerspruch. Dass ein Täter sein Muster ändert, kommt häufig vor. Er lernt dazu. Es kann ja sein, dass er jetzt erst auf diese Idee gekommen ist, Geld zu verlangen.«

»Oder er wollte es schon mit Frau Tieken versuchen, und etwas ist einfach schiefgelaufen«, warf Kubelik plötzlich ein. Sein Gesicht war gerötet, und die Augen waren weit aufgerissen. Er schien sich nicht so leicht damit abfinden zu wollen, dass sein heißer Tipp nichts wert war.

Turban nickte ihm gönnerhaft zu. »Ein guter Punkt. Auch das könnte der Fall sein. Das wirklich merkwürdige Detail kommt erst noch! Und damit hat sich der Entführer eigentlich selbst verraten.« Ein Lächeln umspielte jetzt Turbans Lippen. »Das Lösegeld wird nämlich nicht in US-Dollar verlangt. Nein, er will fünfzigtausend Mark haben.«

»Der Entführer muss also ein Deutscher sein«, schloss Fräulein Murr.

»Und nicht nur das«, stimmte Turban zu. »Der Entführer besitzt keine Möglichkeit, eine größere Summe an US-Dollar in deutsche Währung zu wechseln. Richtig schwere Jungs hätten kein Problem damit. Das klingt mir nach einem Amateur. Auf jeden Fall ist es kein Gewohnheitskrimineller mit Kontakten zur Unterwelt. Die Lösegeldforderung erzählt uns also schon eine ganze Menge.«

Oppenheimer fand, dass Turbans Schlussfolgerungen logisch klangen. »Und wann soll diese Transaktion über die Bühne gehen?«, fragte er.

»Mr. Leary braucht eine Weile, um einen solch großen Geldbetrag in einer fremden Währung zu organisieren. Also ist die Übergabe in der Nacht von Montag auf Dienstag angesetzt. Ihm wurde befohlen, unter keinen Umständen die Polizei einzuschalten, also müssen wir uns im Hintergrund halten. Am Montag werden wir mit den amerikanischen Kollegen die genaue Strategie für die Lösegeldübergabe festlegen.«

Bei dem Gedanken wurde Oppenheimer unruhig.

»Angesichts der Tatsache, dass es vielleicht einen Zusammenhang zwischen unseren Fällen gibt«, begann er vorsichtig, »würden Sie mich eventuell als Beobachter akzeptieren?«

Turban sog die Luft ein und überlegte. Dann sagte er nachdenklich: »Das muss ich mir noch durch den Kopf gehen lassen. Kommen Sie doch am Montag um zehn in mein Büro, dann können wir alles besprechen.«

15

Samstag, 10. Juni 1950

Es lief gut mit dem neuen Gast. Sogar sehr gut.

Das Schlafmittel, das er ihrer Mahlzeit beigemischt hatte, musste jetzt bald wirken. Er hatte Mrs. Learys übliche Frühstücksration halbiert, damit sie am Nachmittag hungrig war und aufessen würde. Bei dem Gedanken, was er alles berücksichtigt hatte, beglückwünschte er sich für seine Findigkeit und machte sich für einen weiteren Besuch bei ihr bereit.

Momentan saß er auf seinem Stuhl in der Küche. Weil es das einzige Zimmer mit einer eingebauten Spüle war, hatte er dort eine improvisierte Dunkelkammer eingerichtet, um seine Filme zu entwickeln und Abzüge zu machen. Abgesehen von dem Gefängnis für die Gäste gab es noch andere Zimmer, aber er hütete sich davor, sie zu benutzen. Sie waren noch exakt so, wie er sie vorgefunden hatte. Überall lag Bauschutt und Unrat, und falls doch einmal ein Eindringling das Vorhängeschloss knackte und sich hierher verirrte, würde er sich in einer unbewohnten Ruine wähnen und hoffentlich das Interesse verlieren.

Unruhig beobachtete er, wie sich die Zeiger auf seiner Armbanduhr bewegten. Es schien eine Ewigkeit zu dauern, bis die halbe Stunde vorbei war. Bis dahin sollte das Schlafmittel wirken, selbst wenn Mrs. Leary nicht alles komplett aufaß. Die richtige Dosierung zu finden war eine Kunst für sich, doch der Mann besaß genügend Erfahrung, um den nötigen Zeitrahmen einschätzen zu können.

Er zügelte sein Verlangen, auf der Stelle zu dem Gefängnis zu laufen. Selbst wenn man bei der Medizin manchmal improvisieren musste, ging es dabei letztendlich doch um Exaktheit. Und so zwang er sich, auch die letzten zwei Minuten auszuharren.

Als der Sekundenzeiger die Runde vollendet hatte, griff der Mann nach dem Schlüsselbund. Der Adrenalinpegel in seinem Blut musste sehr hoch sein, denn seine Hände zitterten. Es war schwierig, sie so weit unter Kontrolle zu bringen, um lautlos die obere Luke in der Tür zu öffnen. Durch das geöffnete Rechteck warf er einen Blick auf das Bett. Wie erwünscht war Mrs. Leary eingenickt.

Der Mann schloss die Klappe wieder, dann öffnete er das Türschloss. Zuerst beschäftigte er sich mit den gewohnten Tätigkeiten. Er räumte den leeren Blechteller ab und ersetzte den Kübel für die Exkremente mit einem neuen Eimer. Erst dann fand er die Zeit, sich mit dem Weib zu befassen. Im Unterkleid lag sie vor ihm. Um seine Aufgabe zu erleichtern, war es eine Notwendigkeit, die Gäste von allen Ablenkungen fernzuhalten. Und dazu gehörten auch die Utensilien ihres vorherigen Lebens. Im Gefängnis hatte er ihr als Erstes den Schmuck und die übrige Kleidung abgenommen. Die ungewöhnlich hohen Temperaturen waren für ihn günstig, so musste er sich nicht um Decken kümmern, mit denen sie sich warm halten konnte.

Er mochte die stillen Momente, wenn er mit seinen betäubten Gästen allein war. In diesem Zustand strahlten sie eine große Ruhe aus, die sich auf den Mann übertrug. Es half ihm, zu sich selbst zu kommen. Es war eine Möglichkeit für die dringend notwendige Rückbesinnung auf seine Absichten. In der alltäglichen Hektik konnten die Ziele leicht aus den Augen geraten. Manche hätten in den scheinbar leblosen Gästen eine Vorahnung des Todes gesehen. Doch nicht er. Ganz im Gegenteil, sie erinnerten ihn an die Seelenruhe, die er ihnen schenken würde. Das war ein Ziel, auf das sich hinzuarbeiten lohnte.

Er stellte sich ans Fußende des eisernen Bettgestells, um sie zu betrachten. Sein Blick glitt über ihre nackten Beine bis zum Saum des Unterrocks. Ihre Arme lagen über Kreuz. Es wirkte fast wie eine Verhöhnung von Heiligenbildern. Nur der demütig zum Himmel gewandte Blick fehlte.

Bei diesem Gedanken durchfuhr es den Mann schlagartig. Jetzt wusste er, was immer gefehlt hatte. Augenblicklich wollte er zur Küche stürmen, um seine Aufnahmen noch einmal anzusehen und völlig sicherzugehen.

Doch etwas hielt ihn zurück. Er konnte den Blick nicht von dem Weib abwenden.

Allmählich fielen ihm die Details auf. Ihre Atmung war flach. Die Augen bewegten sich unter den Lidern. Als er die feinen dunklen Härchen auf ihren Armen sah, erfasste ihn ein Schaudern, das er nicht einordnen konnte. Er stellte sich ihre weiche Haut vor. Am Tag ihrer Entführung hatte sie keinen Büstenhalter getragen, und so konnte er jetzt durch den dünnen Stoff des Unterkleids die Schwere des Busens erahnen.

Vor ihm lag eine Kreatur der Sünde. Er hatte eine allzu gute Vorstellung davon, was sie und ihr Liebhaber so alles trieben. Wozu sie sich hergab.

Seine Atmung ging schwer. Sie lag so dicht vor ihm, dass er nur die Hand auszustrecken brauchte, um sie zu berühren. Wenn sie keinen Büstenhalter getragen hatte, war es dann nicht auch möglich, dass sie auch sonst keine Unterwäsche trug? Mit neuem Interesse fixierte er den Saum des Unterrocks. Um Gewissheit zu erlangen, würde es ausreichen, ihn wenige Zentimeter anzuheben.

Der Mann erstarrte. Plötzlich hatte er das Gefühl, sein Verhalten wie ein Außenstehender zu betrachten. Und was er zu sehen bekam, widerte ihn an.

Er musste raus hier. Raus aus der unheilschwangeren Atmosphäre, die seinen Verstand vernebelte und ihn zu unkeuschen Taten verleitete.

Oppenheimer hatte mit Fräulein Murr ausgemacht, sich mit ihr und Peters eine Stunde vor Filmbeginn an der S-Bahn-Station Olympiastadion zu treffen. Die Waldbühne, in der die Kinovorstellung stattfand, befand sich neben dem runden Prachtbau. Obwohl es wie immer ein wenig länger dauerte, bis sich Lisa herausgeputzt hatte, trafen sie überpünktlich am Kopfbahnhof ein.

Die Dämmerung hatte bereits eingesetzt, wegen des bedeckten Himmels war es dunkler als sonst um diese Zeit. Nach einer ganzen Reihe von brütend heißen Tagen hatte es eine jähe Abkühlung gegeben, und abends sanken die Temperaturen jetzt sogar unter zehn Grad Celsius. Das waren nicht gerade optimale Bedingungen fürs Freilichtkino, aber Oppenheimer wollte sich die Stimmung von den Wetterkapriolen nicht vermiesen lassen. Lisa hatte darauf gedrängt, dicke Mäntel anzuziehen, also konnte sie nichts überraschen.

Auf der Straße am Bahnhof war von Fräulein Murr und Peters noch nichts zu sehen, und so nutzten sie die Zeit, um in die Richtung des Stadions zu schlendern. Auf diese Weise konnten sie Theo das monumentale Gebäude zeigen. Obwohl sie nur bis zum Zaun kamen, stand Theo mit aufgerissenen Augen dort und konnte den Anblick kaum fassen.

Beim Treffen mit Kallinich hatte der Vater auch Theos Geburtstag verraten. Ihr Ziehsohn war etwas älter, als sie zunächst angenommen hatten. Sein Geburtstag war im März, und er war jetzt dreizehn. Bislang hatten sie seinen Geburtstag immer am ersten Juli gefeiert, damit der Termin nicht zu nah an Weihnachten lag und sie den Jungen zweimal im Jahr beschenken konnten. Die Kinovorstellung war ein willkommener Anlass, um das Geschenk für Theos richtigen Geburtstag nachzuholen. Oppenheimer vermutete allerdings, dass er auch weiterhin eine Geburtstagsfeier im Sommer erwartete.

Um noch die Kinovorstellung zu erwischen, liefen sie eilig zurück zum Bahnhof. Gerade war ein weiterer Zug angekommen und spie eine Menschenmenge auf die Straße. Inmitten des Trubels warteten Peters und Fräulein Murr bereits an den Steinsäulen des Ausgangs.

»Ich glaube, wir müssen gleich weiter«, japste Oppenheimer und reichte ihnen die Hand. Nachdem er alle miteinander bekannt gemacht hatte, eilten sie zur Waldbühne.

Theo warf Peters interessiert Seitenblicke zu. Irgendwann konnte er seine Neugierde nicht mehr bezähmen und fragte: »Spielen Sie Jazzmusik?«

Peters sah Theo verdutzt an.

Entschuldigend erklärte Oppenheimer: »Er hört die ganze Zeit AFN.«

»Ah, the good stuff«, sagte Peters. Dann wandte er sich Theo zu und antwortete mit einem starken amerikanischen Akzent: »Nein, ich spiele keinen Jazz, aber ich höre ihn gern.«

Enttäuscht runzelte Theo die Stirn.

Zum Glück hatte Oppenheimer schon vorher Karten besorgt. Als sie zur kleinen Lichtung in dem Waldstück gegenüber dem Olympia-Glockenturm gelangten, standen Menschentrauben vor den Kassen. Die Idee zu dieser Freilichtbühne wurde dem Reichspropagandaminister Goebbels zugeschrieben. Auf dieser Bühne sollte ein Teil des Rahmenprogramms bei den Olympischen Spielen im Jahr 1936 stattfinden, zeitweise wurde die Anlage aber auch für einige Wettkämpfe genutzt. Hitler hatte mit seinem charakteristischen Größenwahn gefordert, dass die Arena genügend Platz für nicht weniger als hunderttausend Besucher bieten sollte. Das fertiggestellte Bauwerk fasste dann etwas mehr als zwanzigtausend Besucher.

Es dauerte eine ganze Weile, bis alle ihre Sitzplätze eingenommen hatten. Die auf der Bühne errichtete Leinwand war wirklich riesig, sodass man auch in den hintersten Reihen noch gut sehen konnte. Wenn man der Werbung Glauben schenken wollte, war die Waldbühne jetzt das weltweit größte Freilichtkino. Als sie sich alle gesetzt hatten, fragte Peters: »Warum zeigt man so einen alten Film? Ich habe ihn schon mal gesehen. Vor mehr als zehn Jahren.«

»Für uns Deutsche ist der brandneu«, erklärte Oppenheimer. Es war recht laut, weil immer mehr erwartungsfreudige Besucher auf ihre Plätze drängten, also beugte er sich zu Peters. »In den regulären Kinos ist der Film noch nicht einmal gestartet. Wir haben viel nachzuholen. Während der Nazizeit waren wir von fast allem abgeschnitten. Und was Filme angeht, lebten wir völlig hinter dem Mond. Es liefen praktisch nur Streifen von der Ufa, alle abgesegnet vom Propagandaministerium.«

Mit einem zustimmenden Brummen nahm Peters die Erklärung zur Kenntnis. Theo hampelte unterdessen auf seinem Platz herum. Als das Licht der Laternen erlosch und die ersten Filmbilder in schillerndem Technicolor über die Leinwand flimmerten, setzte er sich kerzengerade hin und verfolgte fasziniert das Spektakel. Oppenheimer fand, dass der Film nicht viel mehr als leichte Unterhaltungsware war. Die Figuren waren oberflächlich gezeichnet, erst in der zweiten Hälfte, als die Hinrichtung von Maid Marian wegen Verrats drohte, fesselte ihn die Geschichte. Viel interessanter fand er dagegen die Musik. Oppenheimer war überrascht, als er im Vorspann sah, dass der Opernkomponist Erich Wolfgang Korngold die Filmmusik geschrieben hatte. An *Die tote Stadt* konnte er sich immer noch sehr gut erinnern, obwohl die Oper seit der Nazizeit in Vergessenheit geraten war. Aber zu Oppenheimers Enttäuschung waren die Dialoge und Geräusche im Film so laut abgemischt, dass Korngolds Komposition kaum zur Geltung kam.

Der Begeisterung des Publikums tat das jedoch keinen Abbruch. Dankbar nahm es jede Gelegenheit wahr, um zu lachen, vor Aufregung nach Luft zu schnappen oder gar zu applaudieren. Und dass in der Arena gleich mehrere Tausend Zuschauer versammelt waren, verstärkte die Reaktionsfreude.

Zum Ende des Films war es schließlich so kalt geworden, dass sich Oppenheimer und seine Begleiter ihre Schals umbanden. Als sie nach der Vorstellung am S-Bahnhof eintrafen, war es kurz vor zwölf. Oppenheimer hatte mit Lisa ausgemacht, dass sie ins *Luxor* mitkommen sollte.

»Sollen wir Theo vorher nach Hause bringen?«, fragte sie, während sie auf den nächsten Zug warteten.

Oppenheimer musterte Theo. Selbst auf dem notdürftig erhellten Bahnsteig war zu erkennen, dass sein Gesicht vor Aufregung noch gerötet war.

»Der wird sowieso kein Auge zumachen«, murmelte Oppenheimer Lisa zu. »Wir können ihn genauso gut mitnehmen.«

Lisa warf ihm einen belustigten Blick zu. »Na ja, irgendwann muss er das Nachtleben ja kennenlernen.«

Oppenheimer hatte sich mittlerweile an den Gedanken gewöhnt, Peters tatsächlich in die Ermittlungen einzubeziehen, denn er mochte ihn. Viel wichtiger war jedoch, dass er einen zuverlässigen Eindruck machte. Wenn man Peters eine Frage stellte, antwortete er ernst und wohlüberlegt und zog keine vorschnellen Schlüsse. Außerdem bekam er als Mitarbeiter im *PX-Shop* bestimmt so manche Dinge mit, von denen Außenstehende wie Oppenheimer keine Ahnung hatten.

Während sie im Abteil der S-Bahn saßen, nutzte er die Gelegenheit, um Peters nach dem Verfolger von Mrs. Leary zu fragen.

»Ich weiß nur, dass er sehr groß sein soll und schwer gebaut ist«, beschrieb Oppenheimer den Mann. Obwohl er schon ahnte, wie die Antwort ausfallen würde, fragte er: »So jemand ist dir am Fundort der Toten nicht aufgefallen?«

Peters zog überrascht die Brauen hoch. »Gesehen habe ich ihn nicht. Er könnte sich irgendwo im Dunkeln versteckt haben. Oder er war schon fort. Aber ich denke nicht, dass er da war. Sonst hätte ihn der Brandstifter doch als Verstärkung dazugeholt, als ich ihn überraschte.«

Diese Erklärung fand Oppenheimer einleuchtend. Sicherheitshalber instruierte er Peters, im *Luxor* Ausschau nach dem Brandstifter zu halten. Vor dem Tanzpalast war die Straße wie üblich vollgeparkt. Beim Eintreten warf die Kassendame Theo aufmerksam einen Blick zu. Oppenheimer blieb stehen und knurrte: »Das kann doch wohl nicht euer Ernst sein? Soll ich für meinen kleinen Jungen etwa Tanzbilletts kaufen?«

Daraufhin setzte die Kassendame eine säuerliche Miene auf und nickte dem Türsteher zu. Bereits von draußen war zu hören, dass im Saal Hochbetrieb herrschte. Und tatsächlich war das Parkett gerammelt voll mit vergnügungssüchtigen Tänzern. Die Band spielte gerade ein Stück von Glenn Miller. Doch irgendwie gelang es den deutschen Musikern, einen Walzertakt daraus zu machen, anstatt zu swingen. Angesichts dieser Interpretation lachte Peters lauthals auf.

Weil sich derart viele Gäste auf der Tanzfläche tummelten, war auf Anhieb nicht ersichtlich, welche Tische besetzt waren. Oppenheimer fragte Peters, ob er sich darum kümmern könnte, und begab sich sofort auf die Herrentoilette.

Monsieur Pipi befand sich an seinem Platz neben der Tür. Als er Oppenheimer sah, hellte sich sein Gesicht auf. Eilig erhob er sich von seinem Stuhl und reichte ihm die Hand.

»Ah, mein lieber Herr Kommissar! Sind Sie dienstlich hier?«

»Halb dienstlich, sozusagen. Ihren auffälligen Gast haben Sie seit unserer Unterredung nicht zufällig wieder gesehen?«

»Leider nicht«, gab er zu. Dann zückte er mit einem verschmitzten Lächeln Oppenheimers Karte. »Aber keine Bange,

Ihre Nummer habe ich immer dabei. Allzeit bereit, das ist mein Motto!«

Da Oppenheimer von dem zweiten Verdächtigen keine zufriedenstellende Beschreibung liefern konnte, zog er auch in diesem Fall eine Niete. Dafür leuchtete Monsieur Pipis Gesicht auf, als Oppenheimer das letzte mutmaßliche Opfer, Mrs. Leary, ansprach.

»Ja, dieser Name ist mir tatsächlich schon untergekommen! Eine Offiziersgattin, nehme ich an? Wenn ich mich nicht irre, gehört sie zu unseren Gästen.«

Als Zeichen des guten Willens ließ Oppenheimer ein Trinkgeld springen und kehrte in den Tanzsaal zurück.

Lisa und Theo war es gelungen, einen Tisch zu ergattern. Die Augen des Jungen glänzten. Mit dieser zweiten Überraschung hatte er bestimmt nicht gerechnet. Gebannt starrte er auf die Musiker hinter der Tanzfläche. Oppenheimer setzte sich zu ihnen und folgte Theos Blick. Gerade wurde das Lied der *Capri-Fischer* gespielt, ein urdeutscher Gassenhauer mit einem Schuss Exotik und Italiensehnsucht, der in keinem Programm fehlen durfte. Der Bandleader versuchte sich zur Abwechslung als Sänger, doch er konnte dem Sänger Rudi Schuricke nicht das Wasser reichen, dessen Interpretation das Lied in den Westzonen schon wenige Monate nach dem Kriegsende populär gemacht hatte. Die Spiegelkugel war jetzt angestrahlt und warf Lichtreflexionen in den schummrigen Saal. Der Bandleader knödelte dazu den Refrain: *Bella, bella, bella, bella Marie, bleib mir treu, ich komm zurück morgen früh, bella, bella, bella, bella Marie, vergiss mich nie.* Die Tänzer waren Schattengestalten, auf denen helle Punkte ihre Bahn zogen. Peters amüsierte sich mit Fräulein Murr auf der Tanzfläche. Zu der sentimentalen Schnulze tanzten sie so dicht aneinandergeschmiegt, dass es sogar im Halbdunkel auffiel.

Lisa beugte sich zu Oppenheimer und wisperte ihm ins Ohr: »Sabine hat an Gene einen richtigen Narren gefressen.«

»Sieht so aus«, sagte Oppenheimer. »Er ist ja auch ein netter Kerl.«

Er winkte einen Ober zu sich. Der reagierte überrascht, als Oppenheimer für sich, Lisa und Theo drei Tassen echten Bohnenkaffee bestellte, runzelte kommentarlos die Stirn und entschwand zur Bar.

Unterdessen war die Musik zu Ende. Die Scheinwerfer gingen an, und die Gäste applaudierten höflich. Jetzt konnte Oppenheimer auch das Publikum besser in Augenschein nehmen. Es war genauso bunt gemischt wie beim letzten Mal. Zivilisten saßen neben Uniformträgern, einige von ihnen waren in Begleitung von aufgedonnerten Frauen. In der Menge fielen die zwei Militärpolizisten kaum auf. Doch Oppenheimer beobachtete sie, da ihr Verhalten etwas merkwürdig wirkte. Mit versteinerten Mienen beobachteten sie die Tänzer und tuschelten miteinander.

Er kam nicht mehr dazu, sich weitere Gedanken darüber zu machen, denn als Nächstes sah er, dass eine schwarzhaarige Schönheit quer durch den Saal auf ihn zusteuerte. Erst als sie mit einer kecken Pose an den Tisch trat, erkannte er sie wieder. Es war die Tänzerin Olga.

»Werden Sie am Schluss noch Stammkunde?« Amüsiert zwinkerte sie Oppenheimer zu.

»Ist schon wieder Damenwahl?«, fragte Oppenheimer. Dann nickte er zu Lisa. »An Begleitung mangelt es mir heute nicht, wie Sie sehen.«

»Und was ist mit dem jungen Kavalier?«

Theo merkte, dass von ihm die Rede war. Sein Gesicht lief knallrot an, doch er schien nicht uninteressiert zu sein.

Oppenheimer tauschte einen Blick mit Lisa. Statt eines Kommentars schmunzelte sie nur, also fingerte er in seinem Jackett, bis er in der Innentasche noch ein Billett vom letzten Mal fand, und reichte das Stück Pappe an Olga weiter.

»Na, dann komm«, sagte sie und zog Theo von seinem Stuhl hoch. Ehe er es sich versah, befand er sich mit ihr auf der Tanzfläche. Die Tanzmusik setzte wieder ein. Das Licht wurde diesmal nicht gedimmt, denn es war eine schnelle Swing-Nummer. Und zum Glück sang der Bandleader nicht.

Der Ober brachte den Kaffee. Lisa nippte daran und behielt dabei die Tanzfläche im Auge.

»Mit Theo können wir uns auf etwas gefasst machen«, sagte sie nachdenklich. »Jetzt kommt er in das Alter.«

Plötzlich richtete Lisa sich auf. Etwas anderes hatte ihr Interesse geweckt. »Das gefällt mir nicht«, murmelte sie.

Die zwei Militärpolizisten standen am Rand der Tanzfläche und hatten die Lippen zusammengepresst. Oppenheimer kam es so vor, als würden sie Peters fixieren. Sie wollten auf die Tanzfläche stürmen und warteten nur ab, bis das Lied zu Ende war.

»Ich glaube, die wollen Ärger machen«, raunte Oppenheimer.

»Kannst du Gene nicht helfen?«

Auf Lisas Frage hin stand er langsam auf und versicherte sich, dass er seine Kripomarke in der Hosentasche trug.

»Mal sehen, ob die sich mit mir anlegen wollen.«

16

Samstag, 10. Juni 1950 –
Montag, 12. Juni 1950

Noch ehe sich Oppenheimer zwischen den Tischen zur Tanzfläche manövriert hatte, endete die Musik. Die zwei MPs nahmen die Gelegenheit wahr, hechteten zwischen die Tänzer und zogen Peters aus der Menge heraus.

»Hands off that white girl, *boy*«, sagte einer der MPs. Bei seinem letzten Wort schwang Verachtung mit. Obwohl sich Peters große Mühe gab, ruhig zu bleiben, konnte ihm Oppenheimer seine Verärgerung ansehen. Fräulein Murr lief den Männern hinterher.

»Was machen Sie denn mit ihm?«

Der zweite MP blieb stehen, um sie zur Seite zu drängen. Mit Oppenheimers Einschreiten hatten sie jedoch nicht gerechnet. Blitzschnell erfasste er die Situation. Offensichtlich wurde Peters verboten, mit einer weißen Frau zu tanzen. Er war kein Soldat, aber selbst als Zivilangestelltem der U.S. Army konnten ihm die Polizisten sicher Schwierigkeiten bereiten. Am besten war es, so zu tun, als wäre er kein Amerikaner.

Oppenheimer setzte eine harmlose Miene auf und rief Peters auf Deutsch zu: »Ja, aber Fritz! Was machen sie mit dir?«

Peters warf Oppenheimer einen verwunderten Blick zu. Bis er verstand und auf die Finte einging.

»Ich weiß nicht, was die Herren haben«, antwortete er ebenfalls auf Deutsch. »Ich verstehe es nicht.«

Der zweite MP bei Fräulein Murr drehte sich um. Er hatte den Wortwechsel mitbekommen und verstand nicht, was da gerade vor sich ging. Sie hatten einen Schwarzen aufgegriffen, doch dieser redete in einer fremden Sprache.

»Lassen Sie ihn in Frieden«, schimpfte Fräulein Murr zornentbrannt. »Er hat nichts getan!«

Der erste MP hielt Peters immer noch am Arm fest und gab sich demonstrativ unbeirrt. Soweit Oppenheimer ihn verstand, wiederholte er, dass sich Schwarze nicht mit weißen Frauen vergnügen dürften. Peters sagte jetzt nichts mehr. Stattdessen redete Oppenheimer auf den Polizisten ein.

»Er ist kein Amerikaner, kapieren Sie das nicht? Die amerikanische Militärpolizei hat hier keine Befugnis!«

Fräulein Murr übersetzte Oppenheimers Behauptung ins Englische, riss sich von ihrem perplexen Bewacher los und stellte sich an Oppenheimers Seite.

Der erste MP schnaubte ungläubig auf und nickte zu Peters.

»You say that he's a Nazi?«

»Sein Vater war Musiker in einer Jazzkapelle«, log Oppenheimer.

Jetzt umringte eine Menschenmenge sie. Gäste in Uniformen und Abendgarderobe betrachteten das Schauspiel. Die Musik war verstummt.

Der MP kniff die Augen zusammen und zeigte auf Fräulein Murr.

»What about that lady? Is she your wife?«

Peters schwieg, und Fräulein Murr rief: »That's none of your business!«

Oppenheimer entschied sich, angesichts der zwei uniformierten Hornochsen seine letzte Trumpfkarte auszuspielen. Er zog seine Plakette hervor und hielt sie dem MP hin.

»Am besten, wir klären das auf der nächsten Polizeiwache! So, wie ich das sehe, haben Sie hier überhaupt nichts zu sagen.«

Der Militärpolizist erwartete immer noch, dass alles nach

seiner Pfeife tanzte. Als Nächstes drohte er sogar damit, den Tanzpalast für *off limits* erklären zu lassen. Es war sein größtes Druckmittel, denn dem Tanzpalast drohten empfindliche Einnahmeeinbußen, wenn amerikanischen Armeeangehörigen der Zutritt nicht mehr gestattet war.

Oppenheimer begann zu schwitzen, als die Situation außer Kontrolle zu geraten drohte.

»That's enough now!« Eine tiefe Männerstimme hatte sich hinter Oppenheimers Rücken erhoben. Aus den Augenwinkeln sah er, dass ein Mann in Ausgehuniform an sie herantrat. Es war Ritas Verehrer Colonel Hurst. Obwohl der Abend schon weit vorangeschritten war, sah er mit seinem Bürstenschnitt immer noch frisch aus. Er warf den Militärpolizisten einen stählernen Blick zu, woraufhin diese instinktiv strammstanden.

Nach Hursts Einschreiten war die Angelegenheit schnell geregelt. Wie begossene Pudel zogen die Militärpolizisten ab und ließen Peters in Frieden. Als die neugierigen Zuschauer merkten, dass es nichts mehr zu sehen gab, kehrten sie auf die Tanzfläche zurück.

»We have too many of those idiots«, murmelte Hurst.

»Vielen Dank«, sagte Oppenheimer und schüttelte ihm die Hand. »Wo kommen Sie denn her?«

Hurst zeigte in eine schattige Ecke des Saals und erklärte, dass er mit Rita und einem ihrer Freunde hier sei. Nachdem Oppenheimer sie alle miteinander bekannt gemacht hatte, schlug Hurst vor, dass sie sich an seinen Tisch setzen sollten. Oppenheimer nahm diesen Vorschlag gern an.

Als er mit seiner Kaffeetasse in der Hand eintraf, saß dort zu seiner Überraschung neben Rita der Eintänzer René. Inmitten der frohen Gäste wirkte er noch etwas schmaler als sonst. Die Wangen waren eingefallen. Statt zu tanzen, saß er zusammengesunken vor einem leeren Schnapsglas und zündete eine neue

Zigarette an der brennenden Spitze seines abgerauchten Stummels an.

Rita sprang bei Oppenheimers Anblick auf und umarmte ihn. Auch ihre Begrüßung von Lisa fiel außerordentlich herzlich aus. Theo gab ihr förmlich die Hand, sein flackernder Blick verriet jedoch, wie sehr ihn die hübsche rothaarige Frau beeindruckte. Peters hatte den Ärger anscheinend vergessen und platzte vor Stolz, dass er jetzt bei einem Offizier am Tisch sitzen durfte.

»Sie sind also die berühmte Rita«, stellte Fräulein Murr fest, als sie ihr gegenüberstand.

»Hat Richard etwa über mich geredet?«, fragte Rita arglos.

Fräulein Murr antwortete: »In den letzten Tagen gab es kaum ein anderes Thema.«

Als Erklärung murmelte Oppenheimer in Ritas Ohr: »Das ist meine Kollegin. Fräulein Murr.«

Ein Schatten huschte über ihr Gesicht. »Ach, ich verstehe. Diese verdammte Angelegenheit.« Mit neuem Interesse musterte sie Fräulein Murr. »Und Sie sind seine Mitarbeiterin? Bei der Kripo?«

Fräulein Murr nickte, schien jedoch über die Ungläubigkeit in Ritas Tonfall ein wenig verärgert zu sein.

Oppenheimer nahm Rita kurz zur Seite.

»Und was ist mit René?«, raunte er ihr zu. »Wie verkraftet er, dass seine Frau tot ist?«

Rita zog die Brauen hoch. »Er ist stinksauer, was meinst du denn? Er klagt ständig, dass der Mörder noch nicht gefasst wurde. Ich dachte, er braucht ein wenig Aufmunterung. Also habe ich ihm ein paar Billetts in die Hand gedrückt, damit er hier nicht den Charmeur spielen muss.«

Oppenheimer setzte sich auf einen freien Platz neben Hurst, der sich gerade mit Peters unterhielt. Er schien sich für das Verhalten der Militärpolizisten zu entschuldigen.

»Gibt es tatsächlich ein Tanzverbot für schwarze Soldaten mit weißen Frauen?«

Hurst schüttelte auf Oppenheimers arglose Frage hin entschieden den Kopf. »Natürlich nicht«, antwortete er.

Die Musik spielte wieder, und so musste sich Oppenheimer konzentrieren, um Hurst zu verstehen. »Das ist völliger Bullshit. Leider gibt es unter unseren Militärpolizisten einige Trottel, die es auf schwarze Privates abgesehen haben. Die denken, überall, wo sie sind, muss *Jim Crow* gelten. Sie haben noch nie etwas von der Welt gesehen. Und dass die Dinge in Europa anders laufen, schmeckt einigen unserer Jungs nicht.« Resigniert zuckte er mit den Schultern. »Wenn ich so was sehe, dann schreite ich natürlich ein und stauche sie gehörig zusammen. Nur kann ich nicht überall sein.«

Hurst rückte seine braungraue Krawatte zurecht und wies auf Oppenheimers Kaffee. »Das ist doch kein anständiger Drink!« Er winkte den Kellner heran. Während Oppenheimer vorhin noch warten musste, bis sich ein Ober an seinen Tisch bequemte, war auf Hursts Wink hin sofort einer zur Stelle. Der Captain bestellte zwei Whisky-Cola für Oppenheimer und Lisa und eine große Cola mit Eis für Theo.

Obwohl sie noch einige Stunden beisammensaßen, zeigte der Junge keine Müdigkeit. Oppenheimer dagegen war leicht beschwipst, als sich der Tanzpalast allmählich leerte und Rita den Vorschlag machte, den geselligen Abend in ihrer Wohnung ausklingen zu lassen.

Beim Gehen fühlten sich seine Knie ein wenig weich an. Plötzlich spürte Oppenheimer, dass ihn jemand von der Seite stützte. Es war René.

»Sie können wohl nicht viel vertragen«, sagte er.

Vielleicht bildete Oppenheimer sich das nur ein, doch er spürte den unterschwelligen Vorwurf, dass er sich hier amüsierte, während der Mörder noch frei herumlief.

»Ist egal«, antwortete er schmallippig. »Theoretisch bin ich sowieso nicht im Dienst.«

Fast den ganzen Abend war der Mann unruhig herumgelaufen, ohne auf die Zeit zu achten. In einem fort zog er Kreise, in deren Zentrum das *Luxor* lag. Er war immer noch bestürzt über seine eigene Reaktion. Seinen neuen Gast, Mrs. Leary, hatte er wohl unterschätzt. Niemals wäre er auf die Idee gekommen, welche Macht sie über ihn besaß. Sie war eine Verführerin, selbst wenn sie es nicht darauf anlegte. Darin unterschied sich Mrs. Leary nicht von den anderen Frauen. Es war eben ihre Natur, es lag in ihrem Blut. Würde sie jemals wieder rein werden?

Der Mann machte sich keine Illusionen. In diesem Leben würde Mrs. Leary es nicht mehr schaffen.

Nach einer Weile bemerkte er, dass es später als gedacht war. Von der gegenüberliegenden Straßenseite aus konnte er beobachten, dass bereits die letzten Gäste das Tanzlokal verließen. Laut lachend traten sie auf den Gehsteig, immer noch erhitzt von dem Getanze und dem Alkohol. Eine kleine Gruppe von Leuten stand unschlüssig vor dem Eingang. Satzfetzen drangen durch die Nacht.

»Nehmen wir ein Taxi?«

Eine Frau antwortete. Selbst im blauen Neonlicht waren ihre leuchtend roten Haare zu erkennen.

»Ach was, Richard. Wozu habe ich denn meinen Chauffeur? Der wird bald kommen. Im Auto haben wir doch alle Platz!«

Jetzt näherte sich der Mann wieder dem grellen Neonlicht. Er zog die Hutkrempe nach unten. Mit dem Schatten im Gesicht fühlte er sich wohler.

»Und was ist mit diesem anderen Fall?«, fragte die rothaarige Frau. Ihre Stimme war so hell, dass sie sogar für den Mann auf der gegenüberliegenden Straßenseite klar verständlich war. »Wie heißt diese Frau noch mal? Mrs. Leary, nicht wahr?«

Völlig unerwartet diesen Namen zu hören, das traf ihn wie ein Schlag. Diese Leute sprachen von dem Weib! Nur mit Mühe konnte der Mann dem Drang widerstehen, mitten auf dem Gehweg zu verharren. Doch er musste unbedingt wissen, worüber sie redeten. Um keine Aufmerksamkeit auf sich zu lenken, lief er einige Meter weiter und überquerte im Sichtschatten eines abgestellten Autos die Straße.

Als er sich auf demselben Gehweg wie die Nachtschwärmer befand, tauchte er seitlich vom *Luxor* in die Einfahrt zum Hinterhof ab. Obwohl sie nur wenige Meter von ihm entfernt waren, musste sich der Mann gehörig anstrengen, um über dem gedämpften Rauschen der Stadt etwas von der Unterhaltung mitzubekommen.

»Eventuell könnte es einen Zusammenhang geben«, sagte der Begleiter der Rothaarigen. »Aber das ist vorläufig nur eine Theorie. Belegen lässt es sich nicht.«

»Das bringt die Aufklärung des Mordes an meiner Lotte doch nicht weiter«, brummte ein zweiter Mann.

Der Mann war jetzt so neugierig geworden, dass er es wagte, um die Mauerecke zu blicken. Vorsichtig nahm er den Hut vom Kopf und beugte sich so weit nach vorn, dass er die Gäste sehen konnte.

Sie standen direkt im Lichtschein der grellen Fassadenbeleuchtung. Der Mann glaubte, die rothaarige Frau schon häufiger im *Luxor* gesehen zu haben. Und auch der Begleiter an ihrer Seite war ihm längst bekannt. Aber den anderen Gesprächspartner konnte er nicht zuordnen. Er prägte sich dessen Aussehen genau ein. Es handelte sich um einen älteren Herrn. Selbst unter dem Regenmantel ließ sich die ausgeprägte Rückenpartie und die füllige Leibesmitte erkennen.

»Wie gesagt, unsere Untersuchung ist noch im vollen Gang«, antwortete Oppenheimer.

Bei dieser Antwort fuhr der Beobachter zusammen. Das dort

war ein Polizist! Und er suchte nach Lottes Mörder. Dabei hatte er nicht den Hauch einer Ahnung, dass in der nächsten Einfahrt ebendieser lauerte.

Der Mann war jetzt aufgeregt. Er bemühte sich, den stoßweisen Atem zu kontrollieren. Und genau in diesem Moment passte er nicht auf.

Der Hut glitt ihm aus der Hand.

Als er es bemerkte, war es schon zu spät. Seine Kopfbedeckung rollte fort und blieb mitten auf dem Gehweg liegen.

Eine andere Frau lachte auf.

»Vermisst jemand von euch einen Hut?«

Der Polizist folgte ihrem Fingerzeig. Er murmelte etwas, doch aus der Distanz waren die Worte nicht zu verstehen.

Der Mann trat einen Schritt zurück. Blitzschnell sah er sich in der Einfahrt um. Es gab für ihn nur eine Möglichkeit. Er musste weiter hinten den Schutz der Dunkelheit suchen. An der Mauer entlang schlich der Mann hastig in den Hinterhof. Er war noch nicht weit gekommen, als er hinter sich das Knirschen von Schritten hörte. Gehetzt blickte er sich um.

Der Polizist befand sich jetzt in der Einfahrt. Er hob den Hut zu seinen Füßen auf und begutachtete ihn von allen Seiten. Währenddessen verharrte der Mann in seiner Position und betete darum, dass ihn der Polizist nicht bemerken würde. Der Polizist wandte sich seinen Begleitern zu. Noch wirkte er arglos.

»Den hier bringen wir wohl besser rein!«, rief er und hielt den Hut in die Höhe. Er wollte wieder zu den anderen, doch dann blieb er mitten in der Bewegung stehen.

Argwöhnisch warf der Polizist einen Blick in die Einfahrt. Ein kaltes Schaudern ergriff den Mann, als sich ihre Blicke beinahe kreuzten.

Der Polizist zögerte. Schließlich hielt er den herrenlosen Hut hoch, um seine Augen vor dem Neonlicht abzuschirmen.

Der Mann presste die Lippen zusammen und ballte die Fäuste.

Wenn der Polizist und seine Begleiter ihn hier festnagelten, würde er nicht mehr entkommen.

»Ist da wer?«, rief der Polizist in die schmale Einfahrt hinein.

Fast gleichzeitig wurde es dunkel. Jemand hatte das Fassadenlicht ausgeschaltet. Jetzt standen sie sich in der Schwärze der Nacht gegenüber.

Ein Auto näherte sich. Scheinwerferlicht flackerte auf. Schließlich fuhr der Wagen mit schnurrendem Motor an der Einfahrt vorbei und bremste ab.

Die rothaarige Frau rief: »Komm, Richard! Wir fahren!«

Der Mann konnte hören, dass sich der Polizist wieder entfernte. In der Dunkelheit immer noch gegen die Mauer gepresst, atmete er erleichtert auf.

Der Polizist würde niemals erfahren, wie nahe er an diesem Abend dem Mörder gekommen war.

Spät in der Nacht organisierte Peters noch ein Taxi und bestand darauf, Fräulein Murr bei ihrer Wohnung abzuliefern. Sabine teilte sich mit einer Freundin ein Zweizimmerapartment in der Nähe des Kottbusser Tors. Die Zimmergenossin verbrachte das Wochenende meistens bei ihrem Verlobten. Ganz der Kavalier, begleitete Peters sie bis zur Tür, während das Fahrzeug auf ihn wartete.

Nach diesem vergnüglichen Abend war Sabine felsenfest davon überzeugt, dass auch Gene in sie verliebt war. Sein Blick hatte fast die ganze Zeit auf ihr geruht. Und wenn sie ihn ansah, antwortete er stets mit einem warmen Lächeln.

Er folgte ihr die graue Steintreppe hinauf. Vor ihrer Wohnung angekommen, öffnete Sabine die Tür und drehte sich auf der Schwelle zu ihm um.

Weiter hatte sie noch nicht vorausgedacht. Sie wusste nicht, ob sie Gene hineinbitten sollte. Ihre Bude war leer, sie würden niemanden stören. Vielleicht war es ja besser, ihm die Entscheidung zu überlassen.

»Es war ein schöner Abend«, sagte sie.

Gene lächelte jetzt wieder, diesmal ein wenig verlegen.

»Das stimmt«, sagte er. »Vielleicht sehen wir uns einmal wieder?«

»Ja, gern.«

Damit gab es zwischen ihnen nichts mehr zu sagen. Gene trat einen Schritt an Sabine heran. In der Erwartung eines Kusses bog sie den Kopf in den Nacken.

Der Kuss kam nicht.

Gene strich ihr stattdessen mit der Hand über den linken Arm.

»Also, bis demnächst«, sagte er und wandte sich um. Während sich Genes hallende Schritte auf der Treppe entfernten, verharrte Sabine in der geöffneten Tür.

In diesem Moment war sie bitter enttäuscht. Und ratlos.

Die nächste Woche startete für Oppenheimer mit einer faustdicken Überraschung. Nach der Dienstberatung mit Kubelik und Fräulein Murr schlenderte er frohgemut zu Turbans Büro. Für diese Nacht war die Lösegeldübergabe angesetzt, und Oppenheimer hoffte, dass er den Kollegen überreden konnte, ihn teilnehmen zu lassen.

Zu dem Gespräch kam es nicht mehr, denn neben Turban hielt sich in dessen Büro auch der Dienststellenleiter Seeßlen auf.

Als er Oppenheimer sah, legte Seeßlen die hohe Stirn in Falten.

»Ah, Oppenheimer.« Er seufzte und wandte sich Turban zu. »Ehe Sie beide etwas unternehmen, muss ich kurz mit meinem Kommissar unter vier Augen reden.«

Turban nickte. Der Kollege schien an diesem Morgen ein wenig gereizt zu sein.

Den Grund erfuhr Oppenheimer, nachdem Seeßlen ihn in sein Chefbüro geleitet hatte und die Tür hinter ihnen zudrückte.

»Was haben Sie denn nur angestellt?«, platzte es aus ihm heraus. »Die Amerikaner haben Sie auf dem Kieker!«

Oppenheimer wusste nicht, wovon Seeßlen redete. Als er das formulierte, winkte sein Vorgesetzter zuerst nur irritiert ab und wies auf den Besucherstuhl. Dann setzte sich Seeßlen hinter den Schreibtisch und erklärte: »Bei den Amerikanern sind Sie jetzt eine Persona non grata, Oppenheimer. Es kursiert nämlich das Gerücht, dass Sie ein verkappter Kommunist sind. Soweit ich es beurteilen kann, hat es Colonel Wharton in Umlauf gebracht. Außerdem beschwert er sich darüber, dass der Mord an seiner Mätresse immer noch nicht aufgeklärt ist. Mrs. Learys Gatte hat das auch aufgeschnappt und besteht jetzt darauf, dass Sie beim Entführungsfall seiner Frau nicht hinzugezogen werden.«

»Turban hat Leary also über meine Kontaktaufnahme in Kenntnis gesetzt?«

Seeßlen überlegte. Oppenheimer hatte ihn mit der Rückfrage aus dem Konzept gebracht.

»Ja, aber natürlich hat er das erwähnt!«, antwortete er ungehalten. »Turban wollte nachforschen, ob es weitere Verbindungen gibt, ob zum Beispiel Leary zufällig diese Frau Tieken kannte!«

Oppenheimer nickte.

»Aber das erklärt noch lange nicht, wie Sie sich bei diesem Wharton in die Nesseln gesetzt haben!« Seeßlen blickte Oppenheimer scharf an. »Ich nehme doch an, dass an seiner Behauptung nichts dran ist?«

»Dass ich ein Kommunist bin?« Für einen Moment versagte Oppenheimer die Stimme. Er räusperte sich und erwiderte dann: »Das ist doch blanker Unsinn! Der Mann ist ein Querulant. Und die anderen Offiziere wissen das auch. Fragen Sie doch Colonel Hurst.«

»Ja natürlich, ich werde ihn sofort anrufen«, sagte Seeßlen mit einer gehörigen Portion Sarkasmus in der Stimme. »Aber bis dahin geben Sie mir besser eine Erklärung ab, was mit Wharton vorgefallen ist.«

Oppenheimer antwortete mit einem demonstrativen Schulterzucken. »Ich weiß nicht, welche Laus ihm über die Leber gelaufen ist. Wahrscheinlich konnte er nicht vertragen, dass ich sein Alibi überprüft habe.«

Seeßlen schnappte nach Luft. »Dass Sie *was* getan haben?« Er rückte seine kreisrunde Brille zurecht und starrte Oppenheimer fassungslos an.

»Er war tatverdächtig«, erklärte Oppenheimer. »Also musste ich dem nachgehen.«

»Oppenheimer, Oppenheimer«, murmelte Seeßlen. »Es wäre wohl ratsamer gewesen, bei einem solchen Verdacht um Unterstützung der amerikanischen Militärpolizei zu ersuchen.«

»Warum sollte ich so früh in der Ermittlung die Pferde scheu machen? Das musste ich erst überprüfen. Ich konnte ja nicht ohne konkrete Hinweise zu den Amerikanern rennen. Es hat sich dann ja auch schnell herausgestellt, dass Wharton ein belastbares Alibi hat. Schön für ihn. Der Herr ist aus dem Schneider! Was will er mehr?«

Seeßlen schien Oppenheimers Argumentation einzuleuchten. Er lehnte sich zurück und legte die Fingerspitzen aneinander.

»Offenbar ist er jetzt darauf aus, Ihre Karriere zu ruinieren.«

»Frau Tieken war eine Deutsche«, beharrte Oppenheimer. »Sie wurde vor ihrer Wohnung entführt. Bis auf ihren Liebhaber gibt es keine konkrete Verbindung zu den Amerikanern.«

»Wenn Ihr Fall mit der Entführung von Mrs. Leary zusammenhängt, sieht das natürlich wieder völlig anders aus«, gab Seeßlen zu bedenken.

»Momentan ist das nicht mehr als eine Arbeitshypothese.«

Nach Oppenheimers Erklärung griff Stille um sich. Seeßlen saß ihm gegenüber und dachte angestrengt nach. Irgendwann hielt es Oppenheimer nicht mehr aus und fragte: »Und was ist jetzt? Soll jemand anders den Fall Tieken übernehmen?«

Unsanft aus seinen Gedanken gerissen, zuckte Seeßlen zusammen. »Natürlich nicht«, brummte er. »Wir können uns von den Amerikanern nicht vorschreiben lassen, in welche Richtung wir ermitteln. Wo kämen wir da hin? Aber wir müssen jetzt höchste Vorsicht walten lassen. Ihrem Verdacht, dass die beiden Fälle miteinander zu tun haben, muss auf jeden Fall nachgegangen werden. Allerdings sollten Sie sich bei Turban nicht mehr blicken lassen. Zumindest nicht offiziell.« Seeßlen warf ihm einen hintersinnigen Blick zu.

»Wenn ich nicht in Erscheinung treten soll«, begann Oppenheimer, »dann könnte mich doch jemand bei Turban vertreten. Zum Beispiel Kubelik. Es war ja ursprünglich seine Idee, dass der Fall Leary Parallelen zum Fall Tieken aufweist. Um dem eine offizielle Note zu verleihen, könnte Turban für die Lösegeldübergabe Verstärkung anfordern. Dann kann Kubelik die Augen und Ohren für mich aufhalten.«

»Sie rechnen also mit wichtigen Entwicklungen bei der Lösegeldübergabe?«

Oppenheimer zog die Brauen hoch. »Das kann ich nicht versprechen. Aber falls es zu einer Verhaftung kommt, will ich jemanden von meinem Team vor Ort haben.«

Ein Lächeln umspielte Seeßlens Lippen. Offensichtlich war Oppenheimers Vorschlag die Art von Kompromiss, die ihm vorgeschwebt hatte.

Statt einer direkten Zustimmung sagte er: »Dann sagen Sie Ihrem Schützling, dass er in dieser Nacht noch für einen Einsatz benötigt wird.«

17

Montag, 12. Juni 1950 –
Dienstag, 13. Juni 1950

Seit seiner letzten Unterredung mit Oppenheimer war Peters wie elektrisiert. Die Idee, der Berliner Kripo zuzuarbeiten, gefiel ihm. Dass er im *PX-Shop* mit einem weißen Kittel an der Kasse stand und gelegentlich die Regale auffüllte, war für ihn schon immer ein Kompromiss gewesen. Er konnte sich nicht vorstellen, dies sein ganzes restliches Leben zu tun.

Peters hatte lange genug Ungerechtigkeit miterlebt und wollte sie bekämpfen. Ob er selbst das Opfer war oder andere, das spielte dabei nur eine untergeordnete Rolle. Seine Division war im Krieg auch daran beteiligt gewesen, in Süddeutschland Außenstellen des Konzentrationslagers Mühldorf zu befreien. Während die Kameraden beim Anblick der ausgemergelten Häftlinge entsetzt darüber reagierten, was die Menschen einander antaten, war dies für Peters nur eine Bestätigung dessen gewesen, was er schon längst gewusst hatte. Denn nicht nur in Deutschland wurde Hitlers Spiel gespielt.

Nach seiner Entlassung aus dem Militär war dann alles anders gekommen. Die Jahre im Ausland hatten ihn verändert. Er gehörte zu den unzähligen schwarzen Kriegsheimkehrern, die mehr vom Leben erwarteten, als ihnen bislang zugebilligt worden war. Sie hatten für ihr Vaterland gekämpft und gingen davon aus, dass dieser Einsatz nun auch gewürdigt wurde. Die Ernüchterung folgte auf der Stelle. Denn seine Heimat hatte sich in der ganzen Zeit nicht verändert. Die paar Veränderungen, die es gegeben hatte, wie zum Beispiel, dass Schwarze und Frauen aufgrund des

Arbeitermangels Stellen bekommen hatten, die man bislang nur mit weißen Männern besetzt hatte, sollten möglichst schnell wieder rückgängig gemacht werden.

Peters war nach seiner Einstellung als Zivilangestellter der U.S. Army davon ausgegangen, in Deutschland auf verbitterte Herrenmenschen zu treffen, die ihn als minderwertig betrachteten. Doch ausgerechnet in Berlin, das ihm bislang nur als Hort der Bestie Hitler bekannt war, wurde er vorbehaltlos aufgenommen.

Im *PX-Shop* war um die Mittagszeit wie üblich nicht viel los, und Peters hatte ausreichend Zeit, seinen Gedanken nachzuhängen. Erst im Nachhinein war ihm aufgefallen, dass er das mutmaßliche neue Opfer, Mrs. Leary, kannte, denn sie wohnte in der Nachbarschaft und besuchte regelmäßig seinen Laden. Wie auch die meisten anderen Kundinnen war sie eine Offiziersfrau. Peters schätzte sie in den Dreißigern. Sie versuchte, mit der Kleidung zu kaschieren, dass sie ein wenig rundlich war, und trug immer weite Jacken und Petticoats. Das Auffälligste an ihr waren die stahlgrauen Augen, die von den dunkelbraunen Haaren noch betont wurden. Mrs. Learys Blick war offen. Obwohl Peters nur gelegentlich ein paar Worte mit ihr gewechselt hatte, fand er sympathisch, dass sie ihn niemals von oben herab behandelte. Und jetzt war diese nette Frau das Opfer einer Entführung geworden. Peters empfand dies als Tragödie, und es war ihm bewusst, dass es womöglich an seiner Mitarbeit lag, ob Mrs. Leary noch rechtzeitig befreit werden konnte.

Als am Nachmittag der *PX-Shop* wieder etwas voller wurde, erspähte Peters zwei Frauen. Eine von ihnen trug eine Bluse, während die andere in ihrer Strickjacke eher sportlich wirkte. In einem der hinteren Gänge standen sie zwischen den Regalen und tuschelten angeregt miteinander. Peters glaubte sich zu erinnern, sie bereits in Begleitung von Mrs. Leary gesehen zu haben.

Er entschloss sich, diese Gelegenheit beim Schopf zu ergreifen.

Und doch war ihm bewusst, dass er vorsichtig vorgehen musste. Die Reaktionen der Weißen ließen sich kaum einschätzen. Auf jeden Fall musste er mit Problemen rechnen, wenn herauskam, dass er herumschnüffelte.

Mit gesenktem Blick schlenderte Peters die Reihen entlang, bis er sich in Hörweite befand. Da die beiden Frauen leise sprachen, trennten ihn jetzt nur wenige Meter von ihnen. Peters bückte sich, um die Dosensuppen neu zu arrangieren, und spitzte dabei die Ohren.

»Ja wirklich?«, fragte die Blondine. Obwohl sie nur murmelte, war die Aufregung in ihrer Stimme deutlich wahrzunehmen. »Sie hatte eine *Affäre?*«

»Joanne wollte es zuerst nicht zugeben«, antwortete die andere, stark geschminkte Frau in der beigefarbenen Strickjacke. »Du weißt doch, wie sie ist. Aber dann habe ich es aus ihr herausbekommen. Ja, Joanne hat einen Liebhaber. Keinen von uns, sondern einen Einheimischen. Ich kann mich nicht mehr an den Namen erinnern, aber er klang irgendwie französisch.«

»Deswegen ist sie also abgehauen? Fort mit ihrem Liebhaber?«

»Das würde mich nicht wundern«, ereiferte sich die Frau mit dem bunten Gesicht. »Und die Kinder hat sie einfach dagelassen! Sonst hört man das nur von Männern. Aber auch bei manchen Frauen setzt wohl der Verstand aus, wenn sie zu lange vernachlässigt werden.«

Peters hielt den Atem an. Sie sprachen mit Sicherheit von Mrs. Leary.

»Und von Joanne hat man nichts mehr gehört?«, fragte die Blondine wieder. »Ich kann mir beim besten Willen nicht vorstellen, dass sie ihre Kleinen im Stich lässt.«

Daraufhin kam keine Antwort. Peters richtete sich auf und warf den Frauen einen raschen Seitenblick zu. Die beiden waren wie erstarrt und sahen ihn verunsichert an.

»Kann ich was für Sie tun?«, fragte Peters. »Suchen Sie etwas?«

Die Schwarzhaarige mit der Strickjacke fand als Erste ihre Sprache wieder.

»Für wen hältst du dich, *boy?* Gehört es zu deinen Aufgaben hier im Laden, die Kunden zu belauschen?«

Peters wusste augenblicklich, dass es zwecklos war, mit diesen Frauen zu reden. Also murmelte er eine Entschuldigung und trat einen raschen Rückzug an.

An der Kasse grübelte er darüber nach, ob er diesem Kommissar Oppenheimer nicht zu viel versprochen hatte. Auch wenn er noch so harmlos tat, würden die Weißen jemandem wie ihm indiskrete Fragen über Mrs. Leary kaum beantworten. Doch Peters wollte sich nicht geschlagen geben. Zu viel hing davon ab, dass er etwas in Erfahrung brachte. Zum Glück hatte er eine Ahnung, an wen er sich wenden konnte.

Nach dem Feierabend füllte Peters einen Karton mit Lebensmitteln, die er selbst bezahlte. Mrs. Leary hatte sich gelegentlich Lieferungen ins Haus kommen lassen. Die Schachtel hielt er für einen ausreichenden Vorwand, um bei ihrer Adresse vorbeizuschauen.

Er nahm die Straßenbahn, denn die Learys wohnten nicht weit entfernt. Die letzten Meter lief er einen mit Eichen gesäumten Weg entlang. Statt der üblichen Mietskasernen gab es hier nur Einfamilienhäuser mit weitläufigen Vorgärten. Peters hatte gehört, dass die Familie Leary ziemlich reich war, trotzdem blieb ihm die Spucke weg, als er schließlich, den Pappkarton unter dem Arm, vor dem Haus aufkreuzte. Natürlich hatte auch er bereits die Erfahrung gemacht, dass das Leben in Deutschland für Amerikaner vergleichsweise billig war. Der extrem vorteilhafte Wechselkurs des US-Dollars ermöglichte den Zugang zu Luxusgütern, von denen man in der Heimat nur träumen konnte. Aber abgesehen davon musste Leary eine Menge Geld berappen, um sich ein derart großes Haus in der unmittelbaren Nachbarschaft des Grunewalds leisten zu können.

Ungläubig starrte Peters durch den mannshohen Zaun aus Schmiedeeisen. Das Haus besaß eine blütenweiß gestrichene Fassade und ein altertümliches Mansarddach, was er aus den Staaten nicht kannte. Die grün gestrichenen Läden der großen Fenster waren geöffnet, doch Gardinen versperrten den Blick ins Innere. Das Villenviertel wirkte auf ihn idyllisch und gleichzeitig fremdartig, sodass sich Peters völlig fehl am Platz vorkam. Und so war ihm ziemlich mulmig zumute, als er vor das geschlossene Tor trat und die Klingel betätigte.

Fast erwartete er das tiefe Gebell eines Wachhundes. Doch nichts geschah, und Peters bekam reichlich Zeit, darüber nachzudenken, ob seine Idee tatsächlich so gut war. Er wollte sich bereits wieder unverrichteter Dinge auf den Rückweg machen, als er knirschende Schritte näher kommen hörte. Auf dem Weg aus Marmorkies lief eine korpulente Frau mit einem strengen Dutt auf ihn zu. Ihre Haut war fast so dunkel wie die Dienstmädchenkleidung. Peters triumphierte innerlich bei diesem Anblick, denn genau das hatte er erhofft. Die Learys hatten keine Dienstboten aus Deutschland angestellt, sondern ihr eigenes Personal mitgebracht. Und weil dies gewöhnlich Schwarze waren, hatte er eine reelle Chance, an Hinweise zu gelangen.

Auf die Frage, was er hier wolle, flunkerte er, dass er eine Bestellung für Mrs. Leary ausliefern sollte. Auf ihre Chefin angesprochen, zuckte das Dienstmädchen zusammen. Doch sofort hatte sie sich wieder unter Kontrolle und öffnete ihm das Tor.

Natürlich führte sie ihn durch einen Seiteneingang ins Haus. Dort befanden sich die Küche und die Zimmer der Angestellten. Insgesamt beschäftigten die Learys drei Dienstboten. Neben Peters' Begleiterin gab es noch einen grauhaarigen Chauffeur, der sich am Küchentisch mit aufgeknöpfter Livree eine Tasse Kaffee gönnte und Zeitung las. Peters fand, dass der Mann ein wenig seinem Vater ähnelte. Gleich neben ihm war eine junge Köchin mit umgebundenem Kopftuch damit beschäftigt, Teig auf einem Backblech zu verteilen.

Peters blickte sich fragend um. »Wo soll ich damit hin?«

Mit einem lauten Scheppern schob die Köchin das Backblech in den Ofen und wischte sich dann mit dem Unterarm über die feuchte Stirn.

»Ich weiß nichts von einer Bestellung«, erklärte sie mit klarer Stimme.

»Bezahlt ist es schon«, sagte Peters mit treuherzigem Blick. »Mrs. Leary hat es letzte Woche bestellt, aber die Waren wurden erst jetzt geliefert.« Als sich Peters reden hörte, kam ihm diese Notlüge nicht gerade plausibel vor. Doch angesichts der Tatsache, dass er kein Geld verlangte, erhob niemand Einspruch. Der Chauffeur und die Köchin warfen sich bei der Erwähnung von Mrs. Leary vielsagende Blicke zu.

Das ältere Dienstmädchen räusperte sich kurz, gab Peters die Anweisung, den Karton auf einem Stuhl neben dem nagelneuen Kühlschrank abzustellen, und war dann so gastfreundlich, ihm eine Tasse Kaffee anzubieten.

Während Peters am Kaffee nippte, fiel ihm die angespannte Atmosphäre unter den Dienstboten auf. »Wir wussten nicht, ob die Lieferung noch dringend ist«, begann Peters, um die Konversation in Schwung zu bringen. »Eine Frau hatte behauptet, dass Mrs. Leary vermisst wird.«

»Wer war das?«, fragte der Chauffeur scharf und hob den Kopf.

Peters winkte ab. »Irgendeine Kundin, den Namen kenne ich nicht. Sie erwähnte auch die Militärpolizei, aber ich verstand das alles nicht so genau.« Er hatte die Wahrheit bewusst ausgeschmückt, um eine Reaktion hervorzurufen. Aber ohne Erfolg. Peters redete weiter in die drückende Stille hinein.

»Jedenfalls dachte ich, Mrs. Leary ist immer so nett zu mir, da warte ich nicht, bis sie die Lieferung abholt, sondern bringe sie gleich vorbei.«

Nach diesen letzten Worten geschah endlich etwas. Die Haushälterin neben Peters presste die Lippen zusammen. In den Augen der jungen Köchin standen Tränen.

»Sie ist anders als die übrigen weißen Ladys«, murmelte der Chauffeur. »Mrs. Leary ist eine rechtschaffene Person. Euch jungen Leuten sagt das Wort nichts, aber genau das ist sie. Sie hat sogar geholfen, für unseren Sohn einen Studienplatz zu finden. Damit es ihm mal besser geht.«

Als er Peters' verwirrten Blick auffing, ergriff der Chauffeur über dem Tisch die Hand der Haushälterin. »Das ist meine Frau, Marina.«

»Und Mrs. Leary ist tatsächlich verschwunden?«, fragte Peters mit gesenkter Stimme.

Der Chauffeur nickte. Peters überlegte einige mögliche Antworten und entschied sich, dass eine indirekte Herangehensweise die beste Methode war.

»Das ist eine verfluchte Schande«, stellte er fest. »Weiß denn niemand, wo sie ist? Die Polizei sucht doch bestimmt nach ihr. Kann ich irgendetwas tun, um zu helfen?«

Die Haushälterin Marina lachte bitter auf. »Die haben doch schon alles versucht. Mein Mann wurde vier Stunden lang ausgefragt. Sie taten fast so, als hätte er etwas mit der Entführung zu tun.« Sie hielt inne, als sie bemerkte, dass sie mit ihrer letzten Bemerkung mehr verraten hatte als geplant. Ihr Mann warf Marina einen warnenden Blick zu, doch Peters tat so, als hätte er nichts mitbekommen.

»Vielleicht gab es merkwürdige Geschehnisse in den letzten Tagen«, murmelte Peters. »Unser Gedächtnis ist eigenwillig. Manchmal fallen einem die wichtigen Dinge erst später ein.«

»Wir reden über nichts anderes mehr«, sagte jetzt die junge Köchin. »Ständig gehen wir durch, was passiert ist. Aber uns fällt nichts mehr ein. Wir haben alles der Polizei erzählt.«

»Lassen sich denn die Schritte von Mrs. Leary in den letzten Tagen nachverfolgen?«

Auf Peters' Frage hin nickte der Chauffeur entschieden. »Ihre Fahrten mit dem Auto sind lückenlos dokumentiert. Ich musste mich selbst darum kümmern. Ihr Mann wollte es so.« In diesem Moment klang er fast ein wenig stolz über seine Zuverlässigkeit.

»Sie fahren Mrs. Leary sicherlich mit dem Auto?« Ohne auf eine Antwort zu warten, fuhr Peters begeistert fort: »Was für ein Fahrzeug haben denn die Learys? Eine richtig schwere Limousine, nehme ich an?«

»Das kann man wohl sagen!« Der Chauffeur lächelte zufrieden. Seine Stimme war jetzt ein tiefes Schnurren. »Eine wundervolle Maschine. Ich bin froh, sie fahren zu dürfen. Aber es macht auch eine Menge Arbeit, um sie in Schuss zu halten!«

Er ließ es sich nicht nehmen, Peters vor dem Abschied noch das Auto zu zeigen. Es stand in einer breiten Doppelgarage und benötigte fast den gesamten Platz. Peters war verwundert, denn es roch nicht nach Öl oder Benzin wie in anderen Garagen. Selbst der Boden war makellos sauber. Die tadellos polierte, cremefarbene Lackierung der Karosserie reflektierte das Licht. Die Stoßstangen waren aus blinkendem Chrom.

Der Chauffeur erklärte stolz: »Der Colonel hat sein Auto extra aus den Staaten überführen lassen. Zusammen mit mir.«

Er lachte auf.

»Mit solchen Autos sind die Hotelgäste vorgefahren«, murmelte Peters ehrfurchtsvoll und plauderte dann ein wenig über seine Ferienjobs in Atlantic City.

Der Chauffeur hörte interessiert zu. Als sie wieder aus der Garage hinausgehen wollten, hielt er kurz inne. Direkt neben der

Fahrertür lag auf einem halbhohen Schrank ein aufgeschlagenes Buch.

»Das hier ist das Fahrtenbuch«, sagte der Chauffeur. Er griff danach und gewährte Peters einen Blick auf die Seiten. »Dort steht alles drin. Kilometerstand, Fahrtziel, Datum und Uhrzeit. Ich habe auch die Daten für die Wartungsarbeiten eingetragen, damit sie regelmäßig stattfinden.«

»Interessant«, pflichtete Peters ihm bei. »So etwas habe ich noch nie gesehen. Da steckt sicher eine Menge Arbeit drin.«

Er betrachtete die Einträge. Auf dem linierten Papier standen in schwarzer Tinte eng geschriebene Zahlenkolonnen. Peters streckte den Kopf nach vorn, aber es gelang ihm nicht, die letzten Einträge zu entziffern.

»Ja, es ist eine Menge Arbeit«, sagte der Chauffeur. »Aber das Wichtigste in unserem Beruf ist Diskretion.«

Mit dieser Bemerkung klappte er das Buch vor Peters' Nase zu.

Die hauchdünne Sichel des abnehmenden Mondes wurde von einer Wolkendecke verhüllt. Sosehr Kubelik auch seine Augen anstrengte, er konnte kaum etwas erkennen. Zusammen mit Kommissar Turban, dessen Assistenten und einem amerikanischen Militärpolizisten saß Kubelik in einem Auto, das sicherheitshalber schon vor einigen Stunden hier geparkt worden war. Von ihrem Standort aus konnten sie die ganze Straße überblicken.

Jetzt, um drei Uhr in der Früh, brannten im Industrieviertel von Tempelhof nur wenige Straßenlaternen. Zwischen diesen weit auseinanderliegenden, hellen Punkten gab es ausreichende Deckung. Ungebetene Zeugen waren hier kaum zu erwarten. Die Sackgasse endete am Teltowkanal, weit und breit standen keine Wohnhäuser, also herrschte auch kein Verkehr. Kubelik bezweifelte, ob der Ort und die Zeit für die Übergabe des Lösegelds von dem Entführer klug gewählt waren. So wie er die Lage einschätzte, gab es kaum Fluchtmöglichkeiten. Auch dies schien Kommissar Turbans Hypothese zu untermauern, dass sie es nicht mit einem Berufsverbrecher zu tun hatten.

Tagsüber hatte es ein angenehmes Sommerwetter gegeben, aber jetzt war es empfindlich kalt geworden. Regenschwere Wolken zogen auf, doch nicht nur am Himmel braute sich etwas zusammen. Kubelik fühlte ein Kribbeln in seinem Bauch.

Er beugte sich nach vorn zum Fahrersitz und fragte Turban: »Wie sieht die Strategie aus?«

Der Kommissar wandte sich ihm zu. Obwohl alle Türen geschlossen waren, sprach er leise.

»Wir haben am Kanal noch weitere Schupos und ein paar Militärpolizisten postiert, falls sich der Entführer durch das Gestrüpp schlägt und am Ufer entwischen will. Innerhalb von Sekunden können wir alles sperren. Dazu braucht es nur mein Zeichen.« Beruhigt klopfte er mit der Hand auf die Trillerpfeife an seinem Hals. »Der Übergabeort ist hier vorn, ein Rangierplatz für Lastwagen.«

Kubelik folgte Turbans Fingerzeig. Anhand der fehlenden Gebäude ließ sich erahnen, dass dort eine weite Fläche sein musste. Ihm dämmerte allmählich, was Turban geplant hatte.

»Sie wollen den Empfänger des Lösegelds also festnehmen?«

»Na, was denn sonst?« Für Turban klang seine Antwort völlig selbstverständlich. Er nickte zum Beifahrersitz, auf dem der amerikanische Militärpolizist Platz genommen hatte. Wie alle anderen trug auch er Zivil. »Wir haben es mit unseren amerikanischen Kollegen so abgesprochen. Diese Vorgehensweise bringt die schnellsten Resultate. Wir übergeben den Spitzbuben an die Militärpolizei, und die werden schon herausbekommen, wo Mrs. Leary versteckt gehalten wird!«

Kubelik ließ sich den Plan durch den Kopf gehen, doch er gefiel ihm nicht. Er räusperte sich und sagte: »Mit Lösegeldübergaben habe ich natürlich keine Erfahrung, aber wäre es nicht auch eine Möglichkeit, den Mann mit dem Lösegeld zu beschatten? Vielleicht bringt er uns dann zum Versteck.«

Turban schüttelte den Kopf. »Diese eine Chance dürfen wir nicht vergeigen. Es ist ein zu großes Risiko, dass er uns abhängt, wenn wir ihn laufen lassen. Die Amerikaner sehen es so, und es ist auch meine Meinung.«

Überzeugt war Kubelik immer noch nicht, doch er sah ein, dass man nicht auf ihn hören würde. Er beruhigte sich mit dem Gedanken, dass er ja vielleicht unrecht hatte. Schließlich war Turban ein erfahrener Kommissar und Kubelik nur ein Kriminalanwärter. Er war nicht hier, um sich als Klugscheißer unbeliebt zu machen, sondern um zu lernen. Die Kollegen wussten bestimmt, was sie da taten. Oppenheimer hatte ihm eingeschärft, dass er ausschließlich als Beobachter fungieren sollte. Seine einzige Aufgabe bestand darin, Oppenheimer bei neuen Entwicklungen unverzüglich zu kontaktieren.

»Wenn der Entführer hier auf der Straße auftauchen sollte, läuft er uns direkt in die Falle«, fuhr Turban fort. »Ein paar Meter hinter uns sind weitere Polizisten versteckt. Sie werden jeden festnehmen, der sich vom Kanal entfernt. Leary kommt gleich mit dem Auto. Wir haben ein Signal mit seiner Lampe verabredet, sobald die Lösegeldübergabe beginnt.«

Sie mussten nicht lange warten, bis sich von hinten ein Scheinwerferpaar näherte. Kubelik und die anderen rutschten in den Sitzen nach unten, bis das Fahrzeug vorbeigefahren war.

»War das Mr. Leary oder der Entführer?«, fragte Turbans Assistent neben Kubelik. Er hatte zum ersten Mal gesprochen. Seine Stimme zitterte vor Nervosität.

»Leary«, antwortete Turban und schob sich langsam wieder nach oben. Kubelik folgte seinem Beispiel und spähte gebannt durch die Windschutzscheibe.

Leary fuhr in Sichtweite an den Straßenrand und löschte die Lichter. Der Motor erstarb. Plötzlich war alles wieder still. Die Fahrertür wurde geöffnet und dann zugeworfen. Der schwarze Schatten vor ihnen auf der Straße musste Leary sein. Ein leises Klicken, und vor seinen Füßen erschien ein Lichtkegel. Den Reflektor der Stablampe konnte Kubelik nicht erkennen. Ein rechteckiger Gegenstand in Learys linker Hand verdeckte ihn. Kubelik wurde noch etwas nervöser, als er verstand, dass es der Handkoffer mit dem Lösegeld war.

»Jetzt geht es los«, brummte Turban. »Fehlt nur noch unser Entführer.«

»Vielleicht ist er schon da?«, warf sein Assistent ein.

»Möglich. Vielleicht hat er auch einen anderen Weg genommen. Wir werden sehen.«

Mit angehaltenem Atem verfolgten die Männer, wie Leary im Schein der Stablampe die Straße überquerte und den Rangierplatz betrat. Der schwankende Lichtkegel entfernte sich, bis er sich schließlich nicht mehr bewegte.

Leary stand in der Mitte des leeren Platzes und wartete. Die Sekunden wurden zu Minuten.

Turbans Assistent konnte die Anspannung nicht mehr ertragen. »Das dauert zu lange. Der Entführer ist schon da! Wir sollten raus auf unsere Position.«

»Jetzt müssen wir Nerven zeigen«, widersprach Turban, ohne den Platz aus dem Blick zu lassen. »Wenn wir draußen rumspringen und der Entführer kreuzt auf, ist endgültig zappenduster! … Wir warten auf Learys Signal, und erst dann greifen wir ein.«

Fast wie aufs Stichwort schaltete Leary seine Stablampe zweimal aus und wieder ein.

»Okay, he's here«, sagte der Militärpolizist. Ohne eine Bestätigung von Turban abzuwarten, öffnete er leise die Beifahrertür und glitt vom Sitz. Dann kam auch Leben in Turban und seinen

Assistenten. Gemeinsam schlichen sie zum Rangierplatz. Der Militärpolizist zog seine Handfeuerwaffe.

Kubelik hatte keine genauen Anweisungen bekommen, also stieg er aus und folgte Turban. Er schlich zum Baumstamm, hinter dem der Kommissar kauerte, und sondierte vorsichtig die Umgebung.

Der Rangierplatz war von Unkraut und Sträuchern überwuchert. Leary stand genau in der Mitte auf einem Trampelpfad. Ein zweiter Mann näherte sich ihm aus der Richtung des Kanals. Leary richtete seinen Lichtkegel auf den Neuankömmling. Dessen Gesicht wirkte merkwürdig verzerrt. Erst nach einem Moment begriff Kubelik, dass der Mann einen Nylonstrumpf über den Kopf gezogen hatte.

Als Leary sein Licht auf den Entführer richtete, blieb er stehen und zückte eine Handfeuerwaffe.

»To the ground, godammit!«

Leary folgte dem Befehl und richtete den Lichtkegel auf den Boden. Der Mann trat zu ihm. Leary hatte vermutlich die Instruktion bekommen, auf Zeit zu spielen. Krampfhaft umklammerte er den Geldkoffer und redete auf den Entführer ein. Offensichtlich forderte er einen Beweis dafür, dass der Fremde seine Frau auch tatsächlich gefangen hielt.

Der Entführer händigte ihm etwas aus. Es ging zu rasch, um Details erkennen zu können. Leary hatte den Kopf gesenkt und übergab schließlich den Koffer.

Während der Entführer in die Dunkelheit eintauchte, bewegte er sich rückwärts und hielt die ganze Zeit den Lauf seiner Waffe auf Leary gerichtet.

»Er will zum Kanal«, wisperte Turban.

Nur noch wenige Meter trennten den Entführer vom Ufergebüsch. Turban tastete hektisch nach der Trillerpfeife, holte tief Luft und blies hinein.

Ringsherum blitzten Lampen auf. Der Entführer wirbelte im grellen Licht herum und erstarrte. Die Polizisten bewegten sich langsam auf ihn zu. Auch Kubelik wagte sich aus der Deckung und folgte Turban.

Der Mann mit der Strumpfmaske war umzingelt und nutzte die einzige Fluchtmöglichkeit, drehte sich um und sprang mit einem großen Satz in die Böschung.

Ein Schuss ertönte. Turban zuckte zusammen und blies dann aufgebracht in die Trillerpfeife.

»Wer zum Teufel hat hier geschossen?«

Kubelik kümmerte sich nicht darum. Er knipste seine eigene Lampe an und rannte auf die Böschung zu. Ein steiler Abhang führte dahinter zum Kanal hinab. Weiter unten raschelte Laub. Kubelik setzte nach, kämpfte sich durch dichte Sträucher, und immer wieder schlugen ihm Äste ins Gesicht.

Dessen ungeachtet richtete er unverdrossen den Lichtkegel seiner Lampe zu Boden. Es gab hier viele Stolperfallen. Irgendwo hinter ihm hörte er die anderen Polizisten. Auch sie hatten die Verfolgung aufgenommen.

Als Kubelik schließlich den Uferweg aufschimmern sah, war er einen Augenblick abgelenkt, und schon blieb sein Fuß an einer Wurzel hängen. In letzter Sekunde konnte er das Gleichgewicht zurückgewinnen und stolperte weiter.

Am Ufer rannten Männer mit eingeschalteten Lampen auf ihn zu. Um zu zeigen, dass er keine Waffe trug, hob Kubelik seine Hände und rief: »Ich gehöre zur Kripo!«

Die hellen Reflektoren kamen näher.

»Und, habt ihr ihn?«, fragte eine Stimme.

Kubelik verstand nicht. »Aber er ist doch gerade hier runtergekommen!«

»Da war niemand!« Jetzt konnte Kubelik im Widerschein der Lampen den Polizisten erkennen, mit dem er sprach. Dieser rief zum zweiten Trupp, der sich aus der anderen Richtung des Ufers näherte: »Habt ihr den Kerl?«

»Nichts«, kam die Antwort.

»Aber er muss doch hier sein«, widersprach Kubelik und leuchtete mit seiner Stablampe das Ufer ab. Als er auf dem Boden frische rote Spuren entdeckte, hielt er inne. Es war Blut.

Kubelik winkte die Polizisten zu sich.

»Er wurde angeschossen und ist hier entlanggelaufen.«

Angeführt von ihm folgten sie der Blutspur zu zwei dunklen Säulen, Überreste eines gesprengten Brückenkopfes. Der Boden war hier gepflastert, und Kubelik konnte die Blutspur leichter erkennen. Sie führte direkt zum Kanal.

Jetzt verstand Kubelik.

»Ein Boot«, sagte er tonlos und wandte sich den Polizisten zu. »Ist die Wasserschutzpolizei eingeschaltet?«

Als Antwort erntete er nur leere Blicke und Schulterzucken.

Plötzlich erklang eine Fehlzündung. Die Geräuschquelle befand sich auf dem Wasser. Kubelik schwenkte seine Taschenlampe in die Richtung. Mit einem zweiten Knall sprang ein Motor an. Kubeliks Lichtkegel erfasste eine blaue Qualmwolke, dahinter zog eine Person hastig zwei Paddel in ein Boot. Dann wurde Gas gegeben, und die Antriebsschraube wirbelte das Wasser auf.

Zu schnell befand sich das Boot außerhalb der Reichweite ihrer Handfeuerwaffen. Hilflos sahen Kubelik und die Polizisten zu, wie der Entführer auf dem Kanal verschwand.

18

Dienstag, 13. Juni 1950 –
Donnerstag, 15. Juni 1950

Die Kollegen haben es also versaut.« Das war Oppenheimers Kommentar bei der Dienstberatung am nächsten Tag.

Über die zwei zusammengestellten Tische hinweg blickte ihn Kubelik aus dunkel umschatteten Augen an. Offensichtlich war ihm kaum Schlaf vergönnt gewesen. Und auch Oppenheimer fühlte sich ein wenig steif, denn er hatte auf einem Stuhl und eingehüllt in eine Decke das einzige Telefon im Treppenhaus von Hildes Villa bewacht, bis er um halb fünf den erwarteten Anruf von Kubelik bekam.

»Ohne die Wasserschutzpolizei hätten wir den Geldboten sowieso verloren«, fuhr Oppenheimer fort. »Aber jetzt ist der Entführer gewarnt und könnte auf die Idee kommen, sich nicht an seinen Teil der Abmachung zu halten.«

»Das Risiko bestand von Anfang an«, warf Fräulein Murr ein und drehte gedankenversunken ihren Kaffeebecher in den Händen. »Und der Mann wurde auf der Flucht angeschossen?«

»Da hatte jemand einen nervösen Abzugsfinger«, gab Kubelik zu. »Turban hat nichts darüber erwähnt. Ich denke, er will die Angelegenheit unter den Teppich kehren.«

»Letztendlich ist das egal«, wiegelte Oppenheimer ab. »Hat man denn eine Ahnung, an welcher Stelle der Entführer verwundet wurde?«

»Irgendwo am Oberkörper, denke ich. Auf jeden Fall wurde er nicht an den Beinen getroffen. Sonst hätte er nicht so schnell rennen können. Nach ein paar Sekunden war er schon in die Botanik gesprungen.«

Fräulein Murr hob ihre Brauen. »Wenn jemand auf mich schießt, würde ich auch Reißaus nehmen.« Um die Kollegen aufzuheitern, setzte sie ein Lächeln auf und erklärte: »Immerhin ist Gene weitergekommen. Er hat mich gestern Abend angerufen.«

Oppenheimer wandte sich ihr interessiert zu. »Na, dann erzähl doch mal.«

Fräulein Murr fasste zusammen, dass Peters Kontakt zu den Bediensteten der Learys hergestellt hatte. »Es sollen nette Leute sein«, sagte sie. »Aber Gene glaubt, dass der Chauffeur etwas verschweigt. Vielleicht will er Mrs. Leary nicht kompromittieren. Freundinnen von ihr erzählen offen herum, dass sie einen Liebhaber hatte. Und ihr Galan hat angeblich einen französisch klingenden Namen.«

Kubelik blickte auf. »Das passt doch verdächtig auf unseren Freund René. Oder gibt es im *Luxor* noch einen Eintänzer mit einem französischen Vornamen?«

Oppenheimer schüttelte den Kopf. »Soweit ich weiß, ist er der Einzige.« Dann fuhr er mit der Hand über die Stirn. »An sich wäre René damit dringend tatverdächtig. Er scheint in beide Fälle involviert zu sein. Das klingt nicht mehr nach einem Zufall.«

Er drehte sich zur Seite und beäugte noch einmal kritisch das Phantombild des Mörders.

»Andererseits hat er nicht nur ein Alibi, sondern gleich zwei«, brummte er. »Und eine Schwachstelle konnten wir noch nicht entdecken. Zumindest für die Entführungen scheint er als Täter nicht infrage zu kommen.«

»Und wenn René einen Komplizen hat?«, warf Fräulein Murr ein. »Wir haben noch keinen definitiven Beweis dafür, dass es sich um einen Einzeltäter handelt.«

Kubelik warf ihr einen skeptischen Blick zu. »Zwei Täter?«

»Ausschließen lässt es sich nicht«, sagte Oppenheimer. »Wir könnten ja in Erfahrung bringen, ob René auch für die Lösegeldübergabe ein Alibi hat.« Unter den Blicken seiner zwei Assistenten dachte Oppenheimer darüber nach. Nach einem großen Schluck Ersatzkaffee spürte er, wie seine Lebensgeister neu erwachten. Vergnügt rieb sich Oppenheimer die Hände. »Und genau das werden wir tun! Dem Herrn fühlen wir auf den Zahn!«

Oppenheimers Enthusiasmus erlitt einen schweren Dämpfer, denn es stellte sich heraus, dass René spurlos verschwunden war. Sein Vermieter hatte ihn seit Anfang der Woche nicht mehr gesehen. Und auch im *Luxor* war er nicht mehr aufgetaucht, seit er am Samstagabend in Begleitung von Oppenheimer und Rita den Tanzpalast verlassen hatte.

Am Mittwoch saß Oppenheimer ratlos in seinem Büro und blies Trübsal. Er trank kannenweise Ersatzkaffee, bis sein Magen rebellierte, und starrte auf die große Karte von Berlin, als wollte er die Wand hypnotisieren.

Schließlich riss ihn das Schrillen des Telefons aus der Lethargie. Er griff nach dem Hörer und antwortete kurz: »Ja?«

Zuerst hörte er nur ein Atmen am anderen Ende der Leitung. Dann fragte ein Mann: »Bin ich da richtig bei Kommissar Oppenheimer?«

Oppenheimer richtete sich auf, denn er hatte die Stimme erkannt. Es war sein Informant, der Toilettenwärter Karl vom *Luxor*.

»Aber natürlich«, rief er erfreut. »Was kann ich für Sie tun?«

Monsieur Pipi lachte. »Es ist genau umgekehrt. Möglicherweise kann ich etwas für *Sie* tun. Wie ich gehört habe, suchen Sie nach René. Was wäre Ihnen ein sachdienlicher Hinweis wert?«

In Anbetracht der Geschäftstüchtigkeit des Toilettenwärters kam diese Frage nicht unerwartet.

»Am besten, wir bereden das unter vier Augen«, schlug Oppenheimer vor.

»Das können wir gern tun«, erwiderte Monsieur Pipi. »Sie haben recht, es sollte privat bleiben. Sie finden mich in der nächsten Stunde in der Kneipe gegenüber der Kripozentrale.«

Nach dieser Nachricht hatte es Oppenheimer so eilig, dass er barhäuptig und in Hemdsärmeln die Treppe nach unten lief und die Straße überquerte.

Unter dem Bimmeln der Türklingel trat er ein und sah sich um. Wie üblich schlugen ihm das Aroma von verschüttetem Bier und Zigarettenqualm entgegen. Monsieur Pipi saß in der hintersten Ecke vor einem Bierglas. Seine Augen blitzten auf, als er Oppenheimer sah, und ein zufriedenes Lächeln umspielte die Lippen.

Oppenheimer wandte sich an den Schankwirt, der wie immer unerschütterlich hinter dem Tresen stand. »Herbert, kann ich kurz ins Hinterzimmer?«

Herbert antwortete mit einem knappen Nicken und fuhr dann fort, seine Hände an der Schürze abzutrocknen.

Während Oppenheimer an dem Toilettenwärter vorbeilief, warf er ihm einen Blick zu und verschwand dann hinter dem roten Vorhang. Es dauerte nicht lange, bis Monsieur Pipi ihm ins Hinterzimmer folgte.

Oppenheimer war zu aufgeregt, um sich an den langen Tisch zu setzen, und fragte ohne Umschweife: »Sie wissen also, wo René steckt?«

Amüsiert strich sein Gesprächspartner mit den Fingern seiner rechten Hand über den Oberlippenbart. »Das nicht. Aber ich kenne jemanden, der alles aufklären kann. Und Sie werden überrascht sein!«

Oppenheimer war nicht dazu aufgelegt, lange zu feilschen. Um die Sache kurz zu machen, griff er nach seiner Geldbörse und holte alle Geldscheine hervor.

»Ja, ich verstehe, Sie haben bestimmt eine Familie zu ernähren.« Mit diesen Worten streckte er ihm das Geldbündel entgegen. »Ich hoffe, das reicht?«

Monsieur Pipi zögerte. Er wirkte unschlüssig.

Oppenheimer versuchte, ihm das Geschäft schmackhaft zu machen. »Wenn ich weitere Hinweise benötige, komme ich auf Sie zurück, versprochen.«

Mit gerunzelter Stirn nahm der Toilettenwärter die Scheine schließlich entgegen.

»Ich habe herausbekommen, dass René versteckt gehalten wird. Einer der anderen Tänzer hat es mir geflüstert. Hat sich René etwas zuschulden kommen lassen?«

»Das weiß ich noch nicht«, gab Oppenheimer zu. »Aber die Umstände klingen nicht gerade unverdächtig.«

Monsieur Pipi nickte verständnisvoll. »Dann fragen Sie doch am besten Ihre Freundin. Diese Rothaarige.«

Oppenheimer erstarrte.

»Rita?«

Monsieur Pipi zwinkerte ihm zu. »Ja, genau um diese Dame handelt es sich. Sie soll für René ein Versteck organisiert haben!«

Wie gewöhnlich saß Oppenheimer am nächsten Morgen um halb acht Uhr noch ein wenig zerknittert in der Kellerküche von Hildes Villa und überlegte sich eine Strategie für den Tag.

Theo, die Kinder der Eheleute Schmude und sogar die lärmende Brut von Frau Schneider befanden sich bereits auf dem Weg zur Schule. Endlich war etwas Ruhe eingekehrt, die Oppenheimer dringend benötigte, um seine Gedanken zu ordnen. Er spürte eine wachsende Unruhe, denn es war ihm bislang nicht gelungen, Rita zu erreichen. Seit den Hinweisen des Toilettenwärters hatte er sie weder ans Telefon bekommen noch persönlich in ihrer

Wohnung angetroffen. Sie schien ebenso von der Bildfläche verschwunden zu sein wie René.

Oppenheimer schwenkte seinen Becher mit dem Rest des lauwarmen Muckefucks. Ihn überkam die Vorahnung, dass Rita tatsächlich in etwas verwickelt war. Aber was das alles sollte, konnte er sich beim besten Willen nicht erklären.

Von oben drang plötzlich das Klingeln des Telefons an sein Ohr. Um diese Uhrzeit läutete es sonst nur, wenn es einen dringenden Einsatz für Oppenheimer gab. Also sprang er vom Stuhl, lief die Treppe hinauf und nahm den Hörer von der Gabel. Am anderen Ende der Leitung war Seeßlen.

Oppenheimer fragte ein wenig kurzatmig: »Dringende Neuigkeiten im Fall Tieken?«

»Das könnte man sagen«, erwiderte der Kriminalrat. »Uns wurde von der Schutzpolizei ein Leichenfund gemeldet. Schauen Sie sich das unverzüglich an. Der Polizist, mit dem ich gesprochen habe, war völlig aus dem Häuschen. Soweit ich ihn verstanden habe, gibt es wohl gewisse Ähnlichkeiten mit der Leiche von Frau Tieken.«

Oppenheimer stieß einen schweren Seufzer aus und rieb sich die Augen. »Also wurde jetzt auch Mrs. Leary ermordet?«

»Falls ja, dann will ich Sie an Ort und Stelle wissen, Oppenheimer!«

Seeßlen gab eine Adresse im Industriegebiet Tempelhof-Ost durch, das nicht weit entfernt war. Wenn sich Oppenheimer beeilte, konnte er mit dem Rad in einer Viertelstunde dort sein. Er war bereits im Begriff, mit der freien Hand den Regenmantel von der Garderobe zu angeln, als er innehielt.

»Heißt das jetzt, dass ich im Fall Leary doch ermitteln soll?«

Zuerst hörte Oppenheimer nur Rauschen in der Leitung. Dann erklärte Seeßlen: »Vielleicht habe ich bei unserem letzten Gespräch den falschen Eindruck vermittelt. Dafür möchte ich mich entschuldigen. Aber ich lasse mir von niemandem befehlen, dass meine besten Ermittler nur Däumchen drehen. Auch ich sehe einen möglichen Zusammenhang zwischen den beiden Entführungen.« Schließlich rief er ins Telefon: »Ach, Herrgott! Bringen Sie mir den Beweis für eine Verbindung, und der Fall gehört Ihnen!«

Oppenheimer ließ sich das nicht zweimal sagen. Wetterfest angekleidet lief er zum Fahrradschuppen neben Hildes Häuschen. Der Fundort der Toten befand sich südlich des benachbarten Flughafens Tempelhof. Oppenheimer radelte wie ein Besessener und schnitt auf seinem Weg so manche Kurve, raste am Werk des Schokoladenherstellers Sarotti vorbei, einem Stahlbetonbau, der im Vergleich zu den Trümmern auf der anderen Straßenseite wie eine uneinnehmbare Trutzburg wirkte. Dahinter machte die Straße eine leichte Biegung, und Oppenheimer erblickte das Ziel seiner rasanten Fahrt. Zuerst sah er am Horizont nur einen Quader aus dunklen Backsteinen in die Höhe ragen. Beim Näherkommen war auch das dazugehörende Lagergebäude zu erkennen. Mit seinen zwei Stockwerken war es niedriger, aber die Fassade mit den expressionistisch-verwegenen Winkeln, die in der Vertikalen durch Fensterschlitze und gemauerte Säulen strukturiert wurde, fand Oppenheimer beeindruckend.

Soweit er aus den Schildern schlau wurde, war hier ein Baugeschäft einquartiert. Der Inhaber wollte wohl auf seine Expertise aufmerksam machen, und so war der rückwärtige Gebäudeteil hinter dem Lager darüber hinaus auch noch mit aufwendig gemauerten Giebeln und gestaffelten Zinnen verziert.

Oppenheimer schlug den Lenker ein und hielt auf einen Schlagbaum in einer bogenförmigen Einfahrt zu. Er stoppte ab und schwang sich vom Sattel. Auf der anderen Seite der Durchfahrt lag der Innenhof, in dem sich Baumaterialien stapelten und es nach Sägespänen roch. Der Betrieb war an diesem Morgen allerdings zum Stillstand gekommen. Ratlos standen auf dem Hof in kleinen Gruppen Arbeiter im Blaumann beieinander. Der Schock war ihnen ins Gesicht geschrieben. Oppenheimer war bereits im Begriff, sich um den Schlagbaum herumzuschlängeln, als ihm aus einer seitlichen Nische ein Arbeiter mit Schirmmütze und grauem Schnauzbart entgegensprang.

»He, wat wolln Se hier?«

Oppenheimer zückte seine Kripomarke. »Ich werde erwartet.«

Der Mann rückte verlegen seine Mütze zurecht, nickte und hob den Schlagbaum. Im Hinterhof entdeckte Oppenheimer neben der Durchfahrt einen Fahrradständer und stellte dort seinen Drahtesel ab. Im Gegensatz zur Fassade war die von Gebäuden eingefasste Stellfläche nicht zur Repräsentation gedacht. Oppenheimer sah zu Quadern aufgeschichtete Baumaterialien. Kanthölzer waren ordentlich gestapelt, daneben türmten sich streng sortiert Ziegel und andere Steine. Die Werkstoffe waren schachbrettartig arrangiert, sodass unzählige Gassen dazwischen hindurchführten.

Oppenheimer erspähte nirgends einen Polizisten und wandte sich noch einmal an den Arbeiter mit dem Schnauzbart. Zielstrebig wählte dieser einen der identisch aussehenden Gänge und ging Oppenheimer voraus. Wie einem inneren Kompass folgend bog der Arbeiter nach einigen Schritten ab und blieb dann stehen.

»Dort isset«, sagte er und zeigte auf zwei wartende Schupos, die mit fahlen Gesichtern an ihren Zigaretten zogen. Einer von ihnen lehnte gegen einen Block aus aufgeschichteten Steinen. Seinen Tschako hatte er abgenommen und wedelte sich damit Luft zu. Oppenheimer kam es so vor, als ob ihm die Hände zitterten.

»Wenn Se zurück wolln, imma der Nase nach. Irgendwann komm'n Se schon raus.«

Nach diesen Worten ließ der Arbeiter Oppenheimer in dem Gewirr aus Baumaterialien stehen. Den Blick auf die Schupos gerichtet, atmete er noch einmal durch und näherte sich ihnen dann.

»Oppenheimer von der Kripo«, stellte er sich vor.

Wortlos nickte einer der Polizisten in die von ihnen bewachte Gasse. Surnow von der Gerichtsmedizin kniete in seinem schwarzen Mantel auf dem Boden und studierte fasziniert die Leiche. Ihre Zurschaustellung wirkte auf Oppenheimer geradezu obszön. Sie war in ein weißes Unterkleid gehüllt und hatte alle viere von sich gestreckt. Als er nahe genug war, um das Gesicht der Toten zu erkennen, blieb er abrupt stehen. Turban hatte Oppenheimer Fotos von Mrs. Leary gezeigt. Es handelte sich zweifelsohne um die entführte Amerikanerin. Ihr Gesicht strahlte eine große Ruhe aus. Dennoch erweckte sie nicht den Anschein zu schlafen. Die Augen waren geöffnet. Aber etwas stimmte nicht. Auf den Fotos hatte Mrs. Leary graue Augen, diese hier schienen schwarz zu sein.

Erst mit einiger Verspätung begriff Oppenheimer, dass es das Werk des Mörders war. Er hatte die Augen nachträglich auf die geschlossenen Lider der Toten gemalt. Darüber hinaus hatte er noch andere Details hinzugefügt. Zwei Gegenstände lagen zu Mrs. Learys Seiten. Rechts von ihr befand sich ein zusammengebasteltes Metallteil, das wohl ein mittelalterliches Schwert darstellen sollte. Auf der anderen Seite lag ein frischer Palmenzweig auf dem Boden.

Und noch etwas kam Oppenheimer merkwürdig vor. Die Tote schwebte einige Zentimeter über dem Boden. Erst bei genauerem Hinsehen verstand er, dass sie an den Fuß- und Handgelenken festgebunden war. Die Strickenden hatte der Täter an vier benachbarten Holzstreben festgebunden, die dazu dienten, die Parzellen der Baumaterialien abzugrenzen.

»Eine merkwürdige Konstruktion, nicht wahr?«

Surnow hatte diese Frage gestellt. In dem engen Korridor klang seine Stimme gedämpft. Fragend blickte Oppenheimer auf. Der Gerichtsmediziner hatte sich aufgerichtet und wies auf Mrs. Leary.

»Der Täter hat sie auf einem Holzbrett fixiert, deswegen fällt der Kopf nicht nach hinten.« Er zeigte auf die gefesselten Gelenke. »Das ist nur zur Schau. Es hat keine Funktion. Die Leiche ruht auf diesem Brett, das vermutlich vorher hier aufgespannt wurde. Zumindest würde ich das so machen. Dann spreizte er die Arme und Beine und fixierte sie mit kürzeren Seilen in dieser Position.«

Oppenheimer brummte zustimmend. »Unser Mörder ist sehr geschickt im Umgang mit Seilen. Das haben wir ja schon festgestellt.« Er wies auf rostrote Flecken auf dem Unterkleid der toten Mrs. Leary. »Können Sie zu den Verwundungen schon etwas sagen?«

Surnow schob seinen Hut in den Nacken und runzelte die Stirn. »Nicht viel. Ich warte noch auf die Spurensicherung, dann werden wir eine genauere Untersuchung durchführen.«

Oppenheimer stieg über die Stricke und stellte sich neben Surnow. Um einen Gesamteindruck des Fundortes zu bekommen, trat er einige Schritte zurück.

Plötzlich knirschte etwas unter seinen Sohlen. Er blickte nach unten. Er war in Glassplitter getreten. Gleich daneben lag auf dem Kopfsteinpflaster ein abgebrochenes Metallteil. Interessiert ging er in die Hocke, um es näher zu betrachten. Es waren die Überreste einer Blitzlichtbirne.

»Hier hat jemand Fotos geschossen«, sagte Oppenheimer und machte sich in Gedanken eine Notiz, seinen Fund sofort den Kollegen von der Spurensicherung mitzuteilen. Sie tauchten etwa zehn Minuten später auf und machten sich auf der Stelle ans Werk. Während sie den Fundort methodisch nach Beweismitteln durchsuchten, zog sich Oppenheimer zurück, um nicht im Weg zu sein.

Er nahm die Gelegenheit wahr und fragte Surnow noch ein bisschen aus. Zur Todesursache konnte dieser noch nichts sagen, doch er räumte ein, dass es augenscheinlich gewisse Ähnlichkeiten mit der getöteten Frau Tieken gab.

Genau das war Oppenheimers Hauptanliegen gewesen. Er wollte diese Neuigkeit sofort Seeßlen mitteilen, damit er den Fall der getöteten Mrs. Leary offiziell zugeteilt bekam. Doch dazu musste er durch das Wirrwarr der aufgetürmten Baumaterialien irren, bis er sich wieder auf der freien Hoffläche befand. In dem mit Türmen bewehrten Gebäudeteil neben dem Lager vermutete er die Verwaltung. Dort gab es sicherlich ein Telefon. Aufs Geratewohl steuerte er darauf zu und fand ein Büro vor, in dem er ein kurzes Telefonat mit Seeßlen führen konnte.

Nachdem die Formalitäten geklärt waren, trat Oppenheimer wieder ins Freie: Seitlich des Lagers befand sich eine gepflasterte Zufahrtsstraße, die er bei seiner Ankunft nicht gesehen hatte. Im Gegensatz zum Haupteingang war sie breit genug für schwere Laster. Auch diese Zufahrt war mit einem rot und weiß lackierten Schlagbaum gesichert. Oppenheimer stellte fest, dass eine Person ohne große Probleme untendurch schlüpfen konnte. Während er sich unter dem Schlagbaum hindurchbückte, hörte er Schritte. Kubelik und Fräulein Murr näherten sich. Die zwei jungen Leute grinsten bei Oppenheimers ungelenker Vorführung.

»Was ist das? Frühsport?«

Auf Kubeliks scherzhafte Frage antwortete Oppenheimer: »Das Fahrradfahren hat mir noch nicht ausgereicht. Wo kommt ihr denn her?«

Fräulein Murr antwortete: »Wir waren schon im Büro. Nach einer Weile kam dann Frau Moll, um uns mitzuteilen, dass die Dienstberatung ausfällt und wir uns sofort hier melden sollen.«

»Na, das klappt ja wie am Schnürchen«, murmelte Oppenheimer und zeigte auf die Barriere. »Hier kann jemand mit einer Leiche durchkommen. Oder was sagt ihr?«

Den Kopf zur Seite geneigt erwiderte Fräulein Murr: »Das müsste gehen. Mit einem niedrigen Handkarren. Oder der Mörder rollt die Leiche untendurch und nimmt sie dann auf die Schulter.«

»Ganz so einfach stelle ich mir das nicht vor«, wandte Kubelik mit gerunzelter Stirn ein. »Bestimmt gibt es hier Nachtwächter. Es lagern ja Werkstoffe und so was auf dem Hof? Da riskieren sie doch, ausgeplündert zu werden, wenn alle Tore offen stehen.«

Oppenheimer nickte. »Das ist auch gleich eure Aufgabe. Findet raus, ob den Nachtwächtern etwas Ungewöhnliches aufgefallen ist. Hergesheimers Leute sind noch bei der Arbeit, aber ich zeige euch jetzt, worum es hier geht.«

Er führte seine Assistenten auf den Hof. Bei den Unmengen an Werkstoffen entfuhr Kubelik ein lautes Raunen. Dann kicherte er und kalauerte: »Gibt's Gips? Gips gibt's morgen!«

Nach dem Leichenfund war Oppenheimer nicht nach Scherzen zumute, und doch konnte er sich ein Schmunzeln nicht verkneifen. »Du bist heute ja außer Rand und Band, Thomas!«

Er näherte sich den Stapeln und lief an ihnen entlang, bis er glaubte, den richtigen Zugang zum Labyrinth gefunden zu haben. Dann nickte Oppenheimer Fräulein Murr und Kubelik aufmunternd zu und trat in die Gasse. Es dauerte eine Weile, bis er die korrekte Abzweigung gefunden hatte. Als er sich schließlich auf dem richtigen Pfad wähnte, beschleunigte er die Schritte.

Schon von Weitem war zu erkennen, dass die Kollegen von der Spurensicherung immer noch konzentriert bei der Arbeit waren. Oppenheimer blieb in einem gebührenden Sicherheitsabstand stehen.

Die Tote war jetzt mit einer Plane abgedeckt, doch ihre angebundenen Arme und Beine ragten darunter heraus. Bei diesem Anblick entfuhr Fräulein Murr ein Stöhnen.

»Verdammt«, wisperte sie mit heiserer Stimme.

Und auch Kubelik war jetzt die Farbe aus dem Gesicht gewichen.

19

Donnerstag, 15. Juni 1950

Oppenheimer fühlte sich wie auf einer Achterbahnfahrt ins Ungewisse. Mit dem zweiten Leichenfund hatte sich seine Befürchtung bestätigt. Ein Wahnsinniger befand sich auf freiem Fuß. Oppenheimer musste ihn davon abhalten, noch mehr Leben zu zerstören. Er konnte keine Rücksicht auf Leute wie Colonel Wharton nehmen, die damit drohten, ihm das Leben zusätzlich schwer zu machen. Wenn es Widerstand gab, musste er dagegen ankämpfen. Das war er den Toten schuldig.

Nachdem die Beweisaufnahme abgeschlossen war, kehrten sie zum Polizeipräsidium zurück. Auf dem Hinweg war Oppenheimer mit seinem Rad an einer Konditorei vorbeigekommen. Während Kubelik und Fräulein Murr mit dem Einsatzwagen bereits zurück zur Friesenstraße fuhren, nahm er die Gelegenheit wahr, um ein großes Kuchenbrot und ein Pfund echten Bohnenkaffee zu kaufen, ehe er sich auf den Weg zum Präsidium machte. Kaffee und leckeres Gebäck hatten sie nach ihrem frühmorgendlichen Einsatz als Belohnung verdient, fand Oppenheimer.

»Was feiern wir?«, fragte Fräulein Murr augenzwinkernd, als sie ihre Erkenntnisse in seiner Schreibstube zusammentrugen.

»Nervennahrung.« Oppenheimer seufzte. »Reine Nervennahrung.«

Mit diesen Worten goss er sich einen Becher Kaffee ein, legte eine Scheibe des geschnittenen Kuchenbrotes auf seinen Teller und ließ sich auf einen Stuhl sinken. Er nippte an dem Kaffee, biss eine Ecke von dem Gebäck ab und fragte dann mit vollem Mund: »Also, was haben wir?«

»Das Gesicht der Toten war schon abgedeckt, als wir kamen«, begann Kubelik. »Steht fest, dass es sich bei ihr um Mrs. Leary handelt?«

Oppenheimer nickte wortlos.

Verwundert kratzte sich Kubelik am Kopf. »Aber warum nur? Der Entführer hat doch das Lösegeld bekommen. Er hätte diese arme Frau ebenso gut laufen lassen können.«

»Vielleicht konnte sie ihn identifizieren«, schlug Fräulein Murr vor. »Oder er hatte gar nicht vor, sie freizulassen.«

Danach berichteten sie von ihrer Unterredung mit den Nachtwächtern.

»Das Lager ist unter Bewachung, allerdings nicht durchgängig«, referierte Kubelik die Notizen in seinem Schulheft. »Die Zufahrten werden stündlich kontrolliert.«

Fräulein Murr nickte bedächtig. »Der Nachtwächter, den ich befragt habe, meinte, dass es kein Problem sei, sich auf den Hof zu schleichen. Der Täter musste nur das Lager beobachten, bis er den Turnus der Wächter herausbekam. Der Rest war dann ein Kinderspiel.«

»Sie wollen Diebstähle verhindern«, ergänzte Kubelik.

»Aber die Wächter sind in erster Linie auf eine größere Aktion vorbereitet. Diese Baumaterialien sind alle verflucht schwer, eine Person allein schafft das nicht. Sie rechneten nicht mit einem Einzeltäter. Und dass jemand ausgerechnet auf die Idee kommt, eine Leiche hineinzuschmuggeln, das konnten sie natürlich nicht ahnen.«

Oppenheimer kaute auf dem angenehm süßen Gebäck herum.

»Das klingt mir nach einer Ausrede, aber nun gut«, sagte er.

»Eine Bemerkung fand ich interessant.« Kubelik beugte sich vor. »Es gab wohl merkwürdige Vorkommnisse in der Nacht. Einer der Wachmänner behauptete, dass es draußen auf dem Hof ein paarmal geblitzt habe.«

Oppenheimer hörte aufmerksam zu.

»Er dachte schließlich, dass es ein Sommergewitter wäre«, fuhr Kubelik fort. »Der Himmel war bedeckt, es war feucht und recht warm. Eine naheliegende Erklärung.«

»Um wie viel Uhr hat es geblitzt?«

Auf Oppenheimers Frage hin blätterte Kubelik in seinem Heft, bis er den Eintrag fand. »So gegen halb drei, meinte der Wächter.«

»Das war der Mörder«, schloss Oppenheimer. »Ich habe am Fundort eine Blitzlichtbirne gefunden.«

Fräulein Murr kniff die Augen zusammen. »Er hat also Fotos geschossen? Von dem arrangierten Fundort?«

»Der Mörder hortet Andenken an seine Taten«, erklärte Oppenheimer. »Es ist nicht ungewöhnlich, dass Massenmörder etwas zurückbehalten. Unser Täter macht eben Fotos.«

»Das würde erklären, warum der erste Fundort mit der Toten auch so detailliert hergerichtet war.« Fräulein Murr ließ sich alles durch den Kopf gehen. »Wir konnten uns nicht erklären, warum der Täter das tat, da er doch sowieso alles verbrennen wollte. Es erschien wie eine Inszenierung ohne Publikum. Aber jetzt wissen wir es besser. Er selbst ist das Publikum. Er wollte ein paar Aufnahmen machen und danach die Spuren beseitigen.« Sie richtete den Blick auf Oppenheimer. »Aber warum machen Massenmörder so was?«

Oppenheimer wiegte den Kopf hin und her. »Soweit ich das beurteilen kann, ist es eine Methode, um die Tat noch einmal nachzuerleben. Die Erinnerung hilft, den Mordtrieb im Zaum zu halten, bis er schließlich wieder zu stark wird. Dann muss ein neues Opfer her.«

Bei dem Gedanken daran schaute Kubelik beklommen drein, während Fräulein Murr neben ihm unverhohlen ihre Faszination zu erkennen gab.

»Vielleicht geht es ihm ja nicht um den Mord, sondern nur um die Inszenierung«, murmelte sie. »Dann wäre die Tötung der Frauen lediglich ein Mittel zum Zweck. Allerdings ist diesmal etwas anders: Er hat seine Spuren nicht beseitigt.«

Kubelik lachte auf. »Das ist doch sonnenklar. Er weiß mittlerweile, dass ihm die Polizei auf den Fersen ist. Mit Sicherheit hat er genau beobachtet, was die Feuerwehr und die Kripo am ersten Fundort veranstaltet haben. Die Obrigkeit ist über seine Taten informiert, also braucht er sie nicht mehr zu verbergen.«

Fräulein Murr nahm ein Stück Kuchenbrot und brach es auf ihrem Teller in vier Stücke, bevor sie eines davon in den Mund steckte.

»Wir reden schon so, als sei es eine ausgemachte Sache, dass es derselbe Täter ist.« Sie schüttelte den Kopf. »Ja, es sieht ganz danach aus. Aber steht es auch unwiderruflich fest? Was sagte der Gerichtsmediziner?«

»Der Surnow?« Oppenheimer lehnte sich zurück. »Der wollte sich so schnell natürlich nicht festlegen. Aber schließlich habe ich ihm doch noch etwas aus der Nase gezogen. Er stimmte zu, dass es Parallelen zum ersten Mord gibt. Auch diesmal keine Zeichen von tödlicher Gewaltanwendung. Zwar gab es Verletzungen, aber die waren nur oberflächlich und wurden vermutlich post mortem zugefügt.«

Fräulein Murr stutzte. »Post mortem? Dann kann es nur Teil der Inszenierung sein. Welche Art von Verletzungen war es denn?«

»An dem Punkt wird es völlig abstrus. Es sah nach Peitschenhieben aus, die aber nicht stark geblutet haben. Es waren nur Striemen auf der Haut zu erkennen.«

Kubelik schnaubte. »Und ich fand bereits den Palmwedel und das Schwert neben der Leiche merkwürdig.«

Oppenheimer fügte hinzu: »Und der Mörder hat auf Mrs. Learys geschlossenen Lidern Augen aufgemalt. Offenbar benutzte er

Deckweiß und Wasserfarbe. Das ist ein weiterer Unterschied zum letzten Leichenfund.«

»Das alles hat etwas zu bedeuten.« Fräulein Murr starrte vor sich hin. Mit gesenktem Kopf saß sie da und trank von ihrem Kaffee. »Die Art der Zurschaustellung, die Requisiten, das erinnert mich an etwas.« Schließlich hob sie den Kopf und erklärte: »Ich denke, unser Mörder wollte eine Heiligenlegende nachstellen.«

Kubelik zog skeptisch die Augenbrauen hoch. »Eine Heiligenlegende?«

»Vertrau mir, mein Vater ist Pfarrer.«

Oppenheimer brummte vor sich hin. »Tut mir leid, aber da kenne ich mich kaum aus. Um welche Heiligenlegende könnte es sich denn handeln?«

Fräulein Murr rollte die Augen. »Puh, da gibt es unzählige. Aber das lässt sich klären. Die vom Mörder vorgelegte Ikonografie ist ja recht eindeutig.«

»Denkst du, dass du es bis morgen herausfindest?«

Fräulein Murr nickte. Daraufhin wandte sich Oppenheimer an Kubelik. »Dann schau du dir noch einmal dieses Schwert genauer an, das neben der Leiche lag. Es sieht nach einer Imitation aus. Authentisch ist es mit Sicherheit nicht. Aber vielleicht könnte es sich um ein Theaterrequisit handeln. Wer stellt so etwas her? Ist vielleicht ein Theaterschwert verloren gegangen?«

Kubelik stöhnte hörbar auf.

»Wir teilen es unter uns auf«, sagte Oppenheimer aufmunternd, aber auch das reichte nicht aus, um Kubeliks Stimmung aufzuhellen.

René lag ausgestreckt auf einem Sofa mit zerschlissenem Bezug von undefinierbarer Farbe und zählte die Astlöcher in der Holzdecke. Mehr konnte er nicht tun. Er musste stillhalten, bis Gras über die Sache gewachsen war. Mit der Langeweile fertigzuwerden, das war vielleicht die größte Herausforderung. Er war das hektische Nachtleben gewohnt, Alkohol, laute Musik, die Nähe schwitzender Körper, blendendes Scheinwerferlicht – mit anderen Worten alles, was das Leben lebenswert machte. In seinem unfreiwilligen Refugium in der Kleingartenkolonie gab es nichts davon. Er war eingesperrt in einer Hütte mit verriegelten Fensterläden und einer brennenden Kerze als einziger Lichtquelle.

Zum Glück waren sie nicht hinter ihm her. Seit der Lösegeldübergabe waren fast drei Tage vergangen, und noch immer war kein Polizist aufgetaucht. René lachte in sich hinein und beglückwünschte sich für seine Finte. Mit einem Boot als Fluchtmittel hatten die tumben Gesetzeshüter nicht gerechnet. Leider war René nicht so clever gewesen, sich vorher um einen Unterschlupf zu kümmern. Schließlich hatte er nicht ahnen können, bei der Übergabe angeschossen zu werden. Bei diesem Gedanken begann es in seinem linken Oberarm auch prompt wieder zu ziehen. Als er mit einem Streifschuss in Ritas Wohnung aufgetaucht war, hatte sie blöd aus der Wäsche geschaut. Aber René kannte sie gut. Rita war ein barmherziger Samariter mit langen Beinen. Es reichte aus, auf die Tränendrüse zu drücken und eine Geschichte zu erfinden, damit sie ihn versorgte. Sie war nicht einmal auf die Idee gekommen zu fragen, was in dem Koffer ist. Mit dem Lösegeld konfrontiert, wäre er in Erklärungsnöte geraten, aber so hatte sie umstandslos ein Versteck besorgt und wollte sich die nächsten Tage dort um ihn kümmern. Gerade vor einer halben Stunde war sie hier gewesen, um eine Mahlzeit und etwas zu trinken vorbeizubringen.

René setzte sich auf. Zum wiederholten Male zog er die Jacke von der nackten linken Schulter und zupfte an dem Heftpflasterstreifen. Wie immer zuckte er zusammen, als er unter dem Verbandstuch das rohe Fleisch erblickte. Und er fand, dass die Wunde nicht gut aussah. Es hatte sich Eiter gebildet, und das umliegende Gewebe war gerötet. Vielleicht hätte er die Stelle doch lieber von einem Arzt nähen lassen sollen, aber das wäre zu gefährlich gewesen. Bestimmt hatten die Polypen mitbekommen, dass er getroffen war, und die Fahndung war längst angelaufen. Mit seiner Schusswunde konnte er auf keinen Fall in einem Krankenhaus auftauchen.

René überlegte, ob die Lösegeldforderung eine schlechte Idee gewesen war. Schnell schob er die Zweifel wieder beiseite. Jemandem wie ihm boten sich nicht viele Chancen, um an das richtig große Geld zu kommen. Mit legalen Mitteln war das leider nicht machbar. Seine Zeit als begehrter Liebhaber lief allzu rasch ab. Und was kam danach? Ein Leben in der Belanglosigkeit ließ sich nur mit einem finanziellen Polster aushalten.

Plötzlich wurde René unruhig und musste sich auf der Stelle vergewissern, dass er das schöne Geld noch in seinem Besitz hatte. Die Federkerne des Sofas quietschten, als er sich vorbeugte und unter das Sofa griff. Er tastete nach dem Koffer und atmete auf. Er war noch da. René packte ihn am Griff und zog ihn heraus. Das Gewicht stimmte auch. Niemand war gekommen, um ihm das Geld zu stehlen. René spürte ein starkes Misstrauen wie noch niemals in seinem Leben. Jedes Mal, wenn Rita hier war, beobachtete er sie mit Argusaugen, damit sie seinen Hort nicht entdeckte. Er sagte sich, dass es wohl die speziellen Ängste der Begüterten waren, die er nun mit diesen teilte.

Er öffnete den Verschluss und betrachtete die Scheine. Obwohl es in seinem Oberarm zog wie die Hölle, konnte er sich nicht zurückhalten und entnahm ein Bündel, um es durchzublättern.

Das war alles richtiges Geld. Kein zugeschnittenes Zeitungspapier, um ihn irrezuführen. Mr. Leary hatte tatsächlich Wort gehalten. René packte das Geld wieder ein, fand es allerdings zu unsicher, den Koffer einfach nur unter das Sofa zu schieben. Außerdem hatte er keine Ahnung, wann er diese Hütte gefahrlos wieder verlassen konnte. Und bis dahin brauchte er ein zuverlässiges Versteck.

Orientierungslos lief René in der Hütte umher. Die Dunkelheit erleichterte ihm seine Aufgabe nicht gerade. Obwohl er im Flackern des Kerzenlichts nur undeutliche Schemen wahrnahm, überprüfte er sämtliche Ecken. Die Hütte war besser verarbeitet, als er vermutet hatte. Weder in der Wand noch am Boden fand er ein loses Holzstück. Außerdem wollte er das Geld im Koffer lassen, falls er schnell abhauen musste. Dafür benötigte er einen gewissen Stauraum.

Nach erfolglosem Suchen kam ihm schließlich eine Idee. Er erinnerte sich daran, dass draußen zwei Treppenstufen zur Eingangstür führten. Die Hütte stand also erhöht. René entschloss sich, das Fundament zu untersuchen. Er näherte sich der Tür und zog sie vorsichtig auf. Trotz der geschlossenen Fensterläden hatte ihn sein Zeitgefühl nicht im Stich gelassen. Draußen war es bereits dunkel.

René starrte in die Dunkelheit. Nach einigen Augenblicken fühlte er sich sicher genug, um hinauszuschlüpfen. Er tauchte in die Nacht ein, umrundete die Hütte und klopfte in regelmäßigen Abständen mit dem Fuß gegen das Fundament.

Er kam nicht weit. Schon nach wenigen Metern spürte René, dass er nicht allein war.

Hastig blies er die Kerze aus und verharrte regungslos vor der Hüttenwand. Er wagte kaum zu atmen. Es war Neumond, und die Dunkelheit umhüllte ihn wie ein schwerer Vorhang. In dieser Position wartete er mit geschärften Sinnen auf ein verräterisches Geräusch.

Er konnte nicht sagen, wie lange er so dastand, und glaubte bereits, sich geirrt zu haben, als er etwas hörte. Es raschelte leise. Dann ertönte in seiner Nähe ein unterdrücktes Hüsteln. Schweiß trat René auf die Stirn. Er steckte in der Falle. Die ganze Zeit über hatte er sich etwas vorgemacht. Es hatte ihn also doch jemand aufgespürt. Wie ein Polizeieinsatz kam es ihm nicht vor, dazu ging der unsichtbare Fremde zu diskret vor. Doch letztendlich war diese Frage egal. Er musste weg hier. Auf der Stelle.

Er kalkulierte seine Chancen, unentdeckt fliehen zu können. Trotz der Gefahr war Renés Gier zu groß. Der Gedanke an das Geld benebelte seinen Verstand. Sehnsüchtig blickte er zum Eingang der Hütte. Dort drinnen lag die Absicherung für sein restliches Leben. Die gebündelten Scheine befanden sich immer noch in seiner Reichweite. Er hatte dafür tödlichen Gefahren getrotzt. Sollte das alles umsonst gewesen sein?

René war nicht bereit, das zuzulassen. So weit war er schon gekommen, jetzt wollte er den Weg auch zu Ende gehen. Das Geld sollte niemand anderem in die Hände fallen.

Für eine Weile verharrte er noch und lauschte in die Nacht. Doch es tat sich nichts mehr. Um ihn herum war es still. René kam zu dem Schluss, dass er sich getäuscht hatte. Trotzdem stand sein Entschluss fest, sich aus dem Staub zu machen. In der Kleingartenkolonie wurde es ihm einfach zu brenzlig. Vorsichtig setzte er einen Fuß vor den anderen, und um sich orientieren zu können, tastete er mit der linken Hand an der Hüttenwand entlang. Nach einigen Schritten stieß er mit der Fußspitze gegen die Zugangstreppe. Jetzt wusste René, wo er sich befand. Seine Bewegungen wurden zielgerichteter, sobald er den Fuß auf die erste Stufe gesetzt hatte. Er benötigte kein Licht, um in die Hütte zu schleichen. René drückte die Tür sanft hinter sich zu. Erst dann wagte er aufzuatmen.

Hier drinnen war er sicher. Jetzt musste es schnell gehen. Er hatte keine Lust, im Dunkeln herumzutappen, also griff er nach einem Zündholz, um die Kerze wieder anzuzünden.

Mit einem Zischen entflammte die kleine Stichflamme. Er wollte sie an den Kerzendocht halten, als er aus den Augenwinkeln eine Bewegung wahrnahm.

Aus der Dunkelheit schoss eine riesige Hand auf ihn zu. René war chancenlos. Die Hand presste sich auf seinen Mund und deckte dabei fast sein halbes Gesicht ab. Gleichzeitig wurde er mit einem Ruck von den Füßen gerissen. Das Zündholz glitt ihm aus den Fingern und erlosch.

René tat sein Bestes, um sich zu wehren, doch der Widersacher hatte unglaubliche Kräfte. Je mehr René um sich schlug, umso enger wurde der eiserne Klammergriff um seinen Brustkorb. Der Druck wurde so groß, dass er kaum noch atmen konnte.

Renés Versuch, sich aus der Umklammerung zu befreien, war erfolglos. Schließlich ließ er Arme und Beine einfach hängen und ergab sich seinem Schicksal.

20

Freitag, 16. Juni 1950

Fräulein Murr war sichtlich zufrieden mit sich, als sie am nächsten Morgen in Oppenheimers Büro zur Dienstberatung erschien. Noch ehe er sich einen Becher Getreidekaffee einschenken konnte, um auf Touren zu kommen, trat sie in die Schreibstube, wedelte mit einem dünnen Büchlein und rief triumphierend: »Ich hab ihn! Es ist der heilige Julian von Antinoë!«

Oppenheimer blickte sie für einen Moment fragend an, goss ihr dann einen Becher Muckefuck ein und lehnte sich zurück.

»Ich hatte es mir bereits gedacht«, sagte Fräulein Murr, noch ehe sie Platz genommen hatte. »Und mein Vater hat es jetzt bestätigt. Bei der Christenverfolgung im Römischen Reich Anfang des vierten Jahrhunderts nach Christus zählte Julian zu den Opfern. Danach wurde er als Märtyrer verehrt.«

Kubelik wandte sich seiner Kollegin leicht verwirrt zu. »Das steht aber nicht in der Bibel, oder?«

Fräulein Murr antwortete: »Nein, es handelt sich um eine Heiligenlegende. Im Prinzip ist es eine Art Sage mit christlichem Bezug, ein Teil des Volksglaubens, wenn man so möchte. Meistens gibt es dabei einen wahren Kern, aber das ist schwer einzuschätzen. Im Laufe der Jahrhunderte wurden diese Geschichten immer weiter ausgeschmückt, manchmal ging das völlig ins Fantastische. Der heilige Julian war ein Klostergründer, so viel steht fest. Er wurde gerühmt für seine besondere Keuschheit. Aber die Römer ermordeten ihn.«

Oppenheimer rieb sich die Stirn. Er saß direkt gegenüber den

Fenstern, und obwohl der Himmel an diesem Tag grau verhangen war, blendete ihn die Helligkeit.

»Worin bestehen denn die Ähnlichkeiten zu dem Fund von Mrs. Leary?«

Fräulein Murr fuhr fort: »Hier wird es interessant. Es gibt Heiligenbilder von Julian. Die Ikonografie stimmt in wesentlichen Punkten mit der Herrichtung der Leiche überein.« Sie blätterte in dem kleinen Büchlein, bis sie zu einer Seite kam, die sie mit einem Eselsohr markiert hatte. »Hier steht es: Die übliche Darstellung zeigt den heiligen Julian als jugendlichen Märtyrer mit Schwert und Palme.«

Oppenheimer nickte. »Gut, das wäre eine Erklärung für die Requisiten.«

»Ich hatte mich schon gewundert«, murmelte Kubelik. »Wie Mrs. Leary hergerichtet war, erinnerte das an eine nachgestellte Folter. Das Schwert und dieser Palmenwedel hatten dabei aber keine Funktion.«

»Bis auf den Verweis auf den heiligen Julian«, ergänzte Oppenheimer. Interessiert wandte er sich wieder Fräulein Murr zu. »Und diese Folterung, ist das auch Teil der Heiligenlegende?«

Sie lächelte breit. »Das kann man wohl sagen! Das Kloster des heiligen Julian wurde in Brand gesetzt. Die meisten Bewohner kamen um, Julian selbst wurde von den Soldaten des Präfekten Marcian gefangen genommen, nackt zwischen vier Pfähle gespannt und gefoltert. Julians Standhaftigkeit trotz der körperlichen Pein war damals für die christliche Gemeinde ein leuchtendes Beispiel und schweißte sie noch mehr zusammen. Deswegen wurde Julian kurz darauf enthauptet.«

»Also wurde von unserem Mörder das Martyrium des heiligen Julian nachgestellt«, warf Kubelik ein. »Nicht die eigentliche Todesursache. Dazu hätte er sein Opfer nämlich köpfen müssen.«

Als Zeichen dafür, dass sie ans Ende ihres Berichts gelangt war, klappte Fräulein Murr das Buch wieder zu. »Dieses Bändchen hier ist ein wahrer Fundus an absonderlichen Geschichten. Gräueltaten ohne Ende. Die göttliche Strafe für den grausamen Präfekten folgte auf der Stelle. Angeblich wurde er wahnsinnig und bei lebendigem Leibe von Würmern aufgefressen.«

»Wundert mich nicht, dass du so was kennst«, feixte Kubelik.

Fräulein Murr verzichtete auf eine Erwiderung. »Allerdings sehe ich einen Unterschied«, gab Oppenheimer zu bedenken. »Mrs. Leary war bekleidet, nicht nackt. Warum ist der Mörder hier von der überlieferten Darstellungsweise abgewichen?«

»Er will sie nicht nackt sehen«, murmelte Fräulein Murr. Dann blickte sie auf. »Vielleicht, damit er selbst nicht in Versuchung gerät?«

»Das passt zu seiner bisherigen Vorgehensweise«, sagte Kubelik. »Er geht schonend mit den Opfern um. Zuerst schläfert er sie ein, und dann richtet er sie her. Sie sollen in seiner Vorstellung schön aussehen, denke ich. Nicht banal oder abstoßend. Heiligenbilder sind doch genauso, nicht wahr?«

Oppenheimer leuchtete diese These ein. Er räusperte sich und fragte: »Gibt es auch eine Heiligenlegende, die auf das erste Opfer, Frau Tieken, passt?«

Fräulein Murr runzelte die Stirn. »Fehlanzeige. Die Hinweise waren nicht konkret genug. Mit dem Schwert und dem Palmenwedel konnte ich etwas anfangen. Aber eine in der Luft schwebende Frau könnte alles Mögliche bedeuten.«

Mit gesenktem Kopf starrte Oppenheimer auf den pechschwarzen Ersatzkaffee in seinem Becher. Er schwenkte ihn in den Händen, bis ein Strudel entstand. So in etwa stellte er sich das Innenleben des Mörders vor. Und es war seine Aufgabe, auf den Grund zu gelangen.

»Der Mörder lernt dazu«, murmelte Oppenheimer. »Aber er ist immer noch auf der Suche. Dass der Hinweis auf die Heiligenlegende diesmal konkreter ist, spricht dafür, dass er sich gerade in einem Stadium befindet, in dem er verschiedene Dinge ausprobiert.« An diesem Punkt hielt er kurz inne. »Ich frage mich, wieso er ausgerechnet Heiligenlegenden als Vorbild nimmt. Sind die weit verbreitet?«

Fräulein Murr schüttelte den Kopf. »Heutzutage sind sie kaum noch bekannt. Allenfalls der heilige Sebastian ist geläufig, weil er ein häufig wiederkehrendes Motiv in der Kunst ist. Aber das war's auch schon.«

»Also erfordert es ein Spezialwissen, um auf eine solche Idee zu kommen.«

»Und ein christlicher Hintergrund gehört auf jeden Fall dazu«, ergänzte Fräulein Murr.

Peters war wie vom Donner gerührt. Bereits ein einziger Blick hatte ausgereicht. Er wusste jetzt, dass der Mörder in seinem *PX-Shop* war.

Er war gerade dabei, für eine Kundin eine Papiertüte mit ihren Einkäufen zu füllen. Peters riss sich zusammen und fuhr mit der Arbeit fort. Er versuchte, unbeteiligt zu wirken, sich wie ein Angestellter an einem besonders langweiligen Arbeitstag zu verhalten. Doch nichts war heute gewöhnlich. Aus den Augenwinkeln beobachtete er den Mörder – nicht gerade einfach, wenn man gleichzeitig Konservendosen einpackte.

Er konnte sich nicht genau erklären, weswegen er so sicher war, dass es sich um den Mann handelte. Von Weitem sah er aus wie ein gewöhnlicher Private. Doch den schlaksigen Gang und die etwas ungelenken Bewegungen hätte Peters immer und überall wiedererkannt.

Abwechselnd schaute Peters auf die Papiertüte und den Gang, in dem der Soldat sich aufhielt. Unter dem kakifarbenen Schiffchen ragten rotblonde Haare hervor. Er wirkte erschöpft. Es war jetzt Nachmittag, vermutlich hatte er gerade den Frühdienst hinter sich gebracht. Dieser Mann wäre nirgendwo aufgefallen. Es war sein Pech, dass er an diesem Tag ausgerechnet Peters begegnete.

Peters überlegte, ob er die Militärpolizei rufen sollte, doch entschied sich dagegen. Wenn er an die falschen Polizisten geriet, würden sie ihm kein Wort glauben.

Er wandte sich wieder der Kundin zu und ließ die Kasse klingeln. Er musste sich gehörig konzentrieren, um korrekt abgezähltes Kleingeld herauszugeben.

Er verabschiedete die Kundin mit einer Standardfloskel und wandte sich dann hektisch wieder den Regalen zu. Etwas zu hektisch, denn jetzt hatte Peters die Aufmerksamkeit des rotblonden Soldaten geweckt. Der Mann war auf dem Weg zum benachbarten Gang und stoppte ab. Ihre Blicke kreuzten sich.

Peters spürte einen kalten Schauder über seinen Rücken laufen. Er hatte den Mörder wiedererkannt. Und der Mörder wusste es.

Sofort senkte Peters den Blick und tat so, als würde er die Geldscheine in der Kasse ordnen. Der Soldat setzte seinen Weg fort. Doch anstatt in den nächsten Gang einzubiegen, steuerte er direkt auf den Ausgang zu.

Als Peters sah, dass sich der Mörder aus dem Staub machen wollte, fluchte er innerlich.

»Stan, kannst du mal übernehmen?«, sagte er zu seinem Kollegen. Es klingelte, als sich die Glastür zur Lobby schloss, die sich der *PX-Shop* mit der *Truman Hall* teilte, einer hochmodernen Kantine und Cafeteria für mehr als achthundert Armeeangehörige. Scheinbar ungerührt lief der Soldat auf den Ausgang zu. Er wollte verschwinden.

Um auf der Straße weniger aufzufallen, nahm Peters seine Schürze ab und warf sie achtlos auf das nächste Regal. Dann holte er tief Luft, drückte die Glastür auf und folgte dem Soldaten.

Der Mann trat bereits durch das Hauptportal nach draußen. Peters beeilte sich und schob die schwere Tür auf, noch ehe sie ins Schloss gefallen war, und lief auf den gepflasterten Platz entlang der Clayallee. Suchend blickte er sich um. Vorn bei den abgestellten Autos war der Mörder nicht zu sehen. Dann spähte er auf die gegenüberliegende Straßenseite. Dort befand sich die Hauptverwaltung der US-Streitkräfte. In der Einfahrt zu den repräsentativen Monumentalgebäuden war der Soldat auch nicht zu sehen. Er musste sich also noch in der unmittelbaren Umgebung befinden.

Neben dem Eingang standen einige G.I.s zusammen. Peters musterte sie, da fiel ihm weiter hinten eine Bewegung auf. Kurz geschnittene rotblonde Haare blitzten auf. Der Mörder lief an der Fassade der *Truman Hall* entlang zur Argentinischen Allee. Er hatte seine Schritte beschleunigt.

Augenblicklich setzte Peters ihm nach. Unter den verwunderten Blicken der Soldaten drängelte er sich vorbei und rannte dann dem Mann hinterher. Dieser hatte die Hausecke erreicht und verschwand aus Peters' Blickfeld. Kurz darauf ertönte das tiefe Donnern eines Motors. Als Peters die Hausecke erreicht hatte, fluchte er vor sich hin. Der Soldat saß auf einem Motorrad und schoss davon.

Der Seitenweg war für ein Auto zu eng, aber mit einem Zweirad konnte man dort problemlos fahren. Peters blieb stehen. Eine Verfolgung zu Fuß war sinnlos.

Der Soldat mit den rotblonden Haaren hatte es eilig. Mit qualmendem Auspuff raste er zwischen den Kiefern auf den Baseballplatz zu. Schwer atmend lehnte sich Peters gegen die Mauer und musste mit ansehen, wie das Motorrad verschwand.

Wenigstens wusste er jetzt, dass es sich bei dem Täter um einen Amerikaner handelte.

An diesem Tag bekam Oppenheimer endlich eine Gelegenheit, Rita wegen ihrer Beihilfe zu Renés Verschwinden zur Rede zu stellen. Im *Wintergarten* und in dem Theater in der Hermannstraße hatte er nachgefragt, ob eventuell aus dem Fundus ein Schwert abhandengekommen war. Angesichts der mageren Ausbeute an Hinweisen schwante ihm allmählich, dass dieser Ermittlungsansatz eine Sackgasse war. Es wurde kein Theaterschwert vermisst. Außerdem sahen die vorhandenen Requisiten allesamt deutlich realistischer aus als das Metallteil neben der Leiche von Mrs. Leary. Auf den Fotografien der Spurensicherung war klar erkennbar, dass es sich um ein platt gewalztes Rohr handelte, an dem ein Handgriff angeschweißt war. Es war eine krude Bastelarbeit, die ein professioneller Requisiteur keinesfalls auf einer Bühne dulden würde.

Da sich Oppenheimer ohnehin in Ritas Nachbarschaft befand, schaute er bei ihr vorbei. Das Dienstmädchen Silke öffnete die Tür. Wie üblich trug sie ein schwarzes Kleid und eine weiße Schürze. An ihrer hochnäsigen Art hatte sich nichts geändert. Wie selbstverständlich versperrte sie Oppenheimer den Zugang. »Die Mamsell wünscht heute nicht zu empfangen«, sagte sie. »Sie ist gerade nicht frisch.«

Oppenheimer knurrte: »Passt doch gut. Ich bin auch nicht mehr frisch.«

Erbarmungslos stemmte er sich gegen die Tür und zwängte sich in die Wohnung. Im Flur erinnerte er sich daran, dass die Gäste ihre Schuhe ausziehen sollten. Um guten Willen zu zeigen, löste er seine Schnürsenkel und streifte unter Silkes vernichtendem Blick die Treter ab.

Aufs Geratewohl öffnete er die Glastür zum Wohnzimmer. Wie erwartet war Rita dort. Mit einer Schlafmaske über den Augen lag sie ausgestreckt auf einem Sessel und döste. Diesmal hatte sie ihre Blöße nur mit einem großen Badetuch bedeckt.

Oppenheimer stellte sich neben sie und fragte: »Was ist mit dir los? Hast du einen Kater?«

Mühsam hob Rita eine Seite der Schlafmaske an und erwiderte matt: »Ah, Richard. Ich hab keinen Kater, das ist 'ne ganze Katzenbande!« Selbst das Lächeln schien ihr Mühe zu bereiten. Sie winkte in eine unbestimmte Richtung. »Hol dir eine Whisky-Cola und setz dich.«

Oppenheimer rührte sich keinen Zentimeter. Er senkte die Stimme, um nachdrücklich auf Rita einzureden.

»Ich habe gehört, dass René zu dir gekommen ist. In was bist du da eigentlich verwickelt?«

Rita sagte erst mal nichts. Dann murmelte sie: »Wie kommst du darauf?«

»Jetzt verkohl mich nicht.« Oppenheimer setzte sich zu ihr auf die Lehne. »Was läuft da mit René? Du hast ihn versteckt, das singen die Spatzen schon vom Dach.« Von Rita kam kein Anzeichen, dass er zu ihr durchgedrungen war, also fuhr Oppenheimer fort: »Ich muss wissen, wo er ist. Mrs. Leary wurde jetzt auch tot aufgefunden. René kannte beide Frauen. Meiner Meinung nach ist er da in etwas hineingeraten.«

Rita schob die Schlafmaske auf die Stirn und starrte Oppenheimer entgeistert an. Sie hielt das obere Ende des Badetuchs fest und setzte sich abrupt auf.

»Das kann nicht sein«, rief sie. »Der Junge kann doch keiner Fliege was zuleide tun!«

»Deine Menschenkenntnis in allen Ehren, aber das muss auch nachgewiesen werden.« Oppenheimer fand, dass seine Bemerkung ein wenig zu herablassend klang. Also suchte er nach besseren Argumenten, die Rita auch nachvollziehen konnte. »Jetzt, wo René von der Bildfläche verschwunden ist, kann ich ihn nicht mehr dazu befragen. Stattdessen hat er sich selbst verdächtig gemacht. Ich möchte nicht unbedingt eine Fahndung nach ihm einleiten. Dann gilt er in den Augen der Welt nämlich für schuldig.«

Vehement den Kopf schüttelnd, sagte Rita: »Ich garantiere, dass er unschuldig ist! Ja, er befindet sich gerade in einer Zwickmühle, deswegen ist er abgehauen. René hat mir befohlen, niemandem die Details zu verraten. Auf jeden Fall hat das nichts mit den Morden zu tun.«

»Dem Staatsanwalt wird dein Wort nicht reichen! Führ mich zu René, damit ich das mit ihm klären kann. Wenn er nicht in die Morde involviert ist, hat er ja nichts zu befürchten.«

Rita verzog den Mund. Dann begann sie, sich aus dem Sessel hochzukämpfen. »Was soll ich nur anziehen?«

Oppenheimer stand auf und zerrte sie auf die Beine. »Geh meinetwegen im Badetuch.«

»Hättest du wohl gern.« Mit diesem Kommentar ließ sie das Tuch zu Boden fallen, in der Gewissheit, dass Silke es aufheben würde.

»Ist es weit weg?«, fragte Oppenheimer. »Soll ich einen Dienstwagen organisieren?«

Splitterfasernackt trottete Rita zum Schlafzimmer und warf ihm über die rechte Schulter einen Blick zu. »Für so was hab ich doch meinen Chauffeur!«

Mit der schweren Limousine eine Strecke von nicht einmal fünf Kilometern ins Westend zurückzulegen kam Oppenheimer wie eine Verschwendung vor. Auf dem Fahrrad hätte er es fast ebenso schnell geschafft, doch er zweifelte, dass Rita noch einmal in ihrem Leben gewillt war, auf einem harten Gepäckträger zu balancieren. Da er nicht strampeln musste, lehnte er sich in den Ledersitz zurück und schaute aus dem Fenster. Draußen war das zerstörte Schloss Charlottenburg zu sehen. Sie fuhren eine Weile weiter, kamen an dem S-Bahnhof vorbei und überquerten auf einer Brücke die Schienenstränge. Dahinter wurden auf der rechten Seite die Häuser spärlicher. Sie näherten sich dem Park Ruhwald, der von einer weitläufigen Kleingartenkolonie eingefasst wurde. Oppenheimer betrachtete das Areal mit den weit auseinanderliegenden, niedrigen Hütten und ahnte, wohin Rita ihn führen wollte.

Wie erwartet bremste der Chauffeur ab und ließ den Wagen am Straßenrand ausrollen. Rita nickte Oppenheimer kurz zu. Er verstand das als Zeichen zum Aussteigen. Auf der gegenüberliegenden Straßenseite erkannte er die markanten Silhouetten der zwei Wassertürme wieder. Beide waren aus Backsteinen gebaut. Der höhere Turm war mit einer Kuppel aus patiniertem Kupfer gekrönt. Im Vergleich dazu wirkte der schmucklose Ostturm wie eine Tonne mit einem Dach.

Obwohl Rita Stöckelschuhe trug, lief sie auf den Trampelpfad der Kleingartenkolonie zu. Überhaupt war sie nicht passend angezogen. Über ihr schlichtes schwarzes Kleid hatte sie einen Nerzmantel geworfen. Zweifelnd musterte Oppenheimer Ritas wackligen Gang.

»Müssen wir weit laufen?«, fragte er.

»Mensch, Richard, du klingst schon wie mein kleiner Neffe! Der quengelt auch ständig.«

Oppenheimer hielt den Mund und begnügte sich damit, ihr zu folgen. Die Kleingartenkolonie machte an diesem Tag einen verschlafenen Eindruck. Niemand begegnete ihnen. Vom Straßenverkehr und von der entfernten Bahnstrecke war in dem Gartenparadies kaum etwas zu hören. In dem Wirrwarr der Parzellen schien sich Rita gut auszukennen. Zielstrebig eilte sie den Weg entlang und näherte sich dann schnurstracks einem verwilderten Grundstück. Die Fensterläden der Hütte waren geschlossen. Zur Vordertür besaß Rita einen Schlüssel. Als sie ihn ins Schloss steckte, stutzte sie.

»Komisch«, murmelte sie, »die ist ja offen.«

Oppenheimer trat näher. »Hattest du René hier eingesperrt?«

»Nee, der hat auch einen Schlüssel. Falls er mal dringend rausmuss.«

Das gefiel Oppenheimer nicht. Nachdrücklich schob er Rita zur Seite, griff nach der Klinke und drückte die Tür mit einem Ruck auf.

Oppenheimer konnte im einfallenden Licht erkennen, dass der Raum leer war.

»Der ist ausgeflogen«, stellte er fest.

»Was?« Aufgeregt drängelte Rita an ihm vorbei. Sie wies auf das dreisitzige Sofa. »Aber seine Sachen hat er dagelassen!«

Oppenheimer sah einen ausgebreiteten Regenmantel. Als er auf dem Boden den dunkelbraunen Handkoffer entdeckte, schwante ihm Böses.

»Jetzt kannst du es mir ja erzählen. Warum wollte René untertauchen?«

Rita ließ sich mit einem lauten Seufzer auf das Sofa fallen. »Ein paar schwere Jungs sind hinter ihm her. Irgendwas mit Pferdewetten. René hat sich Geld geliehen und kann es nicht zurückzahlen. Da haben sie ihn in die Mangel genommen. Er konnte entwischen, hat aber einen Streifschuss kassiert. Er wollte das klären, wenn sich die Lage wieder etwas beruhigt hat.«

Mit gesenktem Blick fragte Oppenheimer: »Kommt sonst noch jemand in die Hütte?«

Rita schüttelte den Kopf. »Nein. Sie gehört Verwandten von mir, aber die haben keine Zeit, um einen Garten zu pflegen.«

Oppenheimer musterte die verkrusteten Schuhabdrücke auf dem Boden. Der Lehm war noch feucht. Derart große Füße hatte er noch nie in seinem Leben gesehen. »Vor Kurzem ist jemand hier gewesen. Und das war bestimmt nicht René. Er hatte Besuch.«

Als er die sperrangelweit geöffnete Tür ein Stück weit zuzog, erkannte er dahinter Anzeichen für einen Kampf.

»Hier sind noch mehr Fußabdrücke von unterschiedlicher Größe. Ein Zündholz liegt auf dem Boden. Und in der Wandverkleidung ist eine Delle. Als ob jemand mit voller Wucht dagegen geschlagen hätte.«

Rita schaute ihn entgeistert an. »Das ist mir völlig neu. Gestern Nachmittag war das noch nicht da!«

»Womöglich haben ihn die Leute geschnappt, vor denen René geflohen ist. Verdammt, das sieht nicht gut aus.« Oppenheimer verzog das Gesicht. Dann trat er zum Koffer und hob ihn hoch. Er schob auf dem kleinen Tisch das Verbandszeug zur Seite, stellte den Koffer auf die Holzplatte und klappte den Deckel nach oben. Dann lachte er überrascht auf.

»Hinter dem Geld waren die Häscher aber nicht her.«

Rita beugte sich vor und raunte, als sie die Geldbündel in dem Koffer sah. Ihre Augen glänzten.

»Verflixt, woher hat René so viel Pinke? Wie viel könnte das sein?«

Auch ohne nachzuzählen, wusste Oppenheimer die Antwort.

»Das sind fünfzigtausend Mark. Das Lösegeld für Mrs. Leary.«

21

Samstag, 17. Juni 1950

»Also ist dieser René der Mörder?« Kubelik konnte seine Skepsis kaum verbergen.

Oppenheimer lehnte sich zurück und blickte ihn amüsiert an. »Das habe ich nicht gesagt. Ich weiß nur, dass er das Lösegeld eingesackt hat. Und er hat den Streifschuss des Polizisten abbekommen.«

Es war Samstagmorgen, und sie saßen in seinem Büro zur Dienstberatung beisammen. Oppenheimer hatte gestern sofort Hergesheimers Leute angefordert, um die Hütte nach Spuren zu durchsuchen und das Geld zu sichern. Obwohl sich weit und breit keine Zeugen finden ließen, schienen die ersten Ergebnisse Oppenheimers Mutmaßung zu bestätigen, dass René gewaltsam entführt worden war.

»Die Leiche von Mrs. Leary wurde vom Mörder nach der Lösegeldübergabe zur Schau gestellt«, gab Fräulein Murr zu bedenken. Oppenheimer fiel auf, dass ihre Wangen ein wenig gerötet waren, und überhaupt wirkte sie ziemlich aufgekratzt. »Diese ganzen Seile aufzuspannen und die Tote herzurichten, das halte ich mit einem frischen Streifschuss für unmöglich.«

»Ein guter Punkt«, sagte Oppenheimer. Er nickte und ließ sich alles durch den Kopf gehen. »Ich denke, wir können René als Mörder jetzt tatsächlich ausschließen.«

Fräulein Murr runzelte die Stirn. »Andererseits hatte er das Lösegeld bei sich.«

»Die einfachste Erklärung wäre, dass er das Geld für den Täter holen sollte«, schlug Kubelik vor. »Vielleicht für einen satten

Anteil. Doch als René das ganze Geld sah, wurde er gierig und wollte es nicht mehr herausrücken.«

»Dann hätte ihn also der Mörder aus der Gartenlaube entführt?«

Auf Fräulein Murrs Frage hin runzelte Oppenheimer die Stirn. »Dann hätte der Mörder aber das Geld auch mitgehen lassen.« Er beugte sich vor. »Nein, das kann es nicht sein. Wie wäre es mit einer anderen Variante? Vielleicht haben sich René und Mrs. Leary im *Luxor* kennengelernt, und er weiß, dass ihre Familie begütert ist. Als sie verschwunden ist, wollte er sich dranhängen und hat Lösegeld gefordert, um eine schnelle Mark zu machen.«

»Ohne eine Verbindung zum Mörder zu haben?«

»Das ist denkbar. Dann wäre René einfach nur ein Opportunist.« Damit hatte Oppenheimer auch seine persönliche Einschätzung von René verraten.

Oppenheimer präsentierte die Fotos von der Gartenlaube. Insbesondere die Kampfspuren weckten bei den Assistenten großes Interesse.

Kubelik starrte ungläubig auf einen der Abzüge. »Ich frage mich, wer solch eine Schuhgröße besitzt!« Oppenheimer stand auf und umrundete die zusammengestellten Tische, um Kubelik über die Schulter zu blicken.

»Das war vermutlich der Angreifer«, sagte er.

Kubeliks Gesicht hellte sich auf. »Es passt doch zu diesem ominösen Verfolger, der angeblich Mrs. Leary beschattet hat.«

Oppenheimer beäugte zuerst noch einmal kritisch das Foto und wandte sich dann den Phantombildern zu, die auf die Karte von Berlin gepinnt waren. Gedankenversunken näherte er sich den Zeichnungen und fixierte sie.

»Fassen wir zusammen. René kommt als Mörder nicht mehr infrage. Was bleibt, sind zwei Verdächtige, deren Identität wir aber nicht kennen. Der Brandstifter und der Quadratlatschenmann.«

Oppenheimers Überlegungen wurden durch das Klingeln des Telefons unterbrochen. Er zuckte zusammen und drehte sich um. Fräulein Murr war bereits von ihrem Platz aufgesprungen und rief: »Ich mach das schon!«

Sie lief zu Oppenheimers Tisch und nahm den Hörer ab. Soviel er mitbekam, hatte die Rezeption angerufen, und Fräulein Murr sagte zu, den Besucher unten abzuholen.

»Gene ist hier«, erklärte sie, nachdem sie das Telefonat beendet hatte. »Er wollte heute vorbeikommen, denn er hat den Tatverdächtigen wiedererkannt. Er meint, dass es ein G. I. ist.«

Überrascht schnaubte Oppenheimer. »Hat er ihn diesmal etwas besser sehen können?«

Fräulein Murr war bereits auf dem Weg nach unten.

»Das kann er gleich selber sagen. Auf jeden Fall wäre es gut, wenn Kopp eine aktualisierte Zeichnung anfertigte.«

Mit diesen Worten verschwand sie aus dem Büro.

Oppenheimer fing Kubeliks irritierten Blick auf. »Dann sind wir jetzt also vier Ermittler bei diesem Fall?«, fragte er.

»Je mehr, umso lustiger«, antwortete Oppenheimer schulterzuckend.

Seine Zeit war abgelaufen. Spätestens seitdem ihn dieser schwarze Kassierer im *PX-Shop* wiedererkannt hatte, war es vorbei. Jetzt folgten nicht nur die Berliner Polizisten seiner Fährte, bald würde auch die Militärpolizei eingreifen.

Er befand sich in dem leeren Gefängnis der Frauen. Ausgestreckt lag der Mann auf dem Metallbett und blickte durch das vergitterte Fenster in den grau verhangenen Himmel. Es war still, wenn keine Besucher da waren. Er mochte die Ruhe. In diesen Momenten fühlte er sich den Frauen nahe, die er getötet hatte.

Wie Kohlepapier zwischen zwei Blättern Schreibpapier hatten ihre Seelen in diesem Raum einen Abdruck hinterlassen. Die Frauen hatten eine Schwelle überschritten, die jetzt auch für ihn in Reichweite gekommen war. Denn ihm war bewusst, dass alles auf seinen Tod hinauslief.

Mit Mördern machte man kurzen Prozess. Mord musste mit Mord bestraft werden. Der Mann verstand das, er fand diese Art der Vergeltung sogar gerechtfertigt. Von Anfang an hatte er dieses Schicksal als sein eigenes akzeptiert.

Er atmete tief durch und umfasste die Metallstangen des Kopfgestells mit den Fäusten. Nun galt es wohl, das Ende vorzubereiten. Einige Vorkehrungen waren schon getroffen, aber er hatte immer Ausreden gefunden, um sich nicht im Detail mit den Umständen seines Ablebens beschäftigen zu müssen.

Die Menschen akzeptierten ihren Tod leichter, wenn sie den Eindruck hatten, für eine gute Sache zu sterben, wenn sie sich sicher waren, dass ihr Opfer letztendlich einen Sinn ergab. Während des Kriegs war der Mann unzählige Male Zeuge davon geworden, dass die Leute so funktionierten. Und deswegen wusste er auch, dass sich viel zu wenige von ihnen darum kümmerten, was danach im Jenseits auf sie zukam, und sich die alles entscheidende Frage stellten: Hatten sie ein gottgefälliges Leben geführt, die Kriegshelden, die für Volk und Vaterland in den Kampf gezogen waren und andere Menschen getötet hatten? Die Erfinder und Wissenschaftler, die in ihrem Fortschrittsglauben die Grenzen des menschlichen Verstands erweiterten und dabei die göttliche Existenz leugneten? Gute Vorsätze allein reichten noch lange nicht aus, um ein aufrechtes Leben zu führen. Ganz so einfach war es nicht.

Auch er hatte Schuld auf sich geladen. Er hatte den Frauen ein Leben in Sünde erspart, zu diesem Zweck musste er jedoch selbst eine Todsünde begehen. Was wog nun schwerer?

Obwohl der Mann sich gefasst gab, überkam ihn eine gewisse Wehmut. Es gab noch so viel für ihn zu tun. Er beruhigte sich schließlich mit dem Gedanken, dass er seine Mission so gut wie möglich ausgeführt hatte.

Um den letzten Akt in die Wege zu leiten, benötigte er jedoch Hilfe. Ein Element fehlte ihm noch, damit alles nach seinen Vorstellungen ablief.

In Gedanken ging der Mann seine Begegnungen im *Luxor* durch. Ein Kaleidoskop verlorener Seelen, die anscheinend zufällig in immer neuen Kombinationen aufeinandertrafen. Einen gemeinsamen Nenner hatte er jedoch ausfindig gemacht. Es war diese rothaarige Frau, die er mit dem Kripokommissar gesehen hatte. Er versuchte, sich an ihren Namen zu erinnern.

Dann fiel er ihm ein. Rita hieß sie. Und den Kommissar hatte sie Richard genannt.

Mit diesen Angaben ließ sich etwas anfangen. Und dass diese Rita über Verbindungen zur Berliner Polizei verfügte, erschien dem Mann besonders günstig. Dieser entscheidende Zufall konnte einige Dinge für ihn vielleicht sogar erleichtern. Denn sein Plan würde nur funktionieren, wenn auch er eine Chance bekam, Zeugnis für seine Taten abzulegen.

Seine Augen begannen zu leuchten. Es versprach ein würdiger Abschied zu werden. Immer wieder ging er die Abläufe durch, bis er sie schließlich perfektioniert hatte. Ein Detail griff nahtlos in das andere.

Ehrfurcht erfasste ihn, als er so richtig verstand, wie elegant seine Lösung war. Und er würde aus dem Hintergrund wie ein Marionettenspieler die Fäden ziehen. Ein virtuoser Manipulator der menschlichen Natur. Die Schwächen der beteiligten Personen ließen sich ausnutzen, damit alles nach seinen Vorstellungen verlief. Und keiner von ihnen würde es bemerken.

Da Peters den Mörder gesehen hatte, wusste er endlich, nach wem sie suchten. Kommissar Oppenheimer und Sabine hatten die Neuigkeiten begierig aufgenommen. Dennoch hatte er sich noch immer nicht an diese merkwürdige deutsche Sitte gewöhnt, sich zur Begrüßung die Hände zu schütteln. Sabines Kollege Kubelik war ein wenig reserviert, aber als die anfängliche Verlegenheit überwunden war, erschien er wie ein netter Kerl. Der Zeichner Kopp hatte neue Skizzen angefertigt. Er war bei der Arbeit so flink, dass Peters sogar noch rechtzeitig zu seiner Spätschicht im *PX-Shop* kam.

Eher pflichtschuldig saß er dort seine Stunden ab. Mit dem weißen Kittel fühlte sich Peters wie Clark Kent, der eine geheime zweite Identität als Superman verbarg. Er fand, dass seine zeitweise Funktion als Ermittler fast ebenso gut war, wie ein Superheld zu sein. Und wenn er doch einmal daran zweifelte, musste er nur an Sabines bewundernde Blicke denken, um sich seiner Sache sicher zu sein.

Peters war sich längst im Klaren darüber, dass er die Bediensteten der Familie Leary so schnell wie möglich noch einmal aufsuchen wollte. Die traurige Gewissheit, dass die Dame des Hauses getötet worden war, und seine letzten Beobachtungen warfen ein neues Licht auf den Fall. Nach Dienstende sprang er sofort in die Straßenbahn. Diesmal bemühte er sich nicht, eine Kiste mit Lebensmitteln zu packen. Er benötigte keinen Vorwand mehr, um bei den Learys aufzukreuzen. Peters hielt die Zeit für gekommen, den Bediensteten reinen Wein einzuschenken. Sie sollten erfahren, dass er mit der Berliner Polizei zusammenarbeitete. Er mochte diese Leute und bezweifelte, dass die amerikanische Militärpolizei viel Sympathie für sie aufbrachte. Schon beim letzten Mal hatte Peters gespürt, dass sie nach jemandem suchten, mit dem sie sich unterhalten konnten.

Im Haus der Learys wurde Peters mit der Tatsache konfrontiert, dass die Verbrecherjagd kein Spiel war, sondern tödlicher Ernst. Im Inneren der Villa schien alles wie erstarrt. Grabesstille umfing ihn. Und auch die Bediensteten bemühten sich, während der Trauerzeit keinen unnötigen Lärm zu verursachen.

Marina und ihr Mann waren sichtlich erschüttert. Während sie in der Küche am Esstisch vor gefüllten Kaffeetassen saßen, enthüllte das Tageslicht erbarmungslos ihre verquollenen Augen. Die Köchin war nicht zu sehen. Wie sich herausstellte, musste sie sich um die Kinder der Learys kümmern.

»Zumindest so lange, bis wir eine Nanny für die beiden gefunden haben«, erklärte Marina. »Die armen Kleinen wissen noch nicht, was geschehen ist. Keiner hat den Mut, es ihnen zu sagen. Sie fragen ständig nach ihrer Mutter.«

Sie verzog das Gesicht. Ihre Augen füllten sich mit Tränen. Um sie zu beruhigen, griff ihr Mann nach ihrer Hand.

Die Enthüllung, dass Peters sich bereit erklärt hatte, der Berliner Polizei zu helfen, erschien im Vergleich mit diesem Verlust wie eine Nebensächlichkeit.

»Das kommt viel zu spät«, beklagte sich der Chauffeur. »Mrs. Leary kann man nicht mehr retten.«

Seine Frau warf ihm einen scharfen Seitenblick zu. Sie atmete schwer, dann platzte es aus ihr heraus.

»Du hättest es ihnen sagen sollen, Albert.« Obwohl sie flüsterte, ließ sich erkennen, wie schwer ihn der Vorwurf traf. Er öffnete den Mund, wie um sich zu entschuldigen, klappte ihn dann jedoch wieder zu.

Um etwas zu tun, nippte Peters an seinem bislang unberührten Kaffee.

»Sie könnten immer noch dabei helfen, den Täter zu fassen«, schlug er vor. »Dazu ist es noch nicht zu spät.«

Albert blickte ihn mit geröteten Augen an. »Ich wollte die Missis nicht in Schwierigkeiten bringen. Vielleicht war es ein Fehler, aber es war meine Entscheidung, und zu der stehe ich!« Er hatte mit großer Intensität gesprochen. In normalem Ton fügte er hinzu: »Und jetzt würde ich nur ihr Andenken beflecken.« Dann fuhr er sich mit seinen breiten Mechanikerhänden über die feuchten Wangen.

Peters wurde unruhig, denn das Ehepaar redete nur in Andeutungen. Er suchte nach einer Möglichkeit, es dem Chauffeur irgendwie schmackhaft zu machen, die Informationen zu teilen.

»Es müsste nicht an die Öffentlichkeit gelangen«, gab er zu bedenken. »Wenn nur die Berliner Polizei davon weiß, wird sich das nicht herumsprechen. Sie werden die Angaben dann selbstständig überprüfen.«

Albert presste noch immer die Lippen zusammen und starrte auf die Tischplatte.

Seine Frau murmelte ihm schließlich zu: »Irgendwann musst du es ja doch verraten!«

Peters hörte, dass in einem Nebenzimmer eine große Standuhr tickte. Schließlich atmete Albert tief durch und erhob sich. Mit einem auffordernden Blick sagte er zu Peters: »Komm mit, mein Sohn. Ich werde dir etwas zeigen. Dann entscheide selbst.«

Albert führte ihn in die Garage. Peters hatte bereits geahnt, dass die Andeutungen etwas mit dem Fahrtenbuch zu tun hatten. Albert schritt zu dem halbhohen Schrank neben der Limousine und wies auf die aufgeklappte Kladde.

»Diese Aufzeichnungen erzählen nur die halbe Wahrheit«, brummte er.

»Es fehlen also Fahrten?«

Albert schüttelte den Kopf. »Nein, das nicht. Colonel Leary hätte es bemerkt, wenn es eine Differenz zum Kilometerstand gibt. Er ist es gewesen, der darauf bestanden hat, ein Fahrtenbuch zu führen. Er glaubte … nun ja, der Colonel hat seiner Frau misstraut.« Diese Sätze waren Albert nur stockend über die

Lippen gekommen. Er ging zu einem Arbeitsoverall und griff in die innere Brusttasche, zog einen Flachmann heraus und nahm einen Schluck. Als er die Kappe wieder aufschrauben wollte, erinnerte er sich daran, dass er nicht allein war, und bot Peters ebenfalls einen Schluck an.

Dieser nahm das Metallfläschchen mit dem billigen Gin dankend entgegen, nahm einen Schluck von der scharfen Flüssigkeit und spürte eine wohlige Wärme in seinem Inneren aufsteigen.

Albert schraubte die Kappe zu und verstaute den Flachmann wieder.

Deutlich gesprächiger fuhr er fort: »Für die Missis war es nicht einfach, mit Colonel Leary zusammenzuleben. Ihr Mann ist krankhaft eifersüchtig. Er war kaum daheim, und auch seine Frau war viel unterwegs, meistens wegen Wohlfahrtsangelegenheiten. Da gab es viele Gelegenheiten zur Untreue, und zwar für beide. Der Colonel konnte allerdings nicht viel machen. Seine Frau besaß nämlich in der Familie das Geld. Ich denke, dass er eine Scheidung plante. Auf jeden Fall sammelte er Hinweise, damit er nicht abgespeist wird und später mittellos dasteht. Wenn man sich einmal an einen gewissen Lebensstil gewöhnt hat, gibt man ihn ungern auf. Und diese Rolle sollte ich spielen.« Albert runzelte die Stirn. »Ja, ich sollte sein Spitzel sein. Als ich bei den Learys angestellt wurde, hat er mir das sofort gesagt. Es gefällt ihm, zu kommandieren. Boy, tu dies. Boy, tu das. Er ist keinen Deut besser als die anderen Weißen, für die wir bislang gearbeitet haben. Dass seine Frau ganz anders war, das hat mich sehr überrascht.«

Peters versuchte, den Bericht wieder auf das Fahrtenbuch zu lenken.

»Wenn hier drin alle Fahrten aufgeführt sind, dann gibt es nicht viele andere Möglichkeiten, um etwas vor Colonel Leary zu verheimlichen.« Peters blätterte in dem Buch herum und begutachtete die Seiten. In den Spalten befanden sich saubere Eintragungen mit Füllfederhalter. Neben dem Kilometerstand waren die Uhrzeiten für den Beginn und das Ende der jeweiligen Fahrt eingetragen und auch die Adressen. Peters tippte mit dem Zeigefinger auf diese Spalte. »Wahrscheinlich sind die Adressen hier nicht alle korrekt?«

Albert verzog den Mund zu einem Grinsen und nickte. »Da musste ich mir wirklich etwas einfallen lassen. Die falschen Orte mussten ja zu dem Kilometerstand passen! Die öffentlichen Termine und die Fahrten zusammen mit ihrem Mann stimmen alle. Einige der persönlichen Fahrten sind aber pure Fantasie. Colonel Leary ist jähzornig, er mochte nicht, wenn seine Frau Kontakt mit Männern hatte. Und so war es besser, gelegentlich einige Dinge zu verschweigen, damit er nicht auf verrückte Ideen kommt. Und zum Glück hat der Colonel keine Ahnung, dass ich die richtigen Daten nur für mich notiert habe.«

Gespannt verfolgte Peters, wie Albert die Fahrertür der Limousine öffnete, sich auf den Sitz manövrierte und dann die Sonnenschutzblende herunterklappte. Mit zwei Gummibändern war dort ein dünnes Heft fixiert. Albert nahm es und schlug es auf.

»Selbst wenn er darüber gestolpert wäre, hätte es für ihn keinen Sinn ergeben.« Mit einem zufriedenen Grinsen reichte er das Heft an Peters weiter. Dieser sah nur Zahlenkolonnen und Kürzel, mit denen er nichts anfangen konnte.

»Welche von Mrs. Learys Fahrten waren denn auffällig?«, fragte er und gab das Heft zurück.

Albert antwortete, ohne zu zögern: »Zweimal in der Woche ist sie spät nachmittags zum Kurfürstendamm gefahren. Meistens kam sie mit Einkäufen wieder zurück. Der Militärpolizei habe ich das bereits erzählt. Aber dann gab es da noch eine andere Adresse.« Er beugte sich aus dem Auto und senkte die Stimme. »Einmal in der Woche fuhr sie zu einem Haus nahe der Andrews Barracks. Es war immer donnerstags. Gegen drei Uhr fuhren wir los und waren dann spätestens um fünf Uhr wieder zurück. Das Ziel der Fahrten war immer dasselbe Privathaus. Was sie dort gemacht hat, ist mir nicht bekannt.«

22

Sonntag, 18. Juni 1950

Am Sonntag wurde Oppenheimer von strahlendem Sonnenschein geweckt. Weiße Wolken standen am blauen Himmel, und Regen war nicht in Sicht. Er nutzte den schönen Sommertag, um die wenigen hundert Meter zur S-Bahn zu spazieren und sich einige Tageszeitungen zu besorgen.

Die letzten Tage über war er kaum dazu gekommen, sich um die Nachrichten zu kümmern. Als Oppenheimer es sich in seinem Zimmer an dem Tisch vor dem Dachfenster gemütlich gemacht hatte und einen Blick in die Presseerzeugnisse warf, erkannte er, dass er nicht viel verpasst hatte. Die Stimmung zwischen den Westmächten und der Sowjetunion hatte sich weiter verschlechtert. Ein bizarrer Vorwurf der DDR-Regierung machte gerade Schlagzeilen. Den Behauptungen zufolge hätte das US-Militär aus Flugzeugen raue Mengen von Kartoffelkäfern über Ostdeutschland abgeworfen, um die Lebensmittelversorgung der dortigen Bevölkerung zu beeinträchtigen. Oppenheimer wertete dies als einen durchschaubaren Versuch, die eigene Verantwortung für die Misswirtschaft abzuschieben. Außerdem hätten die freigesetzten Schädlinge früher oder später auch Ackerschollen in den westlichen Grenzregionen befallen, weil so ein Kartoffelkäfer natürlich keine Ahnung von Landesgrenzen hatte. Offenbar ging die ostdeutsche Propagandaabteilung davon aus, dass die dicksten Lügen auch am ehesten geglaubt wurden.

Unterdessen schritten die Vorbereitungen voran, die junge Bundesrepublik stärker in den Westblock zu integrieren. In Bonn hatte der Bundestag nach langen Querelen nun doch den Beitritt zum Europarat beschlossen. Obwohl die meisten Politiker parteiübergreifend der europäischen Idee positiv gegenüberstanden, war ein kritischer Punkt, dass das Saargebiet als separates Mitglied gelten sollte. Die Grenzregion zwischen Frankreich und Deutschland war Anfang 1946 aus der französischen Besatzungszone ausgegliedert worden. Das Saarland galt seitdem als eigenständig, mit einer eigenen Staatsangehörigkeit, einer Flagge und sogar einer eigenen Hymne. In der Verfassung war die Loslösung von Deutschland als Ziel festgeschrieben, gleichzeitig wurde der wirtschaftliche Anschluss an Frankreich angestrebt.

Der westdeutsche Bundeskanzler Adenauer vertrat jedoch die Meinung, dass sich die offene Frage um die Zukunft des Saarlands in gutem Einvernehmen mit dem Nachbarn schon irgendwie lösen ließ. Oppenheimer fand diese Einschätzung nicht abwegig. Sollte der Schuman-Plan aufgehen und in Europa eine länderübergreifende Montanunion entstehen, waren derartige Territorialfragen seiner Meinung nach sowieso irrelevant. Nach den Verheerungen des von Hitler entfachten Weltkriegs war es höchste Zeit, sich auf eine friedliche Kooperation mit den Nachbarstaaten zu besinnen. Und dass sich die ehemaligen Erzfeinde endlich versöhnten, das war eine zentrale Voraussetzung, ohne die der optimistische Plan nicht aufgehen würde.

Schon nach wenigen Minuten begann Oppenheimers Aufmerksamkeit zu wandern, und er blätterte lustlos durch die Seiten. Er kam auf die Idee, die freie Zeit besser zu nutzen und seine letzte Errungenschaft anzuhören. Vor einigen Tagen hatte Oppenheimer zufällig in einem Antiquariat eine Schallplattenaufnahme von Beethovens Erzherzog-Trio aufgestöbert, die er schon seit Langem gesucht hatte. Zu seinem Glück handelte es sich nicht um die ebenfalls erhältliche gekürzte Fassung. Das etwas mehr als halbstündige Werk befand sich in einer grünen Schachtel und war auf insgesamt fünf Platten aufgeteilt.

Voller Vorfreude klappte Oppenheimer sein Koffergrammofon auf, legte die erste Scheibe auf den Plattenteller und senkte die Nadel in die Rille. Fast augenblicklich ertönte Alfred Cortot am Klavier, dann setzten Pablo Casals am Cello und Jacques Thibaud an der Violine ein.

Oppenheimer lehnte sich zurück und schloss die Augen. Während die Sonne seinen Nacken wärmte, lauschte er der Kammermusik. Leider kam er nicht dazu, die erste Plattenseite bis zum Ende anzuhören. Die Tür öffnete sich, und Lisas gedämpfte Stimme drang zu ihm.

»Hast du eine Ahnung, wo Theo steckt?«

Oppenheimer seufzte und öffnete die Augen. Er hielt es für einen Frevel, diese großartige Aufnahme zur Begleitmusik zu degradieren. Also stand er auf und stellte das Grammofon ab.

»Ist er nicht unterwegs?«, fragte er.

Lisa sah ihn groß an. »Sein Fahrrad ist noch da. Er muss hier irgendwo herumgeistern. Wird langsam wieder Zeit für einen Haarschnitt!«

Oppenheimer wusste, wie ungern sich Theo frisieren ließ. Und er hatte auch eine Ahnung, wo er sich versteckt hielt.

»Ich werde mal sehen, ob ich ihn überreden kann«, murmelte er und verließ das Zimmer.

Schnurstracks lief er die Treppe hoch und öffnete die Tür zum Dachstuhl. Wie erwartet stand dort das Fenster offen. Als Oppenheimer sich vorsichtig hinausbeugte, wehte ihm Tabakqualm entgegen. Ein kurzer Blick reichte aus. Theo saß in der Nähe des Fensters auf den Dachpfannen und rauchte eine Zigarette.

Der Junge warf ihm nur einen kurzen Blick zu, dann starrte er erneut in die Ferne. Oppenheimer war überrascht, dass Theo wieder mit dem Rauchen angefangen hatte. Mit dem brennenden Glimmstängel im Mundwinkel erinnerte er an den Dreikäsehoch, den er damals durch die Ruinen von Berlin gejagt hatte. Oppenheimer hatte schon lange aufgegeben, dem Jungen Vorschriften zu machen. Noch am ehesten konnte man mit schlagkräftigen Argumenten zu ihm durchdringen. Außerdem hatte er heute schlichtweg keine Lust, eine Standpauke zu halten. Oppenheimer wollte nichts weiter, als in Ruhe gelassen zu werden.

»Lisa möchte dir die Haare schneiden«, kündigte er an. »Ich sag ihr, wo du bist.«

Dann lief er in die Kellerküche, wo Lisa bereits wartete.

»Bin ich auch dran?«, fragte er.

Sie winkte ab. »Nein, bei dir geht es noch. Aber bei Theo ist es höchste Eisenbahn, der hat sich schon das letzte Mal gedrückt!«

Oppenheimer nickte. »Tja, er sitzt gerade auf dem Dach. Ich weiß nicht, wie ich ihn herunterlocken soll. Vielleicht schaffst du es?«

Lisa stemmte die Hände in die Hüften. »Jetzt fängt er schon wieder mit diesem Unsinn an. Und du lässt ihn einfach allein da oben?«

»Ach, er weiß schon, was er tut«, brummte Oppenheimer. »Dort, wo er sitzt, kann er nicht vom Dach fallen. Und ich kann ihn ja schlecht mit einem Lasso einfangen!«

Er hielt das Gespräch damit für beendet und trollte sich wieder in sein Zimmer, um von Neuem mit Beethovens Trio zu beginnen.

Diesmal schaffte er es bis zur dritten Plattenseite. Mitten im Scherzo Allegro klopfte jemand verhalten an die Tür.

Oppenheimer stöhnte auf und rief: »Was denn?«

Knarrend wurde die Tür geöffnet. Die rechte Handprothese gehörte Schmude. Er wusste, dass es Oppenheimer nicht gernhatte, wenn man ihm beim Musikhören unterbrach. Nach einem angedeuteten Räuspern sagte er: »Ah, Richard. Entschuldige, dass ich störe. Aber es ist dringend.«

Taktvoll wartete er ab, bis Oppenheimer aufstand, um die Nadel aus der Rille zu heben.

»Unten im Hof randaliert jemand. Ich glaube, es ist Theos Vater?«

Oppenheimer fuhr sich mit der Hand durch die Haare und schimpfte: »Die sind doch alle vom wilden Affen gebissen!«

Schließlich akzeptierte er, dass sich die Welt gegen ihn verschworen hatte und es ihm nicht vergönnt war, seine kostbare Aufnahme ohne Unterbrechung anzuhören.

Schmude hatte sich längst in seinem eigenen Zimmer in Sicherheit gebracht, als Oppenheimer missvergnügt auf den Gang polterte und die Stufen hinablief.

Vor der Haustür verharrte er überrascht. Die Klinke in der Hand, starrte Oppenheimer auf die vor ihm liegende Auffahrt und konnte nicht fassen, was er sah. Bei dem ungebetenen Besucher handelte es sich um Kallinich. Er machte noch einen genauso zerlumpten Eindruck wie beim letzten Mal. Entweder hatte er die versprochene Überbrückungshilfe noch nicht bekommen, oder er wollte die neuen Kleider schonen. Kallinich saß wenige Meter entfernt unter einem Baum und gestikulierte. Bereits zur Mittagsstunde hatte er so viel Alkohol intus, dass er völlig betrunken war. Oppenheimer wurde zuerst nicht so richtig schlau daraus, was er anstellte. Erst als er sich näherte, verstand er, dass Kallinich versuchte, seinen Oberkörper mit einem Strick am Stamm festzubinden.

»Kann ich Ihnen vielleicht helfen?«

Auf diese Frage hin hob Kallinich den Kopf. Bei Oppenheimers Anblick funkelten seine Augen vor Hass.

»Ihr Schweine, ihr wollt mich doch alle verarschen«, lallte er. Oppenheimer musste die Ohren spitzen, um ihn zu verstehen. »Ich rühr mich nich mehr weg, bevor ich hab, wofür ich gekommen bin!« Kallinich nickte bestätigend, doch sein Kopf kippte dabei zur Seite. »Hungerstreik, das mach ich. Die feinen Nachbarn werden sich das Maul zerreißen. Dann werden se merken, dass hier keine Mitmenschen leben! Nein, eine Teufelsbrut haust hier!«

Von Kallinichs demonstrativem Optimismus und Gottvertrauen war nichts mehr übrig geblieben. Oppenheimer hatte bereits geahnt, dass Kallinich die Realität auf Dauer nicht ignorieren konnte. Nachdem sich die Verbesserung seiner Lage nicht so schnell wie erwartet eingestellt hatte, war ein jäher Absturz erfolgt.

Noch immer hatte Kallinich es nicht fertiggebracht, einen Knoten an seinem spindeldürren Oberkörper zu binden.

»Wollen Sie mir vielleicht sagen, warum genau Sie hier sind?«, schlug Oppenheimer vor. »Wenn Sie nicht mit mir reden, weiß ich auch nicht, was Sie von uns verlangen.«

»Mein Jungchen«, lallte er. »Geben Sie Theo raus. Sonst geh ich hier nicht weg! Das ist mein« – er suchte nach dem richtigen Wort – »mein Ultimatum!«

»Was soll denn dieser Zirkus?«, rief Lisa, die hinter Oppenheimer aufgetaucht war. Er wandte sich um und sah, dass sie in der geöffneten Haustür stand.

»Herr Kallinich ist gekommen, um seinen Sohn abzuholen«, fasste Oppenheimer zusammen.

Lisa lachte ungläubig auf. Dann eilte sie die Stufen hinab und nahm Oppenheimer zur Seite. Sowie sie außerhalb von Kallinichs Hörweite waren, raunte sie: »Ruf am besten die Polizei. Dann haben wir etwas in der Hand, wenn es zu einer Klage kommt. Schließlich hat er sich mit diesem Verhalten selbst ins Zwielicht gesetzt. Einem Quartalssäufer kann man doch kein Kind anvertrauen!«

»Ich hoffe ja gerade, zu verhindern, dass es zu einer Klage kommt!« Oppenheimer schaute zur Straße. Hinter dem Jägerzaun waren bereits die ersten Nachbarn aufgetaucht. Auffällig langsam schlenderten sie den Gehweg entlang und warfen dem Ruhestörer neugierige Blicke zu. »So, wie es aussieht, haben wir für Kallinichs ungebührliches Verhalten sowieso schon ausreichend Zeugen«, bemerkte er.

Lisa zog die Augenbrauen zusammen.

»Bei so einem Querkopf muss man mit allem rechnen. Der ist doch eine Gefahr!«

Oppenheimer war immer noch nicht überzeugt davon, bereits jetzt schwere Geschütze aufzufahren, und näherte sich dem Betrunkenen.

Er stellte sich vor Kallinich und fragte so ruhig wie möglich: »Wie wollen Sie denn nach Hause kommen? Sie können sich ja kaum auf den Beinen halten.«

»Lassen Se das mal mein Problem sein«, ächzte Kallinich und rülpste.

Oppenheimer ging in die Hocke und sprach eindringlich auf ihn ein. »Nein, da liegen Sie falsch, Herr Kallinich! Momentan ist das mein Problem. Denn bis auf Weiteres bin *ich* nämlich für Theos Wohlergehen verantwortlich. Und ich werde ihn nicht gehen lassen, solange Sie nicht nachweisen können, dass Sie dieser Verantwortung gewachsen sind.« Kallinich hatte sein Kinn trotzig hervorgereckt. Oppenheimer merkte, dass er auf diese Art nicht weiterkam. Er atmete durch und fuhr fort: »Wie kommen Sie auf die Idee, dass Theo überhaupt mitgehen möchte, wenn er Sie in diesem Zustand sieht? Sind Sie sich bewusst darüber, was für ein Bild Sie hier abgeben? Ich kann durchaus verstehen, dass Sie Ihre Familie wieder zurückbekommen möchten. Aber Sie machen den zweiten Schritt vor dem ersten. Theo ist hier, und es geht ihm gut. Er läuft Ihnen nicht fort. Wäre es nicht sinnvoller, erst einmal Ihre Frau und Tochter zu suchen, um ihm ein stabiles Leben bieten zu können? Sonst muss Theo schon wieder wie ein Vagabund durch die Weltgeschichte ziehen. Wir geben ihm ein Heim, in dem er sich wenigstens sicher fühlen kann. Bei den ganzen Unwägbarkeiten in Ihrem derzeitigen Leben – können Sie ihm das bieten?«

Kallinichs Augen waren gerötet. Er verzog das Gesicht und ließ den Kopf auf die Brust sinken.

»Mein Jungchen«, wimmerte er in sich hinein. »Ham Se denn nich gehört, was diese Hunde jetan haben? Dieser Scheißfluss! Die Politiker verraten uns. Wie kommen die auf die Idee, diese Grenze zu ziehen?« Er blickte Oppenheimer in die Augen. »Wissen Se, was das heißt? Ich kann nie wieder nach Hause. Gehört jetzt alles zu Polen. Wir sind heimatlos. Kein Weg zurück.«

Jetzt erst erkannte Oppenheimer den Auslöser für Kallinichs Nervenzusammenbruch. Vor anderthalb Wochen war durchgesickert, dass die Regierung der DDR die Oder-Neiße-Linie als endgültige Grenze zwischen Deutschland und Polen festlegen wollte. Die damit verbundene Übergabe der deutschen Ostgebiete wurde von westdeutschen Politikern einhellig verurteilt, denn die Bundesrepublik war von den Verhandlungen ausgeschlossen worden. Für viele Beobachter sah es ganz danach aus, als ob sich nun zwei sowjetische Marionettenstaaten mit Stalins Segen die Grenzgebiete untereinander aufteilten. Die ethnische Säuberung von allen deutschen Bewohnern und kulturellen Einflüssen hatte bereits in der letzten Phase des Krieges begonnen. Jetzt sollte sie auch formalisiert werden. Dem westlichen Standpunkt zufolge ließe sich die Klärung der Gebietsansprüche im Rahmen eines Friedensabkommens erst dann treffen, wenn ein wiedervereinigtes demokratisches Deutschland auch mit einem demokratischen Polen am Verhandlungstisch säße.

Man schätzte, dass bis zu vierzehn Millionen deutschsprachige Menschen von der Vertreibung aus Ost- und Mitteleuropa betroffen waren. Herr Kallinich war unvermittelt zum Opfer geworden. Sein Weg zurück war versperrt. Nicht nur Landesgrenzen standen jetzt zwischen ihm und der alten Heimat, sondern auch der Eiserne Vorhang, der mit der neuen Regelung wieder ein Stück undurchdringlicher wurde.

Oppenheimer erinnerte sich daran, dass nicht nur Kallinich, sondern auch Theo davon betroffen war. Im Gegensatz zum Vater hatte sich Theo schnell an die neuen Lebensumstände in Berlin gewöhnt. Niemals war ihm auch nur eine Andeutung über die Lippen gekommen, dass er sich überhaupt noch an Ostpreußen erinnerte. Zwar hatte er auf der Flucht die Familie verloren, aber Theos junges Alter und der sichere Hafen seiner Pflegefamilie hatten glücklicherweise verhindert, dass daraus ein Problem wurde.

Kallinich besaß nicht diese Fähigkeit, sich selbst neu zu erfinden. »Ehe Sie sich um Theo kümmern, müssen Sie zuerst wieder Ordnung in Ihr eigenes Leben bringen«, schlug Oppenheimer vor. Kallinich ließ nicht erkennen, ob er zuhörte. Er starrte schweigend auf den Boden. Oppenheimer beugte sich zu ihm vor und nahm die losen Enden des Seils, mit dem er sich festbinden wollte. Bedächtig legte er es zusammen und sprach dabei beschwörend auf Kallinich ein. »Wo soll Theo denn wohnen? Soll er mit Ihnen von einem Flüchtlingslager zum nächsten ziehen? Er hat in den letzten Jahren schon genug durchgemacht. Geben Sie ihm jetzt wenigstens die Gelegenheit, erst einmal zur Ruhe zu kommen. Er läuft Ihnen ja nicht fort. Sie wissen, wo er ist. Wenn Sie mit Ihrer Frau und der Tochter wieder vereint sind, können Sie ihn holen lassen. Bis dahin passen wir auf ihn auf. Das versichere ich Ihnen.«

Kallinich gab noch immer keinen Mucks von sich. Doch Oppenheimer spürte, dass er ihm jetzt zuhörte. In der Hoffnung, den Nebel aus Alkohol und Zorn zu durchdringen, fügte er hinzu: »Wollen Sie sich das wenigstens durch den Kopf gehen lassen?«

Es dauerte eine Weile, bis sich Kallinich zu einem Kopfnicken durchrang. Er saß an den Baum gelehnt wie eine leblose Puppe.

Seine Kräfte waren aufgebraucht. Oppenheimer ahnte, dass Kallinich ihm in diesem Zustand keine Schwierigkeiten mehr bereiten würde. Er stand auf und trat zu Lisa, die alles aus sicherer Entfernung beobachtet hatte.

»Ich rufe ein Taxi und sehe zu, dass ich ihn in sein Lager zurückbringe. Sonst vermissen die ihn noch.«

Auch auf Lisa hatte Kallinichs Verhalten Eindruck gemacht. Dennoch konnte sie nicht davon ablassen, in ihm weiter den Konkurrenten um Theos Gunst zu sehen. Unzufrieden brummte sie und sagte: »Manchmal bist du einfach zu gutmütig.«

23

Montag, 19. Juni 1950

Der strahlende Nachmittag lud zu einem Spaziergang ein. Doch zu Wochenbeginn fand selten jemand die Muße, sich in dem Wohnviertel an der Grenze zwischen den Ortsteilen Dahlem und Lichterfelde die Beine zu vertreten. Umso mehr fiel die kleine Gruppe Fremder auf, die sich an diesem Tag hier versammelt hatte. Ein Mann in mittleren Jahren war mit einer jungen Dame in einem Auto vorgefahren. Wenig später hatte sich ein dunkelhäutiger Amerikaner zu ihnen gesellt.

Sie reichten sich die Hand, dann wandte sich der ältere Herr suchend um.

»Also hier ist diese Adresse?«, fragte Oppenheimer.

Peters nickte in die Richtung des nächsten Hauses. »Dort vorn müsste es sein. Mrs. Learys Chauffeur hat es eindeutig bestätigt. Sie ist dort hineingegangen.«

»Und das an jedem Donnerstagnachmittag«, sinnierte Oppenheimer und beäugte seine Umgebung interessiert. Die Grundstücke waren großzügig geschnitten, sodass die Häuser weit auseinanderlagen. Und doch war die Wohnlage hier nicht mehr ganz so exklusiv wie im benachbarten Villenviertel hinter der S-Bahn-Trasse. Zwischen den prunkvollen Fachwerkbauten stand wie zufällig auch eine Anzahl einfacher Einfamilienhäuser. Das Wohnhaus, in dem Mrs. Leary ihre Besuche abgestattet hatte, war dagegen recht großzügig. Über dem Souterrain gab es noch zwei weitere Stockwerke. Wie eine Pfeilspitze ragte der Giebel in den blauen Himmel.

Der weiße Anstrich war jedoch bereits verschmutzt, an einigen

Stellen hatte sich Moos gebildet. Auch sonst machte das Haus einen vernachlässigten Eindruck. Die Klingelleiste neben der Haustür verriet, dass das Gebäude entgegen der ursprünglichen Absicht von mehreren Parteien bewohnt wurde. Nicht von ungefähr erinnerte Oppenheimer dieses Arrangement an seine Wohnung bei Hilde.

»Kein schlechter Ort für ein Liebesnest«, sagte Fräulein Murr und rückte ihre schwarze Baskenmütze zurecht.

»Das wissen wir noch nicht«, wandte Peters ein. »Aber Albert hielt es für notwendig, es vor Colonel Leary zu verheimlichen. Das klingt nicht nach harmlosen Besuchen.«

Normalerweise hätte Oppenheimer es abgelehnt, sich von einem Zivilisten begleiten zu lassen. Aber diesmal hatte er eine Ausnahme gemacht. Die Adresse befand sich keine drei Kilometer von den Andrews Barracks entfernt. Weil sie eventuell damit rechnen mussten, auf US-Soldaten zu treffen, war es letztendlich einfacher, wenn Peters mit von der Partie war.

»Vielleicht haben wir uns mit René getäuscht, und Mrs. Leary hatte einen amerikanischen Liebhaber?«

Auf Fräulein Murrs Frage hin seufzte Oppenheimer. »Du denkst auch immer das Schlimmste von den Leuten.«

»Weil es meistens stimmt«, antwortete sie.

Kurz entschlossen übernahm Oppenheimer die Führung und schritt zum Eingang. Vor dem Portal blieb er stehen und drehte sich zu Peters um. »Okay, Gene. Wir übernehmen die Vorhut.«

Peters stutzte. »Rechnen wir etwa mit Gegenwehr?«

Oppenheimer lachte auf. »Das will ich nicht hoffen!«

Aufs Geratewohl drückte er auf einen Knopf der untersten Reihe der Klingelleiste.

Von innen näherten sich Schritte. Die Tür wurde geöffnet, und ein grauhaariger Mann mit Stoppelbart blinzelte ihnen durch eine dicke Brille entgegen. Beim Anblick von Oppenheimer und Fräulein Murr war er etwas verwirrt, als er hinter ihnen Peters erspähte, hellte sich sein Gesicht jedoch sofort auf.

»Ah, Sie wollen sicher Ihre Freunde besuchen?« Er dachte kurz nach und wiederholte dann auf Englisch: »You want to meet your friends? Downstairs. First on the left!«

Oppenheimer und Fräulein Murr wechselten Blicke.

»Entschuldigung, aber ich komme von der Kripo«, sagte Oppenheimer und präsentierte seine Marke. »Eine gewisse Dame soll dieses Haus häufiger besucht haben.« Fräulein Murr hielt dem Mann bereits ein Foto von Mrs. Leary entgegen.

»Ach ja«, sagte er. »Mrs. Leary. Eine nette Person. Sie hat das Zimmer ja auch gemietet!« Dann runzelte er die Stirn. »Aber Sie sagen, Sie sind von der Kriminalpolizei? Ist etwas vorgefallen? Es kann doch nicht wegen der amerikanischen Soldaten sein, die hier zu Besuch kommen? Keine Ahnung, was sie in dem Zimmer so veranstalten. Irgendwelche Treffen. Aber sie sind immer ruhig dabei, ich kann mich nicht beklagen.«

Auf Oppenheimers Enthüllung, dass Mrs. Leary tot war, reagierte der Mann betroffen.

»Das bedeutet, sie braucht das Zimmer dann wohl nicht mehr?«, fragte er.

Oppenheimer wollte das nicht vor der gesamten Nachbarschaft ausbreiten. Wie sich herausstellte, war der Mann der Hauseigentümer und gern bereit, ihnen das von Mrs. Leary gemietete Zimmer zu zeigen.

Es befand sich im Souterrain. Während der Vermieter sie, einen klimpernden Schlüsselbund in der Hand, nach unten führte, murmelte er vor sich hin: »Eine Schande. Eine richtige Schande. Sie war wirklich eine feine Lady, diese Mrs. Leary. So etwas hat sie nicht verdient.« Unten angekommen trat er vor eine Tür und wandte sich noch einmal Oppenheimer zu. »Wenn ich irgendwie dazu beitragen kann, diese Tragödie aufzuklären, stehe ich selbstverständlich gern zur Verfügung.«

Mit diesen Worten kramte er nach dem Schlüssel, kniff die Augen zusammen und versuchte vergeblich, ihn ins Schloss zu stecken.

»Es ist leider zu dunkel hier unten«, entschuldigte er sich.

»Darf ich?«, fragte Oppenheimer und griff nach dem Schlüssel. Er ließ sich nicht ganz ins Schloss stecken, denn ein zweiter Schlüssel steckte bereits von innen.

Jemand musste in dem Zimmer sein. Oppenheimer nahm den Hut vom Kopf und drückte sein Ohr vorsichtig gegen die Tür.

Dann hörte er es.

Aus dem Zimmer drang ein unterdrücktes Stöhnen.

Oppenheimer richtete sich auf. Er hämmerte gegen die Tür und rief: »Öffnen Sie! Hier ist die Polizei!«

Er horchte wieder an der Tür. Jetzt war es totenstill.

»Das Fenster«, zischte Oppenheimer.

Fräulein Murr verstand sofort. Sie zog Peters mit sich und lief die Treppe hoch, um den Fluchtweg zu sichern.

Oppenheimer lauschte erneut. Es klang nicht danach, als ob sich jemand aus dem Staub machen wollte. Wer auch immer sich in dem Zimmer befand, versuchte, sich zu verleugnen.

Mit geballter Faust schlug Oppenheimer gegen die Tür.

»Öffnen Sie, hier ist die Kripo! Sonst brechen wir die Tür auf!«

Er wartete, dann klopfte er erneut.

Plötzlich hörte er neben sich leichte Schritte auf der Treppe. Fräulein Murr erschien. Atemlos sagte sie: »Zwei Männer. Zwei Männer sind dadrinnen!«

Sie hatte es kaum ausgesprochen, als der in dem Schloss steckende Schlüssel umgedreht wurde.

Oppenheimer wusste nicht, was er zu erwarten hatte. Also trat er zwei Schritte zurück. Gebannt starrten er, Fräulein Murr und der Vermieter auf die Tür.

Jemand drückte die Klinke nach unten. Mit einem tiefen Knarren schwang die Tür auf.

Die Deckenlampe war ausgeschaltet, und so erkannte Oppenheimer im Gegenlicht des halbhohen Fensters nur die Konturen zweier Männer. Bei dem Anblick erstarrte er.

Einer von ihnen war ein bulliger Kerl. Er reichte fast bis zur Kellerdecke.

»Te-le-foon!«

Silke hatte die unschöne Angewohnheit, durch die halbe Wohnung zu schreien, wenn ein Anruf kam. Doch das war beileibe nicht die einzige Unart, mit der sie Rita auf die Palme brachte. Wie üblich biss sie sich auf die Lippen und machte keine Anstalten, Silke zurechtzuweisen. Es brachte sowieso nichts. Tim hatte ihr seine alte Flamme als Dienstmädchen aufs Auge gedrückt. Rita zweifelte manchmal daran, ob die Beziehung der beiden tatsächlich vorbei war. Vielleicht hoffte Tim ja darauf, mit Rita und Silke irgendwann mal gemeinsam im Bett zu landen? Er hatte in den letzten Monaten diesbezüglich noch keine Andeutungen fallen lassen, aber vielleicht traute er sich nur nicht. An sich war Rita offen für derartige neue Erfahrungen. Man konnte erst wissen, ob man etwas mochte, wenn man es ausprobiert hatte, fand sie. Jedenfalls bezahlte Tim Silke für ihre Dienste als Hausmädchen, also wollte Rita nicht kleinlich sein. Sie war fest entschlossen, das Beste aus dieser verfahrenen Situation zu machen.

Sie stand gerade vor dem Spiegel und probierte einen schwarzen Hut zu ihrem grauen Ausgehkostüm. Jedes Mal, wenn ihr die Decke auf den Kopf zu fallen drohte, warf Rita sich in Schale und flanierte die benachbarte Hermannstraße entlang. Begehrliche Männerblicke aufzufangen half ihr, über den alltäglichen Ärger hinwegzukommen. Und wenn ihr dann auch noch die Frauen neidisch nachsahen, war es in jedem Fall ausreichend, um Silkes Patzigkeit zu vergessen.

Sie holte tief Luft und betrat die Diele. Silke war bereits wieder in der Küche verschwunden. Ein Lichtschein durch die Glastür fiel auf den Telefonhörer, der neben dem Apparat auf dem Beistelltisch lag. Rita murmelte Silke einen stillen Fluch hinterher und meldete sich.

»Spreche ich mit Frau Woltmann?«

Rita horchte auf, als sie mit ihrem Nachnamen angesprochen wurde. Der Mann am anderen Ende der Leitung war keiner ihrer Freunde oder Bekannten.

»Am Apparat«, antwortete sie zögernd.

»Hier spricht Wachtmeister Bühner. Würden Sie sich bitte hinsetzen? Ich habe eine unangenehme Neuigkeit für Sie.«

Rita hörte ihr eigenes Herz pochen. Sie lehnte sich an die Wand und räusperte sich.

»Was soll das alles?«

»Es geht um einen gewissen Herrn Lehn. René Lehn. Wir haben ihn schwer verletzt aufgefunden. Es handelt sich um eine Schussverletzung.«

Rita zuckte zusammen. »Verdammt«, hauchte sie. Jetzt hatten ihn diese Unterweltgestalten also doch erwischt. Es konnte nicht anders sein. Gegenüber der Polizei wollte sie das keinesfalls ausplaudern. Also lauschte sie, die Lippen zusammengepresst, in den Hörer.

Der Anrufer fragte: »Frau Woltmann? Sind Sie noch da?«

»Ja.« Rita schnappte nach Luft. »Und warum rufen Sie an? Was wollen Sie von mir?«

»Herr Lehn wurde tödlich getroffen. Er wird nicht mehr lange leben. Vorher möchte er noch mit Ihnen reden. Er bestand darauf, dass wir Sie kontaktieren, ehe es zu spät ist.«

Ritas Gedanken rasten. Nach Renés Entführung hatte Oppenheimer ihr ins Gewissen geredet, vorsichtig zu sein. Doch ihre Sorge um René ließ diesen Rat unwichtig erscheinen. Sie machte sich Vorwürfe, ihn im Stich gelassen zu haben. Das alles hätte nicht so kommen müssen.

Sie versuchte, ihre bebende Stimme unter Kontrolle zu bringen. »Wie viel Zeit hat er noch?«

»Die Ärzte geben ihm maximal eine halbe Stunde.« Dann setzte der Polizist erneut an. »Er besteht darauf, Sie persönlich zu sehen. Es sei vertraulich. Und er will es sonst niemand anderem sagen.«

Konnte es sein, dass René etwa noch mehr Geld beiseitegeschafft hatte und ihr jetzt das Versteck verraten wollte?

Am ehesten würde sie es erfahren, wenn sie auf der Stelle aufbrach.

»Geben Sie mir die Adresse«, sagte Rita kurz entschlossen ins Telefon.

Zum Glück war Peters rechtzeitig zur Stelle, um zu übersetzen. Bei den beiden Männern im Souterrain handelte es sich den Uniformen zufolge um amerikanische Soldaten. Oppenheimer spürte, dass sie aufgeregt waren. Er musterte die beiden aufmerksam. Der hünenhafte G. I. war ein wahrer Fleischberg. Mit dem militärisch kurzen Haarschnitt wirkte sein Kopf kugelrund und war fast so dick wie der Hals. Er stand einfach da und sah Oppenheimer ausdruckslos an. In auffälliger Weise ähnelte er der Beschreibung des zweiten Verdächtigen, der Mrs. Leary angeblich verfolgt hatte.

Verglichen mit ihm war sein Begleiter bestenfalls eine halbe Portion. Die tief liegenden Augen zuckten unruhig hin und her. Er war klein und drahtig mit ausgeprägten Falten in den Mundwinkeln. Der schmächtige Private wies einladend auf den einfachen Küchentisch, um den zusammengesammelte Stühle standen.

»Was können wir für Sie tun?«, fragte er auf Englisch.

Keiner der beiden trug Waffen, also hielt es Oppenheimer für ungefährlich, ins Zimmer zu treten. Dennoch blieb er vorsichtig, schaltete zuerst die Deckenlampe ein und sah sich interessiert um. Er warf sogar sicherheitshalber einen Blick hinter die geöffnete Tür. Er hielt das Zimmer für eine ehemalige Vorratskammer. Es gab hier nur den Tisch und einige alte Holzschränke, keine Betten. In jedem Fall erschien diese Kammer als Wohnung zu klein.

Oppenheimer warf seinen Hut auf den Tisch und setzte sich. Auch Peters und Fräulein Murr drängten sich in den kleinen Raum, während der Vermieter sie wieder allein ließ. »War etwas mit dem Schloss?«, fragte Oppenheimer.

Der Schmächtige mit den dunklen Haaren setzte sich und versuchte, seine Irritation zu überspielen.

»Ach, Carter hatte abgeschlossen, obwohl er nicht sollte.« Er zuckte demonstrativ mit den Schultern. »Und dann fand er den Schlüssel nicht mehr. Dabei steckte er ja.« Der Riese namens Carter saß unbeweglich neben ihm und machte nicht den Eindruck, als würde er das Gespräch verfolgen.

Als Oppenheimer den Schmächtigen nach seinem Namen fragte, antwortete er: »Ich bin Todd. Sie haben uns einen schönen Schrecken eingejagt. Wir haben unseren Tutor erwartet und keine Polizei.«

Oppenheimer wollte sichergehen, dass er alles richtig mitbekam, und ließ Peters übersetzen. Er konnte zuerst nichts mit dem Begriff Tutor anfangen, schloss dann aber, dass es sich wohl um eine Art Lehrer handelte.

»Was ist das hier? Eine Privatschule?«

Todd nickte zu seinem Kameraden hinüber. »Mrs. Leary hat es für Carter organisiert.«

Erst jetzt fielen Oppenheimer auf dem Tisch die Lesefibeln und

Schulhefte auf. Jemand brachte dem bulligen Soldaten Lesen und Schreiben bei.

Peters runzelte die Stirn. »Durch den Lesetest der Army ist dein Kumpel doch sicher gekommen. Sonst wäre er nicht im Dienst.«

Da Carter weiterhin schwieg, sagte Todd schließlich: »Ja, er hat den Test geschafft, aber nur knapp. Mrs. Leary wollte etwas für Carter tun und hat einen Lehrer beschäftigt. Wir wollten die Stunden nicht in der Kaserne abhalten. Die anderen Jungs zerreißen sich sowieso schon das Maul über Carter.«

An dieser Stelle hakte Oppenheimer ein. »Sie sind mit Mrs. Leary also gut bekannt?«

»Sehr gut sogar. Und nicht nur, weil sie bereit war, Carter unter die Arme zu greifen.« Todd atmete durch. »Wo soll ich anfangen? Na ja, wir sind in Colonel Learys Regiment. Einmal hat er uns zu ihrem Haus geschickt, um ein paar Möbel abzuliefern. Zum Schluss hat Mrs. Leary uns noch was zu essen angeboten. So sind wir ins Gespräch gekommen. Sie war gerade nach Berlin gezogen und interessiert daran, wie es hier so zugeht. Vor allem hat sie zugehört. Und als sie mitbekommen hat, dass Carter gewisse Probleme hat, bot sie sofort an, ihm Nachhilfe zu besorgen.«

»Donuts«, sagte der Hüne plötzlich. Oppenheimer zuckte zusammen. Eine derart helle Stimme hatte er von dem bulligen Kerl nicht erwartet. »Sie kam immer und brachte Donuts.«

Todd lachte auf. »Ja, Donuts und Kaffee. Immer am Donnerstag. Wenn sie sich über Carters Fortschritte informierte.«

Peters schien ein wenig verwirrt und stellte Todd eine Frage. »Machst du auch bei den Nachhilfestunden mit?«

Todd verneinte das. »Ich komm einfach nur mit. Hab ja sonst nichts zu tun.« Mit einem Seitenblick auf seinen Kameraden fügte er hinzu: »Und es ist besser, wenn jemand Carter begleitet. Damit es keine Komplikationen gibt.«

Todd ging nicht weiter darauf ein, wie diese Komplikationen aussahen.

Oppenheimer betrachtete Carter. Es war praktisch unmöglich zu erahnen, was hinter der Fassade vor sich ging. Die zusammengezogenen Brauen, der mürrische Blick, nichts änderte sich in seinem Gesicht. Wenn er zu sprechen begann, dann geschah es ohne jede Vorwarnung.

»Er hat Joanne totgemacht«, sagte er jetzt zusammenhanglos. Seine Stimme klang gepresst. Carter bewegte die Hände unter der Tischplatte und stieß hervor: »Joanne ist tot!«

Mit etwas Verspätung begriff Oppenheimer, dass er von Mrs. Leary sprach.

Fräulein Murr hatte sich bislang im Hintergrund gehalten. Jetzt fragte sie nach. »Habt ihr etwa einen Verdächtigen?«

Todd winkte rasch ab. »Schön wär's! Wenn wir den Halunken zu packen bekommen, wird er nicht lange überleben! Carter sprach nur generell von dem Mörder. Es ist schwer zu verstehen, dass jemand ausgerechnet Mrs. Leary nach dem Leben trachtete.« Er nickte bekräftigend. Damit war das Thema für ihn abgeschlossen. Doch die wichtigste Frage hatte er nicht gestellt. Todd wusste, dass sie von der deutschen Polizei waren, aber er hatte sich nicht bei ihnen erkundigt, ob der Mörder schon gefunden worden war.

Eine unheilvolle Ahnung beschlich Oppenheimer. Etwas war hier absolut nicht in Ordnung.

»Wie gesagt, gleich kommt Carters Tutor«, begann Todd jetzt emsig. »Wir wissen nicht, für wie lange er überhaupt bezahlt wurde. Und ich muss mit Carter vorher noch die Hausaufgaben durchgehen. Ich würde es sehr schätzen, wenn sie uns allein …«

Den letzten Satz konnte er nicht mehr zu Ende führen.

Ein durchdringendes Stöhnen erfüllte das Zimmer. Todds Mundwinkel zuckten, während Carter noch genauso dasaß wie vorher. Oppenheimer war dieses Geräusch vorhin bereits durch die geschlossene Tür aufgefallen.

Wie in Zeitlupe erhob er sich von dem Stuhl. Auch Peters und Fräulein Murr folgten seinem Beispiel.

»In diesem Zimmer befindet sich noch eine Person«, stellte Oppenheimer fest. Von Todd kam keine Reaktion, also fügte er hinzu: »Ich befehle Ihnen, den Gefangenen freizulassen!«

Todd konterte mit einer unverfrorenen Lüge.

»Das haben Sie sich eingebildet. Das sind Ventilationsrohre, laute Dinger.«

Nur ein Schrank war groß genug, um einen Menschen zu verstecken. Oppenheimer war es leid, sich noch weitere Ausflüchte anzuhören. Zielstrebig umrundete er den Tisch und näherte sich dem hölzernen Kasten.

In diesem Moment sprang Carter hoch und baute sich vor Oppenheimer auf. Zwei Hände mit der Größe von Bratpfannen packten ihn an der Gurgel und rissen ihn mit einem einzigen Ruck von den Füßen.

Augenblicklich brach die Hölle los.

Peters hechtete über die Tischplatte und versuchte, Carter zu packen. Währenddessen hing Oppenheimer eingequetscht zwischen den Fäusten des Riesen und rang nach Luft.

Todd begann lauthals zu schreien.

»Carter! Stopp! Carter! Hör auf, sag ich dir!«

Oppenheimer umklammerte Carters Handgelenke. Dem stahlharten Griff hatte er nichts entgegenzusetzen. Sosehr er auch an den Pranken zerrte, der Druck auf seinen Hals ließ nicht nach.

Todd redete jetzt hektisch auf Carter ein. Oppenheimer konnte nicht alles verstehen, aber Todds Stimme klang beruhigend. In dem riesigen Gesicht vor ihm geschah eine Verwandlung. Die Augen zuckten. Schließlich atmete der Riese tief aus und stellte Oppenheimer dann sanft auf den Boden.

Oppenheimer schnappte nach Luft und stolperte nach hinten. Fräulein Murr fing ihn gerade noch rechtzeitig auf und setzte ihn auf einen Stuhl.

Hustend stieß er einen Fluch aus. Als Oppenheimer wieder atmen konnte, kniete Peters bereits vor dem geöffneten Schrank. Vor ihm lag ein Mann, geknebelt und gefesselt. Seine Augen waren vor Entsetzen weit aufgerissen.

Oppenheimer wandte sich an Todd und Carter. Wie Pennäler standen sie schuldbewusst in der gegenüberliegenden Ecke und machten keine Anstalten zu fliehen. Jetzt war es sowieso zwecklos. Die einzige Chance, den Konsequenzen ihres Handelns zu entgehen, wäre die Desertion gewesen. Obwohl die sowjetische Militärregierung Überläufer aus dem Westen hofierte, fand praktisch kein US-Soldat die Vorstellung besonders verlockend, im östlichen Stadtsektor von Berlin als Fahnenflüchtiger unterzutauchen und den Rest des Lebens abgeschnitten von der Heimat zu verbringen.

Oppenheimer fragte die beiden: »Was zum Teufel habt ihr hier angestellt?«

24

Montag, 19. Juni 1950

Rita wunderte sich ein wenig, dass sich René anscheinend in der belebten Innenstadt aufgehalten hatte, obwohl er eigentlich untertauchen wollte. Doch diese Frage erschien jetzt nebensächlich. Jede Sekunde zählte, um noch rechtzeitig vor dem Tod des guten Freundes einzutreffen. Den Chauffeur zu rufen hätte zu lange gedauert, also hatte Rita einfach Silkes Fahrrad genommen und war in einem Höllentempo zu der Adresse gefahren, die ihr der Polizist am Telefon durchgegeben hatte.

Während sie in die Pedale trat, malte ihre Fantasie in grauenvollen Bildern aus, wie sehr René zuletzt gelitten hatte. Er war kein Waisenknabe, das musste man ihm lassen, aber ein Ende, in das sogar Gestalten der Unterwelt verwickelt waren, das hatte er wirklich nicht verdient.

Das Gebäude befand sich in einer Seitenstraße der Kaiserallee. Hier war der Bombenhagel im Krieg besonders dicht gewesen und die Ruinen so zahlreich, dass sie zum Teil noch nicht weggeräumt worden waren. Als Rita sich zwischen den Trümmern umblickte, verstand sie, dass es hier für lichtscheues Gesindel hervorragende Verstecke gab.

Die einzelnen Häuser waren voneinander kaum zu unterscheiden. Rita fuhr so weit, bis sie endlich einen Briefkasten mit einer aufgemalten Hausnummer sah. Dort stieg sie ab und ermahnte sich, das Rad an dem nächsten Laternenpfahl anzuketten. Trotz ihrer Sorge um René wollte sie keinen Ärger mit Silke riskieren. Dann lief Rita suchend die Straßenzeile entlang, bis sie endlich die richtige Adresse fand. Es kam ihr schon ein wenig merkwürdig vor, dass weit und breit kein Polizeiwagen zu sehen war. Als sie wenige Meter weiter eine Hofeinfahrt erspähte, dachte sie, dass die Polizisten ihr Auto wohl hinter dem Haus abgestellt hatten. Die Eingangstür in der Hausfront war aus den Angeln gerissen. Ein angenageltes Holzschild wies darauf hin, dass das Betreten strengstens verboten sei, weil das Haus zum Abriss freigegeben war. Rita nahm all ihren Mut zusammen und trat ein.

Auf dem Boden der schmalen Eingangshalle überdeckte abgeplatzter Deckenputz das regelmäßige Muster der Steine. Als Ritas Augen sich an das Zwielicht im Inneren der Ruine gewöhnt hatten, fiel ihr Blick auf die dunkle Holztreppe. Der Polizist hatte erzählt, dass René im zweiten Stockwerk lag.

Es gab also keine Alternative. Sie musste dort hinauf.

Mit ihrer rechten Hand ertastete sie das Geländer und hangelte sich vorsichtig die Treppe empor. Schon nach wenigen Schritten erkannte sie, dass es eine schlechte Entscheidung gewesen war, hochhackige Schuhe anzuziehen. Aber sie wollte sie nicht ausziehen und ihre kostbaren Nylons ruinieren. Also tastete sie sich Stufe für Stufe am Geländer nach oben. Zum Glück war die Treppe eine robuste Konstruktion. Bis auf ein leises Knarren gab sie keine weiteren Unmutsbekundungen von sich.

Im ersten Stockwerk angelangt, war Rita kurz vor ihrem Ziel. Und doch hielt etwas sie zurück. Sie fand es unerklärlich, warum sie bisher auf keinen Polizisten gestoßen war. Hatte sich vielleicht jemand mit ihr einen üblen Scherz erlaubt und ließ sie für nichts und wieder nichts in einer Ruine herumtappen?

Wie auch unten waren die Fenster im oberen Stock mit Latten zugenagelt. Ein Brett hing an einer Seite lose nach unten. Dort drang wie ein Dolch ein Lichtstrahl ins Innere der Ruine. Rita blieb ganz in der Nähe stehen und entschloss sich, keinen Schritt weiterzugehen.

Sie rief: »Hallo! Ist da jemand?«

Angestrengt horchte sie in die stille Ruine, zählte bis zehn und rief ein letztes Mal. Dann zählte sie erneut bis zehn und drehte sich schließlich um.

»Rita«, ertönte es plötzlich.

Ein Schauder kroch ihr über den Rücken. Das heisere Röcheln aus dem oberen Stockwerk klang genauso, wie sie sich die letzten Worte eines Sterbenden vorstellte.

Dann meldete sich von dort oben eine zweite Stimme. Sie klang normal und war besser zu orten.

»Frau Woltmann? Sind Sie das?«

Auf der Stelle erkannte sie den Polizisten wieder.

»Ich komme!«, rief Rita und hastete die zweite Treppe hinauf.

Oppenheimer beugte sich neben Peters hinab. Gemeinsam befreiten sie den Gefangenen von seinen Fesseln. Die nackten Arme waren mit den Brandmalen ausgedrückter Zigaretten bedeckt. Das Kinn war geschwollen. Oppenheimer war noch dabei, die Stricke von den Handgelenken zu lösen, als es Peters gelang, den Knebel aus dem Mund zu ziehen.

Der Mann atmete auf. »Oppenheimer, endlich!«

Er war übel zugerichtet, also zogen sie den Gefangenen gemeinsam auf die Füße.

Als er im Tageslicht vor ihnen stand, zuckte Oppenheimer überrascht zusammen. Auch Fräulein Murr starrte den Mann ungläubig an.

Es war René.

»Hey, I know you«, murmelte Peters.

Völlig außer sich begann René sofort, auf Oppenheimer einzureden.

»Verhaften Sie diese beiden Rüpel! Die sind eine Gefahr!«

Die Unverfrorenheit, mit der René jetzt das Unschuldslamm spielte, machte Oppenheimer fassungslos.

»Mitten in der Nacht haben sie mich überfallen und entführt. Und dann … sehen Sie hier!« Er wies zuerst auf die kreisrunden Brandmale und richtete dann anklagend seinen rechten Zeigefinger auf die Soldaten. »Diese beiden da, das sind wahre Bestien! Die gehören weggesperrt.«

Oppenheimer platzte der Kragen.

»Wer hier weggesperrt gehört, darüber entscheidet immer noch der Staatsanwalt«, rief er. »Sabine, bestell einen zweiten Einsatzwagen.«

Dann blockierte er den Durchgang zum Flur und funkelte René und dessen Entführer an.

»Und keiner rührt sich von der Stelle, bis wir Licht in diese Angelegenheit gebracht haben!«

Am Kopf der Treppe blickte sich Rita um und ging dann auf die einzige geöffnete Tür zu. Das Muster aus Hell und Dunkel wirkte wie ein Tarnnetz. Sie musste genau hinsehen, um die Stolperfallen in dem Parkett zu erkennen. Vorsichtig lief sie weiter. Sie war bereit, gewisse Risiken auf sich zu nehmen, um René noch zu sehen, bevor er starb. Bis hierhin hatte sie es schon geschafft. Jetzt konnte es nicht mehr weit sein.

Sie eilte von einem Zimmer ins nächste. Die Türen standen weit offen. Rita konnte kaum verhindern, dass ihre Schritte schneller wurden. Jedes neue Zimmer erschien ihr als ein weiteres Hindernis, das es zu überwinden galt.

Getrieben von der Sorge um René, ließ schließlich auch ihre Vorsicht nach. Rita glaubte, dass sie bei dem letzten Raum am Ende des Gebäudes angelangt war und das Eckzimmer zur Straßenkreuzung betrat.

Das Ziel war zum Greifen nah. Rita hastete durch die letzte Tür und schrak zusammen, als sie erkannte, dass sich vor ihr ein klaffendes Loch auftat. Sie stoppte abrupt ab, doch es war zu spät. Auf dem Boden befanden sich feine Betonstücke, auf denen sie mit ihren Schuhen ausrutschte.

Starr vor Schrecken lag sie auf dem aufgerissenen Parkett. Ihre Beine baumelten bereits über dem Rand des Lochs. Erst nach ein paar Sekunden begriff sie, wie knapp sie einem tödlichen Unfall entgangen war.

Der Zimmergrundriss war nahezu quadratisch. Die Wände maßen in der Länge vielleicht vier Meter. Es gab zwei zugenagelte Fenster, aber keine weitere Tür. Bis auf das gähnende Loch, durch das man in den darunterliegenden Raum sehen konnte, befand sich absolut nichts hier drinnen. Bei näherer Betrachtung erkannte Rita, dass ein grobmaschiges Netz über die Öffnung gespannt war. Ob diese Sicherungsmaßnahme auch einen Sturz aus vollem Lauf gebremst hätte, war zweifelhaft. Wo steckte René?, fragte sie sich beunruhigt.

Das alles ergab keinen Sinn. Sie hatte sich verlaufen. Dabei war sie doch so sicher gewesen, die einzige offene Tür gewählt zu haben.

In der Erwartung, wieder zurücklaufen zu müssen, zog sie ihre Beine aus dem Loch zurück. Noch ehe sie sich aufrichten konnte, schlug hinter ihrem Rücken die Tür zu.

Aus den Augenwinkeln sah Rita, dass ein Mann neben der geschlossenen Tür stand. Er machte keine Anstalten, ihr aufzuhelfen. Rita gefiel das nicht. In ihrer derzeitigen Position war sie gefährdet. Sie bemühte sich, vom Rand des Lochs wegzukriechen, um aufstehen zu können.

Schritte kamen näher. Der Mann packte sie mit einer Hand am Kragen und zerrte sie auf die Füße. Gleichzeitig drückte er ihr mit der anderen Hand ein feuchtes Taschentuch auf Mund und Nase. Rita konnte nicht verhindern, dass sie den süßlichen Gestank der Flüssigkeit einatmete. Schon nach wenigen Augenblicken setzte bei ihr ein Erstickungsgefühl ein.

Mit zusammengebissenen Zähnen hielt Rita die Luft an und mobilisierte ihre letzten Kräfte. Sie befand sich immer noch im Klammergriff des Angreifers, der das Tuch auf ihr Gesicht drückte. Ein paarmal schlug sie mit ausgefahrenen Krallen um sich, doch sie bekam ihn nicht zu fassen.

Ein letztes Mal bäumte Rita sich auf und versuchte, den Mann abzuschütteln, dann verlor sie das Bewusstsein.

Zurück in der Kripozentrale schnappte sich Oppenheimer sofort Kubelik und organisierte in Windeseile zwei Vernehmungsräume für René und die beiden Soldaten. Vor allem Letztere sollten keine Gelegenheit bekommen, sich zu besinnen und eventuell eine plausible Lüge auszuhecken. Oppenheimer und Kubelik übernahmen die Befragung von René, während Fräulein Murr, unterstützt von Peters, sich den Privates widmete.

René ließen sie in dem leeren Zimmer zunächst ein wenig schmoren. Oppenheimer schätzte, dass man ihn leicht einschüchtern konnte. Als er nach fünf Minuten in Begleitung von Kubelik eintrat, saß René derart zusammengekauert hinter dem Tisch, dass er fast zu verschwinden schien. Seine Fassade wies bereits deutliche Risse auf. Und das lag nicht an den Folterspuren. René vermied den Blickkontakt und rutschte ständig auf dem Stuhl herum.

»Diese beiden Verrückten sind jetzt wohl hoffentlich eingebuchtet«, murrte er.

»Wir nehmen gerade ihre Personalien auf«, antwortete Oppenheimer bewusst vage. Er setzte sich René gegenüber auf den Stuhl, während Kubelik seine Schreibutensilien auspackte, den Bleistift anleckte und dann, zum Stenografieren bereit, abwartete.

»Wir benötigen noch einige Hinweise von Ihnen«, stellte Oppenheimer fest. »Jetzt erzählen Sie doch mal, wie es dazu kam. Warum wurden Sie entführt? Wo ist es geschehen?«

René blies theatralisch die Backen auf. »Woher soll ich denn wissen, was die sich gedacht haben? Ich kenne sie ja nicht einmal!«

Soweit Oppenheimer es beurteilen konnte, war Renés erste Schilderung reine Fantasie. Nur der Zeitpunkt der Entführung schien zu stimmen. Doch anstatt wahrheitsgemäß anzugeben, dass er aus der Kleingartenkolonie beim Park Ruhwald verschleppt worden war, behauptete er, von zu Hause entführt worden zu sein.

»Diese beiden Soldaten sind in Ihre Wohnung eingedrungen, verstehe ich das richtig?«

René nickte.

»Ein Einbruch wurde uns allerdings nicht gemeldet«, behauptete Oppenheimer. »Aber das lässt sich ja schnell klären. Wir schicken einige Polizisten zu Ihrer Adresse und sehen dann weiter.«

René öffnete den Mund, schwieg jedoch. Er hatte nicht damit gerechnet, dass seine Aussagen überprüft wurden, und jetzt wollte er keinen Rückzieher mehr machen.

Mit Kubelik an seiner Seite trat Oppenheimer auf den Gang und steuerte auf die Büroküche zu. Als sein Assistent merkte, dass er einen Ersatzkaffee aufgießen wollte, fragte er: »Und was machen wir mit den Polizisten? Sollen wir sie zu der Adresse schicken?«

Oppenheimer blieb in der offenen Tür stehen. »Aber ja doch. Organisiere das schon mal, ich bringe dann den Muckefuck.«

Als er mit der vollen Kanne und vier Tassen in sein Büro trat, waren neben Kubelik auch Fräulein Murr und Peters um die zusammengeschobenen Tische der Assistenten versammelt.

»Ah, ihr seid schon so weit?« Mit dieser Bemerkung stellte Oppenheimer die Kanne ab und verteilte die Becher.

Noch ehe er eingeschenkt hatte, fragte Fräulein Murr:

»Und was ist mit René? Will er eine Strafanzeige wegen Körperverletzung stellen?«

Oppenheimer lachte auf. »Natürlich. Er sieht sich als unschuldiges Opfer. Zumindest so lange, bis wir ihm etwas anderes nachweisen können. Aber das dürfte nicht allzu schwer sein.«

Er setzte sich, blies genüsslich in den Becher und nippte an dem schwarzen Gebräu.

»Was sagen denn unsere Soldaten, Sabine?«

»Die haben jetzt wohl verstanden, dass sie ein wenig übers Ziel hinausgeschossen sind.«

Kubelik verschluckte sich fast beim Trinken. Hustend wiederholte er: »Etwas übers Ziel hinausgeschossen? Sie haben jemanden entführt und kaltblütig gefoltert! Das ist doch kein Kavaliersdelikt. Das macht man vielleicht im Wilden Westen so, aber nicht bei uns. Übers Ziel hinausschießen, darunter verstehe ich nun wirklich etwas anderes!«

Fräulein Murr hob beschwichtigend die Hände. »Ich sehe das genauso, Thomas. Aber die beiden hatten sich in den Kopf gesetzt, dass René der Mörder von Mrs. Leary ist.«

Oppenheimer stöhnte auf und rieb sich mit der flachen Hand über das Gesicht. »Genau, was ich befürchtet hatte. Zwei übereifrige Privatschnüffler. Und warum sind sie auf die glorreiche Idee gekommen, sich ausgerechnet René zu schnappen?«

»Dieser Punkt ist ein bisschen verworren, oder was meinst du, Gene?« Fräulein Murr warf Peters einen fragenden Blick zu.

»Ich finde das ganz einfach«, antwortete er. Er wechselte jetzt ins Englische und bemühte sich, möglichst langsam zu reden.

»Dieser große Junge, Carter, er hatte an seiner Gönnerin Mrs. Leary einen Narren gefressen und hielt es für seine Aufgabe, sie zu beschützen. Sozusagen als Gegenleistung für den Sprachunterricht, vielleicht auch für die Gratisdonuts, wer weiß.« Peters lachte in sich hinein und nahm einen Schluck Getreidekaffee. »Jedenfalls hat Carter Mrs. Leary in seiner freien Zeit beschattet. Es war eine Art Hobby von ihm. Er konnte sich mit nichts anderem beschäftigen. Allerdings besitzen er und Todd nur Fahrräder. Und als Private bekommt man nicht einfach so ein Auto aus dem Fuhrpark der Army geliehen. Also war diese Überwachung alles andere als lückenlos, und bei den langen Fahrten in die Stadtmitte wurde Mrs. Leary von ihnen in der Regel nicht beschattet.«

Oppenheimer seufzte. »Das ist ein Jammer, sonst hätte Carter die Entführung bestimmt verhindert.«

Fräulein Murr warf ein: »Das erklärt aber, warum Carter von amerikanischen Zeugen nahe der Kaserne gesehen wurde und als Verdächtiger auf unserer Pinnwand gelandet ist.« Sie zeigte auf die Phantombilder des zweiten Tatverdächtigen. Oppenheimer starrte die Zeichnungen an und sagte: »Die können wir dann wohl getrost entfernen.« Dann wandte er sich wieder Peters zu. »Und dieser zweite G. I., dieser Todd. Was hat der mit der ganzen Sache zu tun?«

»Er ist ständig mit Carter zusammen«, erklärte Peters. »Damit nichts passiert. Es ist schon ein paarmal vorgekommen, dass Carter von Kameraden gehänselt wurde. Normalerweise reagiert er nicht darauf, aber wenn bei ihm die Sicherung durchbrennt, schlägt er ohne Vorwarnung zu.«

Oppenheimer rieb sich den schmerzenden Hals.

»Und wo der hinlangt, wächst kein Gras mehr, das kann ich bestätigen.«

Peters nickte. »Er ist wie ein großes Kind mit gewaltigen Kräften. Todd scheint es als seine Verantwortung zu sehen, ihn unter Kontrolle zu halten. Wenn er das nicht tut, wird Carter früher oder später unehrenhaft aus der Army entlassen, meint er.«

»Also, beide sind praktisch immer zusammen«, rekapitulierte Oppenheimer. »René ist nicht Mrs. Learys Mörder, das scheint festzustehen. Also können sie ihn auch nicht bei der Tat ertappt haben. Bleibt nur die Möglichkeit, dass sie irgendwelche Indizien hatten. Ich nehme an, dass es Todds Schlussfolgerung war, René als verdächtig einzustufen?«

Fräulein Murr nickte. »Sie wussten von Mrs. Learys Ausflügen ins *Luxor*. Einmal haben sie Geld für ein Taxi zusammengelegt und sind ihr gefolgt. Und irgendwie bekamen sie auch heraus, dass sie dort Treffen mit René hatte.«

Oppenheimer schüttelte ungläubig den Kopf. »Anscheinend hat halb Berlin davon gewusst! Mrs. Leary war nicht gerade talentiert darin, ihre Spuren zu verwischen. Hätte der Chauffeur nicht das Fahrtenbuch manipuliert, wäre der Gatte ihr schon längst auf die Schliche gekommen.«

»Jedenfalls haben sie René dann genauer unter die Lupe genommen.«

Oppenheimer unterbrach Fräulein Murr. »Das war vor der Entführung von Mrs. Leary?«

Sie nickte. »Ja, lange vorher. Todd hat René im *Luxor* beobachtet, im Alleingang, denn ein riesiger Junge wie Carter wäre dort sofort aufgefallen. Und er fand dabei heraus, dass René, abgesehen von Mrs. Leary, den meisten Kontakt mit Rita hat.«

Oppenheimer winkte ab. »Ja, dann glaube ich zu verstehen, was vorgefallen ist.« Er beugte sich vor und zählte die Ereignisse an seinen Fingern ab. »Erstens, Mrs. Leary wurde entführt. Dann folgte die Lösegeldforderung und die Übergabe. Vielleicht hat sich das bei den Amerikanern herumgesprochen. Auf jeden Fall verschwand René von der Bildfläche, was ihn ins Zwielicht setzte. Also hängten sich Todd und Carter an Rita und hatten Glück. Sie führte sie direkt zur Kleingartenkolonie, in der René mitsamt dem Lösegeld untergetaucht war.«

»So in etwa«, bestätigte Peters. »Sie wollten ihn schnappen, noch ehe er eine Gelegenheit zum Abhauen bekommt. Und dann beabsichtigten sie, aus ihm ein Geständnis herauszuprügeln und ihn mit diesen belastenden Hinweisen der Militärpolizei zu übergeben.«

Oppenheimer seufzte schwer. »Meine Güte. Warum haben die beiden ihren Grips nicht darauf verwendet, den richtigen Mörder zu fangen? Dann wären wir vielleicht schon weiter.«

»Man sollte das nicht Amateuren überlassen«, sagte Kubelik ein wenig bissig.

»Da sagst du was.« Bei Peters' Anblick stutzte Oppenheimer und fügte eilig hinzu: »Unsere derzeitige Gesellschaft ist da natürlich ausgenommen.«

Fräulein Murr erkundigte sich: »Was sollen wir mit den beiden jetzt anfangen?«

Oppenheimer war überfragt. Er blickte aus dem Fenster in den klaren Himmel und wiegte den Kopf hin und her. Schließlich winkte er ab.

»Ach, lass sie laufen. Ich bezweifle, dass René seine Anzeige aufrechterhalten wird. Er ahnt noch nicht, was wir ihm alles nachweisen können. Aber legt Todd und Carter auf jeden Fall das neue Phantombild unseres Verdächtigen vor. Er ist ein amerikanischer Soldat, vielleicht haben wir ja Glück, und sie kennen ihn.«

In Gedanken ging Oppenheimer durch, wie er René nach dieser kleinen Pause gegenübertreten sollte. Er beugte sich zu Peters und Fräulein Murr vor und fragte: »Todd und Carter haben eingestanden, dass sie René aus der Kleingartenkolonie entführt haben, das ist so korrekt?«

Peters nickte, und Fräulein Murr bestätigte: »Das steht außer Zweifel.«

»Sehr gut, dann soll uns René diese Diskrepanz mal erklären. Er behauptet nämlich, von zu Hause entführt worden zu sein.«

Zufrieden stand Oppenheimer auf und nickte Kubelik zu, ihm zu folgen.

25

Montag, 19. Juni 1950

Im Vernehmungszimmer begann Oppenheimer auf René einzureden, noch bevor Kubelik eine Chance bekommen hatte, seinen Notizblock zu öffnen. Während ihrer Abwesenheit hatte René wohl pausenlos Zigaretten gepafft, denn die Luft war zum Schneiden dick.

»Also schön«, begann Oppenheimer und setzte sich lässig auf die Tischkante. René war diese Nähe unangenehm, und er rückte zur Seite.

Oppenheimer rieb sich die Hände. »Machen wir's kurz. Ich werde Ihnen jetzt einfach erzählen, wie das hier ablaufen wird.« Dann holte er tief Luft und sagte: »Meine Güte, wie können Sie das nur aushalten?«

Mit dieser Bemerkung wanderte er zum vergitterten Fenster und öffnete es, um zu lüften. Er blieb am Fenster stehen und wandte sich René wieder zu.

»Es fängt damit an, dass ich mit Beweisen ankomme, die belegen, dass Sie nicht aus Ihrer Wohnung entführt wurden, sondern aus der Kleingartenhütte von Ritas Verwandten. Dort habe ich gestern einen Koffer mit fünfzigtausend Mark gefunden. Dieser Betrag entspricht exakt dem Lösegeld für Mrs. Leary. Ein merkwürdiger Zufall, nicht wahr? Sie werden daraufhin behaupten, den Koffer noch nie gesehen zu haben. Aber die Spurensicherung wird ihn genauer untersuchen und Ihre Fingerabdrücke darauf feststellen. So weit, so schlecht für Sie. Damit wären Sie nämlich dringend verdächtig, das Lösegeld für Mrs. Leary erpresst zu haben.«

René wollte vehement widersprechen, doch Oppenheimer hob die Hand.

»Einen Moment, es geht noch weiter. Hören Sie mich bitte an, bevor Sie antworten.« Er fixierte René und fuhr dann fort: »Ein Rechtsmediziner wird daraufhin Ihre Armwunde untersuchen. Er wird auf den ersten Blick sehen, dass die Verletzung schon etwas älter ist und von einer Schusswaffe stammt. Der Schusswinkel und das mutmaßliche Kaliber werden zu der Polizistenwaffe passen, mit der bei der Lösegeldübergabe auf den Erpresser geschossen wurde. Und es würde mich auch nicht wundern, wenn die Seriennummern der Scheine zum Lösegeld passen. Eins zu null für die Kripo. Wir übergeben die Indizien dem Staatsanwalt, und Sie werden wegen Erpressung angeklagt. Obwohl wir versuchen werden, eine Verbindung zwischen Ihnen und dem Mörder nachzuweisen, wird es für Menschenraub und Mord am Schluss nicht reichen. Aber bereits die erwiesene Erpressung wird unangenehm genug für Sie sein.«

René versuchte, eine weitere Zigarette anzuzünden. Mit seinen zittrigen Händen brauchte er verdammt lange dafür.

Oppenheimer nickte.

»Sie reden nicht, also haben Sie dazugelernt. Sehr gut. Ich bin nämlich noch nicht am Ende meiner Ausführungen.« Oppenheimer wechselte wieder zum Tisch und setzte sich René direkt gegenüber. »Das alles wird so geschehen. Selbst wenn Sie noch so vehement leugnen, wird es Ihnen nicht helfen. Die Indizienkette wiegt schwerer. Bleibt nur die Frage offen, wie Sie sich verhalten wollen.«

René erstarrte und hörte konzentriert zu. Es war ihm anzusehen, dass er auf einen Fingerzeig von Oppenheimer hoffte.

»Wie gesagt, der Vorwurf der Erpressung lässt sich nicht entkräften«, schränkte Oppenheimer ein. »Aber der Richter könnte milde gestimmt werden, wenn Sie uns zum Beispiel bei den Ermittlungen behilflich sind.«

»Ich war völlig von Sinnen«, platzte es aus René heraus. »Die Trauer um meine ermordete Frau, das war zu viel für mich! Der Mörder wurde nicht gefasst, ich fühlte mich von allen verraten. Na, was hätten Sie denn gemacht?«

Oppenheimer zog die Brauen hoch. »Auf keinen Fall wäre ich auf die Idee gekommen, mich als Nutznießer an einen Mord dranzuhängen!«

Hastig fügte René hinzu: »Der Mörder hat mir solchen Kummer bereitet, jetzt wollte ich auch ihm schaden!«

»Und dabei haben Sie geflissentlich ignoriert, aus welcher Quelle das Lösegeld stammt«, gab Oppenheimer zu bedenken. »Letztendlich haben Sie nicht dem Mörder geschadet, sondern den Learys.«

René murmelte, sodass es gerade noch zu verstehen war: »Joannes Leute haben doch genug.« Lauter fügte er hinzu: »Die könnten halb Berlin kaufen, wenn es ihnen gefällt. Die Familie von Mrs. Leary kratzt das nicht! Aber ja, es stimmt. Den Mörder habe ich nicht damit getroffen. Jetzt verstehe ich es. Aber damals war ich blind dafür. Ach was, ich war einfach nicht zurechnungsfähig. Sonst wäre ich nie auf diese Idee gekommen.«

Allmählich wurde Oppenheimer ungeduldig, denn ihm schwante, dass er von René nur Ausreden hören würde.

»Das können Sie dann gern Ihrem Verteidiger schildern. Ich bin lediglich an Hinweisen auf den Mörder interessiert. Waren Sie jemals mit ihm in Kontakt? Wie kamen Sie auf die Idee, dass Mrs. Leary ebenfalls von ihm entführt worden war?«

Vor seiner Antwort dachte René kurz nach. »Nun, ich habe einfach eins und eins zusammengezählt. So viele Entführungen gibt es ja nicht. Und vor allem keine, die irgendwie mit den Amis zusammenhängen. Das musste derselbe Täter sein.«

»Und was wäre geschehen, wenn wir Mrs. Learys Leiche vor der Geldübergabe gefunden hätten?«

Unbeeindruckt zuckte er mit den Schultern. »Das war mein Risiko. Aber ich hatte nicht viel zu verlieren. Leary wollte die Zahlung zwar hinauszögern, aber es ist mir gelungen, ihn unter Druck zu setzen.« Bei dem nächsten Gedanken lachte er in sich hinein. »Ich habe Leary sogar einen Schal geschickt, den Joanne einmal im *Luxor* vergessen hat. Als Beweis dafür, dass sie sich in meiner Gewalt befindet.« Seine Augen glänzten, von der gespielten Reue war nichts mehr zu spüren. »Mensch, war ich gerissen!«

»Haben Sie schon einmal diesen Mann gesehen?« Mit dieser Frage deckte Oppenheimer das aktualisierte Phantombild des Mörders auf, das die ganze Zeit auf dem Tisch gelegen hatte, und schob es zu René hinüber. Dieser starrte auf die Zeichnung. Er hob den Blick und fragte ungläubig: »Soll er das etwa sein? Der Mörder?«

Oppenheimer nickte. »Wir gehen davon aus. Vermutlich war er im *Luxor*, um seine Opfer auszukundschaften.«

René schnaubte. Diese Reaktion kam so unerwartet, dass Oppenheimer und Kubelik Blicke tauschten.

Die Augen auf die Zeichnung gerichtet, murmelte René: »Das ist doch wohl nicht möglich.«

»Sie kennen ihn?«

»Ja, allerdings. Das ist John!«

Das war ein Allerweltsname. Oppenheimer bezweifelte, dass es der richtige war.

René seufzte. »Aber dieser Milchbubi ... das kann doch nicht der Mörder sein! Er kommt gelegentlich ins *Luxor*, das stimmt. Vor einer Weile hat er mich sogar angesprochen.«

Oppenheimer horchte auf. »Wann ist das gewesen?«

»Keine Ahnung, vielleicht vor zwei oder drei Monaten.«

»Also auf jeden Fall, bevor Ihre Frau entführt wurde?«

René nickte zur Bestätigung und kniff dann seine Augen zusammen. »Wie war das noch mal? Ja, er hat mir ein Bier spendiert. Ich wusste nicht, was ich davon halten sollte. Möglicherweise ist er ein warmer Bruder, dachte ich und habe mir schon eine sanfte Abfuhr überlegt. Aber dann wollte er nur mit mir reden.« Bei seiner Erinnerung an diesen Vorfall lachte René auf. »Er ist Amerikaner, aber kann fließend Deutsch. Er wollte mit mir über meine Sünden sprechen. Das hat er so formuliert. Ich dachte, er will mich bekehren. Normalerweise lasse ich mich auf solche Gespräche nicht ein, aber er war … nun ja, mit ihm konnte man eben gut reden. Er hat sich später dann noch ein paarmal mit mir an die Bar gesetzt. Er war nicht knauserig und hat mir für die vergeudete Zeit sogar Tanzbilletts gegeben. Er schien ein angenehmer Zeitgenosse zu sein.«

»Und dann haben Sie über Ihre Frau gesprochen?«

Schlagartig traf René die Erkenntnis. Die Farbe wich ihm aus dem Gesicht. »Verdammt, ich habe ihm alles erzählt! Ich habe auch über meine Freunde geredet und über die Arbeit im *Luxor*. Er weiß alles von mir!« Er schlug sich die Hände vors Gesicht. Mit gepresster Stimme sagte er: »Ich habe ihn direkt zu Lotte und zu Joanne geführt.«

Oppenheimer rückte näher zum Tisch. »Das konnten Sie damals nicht wissen«, versuchte er zu beschwichtigen. »Haben Sie dabei vielleicht auch etwas über diesen Mann erfahren? Hat er etwas über sich selbst erzählt?«

Mit trüben Augen blickte René ihn an. »Er hat nur über das Leben in der Kaserne gesprochen. Wie langweilig das alles sei. Er wohnt irgendwo in Lichterfelde, das habe ich herausgehört. Mehr konnte ich nicht über ihn in Erfahrung bringen.«

Enttäuscht fuhr Oppenheimer fort: »Ist Ihnen dieser John später dann noch mal begegnet?«

René nickte. »Ich sehe ihn ab und zu im *Luxor*. Er gehört zur Laufkundschaft. Ich könnte nicht beschwören, wie oft er sich dort blicken lässt. Besonders auffällig ist er ja nicht gerade. Manchmal ist er einfach da, man beachtet ihn kaum.«

Nach dem Gespräch mit René sah Oppenheimer die Dinge endlich etwas klarer. Jetzt wusste er, warum ausgerechnet diese beiden Frauen als Opfer ausgewählt worden waren. Und auch der Mörder nahm in seiner Vorstellung zunehmend Konturen an.

Zurück in seinem Büro heftete er das Phantombild wieder auf die große Stadtkarte von Berlin. Dann nahm er ein leeres Blatt Papier, beschriftete es mit *JOHN* und pinnte es darüber.

Oppenheimer stellte sich davor und fasste zusammen: »Er nennt sich John, hat vermutlich eine medizinische Grundausbildung und wohnt wahrscheinlich in einer Kaserne in Lichterfelde.« Damit wandte er sich an Peters. »Welche Truppenstandorte würden infrage kommen?«

Peters lehnte sich zurück und musterte die Karte. »Es gibt in Berlin drei große Kasernen. Sie befinden sich allesamt in Lichterfelde.« Er stand auf, trat neben Oppenheimer und ließ seine Hand über die Wandkarte gleiten. »Die Roosevelt Barracks liegen nordöstlich, die McNair Barracks sind im Südwesten.«

Peters zeigte mit dem Finger auf die betreffenden Stellen der Karte. Dann wies er auf die Luftlinie zwischen diesen beiden Punkten. »Und genau in der Mitte, dort sind die Andrews Barracks.«

Oppenheimers Optimismus bekam einen Dämpfer, als ihm bewusst wurde, dass Renés Angaben die Zahl der Verdächtigen nur unwesentlich verringerte. Peters warf ihm einen Seitenblick zu. Angesichts Oppenheimers enttäuschter Miene erklärte er: »Ich kann mich dort umsehen. Vielleicht haben wir Glück, und er kreuzt noch mal meinen Weg.«

Sein Enthusiasmus war so groß, dass Oppenheimer beschwichtigend die Hände hob. »Aber bitte, sei vorsichtig, Gene. Wenn die Sache gefährlich wird, rufst du am besten die Militärpolizei. Auf dem Kasernengelände können wir dir nicht helfen.«

»Geht klar, Chef.« Bei seinem ironischen Lachen entblößte Peters seine strahlenden Zähne.

Dann wandte sich Oppenheimer an seine beiden Assistenten.

»Dieser John ist gelegentlich im *Luxor* aufgetaucht. Vielleicht kommt er häufiger, wenn er auf der Suche nach einem neuen Opfer ist.«

»Jetzt wissen wir auch, warum René so verdächtig erschien«, warf Kubelik ein. »Die Opfer standen alle in einer Beziehung zu ihm. Und der Mörder hatte von ihm auch die Details erfahren.«

Fräulein Murr überlegte und sagte dann: »Nun stellt sich mir die Frage, wer als nächstes Opfer gefährdet ist. Dass es wieder eine Frau sein wird, liegt auf der Hand. Und die Wahrscheinlichkeit ist groß, dass sie auch eine Beziehung zu René haben wird.«

Kubelik runzelte die Stirn. »Aber wie wollen wir das eingrenzen? Im Prinzip käme jede Tänzerin im *Luxor* infrage und dazu auch noch Renés weibliche Stammkundschaft.«

»Deshalb beziehen wir ab sofort Stellung im *Luxor*«, beschloss Oppenheimer und setzte sich zurück an den Tisch. »Ich informiere die Mitarbeiter, damit sie die Augen nach diesem John offen halten. Aber wir müssen vor Ort sein, wenn er auftaucht, sonst entwischt er uns.«

Kubelik und Fräulein Murr tauschten überrascht Blicke. Sie waren von dem Vorschlag sichtlich amüsiert. Kubelik sagte: »Ich hoffe nicht, dass ich auch noch tanzen muss?«

»Steck deine Hoffnung nicht zu hoch, Thomas! Ich denke, ich habe bereits den geeigneten Raum für euch. Mit einem Überblick über den ganzen Saal. Am besten, wir fahren gleich dorthin, und ich kläre die Angelegenheit.«

In einiger Entfernung lehnte Peters mit verschränkten Armen an einem Fensterbrett und sah den Ermittlern fasziniert zu.

»Großartig«, sagte er. »Jetzt muss sich John nur noch blicken lassen.«

Rita war nicht bereit, die Augen zu öffnen. Sollte der Angreifer ruhig denken, dass sie immer noch betäubt war. Tatsächlich war sie bereits seit mehreren Minuten hellwach. Der Entführer würde sie gefangen halten, das stand für sie fest. Richard war ein Bulle. Er würde Himmel und Hölle in Bewegung setzen, um sie zu finden. Es war nur eine Frage der Zeit. Schlimmstenfalls würde sie eben so lange ausharren, bis jemand kam, um sie zu befreien.

Rita hatte starke Kopfschmerzen. Der Kopf war erhöht, die Füße lagen tiefer. Das gab ihr einen Anhaltspunkt. Unter ihr befand sich ein weicher Gegenstand. *Ein Bett, du liegst auf einem Bett,* sagte ihr Verstand.

Vorsichtig versuchte sie, ihre Glieder zu bewegen. Die Arme und Beine wollten den Befehlen zuerst nicht gehorchen. Dann aber schaffte sie es, ihre Bewegungsfreiheit auszutesten. Erleichtert registrierte sie, dass sie nicht gefesselt war. Danach konzentrierte sich Rita auf ihre Umgebung. Sie horchte in die Tiefe des Raums hinein und atmete ganz flach, damit sie die leisesten Geräusche wahrnehmen konnte. Weit entfernt hörte sie die Stadt. Keine Stimmen, nur das monotone Brummen des Verkehrs.

Es gelang ihr nach einiger Zeit, diesen Geräuschteppich auszublenden. Doch abgesehen davon gab es keine anderen Laute. In ihrer unmittelbaren Nähe war es völlig still. Und sie spürte auch keine fremde Präsenz.

Also wagte sie es, die Augen zu öffnen.

Sie musste mehrmals blinzeln, bis sie die Gegenstände klar fokussieren konnte. Das Gefängnis, in dem sie sich wiederfand, war nicht so schlimm wie befürchtet. Das hier war keine Schreckenskammer mit Folterwerkzeugen, sondern ein ganz normales kahles Zimmer. Das einzig Ungewöhnliche waren die mit Metall verstärkte Holztür und das hohe Fenster. Rita fühlte sich an die unzähligen Luftschutzbunker erinnert, in denen sie den Krieg zugebracht hatte. Sie trug nur noch ihr Unterkleid. Auch die Armbanduhr fehlte. Sie fröstelte ein wenig, als ihr klar wurde, dass der Entführer sie ausgezogen hatte.

Neben dem eisernen Bettgestell stand ein kleiner Tisch mit einer Mahlzeit. Um den Teller näher zu begutachten, musste Rita sich aufsetzen. Ungläubig lachte sie auf, als sie die Speisen sah. Es war ein Block zerschnittenes Corned Beef und einige Scheiben Weißbrot. Rita verspürte keinen Hunger und fand den Teller und das Besteck viel interessanter. Genau wie die Servierplatte bestanden sie aus Metall. Das Messer hatte eine abgerundete Spitze und sah reichlich stumpf aus. Allenfalls die Gabel ließ sich als Angriffswaffe gebrauchen. Rita überlegte, ob sie damit vielleicht den Saum der Matratze auftrennen konnte, um dort etwas zu verstecken.

Vorsichtig ließ sie einen weiteren Blick durch den Raum schweifen. In der Tür befand sich auf Augenhöhe eine Luke, doch sie war geschlossen. Niemand schien sie zu beobachten. Sofort nutzte Rita die günstige Gelegenheit, schnappte sich die Gabel und legte sich wieder hin. Sie drehte sich zur Wand in der Absicht, erneut die Schlafende zu spielen.

Die Naht in der Matratze war schnell gefunden. Rita wollte gerade damit beginnen, mit den Zinken der Gabel den Faden zu zerreißen, als sie ein merkwürdiges Muster an der Wand bemerkte. Direkt am Kopfende des Bettes war etwas in den Wandputz geritzt. Sie hielt es für Buchstaben. Die Buchstaben bildeten Reihen. Mehrere Wörter standen an der Wand.

Rita war jetzt aufgeregt wie selten zuvor. Das Blut begann in ihren Schläfen zu pochen. Mit tastenden Fingern strich sie über das Relief. Die Kratzer waren oberflächlich, und so dauerte es eine Weile, bis sie die Buchstaben entziffert hatte.

Als sie das erste Wort erkannt hatte, stockte Rita der Atem. Sie überprüfte die Buchstaben erneut, doch es war kein Fehler. *Lotte*, stand dort.

Es war eine Nachricht von ihrer getöteten Freundin.

Hastig glitten ihre Finger über die nächsten Kratzer. Nach einer Weile bekam Rita eine gewisse Routine, die Buchstaben zu identifizieren.

Ein einziger Satz war in den Putz geritzt. Es handelte sich um eine Warnung.

Vorsicht, er ist wahnsinnig!

Rita traf diese Mitteilung wie ein Faustschlag. Ihre Befürchtungen hatten sich bestätigt. Vor ihr stand in dem weißen Putz der klare Beweis, dass ihr Entführer auch hinter Lottes Verschwinden steckte.

Rita musste ihre Lage überdenken. Die Entscheidung war schnell getroffen.

Es ging nicht mehr darum, einfach nur ins Freie zu kommen. Sie befand sich in den Händen eines erbarmungslosen Killers. Jetzt, wo sie das wusste, schwor sich Rita, ihr Leben so teuer wie möglich zu verkaufen.

26

Dienstag, 20. Juni 1950

Erschöpft rieb sich Oppenheimer die Stirn. Die frühen Morgenstunden hatte er damit zugebracht, Seeßlen von ihrem Einsatz im *Luxor* zu überzeugen. Nachdem der Kriminalrat einige Bedenken vorgebracht hatte, gab er Oppenheimer jedoch grünes Licht.

Ab sofort hielten sie ihre Dienstberatung am Nachmittag im Chefbüro des *Luxor* ab. Die verspiegelten Fenster fand Oppenheimer ideal, um nach dem mutmaßlichen Mörder zu suchen. Zweifellos würde das für ihn und seine Assistenten eine Menge Nachtschichten bedeuten, es war jedoch völlig ausreichend, wenn einer von ihnen im Tanzpalast präsent war. Und so hatte er sich mit Fräulein Murr und Kubelik auf einen Turnus für die Ablösung geeinigt.

Oppenheimer saß zusammengesunken auf seinem Bürostuhl und betrachtete die leere Schreibstube. Seine Assistenten waren bereits verschwunden. Und auch Oppenheimer überlegte, ob er sich zu Hause ein paar Stunden Schlaf gönnen sollte, um dann am Abend frisch für die Mörderjagd zu sein.

Vorher wollte er sich noch einmal bei Rita melden. Er angelte den Telefonhörer von der Gabel und wählte mit dem Ende des Bleistifts ihre Nummer.

Am anderen Ende der Leitung meldete sich Silke.

»Kommissar Oppenheimer, wir wollten Sie gerade anrufen«, sagte sie.

Alarmiert richtete sich Oppenheimer auf. Etwas musste geschehen sein. Auf seine Nachfrage hin ließ sich Silke nicht lange bitten. Sie jammerte: »Mein Rad ist fort! Die Mamsell ist gestern einfach damit weggefahren und noch nicht zurückgekommen!«

Oppenheimer benötigte einige Augenblicke, um die Fassung wiederzuerlangen. Mit heiserer Stimme fragte er: »Weiß vielleicht Colonel Hurst, wo sie abgeblieben ist?«

Daraufhin hörte er am anderen Ende der Leitung unverständliches Gemurmel. Dann meldete sich ein Mann.

»Oppenheimer?«, rief der Mann ins Telefon. Auf Englisch fügte er hinzu: »Hier ist Hurst! Kommen Sie auf der Stelle. Rita wurde entführt!«

Sechs Stunden später traf Oppenheimer höchst besorgt im Chefbüro des *Luxors* ein. Fräulein Murr und Kubelik saßen bereits vor einem der zwei großen Fenster. Es war jetzt eine Stunde vor Eröffnung des Lokals. Hinter den großen Scheiben lag der Saal noch im klinischen Arbeitslicht. Putzfrauen wischten den Boden, und weiter hinten trieb die Bardame ihre Kellner wild gestikulierend dazu an, die Vorräte aufzufüllen.

Fräulein Murr strahlte. »Da haben wir uns ja einen mondänen Arbeitsplatz ausgesucht! Das muss ich Gene zeigen. Ich bin gespannt, was er dazu sagt!«

Dann bemerkte sie, dass Oppenheimer gedrückter Stimmung war. Sofort machte auch sie ein ernstes Gesicht und erhob sich von ihrem Logenplatz. Kubelik bemerkte ebenso, dass etwas faul war, und blickte Oppenheimer aufmerksam an.

»Wir sind zu spät.« Oppenheimer warf seinen Hut auf den Couchtisch und fuhr sich mit der Hand durch die Haare. »Er hat sich Rita geschnappt.«

Fräulein Murr rang nach Luft. Sie hatte Rita bereits kennengelernt, doch Kubelik schaute verständnislos von einem zum andern, bis Oppenheimer erklärte: »Sie hatte die Entführung von Frau Tieken gemeldet.«

Kubelik nickte und murmelte: »Also gibt es eine Verbindung zum ersten Opfer.«

»Mit René ist sie auch bekannt«, erklärte Oppenheimer. »Ich hatte Rita gewarnt, aber sie hat mich nicht ernst genommen.«

Fräulein Murr fand die Geschehnisse im Tanzsaal jetzt völlig uninteressant. Sie trat zu Oppenheimer und fragte mit gesenkter Stimme: »Steht es denn schon zweifelsfrei fest, dass der Mörder sie hat?«

Oppenheimer wiegte den Kopf hin und her. »Das nicht, aber ich fress 'nen Besen, wenn er nicht dahintersteckt.« Er näherte sich der Couchecke, und nachdem er Platz genommen hatte, erklärte er: »Rita wurde gestern angerufen, angeblich von der Polizei. Ihr Dienstmädchen weiß nicht genau, worüber sie gesprochen haben, aber Rita borgte sich daraufhin ihr Fahrrad und ist damit eilig verschwunden.«

Kubelik und Fräulein Murr starrten Oppenheimer an.

»Dann ist unsere Observierung hier sinnlos«, sagte Kubelik. »Er hat ja sein neues Opfer bereits. Das wird ihn erst einmal beschäftigt halten.«

Als Antwort rang Oppenheimer mit den Händen. »Viel mehr können wir momentan nicht machen. Vielleicht haben wir ja mehr Glück als Verstand, und er taucht tatsächlich doch noch auf!«

Die bleierne Stille wurde von dem Schrillen des Telefons durchschnitten. Sofort sprang Kubelik zum Schreibtisch. Er meldete sich und lauschte angespannt in den Hörer.

»Läuft gerade eine Fahndung nach dem Fahrrad?«, fragte er Oppenheimer.

Dieser blickte hoch und antwortete mit einem Kopfnicken.

»Sie scheinen es gefunden zu haben«, sagte Kubelik.

Oppenheimer sprang ebenfalls auf und riss ihm den Hörer aus der Hand. Er wechselte rasch ein paar Worte mit dem Polizeibeamten und legte den Hörer dann wieder auf die Gabel.

»Ich hatte also doch recht!« Er schlug mit der geballten Faust in seine Hand. »Hier laufen alle Fäden zusammen. Ritas Rad steht nur ein paar Straßen weiter.«

Oppenheimer schnappte sich den Hut von dem niedrigen Couchtisch und wandte sich den Assistenten zu.

»Sabine, du übernimmst die erste Schicht hinter dem Spiegel. Und Thomas, du kommst mit mir!«

Obwohl der Fundort des Fahrrads wenige Hundert Meter entfernt war, sprang Oppenheimer mit Kubelik in ihren Einsatzwagen und preschte mit erhöhtem Tempo durch die Straßenschluchten.

Am Ziel angelangt, stieg Oppenheimer aus und knallte die Wagentür zu. Wie eine Dampfwalze setzte er sich in Bewegung. Eine Handvoll uniformierter Schutzpolizisten umringte einen Laternenpfahl. Bereits von Weitem ließ sich erkennen, dass ein Fahrrad dort abgestellt war. Als die Polizisten bemerkten, dass zwei Männer in Zivil auf sie zusteuerten, kam eine gewisse Unruhe auf. Einer fragte: »Haben Sie uns etwa als Verstärkung angefordert?«

Oppenheimer hob die Hand. »Das war ich!«

Er gesellte sich zu ihnen und betrachtete das Rad. Es war mit einer Kette gesichert, von Rita selbst fehlte jede Spur. Der Polizist stellte sich als Einsatzleiter vor. Seine dunklen Augenbrauen lagen fast waagerecht unter dem schmalen Schirm des Tschakos. Er war vielleicht Mitte zwanzig und wirkte auf Oppenheimer wie ein flinker Bursche.

»Hat man eine Ahnung, wie lange das Rad hier schon steht?«, erkundigte sich Oppenheimer.

Der Polizist zuckte mit den Schultern. »Das lässt sich nicht sagen.« Er zeigte lässig mit dem Daumen auf die umliegenden Ruinen. »Hier gibt es auch keine Anwohner, die man fragen könnte.«

»Auf jeden Fall macht es unsere Aufgabe einfacher, die Häuser zu durchsuchen«, kündigte Oppenheimer an. Dann wandte er sich an die übrigen Polizisten und erhob seine Stimme. »Wir suchen eine vermisste Frau. Sie ist gestern Nachmittag verschwunden und fuhr dieses Fahrrad hier.« Er musterte die mehrstöckigen Gebäude ringsherum. »Vermutlich wurde sie in eines der Gebäude gelockt. Wir werden jetzt die Häuser durchkämmen, fangen auf dieser Straßenseite an und arbeiten uns Haus für Haus vor. Ich suche nach Kampfspuren, versteckten Räumen und dergleichen. Alle auffälligen Funde sollen mir unverzüglich gemeldet werden!«

Geräuschvoll betraten Oppenheimer und die Polizisten das benachbarte Haus. Überall waren die Fenster mit Brettern zugenagelt, doch nach einer Weile konnte Oppenheimer in den Schatten einige Details ausmachen. Der Boden war derart mit Gerümpel überhäuft, dass es sinnlos erschien, nach Fußspuren zu suchen.

Hinter seinem Rücken räusperte sich Kubelik lautstark. Oppenheimer wandte sich fragend um.

»Soll ich mir das Haus mal an der Rückseite ansehen?«

»Eine sehr gute Idee, Thomas. Nimm einen Polizisten mit, falls du Hilfe benötigst.«

Kubelik grinste. »Ich glaube, das schaffe ich schon.«

Nach etwa einer halben Stunde waren die Zimmer des Erdgeschosses durchsucht. Nicht eine einzige Tür war verschlossen, aber Zeichen von Rita waren nicht zu finden. Einige der Polizisten stiegen daraufhin durch eine seitliche Eisentür in den Keller, während die übrigen Männer die Holztreppe nach oben nahmen.

Je länger es dauerte, umso unruhiger wurde Oppenheimer. Er versuchte, sich mit dem Gedanken zu beruhigen, dass es hier vor allem auf Genauigkeit ankam. Es war besser, langsam und methodisch vorzugehen, anstatt eine Spur zu übersehen.

Als die Polizisten aus dem Keller wieder nach oben kamen, hatten sie nichts entdeckt. Im ersten Stock hatten die anderen Kollegen die meisten Zimmer schon durchsucht. Die Ersten waren im Begriff, weiter nach oben zu gehen, als Oppenheimer im Erdgeschoss schnelle Schritte hörte. Kubelik hetzte die Treppe hoch, wobei er zwei Stufen auf einmal nahm. Noch ehe er am Absatz anlangte, winkte er triumphierend. »Hinten war ein dreirädriger Transporter abgestellt! Es ist wieder dasselbe Muster.« Er kam die letzten Stufen herauf und trat zu Oppenheimer. »Rita wurde hier in diesem Haus überwältigt und dann fortgeschafft. Das steht so gut wie fest.«

Oppenheimer wechselte einige Worte mit dem Einsatzleiter und folgte dann Kubelik nach draußen. Von der Straße aus ließ sich der Hinterhof über eine Zufahrt erreichen. Er war nicht viel mehr als ein schmaler Korridor an der hinteren Hauswand entlang.

»Der Täter konnte sein Fahrzeug nicht wenden«, erklärte Kubelik und zeigte auf die Reifenspuren. »Also schlug er zuerst nach rechts ein und setzte dann zurück, bis er mit der Ladefläche vor der Hintertür stand.« Eifrig lief Kubelik dorthin und zeigte auf eine weiße Holztür, in deren obere Hälfte eine Glasscheibe eingelassen war.

Auch Oppenheimer glaubte, dass sie auf einer heißen Fährte waren.

»Also gut«, sagte er. »Du bleibst hier und bewachst die Reifenspuren. Ich schicke einen Polizisten los, damit er die Spurensicherung ruft.«

Oppenheimer lief zurück ins Haus und stieg in den zweiten Stock. Der Einsatzleiter stand am Geländer und erwartete ihn bereits.

»Da sind Sie ja!«, rief er durch das Treppenauge nach unten. »Das müssen Sie sich anschauen!«

»Ihr habt eine Spur gefunden?«, fragte Oppenheimer zwischen tiefen Atemzügen, als er oben angelangt war. Nachdem der Einsatzleiter das bestätigt hatte, befahl Oppenheimer, unverzüglich die Spurensicherung kommen zu lassen. »Und am besten ziehen sich Ihre Kollegen zurück, um den Fundort nicht weiter zu verunreinigen.«

Der Einsatzleiter antwortete: »Habe ich bereits veranlasst.«

Oppenheimer quittierte das mit einem zufriedenen Lächeln. Er machte sich eine geistige Notiz, dem jungen Polizisten für seinen vorbildlichen Einsatz später ein offizielles Lob auszusprechen.

Der Einsatzleiter schickte einen Kollegen zurück zur Wache, um das Telefonat mit der Spurensicherung abzuwickeln, dann führte er Oppenheimer zum Fundort. Sie durchquerten einige Zimmer, bis sie zu einer offenen Tür gelangten, die bereits mit einer Absperrung gesichert war.

Als Oppenheimer das riesige Loch im Boden entdeckte, blieb er am Türrahmen stehen. Aus sicherer Entfernung betrachtete er das Zimmer. Links von ihm sah er in der Ecke etwas aufblitzen.

»Da ist doch was«, murmelte er.

Die Antwort des Einsatzleiters kam prompt. »Es handelt sich um einen Damenring. Wir haben ihn noch nicht bewegt.«

Der Ring lag wenige Zentimeter von der Tür entfernt. Oppenheimer kniete nieder. Der Augenschein bestätigte seine Vermutung.

Er räusperte sich und sagte mit gepresster Stimme: »Ja, ich glaube, der Ring gehört Rita. Sie hat uns eine Nachricht hinterlassen.« Oppenheimer richtete sich wieder auf, ohne den Ring aus den Augen zu lassen. »Sie wurde entführt. Und zwar genau an diesem Ort.«

Unruhig lief er daraufhin vor der Absperrung im Kreis herum. Der Gedanke, dass sich nun auch Rita in der Gewalt des Frauenmörders befand, war für ihn unerträglich. Als die Leute von der Spurensicherung nach einer schieren Ewigkeit endlich eintrafen, ließ er zuerst den Ring fotografieren und nahm ihn dann an sich.

Dass die Spuren des Mörders zu den Amerikanern führten, versprach unnötige bürokratische Komplikationen. Zum Glück war Oppenheimer aber mittlerweile eine Idee gekommen, wie er die Besatzer zur Mitarbeit animieren konnte. Er erinnerte sich daran, wie Ritas Liebhaber Hurst mit den Militärpolizisten umgesprungen war, als sie Peters wegen dessen Hautfarbe Schwierigkeiten machen wollten. Er schien also einen gewissen Einfluss zu haben. Oppenheimer hoffte, dass Hurst diesen auch ausspielen würde, wenn es darum ging, Rita zu befreien.

Er lief zur Rückseite des Gebäudes, wo weitere Leute der Spurensicherung mit den Reifenspuren beschäftigt waren. Kubelik eilte Oppenheimer entgegen und achtete darauf, nicht auf die Abdrücke zu treten.

»Am besten wird es sein, wenn wir verschwinden«, rief er. Als er zu Oppenheimer gelangte, fügte er mit normaler Stimme hinzu: »Sie wollen versuchen, die Reifenprofile zu bestimmen, können es aber nicht garantieren. Die Abdrücke sind nicht besonders tief.«

»Sollen sie mal machen«, sagte Oppenheimer. »Die Reifen sind vorerst nicht so wichtig. Die Tatsache, dass es ein dreirädriger Kastenwagen war, wie ihn auch der Mörder benutzt, ist viel entscheidender.« Er atmete tief durch und blickte in den Himmel. »Es gibt zu viele dieser Fahrzeuge in der Stadt, aber wenn wir die Fahndung hier auf die Gegend um den Ku'damm beschränken, erscheint es vielleicht aussichtsreich.«

Kubelik runzelte die Stirn. »Aber er hat jetzt ein neues Opfer«, gab er zu bedenken. »Also wird er den Wagen vorerst nicht mehr benötigen.«

Oppenheimer fluchte: »Verdammt, das weiß ich auch!«

Bei diesem Gefühlsausbruch zog Kubelik den Kopf ein und starrte grimmig zu Boden. Oppenheimer war seine heftige Reaktion ein wenig peinlich, und er klopfte Kubelik aufmunternd auf die Schulter.

»Dann komm mal mit, Thomas. Ich stelle dir Colonel Hurst vor.«

27

Dienstag, 20. Juni 1950 –
Mittwoch, 21. Juni 1950

Oppenheimer hatte mit Hurst verabredet, gegen Abend in Ritas Wohnung vorbeizusehen, um ihn über die letzten Entwicklungen zu informieren. Die Durchsuchung des zum Abbruch freigegebenen Hauses hatte einige Stunden gedauert, und so traf Oppenheimer zu ihrer Verabredung etwas verspätet ein.

Silke öffnete ihnen mit versteinertem Gesichtsausdruck. Die Atmosphäre in Ritas Wohnung wirkte erdrückend.

»Das Fahrrad haben wir gefunden«, raunte Oppenheimer Silke zu.

»Na wenigstens das«, sagte sie aufatmend. »Und sonst ein Lebenszeichen von Rita?«

Oppenheimer registrierte, dass das Dienstmädchen ihre Chefin zum ersten Mal beim Vornamen genannt hatte.

»Lebenszeichen schon. Aber wir haben sie noch nicht gefunden.«

»Das wird Tim nicht gefallen«, hauchte Silke und trat zur Seite. Oppenheimer zog unter ihren Blicken brav die Schuhe aus. Kubelik folgte seinem Beispiel.

Hurst saß mit einem halb leer getrunkenen Whiskyglas auf der Couch. Er schien bereits ziemlich gebechert zu haben. In der Flasche auf dem Tisch vor ihm befand sich nur noch ein kleiner Schluck. Seinem Verhalten konnte man den Alkoholkonsum jedoch nicht anmerken.

Bei Oppenheimers Anblick schoss er hoch.

»Did you find her?«

Statt eine Antwort zu geben, reichte er Hurst den aufgefundenen Ring. Ein kurzer Blick genügte. Hursts Gesicht lief sofort rot an. Er warf Kubelik einen Seitenblick zu und bemühte sich dann, Deutsch zu sprechen. »Das ist ein Geschenk von mir! Der Ring gehört Rita!«

Oppenheimer seufzte und ließ sich in den erstbesten Sessel fallen. »Das ist die allerletzte Bestätigung«, brummte er unzufrieden. »Der Mörder hat Rita entführt.« Er blickte zu Silke, die noch in der geöffneten Flurtür stand. »Habt ihr Cola da?«

Sie nickte und ging zur Küche.

»And bring another bottle«, rief Hurst ihr nach und sackte dann auf der Couch zusammen.

Kubelik wusste nichts mit sich anzufangen, also setzte er sich ebenfalls. Silke tauchte mit den Flaschen auf, ließ sich neben Hurst nieder und mixte für Oppenheimer eine Whisky-Cola. Dankbar nahm er den Drink entgegen. Nach diesem niederschmetternden Tag war ihm jetzt alles egal, da trank er sogar Alkohol. Ehe er nippte, fragte er Kubelik: »Möchtest du vielleicht auch einen?«

Obwohl sich Kubelik bei dem Angebot die Lippen leckte, blieb er standhaft. »Ich muss gleich noch Sabine im *Luxor* ablösen.«

»Stimmt ja, du bist im Dienst.« Mit dieser Feststellung reichte er ihm eine eiskalte Colaflasche.

Dann wandte er sich an Hurst. »Tim, ich glaube, du kannst uns helfen.«

Hurst sah aus wie ein Häufchen Elend, doch bei Oppenheimers Vorschlag richtete er sich auf.

»What can I do?«, fragte er.

Oppenheimer setzte sich auf die Kante des Sessels und stellte sein Glas ab. »Um Rita zu finden, müssen wir kooperieren, Deutsche und Amerikaner. Aber das muss schnell gehen. Wir haben keine Zeit für Bürokratie.« Er hielt vor der nächsten Enthüllung kurz inne. »Ritas Entführer ist mit hoher Wahrscheinlichkeit ein amerikanischer Soldat.«

Hurst sah ihn entgeistert an. »Who's that bastard?«

Oppenheimer runzelte die Stirn. »Das wüssten wir auch gern! Du hast doch Peters kennengelernt. Den Zivilangestellten vom *PX-Shop?*«

Hurst nickte ungeduldig.

»Mittlerweile wissen wir, dass der Täter in einer der drei großen Kasernen in Lichterfelde wohnt. Ich denke, dass er zumindest eine medizinische Grundausbildung hat. Eines seiner vorherigen Opfer hat er behandelt. Und er muss Zugang zu Beruhigungsmitteln haben, mit denen er die Frauen getötet hat.«

Obwohl Oppenheimer von Hursts Antwort nicht alles verstand, begriff er doch so viel, dass die meisten Soldaten über genügend Kenntnisse für eine Notversorgung verfügten. Bei dem Punkt mit den Beruhigungsmitteln stimmte Hurst Oppenheimer jedoch zu. Sie waren weggeschlossen und nur dem medizinischen Personal zugänglich.

»Peters ist dem Täter zweimal begegnet, er kann ihn identifizieren«, fuhr Oppenheimer fort.

Hurst ballte die Hände zu Fäusten. Plötzlich wieder voller Energie, rief er: »Dann ist es ganz einfach! Ich besuche morgen die Personalstelle und trete den Jungs so lange in den Hintern, bis sie die Fotos aller Ärzte, Sanitäter und Krankenpfleger rausrücken. Dann soll Peters den Killer identifizieren, und ich lasse ihn festnehmen!«

Es beruhigte Oppenheimer ungemein, dass Hurst bereit war, seine volle Autorität in die Waagschale zu werfen.

»Genau das wollte ich vorschlagen«, sagte er und prostete ihm mit seinem halb vollen Glas zu.

Rita war der toten Freundin Lotte über ihre Warnung dankbar. Denn jetzt wusste sie, was sie erwartete. Mit diesem Wissen konnte sie sich auf ihre Situation einstellen. Maßnahmen ergreifen.

Gestern hatte Rita ausgehungert das Essen hinuntergeschlungen. Nur beim Brot hatte sie eine Ausnahme gemacht. Die Scheiben steckten jetzt in ihrer Matratze. Eine Notreserve für alle Fälle.

Obwohl sie sich vorgenommen hatte, wach zu bleiben, waren ihr in der ersten Nacht ihrer Gefangenschaft die Augen rasch wieder zugefallen. Und so hatte sie nicht mitbekommen, wie der Entführer das erste Tablett entfernt und ihr am Morgen ein zweites Metalltablett mit einem Frühstück neben die Tür geschoben hatte. Es handelte sich um das gleiche Essen. Und auch diesmal verfuhr Rita wieder nach ihrer Strategie und behielt die Brotscheiben zurück.

Danach folgten Stunden des Wartens. Rita nutzte sie zur Vorbereitung auf das Unvermeidliche. Ihr war bewusst, dass sie Lottes Mörder früher oder später zu Gesicht bekommen würde. Irgendwann würde sie mit ihm reden. Rita wollte ihn verunsichern. Ihm demonstrieren, dass nicht er hier die Kontrolle hatte.

In Gedanken war sie unzählige Varianten durchgegangen, wie ihr Aufeinandertreffen ablaufen würde. Sie war sich bewusst, dass sie nicht alle Eventualitäten berücksichtigen konnte, letztendlich würde sie improvisieren müssen. Doch genau wie bei ihren Darbietungen damals als Stripperin auf der Bühne fand sie, dass sie am besten vom Plan abweichen konnte, wenn sie gut vorbereitet war. Es mochte wie ein Widerspruch klingen, doch Schlagfertigkeit benötigte Vorarbeit.

Ein gedämpftes Rasseln drang an ihre Ohren. Wie von einem Stromschlag getroffen, richtete sich Rita auf. Vom Bett aus starrte sie mit angehaltenem Atem zur Tür.

Das Schloss wurde von außen geöffnet, und ein Mann mit rotblonden Haaren drückte die Tür auf. Zuerst schob er das Metalltablett mit dem Abendessen über den Boden ins Zimmer, dann schlüpfte er selbst herein.

Verwundert registrierte Rita, dass er olivfarbene Kleidung trug. Er war ein amerikanischer Soldat. Obwohl sie nicht wusste, was ihr diese Erkenntnis bringen sollte, speicherte sie die Information in ihrem Gedächtnis ab.

Der Soldat drückte die Tür hinter sich zu, ohne sie abzuschließen, und wandte sich ihr dann zu. Für einen Moment stand er wortlos im Zimmer. Er schien selbst nicht genau zu wissen, wie er sich verhalten sollte. Dann räusperte er sich und hob das Tablett vom Boden hoch.

»Das Abendessen«, sagte er und näherte sich dem Tisch. Er tauschte die Tabletts aus und brachte das alte zur Tür.

Doch er machte keine Anstalten, das Zimmer zu verlassen. Rita spürte an seinem Zögern, dass er noch ein anderes Anliegen hatte.

Der Soldat kehrte zum Bett zurück. »Entschuldigung«, sagte er und setzte sich auf die andere Kante des Bettgestells. Jetzt saßen sie so nahe beieinander, dass Rita die einzelnen Sommersprossen auf seiner hellen Haut erkennen konnte.

»Wir sollten reden«, begann er etwas umständlich.

»Allerdings«, sagte Rita vorwurfsvoll. »Warum wurde ich entführt? Was soll das alles?«

»Es ging leider nicht anders«, antwortete er ein wenig schüchtern. Er redete Deutsch so selbstverständlich wie ein Muttersprachler. »Wir brauchten einen ruhigen Ort, um uns zu unterhalten. Sonst hättest du nicht auf mich gehört.«

»Warum hast du mich nicht gefragt? Hast dich nicht getraut, was?«

Ritas Gesprächspartner zog den Kopf ein wenig ein. Seine Augen funkelten. »Genau deswegen müssen wir reden. Du vermutest in allem das Laster. Weil du den falschen Weg eingeschlagen hast und jetzt nichts anderes kennst. So geht es nicht mehr weiter. Du musst dich läutern. Um dich zu befreien.«

Rita lachte auf. »Und dazu musst du mich ausgerechnet hier einsperren? Du hast dir eine verdammt merkwürdige Methode ausgesucht.«

»Bitte fluche nicht.«

»Ich tu, was ich will. Du hast mir überhaupt nichts zu sagen!«

Rita war jetzt so zornig, dass sie vom Bett aufsprang. Die Tür war nicht abgeschlossen. Sofort stand der Soldat auf und blockierte den Ausweg.

Mit seinen grauen Augen fixierte er sie. »Gott verlangt von dir, dass du deine Sünden einsiehst und bereust. Es ist der einzige Weg in sein Himmelreich!«

Wie zwei Preisboxer standen sie sich gegenüber und taxierten einander.

»Ich soll meine Sünden beichten?«, wiederholte Rita und überlegte. »Ausgerechnet ich? Was ist denn mit deinen Sünden? Lotte Tieken. Joanne Leary.« Mit jedem Namen seiner bisherigen Opfer trat Rita einen Schritt näher an ihn heran. Und der Soldat wich instinktiv zurück. Rita spürte, dass sie im Moment die Oberhand hatte. »Welche Frauen hast du sonst noch auf dem Gewissen? Verglichen mit dir bin ich ein richtiger Amateur! Was habe ich denn schon gemacht? Habe ich eiskalt Menschen getötet? Nein, ich habe den Leuten meinen Busen gezeigt.«

Der Soldat schnappte nach Luft. »Du hast die Unzucht der Männer ausgenutzt. Du hattest unehelichen Verkehr.«

»Was kann ich denn dafür, dass die Kerle so etwas sehen wollen und auch noch Geld springen lassen? Jeder arbeitet mit seinen Talenten. Ich habe eben … Schautalente! Könnte ich vernünftig Haare schneiden, dann wäre ich halt Friseurin geworden. Und was ist falsch daran, mit Männern ein wenig Spaß zu haben? Ich werde mich nicht dafür rechtfertigen. Und von einem Killer werde ich mir sowieso keine Moralpredigt anhören. Du bist nur ein verlogener Heuchler! Pack dich doch an die eigene Nase. Fang erst bei deinen eigenen Sünden an, danach kannst du meinetwegen die Welt bekehren!«

So viel Adrenalin pulsierte jetzt durch Ritas Adern, dass sie förmlich bebte. In diesem Moment spürte sie keine Furcht mehr. Der Soldat wollte Rita gegenüber nicht eingestehen, dass sie ihn an einem wunden Punkt getroffen hatte. Betont langsam schlenderte er zur Tür und hob das leere Tablett auf. Bevor er hinausging, wandte er sich noch einmal zu Rita um und sagte: »Die Strafe für meine Sünden wird kommen. Schon sehr bald.«

Auch am nächsten Tag folgte er der Routine, die sich bei ihm eingespielt hatte, wenn er einen Gast beherbergte. In der Mittagspause verschwand er aus der Kaserne und brauste auf dem Motorrad zu seinem Versteck in der Stadt. Mit dem Zweirad konnte er sich am schnellsten fortbewegen. Für eine Strecke benötigte er nicht einmal zwanzig Minuten, sodass die Zeit ausreichte, um kurz nach der Frau zu sehen. Für ihre Gespräche war der Abend reserviert. Doch seit der gestrigen Konfrontation wusste er, dass es diesmal kein einfaches Unterfangen sein würde, seinen Gast von dem Unrecht ihres Tuns zu überzeugen. Die anderen Frauen hatten sich gefügt und irgendwann ihre Fehler eingesehen. Keine von ihnen war stolz auf ihre Vergehen gewesen. Aber genau das war jetzt der Fall.

Er hätte sich freuen müssen, endlich eine würdige Gegnerin gefunden zu haben. Die Bekehrung einer derart verstockten Seele würde seine Meisterleistung sein. Er beruhigte sich mit dem Gedanken, dass er sich so viel Zeit wie nötig nehmen konnte, um seine Mission zu erfüllen. Es brauchte nicht in einer Woche abgeschlossen sein wie bei den anderen Frauen. Allerdings spielten jetzt auch noch andere Variablen eine Rolle. Die Dinge waren in Bewegung geraten. Und letztendlich hatte er selbst den Anstoß dazu geliefert, indem er die Bekannte dieses Kommissars entführte. Er war sich bewusst gewesen, dass er sich damit auf ein hochriskantes Spiel einließ. Doch ihm war keine bessere Idee gekommen, einen würdigen Schlussakkord zu setzen.

Um die Unruhe in seinem Inneren zu bekämpfen, gönnte er sich auf dem Rückweg einen kleinen Umweg. Er schob die Sonnenbrille auf seiner Nase nach oben und gab Gas. Für einen Amerikaner mit europäischen Wurzeln wie ihn war es faszinierend, in die alte Heimat zurückzukehren. Die Menschen jedoch hatten ihn hier enttäuscht. Wohin er auch sah, erblickte er dieselben Verfehlungen, dieselbe gedankenlose Genusssucht, die auch in Amerika die Verheißung der Gründerväter auf ein besseres und gottgefälliges Leben schleichend kompromittiert hatten.

Er fuhr, ohne auf seine Fahrtrichtung zu achten. Als ihn irgendwann dichte Bäume umgaben, registrierte er, dass er ungewollt einen Abstecher in den Grunewald gemacht hatte. Er beschleunigte und raste mit donnerndem Motor bis zum Ende der pfeilgeraden Straße. Von dort aus hatte er keine Probleme, seinen Rückweg zur Kaserne zu finden.

Wie auch anderswo in Berlin wandelte man in den Andrews Barracks auf geschichtsträchtigem Boden. Die großzügige Anlage verfügte über Quartiere für die Mannschaft, einen Fahrzeugpool mit den dazugehörenden Werkstätten und neben dem obligatorischen *PX-Shop* auch noch über eine Snackbar. Zu den Freizeitangeboten gehörten Picknickplätze, eine Leihbibliothek mit amerikanischen Büchern, eine Bowlingbahn gleich neben dem Schwimmbad und der Sportplatz, der reichlich vollmundig als *Yankee Stadium* bekannt war. Dieses Amerika im Miniaturformat befand sich südlich der Villenkolonie Lichterfelde auf einem keilförmig zulaufenden Areal, das im Westen von einer Kleingartenkolonie und im Osten vom Teltowkanal begrenzt wurde.

Wie fast alle militärischen Objekte, die jetzt von der U.S. Army genutzt wurden, hatte auch die Kaserne ursprünglich dem deutschen Feind gehört. Im Kaiserreich als Hauptkadettenanstalt errichtet, war der Gebäudekomplex nach dem Ersten Weltkrieg laut den Bestimmungen des Versailler Vertrags entmilitarisiert worden. Obwohl Bemühungen unternommen wurden, den Lehrplan der nun umbenannten Staatlichen Bildungsanstalt zu liberalisieren, wirkten die starken paramilitärischen Tendenzen fort und bildeten den Nährboden für rechtsextreme Gruppierungen. Ein großer Teil der eingeschriebenen Studenten war von Hitlers revanchistischer Ideologie und dem damit verbundenen Rassenwahn fasziniert. Nachdem sich die NSDAP in Deutschland an die Macht manövriert hatte, wurde die ehemalige Kadettenanstalt von der SS Leibstandarte Adolf Hitler übernommen und wieder für militärische Zwecke genutzt. Eine rege Bautätigkeit folgte, die der Kaserne ihre jetzige Gestalt verlieh. Im Juli 1945 hatten die US-Truppen das stark zerstörte Areal von den sowjetischen Alliierten übernommen. Und dass bei der feierlichen Zeremonie auf dem Paradeplatz die Flaggen der Amerikaner und der Sowjets über dem Hauptportal des Zentralgebäudes wehten, auf dem immer noch die Inschrift *Leibstandarte Adolf Hitler* stand, zeigte damals bereits, dass sich die dunkle Vergangenheit nicht so einfach ausradieren ließ.

Unter den dort stationierten Soldaten schwirrten viele Gerüchte über die Vorgeschichte der Anlage. Und die rot geklinkerten Gebäude boten tatsächlich viel Stoff für Schauergeschichten. Mit gesenkten Stimmen raunten die Männer über ein weitreichendes Tunnelsystem unter ihren Füßen, aus dem so mancher nicht mehr lebend zurückgekehrt sei. Nicht einmal die Tatsache, dass es noch niemandem gelungen war, einen Zugang zu den angeblichen Tunneln zu finden, ließ diese Spekulationen verstummen. Mit wohligem Schauder sprachen die Soldaten darüber, dass die *Nacht der langen Messer* von hier aus geplant und ausgeführt worden war, bei der Hitler die aufmüpfige oberste Führungsriege der SA, inklusive des Stabschefs Ernst Röhm, in einer konzertierten Aktion massakrieren ließ. Besonders gut informierte Kenner der Andrews Barracks wollten sogar wissen, dass in dem olympischen Schwimmbad mit den hohen Fenstern und der Kassettendecke einmal Hunderte Tote gelegen hätten.

Wegen des Abstechers in den Grunewald war es jetzt reichlich spät, als der Mann mit seinem Motorrad in die breite Haupteinfahrt der Kaserne einbog. Er umkurvte den Wachposten, ein winziges Häuschen mit nicht einmal vier Quadratmetern Fläche, das seitlich und frontal weiß gerahmte Fenster besaß, und warf dem Soldaten einen lässigen Gruß zu.

Dann stellte er das Motorrad ab und blickte auf seine Armbanduhr. Schon in zwanzig Minuten musste er zum Dienst erscheinen. An Mittagessen war da nicht mehr zu denken. Doch es war möglich, auf dem Weg dorthin noch in der Kantine ein Sandwich zu organisieren. Er nahm die Sonnenbrille ab und beschleunigte die Schritte. Wie üblich empfing ihn im Speisesaal gedämpftes Gemurmel. Ohne auf die versammelten Kameraden zu achten, flitzte er zur Essensausgabe und griff nach zwei belegten Broten. Er näherte sich bereits wieder dem Ausgang, als ein dunkelhäutiger Mann in Zivil seine Aufmerksamkeit erregte. Schon auf den ersten Blick war zu erkennen, dass er nicht hierhin gehörte. Ein wenig abseits von den übrigen Soldaten saß er vor seiner Mahlzeit und beobachtete die Anwesenden.

Dieser Anblick traf den Mann bis ins Mark.

Es war der Kerl, der ihn fast erwischt hatte, als er die Leiche in der Werkhalle hergerichtet hatte. Und über diesen Augenzeugen stolperte er nun ein drittes Mal. Das konnte kein Zufall sein.

Mit flinken Schritten verschwand er aus dem Speisesaal. In dem dahinterliegenden Labyrinth aus Gängen schlug er Haken wie ein Hase auf der Flucht, bis er schließlich eine Toilette fand, in der er sich einschloss. Dann presste er sein Ohr gegen die Tür und lauschte. Schweiß perlte ihm von der Stirn, und das Herz wummerte in seinem Brustkorb, sodass er kaum etwas anderes hören konnte.

Doch draußen blieb es still. Niemand hatte ihn verfolgt. Niemand hämmerte gegen die Tür. Eine Welle der Erleichterung erfasste ihn. Er war noch einmal davongekommen.

Der Mann lehnte sich gegen die gekachelte Wand. Es gefiel ihm nicht, dass ihm dieser schwarze Kassierer in immer kürzeren Abständen begegnete. Ausgerechnet jetzt, wo er einen besonders widerspenstigen Gast hatte und er mehr Zeit als geplant benötigte, um sein Ziel zu erreichen.

Er stützte sich mit den Händen auf dem Waschbecken ab und starrte in den Spiegel. Sein Gesicht sah verhärmt aus, denn er hatte zu wenig geschlafen, seitdem er ernsthaft mit seiner Mission begonnen hatte. Und doch wunderte er sich, ob vielleicht nicht noch etwas anderes für seinen schlechten Zustand verantwortlich war. Konnte es sein, dass sich die von ihm begangenen Todsünden in seinem Gesicht spiegelten? Er drehte den Hahn auf und spritzte sich Wasser ins Gesicht. Das kühle Nass half ihm, sich wieder zu konzentrieren. Er durfte jetzt keine Fehler machen, nur weil er sich in der Defensive glaubte. Seine Schritte mussten exakt geplant sein.

Der Kassierer aus dem *PX-Shop* konnte ihn als Einziger zweifelsfrei identifizieren. Seit er dessen Arbeitsplatz kannte, wäre es ein Kinderspiel gewesen, ihn für alle Zeit verschwinden zu lassen. Doch er hatte davon Abstand genommen. Dieser Akt der Barmherzigkeit war ein Fehler gewesen. Er sprach mit seinem eigenen Spiegelbild über die Frage, ob angesichts seiner schwierigen Situation ein Mord gerechtfertigt war. Aber auch jetzt fand er keine Entschuldigung dafür, einen Menschen zu töten, nur weil dieser ihm aus purem Zufall auf die Schliche gekommen war. Andererseits konnte er ihn auch nicht weiter herumlaufen lassen. Damit sein Plan gelang, war es unabdingbar, dass er die Kontrolle darüber behielt, was die Polizisten zu welchem Zeitpunkt über ihn erfuhren.

Schließlich kam er auf die Idee, dass es bereits ausreichen würde, wenn der Zeuge für eine Weile ausgeschaltet war. Wenn er zwei bis drei Wochen übel zugerichtet im Krankenhaus lag, verblieb ausreichend Zeit, um die Mission zu ihrem Ende zu führen. Je länger er darüber nachdachte, umso besser gefiel ihm der Kompromiss. Er musste es nicht selbst erledigen. Dass der Zeuge ein Schwarzer war, machte die Sache noch einfacher. Unter den Soldaten kannte er genügend Rüpel, die sich liebend gern an seiner Stelle die Hände schmutzig machen würden. Er musste sie nur entsprechend manipulieren.

Ein letztes Mal wusch er sich das Gesicht und trocknete es mit dem Handtuch ab. Jetzt wusste er, dass er an diesem Tag nicht mehr rechtzeitig zur Arbeit erscheinen würde. Die Frage mit dem Zeugen musste augenblicklich geklärt werden.

Wie bei einer unsichtbaren Parade stand er vor dem Spiegel stramm. Nach den letzten Prüfungen hatte er endlich seine Zuversicht wiedergefunden. Vor dem Verlassen der Toilette erinnerte er sich daran, die belegten Brote mitzunehmen, die er beim Betreten achtlos auf den Rand des Waschbeckens gelegt hatte. Dann drehte er den Schlüssel in der Tür um und trat hinaus. Er brannte darauf, sein Vorhaben in die Tat umzusetzen.

28

Mittwoch, 21. Juni 1950

Als Peters bemerkte, dass dieser Tag nicht wie geplant verlaufen würde, war es bereits zu spät. Nach seiner letzten Unterredung mit Oppenheimer war er dazu übergegangen, seine Mahlzeiten abwechselnd in den drei Kasernen einzunehmen, um nach dem Mörder Ausschau zu halten. Er rechnete sich gute Chancen aus, ihm früher oder später in den Speisesälen zu begegnen.

Auch an diesem Tag war er nach seiner Mittagspause ohne Resultate in den *PX-Shop* zurückgekehrt. Es folgten Stunden nervtötender Routine. Peters band sich seinen Kittel um, stand mit Stan abwechselnd an der Kasse und füllte gelegentlich leere Regale auf.

Für eine willkommene Abwechslung sorgte ein Gerücht, das sein Kollege aufgeschnappt hatte. Als sich gerade kein Kunde im Geschäft befand, steckten sie die Köpfe zusammen, und Stan erzählte, dass ihr kleiner Laden bald stark erweitert werden sollte. Langfristig sei sogar ein Einkaufszentrum geplant, mit mehreren Geschäften und einem großen Parkplatz. Peters freute diese Nachricht, denn es klang ganz danach, dass am Standort Berlin auch weiterhin ein großer Bedarf an Zivilangestellten herrschen würde. Der Gedanke, die nächsten Jahre oder gar Jahrzehnte hier zu verbringen, bis die US-Truppen in ferner Zukunft schließlich abgezogen würden, gefiel ihm durchaus. Nicht zufällig spielte dabei auch der Gedanke an die reizende Sabine Murr eine Rolle.

Und so war er in beschwingter Stimmung, als die Türglocke bimmelte und ein fremder G.I. den Laden betrat. Peters bekam davon kaum etwas mit, weil er Schachteln mit Farina einräumte und den Gedanken an die Zukunft nachhing. Der Neuankömmling gehörte nicht zu den Stammkunden. Einige Schritte hinter der Ladentür blickte er sich um, als wolle er sich orientieren. Peters bekam von ihm nicht viel mehr zu sehen als die kurz geschnittenen braunen Haare, deren Schimmer an Plüsch erinnerte. Ohne etwas zu kaufen, machte der Soldat auf der Stelle wieder kehrt und verschwand.

Es kam häufig vor, dass sich die Kunden anders entschieden. Und so fiel dieser Kunde nicht weiter auf. Es vergingen keine fünf Minuten, bis die Türglocke erneut klingelte und der nächste Fremde erschien. Diesmal blieb er nicht am Eingang stehen. Vorsichtig manövrierte er seinen massigen Körper die Regalreihen entlang, wobei er Peters nicht aus den Augen ließ. Als der Soldat zur Kasse gelangte, nahm er einen *Hershey's* Schokoladenriegel und bezahlte.

Weil der Laden gerade leer war, rief ihm Stan zu: »Sind wohl 'ne Menge neuer Rekruten gekommen?«

Peters antwortete mit einem Schulterzucken. Dabei fiel sein Blick auf die Wanduhr. Der *PX-Shop* schloss in fünf Minuten, und er überlegte sich, ob er nachher noch einer weiteren Kaserne einen Besuch abstatten sollte, um den Mörder ausfindig zu machen. Durch die verglaste Tür fiel sein Blick in die Vorhalle. Gut aufgelegt schwatzte dort eine Gruppe schwarzer Soldaten. Peters witterte eine Gelegenheit, von ihnen mitgenommen zu werden.

»Bin gleich wieder da«, sagte er und lief zur Vorhalle.

Stan nickte.

Die Soldaten waren bereits nach draußen getreten. Peters folgte ihnen auf die Straße und sah, dass sie zum Parkplatz schlenderten. Er beschleunigte seine Schritte. Ein fremder Soldat trat ihm in den Weg, und Peters versuchte, ihn zu umrunden. In diesem Moment erschien von der anderen Seite noch ein zweiter G. I. Gemeinsam blockierten sie den Gehweg.

Peters hatte keine Wahl und blieb stehen. Mit gerunzelter Stirn hob er seinen Blick.

»Was ist mit euch Leuten?«, fragte er.

Die Soldaten vor ihm, alles Weiße, grinsten höhnisch.

»Hast du gehört, Jason, wie der Junge uns nennt?«

»Leute, hat er zu uns gesagt«, antwortete der andere. »Er hält sich für was Besseres!«

Bei Peters schrillten die Alarmsirenen. Erst jetzt erkannte er, dass es sich um die beiden letzten Kunden aus dem *PX-Shop* handelte. Die Privates schienen es sich in den Kopf gesetzt zu haben, ihn wegen seiner Hautfarbe anzupöbeln. Peters erhob beschwichtigend die Hände.

»Sorry«, murmelte er und trat einige Schritte zurück.

Doch er kam nicht weit, denn er stieß gegen einen dritten Soldaten, der dicht hinter ihm stand. Zwei Hände wie Schraubzwingen packten ihn an den Armen.

»He, seht ihr, was er da angestellt hat«, sagte der Mann in seinem Nacken. »Er ist mir auf den Fuß getreten. Einfach so!«

»Eine Frechheit«, sagte der erste Soldat. »Wir müssen ihm Manieren beibringen.« Er zog seine Faust aus der Hosentasche und ließ ein Klappmesser aufschnappen.

Gleich nebenan war ein Dodge Truck mit einem Verdeck geparkt. Der zweite Soldat schlug die Plane zurück und öffnete die Heckklappe. Hilflos blickte sich Peters um. Von der Gruppe schwarzer G.I.s war nichts mehr zu sehen. Und wenn er einen Mucks machte, würde er sofort erstochen. Rüde wurde Peters auf die Ladefläche geschubst. Der Soldat mit dem Messer stieg ebenfalls ein und zog ihn die letzten Zentimeter auf die Pritsche.

Die Plane fiel nach unten. Um Peters wurde es dunkel.

Colonel Hurst war an diesem Tag nicht so weit gekommen, wie er es sich vorgenommen hatte. In den US Headquarters an der Clayallee hatte man ihn zuerst von einem Büro ins nächste geschickt, bis er schließlich mehr aus Zufall die richtige Dienststelle ausfindig gemacht hatte. In der Schreibstube standen sich vier Tische gegenüber, an denen zwei Privates und zwei deutsche Sekretärinnen gemeinsam ihren Dienst verrichteten. Die Soldaten waren von Hursts Rang sichtlich eingeschüchtert und hätten die Fotos des medizinischen Personals ohne große Widerreden herausgerückt. Doch er hatte seine Rechnung nicht mit den Sekretärinnen gemacht. Obwohl beide blondierte Haare hatten, waren sie nicht miteinander zu verwechseln. Während die eine ziemlich verkniffen wirkte, war die andere gut gebaut und hatte dunkle Augen, in denen es abenteuerlustig funkelte. Wie alle Deutschen waren sie um peinliche Korrektheit bemüht. Und es widersprach ihrem Ordnungssinn, Akten zu verleihen, selbst wenn es sich nur um wenige Stunden handelte.

Hurst war sich schmerzhaft bewusst, dass sich Rita die ganze Zeit über in den Klauen des Frauenmörders befand. Und so mobilisierte er all seine Überredungskünste, um die Sekretärinnen zu überzeugen. Als letztes Mittel blieb ihm nur noch sein Charme. Und deshalb bezwang Hurst seine Ungeduld und begann, ein wenig mit der gut gebauten Blondine zu schäkern, als ihr ein Kompromiss einfiel. Die Sekretärinnen hatten nichts dagegen, wenn er mit Peters noch einmal bei ihnen vorstellig wurde und sie gemeinsam unter ihrer Aufsicht die Akten durchgingen. Hurst hatte auf so etwas nur gewartet. Praktischerweise arbeitete Peters direkt auf der gegenüberliegenden Straßenseite, und ein Blick auf die Armbanduhr verriet Hurst, dass der *PX-Shop* sehr bald zumachte.

Um den Tag nicht vollständig zu vergeuden, überredete er die Sekretärinnen, ihren Feierabend ein wenig zu verschieben, und lief dann nach draußen in der festen Absicht, Peters auf der Stelle zum Büro zu schleppen, ob dieser wollte oder nicht. Auf der

Clayallee fuhr um diese Zeit kaum ein Auto, und so konnte Hurst unbehelligt über die breite Straße marschieren.

Die Glastür des *PX-Shops* in der Vorhalle war noch nicht abgeschlossen. Hurst trat ein und ließ den Blick durch den Laden schweifen. An der Kasse stand ein hochgewachsener junger Mann mit Pickeln im Gesicht, doch Peters war nicht zu sehen. Hurst lief ihm entgegen. »Ich muss Gene sprechen! Auf der Stelle!«

Der Kassierer blickte auf Hursts Rangabzeichen. »Ich weiß auch nicht«, stotterte er. »Gene ist gerade fort. Nicht mal seine Schürze hat er dagelassen!«

Hurst erstarrte. »Wann war das?«

»Jetzt eben!« Der Junge riss die Augen auf und gestikulierte aufgeregt. »Ich hab es durch das Fenster gesehen. Dort vorn waren ein paar Privates. Die haben ihn in ihrem Dodge mitgenommen. Gerade sind sie fortgefahren. Gene sah nicht erfreut aus. Es kam mir fast wie eine Entführung vor, aber vielleicht täusche ich mich auch.«

Nachdem ihm der Kassierer den Truck beschrieben und mitgeteilt hatte, in welcher Richtung er verschwunden war, eilte Hurst aus dem Geschäft. Unter den fragenden Blicken der Wachleute rannte er im Laufschritt zurück zum Hauptquartier. Ohne einen Gedanken an die wartenden Sekretärinnen zu verlieren, lief er direkt zum Parkplatz und sprang in seinen Jeep. Hurst brachte den Motor zum Jaulen und legte ratschend den Rückwärtsgang ein. Kieselsteine prasselten gegen die Unterseite der Karosserie, als er das Fahrzeug aus der Parkbucht rangierte und gleich wieder abbremste. Dann legte er einen Kavalierstart hin und donnerte die lange Auffahrt entlang.

Mit Vollgas preschte Hurst geradeaus über den Mittelstreifen der Clayallee und schlug dann den Lenker nach links ein. Zur Warnung laut hupend, schoss er über die Kreuzung zur Argentinischen Allee und Saargemünder Straße. Zu seinem Glück kam ihm kein Auto in die Quere.

Hurst hielt das Gaspedal auf den Boden gedrückt. Der Jeep gewann an Tempo, bis er über den glatten Asphalt zu fliegen schien.

Die ganze Zeit über hielt er Ausschau nach dem Dodge. Er konnte nur hoffen, dass Peters' Entführer nicht so bald von der Hauptstraße abbogen. Bei der Brücke unter den S-Bahn-Gleisen musste er abbremsen. Vor der dahinterliegenden Abzweigung standen Autos in einer Schlange. Hurst konnte weiter vorn gerade noch eine olivgrüne Fahrzeugabdeckung erspähen. Es musste sich um die Entführer handeln. Die Fahrzeuge fuhren wieder an. Auch der Dodge setzte sich in Bewegung. Das Auto direkt vor Hurst bremste jedoch ab, um in die Machnower Straße abzubiegen. Gemächlich setzte der Fahrer seinen Winker nach rechts. Leider war der Gegenverkehr zu stark, um ihn einfach zu überholen. Peters und seine Entführer verschwanden unterdessen in der Ferne.

Hurst fluchte in sich hinein.

Der Wagen bremste mit quietschenden Reifen ab. Peters wurde auf der Sitzbank zur Seite gedrückt. Der Soldat gegenüber hielt ihn schon die ganze Zeit mit seinem Messer in Schach. Die dunklen Augen unter den buschigen Brauen funkelten vor Hass. Sie hatten wohl das Ziel ihrer Fahrt erreicht. Peters ahnte, dass die Atempause vorbei war. Jetzt konnte es nur noch schlimmer werden.

Wie zur Bestätigung sprang der Soldat auf und zerrte ihn von der Bank. Peters überlegte, ihn zu entwaffnen, doch es schien unmöglich. Der Soldat drückte die Spitze des Messers so fest gegen Peters' Lendengegend, dass sie fast die Schürze und die Hose durchstach.

Die Plane am Heck des Trucks wurde zurückgeschlagen. Die zwei anderen Privates standen bereits davor. Geräuschvoll entriegelten sie die Klappe und ließen sie nach unten fallen.

Peters wurde nach draußen gestoßen. Noch ehe er zu Boden fiel, wurde er von den zwei Soldaten aufgefangen. Sie zogen ihn an den Armen vom Truck weg, umrundeten das Fahrzeug und zerrten ihn durch ein offen stehendes Tor in eine Werkstatt, in der es nach Maschinenöl roch. Aus den Augenwinkeln sah Peters einige Tische, auf denen dunkel schimmernde Metallteile ausgebreitet waren.

Der Private mit dem Messer tauchte mit einem Stuhl auf. Er knallte ihn auf den Boden. Die zwei anderen Soldaten zwangen Peters auf die Sitzfläche. Gemeinsam banden sie ihn fest. Seine Panik wurde immer größer. Sie waren in der Überzahl. Er hatte keine Chance. Er war diesen drei Weißen ausgeliefert.

Als er festgebunden war, traten die Soldaten zurück. Peters' Begleiter steckte sein Messer weg und schlenderte zu den Werkbänken. Suchend blickte er sich um, dann griff er nach einer schweren Eisenkette. Höhnisch grinsend schritt er auf Peters zu und schwang die Kette. Bei dem Anblick begann Peters unkontrolliert zu zittern. Schweiß perlte ihm von der Stirn.

»Jetzt ist die Frage, was wir mit ihm anstellen sollen«, schnarrte der Private. Langsam umrundete er Peters und weidete sich an dessen Furcht. Dann warf er ihm von hinten plötzlich die Kette um den Hals und zog sie zusammen. Die Kettenglieder drückten sich in die Haut seines Opfers. Doch Peters konnte immer noch atmen. Vorerst.

Die zwei anderen Soldaten lehnten gegen die Kühlerhaube des Jeeps. Sie befanden sich Peters direkt gegenüber und beobachteten die Folterung wie ein Schauspiel. »Wir können es ihm nicht durchgehen lassen«, erklärte der Soldat mit den glänzenden braunen Haaren. »Er hat mit einer Weißen rumgehurt. Das gehört bestraft.«

Peters erstarrte. Sie konnten nur von Sabine sprechen. Wie hatten sie das herausbekommen?

»Und nicht nur das, er hat sich an einer weißen Amerikanerin vergriffen«, sagte der dritte Soldat. Mit der eingedrückten Nase und den schaufelähnlichen Händen erinnerte er an einen Boxer. »Von den Ludern hier in Europa erwartet man ja nichts anderes. Aber eine Landsmännin?«

Das alles ergab für Peters keinen Sinn. Verwirrt blickte er in die Gesichter der Männer.

»Wovon redet ihr?«

Auf seine Frage hin rasselte die Kette zu Boden. Peters atmete auf, sodass er kaum registrierte, wie der Soldat neben ihm Anlauf nahm. Blitzschnell drehte er sich um die eigene Achse und schlug mit der Kette nach ihm. Die Eisenglieder prallten auf Peters' Brustkorb. Etwas knackte in seinem Oberkörper. Schmerzwellen durchfluteten ihn. Peters wollte sich zusammenkrümmen, doch die Fesseln ließen es nicht zu.

»Du weißt genau, wovon wir reden«, sagte einer der Soldaten.

Als das Ziehen in Peters' Brustkorb ein wenig abgeklungen war, näherte sich ihm ein Gesicht bis auf wenige Zentimeter. Es war der Boxer. Er starrte ihm feindselig in die Augen.

»Du hast es mit Mrs. Leary getrieben.«

Diese Behauptung war derart absurd, dass Peters reflexartig den Kopf schüttelte.

Als Antwort schnellte der Soldat hoch und versetzte Peters einen Kinnhaken, sodass sein Kopf nach hinten gerissen wurde. Wieder wurde ihm die Kette um den Hals geworfen und zugezogen. Jetzt war der Druck fester. Peters riss den Mund auf und rang nach Luft.

Jetzt wusste er, was gespielt wurde, selbst wenn es keinen Sinn ergab. Dass seine Angreifer Sabine nicht erwähnt hatten, war ein gewisser Trost für Peters. Das bedeutete, dass sie vor diesen Schlägern in Sicherheit war. Sollten sie ihn doch töten, das hatten sie sowieso vor. Mit jeder Silbe, die er jetzt noch redete, würde er alles nur schlimmer machen.

Peters schwor sich, ab sofort zu schweigen.

Die Soldaten tuschelten miteinander. Sie waren gerade so laut, dass Peters sie verstehen konnte.

»Er wollte kleine Bastarde in die Welt setzen.«

»Diese geilen Böcke können nicht anders.«

»Wisst ihr, es gibt nur eine Möglichkeit, um das zu verhindern.«

»Stimmt.«

»Schneiden wir die Eier ab.«

»Das wird ihn lehren, eine Weiße anzutatschen.«

Peters riss die Augen auf und zerrte an den Fesseln, doch sie gaben nicht nach.

»He, sieh mal einer an«, sagte der Boxer und wandte sich ihm zu. Er strahlte. »Unser Boy ist wieder aufgewacht!«

»Übernimm das mal, Steve«, sagte der Soldat neben Peters und übergab dem Boxer die Kette. Er hatte nur darauf gewartet. Sofort zog er die Kette gewaltsam zu, während der andere Soldat wieder sein Messer aufschnappen ließ.

»Dann wollen wir dich mal losmachen und schauen, was du so in der Hose hast.«

Mit diesem Kommentar schnitt er die Fesseln durch. Als Peters merkte, dass sie zu Boden fielen, begann er hilflos mit den Armen zu rudern. Der Boxer zog ihn sofort mit der Kette in eine stehende Position.

»Pete«, sagte der Soldat mit dem Messer.

Der dritte Private mit den glänzenden Haaren seufzte theatralisch. »Warum muss ausgerechnet ich immer die Drecksarbeit machen?«

Von den anderen kam als Antwort grölendes Gelächter.

Er beugte sich vor und begann, die Gürtelschnalle zu öffnen. Hilflos spürte Peters, wie der Soldat den Hosenbund aufknöpfte. Die Soldaten waren von ihrem Vorhaben nicht mehr abzubringen, aber zumindest konnte Peters ihnen es so schwer wie möglich machen. Als der Soldat seine Hose herunterziehen wollte, presste er die Beine zusammen.

»Du verdammter ...«, murmelte der Soldat und blickte Hilfe suchend zu seinen Kumpanen auf. Die Kette um den Hals wurde enger zusammengezogen, doch Peters presste weiterhin die Beine zusammen.

Schließlich stand der Soldat vor ihm auf, schwang seine Faust und versetzte ihm einen Treffer in den Magen. Peters krümmte sich zusammen, seine Knie hatte er nicht mehr unter Kontrolle.

Der Soldat grunzte zufrieden. »Na also!«

Er bückte sich und zog an der Hose. Mit derselben Bewegung riss er auch die Unterhose nach unten.

Bedauernd schüttelte der Soldat den Kopf und stellte sich vor Peters hin. Er zeigte auf die entblößten Genitalien.

»Na, was ist denn das? Und ich dachte, ihr seid so gut bestückt!«

Dann hörte Peters in seinem Nacken die Stimme des Boxers.

»Schluss jetzt. Beenden wir die Sache.«

Die Kette wurde gelockert. Peters schwankte und fiel fast vornüber. Sofort wurde er an den Armen gepackt. Der Soldat mit dem Messer stolzierte um ihn herum und fuchtelte mit der blitzenden Klinge.

»Das geht ganz schnell. Ist nur ein kurzer chirurgischer Eingriff.«

Er nickte zum nächsten Werktisch. Peters wurde gewaltsam dorthin geschleift und knallte mit dem Bauch gegen die Tischkante. Die Soldaten zogen ihn an den Armen hoch, bis er flach auf der Werkbank lag. Verbissen trat Peters nach hinten und hoffte, den Soldaten mit dem Messer zu erwischen.

Plötzlich donnerte eine Stimme durch die Halle.

»Aufhören! Auf der Stelle!«

Peters hörte auf zu treten und drehte den Kopf. Im geöffneten Tor konnte er neben dem abgestellten Truck eine Gestalt ausmachen. Obwohl der Mann im Gegenlicht stand, war nicht zu übersehen, dass er eine Feuerwaffe erhoben hatte. Erst als Peters die Augen zusammenkniff, erkannte er Colonel Hurst.

Langsam näherte Hurst sich und hielt dabei die Soldaten in Schach.

»Lasst ihn los und haut ab!«

Peters bekam seine Arme frei. Blitzschnell richtete er sich auf. Obwohl Schmerz durch seinen Oberkörper brandete, raffte er die Hosen nach oben und humpelte eilig aus der Schusslinie.

Hurst stand den drei Privates gegenüber. Doch sie machten keine Anstalten, sich zurückzuziehen.

Der Soldat mit dem Messer fand als Erster die Sprache wieder. »Für wen hältst du dich?«

»Drei gegen einen«, fügte der Private mit dem Boxergesicht hinzu. Er tastete nach dem Holster seiner Schusswaffe. »Sieht nicht gut für dich aus.«

Ohne Vorwarnung gab Hurst einen Schuss ab. Der Soldat mit dem Messer schrie auf und knickte zur Seite. Die Klinge schlitterte über den Boden. Stöhnend griff er nach seinem Oberschenkel, in dem eine Wunde klaffte.

»Zwei gegen einen. Jetzt sieht es schon besser aus.« Drohend fügte Hurst hinzu: »Wenn ihr die Waffen zieht, muss einer von euch dran glauben. Also, wer von euch beiden Hurensöhnen hat heute seinen Glückstag? Wollt ihr es herausfinden?«

Die noch nicht verwundeten Soldaten warfen sich einen Blick zu. Mit erhobenen Händen schlichen sie zu ihrem Fahrzeug.

»Ist ja nichts passiert«, raunte der Soldat mit den schimmernden Haaren.

»Und vergesst euren Messerwerfer nicht«, sagte Hurst.

Sie halfen dem verwundeten Soldaten auf. Als der Soldat mit

dem Boxergesicht das Messer aufheben wollte, stellte Peters seinen Fuß darauf.

»Das bleibt hier«, sagte er mit bebender Stimme.

Die Soldaten starrten ihn hasserfüllt an. »Dich kriegen wir noch«, flüsterte der Boxer. Dann traten sie kleinlaut den Rückzug an.

Hurst hielt die Waffe erhoben, bis der Truck schließlich losfuhr und um die Hausecke verschwand.

»Verdammte Idioten«, fluchte er und steckte seine Pistole ein. Dann näherte er sich Peters. »Alles klar?« Er holte ein Taschentuch hervor und hob damit das Taschenmesser auf.

»Ich lasse sie gleich festnehmen, wenn sie beim Sanitäter auftauchen. Bedrohung eines Offiziers, die Fingerabdrücke auf dem Messer, das reicht, um sie für eine Weile in den Bau zu bringen. Und unehrenhaft entlassen werden sie auch, dafür sorge ich schon.«

Peters nickte. Auch er ahnte, dass es wohl die einfachste Methode war, um die Soldaten zur Rechenschaft zu ziehen. Seine Folterung ließ sich immer noch als handgreifliche Auseinandersetzung unter Kameraden entschuldigen.

Peters sah, dass in der Nähe ein Jeep stand. Als Hurst ihm unter die Arme greifen wollte, stöhnte Peters vor Schmerzen auf.

Der Offizier blieb stehen und betrachtete ihn zum ersten Mal genauer. Mit gerunzelter Stirn sagte Hurst: »Und du brauchst einen Arzt.«

29

Mittwoch, 21. Juni 1950 –
Donnerstag, 22. Juni 1950

Mit dem Abend griff in Ritas Gefängnis die Dunkelheit um sich. Und doch war ihr Verstand so wach wie selten zuvor. Denn sie hatte jetzt einen Plan, wie sie ausbrechen konnte.

Ihr Entführer war wieder da gewesen, um über ihre Sünden zu reden, und Rita hatte einfach auf stur geschaltet. Zum Glück hatte er auch wieder ein Abendessen mitgebracht.

Das Tablett stand unberührt auf dem kleinen Tisch neben dem Metallbett. Rita hatte sich zurückgehalten, denn sie wusste nicht, wie lange sie mit den Lebensmitteln auskommen musste.

In der Matratze hatte sie jetzt fünf Brotscheiben verstaut. Leider hatte sie keine Zigaretten, um ihr Hungergefühl zu dämpfen. Aber auch so würden diese Vorräte und die Mahlzeit vielleicht für drei bis maximal vier Tage reichen, wenn sie das Essen rationierte. Notfalls ein wenig Zeit zu überbrücken war aber nur wichtig, wenn sie scheitern sollte.

Wenn ihr Angriffsplan nicht gelang und der Entführer sie in dem versperrten Raum zurückließ.

Obwohl Rita eine handgreifliche Konfrontation unvermeidlich erschien, schätzte sie ihre Chancen als recht passabel ein. Ihr Widersacher mochte ein junger Soldat sein, aber er wirkte nicht gerade durchtrainiert. Und sie hatte das Besteck als Waffe. Es stimmte, die Zinken der Gabel waren stumpf, und auch mit der abgerundeten Messerspitze konnte man nicht allzu viel Schaden anrichten. Dafür konnte sie aber auf das Überraschungsmoment zählen.

Ihr Bett war vier Meter von der Stahltür entfernt. Es war zwecklos, den Entführer gleich dort zu überrumpeln. Bei einem Angriff würde er einfach durch die Tür entwischen und das Schloss verriegeln. Nur eine einzige Option schien Erfolg versprechend. Sie musste ihn in das Gefängnis hineinlocken und hoffen, dass er die Tür wie immer nur hinter sich zudrückte. Rita überlegte, wie schnell sie dorthin rennen konnte. Ein paar Sekunden würden reichen. Der Schlüssel würde außen stecken. Sie musste es nur irgendwie schaffen, ihren Bewacher zu überrumpeln und als Erste zur Tür zu gelangen. Dann konnte sie den Spieß umdrehen und ihn einschließen.

Anstatt über ihre Verfehlungen nachzudenken, wie der Mann ihr geraten hatte, plante sie viel lieber ihre Rache.

Sabine Murr war außer sich vor Sorge. Im Morgengrauen lief sie vor ihrem Wohnhaus unruhig auf und ab und wartete, dass Oppenheimer endlich mit seinem Dienstfahrzeug auftauchte.

In der Früh hatte er sie mit einem Telefonanruf überrascht. Mit Gene war etwas geschehen. Soweit Sabine es verstand, hatte jemand ihn überfallen, und er wurde gerade verarztet. Mit weiteren Details konnte selbst Oppenheimer nicht aufwarten. Bei dem Gedanken, dass Gene möglicherweise ernsthaft verletzt war, zog sie die Regenjacke ein wenig fester um sich zusammen. Sabine fand, dass der grau verhangene Regentag allzu gut zu einer solchen Hiobsbotschaft passte.

Sie musste noch einige Minuten ausharren, bis endlich ein Volkswagen heranknatterte und vor ihr am Straßenrand hielt. Sabine umrundete das Auto, riss die Beifahrertür auf und sprang auf den Sitz.

»Und mehr wissen wir wirklich noch nicht?«, fragte sie ohne eine Begrüßung.

Oppenheimer löste die Bremse. Nach einem raschen Blick über die Schulter gab er Gas und fädelte sich in den Verkehr ein.

»Gene wurde in Hursts Privatwohnung untergebracht«, sagte er. »Also kann es nicht allzu schlimm sein.«

Sabine ahnte, dass dies nur Zweckoptimismus war. Oppenheimers Gesichtsausdruck sprach Bände.

Ähnlich wie die Familie Leary wohnte auch Hurst in dem Villenviertel nahe dem Grunewald. Seine repräsentative Adresse war ein dreistöckiges Gebäude aus der Gründerzeit. Das Dach wurde an beiden Seiten von rechteckigen Turmzimmern eingerahmt. Im Gegensatz zu den Learys musste Hurst jedoch mit bescheideneren Mitteln auskommen und sich das Haus mit fünf weiteren Offizieren teilen. Wie die Klingelleiste verriet, bewohnte er eine der Balkonwohnungen im zweiten Geschoss.

Nachdem Oppenheimer an der seitlichen Haustür geschellt hatte, wurde ihnen von Hurst geöffnet. Sabine nickte ihm zerstreut zu und lief zur Treppe.

»Die Tür ist offen«, rief Hurst ihr nach und blieb zurück, um mit Oppenheimer noch einige Worte zu wechseln.

Seine Wohnung besaß hohe Räume und einen makellos polierten Parkettboden. Hektisch blickte sich Sabine um und steuerte dann auf die erste geöffnete Zimmertür zu.

Es schien sich um eine Art Gästezimmer zu handeln. Es war so klein, dass das Bett fast den gesamten Raum in Beschlag nahm. Sabine rang nach Atem, als sie zwischen den weißen Laken Genes geschwollenes Gesicht sah, das an einigen Stellen dunkelblau verfärbt war. Eine üppige Blondine saß auf der anderen Seite des Betts auf einem Stuhl.

»Wie geht es dir?« Sabine lief zu Gene hin. Da es keinen weiteren Stuhl gab, setzte sie sich auf das Bett.

Gene zuckte zusammen, als sich die Matratze bewegte. Obwohl er kurz aufstöhnte, umspielte ein Lächeln seinen Mund.

Sabine erschrak. »Entschuldigung, ich wusste nicht …«

»Er hat eine Prellung im Brustbereich«, sagte die Blondine auf

Deutsch. »Das schmerzt erst mal wie die Hölle, ist aber bald wieder verheilt.«

Gene ergriff Sabines Hand.

»Es ging mir schon mal besser«, antwortete er.

Erst jetzt nahm Sabine die Frau genauer in Augenschein. Auf ihren Knien lagen Akten.

»Sind Sie Krankenschwester?«

»Greta arbeitet in der Personalabteilung«, antwortete Hurst, der jetzt mit Oppenheimer im Türrahmen stand. »Nachdem ich ihr gesagt habe, dass Gene nicht aus dem Bett darf, war sie so freundlich, die Fotos unseres medizinischen Personals vorbeizubringen.«

Greta winkte triumphierend mit einem Hefter. »Und wir haben den Verdächtigen auch schon gefunden! Hier sind die Unterlagen. Foto, Name, Heimatadresse, alles beisammen!«

Hurst trat einige Schritte auf sie zu und schnappte sich den Hefter. Die Mundwinkel nach unten gezogen, blätterte er in den Unterlagen.

»Carl Esper«, murmelte er. »Er hat also Rita!«

Neugierig trat Oppenheimer an Hursts Seite und warf einen Blick in die Papiere. »Das ist dann wohl unser Mann. Kopp und Gene haben gute Arbeit geleistet. Das Foto sieht genauso aus wie das Phantombild.«

Hurst wurde unruhig. Er drückte Oppenheimer die Unterlagen in die Hand und stürmte aus dem Zimmer. »Ich rufe als Verstärkung die MPs. Wir nehmen Esper sofort fest.« Er blieb kurz an der Tür stehen und drehte sich zu Oppenheimer um. »Kommst du mit, Richard?«

Oppenheimer nickte.

»Die Dokumente müssen Sie aber dalassen«, ermahnte Greta ihn.

Oppenheimer legte den Hefter aufs Bett und reichte Sabine die Autoschlüssel.

»Nimm du den Einsatzwagen. Wir treffen uns später im *Luxor.*«

Mit diesen letzten Worten verschwand auch er. Schnelle Schritte hasteten durch den Gang, dann fiel die Wohnungstür ins Schloss, und es wurde still.

Jetzt gab es endlich keine Ablenkungen mehr, und Sabine konnte sich voll und ganz Gene widmen. Mit der Hand strich sie ihm sanft über die unverletzte Gesichtshälfte. Bei seinem lädierten Aussehen spürte Sabine einen Kloß im Hals.

Greta merkte, dass sie störte, und erhob sich. »Ich werde sehen, ob es irgendwo etwas zu trinken gibt.« Ihr Rock raschelte leise, als sie sich aus dem Zimmer entfernte.

Sabine räusperte sich. Sie kämpfte tapfer gegen die Tränen an und fragte: »Wer hat dir das angetan?«

Gene schnaubte. »Ein paar Arschlöcher waren das. Hurst hat sie festnehmen lassen und ausgequetscht. Sie behaupten, dass jemand sie angestiftet hat. Vermutlich dieser Esper.«

»Und warum bist du nicht im Krankenhaus?«

Nickend antwortete er: »Sie haben mich versorgt und wollten mich auch dabehalten. Aber Hurst war dagegen. Bis der Mörder festgenommen ist, will er kein Risiko mehr eingehen.« Gene verzog sein Gesicht zu einem ironischen Lächeln. »Ich bin sein einziger Zeuge. Endlich bin ich mal etwas wert.«

Sabine unterbrach ihn. »Sag so etwas nicht.«

Als Gene sie anblickte, wusste sie nicht so recht, wie sie sich verhalten sollte. So viele Dinge zwischen ihnen waren unausgesprochen. Sabine wusste, dass es an ihr lag, die Initiative zu ergreifen.

Sie seufzte. »Ach, bringen wir es hinter uns.«

Dann beugte sich Sabine nach vorn und küsste Gene vorsichtig auf die Lippen.

In der Ferne hörte Rita eine Kirchenglocke zu Mittag läuten. Es war bald Zeit für ihre Mahlzeit. Ihr Entführer würde erscheinen, völlig ahnungslos, welche Überraschung sie in der schlaflosen Nacht für ihn ausgeheckt hatte.

Jetzt war alles durchgeplant. Rita standen nicht viele Requisiten zur Verfügung, um ihn in die Irre zu führen. Es gab nicht mehr als das Bettgestell, die Matratze, den Beistelltisch, auf dem noch das Blechgeschirr vom Abendessen stand, und in der gegenüberliegenden Zimmerecke den abgedeckten Eimer für die Fäkalien. Rita packte die Gabel mit ihrer rechten Faust und probte das blitzschnelle Zustechen.

Als sie mit sich zufrieden war, rückte sie das Bettgestell einige Zentimeter von der Wand weg, kletterte in den Spalt und legte sich auf die Seite, mit dem Rücken zur Wand. Schließlich zog sie das Bettgestell wieder so weit zu sich her, dass ihr noch ein wenig Bewegungsfreiheit blieb.

Nach einer Weile näherten sich von draußen Schritte. Der Entführer schloss die Tür auf.

Rita umklammerte die Gabel und spannte ihre Muskeln an. Sie war bereit.

Hurst kümmerte sich nicht um das Tempolimit. Mit dem Jeep jagte er zu den Andrews Barracks, in denen der mutmaßliche Mörder Esper einquartiert war. Oppenheimer musste seinen Hut festhalten und schielte immer wieder auf den Tacho, aber die Meilenanzeige sagte ihm nicht viel.

Bei dieser Geschwindigkeit dauerte ihre Fahrt keine zehn Minuten. Hurst preschte an einem langen Zaun entlang, bis die Kaserneneinfahrt ins Blickfeld kam. Er riss das Steuer nach rechts herum, gab dann sofort wieder Gas, nur um wenige Meter weiter vor dem Wachhaus mit quietschenden Reifen zu bremsen. Oppenheimer konnte sich gerade noch rechtzeitig an dem Armaturenbrett festhalten, um nicht gegen die Windschutzscheibe zu knallen. Als er sich ächzend wieder aufrichtete, wechselte Hurst bereits aufgeregt Worte mit dem Wachposten. Das alles ging so schnell, dass Oppenheimer von dem Gespräch kaum etwas verstand. Der Soldat wies Hurst die Richtung, und der drückte sofort wieder das Gaspedal durch.

Hurst kurvte im Zickzack um lang gezogene Gebäude aus roten Backsteinen herum, und Oppenheimer versuchte erst gar nicht, sich zu orientieren. In der Erwartung einer weiteren abrupten Bremsung stemmte er seine Beine auf den Boden und hoffte, dass diese Höllenfahrt bald ein Ende hatte.

Nach wenigen Minuten und etlichen Hundert Metern Wegstrecke wurden Oppenheimers stille Gebete erhört. Hurst steuerte seinen Jeep auf einen markierten Parkplatz, zog die Handbremse an und schaltete den Motor ab.

Zur Sicherheit fragte Oppenheimer: »Sind wir am Ziel?«

Hurst erwiderte: »Das ist die Krankenstation. Esper arbeitet hier.« Ohne weitere Kommentare schwang er sich aus dem Wagen und strebte auf den Eingang zu. Oppenheimer hastete hinter ihm her und tat sein Bestes, um mitzuhalten.

Direkt hinter dem Eingang befand sich die Patientenaufnahme. An diesem Tag herrschte nicht viel Betrieb. Die Sitzplätze waren leer, ebenso wie die bereitstehenden Liegen. Nur zwei Männer waren anwesend. Mit ihren markanten runden Helmen waren sie bereits von Weitem als Militärpolizisten erkennbar. Einer von ihnen lehnte lässig am Tresen und sprach mit einer attraktiven Blondine in Schwesterntracht. Der Zweite blickte suchend umher und stand sofort stramm, als sich Hurst ihm näherte.

»Wo ist er«, fragte Hurst. »Wo ist dieser Esper?«

»Er ist in die Mittagspause gegangen, aber nicht zurückgekehrt«, antwortete der Militärpolizist.

Oppenheimer kratzte seine Englischkenntnisse zusammen. »Wann wurde Esper zurückerwartet?«

»Vor einer Stunde«, sagte eine Krankenschwester. Ihr Gesicht war gerötet. »Ist mit Carl etwas geschehen? Ist er verunglückt?«

»Wir haben nur ein paar Fragen«, wiegelte Hurst ab, doch der zweifelnde Blick der Frau ließ erkennen, dass sie diese Notlüge durchschaute.

Hurst erkundigte sich, wo Esper wohnte, und bekam von den Polizisten eine Bestätigung, dass ihre Kollegen bereits vor Ort seien.

Oppenheimer konnte seine Enttäuschung kaum verbergen. Es klang ganz danach, dass Esper ausgeflogen war. Ein mulmiges Gefühl im Magen, sah er, dass Hurst zurück zu seinem Jeep hastete. Es blieb ihm nicht erspart, wieder einzusteigen.

Rita war so aufgeregt, dass sie zu zittern begann. Es war schlimmer als jedes Lampenfieber. Im Gegensatz zu den Bühnenauftritten ging es jetzt um ihr Leben. Sie setzte alles auf eine Karte. Alles oder nichts, Flucht oder Niederlage.

Die Tür schwang auf. Rita konnte nicht dorthin sehen, doch die Geräusche verrieten ihr, was vor sich ging. Wie üblich würde der Entführer die Tür zunächst einen Spalt öffnen. Metall kratzte über Beton, als er das Tablett in den Raum schob. Erst dann trat er selbst ins Zimmer und lehnte die Tür hinter sich an.

Doch heute folgte ein erstaunter Ausruf. Der Mann verstand das alles nicht. Seine Gefangene hatte sich in Luft aufgelöst. Das Verlies war leer. In ihrem Versteck hinter dem Bettgestell begann Rita zu grinsen. Es lief genau wie geplant. Er war zu aufgeregt, um genau hinzusehen. Stattdessen eilte er zu dem leeren Bett. Er wollte sich vergewissern. Ohne sich dessen bewusst zu sein, gelangte er damit in Ritas Reichweite.

Genau darauf hatte sie gewartet. Sie wartete, bis er stehen blieb, dann schnellte sie hoch und warf ihm das Bettgestell entgegen. Der Entführer hatte einen Angriff nicht erwartet und taumelte nach hinten. Doch Rita ließ nicht locker und stemmte sich gegen das Metallgestell. Der Beistelltisch kippte um, laut scheppernd landete der leere Teller auf dem Boden. Ihr Widersacher stolperte über die Tischbeine und verlor das Gleichgewicht. Als er zu Boden fiel, warf Rita das Bett mit einem Ruck auf ihn drauf.

Der Weg zur Tür war frei. Jetzt musste sie blitzschnell sein. Noch während der Mann sich aufrappelte, rannte Rita los. Ohne sich umzublicken, sprang sie zur Tür und packte die Klinke. Die Scharniere waren nicht geölt. Rita musste eine gehörige Kraft aufwenden, um die überraschend schwere Tür aufzuziehen.

Und damit verlor sie kostbare Zeit.

Plötzlich spürte sie ihn hinter sich. Am Rande ihres Blickfeldes erschien eine Hand und drückte die Tür wieder zu. Es war ein ungleiches Ringen. Der Entführer lehnte sich dagegen. Rita hatte keine Chance. Der Türspalt wurde immer schmaler.

Urplötzlich ließ Rita den Türgriff los und wirbelte herum. Die Tür fiel ins Schloss. Jetzt kam die Gabel zum Einsatz. Erbarmungslos stieß Rita die Zinken direkt in das Gesicht des Angreifers. Er konnte ihr nicht entwischen. Hilflos versuchte er, ihren Angriff abzuwehren.

Das Handgemenge war zu hektisch, um genau zielen zu können. Rita hoffte inständig, ein Auge zu treffen, damit er außer Gefecht gesetzt war. Seine einzige Rettung war eine Ausweichbewegung nach hinten. Sofort griff Rita wieder nach der Türklinke, zog die Tür auf und schlüpfte nach draußen.

Sie fand sich in einem schwach beleuchteten Gang wieder. Rita wollte die Tür hinter sich abschließen, doch es war zu spät. Im letzten Augenblick schoss ein Arm durch den Spalt. Gewaltsam krachte die Türkante dagegen. Rita konnte genau spüren, wie das weiche Fleisch zusammengedrückt wurde und der Knochen schließlich Widerstand bot. Der Mann schrie gellend auf. Verbissen zerrte Rita an der Tür. Der Oberarm des Entführers war eingeklemmt. Während sie krampfhaft die Klinke festhielt, begann sie, ihm mit der Gabel ins Fleisch zu stechen. Egal, welche Schmerzen sie ihm bereitete, er zog den Arm nicht zurück.

Rita merkte, dass ihre Kräfte nicht ausreichten, um länger Widerstand zu leisten. Auf der Suche nach einer Lösung blickte sie sich um. Eine einzige Tür führte aus dem schmalen Korridor nach draußen. Sie stand halb offen und war vielleicht fünf Meter entfernt. Rita glaubte, diese Distanz unbehelligt überwinden zu können.

Sie stieß sich von der Tür ab und rannte den Gang entlang. Fast gleichzeitig ertönte hinter ihr ein lautes Poltern. Der Entführer sprang in den Gang und war ihr jetzt dicht auf den Fersen. Die Schritte hinter Rita wurden lauter. Sie streckte die Hand aus und glaubte bereits, die nächste Tür aufstoßen zu können, als sie an der Schulter gepackt wurde. Mitten im Lauf geriet sie ins Straucheln. Den Sturz konnte sie nicht auffangen, sie knickte zur Seite und krachte mit der rechten Schläfe gegen die Wand.

Das war das Ende von Ritas Fluchtversuch.

Diesmal dauerte der Ritt auf dem donnernden Jeep zum Glück nur kurz. Hurst preschte zu einem der benachbarten Gebäude und sprang gleich wieder aus dem Wagen. Im Haus musste er sich zunächst orientieren. Ein Korridor glich dem anderen, und sie alle waren menschenleer.

Oben wurden sie bereits von einem weiteren Militärpolizisten erwartet. Er salutierte vor Hurst.

»Esper wohnt in Zimmer 209«, sagte er und führte sie dorthin.

Er öffnete die Tür und sagte: »Wir haben das Zimmer so vorgefunden. Von dem Bewohner keine Spur.«

Hurst nickte kurz und betrat den Raum, blieb in der Mitte mit angewinkelten Armen stehen und ließ den Blick schweifen.

»Er ist uns entwischt«, brummte er.

Auch Oppenheimer trat ein. Er spürte, dass ihm der Militärpolizist argwöhnische Blicke zuwarf. Er wunderte sich vermutlich, was ein Zivilist hier verloren hatte, doch weil Oppenheimer sich in Begleitung eines Colonels befand, war er so klug, keine Fragen zu stellen.

»Vielleicht weiß er nicht, dass wir ihm auf der Spur sind, und kommt später noch einmal zurück«, gab Oppenheimer zu bedenken. »Ich würde das Zimmer bewachen lassen.«

Hurst mahlte verdrossen mit dem Unterkiefer und nickte dann zur Bestätigung.

»Prüfen wir mal, was Esper zurückgelassen hat.« Mit diesem Vorschlag begann Oppenheimer sich umzusehen.

Das Zimmer wirkte makellos. Die Bettdecke war sauber gefaltet. Kein bisschen Staub befand sich auf dem kleinen Schreibtisch. Nur der volle Kleiderschrank verriet, dass jemand dieses Zimmer bewohnte. Oppenheimer gefiel das alles nicht. Es war hier zu ordentlich. Ihm schwante, dass sie hier kaum Hinweise auf Ritas Verbleib finden würden.

Er schob die Kleiderbügel im Schrank zur Seite, doch er sah nur die üblichen Kleidungsstücke und Utensilien eines Soldaten. Hurst trat neben ihn und wies auf die Innenseite der Schranktüren.

»Nicht einmal Pin-ups. Das muss ein merkwürdiger Kerl sein.«

Suchend wandte sich Oppenheimer dem Schreibtisch zu. Ein schwarz eingebundenes Buch lag auf der Tischplatte. Er klappte den vorderen Buchdeckel auf.

»Dafür hat er Erbauungsliteratur hier«, sagte Oppenheimer und wies auf Espers Bibel. Ein Eintrag auf dem hinteren Deckel verriet, dass es sich um sein persönliches Exemplar handelte. Der Name war mit schwarzer Tinte und einer spitzen Feder geschrieben. Die geschwungene Schrift wirkte auf Oppenheimer ein wenig kindlich. Er stellte sich vor das Fenster und blätterte gedankenversunken durch die Seiten. In Anbetracht der Tatsache, dass Espers Taten allesamt eine Verbindung zur christlichen Mythologie aufwiesen, hoffte Oppenheimer, in der Heiligen Schrift eine Spur zu finden. Schon nach wenigen Sekunden ließ er enttäuscht die Schultern hängen. Das Problem war nicht, dass ihnen Esper zu wenige Hinweise hinterlassen hätte. Ganz im Gegenteil, praktisch jede Seite seiner Bibel war mit eng geschriebenen Kommentaren aus eigener Hand versehen.

Oppenheimer stöhnte auf.

»Ich befürchte, das hier wird niemand so leicht entschlüsseln. Esper hat viel Zeit mit der Bibellektüre verbracht und hat sich in einen religiösen Wahn hineingesteigert.«

Abgesehen davon brachte ihre Durchsuchung nichts zum Vorschein. Weder fanden sie die Fotos, die Esper vermutlich von seinen Opfern gemacht hatte, noch gab es irgendwelche Hinweise auf das Versteck, in dem er seine Opfer gefangen hielt.

Enttäuscht rieb sich Oppenheimer nach einer Weile die Augen.

»Besitzt Esper noch einen anderen Spind? Vielleicht auf der Krankenstation? Einen Arztkittel kann ich hier nicht finden.« Oppenheimer blickte Hurst ins Gesicht und zog die Schultern hoch. »Eine andere Idee habe ich nicht mehr.«

»Ich lasse das überprüfen«, sagte Hurst und verließ das Zimmer, um mit dem Militärpolizisten einige Worte zu wechseln. Als er wieder zurückkam, war sein Elan endgültig verpufft. Ratlos stand er mitten in Espers Zimmer.

»Gib mir eine Aufgabe, Richard.« Er seufzte. »Sonst werde ich noch verrückt! Wir können ja nicht einfach darauf vertrauen, dass Esper wieder hier aufkreuzt.«

Auch Oppenheimer spürte den Drang, Rita zu helfen, doch er musste akzeptieren, dass ihre Bemühungen momentan ins Leere liefen.

»Ich benötige Angaben über den Hintergrund unseres Verdächtigen«, antwortete er. »Wo kommt Esper her? Hat er schon ähnliche Straftaten begangen? Es sind noch viele Fragen ungeklärt. Im Vorhinein kann man nicht abschätzen, was wichtig ist. Je mehr ich über ihn weiß, umso besser. Du kannst diese Informationen am schnellsten besorgen. Am besten, du kontaktierst direkt die amerikanische Polizei. Wenn ich über die Behörden gehe, dauert das eine Ewigkeit. Falls wir überhaupt etwas herausbekommen.«

Hurst nickte.

»Ich soll Esper also durchleuchten? Das bekomme ich hin!«

30

Freitag, 23. Juni 1950

Colonel Hurst erklärte sich bereit, künftig bei den täglichen informellen Besprechungen im *Luxor* zu erscheinen. Und so versammelte sich am Freitagnachmittag eine ungewohnt große Runde im Büro des Tanzpalastes.

Überraschenderweise brachte Hurst auch Peters mit. Als die zwei Männer eintraten, lief Fräulein Murr sofort mit einer besorgten Miene auf Peters zu. Auch Oppenheimer fand, dass Peters nach dem tätlichen Angriff immer noch reichlich mitgenommen aussah. Seine Bewegungen wirkten steif, und auch die Schwellung im Gesicht war noch deutlich zu erkennen.

Aufgebracht sagte Fräulein Murr: »Aber du solltest noch im Bett sein!«

Peters verzog den Mund zu einem tapferen Grinsen. »Ich kann euch nicht einfach so im Stich lassen.«

Für ihren Kriegsrat stellten sie kurzerhand die Stühle um den Couchtisch zusammen. Fräulein Murr führte Peters wie einen Invaliden zu einem Stuhl, wo er sich unter vernehmbarem Ächzen hinsetzte. In Anbetracht der Tatsache, dass auf Oppenheimers Schultern die Verantwortung für die Untersuchung lastete, durfte er in einem der Sessel Platz nehmen. Den zweiten Polstersessel hielten seine Mitarbeiter ganz selbstverständlich für den Colonel frei.

Sie mussten sich auf Englisch unterhalten. Da Kubelik kaum ein Wort der fremden Sprache kannte, versprach Oppenheimer, ihm später eine Zusammenfassung zu geben. Bis dahin sollte er sich am Spiegelfenster postieren, um weiterhin den Tanzsaal im Auge zu behalten.

In der gemütlichen Runde um den Couchtisch brachte Hurst eine Flasche Whisky zum Vorschein und öffnete sie. Dann angelte er sich vom Servierwagen ein Glas und schüttete für sich zwei Fingerbreit der bernsteinfarbenen Flüssigkeit ein. Als er die Flasche weiterreichte, machte Oppenheimer ihn darauf aufmerksam, dass er und seine Kollegen streng genommen im Dienst waren und daher keinen Alkohol trinken durften. Hurst war zum Glück nicht beleidigt und reagierte mit einem nüchternen Kopfnicken. Peters war allerdings ein Zivilist und nahm das Angebot gern an. Die beiden Amerikaner prosteten sich mit einem verschwörerischen Blick zu und tranken.

Oppenheimer nahm dies zum Anlass, mit ihrer Sitzung offiziell zu beginnen. Leider hatte er keine guten Neuigkeiten. Kriminalrat Seeßlen hatte ihm zwar beigepflichtet, dass Ritas Verschwinden sehr wahrscheinlich mit den beiden anderen Frauenmorden zusammenhing, die Kripo und die Schutzpolizei verfügten jedoch nicht über genügend Personal, um Straßenstreifen in der Umgebung des *Luxor* nach Esper und seinem Lieferwagen suchen zu lassen.

Hurst berichtete mit etwas kratziger Stimme, dass die US-amerikanische Militärpolizei ähnliche Schwierigkeiten machte. Die Theorie, dass die drei Fälle zusammenhingen, wurde vorbehaltlos akzeptiert, doch unter dem Druck von Colonel Wharton wurden weiterhin in erster Linie russische Täter verdächtigt. Die Hypothese, dass der Mörder tatsächlich ein amerikanischer Soldat war, wurde lediglich zur Kenntnis genommen.

Oppenheimer fand in seiner Beweiskette weiterhin keine Fehler. Unruhig rutschte er in dem Sessel hin und her, als er aus Hursts Mund hören musste, dass Esper nicht als potenzieller Verdächtiger gehandelt wurde. Er konnte es sich nur damit erklären, dass die Militärpolizei mit der Aufklärung solch komplexer Fälle überfordert war und dort keine Spezialisten am Werk waren.

Wenigstens galt Esper jetzt offiziell als fahnenflüchtig und wurde in der Stadt gesucht. Aber Hurst hütete sich vor allzu großen Versprechungen. Wenn sich Esper als Zivilist tarnte, besaß er gute Chancen, den Fängen der Militärpolizei zu entgehen. Dass er einen Unterschlupf außerhalb der Kaserne besitzen musste, stand für Oppenheimer bereits so gut wie fest. Das ermöglichte dem Kerl auch, für unbegrenzte Zeit im Getümmel der Großstadt unterzutauchen.

Angestrengt massierte sich Oppenheimer die Schläfen und fragte: »Espers Zimmer wird weiterhin überwacht?«

Hurst nickte. »Ich habe den direkten Befehl dazu erteilt. Falls er noch einmal in der Kaserne auftaucht, wird er sofort festgehalten.« Dann nickte er zu Peters. »Diese Arschlöcher, die Gene angegriffen haben, konnten mir bestätigen, dass Esper sie angestiftet hat. Sie erkannten ihn auf dem Foto eindeutig wieder. Er hat wohl behauptet, dass Gene eine sexuelle Beziehung zu Mrs. Leary hatte. Das hat bereits ausgereicht, um bei denen die Sicherung durchbrennen zu lassen. Für mich ist der Zusammenhang zu unserer Untersuchung eindeutig. Esper wollte Gene als Zeugen ausschalten. Aber der Militärpolizei reicht es, dieses Gesindel dingfest gemacht zu haben. Auf weitere Nachforschungen sollten wir nicht hoffen.«

Bleiernes Schweigen machte sich breit. Hurst schüttete wieder etwas von dem Whisky in sich hinein. Dann atmete er tief durch und sagte: »Und dann habe ich noch etwas herausgefunden. Leider klingt es nicht gut.«

Zu Oppenheimers Überraschung hatte er sein Versprechen bereits eingehalten, Espers Hintergrund näher zu beleuchten. Hurst erklärte, dass er die Zeitverschiebung ausgenutzt hatte, um am gleichen Abend noch dringende Telefonate mit Übersee zu führen. Das war vermutlich nur die halbe Wahrheit. Seine dunklen Augenringe verrieten, dass er vermutlich bis in die frühen Morgenstunden an der Strippe gehangen hatte.

»Dieser Esper ist kein unbeschriebenes Blatt. Er ist schon vorher auffällig geworden.«

Interessiert richtete sich Oppenheimer in seinem Sessel auf und rief: »Was? Wieso wurde er dann überhaupt für den Militärdienst akzeptiert?«

Hurst seufzte. »Man konnte ihm nichts nachweisen. Also tauchte auch nichts in seinen Akten auf. Zumindest habe ich das so verstanden.«

Peters und Fräulein Murr hingen jetzt ebenfalls an seinen Lippen.

»Ich habe mit dem Sheriff seines Heimatortes gesprochen. Esper kommt aus Kansas. Seine Familie besaß eine Farm in der Nähe von Ulysses. Das nächste Dorf ist nicht mehr als eine Ansammlung von Häusern. Offiziell gibt es dort nicht viel Kriminalität. Vielleicht bedeutet das auch nur, dass die Leute es lieber unter sich regeln, falls doch etwas geschieht, und die Polizei aus dem Spiel lassen. Aber nun ja, das ist nur eine Vermutung.«

Bei der Erwähnung des Bundesstaats Kansas horchte Peters auf. »An der Front hatte ich einige Kameraden aus der Gegend. Die sprachen Deutsch und mussten immer übersetzen, als wir hierherkamen. Das hatten sie noch von den Eltern mitbekommen.«

Hurst nickte. »Ja, das könnte erklären, warum sich Esper hier in Berlin so gut zurechtfindet. Im Mittleren Westen haben sich viele deutschstämmige Siedler niedergelassen. Iowa, Nebraska, die nördlichen Staaten. Auch in Kansas wohnen viele Leute aus Deutschland.«

In diesem Moment dröhnte die Musik aus dem Saal herauf. Der Tanzpalast hatte seine Pforten für das Publikum geöffnet. Wegen des Lärms beugte sich Hurst vor, und auch seine Zuhörer rückten ein wenig näher heran.

»Die Farm von Espers Eltern warf keinen großen Profit ab. Sie lebten von der Hand in den Mund. Der Vater fand irgendwann seine Berufung als Prediger.«

Oppenheimer und Fräulein Murr tauschten überrascht einen Blick. Es war offensichtlich, dass sie beide denselben Gedanken hatten. Endlich gab es eine mögliche Erklärung, warum Esper sich bei der Zurschaustellung seiner Opfer ausgerechnet an Heiligenlegenden orientierte.

»Sonntags fuhr Espers Vater durch die Gegend, hielt in Scheunen Gottesdienste ab und nahm dafür Eintritt«, fuhr Hurst fort. »Damit kam er über die Runden. Kollekten sammelte er auch ein, aber es ist kein Vorwurf laut geworden, dass er das Geld veruntreut hätte. Er scheint es tatsächlich an die Bedürftigen verteilt zu haben.«

Fräulein Murr runzelte die Stirn. »Ein merkwürdiges Geschäftskonzept.«

»Fast alles in den Staaten wird als *Business* gesehen«, erklärte Peters daraufhin mit einem breiten Lächeln.

Auch Hurst lachte in sich hinein. »Ja, für euch Europäer klingt das vermutlich alles sehr fremd.« Wieder ernst fügte er hinzu: »Dann aber kam ein Ereignis, das alles über den Haufen warf. Mitte der Dreißigerjahre herrschte in Teilen der Großen Ebenen eine jahrelange Dürre. Es gab damals riesige Staubstürme, sodass auf den Feldern kaum noch etwas wuchs. Und das geschah genau zur Zeit der Weltwirtschaftskrise. Die Region, in der die Espers ihre Farm besaßen, gehörte zu den besonders schwer betroffenen Gegenden. Wie die meisten Leute standen sie vor der Wahl, auf ihrem eigenen Land zu verhungern oder wegzuziehen.«

Oppenheimer fand es einigermaßen absurd, wie Hursts düstere Worte von der fröhlichen Tanzmusik aus dem Saal untermalt wurden. Er nickte und fasste zusammen: »Eine doppelt schwierige Lage also. Keine Arbeitsplätze in der Industrie, und auch die Lebensmittelproduktion wird knapp. Das soziale Elend für einen Großteil der Bevölkerung ist damit so gut wie vorprogrammiert. Und wie haben sich Espers Eltern in dieser Situation entschieden?«

Hurst suchte nach den passenden Worten. »Nun ja, sie reagierten … unterschiedlich. Espers Mutter zog mit ihrem Sohn zu einem Cousin nach Chicago. Ihr Mann nahm es aber als Anlass, sich auf seine eigentliche Berufung zu besinnen. Nachdem er seine Familie sicher untergebracht hatte, tingelte er fortan als Wanderprediger durch die Lande. Praktisch lebte die Familie also nicht mehr zusammen. Als Esper alt genug war, nahm der Vater ihn in den Schulferien auf diese Reisen mit. Er sollte das Familiengeschäft von der Pike auf lernen. Und es stellte sich heraus, dass er als Prediger durchaus talentiert war.«

Oppenheimer lehnte sich zurück und hörte gespannt zu. Er war beeindruckt, welche Fülle an Informationen der Colonel in der kurzen Zeit beschafft hatte. »Das alles hat der Sheriff erzählt? Wie konnte er davon wissen?«

»Er hat das später erfahren. Als eine Anfrage in Verbindung mit einem Mord bei ihm einging.«

Hursts nüchterne Antwort schlug ein wie eine Bombe. Peters fluchte so laut, dass es sogar Kubelik an seinem abseits gelegenen Beobachtungsposten mitbekam und sich fragend nach ihm umschaute.

»Er hat also nicht erst hier in Berlin damit angefangen, Menschen umzubringen?«

Auf Fräulein Murrs Frage hin legte Hurst den Kopf schräg. »Es gab wohl einige Warnsignale, die nicht ernst genommen wurden. Aber der Reihe nach.« Um seine Gedanken zu ordnen, trank er noch einen Schluck Whisky. »Wie gesagt, dieser Mordfall geschah vor neun Jahren in einem Camp für Wanderarbeiter. Die große Dürre war vorbei, die Maßnahmen von Roosevelts *New Deal*-Politik versuchten, die Not zu lindern, aber die Auswirkungen waren noch zu spüren. In vielen Siedlungen gab es immer noch *Hoovervilles.*«

Weil Oppenheimer mit diesem Begriff nichts anfangen konnte, erklärte Hurst: »So nannte man damals die Elendsviertel, in denen Obdachlose und Menschen mit geringem Einkommen in Selbstinitiative Blechhütten oder Bretterbuden errichtet hatten. Meistens wurde das von den Stadtverwaltungen geduldet. Die Ansiedlungen wurden nach Herbert Hoover benannt, der zu Beginn der Wirtschaftskrise das Präsidentenamt innehatte und für diese ganze Misere verantwortlich gemacht wurde. Und in einem *Hooverville* war auch Esper senior als Prediger aufgetreten. Sein Sohn hatte längst die Schule abgeschlossen und begleitete seinen Vater jetzt fast die ganze Zeit über. Die Predigten der beiden waren ein preiswertes Entertainment, und die propagierten Heilsversprechungen boten den Zuhörern einen Funken Hoffnung. Ich denke, dass die Espers vor allem in den *Hoovervilles* ein dankbares Publikum vorfanden. Ich konnte nur so viel in Erfahrung bringen, dass eine Prostituierte in einer Gasse erwürgt aufgefunden wurde und sich der Verdacht zunächst auf Espers Vater konzentrierte. Dieser hatte aber ein bombenfestes Alibi. Das galt jedoch nicht für den Sohn, der daraufhin als Hauptverdächtiger eingestuft wurde. Doch der Mord an einer Nutte aus den Slums interessierte die Polizei nicht. Die Untersuchung verlief im Sand. Zwar holte man Erkundigungen beim Sheriff in Espers Heimatort ein, aber die Affäre wurde dann schnell zu den Akten gelegt. Der Mord wurde niemals aufgeklärt.«

Peters nickte. »Ich ahne, worauf das hinausläuft«, sagte er. »Ein paar Monate später haben die Japaner Pearl Harbor überfallen, und Esper wurde eingezogen.«

»Genau«, bestätigte Hurst. »Aus purem Zufall wurde er zum Dienst als Sanitäter eingeteilt und dann nach Europa verschifft.

Ein Mal hat er seinen Wehrdienst verlängert und sich nach dem Krieg schließlich dazu entschieden, Berufssoldat zu werden.«

An dieser Stelle legte Hurst eine Pause ein. Als Erste fand Fräulein Murr ihre Stimme wieder.

»Falls er diese Prostituierte damals wirklich umgebracht hat, verstehe ich nicht, warum danach nichts mehr passiert ist. Hat er mit dem Morden einfach wieder aufgehört?«

»Das ließe sich erklären«, sagte Oppenheimer. Er fand es bedauerlich, dass Hilde bei ihrem Gespräch nicht anwesend war. Mit ihrem Wissen über die Psychologie von Mördern hätte sie ihnen bestimmt interessante Denkanstöße geliefert. Aber Oppenheimer war natürlich in der Lage, etwas aus seinem eigenen Erfahrungsschatz beizutragen. »Es kann durchaus vorkommen, dass der Täter selbst über den Mord entsetzt ist. Er hat zwar Gefallen am Töten entwickelt, aber kann das nicht mit der Tatsache in Einklang bringen, dass er eine Todsünde begangen hat. Angesichts Espers religiösen Hintergrunds könnte ich mir vorstellen, dass er eine Methode suchte, um seinen Tötungsdrang zu rationalisieren. Wenn es ihm gelingt, seinen Morden einen wie auch immer gearteten Sinn zu verleihen, mindert es seine Schuld. Nicht er ist schuldig geworden, die Opfer sind es. Nur durch ihr eigenes Fehlverhalten wurde ihre Ermordung ausgelöst. Dass das vermutlich erste Opfer eine Straßendirne war, würde dazu passen. Sie ging einem unmoralischen Beruf nach.«

Peters hörte gespannt zu. Er beugte sich vor und schlussfolgerte: »Dann sucht Esper auch jetzt nach Opfern, die seiner Meinung nach eine Sünde begangen haben. Nur das würde in seinen Augen die eigenen Taten entschuldigen. Aber warum inszeniert er seine Opfer dann als Heilige? Als Wiedergutmachung?«

Oppenheimer blickte Peters an und ließ sich das Gesagte durch den Kopf gehen. »Das klingt an sich plausibel.«

Jetzt schaltete sich auch Hurst wieder ein. »Hier in Europa gab es allerdings noch andere Vorfälle, bevor Esper nach Berlin versetzt wurde. Bei der Durchsicht seiner Personalakten habe ich bemerkt, dass er sehr häufig die Standorte wechseln musste. Ich konnte es mir nur damit erklären, dass Esper sich etwas zuschulden kommen ließ und abgeschoben wurde.« Stolz hob Hurst das Kinn. »Und heute Mittag habe ich endlich jemanden gefunden, der mir diesen Verdacht bestätigen konnte.«

Ohne die laute Tanzmusik im Hintergrund hätte man jetzt eine Stecknadel fallen hören können.

»Immer wenn Esper auf einem Militärstützpunkt als neuer Sanitäter anfing, kursierten nach einigen Monaten beunruhigende Gerüchte. Einige Soldaten berichteten von Gedächtnislücken, andere behaupteten sogar, ohne ihr Wissen betäubt worden zu sein. Und Esper war bei diesen Geschichten der gemeinsame Nenner. Alle Opfer hatten in irgendeiner Weise Kontakt zu ihm.«

Oppenheimer verstand das alles nicht so richtig. »Aber was hat Esper dann mit seinen betäubten Kameraden angestellt?«

Hurst hob die Hände. »Das weiß niemand so genau. Allen Beteiligten war die Affäre viel zu peinlich, um sie an die große Glocke zu hängen. Für solch eine Situation hat das Militär eine simple Lösung: Anstatt den Anschuldigungen nachzugehen und alles aufzuklären, wurde Esper einfach auf einen anderen Stützpunkt verlegt. Das ist dreimal so abgelaufen. Bis er schließlich nach Berlin kam.«

»Und hier hat er ein anderes Ventil gefunden«, schloss Fräulein Murr. »Er begann wieder, Frauen zu ermorden. Nachdem er sich jahrelang nicht getraut hat.«

Hurst nickte griesgrämig. »Das ist auch meine Schlussfolgerung.«

Oppenheimer stellte sofort Überlegungen an, welchen praktischen Wert die neuen Erkenntnisse hatten. »Wenn sich Esper als Zivilist tarnt, dann werden wir ihn noch am ehesten schnappen, wenn die Kripo nach ihm fahndet. Leider kann ich Seeßlen außer Hörensagen und unseren Schlussfolgerungen momentan nicht viel bieten. Nun gut, Gene hat Esper als Täter identifiziert, das ist schon etwas wert. Aber gibt es zu den anderen Fällen vielleicht noch Unterlagen? Irgendetwas Handfestes?«

Hurst verzog abschätzig die Mundwinkel. »Ich bezweifle, dass es noch Akten zu dem Prostituiertenmord gibt. Und selbst wenn, wird es schwierig sein, an diese Aufzeichnungen zu kommen. Das könnte Wochen dauern. Auf jeden Fall zu spät, um Rita noch zu retten.«

Fräulein Murr stieß einen gedämpften Fluch aus. Peters warf ihr einen Seitenblick zu und fragte dann: »Und wie sieht es mit den anderen Militärstützpunkten in Europa aus? Die liegen näher. Sind dort schriftliche Beschwerden über Espers Verhalten eingegangen? Da muss es doch was geben!«

»Ich musste mit Engelszungen reden, um überhaupt Auskünfte zu bekommen. Soweit ich es verstanden habe, sind es nur Gerüchte gewesen. Das einzig Auffällige daran ist meiner Meinung nach, dass Esper von solchen Gerüchten geradezu verfolgt wurde. Nur ist bislang niemand auf die Idee gekommen, das insgesamt zu überprüfen.« Hurst wirkte resigniert, doch dann riss er sich zusammen und sagte mit Nachdruck: »Aber gut, ich werde es versuchen. Ich höre mich um. Und wenn irgendwo eine Meldung vorliegt, dann treibe ich sie auf. Darauf könnt ihr Gift nehmen!«

31

Samstag, 24. Juni 1950

Der Rückweg war ihm abgeschnitten. Nichts führte mehr in sein altes Leben zurück. Alles drängte nach vorn. Aber erst jetzt bekam er eine Ahnung davon, wie das Ende aussehen würde. Zum Glück hatte er noch rechtzeitig bemerkt, dass ihm die Militärpolizei auf den Fersen war. Er wusste, dass sich sein Einsatz in diesem Spiel erhöht hatte. Jetzt ging es um Leben und Tod.

Nachdem ihn die Frau in dem Verlies übertölpelt hatte, konnte er zunächst keine klaren Gedanken fassen. Die Bewusstlose zurück in das Zimmer zu schleifen und die Tür zu dem Gefängnis zu verschließen, das war eine Sache gewesen. Sein malträtierter Arm war schon ein größeres Problem. In der kleinen Küche, die er meistens als Dunkelkammer nutzte, hing nur ein winziger Spiegel. Esper hatte das Hemd ausgezogen, um seinen nackten Oberkörper zu inspizieren. Die Blutergüsse in dem gequetschten Oberarm waren keine Überraschung. Abgesehen von einigen oberflächlichen Stichen der Gabel hatte er auf seiner Wange einige tiefere Kratzer abbekommen, sodass Esper sich entschlossen hatte, die Wunden zu reinigen.

Die Wohnung, die er in dem verlassenen Trümmerhaus gefunden hatte, ließ sich zwar nutzen und abschließen, aber sie war wegen der allgegenwärtigen Schutthalden auch extrem staubig. Es war keine menschenwürdige Behausung, doch für seine Zwecke hatte sie zunächst genügt. Jetzt zeigten sich die Nachteile. Esper benötigte Jod und Verbandsmaterial. Er hatte in seinem Versteck nichts gelagert, denn er war auf einen Überfall nicht gefasst gewesen. Vielleicht war es ein Fehler, in den Menschen trotz aller Verfehlungen immer noch das Gute zu sehen.

Nachdem er seinen Gast wieder sicher untergebracht hatte, war er wie üblich zurück zu seiner Kaserne gefahren. Zu spät, um noch eine Mahlzeit zu organisieren, war er gleich zur Krankenstation gegangen. Während er eilig den Vorraum durchquerte und sich eine Ausrede zurechtlegte, warum er zu spät aus der Mittagspause gekommen war, hatte er den wartenden Militärpolizisten kaum Aufmerksamkeit geschenkt. Erst als ihn die Schwester zur Seite nahm, wurde ihm bewusst, dass etwas faul war.

Sie war ein blutjunges Ding. Unter dem weißen Häubchen lugten krause braune Haare hervor. Frauen wie sie waren leicht zu beeindrucken. Esper ahnte, dass sie etwas für ihn übrighatte, jedoch nie den Mut finden würde, ihn anzusprechen. Das war gut so, denn auf diese Weise blieb ihr eine Enttäuschung erspart, denn sie würde nicht verstehen, dass er keusch lebte. Jedenfalls hatte sie ihm aufgeregt zugewispert, dass die Militärpolizei nach ihm suchte. Geistesgegenwärtig wartete Esper mit der Erklärung auf, dass er mit seinem Motorrad an einem Unfall beteiligt gewesen sei und es selbst klären würde. Und dann hatte er die Gutmütigkeit der Schwester ausgenutzt. Völlig selbstverständlich besorgte sie ihm die erwünschten medizinischen Utensilien, um die Kampfspuren zu behandeln. Mit einem vollen Rucksack war Esper aus der Krankenstation verschwunden. Sicherheitshalber suchte er sein Zimmer in der Kaserne nicht mehr auf. Bis auf seine Bibel ließ er nichts Wichtiges dort zurück. Esper sagte sich, dass es unvermeidbar war, am Ende der Lebensreise die irdischen Besitztümer loszulassen. Das alles würde verschwinden, ins Nichts. Mitnehmen konnte man nur, was man verinnerlicht hatte. Und die Lehren der Heiligen Schrift hatten sich für immer in Espers Seele eingebrannt.

Ein letztes Mal war er dann mit dem Motorrad durch das Steinportal der Kaserne gedonnert in dem Bewusstsein, niemals mehr dorthin zurückzukehren. Und jetzt saß Esper zusammen mit seiner Gefangenen in dieser staubigen Wohnung fest.

Er hatte die Frau den gestrigen Tag über hungern lassen. Und auch an diesem Tag war er nicht in der Stimmung gewesen, ihr ein Tablett mit dem üblichen Mittagessen zu geben. Stattdessen musste sie mit einem Becher Wasser auskommen. Darüber hinaus hatte er jetzt in ihrem Zimmer bis auf die Matratze und den Eimer für die Fäkalien alle Gegenstände entfernt. Strafe musste sein. Vielleicht würde sie das gefügiger machen.

Esper lag auf seinem Feldbett und starrte an die rissige Zimmerdecke. Unablässig kreisten seine Gedanken um diese eine Frage.

Ohne eine umfassende Beichte, ohne dass diese Frau ehrliche Reue zeigte, würde sein Plan nicht aufgehen. Das war sein Hauptproblem. Gleichzeitig war Esper nicht gewillt, noch mehrere Tage oder gar Wochen verstreichen zu lassen, bis das Weib endlich einsah, dass es nur zu ihrem Besten war, sich den eigenen Verfehlungen zu stellen. Eine rasche Lösung musste her.

Nach mehreren Stunden fruchtlosen Grübelns glaubte Esper, dass ihm in dieser Wohnung die zündende Idee wohl nicht kommen würde.

Das Metallgestell des Feldbetts knarzte, als sich Esper abrupt aufsetzte. Seit seiner Rückkehr von den Andrews Barracks war er noch nicht auf der Straße gewesen. Doch jetzt musste er raus hier. Esper hatte einen Regenmantel organisiert, und er besaß auch noch seine Zivilistenkleidung. Allerdings benötigte er dringend eine neue Kopfbedeckung, nachdem ihm der Hut vor dem *Luxor* abhandengekommen war. Mit seinen rotblonden Haaren würde er überall auffallen, und mit dem üblichen Schiffchen der Privates auf dem Kopf konnte er sich in der Stadt sowieso nicht mehr sehen lassen.

Ehe Esper aufbrach, durchquerte er den Korridor, um an der Tür des Gefängnisses zu lauschen. Auf Zehenspitzen näherte er sich und drückte dann sein Ohr gegen die geschlossene Tür. Gestern waren noch Schreie und laute Flüche zu hören gewesen, doch mit dem Nahrungsmangel hatte schließlich eine drückende Stille eingesetzt. Auch jetzt war kein Laut zu vernehmen. Esper fragte sich, ob das Weib überhaupt noch lebte oder ob das nur ein weiteres Täuschungsmanöver war.

Ohne eine Antwort gefunden zu haben, entfernte er sich wieder von der Tür, warf den viel zu großen Regenmantel über und trat aus der Wohnung.

Seitdem Rita verschwunden war, fühlte Hurst eine Unruhe, die sich nicht besänftigen ließ. Ihm fehlte die Erfahrung im Umgang mit kriminellen Elementen. Er konnte nur hoffen, dass dieser Oppenheimer tatsächlich eine Ahnung von seiner Arbeit hatte.

Hurst tat sich schwer damit, die Verantwortung abzugeben. Und jetzt hatte er Aufgaben übernommen, von deren Sinn er nicht überzeugt war. Er konnte sich nicht vorstellen, dass eine genauere Kenntnis über Espers Hintergrund dazu beitragen würde, Rita zu befreien. Stattdessen sorgten die Informationen, die nun tröpfchenweise durch die rauschende Telefonleitung aus Übersee eintrafen, bei ihm für noch größere Besorgnis. Denn Hurst hatte herausbekommen, dass Esper in der Heimat noch in zwei andere Mordfälle verwickelt gewesen war. Im Gegensatz zu dem Mord an der Prostituierten hatten ihn die Ermittler nicht als Tatverdächtigen im Visier. Esper war nur als Zeuge befragt worden. Doch auch die anderen Fälle wiesen einige Gemeinsamkeiten auf. Jedes Mal war das Opfer eine Frau gewesen, die in Espers Augen einen zweifelhaften Lebenswandel geführt hatte. Oppenheimer mochte das vielleicht anders sehen, doch Hurst war jetzt sicher, dass ihr

Verdächtiger mehrere Morde auf dem Gewissen hatte, von denen sie noch nichts wussten.

Wie an jedem Samstagnachmittag waren die Büros in der Militärverwaltung wie leer gefegt. Nach einer regnerischen Woche war heute endlich wieder ein heiterer Tag. Die Soldaten und Zivilangestellten genossen draußen das schöne Wochenende, während Hurst in seiner Schreibstube saß und vergeblich darauf wartete, dass das Telefon klingelte. Ein Blick auf die Wanduhr verriet ihm, dass das tägliche Treffen im *Luxor* erst in vier Stunden angesetzt war. Doch Hurst konnte nicht still sitzen. Er musste etwas tun. Und wenn er nur durch die Nachbarschaft des Tanzpalastes wanderte in der vagen Hoffnung, dass ihm aus Zufall dieser Esper über den Weg lief.

Hurst verließ sein Büro und brauste mit dem Jeep davon. Auf der Fahrt zum Ku'damm kam ihm die Idee, Oppenheimer und den anderen eine kurze Notiz zu hinterlassen, in der er die neuen Erkenntnisse zusammenfasste. Nach einer rasanten Fahrt parkte er sein Fahrzeug vor dem *Luxor* und schrieb hastig einige Worte auf seinen Notizblock. Dann riss er das Blatt ab und sprang hinaus. Wie üblich war der Eingang bereits geöffnet, während drinnen die Putzkolonne bei der Arbeit war. Die Leute kannten ihn dort mittlerweile, und so wunderte sich niemand, als Hurst seine Notiz für Oppenheimer an der Kasse hinterließ.

Nachdem er diese Pflichtübung erledigt hatte, stellte sich Hurst vor den Eingang. Im Schatten des Vordachs ließ er den Blick über die Straße schweifen. Er musterte die Passanten auf dem Weg zum Ku'damm, um dort ein wenig zu flanieren, die Schaufenster anzusehen oder vielleicht ein Café zu besuchen. Hurst setzte sich in Bewegung und ließ sich vom Strom der Fußgänger treiben. Diese Leute folgten ihren harmlosen Vergnügungen, während ihn bitterer Ernst antrieb. In keiner Sekunde ließ er die Menschen um sich herum aus den Augen.

Wie lange Hurst den Prachtboulevard im Schatten der Kaiser-Wilhelm-Gedächtniskirche entlanglief, konnte er nicht beantworten. Er war zu sehr mit seinen düsteren Gedanken beschäftigt, um auf die Armbanduhr zu sehen.

Plötzlich ließ ihn ein Anblick zusammenzucken. Einige Meter vor ihm befand sich ein Mann mit einem rotblonden Haarschopf. Hurst blieb abrupt stehen. Die anderen Spaziergänger mussten ihm ausweichen, um eine Kollision zu vermeiden.

Der Mann trug keine Kopfbedeckung. Er hatte eine militärische Frisur, die roten Haare waren am Rand sauber ausrasiert. Sogar der ausgebeulte Regenmantel konnte seine aufrechte Körperhaltung nicht verbergen. Gemächlich lief er den Gehweg entlang. Seine Aufmerksamkeit galt den Auslagen in den Schaufenstern.

Hurst huschte in den Eingang des erstbesten Geschäfts.

Er wartete, bis sich sein Atem normalisiert hatte. Dann lugte er so weit um die Ecke, dass er freie Sicht auf den rothaarigen Mann hatte. Dieser warf gerade einen Blick in ein weiteres Schaufenster.

Das Profil erkannte Hurst wieder.

Wenige Schritte von ihm entfernt stand Carl Esper.

Es war nicht einfach, den Jagdtrieb im Zaum zu halten. Das galt besonders, wenn Esper sein altbekanntes Revier in der Nähe des *Luxor* durchstreifte. Sogar tagsüber, wenn der Tanzpalast nicht strahlend erleuchtet war, übte er doch eine starke Anziehungskraft auf ihn aus. Ohne es zu bemerken, übernahmen seine Instinkte die Kontrolle. Selbst jetzt, wo Esper an den Schaufenstern vorbeischlenderte, hatte er fast nur Augen für die weiblichen Passanten. Es gab so viele von ihnen. Ständig war der Jäger auf der Suche nach Anzeichen von Verderbnis bei den Frauen, sodass Esper sogar Mühe hatte, sich auf die einfache Aufgabe zu konzentrieren, einen Hut zu besorgen.

Er hatte Glück, denn einige Meter weiter entdeckte er einen

Herrenausstatter. Kurz entschlossen drückte er die Glastür auf und trat ein.

Ein passender Hut war schnell gefunden. Der Ladeninhaber war ein kleiner Mann, seine magere Gestalt ließ ihn noch etwas kleiner erscheinen. Und er war überaus geschäftstüchtig. Während sich der Adamsapfel in dem faltigen Hals auf und ab bewegte, versuchte er, Esper ein besonders teures Hutmodell aufzuschwatzen. Seine modische Erscheinung war Esper jedoch völlig egal, und so suchte er den billigsten Hut in seiner Größe aus. Er zahlte und ließ das Preisschild entfernen. Vor dem Spiegel setzte er dann die neue Kopfbedeckung auf und justierte die Krempe, bis er zufrieden war.

Als er sich schließlich zum Gehen wandte, merkte Esper, dass er verfolgt wurde.

Wie ein ominöser Schatten stand vor dem seitlichen Schaufenster ein US-Offizier. Er befand sich etwa drei Meter vom Eingang entfernt. Angestrengt starrte er auf die Auslagen, doch er war nicht bei der Sache. Auf der Straße war es hell, und so musste er die Augen zusammenkneifen, um in dem schattigen Laden etwas erkennen zu können.

Esper wusste sofort, dass er nach ihm Ausschau hielt. Anstatt zurück auf den Gehweg zu treten, tat er so, als wollte er sich noch einige Seidenschals ansehen. Während der Verkäufer ein weiteres Geschäft witterte und wie ein Kolibri um Esper herumschwirrte, nahm dieser die Gelegenheit wahr, den Offizier näher zu betrachten. Es war ausgerechnet dieser Hurst. Der Liebhaber des Flittchens, das sich in seinem Gewahrsam befand.

Panik ergriff Esper. Derweil redete der Geschäftsinhaber unablässig auf ihn ein und präsentierte seine Waren. Ohne hinzusehen, wählte Esper einen Schal aus und näherte sich der Kasse. Die ganze Zeit über war er mit der Frage beschäftigt, wie er aus dieser Falle entkommen konnte.

Mit zittrigen Fingern zückte er einige Dollarscheine. Dann warf er einen gehetzten Blick um sich. Die dunklen Holzregale und die ungewohnte Stille in dem Laden wirkten plötzlich bedrohlich. Esper hatte den Eindruck, hier drinnen keine Luft mehr zu bekommen.

Er war bereits im Begriff, sich nach dem Hinterausgang zu erkundigen, als ihm ohne Vorwarnung ein Geistesblitz kam. Das hier war keine Falle, ganz im Gegenteil. Gott hatte den Liebhaber der kleinen Hure zu ihm geschickt. Es war ein Geschenk für Esper. Und dieser wusste exakt, wie er es nutzen konnte.

Er wurde ganz ruhig. Der Jäger in ihm war hellwach. Nicht er war hier in Gefahr, sondern Hurst.

Vor der Schaufensterscheibe trat Hurst von einem Bein auf das andere. Er war unschlüssig, was er nun anstellen sollte. Das Beste war, unverzüglich die Militärpolizei einzuschalten. Aber er sah hier weder ein Telefon noch eine motorisierte Streife. Außerdem durfte er Esper nicht mehr aus den Augen lassen, nachdem ihn ein glücklicher Zufall auf dessen Fährte gebracht hatte.

Soweit Hurst durch das Schaufenster erkennen konnte, war Esper der einzige Kunde in dem Geschäft. Nach einigen Minuten drang von der Seite das gedämpfte Klingeln der Türglocke an seine Ohren.

Wie erwartet trat Esper wieder nach draußen. Jetzt trug er einen Hut, aber der Regenmantel war immer noch derselbe, und auch die roten Haare im Nacken ließen sich kaum verbergen. Hurst beobachtete aus den Augenwinkeln, wohin Esper steuerte. Er wollte den Ku'damm wieder zur Kaiser-Wilhelm-Gedächtniskirche zurücklaufen. Hurst wartete, bis Esper an ihm vorbei war. Dann folgte er ihm in sicherer Entfernung.

Erneut war Hurst das Glück hold. Vor einer Bar stand ein G. I. Es war ein schlaksiger junger Kerl mit flachsblondem Haar und unsichtbaren Augenbrauen. Er wirkte nicht gerade nüchtern, doch Hurst fand, dass er als Verstärkung ausreichte. Hurst wollte Esper nicht auf sich aufmerksam machen. Also trat er im Vorbeigehen an den Soldaten heran und fragte ruhig: »Private?«

Der G. I. drehte sich fragend zu ihm um. Sowie er die Offiziersuniform erkannt hatte, stand er stramm.

»Rühren«, murmelte Hurst ihm zu. »Hast du deine Waffe dabei?«

Der Soldat nickte überrascht und wies auf das Holster.

»Ich benötige Verstärkung bei der Verhaftung eines Fahnenflüchtigen. Mitkommen, auf der Stelle. Das ist ein Befehl.«

Esper war während dieser Konversation bereits weitergelaufen, und sie mussten sich beeilen, um ihn nicht zu verlieren. Beim Kreisverkehr überquerte er die seitlichen Straßen und steuerte dann auf das Trümmerviertel gegenüber dem Boulevard zu. Seine zielgerichteten Schritte ließen erkennen, dass er sich hier gut auskannte.

»Jetzt wird es interessant«, murmelte Hurst dem Private an seiner Seite zu. Bei dem Gedanken, dass Esper sie womöglich direkt zu seinem Versteck führte, triumphierte er.

32

Samstag, 24. Juni 1950 –
Sonntag, 25. Juni 1950

Rita hielt die letzte Brotscheibe in den Händen. Das amerikanische Weißbrot war weich wie Watte. Es mochte zwar lecker sein, aber es sättigte nicht wie ein deutsches Graubrot oder Pumpernickel. Zwei, drei Happen, dann war es auch schon vertilgt. Rita ermahnte sich, mit ihren Vorräten zu haushalten. Der Entführer wollte sie offensichtlich aushungern. Nach langem Nachdenken riss sie die Brotscheibe in der Mitte auseinander. Die eine Hälfte schob sie in den Mund und kaute so lange wie möglich darauf herum, ehe sie die breiige Masse hinunterschluckte. Dann steckte sie den Rest zurück in die Matratze und arrangierte diese dann so auf dem Boden, dass die geöffnete Naht zur Wand zeigte.

Sie hatte immer noch eine Beule, wo sie mit dem Kopf gegen die Wand geknallt war. Die Stelle war empfindlich, aber wenigstens ging die Schwellung allmählich zurück. Ihre Kopfschmerzen waren längst verschwunden. Alles in allem war es halb so wild gewesen. Rita fand, dass sie sich gut zur Wehr gesetzt hatte. Nur die Tatsache, dass sie es nicht in die Freiheit geschafft hatte, ließ einen bitteren Geschmack zurück.

Jetzt wusste sie nicht, was sie noch tun konnte. Antriebslos saß sie auf der Matratze und starrte auf den staubigen Boden.

Bald würde sich ihr Entführer wieder zeigen, so viel stand fest. Vielleicht kam er mit Essen, ziemlich sicher mit neuen Fragen und seinen penetranten Aufforderungen, über ihr verpfuschtes Leben zu reden. Rita fand ihr Leben alles andere als verpfuscht.

Wenn man berücksichtigte, welche Nachteile sie hatte – die Familie besaß weder Geld noch Verbindungen –, war es ihr gelungen, aus ihren körperlichen Vorzügen das meiste Kapital herauszuschlagen. Zwar hatte sie es nicht zum Film geschafft, aber sie besaß Bühnenerfahrung. Damals in der *Rio Bar* hatte sie ein loyales Publikum gehabt. Und ihr sorgloser Umgang mit Männern sollte sich ebenfalls bezahlt machen. Sie hatte einen dicken Fisch an der Angel. Andere Mädchen konnten von einer Beziehung mit einem US-Offizier nur träumen. Jetzt musste Rita ihren Tim nur noch dazu bringen, sie zu heiraten und in die Vereinigten Staaten mitzunehmen. Dort würde sie alles besitzen, was sie nur wollte. Ein Haus, ein eigenes Auto, vielleicht irgendwann einmal Kinder, doch damit hatte sie es nicht eilig, denn es würde auch bedeuten, ihre schlanke Figur zu verlieren.

Ein Geräusch riss Rita aus ihren Tagträumen. Den Klang der schweren Schritte konnte selbst die mit Metall verstärkte Tür kaum dämpfen. Jemand näherte sich.

Rita setzte sich auf. Bei dem Gedanken an eine neue Begegnung mit ihrem Entführer schoss ihr das Blut in den Kopf.

Doch etwas war diesmal anders.

Als die Geräusche im Korridor lauter wurden, konnte sie Einzelheiten ausmachen. Rita hielt die Luft an und starrte zur Tür. Das war keine einzelne Person. Nein, es waren mehrere.

Sie wusste nicht, ob das eine gute Neuigkeit war. Mit dem Rücken an der Wand schob sich Rita nach oben, bis sie auf den Beinen stand. Sie wartete.

Die Schritte hielten direkt vor der Tür. Von draußen machte sich jemand an dem Verschluss der oberen Klappe zu schaffen. Schließlich wurde sie zur Seite gezogen, und ein Augenpaar starrte durch das Rechteck.

Der Mann hinter der Tür stieß einen Stoßseufzer aus.

»Rita!«

Bei der Erwähnung ihres Namens schrak Rita zusammen. Sie kannte diese Stimme.

»Tim«, rief sie und rannte zur Tür. Sie musste sich nach oben recken, um ihn besser sehen zu können. Er war tatsächlich gekommen.

»Ich weiß nicht, wo er ist«, sagte sie hastig.

Tim blickte sich suchend um. »Wo ist der Schlüssel?«

»Keine Ahnung.«

Eine fremde Stimme drang jetzt zu ihr. »Die können wir aufbrechen. Ich hab eine Eisenstange gesehen.« Undeutlich konnte Rita erkennen, dass im Halbdunkel des Korridors noch ein anderer Soldat stand. Tim nickte ihm über die Schulter zu, und er verschwand.

Rita fand es unerträglich, dass die Tür sie beide trennte. Sehnsüchtig presste sie sich dagegen.

»Wie geht es dir?« Tims Stimme flackerte vor Besorgnis.

»Ich komm schon klar«, versuchte Rita ihn zu beruhigen. Mit einem ironischen Grinsen fügte sie hinzu: »Aber langsam wird es mir zu langweilig hier drinnen. Hol mich besser schnell raus.«

»Mach ich, Püppchen.«

»Geht das hier?«, rief der Soldat.

Rita konnte ihn nicht sehen. Tim wandte sich ihm zu und nickte. Dann blickte er wieder Rita an.

»Geh besser von der Tür weg.«

Sie gehorchte und trat einige Schritte zurück. Doch sie entfernte sich nicht allzu weit. Alles in ihr drängte nach draußen. Sie kam sich vor wie ein Rennpferd in der Startbox, das mit den Hufen scharrend darauf wartete, bis sich die Klappen öffneten und es nach vorn preschen konnte.

Tims Augen verschwanden. Dann ratschte etwas an der Außenseite der Tür. Jemand stieß gegen Metall. Tim und der Soldat stöhnten. Rita jauchzte auf, als das Schloss laut knirschte. Die Tür vibrierte, dann kam etwas in Bewegung.

Ein Knall ließ Rita aufschrecken. Darauf folgte ein zweiter. Ein dritter. Jemand schoss draußen herum. Rita duckte sich, um keine Kugel abzubekommen.

Mit angehaltenem Atem legte sie die Arme um ihren Kopf und hoffte, dass der Kampflärm bald aufhörte.

Direkt vor der Tür donnerte ein letzter Schuss.

Dann wurde es draußen still. Totenstill.

Rita hatte keine Ahnung, was vorgefallen war. Und sie fürchtete sich davor, es herauszufinden.

Unschlüssig blickte sie zu der geöffneten Klappe in der Tür. Zuerst tat sich nichts. Dann erahnte sie in den Schatten eine Bewegung.

Schlüssel klimperten. Das Schloss wurde aufgesperrt. Mit knarrenden Scharnieren schwang die Tür nach innen auf und verdeckte für einen Moment ihr Blickfeld.

Gleichzeitig fiel ein schwerer Gegenstand zu Boden. Als Rita um den Türrahmen spähen konnte, lag in der Öffnung zum Korridor ein Toter.

Das blutüberströmte Gesicht war nicht zu erkennen. Doch der Getötete hatte Tims braune Haare.

Grenzenloses Entsetzen packte Rita. Mit einem gellenden Schrei stürzte sie zu dem Leichnam.

Auch am Sonntag wollten sie am späten Nachmittag wie üblich ihre Dienstberatung im *Luxor* durchführen. Bis dahin fühlte sich Oppenheimer den ganzen Tag über orientierungslos. An ihm nagte das Bewusstsein, dass sich Rita in Lebensgefahr befand. Doch er misstraute seinen Emotionen. Es würde Rita auf keinen Fall helfen, wenn die Gefühle ihn übermannten und er nicht mehr klar denken konnte. Oppenheimer hatte keine Ahnung, wie er es anstellen sollte, aber bis sie befreit war, musste er die Kontrolle bewahren, auch über sich selbst.

Er versuchte, etwas zu lesen, war jedoch so zerstreut, dass die gedruckten Buchstaben vor seinen Augen keinen Sinn ergaben. Er war nicht einmal ruhig genug, es sich vor dem Grammofon mit einer guten Schallplatte aus seiner Sammlung gemütlich zu machen. Schließlich entschloss Oppenheimer sich dazu, Hilde einen Besuch abzustatten und eine Kanne Kaffee von seinen dort gelagerten Vorräten aufzusetzen. Aber auch das konnte ihn nicht ablenken, denn Hilde war eine dankbare Zuhörerin, vor der er die Probleme der laufenden Untersuchung ausführlich ausbreiten konnte. Außerdem wusste er, dass seine Worte ihr Häuschen nicht verlassen würden.

Bei seinen Schlussfolgerungen über die Psyche des Täters fand Hilde keine gravierenden Fehler. Sie schränkte jedoch ein, dass für eine seriöse Analyse vor allem noch die Angaben aus den Vereinigten Staaten fehlten. Und ausgerechnet diese Phase in Espers Leben faszinierte sie besonders. Es war eine offene Frage, was ihn zum Mörder gemacht hatte, letztendlich ließen sich nur Spekulationen anstellen. Angesichts Hursts Einschätzung, dass die örtlichen Strafverfolgungsbehörden geschludert hatten, erschienen die Chancen gering, diese Leerstelle in Espers Biografie ohne die Mithilfe des Täters jemals zu füllen.

Bei ihrem Gespräch tranken Oppenheimer und Hilde zwei Kannen Kaffee. Als er dann gegen vier Uhr mit seinem Rad zum *Luxor* aufbrach, rumorte es ziemlich heftig in seinem Magen. Natürlich traf er viel zu früh ein. Während er auf seine Mitstreiter wartete, setzte sich Oppenheimer an den halb durchlässigen Spiegel und starrte trübsinnig auf den unbeleuchteten Tanzsaal hinab.

Er hoffte, dass Hurst heute wieder an ihrer Sitzung teilnahm. Da er verständlicherweise besessen davon war, seine Geliebte aus den Fängen des Mörders zu befreien, wunderte sich Oppenheimer immer noch über seine gestrige Abwesenheit. Hursts hastig dahingeschriebene Notiz hatte keine Erklärung geliefert, außer dass er auf eigene Faust einer heißen Spur nachgegangen war. Oppenheimer beruhigte sich mit dem Gedanken, dass Hurst ihnen bei seinem nächsten Erscheinen sicher einen Bericht abliefern würde.

Er hörte, wie hinter ihm die Tür geöffnet wurde. Als er sich umwandte, fielen ihm als Erstes Kubeliks gerötete Augen auf.

»Spät ins Bett gekommen?«

Auf Oppenheimers Frage hin runzelte Kubelik die Stirn. »Es wollte gestern nicht mehr aufhören.« Er winkte nachlässig in die Richtung des Tanzsaals. »Da war Halligalli bis drei Uhr in der Früh! Ich hätte mir nicht träumen lassen, dass das bloße Zuschauen so anstrengend ist.«

Kubelik schleppte sich zu der Sitzgruppe und fläzte sich völlig erledigt in einen der Sessel. Dann atmete er tief ein und blickte sich um.

»Ich habe mich an dieses Büro schon richtig gewöhnt«, sinnierte er. »Vielleicht sollten wir unsere Schreibstube in der Friesenstraße auch so umgestalten?«

Oppenheimer lachte auf. »Ich weiß nicht, ob unser Chef das mitmacht.«

Kubelik blickte Oppenheimer fragend an. »Warum? Wegen der nackten Dame an der Wand?« Er nickte zum Ölgemälde.

»Das würde Seeßlen wohl noch durchgehen lassen«, antwortete Oppenheimer. »Ich dachte eher an die Bestückung der Bar.«

Kubelik neigte den Kopf. »Vielleicht wenn wir Kaffee bevorraten statt Alkohol? Puh, wenn man vom Teufel spricht. Ich könnte jetzt einen großen Becher vertragen.«

Er machte Anstalten, sich aus dem bequemen Sessel hochzustemmen, doch Oppenheimer war schneller. »Ich mach das schon«, sagte er und sprang auf. Der Gang zur Theke im Tanzsaal war ein willkommener Anlass, um die Beschäftigten nach Esper zu befragen. Doch niemand hatte ihn gesehen, nicht einmal der bestens mit Informationen versorgte Monsieur Pipi hatte eine Neuigkeit, die er hätte zu Geld machen können.

Oppenheimers Bedarf an Kaffee war vorläufig gedeckt, also trug er nur einen Becher für Kubelik nach oben. Er hatte ihm gerade das Getränk hingestellt, als sich die Bürotür öffnete und mit raschen Schritten Fräulein Murr eintrat, Peters im Schlepptau. Beide machten einen außerordentlich nervösen Eindruck. In der Erwartung schlimmer Neuigkeiten holte Oppenheimer tief Luft.

»Ist er noch nicht hier?«, fragte Fräulein Murr atemlos.

Kubelik drehte sich zu ihr hin. »Wen meinst du?«

»Hurst natürlich, du Dummerchen!« Sie trat an Oppenheimer heran. »Von ihm fehlt jede Spur, nicht einmal Gene konnte etwas herausbekommen! Ich dachte, es liegt daran, dass Hurst dringend etwas zu erledigen hat, weil der Krieg wieder ausgebrochen ist, aber das scheint es nicht zu sein.«

Kubelik schoss nach oben, und auch Oppenheimers Mund blieb offen stehen.

Als er sich wieder gefasst hatte, fragte er mit tonloser Stimme: »Was redest du da von Krieg?«

»Ihr habt es noch nicht gehört?« Peters hob die Augenbrauen. »In Korea ist gerade die Hölle los! Bewaffnete Truppen haben von Norden aus den achtunddreißigsten Breitengrad auf breiter Front überschritten und setzen jetzt zum Sturm auf Seoul an.«

»Moment«, unterbrach Kubelik. »Nordkorea, das sind …?«

»Commies«, war Peters' knappe Antwort. »Deren Armee wurde von den Sowjets hochgerüstet. Die Republik Korea im Süden ist westlich orientiert und hat an uns appelliert, ihnen Waffenlieferungen zu schicken. Wir wissen noch nicht viel über den Stand der Dinge, aber so langsam sickert es durch. Die offizielle

Kriegserklärung im Radio erfolgte wohl erst mehrere Stunden nach dem Angriff.«

Jetzt ließ sich auch Oppenheimer in den Sessel fallen. »Ach verdammt, fängt das schon wieder an.« Er seufzte.

Fräulein Murr näherte sich der kleinen Bar. »Ich glaube, ich brauche jetzt etwas Härteres als Selterswasser.« Sie suchte bei den Flaschen nach der passenden Spirituose und schenkte sich schließlich einen Korn ein. Sie kippte den Inhalt des Schnapsglases hinunter und verzog das Gesicht. »Brr, was für ein Rattengift. Wie viel bin ich dem Haus dafür schuldig?«

»Ich frage unten nach«, sagte Peters eilfertig und entfernte sich.

Als er draußen war, herrschte bedrücktes Schweigen. Schließlich begann Fräulein Murr: »Tja, jetzt hat die Welt den Salat. In Korea gibt es einen heißen Konflikt zwischen den Amerikanern und den Sowjets. Es ist nur die Frage, ob die Eskalation in der Region bleibt oder zu uns rüberschwappt.«

Kubelik saß mit düsterem Gesicht auf der vorderen Kante seines Sessels. »Wir in Berlin sind direkt betroffen. Mensch, überlegt doch mal, die Frontlinie verläuft mitten durch unsere Stadt.«

»Vielleicht bleibt es bei einem Stellvertreterkrieg, aber wer weiß? Das wäre noch das beste Resultat.« Mit diesem Kommentar griff Fräulein Murr erneut nach der Kornflasche.

Oppenheimer war zu sehr mit seinen Ängsten beschäftigt, um sich an dem Gespräch zu beteiligen. Apokalyptische Bilder aus seiner Erinnerung kamen wieder hoch, von denen er gehofft hatte, sie bereits vergessen zu haben. Aber die Erfahrung, als Berlin von der Roten Armee gestürmt wurde, und das Bewusstsein über die damit verbundenen menschlichen Schicksale ließen sich nicht abschütteln. Selbst fünf Jahre nach dem Ende des letzten Krieges waren in Berlin zahlreiche Schäden noch nicht beseitigt. Und jetzt drohten die Straßen erneut zum Kriegsschauplatz zu werden. Nur war die Ursache diesmal der schwelende Konflikt zwischen den ehemaligen Bündnispartnern aus Ost und West. Die Menschen in Korea waren die ersten konkreten Opfer dieser Konfrontation.

Die nahezu täglichen Provokationen der sowjetischen Seite, von denen die Blockade Westberlins die bislang schwerwiegendste gewesen war, erschienen Oppenheimer jetzt in einem anderen Licht. War das alles vielleicht nur ein Vorspiel für einen finalen Endkampf zwischen West und Ost? Er spürte eine große Beklemmung in sich aufsteigen. Und auch Fräulein Murr und Kubelik war anzusehen, dass sie ähnlich düsteren Gedanken nachhingen.

»Ich habe auch nur von Gene über die Lage in Korea erfahren«, erklärte Fräulein Murr nach einer Weile. Sie stand immer noch vor der Bar und schien zu überlegen, einen weiteren Korn zu trinken. »Die amerikanischen Soldaten haben natürlich sofort Wind davon bekommen. Da war bei uns im Radio noch nichts zu hören gewesen. Wie gesagt, ich hatte zuerst gedacht, dass Hurst in Alarmbereitschaft ist und sich deswegen nicht blicken lässt.« Sie zuckte mit den Schultern. »Ich weiß ja nicht, wie das Militär jetzt reagiert.«

Oppenheimer stutzte. In der Aufregung über den ausgebrochenen Krieg hatte er fast übersehen, dass sie von Hurst noch kein neues Lebenszeichen erhalten hatten. »Und Gene hat auch nichts herausbekommen?«

Fräulein Murr erwiderte: »Doch! Gerade darum kann ich mir das alles nicht erklären!«

In diesem Augenblick trat Peters wieder ins Büro. Mit einem breiten Lächeln sagte er: »Für den Korn brauchst du nichts zu bezahlen, Sabine. Das habe ich schon geregelt.«

Als sie auf Peters zulief und ihm einen dicken Kuss auf die Wange drückte, tauschten Oppenheimer und Kubelik überraschte Blicke. Oppenheimer konnte sich ein Schmunzeln nicht verkneifen. Er hatte geahnt, dass sich die beiden früher oder später näherkommen würden. Es beruhigte ihn ein wenig, dass in diesen verrückten Zeiten wenigstens Herzensangelegenheiten noch einigermaßen normal verliefen.

Wie sie jetzt von Peters erfuhren, war er gestern von Hursts Gästezimmer wieder in seine eigene Wohnung umgezogen. Gegen Abend hatte er noch versucht, den Offizier ans Telefon zu bekommen, um ihn über die Details ihrer Besprechung zu informieren, doch in seiner Wohnung konnte er ihn nicht erreichen. Schließlich hatte er an diesem Morgen versucht, jemanden von der Militärverwaltung an die Strippe zu kriegen. Dort wurde ihm nur bestätigt, dass Hurst an diesem Tag nicht zum Dienst eingeteilt war und sich auch nicht gemeldet hatte.

»Das klingt nicht so, als sei er in Alarmbereitschaft«, schloss Oppenheimer. Beunruhigt holte er aus seinem Schulheft Hursts Nachricht hervor und las sie noch einmal genau durch. Schulterzuckend murmelte er: »Hier steht nur, dass er neue belastende Hinweise auf Esper gefunden hat. Und er wollte sich hier in der Umgebung noch einmal umsehen, was vielleicht etwas länger dauern könnte.«

Peters und Fräulein Murr setzten sich an den Couchtisch.

Oppenheimer legte den Zettel wieder in sein Schulheft zurück. Dann wandte er sich an Peters.

»Hast du Hurst schon als vermisst gemeldet?«

»Natürlich. Es hat mich einige Überredungskünste gekostet, aber mittlerweile wird nach ihm gefahndet.«

Oppenheimer fluchte still in sich hinein. Es war kaum zum Aushalten, alles lief schief, was schieflaufen konnte.

»Wenn wir nur wüssten, was Hurst bei seiner Suche gefunden hat«, brummte er und klappte das Heft zu.

33

Sonntag, 25. Juni 1950 –
Montag, 26. Juni 1950

Esper war immer noch aufgeregt. Er wusste, dass ihm jetzt ein Durchbruch gelingen konnte. Bislang war sein Gast störrisch gewesen, doch nach dem Anblick der Getöteten war sie bestimmt zugänglicher und würde endlich reden.

Es hatte Menschenleben gekostet, sie so weit zu bringen. Esper war nicht stolz darauf. Außerdem meldete sich sein schlechtes Gewissen. Sein Plan war gut durchdacht gewesen. Doch den Offizier und den Private an dessen Seite dann auch tatsächlich kaltblütig zu erschießen, das hatte ihn einiges an Überwindung gekostet. Es war plötzlich real. Das viele Blut, die klaffenden Schusswunden, das war etwas anderes, als Menschen mit einer Überdosis Sedativa einzuschläfern. Besonders beunruhigend war für Esper dabei, dass er nicht wusste, ob er unschuldige Männer getötet hatte oder Sünder. Das würde nun an anderer Stelle entschieden, in einer Dimension, zu der Sterbliche wie er keinen Zugang hatten.

Er schob die Frage über seine eigene Schuld beiseite. Es war jetzt nicht die Zeit dafür, sich den Kopf zu zerbrechen. Taten waren gefragt. Zuerst hatte er die Leiche des Offiziers aus dem Verlies gezogen. Er hatte die Tür dabei lange genug offen gehalten, damit das Weib auch einen Blick auf den zweiten Toten im Korridor werfen konnte. Sie sollte wissen, dass es für sie keine Hoffnung mehr gab.

Espers nächste Aufgabe bestand darin, die zwei toten Männer wegzuschaffen. Zum Glück gab es noch ein Zimmer, das er nicht benutzte. Die Toten quer durch die Wohnung zu schleifen erforderte mehr Kraft, als er gedacht hatte. Diese Männer waren durchtrainiert und schwer gebaut. Als er es endlich geschafft hatte, sie ins Zimmer zu bugsieren, schloss er die Tür. Jetzt zeugten nur noch die Blutspuren auf dem Boden von seiner Tat. Gedankenversunken betrachtete Esper die Stellen, auf denen statt Staub nun rote Schlieren prangten.

Statt das Blut zu entfernen, wollte er lieber die Gunst der Stunde nutzen, um möglichst rasche Fortschritte mit seinem Gast zu machen. Als Zeichen des guten Willens lief er zur Küche und bereitete eine Mahlzeit zu. Dann ging er mit dem Metalltablett in den Händen zum Gefängnis. Sachte drückte er gegen das Türblatt und lugte durch den Spalt. Die Frau befand sich auf der Matratze. Verschreckt kauerte sie in der Ecke und starrte mit feuchten Augen auf die Blutlache auf dem Boden. Esper wusste sofort, dass sie in diesem Zustand keine Gefahr mehr für ihn darstellte.

Trotzdem folgte er dem üblichen Protokoll. Zuerst schob er das Metalltablett hinein. Dann trat er selbst ein und drückte die Tür hinter sich zu. Nachdem er seine Macht demonstriert hatte, war das Weib eingeschüchtert. Sie parierte anstandslos, als er das Tablett mit der Mahlzeit vor der Matratze auf den Boden stellte und ihr befahl, alles aufzuessen. Nach zwei Tagen ohne Nahrung war ihr Hunger so groß, dass sie unter Tränen alles in sich hineinschlang.

Wenige Minuten später schob Esper bereits den leeren Teller zur Seite und lehnte sich gegen die Wand. Als er sie fixierte, kam von seinem Gast kein trotziger Blick mehr zurück.

Dann begann er mit der Konversation, auf die er die ganze Zeit hingearbeitet hatte.

»Diese Männer sind wegen dir gestorben«, stellte er fest. Unter dem Eindruck dieser Worte schlang die Frau die Arme um sich. Doch nichts konnte sie vor der unangenehmen Wahrheit schützen.

Mit ruhiger Stimme fuhr Esper fort: »Es war völlig unnötig. Du hast sie auf dem Gewissen, als wenn du den Abzug meiner Waffe selbst betätigt hättest. Du hast diesen Offizier auf Abwege gebracht, also kam er, um dich zu suchen. Der Soldat an seiner Seite war unschuldig, ein junger Kerl, der das Leben noch vor sich hatte. Aber auch er musste sterben. Nur wegen dir. Weil du nicht der Wahrheit ins Auge sehen willst, dass du gesündigt hast. Du musst es eingestehen. Vor mir, aber vor allem vor dir selbst. Wie viele Menschen sollen wegen dir denn noch ins Unheil rennen? Irgendwann werden andere kommen und ihr Leben aufs Spiel setzen, um dich zu finden. Warum bist du bereit, weitere Tote zu riskieren, wenn du morgen schon frei sein könntest? Du musst nur die richtigen Worte finden. Und ehrlich sein. Ist es wirklich so schwer, sich die Last von der Seele zu reden? Ist es so viele Opfer wert?«

Bei der Andeutung einer Freilassung blickte das Weib auf.

»Und was war mit Lotte?« Kurz flackerte ein Funken des alten Trotzes in ihrem Gesicht auf. »Du hast sie doch kaltgemacht, oder etwa nicht?«

Esper atmete tief ein und ließ den Kopf zurücksinken, bis er an der Wand ruhte. Er griff zu einer Notlüge.

»Sie war nicht kooperativ. Es fehlte ihr an Demut. Sie stand am Scheideweg und hat die falsche Entscheidung getroffen. Der Tod war ihre Bestrafung. Doch du kannst jetzt den richtigen Weg wählen.«

Am Montag wachte Oppenheimer in einer anderen Welt auf. Die Meldung über den bewaffneten Konflikt in Korea hatte er spätabends schließlich auch im Radio gehört. Noch vor dem Frühstück fuhr er mit dem Fahrrad rasch zur nächsten S-Bahn-Station, um sich mit Tageszeitungen einzudecken. Erwartungsgemäß sorgte der Kriegsausbruch für die größten Schlagzeilen.

Mit dem Zeitungsbündel auf dem Gepäckträger kehrte er zu Hildes Villa zurück, um sich in der Kellerküche einen Muckefuck aufzusetzen. An diesem Morgen war dort nicht viel los. Oppenheimer nahm an, dass die Bewohner von Hildes Haus in ihren Zimmern vor den Radios hockten. Während er wartete, bis das Wasser auf dem Holzofen kochte, setzte er sich an den langen Küchentisch und überflog die Titelseiten.

Die westlichen Presseerzeugnisse wiederholten im Großen und Ganzen die Informationen, die Oppenheimer bereits gestern von Peters bekommen hatte. Das mit russischen Jägern ausgerüstete Nordkorea verfügte über die Lufthoheit und versuchte, die nahe der Demarkationslinie gelegene Hauptstadt des Südens einzunehmen. Die reinen Zahlen sprachen gegen die Südkoreaner. Ihre Armee zählte fünfundneunzigtausend Mann, das war etwa die Hälfte des Heeres, das der kommunistische Gegner in die Schlacht führte. Allerdings munkelte die Ostpresse, dass Südkorea als geheime Reserve noch ein Polizeikontingent von einer halben Million Mann mobilisieren könne. Ob sie überhaupt eine militärische Ausbildung besaßen oder nur als Kanonenfutter infrage kamen, wurde dabei im Dunkeln gelassen.

Wenn man den Berichten Glauben schenken konnte, dann hatte der Überfall die Amerikaner kalt erwischt. Noch vor wenigen Tagen hatte der Außenminister John Foster Dulles die Entwicklungen in Korea als »sehr ermutigend« eingeschätzt. Am späten Sonntagabend war schließlich noch der Weltsicherheitsrat zu einer Sondersitzung zusammengetreten. Der dringende Appell der UNO-Kommission an beide Parteien, die Kämpfe unverzüglich einzustellen, war nicht mehr als eine hilflose Geste.

Die Truppen der Volksrepublik lagen mittlerweile vierzig Kilometer nördlich von Seoul. Ohne Waffenlieferungen der Amerikaner bestand die reale Gefahr, dass die kommunistischen Truppen einfach durchmarschieren würden. Doch laut einer Reuters-

Meldung waren die Vorbereitungen für diese Hilfslieferungen unverzüglich angelaufen.

Keine Überraschung war für Oppenheimer, dass die deutschen Tageszeitungen aus dem sowjetischen Sektor eine völlig konträre Erklärung für den Kriegsbeginn lieferten. Ihnen zufolge hatte natürlich Südkorea zuerst angegriffen. Den von westlichen Mächten hochgerüsteten Truppen sei es gelungen, einige wenige Kilometer über den achtunddreißigsten Breitengrad in das nördliche Territorium einzudringen. Die Volksrepublik Nordkorea habe dann zur reinen Selbstverteidigung einen Gegenangriff gestartet. Nur eine dieser konkurrierenden Darstellungen konnte korrekt sein. Andererseits hatte die von den Sowjets kontrollierte Ostpresse schon häufig Falschmeldungen in Umlauf gebracht. Auch jetzt wurde die Frage geflissentlich vermieden, warum die Truppen der Volksrepublik einfach weiter in den Süden marschiert waren, nachdem sie das eigene Territorium angeblich zurückerobert hatten. In Anbetracht dieser offensichtlichen Ungereimtheit fiel es Oppenheimer schwer, der sowjetischen Version Glauben zu schenken.

Auffallend war dabei, wie stark die Berichterstattung der Ostpresse polemisierte. Ähnlich wie in Westeuropa war die Streitmacht der Vereinigten Staaten im Pazifik nach dem Ende des Weltkriegs weiterhin präsent geblieben. Das passte zur Doktrin des US-Präsidenten Truman, die er bereits vor etwas mehr als drei Jahren formuliert hatte. Allen demokratischen Nationen versprach er politischen, militärischen und wirtschaftlichen Beistand, wenn sie von inneren oder äußeren autoritären Kräften bedroht waren. Das war natürlich eine kaum verhüllte Breitseite gegen den Kommunismus. Truman hatte mit seinen Worten die Voraussetzung geschaffen, die Außenpolitik seines Landes völlig umzukrempeln. Nicht zuletzt wegen der bitteren Erfahrungen des Ersten Weltkriegs hatten sich die Vereinigten Staaten auf der internationalen Ebene nur selten eingemischt, ehe sie schließlich gegen Deutschland und Japan in den Krieg gezogen waren. Der Konflikt in Korea war nun die erste Bewährungsprobe für die selbst ernannte Schutzmacht Amerika. Dementsprechend wurden Truman und der Oberbefehlshaber im Pazifik, Douglas MacArthur, in der Ostpresse als Provokateure gebrandmarkt.

Der Wasserkessel pfiff in dem Moment, als Lisa in der Küche erschien. Sie trug bereits die schneidige Uniform der britischen Airline BEA. Bei diesem Anblick fühlte sich Oppenheimer wieder daran erinnert, warum Lisa sein besonderes Augenmerk gewonnen hatte. Er goss das dampfende Wasser in die Kanne. Während der Muckefuck zog, trat er an Lisa heran, gab ihr einen Kuss auf die Wange und umfasste ihre Taille. Lisa quittierte dies mit einem gutmütigen Lachen und flüsterte: »Pass auf, gleich kommt Theo.«

Oppenheimer murrte und trug dann die Kanne zum Tisch. Lisa blickte sich in der leeren Küche um.

»Wo sind denn alle hin?«

»Keine Ahnung«, antwortete Oppenheimer. »Die werden sich schon noch blicken lassen.«

Lisa schnitt einige Scheiben Brot ab, als Schritte die Treppe herunterkamen.

Oppenheimer nickte. »Ah, und da ist schon der Erste.« Er war im Begriff, sich wieder den Zeitungen zuzuwenden, kam jedoch nicht weit damit. Die Witwe Vogt erschien mit zwei vollgepackten Einkaufsnetzen. Die alte Frau mühte sich derart mit der schweren Last ab, dass Lisa zu ihr hineilte, um ihr tragen zu helfen.

»Jessas«, keuchte sie und schwankte gegen den Herd. »Hab ich's doch noch geschafft.«

Oppenheimer warf einen kurzen Blick auf ihre Einkäufe. Frau Vogt trug Speiseöl, Reis, Fett und mehrere Pfund Zucker bei sich. Die Lebensmittelrationierungen waren längst aufgehoben. Die Zeiten, in denen man nur etwas gegen Marken bekam, waren endgültig vorbei. Und seitdem die Sowjets die Blockade von Westberlin aufgegeben hatten, waren die Regale der Geschäfte wieder lückenlos gefüllt.

»Waren Sie so früh schon einkaufen«, fragte er, um ein wenig Konversation zu machen.

Frau Vogt blickte ihn verständnislos an. »Ja, waren Sie denn noch nicht in den Geschäften?«

»Ich war nur kurz am Bahnhof, um Zeitungen zu holen.«

Seine Gesprächspartnerin machte eine wegwerfende Handbewegung. »Pah, Zeitungen! Die braucht man doch nicht. An Ihrer Stelle würde ich mich schleunigst auf den Weg machen, sonst kriegen Sie nichts mehr. Selbst das Gemüse beim Paschke wird schon knapp.«

Oppenheimer runzelte die Stirn. Lisa fragte: »Ist die Versorgungslage etwa knapp?«

»Ja haben Sie denn nicht gehört, dass jetzt wieder Krieg ist? Die Leute stürmen gerade die Geschäfte!«

Lisa und Oppenheimer tauschten einen Blick. Frau Vogt begann derweil, die gehorteten Schätze in ihrem Schrank zu verstauen. »Ich muss mal schauen, wo das Vorhängeschloss ist«, murmelte sie. »Ist wohl besser.«

Lisa wirkte alarmiert. Sie setzte sich an Oppenheimers Seite und fragte: »Was meinst du, hast du Zeit?«

Oppenheimer verdrehte die Augen. Er konnte sich vorstellen, was gerade passierte. Die Leute hatten vom Koreakrieg gehört. In Erwartung harter Zeiten griffen sie auf die altbewährte Strategie zurück, sicherheitshalber alle verfügbaren Grundnahrungsmittel zu horten. Oppenheimer verspürte wenig Lust, sich an dieser Hysterie zu beteiligen. Korea war weit entfernt. Er fand diese Überreaktion völlig irrational.

»Was sollen wir mit Zucker?«, fragte er. »Brauchen wir doch nicht. Ich trinke meinen Kaffee immer ohne. Ein Pfund reicht bestimmt für ein halbes Jahr. Und meine Schwester schickt jeden Monat ein CARE-Paket. Damit kommen wir spielend über die Runden.«

Lisa leuchtete das ein, trotzdem beruhigte sie sich nicht. Sie murmelte: »Aber vielleicht wäre es doch besser, einige Vorräte zu haben.«

Schließlich gab Oppenheimer seinen Widerstand auf. Mit einem vernehmbaren Stöhnen schob er Lisa die Zeitungen zu und erhob sich, um sich für einen Rundgang durch die Geschäfte fertig zu machen.

Als Oppenheimer am Nachmittag zu ihrer Dienstberatung im *Luxor* auftauchte, war er völlig erledigt. Es hatte Stunden gedauert, noch Vorräte zu organisieren. Die Stadt ähnelte einem Tollhaus. Zwar standen vor den Lebensmittelgeschäften keine Schlangen, aber Fett und Zucker waren praktisch überall ausverkauft. Oppenheimer war fast durch ganz Schöneberg geirrt, bis er schließlich noch ein Pfund Zucker kaufen konnte. Mit dieser mageren Ausbeute war er nach Hause zurückgekehrt und musste dann gleich weiter zum Polizeipräsidium, um Seeßlen Bericht über ihre leider mageren Fortschritte bei der Mörderjagd zu erstatten.

Im Büro des *Luxors* empfingen ihn seine drei Mitstreiter mit langen Gesichtern. Nachdem Oppenheimer die Tür hinter sich geschlossen hatte, blieb er stehen und forderte sie auf: »Also gut, sagt es mir gleich. Was ist los?«

»Hurst gilt jetzt offiziell als verschwunden«, antwortete Fräulein Murr. »Gene hat heute noch mal nachgefragt. Er ist nicht in seinem Büro und hat sich nicht zurückgemeldet. Und seine Wohnungsnachbarn haben ihn seit gestern früh auch nicht mehr gesehen.«

Oppenheimer fluchte in sich hinein. »Die Leute verschwinden einer nach dem anderen.« Er lehnte sich gegen den Schreibtisch, verschränkte die Arme und ließ die letzten Geschehnisse Revue passieren. Für ihn gab es nur eine Schlussfolgerung.

»Nie im Leben ist das ein Zufall«, sagte er mit tonloser Stimme. »Wir müssen davon ausgehen, dass ihn unser Mörder geschnappt hat. Falls er nicht noch etwas Schlimmeres mit Hurst anstellt.«

Kubelik nickte bedrückt und ließ sich auf dem Stuhl vor dem Einwegspiegel nieder. »Das hatte ich mir auch schon zusammengereimt.«

»Vielleicht sollten wir uns beim Gerichtsmedizinischen Institut erkundigen, ob die Leiche eines amerikanischen Offiziers aufgefunden wurde?« Fräulein Murr hatte das als Vorschlag formuliert und wartete auf eine Bestätigung von Oppenheimer.

»Davon hätte ich bestimmt schon gehört«, erwiderte Oppenheimer. Um sie nicht zu entmutigen, fügte er hinzu: »Aber vielleicht sind sie ja nicht so fix. Übernimm das doch gleich, solange dort noch jemand zu erreichen ist. Die Nummer habe ich da.«

Fräulein Murr nahm diese Aufforderung dankbar an. Oppenheimer blätterte in seinem Schulheft und diktierte ihr die Nummer. Sie betätigte die Wählscheibe und sprach dann hektisch in den Hörer. Nach einigen Minuten legte sie ihn auf die Gabel und atmete auf. »Wenigstens das! In den letzten vierundzwanzig Stunden wurde keine Leiche eingeliefert, die Hurst ähnelt.«

»Nun gut«, sagte Oppenheimer, »dann gehen wir ihn eben suchen. Jetzt sofort.« Er steckte das Schulheft zurück in die Innentasche seines Mantels und erklärte: »Hurst ist gestern durch die Nachbarschaft gewandert. Wir tun dasselbe, fragen die Leute, vielleicht haben wir ja Glück und stoßen auf seine Spur.«

34

Montag, 26. Juni 1950

Sie ließen Kubelik auf seinem bevorzugten Aussichtsplatz zurück und liefen zu dritt los. Auf dem Ku'damm angekommen, blickte sich Oppenheimer um und versuchte nachzuvollziehen, welchen Weg Hurst wohl am ehesten genommen hatte. Auf dem Gehweg herrschte das übliche rege Treiben. Unaufhörlich schlenderten Menschen an den Schaufenstern und Amüsierlokalen vorbei. Es war eine bunte Mischung von Berufstätigen auf dem Nachhauseweg, Soldaten und den ersten Nachtschwärmern.

Oppenheimer stand in diesem Strom wie ein Fels in der Brandung und kniff die Augen zusammen.

»Hurst suchte nach dem Mörder«, murmelte er gerade so laut, dass ihn Peters und Fräulein Murr über den Straßenlärm hinweg verstehen konnten. Er holte seine Zigarettenspitze hervor, um auf ihr herumzukauen. Fräulein Murr kannte diese Marotte bereits und grinste, während Peters ihm zweifelnde Blicke zuwarf. »Der Mörder hält seine Opfer gefangen. Dazu benötigt er einen gewissen Platz. Und er muss ungestört sein. Sein Versteck kann nicht in unmittelbarer Nähe des Ku'damms sein. Hier sind so viele Leute, es könnte auffallen.«

»Wir sollten auf der südlichen Seite bleiben«, schlug Fräulein Murr vor. »Dort liegt das *Luxor*. Und auch Mrs. Leary und Rita hat er dort entführt.«

Oppenheimer zog das in Erwägung. »Das ist möglich. Andererseits halte ich unseren Mörder nicht für so unklug, mit diesen Taten auf sein Versteck hinzuweisen. Er hat einen Transporter, auch längere Strecken sind für ihn kein Problem. Und doch ist er so nah am *Luxor,* dass er es unter Beobachtung halten kann.«

Peters' Gesicht leuchtete auf. »Wie ist es damit? Der Mörder benötigt eine gewisse Abgeschiedenheit. Nicht wahr?«

Oppenheimer nickte.

»Am wenigsten Aufmerksamkeit bekommt er in einem Ruinenviertel, weil dort kaum noch jemand wohnt«, sagte Peters.

Fräulein Murr pflichtete ihm eifrig bei. »Und die Häuser sind längst alle geplündert. Da kreuzt so schnell niemand mehr auf, weil nichts mehr zu holen ist. Das einzige Risiko besteht darin, dass die Häuser irgendwann mal abgerissen werden. Aber das geht nicht von heute auf morgen. Im Notfall hätte der Mörder noch genügend Zeit, um seine Sachen zu packen.«

Peters nickte. »Wo gibt es hier im Umkreis denn die größten Zerstörungen?«

»Ich würde sagen, um den Nürnberger Platz«, antwortete Oppenheimer. »Dort hat er auch Mrs. Leary entführt. Vielleicht war es ein Zufall, dass sie sich von ihrem Chauffeur ausgerechnet dort absetzen ließ, aber er hätte sie ja auch näher beim *Luxor* aufgreifen können, um von seinem Versteck abzulenken.« Er dachte kurz nach und schüttelte schließlich den Kopf. »Nein, dort wird er nicht sein. Eine Alternative wären aber noch die Straßenzüge gegenüber dem Zoo zwischen der Gedächtniskirche und dem Landwehrkanal. Da gab es genauso schwere Zerstörungen. Die Häuser sind größtenteils nicht mehr bewohnbar.«

»Dann schauen wir uns doch einmal dort um«, sagte Fräulein Murr und bog nach rechts ein.

»Ist Sabine immer so resolut?«, fragte Peters.

»Immer«, antwortete Oppenheimer.

Peters lächelte. Die Vorstellung schien ihm zu gefallen. Dann eilten die Männer ihr hinterher. Erst am Kreisverkehr um die Kaiser-Wilhelm-Gedächtniskirche blieb Fräulein Murr stehen, und

Oppenheimer und Peters konnten wieder zu ihr aufschließen. Die spitz zulaufende Fläche unmittelbar rechts neben der Kirche war zum Teil schon geräumt, aber es befanden sich noch immer einzelne Häuser dort, die in einem ausreichend guten Zustand waren, um sie zu bewohnen.

Oppenheimer stellte sich neben Fräulein Murr und wies nach rechts in die Richtung des Nollendorfplatzes. Ein wenig atemlos erklärte er: »Das Trümmerfeld erstreckt sich etwa anderthalb Kilometer in diese Richtung. Die größten Schäden sind allerdings nördlich in der Nähe des Kanals. Und hinter der Corneliusbrücke befinden sich am anderen Ufer auch noch Ruinen.«

»Dann haben wir ja einiges vor«, sagte Peters.

Sie überquerten die Straße und liefen den Gehweg entlang, bis sie eine Stichstraße erreichten, die genau in das Trümmerfeld hineinführte. Oppenheimer bog dort ein und übernahm die Führung. Mit wachsamen Blicken schlenderten sie durch das menschenleere Gebiet. An der nächsten Kreuzung hielt sich Oppenheimer rechts. Dieser Weg führte weiter ins Zentrum.

Etliche Ruinen hatte man bereits gesprengt und abgetragen. Doch hier in den abseits gelegenen Straßenzeilen waren die Arbeiten noch im Gange. Praktisch unangetastet reihte sich eine Ruine an die nächste. Oppenheimer kam es so vor, als würde er eine Geisterstadt betreten. Zum Glück waren die Wege allesamt geräumt, und es bestand keine Gefahr, in dem Wirrwarr die Orientierung zu verlieren. Sogar Straßenschilder standen in dieser Einöde. Auch auf Peters machten die Zerstörungen einen großen Eindruck. Mit weit aufgerissenen Augen schritt er neben Oppenheimer her. Beim Anblick der Trümmerhaufen stöhnte er auf. Fassungslos betrachtete Peters die Ödnis. Kurz nachdem sie in eine andere Seitengasse eingebogen waren, stoppte er abrupt ab.

»Da ist etwas.« Peters wagte nur zu flüstern. Sie waren die ganze

Zeit über in der Mitte der Straße gelaufen. Jetzt sprang er zur Seite in Deckung und näherte sich einem Hauseingang.

Neugierig folgten ihm Oppenheimer und Fräulein Murr. Peters schaute nach oben. Als Oppenheimer seinem Blick folgte, sah er eine braungraue Krawatte. Sie war um eine Lampenhalterung ohne Glühbirne gebunden.

Peters flüsterte aufgeregt: »Das muss ein Zeichen sein. Diese Farbe gehört zu unseren Uniformen. Und kein Soldat lässt einfach so einen Teil seiner Uniform zurück.« Mit ernstem Gesichtsausdruck drehte er sich Oppenheimer zu. »Hier in der Ruine muss sich etwas befinden.«

Oppenheimer spürte, wie ihm das Blut in den Kopf schoss. Er nickte Peters zu, dann ging er vorsichtig einige Schritte zurück und inspizierte die Fenster in der Hausfront. Es waren nicht mehr als dunkle Höhlen. Unmöglich zu erkennen, ob sie von jemandem beobachtet wurden.

»Seht euch das mal an«, zischte ihnen Fräulein Murr von der Seite zu. Sie stand in der Zufahrt zum Hinterhof und deutete auf den Boden. »Da sind Reifenspuren. Die sehen frisch aus.«

Oppenheimer eilte zu ihr. Wegen der Regenschauer an diesem Tag war der Boden aufgeweicht. Ein dreirädriges Fahrzeug war hier durch den feuchten Schlamm gefahren. Oppenheimer lugte in den Hof hinein und sah einen Bretterschuppen. Die Reifenspuren endeten an einer Doppeltür.

»Die Abdrücke passen zu Espers Transporter«, erklärte Oppenheimer mit bebender Stimme.

»Hurst war also hier«, stimmte Peters zu. »Und er hat Esper aufgespürt. Ohne seinen Hinweis wären wir tagelang durch das Ruinenviertel gestolpert, ohne etwas zu finden.«

In der Gewissheit, auf eine heiße Fährte gestoßen zu sein, erwog Oppenheimer die Optionen.

»Das Wichtigste ist jetzt, Rita in Sicherheit zu bringen.«

»Soll ich Verstärkung holen?«, fragte Fräulein Murr.

Sie würde sicher eine halbe Stunde benötigen, um zum nächsten Fernsprecher zu gelangen, und es drängte Oppenheimer, unverzüglich nachzusehen, ob sich Rita in der Ruine befand. Aber wie gewöhnlich war er nicht bewaffnet, und es war wohl besser, Unterstützung zu haben, falls sie auf Esper stießen und dieser Widerstand leistete. Schließlich nickte er Fräulein Murr zu. »Wir warten auf dich und bewachen solange das Haus.«

Sie setzte sich sofort in Bewegung. Mit leichten Schritten huschte sie die Straße entlang und verschwand dann an der Abbiegung. Oppenheimer gab Peters einen Wink. Dieser verstand sofort. Während Oppenheimer die Hausfront unter Beobachtung hielt, postierte sich Peters in Sichtweite im Hinterhof.

Die Warterei schien ewig zu dauern. Nervös zappelte Oppenheimer herum und vergewisserte sich in regelmäßigen Abständen, dass Peters noch auf seinem Platz stand. Zu allem Überfluss begann es zu regnen. Er trat in den Windschatten des Nachbargebäudes.

Fräulein Murr war vorsichtig. Oppenheimer hörte zuerst nur das entfernte Brummen von Motoren, das abrupt verstummte. Kurze Zeit später tauchte sie wieder an der Kreuzung auf und schlich an den Häuserfronten vorbei.

»Alles bereit«, hauchte Fräulein Murr. »Vier Polizisten. Mehr war so schnell nicht aufzutreiben.«

Oppenheimer lugte über ihre Schulter und sah, dass in einigem Abstand Uniformträger folgten.

»Besser als nichts«, flüsterte er. Als sich die Polizisten um sie versammelten, gab er ihnen mit gedämpfter Stimme Befehle. Drei Polizisten schickte er nach hinten. Einer von ihnen sollte mit Peters die Schuppen inspizieren. Die anderen zwei würden das Haus durch den Hintereingang betreten, während Oppenheimer mit dem vierten Polizisten von vorn kam. Dann wandte er sich an

Fräulein Murr. »Du kommst als Nachhut. Falls wir Rita finden, ist es deine Aufgabe, sie möglichst rasch zum Polizeiauto zu bringen.« Sie nickte. Auch sie war angespannt und wagte kaum, einen Laut von sich zu geben.

Nachdem sich die Männer verteilt hatten, trat Oppenheimer zur Vordertür und wartete einige Sekunden. Als er sicher war, dass die Polizisten am Hintereingang ihre Position eingenommen hatten, schob er die Tür auf.

Die Haustür war nicht verschlossen. Oppenheimer und der Polizist schwärmten aus und durchsuchten die Zimmer. Sie waren allesamt leer. Auch die Polizisten aus dem Hinterhof stießen zu ihnen. Einer von ihnen schüttelte den Kopf. Oppenheimer fluchte in sich hinein und blickte sich im Treppenhaus suchend um. Im oberen Stockwerk war durch einen Riss im Mauerwerk der graue Himmel sichtbar. Die Zimmer dort erschienen kaum bewohnbar. Er wollte sich bereits dem Keller zuwenden, als er über dem Handlauf des Treppengeländers oben eine geschlossene Tür erspähte. Oppenheimer hielt inne. Die Türen im Erdgeschoss waren alle aus den Angeln gerissen oder standen weit offen.

Er wandte sich zu den Polizisten und zeigte dorthin. Mit einem Kopfnicken signalisierten sie, dass sie verstanden hatten. Vorsichtig stieg er hinauf und achtete darauf, keinen Lärm zu verursachen. Dann postierte er sich seitlich der Tür und wartete auf die Polizisten.

Oppenheimer holte tief Luft und drückte die Klinke nach unten. Die Tür war nicht abgeschlossen. Er zuckte zurück, als ihm Verwesungsgestank entgegenschlug. Die Luft in den Räumen war zum Schneiden dick. Hastig nahm er ein Taschentuch und presste es sich auf Mund und Nase. Das Schlimmste erwartend, trat er ein.

Oppenheimer hatte nicht damit gerechnet, in der Trümmerwüste eine noch gut erhaltene Wohnung vorzufinden. Der schmale Flur führte zu einem größeren Zimmer, in dem nur ein

Küchentisch stand. Auf dem Boden befand sich eine Blutspur, die zu einer halb offenen Seitentür führte. Von dort schien auch der Gestank zu kommen. Vorsichtig warf Oppenheimer einen Blick in den Raum. Fliegen surrten durch die Luft. Auf dem Boden lagen zwei tote Männer in Uniform.

Obwohl die Gesichter von seiner Position aus nicht erkennbar waren, ahnte Oppenheimer, dass er Hursts sterbliche Überreste gefunden hatte.

»Verdammt«, brummte er. Es hatte nicht den Anschein, dass Esper noch in der Wohnung weilte. Oppenheimer war jetzt so alarmiert, dass er alle Vorsichtsmaßnahmen vergaß und in die Wohnung polterte. Er orientierte sich an der Blutspur, die an einer mit Eisen beschlagenen Holztür endete. Oppenheimer riss sie auf und starrte hinein.

Er sah eine Matratze und ein Tablett, auf dem ein leer gegessener Teller stand.

Hier hatte Esper also seine Opfer versteckt gehalten. Auch Rita musste hier gewesen sein. Jetzt war sie mit ihrem Entführer verschwunden. Zurückgelassen hatte er nur die Toten.

Oppenheimer konnte sein Pech nicht fassen. Dank Hursts Hinweis hatten sie zwar den richtigen Ort gefunden, doch sie waren zu spät gekommen.

Hinter sich hörte er plötzlich einen erstaunten Ausruf von Fräulein Murr. Oppenheimer sah ein, dass er hier vorerst nichts mehr tun konnte, und kehrte zu den anderen zurück. Die Polizisten hatten sich vor dem Zimmer mit den Toten versammelt und murmelten miteinander. Fräulein Murr hingegen war bereits weiter in die Wohnung hineingegangen und rief Oppenheimer aus der Küche zu: »Esper hat uns jede Menge Beweismaterial zurückgelassen!«

Neugierig geworden betrat er den kleinen Raum. Neben Fräulein Murr und Peters gab es kaum noch Platz für ihn. Oppenheimer wunderte sich, wie es den Bewohnern überhaupt gelungen war, einen Herd und eine Spüle hineinzuquetschen. Esper hatte das Zimmer umfunktioniert. An aufgespannten Schnüren waren mit Wäscheklammern Fotoabzüge zum Trocknen festgeklemmt.

»Bilder von Mrs. Leary«, erklärte Fräulein Murr.

Auch Oppenheimer erkannte auf den Abzügen das Baumateriallager in Tempelhof wieder. Esper hatte seine Inszenierung der Leiche mit mehreren Schnappschüssen dokumentiert. Die Tote mit den ausgestreckten Armen und Beinen befand sich auf allen Bildern im Mittelpunkt. Das verwendete Blitzlicht verlieh den Körpern auf den Fotos harte Konturen.

»Die sehen fast wie Fotos von der Spurensicherung aus«, sagte Fräulein Murr.

Oppenheimer nickte. »Nur hat sich Esper weniger um die forensischen Details gekümmert. Er konzentriert sich auf Mrs. Leary. Hier gibt es ein Bild von den Blutspuren auf ihrem Unterkleid. Hier eine Großaufnahme des Gesichts mit den aufgemalten Augen. Und dann wieder eine Panoramaaufnahme, wo man die gesamte Inszenierung sieht.«

Fräulein Murr war derart fasziniert, dass sie den Blick kaum von den Fotos abwenden konnte.

»Es ist monströs. Und doch besitzt es eine gewisse Schönheit. Er stilisiert seine Opfer zu Heiligen. Auf diesen Fotos kommt das ganz deutlich zum Vorschein.«

Peters durchsuchte unterdessen den Unterschrank. Er zögerte kurz und griff dann hinein. »Und hier ist noch viel mehr!« Mit dieser Ankündigung richtete er sich auf und präsentierte eine geöffnete Pappkiste mit weiteren Fotoabzügen. Da sie die Identität des Täters bereits kannten, hielt Oppenheimer die Fingerabdrücke für zweitrangig. Er nahm die Schachtel entgegen und blätterte durch die Aufnahmen. Bei einem Foto stutzte er und zeigte es Peters.

»Das wirst du wiedererkennen.«

Dieser nickte. »Dort habe ich Esper überrascht.«

»Ein Bild von Frau Tieken?«, fragte Fräulein Murr.

Oppenheimer brummte zur Bestätigung. »Und hier sind noch andere Fotos. Ebenfalls von getöteten Frauen, die er in Szene gesetzt hat. Es muss zwei oder drei weitere Opfer geben, die wir noch nicht kennen.« Er sah alles durch und sagte dann: »Esper hat auch viele Aufnahmen von Männern und Frauen gemacht. Alles vor einem schwarzen Hintergrund. Sie scheinen aber nur bewusstlos zu sein. Und es gibt keine aufwendige Inszenierung, keine aufgemalten Augen oder einen Hinweis darauf, wo die Fotos entstanden sind.« Oppenheimer nahm die letzten Fotos von Mrs. Leary ab und legte sie zu den anderen Aufnahmen. Peters reichte ihm den Deckel, damit er die Schachtel ordentlich verschließen konnte. »Das nehme ich besser mit. Diese Fotos dürfen nicht mehr verschwinden, mit ihnen können wir die Identität der anderen Opfer nachweisen.«

»Ach, übrigens«, unterbrach Peters, »in einem der Schuppen haben wir den Transporter gefunden, den ich damals auf der Straße gesehen hatte.«

Oppenheimer verstand die Welt nicht mehr. »Was?«

Er klemmte sich die Schachtel mit den Fotos unter den Arm und stürmte nach draußen. In Hinterhof führte Peters ihn zu einem Schuppen und öffnete das Holztor. Oppenheimer sah das Heck eines dunkelblauen Kastenwagens.

»Auf den Seiten befindet sich ein altes Werbebanner«, sagte Peters. »Das hatte ich mit einem Reichsadler verwechselt.«

Oppenheimer reichte Fräulein Murr die Schachtel mit Espers Fotos und näherte sich neugierig dem Wagen. Es war reichlich eng in dem Schuppen, doch Oppenheimer schaffte es, sich bis zum Fahrerhaus durchzuzwängen. Durch das Seitenfenster sah er einen Motorradlenker. Das Gefährt war nichts weiter als ein umfunktioniertes Zweirad.

Von der Sonnenblende baumelte ein glitzernder Gegenstand. Oppenheimer sah genauer hin. An einem Band hingen zwei Metallplaketten mit eingestanzten Buchstaben.

»Gene, kannst du dir das mal ansehen?« Mit dieser Bitte verließ Oppenheimer den Schuppen. Peters folgte dem Fingerzeig zum Fahrerhaus und blickte hinein. Überrascht lachte er auf.

»Was ist denn das? Er hat seine Hundemarken zurückgelassen! Das sind Espers Plaketten!« Aufgeregt kam er wieder aus dem Schuppen. »Die muss jeder Armeeangehörige zur Identifizierung um den Hals tragen.«

»Er kann sie also nicht aus Zufall dagelassen haben?«

Peters schüttelte den Kopf. »Keine Chance.«

Oppenheimer war jetzt völlig aus dem Häuschen. Wütend trat er gegen einen Steinbrocken. Fräulein Murr blickte ihn konsterniert von der Seite an, denn in einer derartigen Rage hatte sie ihn noch nie erlebt.

»Anstatt Beweise zu vernichten, lässt er noch welche zurück«, brüllte Oppenheimer durch den Hinterhof, sodass die Wände seine Stimme zurückwarfen. »Und es handelt sich nicht um ein Versehen, nein, er macht es extra! Mit dieser Plakette weist Esper auf seine Identität hin. Das ist doch völlig widersinnig! So etwas ist mir noch nie vorgekommen. Ich verstehe ihn nicht. Ich verstehe ihn einfach nicht!«

Oppenheimer riss sich den Hut vom Kopf und raufte sich die Haare.

35

Montag, 26. Juni 1950

In der Kripozentrale ging die hitzige Diskussion wenig später in Oppenheimers Schreibstube weiter. Sie hatten Hursts Leiche und den getöteten Soldaten in Espers Versteck Dr. Surnow und der Spurensicherung überlassen. Während es vor den Fenstern allmählich dunkel wurde und der Himmel eine schiefergraue Farbe annahm, breiteten Oppenheimer, Fräulein Murr und Peters Espers Fotos auf den zusammengeschobenen Tischen der Assistenten aus.

Damit es schneller ging, sortierten die anderen die Abbilder der betäubten Personen vor dem schwarzen Hintergrund, und Oppenheimer übernahm die Fotos der getöteten Frauen. Die Bilder der letzten zwei Tatorte konnte er chronologisch ordnen. Dann legte er die Fotos der bislang unbekannten Fundorte auf einem separaten Haufen ab. Anhand der Bilder ließ sich jetzt nachweisen, dass Esper drei weitere Frauen getötet und vor der Linse seiner Kamera auf eine ähnliche Art als Heiligenikonen in Szene gesetzt hatte. Oppenheimer spürte einen Stich in seinem Inneren, als er daran dachte, dass niemand Esper aufgehalten hatte. Bestimmt war er nach dem üblichen Verfahren vorgegangen und hatte die Fundorte niedergebrannt. Erst bei Frau Tieken hatte er das unterlassen, weil er von Peters gestört wurde. Und seit dem Fund von Mrs. Leary kümmerte er sich nicht mehr darum, die Spuren zu verwischen. Oppenheimer empfand dies als eine eindeutige Eskalation. Während andere Massenmörder häufig in immer kürzeren Zeitabständen mordeten, war die Spanne von der Entführung bis zum Leichenfund bei Espers letzten beiden

Opfern fast identisch geblieben. Dafür wies der Täter immer deutlicher auf seine Identität hin. Er hatte Zeit genug gehabt, um Rita fortzuschaffen und seinen Kastenwagen ordentlich wieder an den angestammten Platz zu stellen. Und die an der Sonnenblende hinterlassenen Namensplaketten waren geradezu ein Wink mit dem Zaunpfahl, damit selbst ein besonders begriffsstutziger Ermittler die richtigen Schlüsse zog. Oppenheimer zermarterte sich das Hirn, doch er wurde aus Espers Verhalten einfach nicht schlau.

»Wir kommen auf zwölf Personen, die er betäubt und fotografiert hat«, fasste Fräulein Murr zusammen. »Neun Männer, aber nur drei Frauen.«

Peters, die Arme verschränkt, betrachtete die sortierten Bilder. »So etwas Ähnliches wurde ihm doch bei der Army nachgesagt, nicht wahr? Das wäre dann einfach zu erklären. Beim Militär gibt es einen Überschuss an Männern.«

»Später gab es diese Beschränkungen aber nicht mehr«, ergänzte Oppenheimer. »Esper wagte sich nach draußen in die Städte mit unzähligen potenziellen, weiblichen Opfern. Ob er hier in Berlin oder schon an einem anderen Standort damit angefangen hat, wissen wir nicht. Selbst mit den Fotos wird es recht schwierig werden, das herauszubekommen.«

»Von Rita gibt es keine Fotos?«

Auf Fräulein Murrs Frage hin blickte Oppenheimer auf. »Nein, keine Bilder von ihr. Das muss aber nicht bedeuten, dass sie noch lebt. Vielleicht ist Esper einfach noch nicht dazu gekommen, seine Aufnahmen von ihr zu entwickeln.« An dieser Stelle versagte Oppenheimer die Stimme. Er räusperte sich, um das zu überspielen. Peters und Fräulein Murr taten so, als hätten sie es nicht mitbekommen.

»Ich bin mit meinem Latein am Ende.« Oppenheimer ließ sich auf dem erstbesten Stuhl nieder, stützte den Kopf in die Hände und rieb sich gleichzeitig mit den Handballen die Augen. Dann brummte er: »Vielleicht sollten wir Hilde dazuholen. Esper überfordert mich.«

In die Stille hinein klingelte das Telefon. Oppenheimer seufzte und hievte sich aus dem Stuhl. Er hob den Hörer von der Gabel und maulte hinein: »Na was denn?«

Am anderen Ende der Leitung meldete sich eine ihm fremde Stimme.

»Bin ich da richtig bei Kommissar Oppenheimer?«

Er war zu niedergeschlagen, um den eigenartigen Akzent des Sprechers zu registrieren.

»Sie rufen außerhalb der Sprechzeiten an«, versuchte Oppenheimer ihn abzuwimmeln. »Falls es nicht dringend ist, könnten Sie es morgen vielleicht noch einmal versuchen?«

»Hier spricht Carl Esper.«

Oppenheimer war wie vom Donner gerührt. Er rang nach Luft, bis er glaubte, seine Stimme unter Kontrolle zu haben.

»Ich höre, Herr Esper.«

Er hatte den Namen extra deutlich ausgesprochen. Fräulein Murr wirbelte herum und starrte Oppenheimer an, während Peters erstaunt die Hand auf den Mund presste.

»Ich befürchte, dass Sie einen falschen Eindruck von mir bekommen haben«, fuhr Esper fort. »In der Wohnung, die ich hatte. Ich weiß, dass jetzt Polizisten dort sind. Sie brauchen es nicht zu leugnen.«

Gänsehaut bildete sich in Oppenheimers Nacken, als er registrierte, dass Esper sie die ganze Zeit über beobachtet hatte.

»Ich möchte nur betonen, dass ich Colonel Hurst und diesen Private aus Notwehr getötet habe. Ich hatte keine andere Wahl. An ihren Waffen werden Sie erkennen, dass beide Schüsse auf mich abgegeben haben. Es war ein schreckliches Missverständnis. Ich muss mich in aller Form dafür entschuldigen.«

Es klang ganz danach, als wollte Esper sich vor Oppenheimer rechtfertigen. Erwartete er etwa, dass er eine Absolution bekam? Oppenheimer war nicht bereit, sie ihm zu geben.

»Ihre Angaben werden wir bei den Ermittlungen berücksichtigen«, antwortete er knapp. Oppenheimers Gedanken rasten. Wenn er schon Esper an der Strippe hatte, war es dann vielleicht möglich, ihm Hinweise auf Ritas Aufenthaltsort zu entlocken? »Und was war mit den Frauen?«, fragte er und versuchte, es nicht wie einen Vorwurf klingen zu lassen. »Ich nehme an, deren Tötung war kein Missverständnis?«

In der Leitung war es jetzt so still, dass es Oppenheimer knistern hörte. Schließlich atmete Esper geräuschvoll aus und sagte: »Es gehörte zu meiner Aufgabe, diese Sünderinnen auf den rechten Weg zu führen. Ich habe mir das wahrlich nicht ausgesucht. Aber jemand musste es tun. Musste Gottes Instrument sein. Also war ich es.«

Esper schien völlig seinem Wahn verfallen zu sein. Oppenheimer setzte sich an den Tisch und machte sich auf ein längeres Gespräch gefasst.

»Gott verlangt von Ihnen, diese Frauen zu töten? Das kann ich nicht glauben.«

»Ich habe selbst gezweifelt. Und ich zweifle immer noch daran. Es ist eine Todsünde, da haben Sie völlig recht. Aber vielleicht ist es ja der Wille unseres Herrn, dass ich Schuld auf mich lade?« Esper tat so, als würde er nachdenken. »Ob ich dafür bezahlen werde? Bestimmt wird über mich gerichtet werden. So wie über jeden Sterblichen ein Urteil gefällt wird. Aber, wissen Sie, auch der Teufel war zuerst ein Engel.«

»Vielleicht lässt sich dieser Kreislauf durchbrechen, wenn Sie eine Seele retten. Hören Sie auf damit und zeigen Sie Gott und der Welt, dass Ihre Skrupel nicht nur bloßes Gerede sind. Bezeugen Sie Ihren guten Willen mit Taten.« Bevor Oppenheimer den letzten Satz beendet hatte, befürchtete er, zu weit gegangen zu sein. Seine Argumentation war fadenscheinig. Esper würde den Manipulationsversuch spielend durchschauen.

»Ich merke schon, dass Sie mich nicht verstehen«, begann er. »Ich habe sie doch alle gerettet. Diese vielen Frauen. Wie hätte denn ihr Leben ausgesehen, wenn ich nicht eingegriffen hätte?«

Enttäuscht stellte Oppenheimer fest, dass es ihm nicht gelingen würde, Esper gegenüber auf Basis des gesunden Menschenverstands zu argumentieren. Die einzige Möglichkeit, an ihn zu appellieren, bestand darin, seine Motivation zu durchschauen.

»Ich möchte Sie verstehen«, sagte er. »Aber ehrlich gesagt fällt es mir schwer.«

Stille. Dann ertönte wieder Espers Stimme. Er war zu einem Entschluss gekommen.

»Wir müssen miteinander reden. Am besten persönlich.«

Oppenheimer sprang von seinem Stuhl auf. Mit einem solchen Vorschlag hatte er nicht gerechnet. Fräulein Murr und Peters zuckten zusammen. Obwohl sie nur einen Bruchteil der Konversation mitbekamen, sahen sie an seiner Reaktion, dass sich etwas anbahnte.

Völlig überrumpelt stotterte Oppenheimer: »Aber natürlich. Sagen Sie mir, wann und wo. Und ich werde da sein.«

»Sie können mich treffen. Aber Sie müssen schnell sein. Ich befinde mich im Haus von Colonel Leary. Ich warte auf ihn, um mich zu entschuldigen. Seine Kinder meinen, dass er bald kommen wird.«

Oppenheimer war jetzt in höchster Alarmbereitschaft. Esper hatte sich Zugang zu Learys Haus verschafft. Was mit den Bediensteten geschehen war, wusste er nicht, aber zumindest die Kinder befanden sich jetzt in seiner Gewalt. In diesem Moment war Oppenheimer felsenfest davon überzeugt, dass Esper gerade Amok lief. Alle Personen in Learys Haushalt und auch der

Colonel selbst befanden sich in akuter Lebensgefahr. Er musste verhindern, dass die Lage eskalierte, sobald Leary eintraf.

»Bitte, bitte unternehmen Sie nichts«, redete er auf Esper ein. »Ich bin so schnell wie möglich bei Ihnen.«

Damit knallte Oppenheimer den Hörer auf die Gabel und sprang zum Kleiderständer.

Aufgeregt rief ihm Fräulein Murr zu: »Was ist mit Esper?«

»Wir müssen sofort zu Learys Haus. Er hält die Kinder als Geiseln.« Er nahm den Hut vom Haken und wollte gerade zur Tür, als Peters ihm den Weg versperrte.

»Wir müssen die Militärpolizei einschalten«, sagte er mit erhobener Stimme.

Oppenheimer schüttelte den Kopf.

»Wenn Esper auch nur eine Uniform sieht, wird er seine Geiseln töten. Außerdem haben Militärpolizisten keine Erfahrung mit Amokläufern. Sobald ich im Haus bin, kann ich Schlimmeres verhindern. Dann könnt ihr meinetwegen auch Verstärkung rufen.«

Er verschwieg dabei, dass er immer noch hoffte, von Esper Informationen über Ritas Verbleib zu erhalten. Wenn Esper sich bei den US-Kollegen in Haft befand, würde Oppenheimer so schnell keine Chance mehr bekommen, ihn persönlich danach zu fragen.

Auch Fräulein Murr eilte zur Tür. »Das können wir ja noch auf dem Weg klären«, sagte sie und manövrierte die Männer hinaus.

Zum Glück kannte Peters die Adresse der Familie Leary und lotste Oppenheimer dorthin. Obwohl er beherzt auf das Gaspedal des Einsatzwagens trat, musste er im Getümmel des Stadtverkehrs immer wieder abbremsen, sodass die Fahrt zwanzig Minuten dauerte. Zu diesem Zeitpunkt war es auf den Straßen bereits dunkel. Oppenheimer stellte das Auto in einer von Bäumen umsäumten Allee ab und sprang nach draußen. Peters war bereits zum Tor vorgelaufen und öffnete es.

»Es war nicht abgeschlossen.« Seine Stimme versagte fast vor Aufregung.

»Seht, da!« Fräulein Murr stand neben ihnen und wies auf ein erleuchtetes Fenster in der Villa. Wie üblich bei derart prunkvollen Häusern lag das Erdgeschoss ein wenig erhöht, sodass man von der Straße aus nicht hineinsehen konnte. »Dort muss Esper sein.«

Oppenheimer wollte bereits die Vordertreppe hochstürmen, hielt aber auf der ersten Stufe plötzlich inne. Vielleicht war das alles ja nur eine Falle, und er würde arglos hineintappen.

»Gibt es noch einen anderen Eingang?«

Auf seine Frage hin winkte Peters ihn zu sich.

»Hier an der Seite ist der Zugang für die Dienstboten«, flüsterte er.

Auf Zehenspitzen näherten sie sich. Oppenheimer lugte durch das Fenster in der Tür. Er konnte in der Dunkelheit lediglich undeutlich einige Küchengeräte erkennen. »Am Tisch ist etwas«, sagte er. Ein beklemmendes Gefühl ergriff ihn.

Es gab nur eine Möglichkeit, um herauszufinden, was sich dort befand. Oppenheimer drückte die Klinke nach unten. Natürlich war die Tür verriegelt.

Durch das danebenliegende Fenster sah er eine Bewegung. In den dunklen Schemen am Tisch war Leben gekommen.

»Da sitzt jemand«, murmelte er Peters zu, der nicht lange fackelte, über das Blumenbeet zum großen Fenster kletterte und es einschlug. Dann stieg er in die Küche und öffnete die Tür von innen.

Als Oppenheimer und Fräulein Murr das Haus betraten, war Peters bereits am Küchentisch. Drei Personen saßen dort festgebunden und geknebelt auf Stühlen. Mit schreckgeweiteten Augen starrten sie ihre Retter an.

Peters begann sofort, ihnen die Hände loszubinden. Zuerst befreite er eine ältere Dame im Dienstmädchenkleid. Sobald ihre

Hände frei waren, stand sie auf und riss sich den Knebel aus dem Mund. Sie redete auf Oppenheimer ein, wagte jedoch nur zu flüstern.

»Er ist da oben! Er hat die Kleinen bei sich! Er will ihnen bestimmt etwas antun!«

Oppenheimer tat sein Bestes, die Frau zu beruhigen. Er fasste sie an den Armen und sagte: »Wir bringen Sie erst mal in Sicherheit. Und dann kümmern wir uns um diesen Mann.«

»Ich gehe nicht fort.« Ein Mann in Chauffeursuniform trat zu ihnen und sprach mit donnernder Stimme. Es musste sich um Albert handeln. »Bis die Kinder befreit sind, bleibe ich hier!«

»Wo ist der Eindringling?«, fragte Oppenheimer. »Ist er bewaffnet?«

»Ja, er hat einen Revolver dabei. Er ist mit den Kindern im Wohnzimmer. Bestimmt verschanzt er sich dort.«

Aus den Augenwinkeln sah Oppenheimer, wie Peters das Küchenmädchen befreite, das ihm weinend um den Hals fiel.

»Zeigen Sie mir, wo das ist«, befahl Oppenheimer dem Chauffeur.

Albert presste seine Lippen entschlossen zusammen und wies ihm den Weg. Von der Küche aus führte eine Treppe nach oben ins eigentliche Erdgeschoss. Auf Zehenspitzen schlichen sie die Stufen empor. Oben konnten sie sich zum Glück freier bewegen, denn überall dämpften dicke Teppiche die Geräusche.

Unter der Tür des Wohnzimmers drang Lichtschein hervor.

Oppenheimer bleib stehen und raunte Albert zu: »Danke. Ab hier übernehme ich.«

Er ließ seinen Führer zurück und schlich vorsichtig von der Seite an die schwere Eichentür heran. Schließlich streckte er den Arm aus und klopfte an.

»Herr Esper? Hier ist Kommissar Oppenheimer. Ich bin gekommen. Genau wie Sie es wollten!«

Fast augenblicklich wurde die Tür aufgerissen. Ein rotblonder Mann stand im Türspalt und zielte mit dem Revolver. Zuerst warf er Oppenheimer einen langen Blick zu, dann musterte er argwöhnisch den Korridor.

»Sind Sie allein?«, fragte er.

»Ja«, log Oppenheimer. »Das Personal unten habe ich allerdings losgebunden.«

Esper zog die Brauen hoch. »Ja, es war besser, die armen Leute sofort zu befreien.« Er trat einige Schritte zurück und nickte ins Wohnzimmer hinein. »Kommen Sie, Oppenheimer. Wir haben zu reden.«

36

Montag, 26. Juni 1950

Rita kam wieder zu Bewusstsein. Es war dunkel um sie herum. Bei jedem Atemzug drang ein dumpfes Geräusch an ihre Ohren. Die ausgeatmete Luft schlug ihr ins Gesicht.

Entsetzen ergriff Rita, als sie verstand, dass sie in einer Kiste eingesperrt war. Sie war eine lebende Tote in ihrem eigenen Sarg. Instinktiv versuchte sie, sich zu befreien, doch es gab nicht viel Bewegungsfreiheit. Sie schlug mit Armen und Beinen um sich und krachte dabei gegen Holzplanken.

Mühsam schaffte sie es, ihre Panik in den Griff zu bekommen. Ihr Verstand malte entsetzliche Bilder in die Dunkelheit. Doch zugleich war er auch ihre einzige Waffe. Sie ermahnte sich selbst, einen kühlen Kopf zu bewahren. Nur wenn sie nachdachte, konnte sie einen Fluchtweg finden.

Der Hass auf ihren Entführer half ihr, sich zu beruhigen. Sie konnte sich daran festhalten wie eine Ertrinkende an einem Rettungsreifen. Der brennende Zorn war sogar noch stärker als Ritas Furcht. Dieses kleine Arschloch hatte sie an der Nase herumgeführt. Seine Beteuerungen, sie freizulassen, waren natürlich nur heiße Luft gewesen. Sie hatte das schon geahnt und deswegen eisern geschwiegen. Aber die Erfahrung, wie Tim vor ihren Augen tot zusammengebrochen war, hatte sie für einen Moment schwach gemacht. Der Entführer hatte diesen Schockzustand ausgenutzt und ihr das Geständnis abgerungen, hinter dem er die ganze Zeit über her gewesen war.

Das hatte sie nun davon. Jetzt lag sie in einer engen Holzkiste und konnte nicht viel mehr tun, als sein Milchgesicht vor ihrem geistigen Auge heraufzubeschwören und sich auszumalen, was sie ihm alles antun würde, wenn sie wieder auf freiem Fuß war.

Rita merkte, wie die Panik allmählich nachließ. Sie versuchte, nicht daran zu denken, wie eng es war. Die Dunkelheit half dabei. Und doch musste sie genau wissen, in welcher Lage sie sich befand, um einen Ausweg zu finden.

Sorgfältig begann sie, ihr neues Gefängnis zu ertasten. Die Kiste war vielleicht achtzig Zentimeter hoch. Rita gelang es, sich auf die Seite zu drehen. Die Holzplanken auf der Seite gaben leicht nach, wenn sie dagegendrückte. Rita atmete vor Erleichterung auf, als sie verstand, dass ihr Entführer sie nicht begraben hatte. Die Kiste stand irgendwo im Freien. Sie spürte mit den Fingerspitzen, dass unter dem Deckel Luft durchkam. Also würde sie wenigstens nicht qualvoll ersticken. Das verschaffte ihr etwas Zeit, ehe Hunger, Durst und die Enge sie wahnsinnig werden ließen.

Mit dem Blick auf den Revolver trat Oppenheimer ins erleuchtete Zimmer. Vor einem offenen Kamin stand ein Couchtisch mit brandneuen Sesseln und einem Sofa. Ein breiter Wanddurchbruch führte zu einem Esszimmer, das jedoch im Dunkeln lag.

Oppenheimer blickte auf ein friedliches Bild. Auf dem Teppich saßen zwei Kinder und beschäftigten sich mit Spielzeug. Er schätzte sie auf vier oder fünf Jahre. Die braunen Haare des Jungen waren zu einem ordentlichen Bubikopf geschnitten. Er trug eine kurze Hose mit angenähten Hosenträgern. Seine Schwester hatte lange Locken in der gleichen Farbe, die ihr auf die Schultern fielen. Sie waren nicht eingeschüchtert, verhielten sich völlig normal. Offenbar hatten sie keine Ahnung, dass sie sich in der Gewalt des fremden Mannes befanden. Die Situation mochte absurd wirken, doch Oppenheimer war froh über die Bestätigung, dass ihnen nichts geschehen war.

Er stand mit Esper immer noch an der Tür.

»Und jetzt?«

Auf Oppenheimers Frage hin senkte Esper die Waffe und wies zur Sitzgarnitur.

»Setzen wir uns.«

Oppenheimer näherte sich einem Sessel, blieb jedoch bei den Kindern und stellte sich beschützend vor sie. Derweil hatte Esper mitten auf dem breiten Sofa Platz genommen und den Revolver auf seinem Oberschenkel abgelegt. Oppenheimer wandte sich ihm zu und sagte eindringlich: »Die Kinder können Sie ruhig gehen lassen. Sie haben mich ja als Geisel.«

Esper richtete sich auf. Er schien ehrlich überrascht zu sein. »Was erzählen Sie denn?« Ungläubig lachte er auf. »Sie halten mich wohl für einen Unhold? Ihnen müsste doch klar sein, mit wem Sie es hier zu tun haben.« Beiläufig wies er zu den Kindern. »Sie sind freiwillig hier. Wollten noch spielen. Ich war nur mit ihnen zusammen, weil ich mit ihnen über ihre Mutter sprechen wollte. Schließlich haben sie das meiste Leid zu tragen. Jetzt wissen sie, dass die Mama im Himmel bei den Engeln ist und sie immer behüten wird.«

Oppenheimer fühlte bei dieser Schilderung einen Kloß im Hals. Schließlich war Esper schuld daran, dass diese Kinder keine Mutter mehr hatten.

»Mir geht es nur darum, dass niemand zu Schaden kommt«, erklärte Oppenheimer. »Solange das der Fall ist, lässt sich alles regeln.«

Ehe Esper es sich anders überlegte, ergriff Oppenheimer die Gelegenheit, um die Kinder aus der Gefahrenzone zu bringen. Er ging neben ihnen in die Hocke. »Wollt ihr nicht lieber unten in der Küche weiterspielen? Ihr bekommt auch etwas Leckeres zu essen.«

Das Gesicht des Mädchens leuchtete auf. Sie sprang hoch und

drückte ihre Puppe an sich. »Komm, Martin, wir gehen Albert besuchen«, sagte sie und zog den Bruder am Arm.

Widerwillig ließ er von seinem Spielzeugauto ab und trottete hinter ihr her.

Oppenheimer lief zur Tür voraus und hielt sie für die Kinder auf. »Ihr wisst, wo die Treppe ist?«

Martin lief in den Korridor und schaltete dort das Deckenlicht an.

»Wir sind doch keine Babys«, sagte er empört und rannte dann mit seiner Schwester schnurstracks auf die Treppe zu. Oppenheimer schloss erleichtert die Tür und wandte sich an Esper. Dieser hatte das Ganze von seinem Platz aus mit einem unergründlichen Lächeln beobachtet.

»Wissen Sie, Kinder sind so stark wie ein Weidenzweig. Sie biegen sich im Wind, doch brechen tun sie nicht.«

Für einen Geiselnehmer war Esper überraschend entspannt. Obwohl Oppenheimer fand, dass er sich nicht in Lebensgefahr begeben hatte, um Banalitäten anzuhören, schöpfte er ein wenig Hoffnung. Vielleicht ließ sich die Situation tatsächlich entschärfen, ohne dass noch mehr Menschenleben geopfert wurden. Doch dazu musste Esper ihm verraten, wo er Rita versteckt hatte.

Mit diesem Gedanken durchquerte Oppenheimer das Zimmer. Beim Anblick des großen Fensters zögerte er. Er wusste nicht, wie die Militärpolizei bei Geiselnahmen vorging. Die gängigste Lösung war wohl, in der Umgebung Scharfschützen zu postieren. Und auf dem Sofa war Esper ein einfaches Ziel. Oppenheimer konnte nicht riskieren, dass Esper getötet wurde. Zumindest jetzt noch nicht. Esper ließ ihn gewähren, als Oppenheimer einen Umweg machte, zum Fenster trat und die Vorhänge bis auf einen schmalen Spalt zuzog.

Dann erst setzte er sich in den Sessel. Jetzt saßen sie einander gegenüber, und niemand würde sich einmischen.

Oppenheimer blickte Esper an. »Sie möchten reden, also reden wir«, schlug er vor.

Ausgerechnet jetzt, wo es an Esper lag, den ersten Schritt zu tun, wirkte er unsicher. Er sammelte seine Gedanken und sagte dann: »Ich habe Schuld auf mich geladen.«

Aufmerksam hörte Oppenheimer ihm zu und hoffte auf eine Gelegenheit, das Gespräch auf Rita zu lenken. Er hielt es für einen Fehler, selbst damit zu beginnen. Esper würde mit den üblichen Ausflüchten kommen und versuchen, seine Taten zu rechtfertigen.

»Die von mir begangenen Morde waren tragisch. Das sehe ich ein. Diese vielen Opfer. Und die Angehörigen, die jetzt mit diesem Schrecken leben müssen, den *ich* verursacht habe.«

»Wenn Sie das erkannt haben, warum haben Sie dann weitergemacht?«, fragte Oppenheimer. »Es wäre ganz simpel gewesen, noch mehr Opfer zu vermeiden. Sie hätten einfach damit aufhören können, Frauen zu entführen und zu töten.«

Esper rutschte unruhig auf dem Sofa herum.

»Es war zu früh gewesen, um diesen Schritt zu gehen. Ich glaubte, keine andere Wahl zu haben. Vielleicht war es eine Art Wahnsinn. Aber ich sah es als meine Aufgabe, diese armen verwirrten Seelen zurück auf den Weg der Erleuchtung zu führen.«

»Deswegen mussten sie noch lange nicht getötet werden.« Oppenheimer atmete tief ein und überlegte, wie weit er Esper provozieren konnte. »Für mich klingt es so, als würden Sie die Schuld auf andere abschieben. Nicht das Verhalten Ihrer Opfer oder Gottes Wille ist für Ihre Morde verantwortlich. Ihre Taten waren minutiös vorausgeplant. Das waren keine Tötungen im Affekt, und es handelte sich auch nicht um Notwehr, wenn man Colonel Hurst und den Soldaten ausklammert. Und das Argument des temporären Wahnsinns ist für mich nicht schlüssig. Sie sind doch eine mitfühlende Person. Letztendlich gehörte der freie

Wille dazu, Menschen auf diese Weise zu töten. Es war Ihre Entscheidung. Sie hätten immer noch Nein sagen können.«

Esper verzog den Mund. Er senkte den Blick auf den Revolver in seiner Hand und begann langsam zu nicken.

»Da haben Sie recht. Ich muss mich bei Ihnen bedanken, dass Sie mir das klargemacht haben. Die Verantwortung liegt völlig bei mir. Mein Verhalten lässt sich nicht entschuldigen.«

»Wie gesagt, zu jeder Zeit können Sie damit aufhören«, betonte Oppenheimer. »Auch jetzt noch. Sagen Sie mir, wo Sie Ihre letzte Gefangene untergebracht haben, und wir können diese Entführung beenden.«

»Diese arme Frau ist nicht mehr zu retten«, antwortete Esper so leise, dass Oppenheimer ihn kaum verstehen konnte. Doch die geflüsterten Worte reichten aus, um seinen Herzschlag zum Rasen zu bringen.

»Ist sie schon tot?«, fragte er mit unsicherer Stimme.

Esper schüttelte den Kopf. »Noch nicht. Aber ich kann jetzt nichts mehr tun. Es ist geschehen. Die Tat ist vollbracht. Ihre Bekannte eifert jetzt der seligen Angela nach.« Er registrierte Oppenheimers betroffenen Gesichtsausdruck. Beschwichtigend fügte Esper hinzu: »Es wird nicht zu ihrem Nachteil sein. Sie wurde ja erlöst. Gerade noch rechtzeitig hat sie ihre Fehler eingesehen und aufrichtig bereut. Gott liebt die Sünder, aber dazu müssen sie aufrichtig sein. Selbst für die Menschen, die sich von Gott abgewandt haben, gibt es einen Weg ins Himmelreich. Aber sie müssen sich darum bemühen.«

Zorn kochte in Oppenheimer hoch. Wenn Rita tatsächlich noch lebte, dann spielte Esper auf Zeit. Er führte ihn an der Nase herum. War sie vielleicht ein Faustpfand für ihn, um nach seiner Kapitulation bessere Konditionen auszuhandeln? Esper saß so nahe bei ihm, dass es verführerisch war, alle guten Vorsätze mit einem gewalttätigen Ausbruch über den Haufen zu werfen.

Oppenheimer spürte das Verlangen, ihn beim Kragen zu packen und so lange auf ihn einzuschlagen, bis er herausrückte, wo sich Rita befand. Mit Mühe bekämpfte er diesen Drang. Esper hielt immer noch den Revolver in der Hand. Oppenheimer fragte sich, ob er die Waffe zur Seite schlagen könnte. Sein schwerer Atem verriet den inneren Tumult, als er Esper ermahnte.

»Auf jeden Fall erwartet Sie die Todesstrafe.«

»Das liegt nicht mehr in meinen Händen. Und ja, ich habe sie verdient.«

»Bei uns in Westdeutschland wird die Todesstrafe nicht mehr vollstreckt. Warum kommen Sie nicht mit zu mir aufs Revier, und wir reden dort weiter? Die Militärpolizei der Amerikaner wird kurzen Prozess mit Ihnen machen. Bei uns bekommen Sie wenigstens noch eine Überlebenschance.«

Hinter Espers Rücken betrat eine dunkle Gestalt das Esszimmer. Oppenheimer registrierte die Anwesenheit der dritten Person, richtete seinen Blick jedoch sofort wieder auf Esper, um sich nicht zu verraten.

»Na kommen Sie schon mit«, sagte er mit Nachdruck. Wie gewünscht schenkte Esper ihm jetzt seine volle Aufmerksamkeit. »Wir können die Sache noch deichseln. Wenn Sie von der Berliner Polizei festgenommen werden, dann kommen Sie auch bei uns vor Gericht.«

Der Schatten näherte sich Esper von hinten. Als er ins Licht trat, erkannte Oppenheimer den Chauffeur Albert.

»Sie haben die Kinder freigelassen, das lässt sich als Zeichen Ihres guten Willens interpretieren.« Um Esper abzulenken, redete Oppenheimer einfach weiter. Der Chauffeur hatte sich jetzt bis auf wenige Schritte genähert.

»Und was wäre, wenn ich Sie auf der Stelle erschieße?« Ohne Vorwarnung war mit Esper eine Verwandlung geschehen. Jetzt war er nicht mehr der reuige Büßer. Espers gehässig verzerrtes

Gesicht ließ Oppenheimer erstarren. Spielerisch hob Esper den Revolver und nahm ihn ins Visier.

»Würden mich Ihre Kollegen auch dann noch am Leben lassen?«

Espers Frage klang Oppenheimer immer noch in den Ohren, als mehrere Dinge gleichzeitig geschahen.

Oppenheimer sah direkt in den Lauf des Revolvers. Dabei fiel ihm auf, dass die Kammern leer waren. Esper fuchtelte mit einer ungeladenen Waffe herum. Er war keine Gefahr.

In diesem Moment machte der Chauffeur einen gewaltigen Satz, sprang auf Esper zu und riss dabei den rechten Arm hoch. In seiner Hand hielt er einen Hammer.

Als die Spitze des Eisenstücks auf Esper hinabsauste, sprang Oppenheimer auf.

»Nicht!«, rief er und streckte warnend die Hand aus.

Doch zu spät.

Mit seinem vollen Körpergewicht trieb der Chauffeur den Hammer in Espers Kopf. Der Schädel wurde gespalten. Blut und Gehirnmasse spritzten aus der Wunde. Espers Miene fror ein, das Leben entwich aus seinem Körper. Und das Geheimnis über Ritas Aufenthaltsort nahm er mit sich.

37

Montag, 26. Juni 1950

Mit offenem Mund stand Oppenheimer vor Espers sterblichen Überresten. Er saß immer noch in derselben Position, in der ihn der Schlag überrascht hatte. Nur war der Kopf jetzt nach hinten gesunken, während über seinen Nacken Blut rann und ins Polster der Rückenlehne sickerte. Oppenheimer konnte für Esper nichts mehr tun. Der zertrümmerte Schädel und die Verletzung des Gehirns machten Wiederbelebungsversuche sinnlos.

Sein nächster Gedanke galt Rita. Voller Besorgnis wurde ihm bewusst, dass er ihr jetzt ebenso wenig helfen konnte wie dem toten Esper.

Oppenheimer fauchte den Chauffeur an: »Ist Ihnen klar, was Sie da angestellt haben?«

Stoisch wischte sich Albert mit dem Taschentuch das Blut vom Kinn. Er hatte über Espers Tod bestimmt, war Richter und Vollstrecker in einer Person. Man sah ihm die Genugtuung an. Er blickte auf den Toten hinab und antwortete mit tiefer Stimme: »Er hat Mrs. Leary getötet. Dafür hat er tausend Tode verdient.«

»Und damit verurteilen Sie gleichzeitig eine andere Frau zum Sterben! Einfach so, mit dem Schlag eines Hammers. Warum haben Sie nicht gewartet?«

Er bückte sich zu Esper und nahm ihm den Revolver aus der Hand. Er ließ die leere Trommel aufschnappen und hielt sie dem Chauffeur hin. »Hier! Keine Kugeln! Wir hätten ihn überwältigen können!«

Der Chauffeur erstarrte und blickte von dem Revolver zu dem Getöteten.

»Aber es war doch Notwehr. Ich durfte ihn töten!«

Zornig warf Oppenheimer den Revolver zu Boden. Ihm war jetzt alles egal. Sollten sich andere mit der Beweisaufnahme abplagen und die Frage nach der Schuld des Chauffeurs beantworten. Oppenheimer musste Rita finden, alles andere war nebensächlich.

Ohne weiteren Kommentar ließ er Albert mit Esper zurück und lief zur Küche, in der Licht brannte. Fräulein Murr stand am Herd und hatte für die zwei verschreckten Frauen Kaffeewasser aufgesetzt. Diese saßen am Küchentisch und kümmerten sich um die Kinder. Zum Glück waren sie alle wohlbehalten, doch das war nur ein schwacher Trost. Als Oppenheimer mit hochrotem Kopf erschien, sahen Fräulein Murr und Peters auf. Er nickte als Zeichen dafür, ihm nach draußen zu folgen.

Der Kies knirschte unter seinen Füßen. Oppenheimer ging ein paar Schritte und atmete die frische Sommerluft ein. Es war eine Wohltat nach der bedrückenden Atmosphäre im Haus.

Fräulein Murr fragte aufgeregt: »Was ist denn geschehen?«

»Na, was wohl«, antwortete Oppenheimer ein wenig patzig. »Esper ist tot. Ihm steckt jetzt ein Hammer im Kopf!«

Peters schüttelte den Kopf. »Hat das etwa Albert getan?«

»Ja, das war er.«

»Ich hatte überhaupt nicht mitbekommen, dass er fort ist«, murmelte Peters betreten.

Oppenheimer begann, mit gesenktem Blick auf dem Kiesweg Muster abzuschreiten.

Nachdem Fräulein Murr ihren ersten Schock überwunden hatte, riss sie sich zusammen und fragte: »Hat Esper denn etwas über Rita erzählt?«

»Dazu ist er nicht mehr gekommen«, erwiderte Oppenheimer und kickte aufgebracht ein paar Steine fort, blieb dann stehen und versuchte, sich die unschöne Episode noch einmal zu vergegenwärtigen.

»Er hat etwas erwähnt, nur bin ich nicht schlau draus geworden. Etwas über eine selige Angela, glaube ich. Ja, Rita eifere ihr jetzt in irgendeiner Weise nach.« Bei dem Gedanken, dass er nicht mehr bei Esper nachhaken konnte, fluchte er laut auf. »Diese verdammte Selbstjustiz bei den Amis! Esper hat sich auch damit herausgeredet und gab es als Grund dafür an, dass er Hurst töten musste. Und das Schlimme dabei ist ja, dass Esper es genau darauf angelegt hat. Seine Waffe war nicht geladen. Keine einzige Kugel. Esper wollte hier und jetzt von der Militärpolizei getötet werden, oder von Leary, anders kann ich mir das nicht erklären.«

Fräulein Murr und Peters blickten sich überrascht an.

»Ob er das getan hat, damit wir Rita nicht mehr finden?«, fragte sie.

Auf Fräulein Murrs Frage hin verzog Oppenheimer den Mund. »Zuzutrauen wäre es diesem Schweinehund. Und sein Plan ist ja auch prächtig aufgegangen. Er ist tot, und wir sind immer noch so schlau wie vorher.« Oppenheimer war völlig außer sich. Er fühlte sich so hilflos, dass ihm Tränen in die Augen traten.

Hinter dem Zaun tauchten die Scheinwerfer einiger Fahrzeuge auf. Als sie unter der brennenden Straßenlaterne hielten, konnte Oppenheimer die Militärjeeps erkennen. Die amerikanischen Ordnungskräfte gingen nicht gerade diskret vor. Vier Militärpolizisten sprangen heraus und liefen durch das Tor. Mit ihren weißen Helmen waren sie sogar in der Dunkelheit erkennbar. Oppenheimer fühlte sich nachträglich bestätigt. Mit einer Geiselnahme wären die MPs hoffnungslos überfordert gewesen.

Peters lief ihnen entgegen und unterhielt sich kurz. Er wies zum Seiteneingang der Villa. Die Männer folgten unverzüglich seinem Fingerzeig.

Dann wandte sich Peters wieder ihnen zu. »Wir müssen mit den Hinweisen arbeiten, die Esper uns hinterlassen hat. Haben wir in seinem Versteck vielleicht etwas übersehen?«

Für Fräulein Murr war die Sache ganz einfach. »Warum fahren wir nicht hin? Hier gibt es für uns nichts mehr zu tun.«

Peters stutzte. »Können wir so einfach gehen? Wir sind Zeugen.«

»Ist doch schnurzegal«, knurrte Oppenheimer und eilte zu ihrem Einsatzwagen. Es würde Rita nicht helfen, wenn er sich Vorwürfe machte. Noch lebte sie ja. Und dank Peters' Geistesgegenwart hatte Oppenheimer jetzt eine konkrete Aufgabe.

Ohne Rücksicht auf Verluste raste Oppenheimer mit dem Auto zu Espers Versteck. Einige Hundert Meter vor dem Kreisverkehr bei der Kaiser-Wilhelm-Gedächtniskirche schlug Oppenheimer auf der Tauentzienstraße den Lenker nach rechts ein und fuhr quer durch das angrenzende Trümmerfeld. Vor der Ruine standen ein Polizeifahrzeug und das *Mordauto* mit den Utensilien der Spurensicherung.

Oppenheimer lief als Erster ins Haus. Der Lichtschalter im Treppenhaus funktionierte nicht, doch durch die geöffnete Tür zu der von Esper genutzten Wohnung drang genug Helligkeit, um etwas erkennen zu können. Hastig stieg Oppenheimer die Treppe empor.

Am Tatort erwartete ihn das bekannte Bild. Der Kollege Hergesheimer dirigierte die Leute der Spurensicherung. Weiter hinten zuckte irgendwo ein Blitzlicht auf. Fräulein Murr folgte Oppenheimer ohne Zögern in die Wohnung. Peters hingegen blieb angesichts der fremden Kripoleute lieber an der Tür stehen.

Als Oppenheimer an Hergesheimers Seite trat, sah er, dass dieser mit seinen Arbeiten schon weit gekommen war. Auf dem Küchentisch waren zahlreiche Beweismittel ausgebreitet und mit Nummern versehen.

Oppenheimer räusperte sich lautstark, um auf sich aufmerksam zu machen. Hergesheimer zwinkerte ihm durch die Brille zu.

Genussvoll zog er an seiner brennenden Pfeife. »Ah, Richard! Schon was Neues vom Täter?«

»Der ist bereits hinüber.« Bei Hergesheimers fragendem Blick winkte er ab. »Ist eine andere Geschichte. Nur habe ich jetzt keine Zeit dafür.«

Fräulein Murr drängelte sich heran. »Der Mörder hat eine Frau entführt. Wir wollten nachsehen, ob er Hinweise auf ihren Verbleib hinterlassen hat. Seine Fotos haben wir schon gesichtet.«

Hergesheimer fragte: »Etwa die aus der Küche?« Er lachte auf. »Ja, sie wurde wohl als Dunkelkammer zweckentfremdet. Wir haben dort ein Vergrößerungsgerät und angebrochene Flaschen mit Entwickler und Fixierer gefunden. Und was sagen Sie, junges Fräulein, waren noch Fotoabzüge dort?«

Unter Hergesheimers Blick schnappte Fräulein Murr unwillkürlich nach Luft.

»Ich habe sie mitgenommen«, mischte sich Oppenheimer ein. »Wir wissen ja, wer die beiden Soldaten getötet hat. Aber wir müssen jetzt das Leben der letzten Entführten retten. Das ist wichtiger.«

»Schon gut, was auch immer«, sagte Hergesheimer ein wenig ruppig. Es war ihm anzusehen, dass er über Oppenheimers unsachgemäßes Vorgehen nicht amüsiert war. »Hinweise wollt ihr also? Hinweise welcher Art?«

Hilflos hob Oppenheimer die Hände. »Keine Ahnung, was hast du anzubieten?«

Hergesheimer entschied, dass er Oppenheimer jetzt lange genug auf die Folter gespannt hatte. Mit einem verschmitzten Lächeln fragte er: »Würden euch vielleicht neue Fotos weiterhelfen?«

Oppenheimer konnte kaum fassen, was er da hörte. »Ich hoffe, du erlaubst dir gerade keinen Scherz?«

Breit grinsend zeigte Hergesheimer zum Küchentisch. Im Lichtkegel der Hängelampe lag ein schwarzer Gegenstand. »AGFA Rondinax. Sagt euch das was?«

Oppenheimer und Fräulein Murr verneinten.

»Das ist eine Tageslichtentwicklungsdose. Eine sehr gewitzte Konstruktion.« Er nahm die schwarze Blechdose in die Hände und betrachtete sie liebevoll von allen Seiten. In der Stimme schwang Begeisterung für sein Thema mit. »Sie macht das Leben für Fotografen sehr einfach. Hier auf der Seite kann man die Patrone mit dem belichteten Film einlegen. Das Gehäuse wird geschlossen, und dann wird der Film mit diesem Drehknopf in den Entwicklungstank eingezogen. Das Schöne dabei ist, dass der Film mit den Händen praktisch nicht in Berührung kommt. Nur der Filmanschnitt muss mit einer Klammer fixiert werden, damit man ihn auf die Spirale im Entwicklungstank bekommt. Dann erst gibt man die Entwicklerflüssigkeit hinzu. Das kann man praktisch überall machen, man benötigt keine Verdunkelung. Ja, das hier ist beste deutsche Wertarbeit!«

Oppenheimer betrachtete die Entwicklungsdose. »Ich nehme an, dort drinnen befindet sich noch ein Film?«

Hergesheimer bestätigte das mit einem Kopfnicken. »Es handelt sich wahrscheinlich um einen belichteten Film. Er ist bereits auf der Spule. In dieser Dose befindet sich noch keine Entwicklerflüssigkeit. Unser Fotograf wollte den Film entwickeln, ist dann aber nicht mehr dazu gekommen.«

Innerlich jauchzte Oppenheimer auf. Hergesheimer hielt Espers letzte Fotografien in den Händen. Soweit Oppenheimer es beurteilen konnte, hatte dieser seine Taten bislang akribisch dokumentiert. Bestimmt hatte er auch bei Rita keine Ausnahme gemacht. Bei dem Gedanken, vielleicht den entscheidenden Hinweis gefunden zu haben, wurde er unruhig.

»Wie schnell kann ich die Aufnahmen sehen?«

»Das dauert etwa zwei Stunden, die Filmentwicklung und

einen Kontaktabzug der Negative. Die Vergrößerung der Bilder kannst du in dieser kurzen Zeit natürlich nicht verlangen.«

»Macht nichts«, drängte Oppenheimer. »Kontaktabzüge reichen erst mal. Hauptsache, dass man etwas erkennt. Ich benötige die Aufnahmen sofort!«

Hergesheimer nahm die Pfeife aus dem Mund, holte tief Luft und rief durch die Wohnung: »Lutz, kannst du mal bitte kommen?«

In den hinteren Zimmern hörte man gedämpftes Gemurmel. Dann trat ein Schatten in den Korridor und kam auf sie zu. Im Licht der Hängelampe stellte sich heraus, dass Lutz ein kleiner Mann mit wässrigem Blick war. Lange Haare lugten unter der Hutkrempe hervor, und auch die Kleidung wirkte ein wenig verwahrlost.

»Du musst sofort zurück zur Friesenstraße«, befahl ihm Hergesheimer. »In dieser Dose befindet sich ein Film, wahrscheinlich noch nicht entwickelt. Kommissar Oppenheimer benötigt unverzüglich Kontaktabzüge.«

Lutz blickte Oppenheimer mit gerunzelter Stirn an und schielte dann auf das attraktive Fräulein Murr.

Er fragte Hergesheimer: »Geht es in Ordnung, wenn Johannes und Heinrich die letzten Aufnahmen machen?«

»Das kriegen wir schon hin«, bestätigte Hergesheimer, drückte Lutz die Entwicklungsdose in die Hand und wandte sich Oppenheimer zu. »Dann nehmt unseren guten Lutz am besten gleich mit.«

Oppenheimers nächste Aufgabe bestand darin, zwei endlose Stunden totzuschlagen. Er konnte nicht viel mehr tun als zu hoffen, dass der Film in der Dose belichtet war. Als Lutz in der Dunkelkammer verschwand, wollte er sich auf den Weg zu seinem Büro machen, als Fräulein Murr ihn zurückhielt.

»Wir müssen Thomas anrufen, ich hätte ihn längst ablösen sollen. Er sitzt immer noch im *Luxor* und wartet darauf, dass Esper dort aufkreuzt.«

Siedend heiß fiel jetzt auch Oppenheimer ein, dass sie Kubelik im Büro des Tanzpalastes zurückgelassen hatten. Obwohl dies nur wenige Stunden her war, fühlte es sich an, als ob es bereits eine Ewigkeit in der Vergangenheit läge. Er brummte zustimmend und wandte sich ab. Doch Fräulein Murr rührte sich nicht vom Fleck. Er sah an ihrem Gesichtsausdruck, dass sie noch mehr zu sagen hatte.

»Ich habe nachgedacht«, begann sie. »Dieser Hinweis auf die selige Angela. Wenn wir dem nachgehen, verrät es uns sicher, was Esper mit Rita angestellt hat.«

Peters pflichtete ihr bei. »Vielleicht ist es besser, eine Ahnung zu haben, was uns erwartet, ehe wir sie befreien.«

Sie fuhr fort: »Und auch Espers ungeladene Waffe gibt mir zu denken. Ich kann mir das nicht erklären. Aber er scheint das alles minutiös geplant zu haben. Er hat die Reaktion der Polizei mit einkalkuliert.«

Mit ernstem Blick sagte Oppenheimer: »Ich sehe das ähnlich, Sabine. Wir könnten in eine Falle laufen, wenn wir nicht aufpassen.«

»Bislang haben wir uns nur darum gekümmert, die Identität des Mörders herauszubekommen. Die Frage nach seinen Beweggründen, dem Ziel, das er erreichen will, haben wir uns noch nicht gestellt.«

»Bislang gab es auch wenige Anhaltspunkte«, wandte Oppenheimer ein. »Im Prinzip hast du ja recht, aber schaffen wir das in zwei Stunden?«

»Ich kann meinen Vater fragen, wie beim letzten Mal. Da hat er uns auch geholfen.«

Oppenheimer zog seine Taschenuhr hervor. »Jetzt ist es schon fast elf Uhr. Können wir ihn da noch behelligen?«

»Ach, der ist eine Nachteule«, sagte Fräulein Murr leichthin. »Und gegen ein bisschen Abwechslung hat er bestimmt nichts. Ich kann ihn ja anrufen und vorwarnen, dass wir kommen.«

Leichtfüßig lief sie voraus. Als Oppenheimer ihr folgen wollte, machte sich bei ihm die Anspannung der letzten Stunden bemerkbar. Er war völlig ausgelaugt und kam sich plötzlich richtig alt vor. Mit einem schweren Seufzer winkte er Peters zu sich.

»Ich ruf Thomas vom Empfang aus an«, sagte er, »und warte dann im Auto auf euch.«

Während Peters Fräulein Murr nacheilte, machte Oppenheimer kehrt und ging ins Erdgeschoss.

38

Montag, 26. Juni 1950 –
Dienstag, 27. Juni 1950

Rita spürte, dass die zurückkehrende Panik ihr die Kehle zuschnürte. Sie musste sich konzentrieren. Die schlechten Gedanken beiseiteschieben. Ignorieren, dass sie in einer kleinen Holzkiste gefangen war. Allerdings war das leichter gesagt als getan.

Sie stemmte sich gegen das Holz, drückte sich mit dem Rücken gegen die hintere Seitenwand. Wieder bekam sie eine Bestätigung, dass die Planken nicht dick waren. Mit etwas mehr Bewegungsfreiheit wäre es ihr sicher möglich, sie durchzutreten. Aber so konnte sie mit den Beinen nicht weit genug ausholen.

Die Freiheit war so nah. Nur zentimeterdickes Holz trennte sie davon. Es musste doch eine Möglichkeit geben, diese verdammte Kiste von innen aufzubrechen. Als sie nach mehreren Minuten immer noch keine Idee hatte, begriff sie, dass sie Schritt für Schritt vorgehen musste.

Zuerst benötigte sie ein Werkzeug. Sie tastete ihren Körper ab. Der Entführer hatte ihr wahrscheinlich Betäubungsmittel unter die letzte Mahlzeit gemischt und sie danach umgezogen wie eine leblose Puppe. Jetzt trug sie wieder die Straßenkleidung, in der er sie entführt hatte. Das war gut. An dem Gürtel und auch an ihren Schuhen befanden sich Schnallen aus Metall – spitze Gegenstände, mit denen sie das Holz bearbeiten konnte.

An die Schuhe konnte Rita nicht greifen. Also würde sie ausprobieren, wie weit sie mit dem Dorn des Gürtels kam. Sie zog das Lederband von der Taille. Dann tastete sie die Holzwand ab, bis sie in der Nähe des Deckels eine Unebenheit spürte – ein guter Ansatzpunkt.

Verbissen begann Rita, mit der Gürtelschnalle an dem Holz zu kratzen. Es schien Stunden zu dauern, bis es ihr gelang, die Delle so weit zu vergrößern, dass sie den Metalldorn ganz durchstecken konnte. Rita stützte sich auf dem Ellbogen ab und hob den Kopf an die winzige Öffnung. Luft drang von außen herein. Sie jubelte. Sie hatte die Holzplanke durchstoßen.

Vorsichtig legte sie sich zurück, steckte den Dorn ihres Gürtels erneut nach draußen und drehte das Metallteil, bis sie seitlich der Öffnung gegen einen Widerstand stieß. Ihre Gürtelschnalle war auf fremdes Metall getroffen. Aufgeregt stocherte Rita herum, bis außen etwas gegen das Holz klapperte. Es war ein schwerer Gegenstand. Die Kiste war also mit einem Vorhängeschloss verschlossen.

Das war ein neuer Anhaltspunkt. Während sich Rita eine Strategie überlegte, an welchen Stellen sie das Holz als Nächstes bearbeiten wollte, fiel ihr zunächst nicht auf, dass die Stille nun durch ein Geräusch gestört wurde. Zuerst leise, aber dann wurde es so laut, dass es Rita bemerkte. Sie dachte, dass sie Ratten oder andere Tiere aufgeschreckt hatte. Aber nein, das war etwas anderes.

Rita schob sich an die Öffnung und lauschte gebannt, was draußen vor sich ging.

Wasser plätscherte. Schließlich wurde es zu einem Rauschen. Als sie die Gefahr schließlich erkannte, wurde sie von Todesfurcht gepackt. Der Ort, an dem die Kiste stand, wurde geflutet. Obwohl sie wusste, dass es nichts bringen würde, hämmerte sie wie besessen gegen den Deckel. Vergeblich. Er bewegte sich nicht.

Rita war außer sich. Ihr Tod war keine abstrakte Idee mehr, ein Ereignis, das irgendwann in ferner Zukunft geschehen würde, er näherte sich bereits. Und sie wusste nicht, wie schnell er kommen würde.

Als Herr Murr sie auf der Schwelle seines kleinen Häuschens im Ortsteil Schmargendorf empfing, war ihm anzusehen, dass er so spät am Abend nicht mit Besuch gerechnet hatte. Obwohl er ein Jackett übergeworfen hatte, trug er keine Krawatte. Oppenheimer schätzte ihn auf Mitte fünfzig. Neben dem Einfamilienhaus zeugte auch seine füllige Leibesmitte von einem gewissen Wohlstand. Die welligen grauen Haare über der hohen Stirn hatte er nach hinten gekämmt. Trotz der körperlichen Schwerfälligkeit besaß er einen wachen Blick, der auf einen scharfen Verstand hindeutete.

»Das ist ja schön, Sie auch persönlich kennenzulernen, Herr Kommissar. Meine Tochter hat bereits viel von Ihnen erzählt.« Murr streckte die Hand aus, dann wandte er sich an Sabine. »Du machst ja Sachen, Mausi. Deine Mutter ist schon zu Bett.«

Fräulein Murr erwiderte ungeduldig: »Es ist dringend, Papi. Das Leben einer Frau hängt davon ab!«

Herr Murr zog die Brauen hoch, als würde er das für eine maßlose Übertreibung halten, doch Oppenheimers ernster Gesichtsausdruck bestätigte die Aussage seiner Tochter.

Murr blickte schließlich Peters an und stutzte. Er überspielte seine Befangenheit mit einem verlegenen Lachen. »Ach, es ist so dunkel, da hätte ich Sie fast übersehen!«

Seine Tochter interpretierte dies als eine Anspielung auf Peters' Hautfarbe. Mühsam unterdrückte sie ihre Verärgerung und zog den Geliebten ins Haus. Demonstrativ küsste sie Peters auf die Wange und sagte: »Das ist Gene. Ihr gewöhnt euch besser an ihn.«

»Ah, ein Amerikaner«, stotterte Murr. »Sie gehören dann ja zu unseren Befreiern. Herzlich willkommen!«

Fräulein Murr lief voraus und führte sie ins Esszimmer. Sie war so geistesgegenwärtig gewesen, den Karton mit Espers Fotografien mitzunehmen.

Während sie und Peters damit beschäftigt waren, die Bilder

auf dem großen Tisch chronologisch auszubreiten, fasste Oppenheimer für Herrn Murr die wichtigsten Fakten zusammen. Er reagierte schockiert, als ihm bewusst wurde, mit welchen Untiefen der Seele seine Tochter im Polizeidienst konfrontiert wurde.

Herr Murr fragte nach Oppenheimers kurzem Bericht: »So etwas geschieht auch nicht alle Tage, oder?«

»Zum Glück nicht«, antwortete Oppenheimer. Allmählich wurden ihm die Augenlider schwer, und er spürte die altbekannte Sucht nach einer Pervitin-Tablette. Gleichzeitig ermahnte er sich, dass er das Zeug nie mehr im Leben anrühren durfte, wenn er nicht wieder süchtig nach dem darin enthaltenen Methamphetamin werden wollte. Oppenheimer fragte Herrn Murr: »Entschuldigen Sie, dass wir Sie so überfallen haben. Aber haben Sie vielleicht etwas Kaffee da?«

»Aber natürlich. Ich habe bereits eine Kanne aufgesetzt.«

»Ich hole sie schon«, sagte Fräulein Murr und drängelte sich an ihnen vorbei. An ihren Vater gewandt fügte sie hinzu: »Wir sind jetzt fertig mit den Bildern. Schau sie dir mal an.«

Auf diesen Befehl hin entnahm Herr Murr seiner Brusttasche eine Lesebrille und setzte sie auf. Während er sich über die Aufnahmen beugte, bekam Oppenheimer zum ersten Mal die Möglichkeit, sich in dem Esszimmer umzusehen. Die dunklen Holzmöbel ließen den Raum klein wirken. In einer Ecke stand ein plüschiger Sessel, praktisch im ganzen Zimmer waren weiße Häkeldecken platziert. Die moderne fünfstrahlige Lampe an der Decke wirkte mit ihrem klaren Design im Vergleich dazu wie ein Ausrutscher.

Auch die Fotoaufnahmen der Toten waren auf einer hellen Tischdecke mit verschnörkeltem Muster ausgebreitet. Herr Murr stöhnte mehrmals auf, als er die Bilder betrachtete.

Oppenheimer stellte sich neben ihn. Damit Murr besser verstand, was er sah, erklärte er: »Der Mörder hat seine ersten Taten vor dem Krieg begangen. So viel wissen wir. Danach wurde er zur U.S. Army eingezogen und hatte dann vorerst keine Gelegenheit mehr zu weiteren Morden.«

Herr Murr blickte ihn fragend an. »Er hat also den Drang, Menschen zu töten?«

»Wir müssen davon ausgehen.«

Schaudernd wandte sich Herr Murr wieder den Bildern zu.

Oppenheimer zeigte auf die älteren Fotografien, die Esper allesamt vor einem schwarzen Hintergrund geschossen hatte.

»Bei diesen Personen handelt es sich nicht um Tote. Damals hat der Mörder einige Kameraden betäubt und dann so abgelichtet. Später erst folgten dann die Inszenierungen der toten Frauen vor seiner Kamera.« Damit wies er auf die weiter unten platzierten Bilder von den Fundorten.

Herr Murr nickte bedächtig und begutachtete die letzten Fotos, auf denen die getötete Mrs. Leary zu sehen war. Sein Gesicht hellte sich auf. Er hatte etwas wiedererkannt.

»Hier ist ja auch diese Anspielung auf den heiligen Julian von Antinoë, nach dem mich meine Tochter gefragt hatte!«

»Richtig. Und jetzt hat der Mörder eine weitere Frau entführt. Mir gegenüber hat er erwähnt, dass sie einer seligen Angela nacheifere. Leider sagt mir das nichts.«

Mit geschürzten Lippen richtete sich Herr Murr wieder auf, um die Bilder in ihrer Gesamtheit zu betrachten. Während er nachdachte, trat seine Tochter mit einer Tasse Kaffee ein. Sehnsüchtig nahm Oppenheimer das dampfende Getränk entgegen.

»Die ersten Fotos, das waren alles Versuche«, erklärte Herr Murr. Sein Blick fixierte immer noch die Aufnahmen. Oppenheimer nippte an seinem Kaffee und näherte sich dem Tisch. Auch Peters und Fräulein Murr traten interessiert heran.

»Die Anlehnung an Heiligenbilder sind bei den Aufnahmen dieser betäubten Personen noch verschwommen. Die Ikonografie auf ihnen ist nicht ganz eindeutig. Nur dieses eine Bild erinnert mich von seiner Darstellung her an eine Legende. Sie sehen diesen jungen Mann mit den vielen Narben auf dem Torso?«

»Esper hat ihn aufrecht an einen Holzbalken gebunden«, sagte Oppenheimer. »Ich dachte zuerst an einen Marterpfahl der Indianer.«

Herr Murr quittierte diese amateurhafte Vermutung mit einem Lächeln. »Das mit dem Marterpfahl ist gar nicht so verkehrt, Herr Kommissar. Die Pfeile fehlen zwar auf dem Bild, aber die Pose ähnelt eindeutig dem heiligen Sebastian.«

Fräulein Murr beugte sich vor, um das Motiv genauer zu erkennen. »Das passt«, murmelte sie fasziniert. »Die hinter dem Rücken gekreuzten Hände, selbst die weiße Unterhose, das kommt auf den Gemälden vom heiligen Sebastian so vor. Einen Unterschied gibt es aber.« Sie zeigte auf das Foto. »Hier sind die Stricke zu sehen, mit denen Esper es geschafft hat, den bewusstlosen Jungen in eine aufrechte Haltung zu bringen. Es ging nicht anders, er musste die Schwerkraft austricksen. Auf den Abbildungen des heiligen Sebastian sieht man höchstens einen einzigen Strick um die Fußgelenke.«

»Dieser junge Mann war nur bewusstlos?«, erkundigte sich ihr Vater, doch diesmal klang keine Besorgnis um das Opfer mit. Auch bei ihm war jetzt das Interesse an der intellektuellen Herausforderung dieses Rätsels geweckt.

»Vermutlich«, antwortete Oppenheimer.

»Das passt sogar noch besser zum heiligen Sebastian.« Triumphierend stach Herr Murr mit dem ausgestreckten Zeigefinger in die Luft. »Er hat nämlich seine Folterung überlebt. Der heilige Sebastian sollte bereits begraben werden, doch er wurde gesund gepflegt. Dann bekannte er sich erneut zum Christentum und wurde im römischen Zirkus brutal getötet. Aber das allseits bekannte Bild von ihm zeigt nicht seine Tötung!«

»Esper hat dies ausprobiert und dann wieder verworfen«, nahm Peters den Faden auf. »Die ersten Fotos, auf denen er Leichen präsentiert hat, ähneln den allerersten Bildern. Er hat sie nur etwas hübscher hergerichtet. Erst mit Frau Tieken, die er wie einen Engel schwebend fotografiert hat, wurden seine Inszenierungen wieder ehrgeiziger. Er gab sich viel Mühe, zum Beispiel mit den Kleidern. Könnte es sein, dass er seine Opfer nachträglich sogar geschminkt hat?«

Fräulein Murr stimmte zu. »Ihre Gesichter sehen makellos aus. Wenn sie sich mehrere Tage in seiner Gewalt befunden haben, wie wir es von Rita, Mrs. Leary und Frau Tieken wissen, hat er das bestimmt getan. Die Gesichter sind nicht nur gepudert, damit sie nicht glänzen, er hat sogar Rouge auf die Wangen und Augen-Make-up aufgetragen. Es wirkt auf mich, als wollte er die Tötung auf diese Weise wiedergutmachen.«

Ihr Vater verstand das nicht und warf Oppenheimer einen fragenden Blick zu.

»Wir gehen davon aus, dass die Tötung der Frauen nicht sein Hauptziel war«, erklärte er. »Mir gegenüber hat Esper heute erwähnt, dass die Frauen, die er ausgesucht hatte, Sünderinnen seien. Aber nach ihrem Tod stilisierte er sie zu Heiligen. Diesen Widerspruch können wir bislang nicht zufriedenstellend erklären.« Oppenheimer stellte die halb leere Kaffeetasse auf den Tisch und konsultierte seine Taschenuhr. »So interessant es auch sein mag, darüber zu spekulieren, aber es wird doch allmählich spät. Der Kollege von der Spurensicherung müsste jetzt wissen, ob Espers letzter Film belichtet ist.«

»Ich rufe in der Friesenstraße an und lasse mich durchstellen.« Mit dieser Ankündigung ging Fräulein Murr zurück in den Hausflur, wo Oppenheimer einen Telefonapparat gesehen hatte. Während im Hintergrund ihre helle Stimme zu hören war, wandte er sich ihrem Vater zu und fragte:

»Herr Murr, was sagt Ihnen Espers letzter Hinweis auf die selige Angela?«

»Meine Tochter hatte mir das bereits mitgeteilt, als sie Ihren Besuch ankündigte«, sagte er und griff nach einem Buch, das aufgeschlagen auf der Armlehne des Sessels lag. »Diesen Hinweis finde ich bedauerlicherweise ein wenig unkonkret. Zumindest kann ich mich an keine bildliche Darstellung der seligen Angela erinnern.« Er trug den dicken Wälzer zum Tisch und fuhr mit den Fingern über die gedruckten Zeilen. »Da haben wir es ja«, sagte er und rückte seine Lesebrille zurecht. »Zu ihrem Ableben steht hier nur, dass die selige Angela in den letzten Jahren oft so sehr ins Gebet versunken war, dass sie am Boden kniete und das Verlangen nach Essen vollkommen verloren hatte.«

»Er will Rita verhungern lassen«, sagte Oppenheimer mit tonloser Stimme. »Sie wurde von ihm irgendwo weggesperrt, und er rechnet damit, dass wir sie nicht mehr rechtzeitig finden.«

»Aber das kann doch Tage dauern, bis ein Mensch verhungert«, wandte Peters ein.

»Flüssigkeitsentzug ist noch schlimmer«, sagte Oppenheimer. »Das hält man maximal drei Tage aus.«

Im Hausflur legte Fräulein Murr geräuschvoll den Telefonhörer auf und blieb im Türrahmen stehen, ganz so, also wollte sie wieder durch die Stadt zurückbrausen. Mit strahlendem Lächeln erklärte sie: »Der Film ist tatsächlich belichtet, und es sind darauf Bildinformationen enthalten! Lutz macht die Kontaktabzüge und meint, dass sie in ein paar Minuten fertig sind.«

Oppenheimer hatte es jetzt furchtbar eilig. Er schaute Peters an und zeigte zum Tisch. Dieser verstand und begann, Espers Fotografien einzusammeln.

Hastig wandte er sich wieder Herrn Murr zu und schüttelte ihm die Hand. »Herzlichen Dank für Ihr Verständnis zu dieser späten Stunde. Ihre Angaben haben uns weitergebracht. Eine allerletzte Frage habe ich aber noch. Ich kann mir das Verhalten des Mörders nicht erklären. Ich habe mit ihm heute gesprochen. Es klang so, als wollte er sich für seine Taten bei mir entschuldigen. Er sah ein, dass er Unrecht begangen hat und bestraft werden muss. Vor allem suchte er keine Ausflüchte. Esper wirkte sehr gefasst. Er hat so getan, als würde er Amok laufen. Doch seine Waffe war nicht geladen. Er wurde dann auch getötet, genauso, wie er es vermutlich geplant hatte.«

Mit eingezogenem Kopf murmelte Herr Murr: »Hm, ich verstehe, dass dieses Verhalten Fragen aufwirft.« Abgesehen davon sagte er nichts. Peters war mit dem Einsammeln der Bilder fertig und gesellte sich, den Karton unter dem Arm, zu Fräulein Murr, die zum Aufbruch drängte.

»Es macht nichts, wenn Sie auf Anhieb keine Antwort haben«, sagte Oppenheimer. »Sie können mich immer noch anrufen. Vermutlich kommt es jetzt nicht mehr darauf an.«

Er schüttelte Herrn Murr zum Abschied noch einmal die Hand und folgte dann Sabine und Peters nach draußen.

Er war bereits im Begriff, in den Fahrersitz zu steigen, als er sah, dass Herr Murr aufgeregt zu ihnen gelaufen kam.

»Ich habe es«, rief er und kümmerte sich nicht darum, dass jetzt Schlafenszeit war. »Es erklärt alles! Warum er die Frauen so hergerichtet hat, warum er sie überhaupt ermordet hat!«

Während seine Tochter und Peters Herrn Murr anstarrten, eilte Oppenheimer zurück auf den Gehweg zu ihm.

»Was meinen Sie? Kennen Sie etwa sein Motiv?«

Herr Murr nickte zur Bestätigung. »Und nicht nur das«, sagte er. »Es mag verrückt klingen, doch es war eine Vorbereitung für seinen eigenen Tod. Warum war seine Waffe ungeladen, fragen Sie zu Recht. Nun ja, letztendlich läuft es auf Selbstmord durch Fremdeinwirkung hinaus!«

Oppenheimer schnaubte zuerst ungläubig, doch Murr beeindruckte das nicht. Er meinte es ernst. Und er war sicher, es besser zu wissen als Oppenheimer mit seinem geschulten Kriminalistenverstand.

»Das müssen Sie mir genauer erklären«, sagte Oppenheimer hastig. »Hätten Sie vielleicht etwas dagegen, mit zur Kripozentrale zu fahren?«

39

Dienstag, 27. Juni 1950

Herr Murr stimmte zu und zwängte sich mit Oppenheimer auf die enge Rückbank des Volkswagens. Dieser reichte den Autoschlüssel an Peters weiter, der sich sofort hinter das Steuer klemmte und den Motor startete. Nachdem er den Schalter für die Scheinwerfer gefunden hatte, ließ er den Gang kommen. Die Fahrt verlief auf den ersten Metern ein wenig holprig, bis Peters es schaffte, die Gänge geschmeidig zu wechseln.

Oppenheimer wandte sich Murr zu. »Was haben Sie uns zu sagen, Herr Murr?«

Murr antwortete mit einem verlegenen Lächeln: »Es mag weit hergeholt klingen, aber bitte hören Sie mir zu. Danach können Sie es ja immer noch verwerfen.«

Ungeduldig nickte Oppenheimer. Während Fräulein Murr auf dem Beifahrersitz durch die Windschutzscheibe spähte und Peters die Warnemünder Straße entlang nach Norden lotste, benötigte Herr Murr einige Sekunden, bis es ihm gelang, seine Gedanken in Worte zu fassen. Unterdessen rasten sie an dem *Lichtspielhaus Dedy* vorbei, dessen Spätvorstellung bereits zu Ende war. Von den bunten Plakaten und Aushangfotos in den Schaukästen sah man ohne künstliche Beleuchtung nur dunkle Rechtecke. Herr Murr holte schließlich tief Luft und sagte: »Diese Taten von Herrn Esper oder wie er hieß, erinnern mich an eine unschöne Episode in der Kirchengeschichte, über die ich vor einer Weile bei meinen Forschungen gestolpert bin.«

»Sie forschen zu diesem Thema?«

»Rein privat. Als interessierter Laie aus der praktischen Seelsorge, sagen wir es mal so. Ja, die Entwicklung unseres Glaubens ist ein faszinierendes Thema. Die Leute nehmen Religion als etwas Statisches wahr, aber tatsächlich hat sich die Sicht auf Gott in den monotheistischen Religionen im Laufe der Jahrtausende stark gewandelt.«

Obwohl Oppenheimer sich bemühte, seinen Gesprächspartner zum Reden zu ermuntern, schlich sich jetzt ein Stirnrunzeln auf sein Gesicht. Die Aussicht, auf dem Rücksitz eines Volkswagens mit einem wissenschaftlichen Referat traktiert zu werden, brachte ihn nicht in Jubelstimmung. Das Licht der brennenden Straßenlaternen reichte aus, dass Herr Murr Oppenheimers plötzliche Reserviertheit wahrnahm. Beschwichtigend winkte er ab.

»Ganz so weit muss ich nicht zurückgreifen. Im protestantischen Nordeuropa des siebzehnten und achtzehnten Jahrhunderts hat es eine wahre Flut von Morden gegeben. Ich sehe da gewisse Parallelen zu unserem aktuellen Fall. Meiner Meinung nach könnten sie uns Aufschluss über die Motivation des Verbrechers geben.«

Peters bremste an der Kreuzung scharf ab und folgte Fräulein Murrs Fingerzeig nach rechts. Offenbar hatte sie ihm erklärt, dass er gegen das Tempolimit verstoßen dürfe, denn sofort trat er wieder aufs Gaspedal und preschte den Grünstreifen in der Mitte der Straße entlang. Schließlich bog er erneut nach Norden, wobei sich Oppenheimer festhalten musste, um nicht gegen Herrn Murr zu kippen. Jetzt waren sie bald am Heidelberger Platz, und Peters musste nur noch dem S-Bahn-Ring folgen.

Nach einem amüsierten Auflachen, weil sie auf dem Rücksitz so stark durchgeschüttelt wurden, machte Murr wieder ein Gesicht, das dem ernsten Thema angemessen war.

»Die Täter damals waren lebensmüde Personen«, erklärte er. »Aber sie wagten nicht, sich selbst umzubringen, weil das eine Todsünde war. Und das wurde laut Kirchendogma mit den ewigen Qualen der Hölle bestraft. Damals begingen diese, nun ja, Sterbewilligen Morde in der Gewissheit, dass die Staatsmacht sie dafür zum Tode verurteilen und hinrichten würde. Sie sorgten also für ihren eigenen Tod, ohne selbst dabei Hand an sich zu legen.«

Sofort regte sich bei Oppenheimer Widerspruch. »Nur gibt es da einen kleinen Gedankenfehler. Mord ist ebenfalls eine Todsünde.«

»Exakt. Allerdings kursierte zu dieser Zeit die Behauptung, dass es einen Trick gäbe, um bei Mord die Höllenqualen zu umgehen. Es würde bereits ausreichen, vor der Hinrichtung noch Buße abzulegen und die eigenen Taten zu bereuen. Eine letzte Beichte kurz vor dem Tod würde die Mörder von all ihren Untaten reinwaschen. Ehrliche Reue galt als Freifahrt ins Paradies.«

»Also wurde praktisch ein Kuhhandel mit Gott vorgeschlagen«, schloss Oppenheimer.

Jetzt hatte sich auch Fräulein Murr zu ihnen umgedreht und lauschte den Ausführungen ihres Vaters. »Das klingt für mich wie blanker Unsinn«, sagte sie. »Genauso ein Quatsch wie der Ablasshandel.«

Im Schein einer vorbeiziehenden Straßenlaterne konnte Oppenheimer erkennen, wie Herr Murr abwehrend die Hände hob.

»Es waren zutiefst verwirrte Seelen, die sich diese Argumentation einfallen ließen, das ist unbestreitbar. Doch es waren andere Zeiten, und die Menschen hatten einen niedrigeren Bildungsstand. Für die meisten waren die Gebote und Verbote der Kirche im Alltagsleben die einzig verlässliche Richtschnur. Jedenfalls verbreitete sich diese Theorie, und sie hatte leider dann auch verheerende Folgen. Die Häufigkeit von Mordtaten stieg drastisch an, bis das Königreich Dänemark schließlich reagierte und die Hinrichtung dieser suizidalen Mörder abschaffte. Erst damit wurden Morde für Selbstmordkandidaten uninteressant. Sie wurden nicht mehr so hart bestraft, wie sie es wollten, und sahen keine Möglichkeit mehr, auf diese Weise ins Paradies zu kommen. Die Staatsmacht hatte letztendlich genau richtig gehandelt, und die Mordwelle ebbte wieder ab.«

Damit schien Murr ans Ende gekommen zu sein. Oppenheimer lehnte sich zurück und ließ sich diesen Bericht durch den Kopf gehen.

»Dann verfährt Esper also nach einem ähnlichen Schema?«

»Sein Vater ist Wanderprediger, und Esper hat ihn begleitet«, pflichtete Fräulein Murr bei. »Es klingt nicht weit hergeholt, dass er mit solchen oder ähnlichen Ideen konfrontiert wurde. Vielleicht hat er sich diesen theologischen Überbau auch selbst zurechtgezimmert.«

Herr Murr erwog dieses Argument. »Die Heilige Schrift lässt sich in vielerlei Hinsicht interpretieren. Allein schon die Frage, ob man es vorzieht, an den eher rachsüchtigen Gott des Alten Testaments zu glauben oder an den barmherzigen Gott des Neuen Testaments. Viele Leute interpretieren, was sie gerade gebrauchen können. Letztendlich demonstriert das aber nur die Unvollkommenheit der Menschen.«

»Gott kann sich gegen eine solche Vereinnahmung nicht wehren«, murmelte Oppenheimer.

Mit einem ironischen Zwinkern wisperte ihm Fräulein Murr von der Seite zu: »Zumindest nicht in diesem Leben.«

Oppenheimer amüsierte die Spitzfindigkeit seiner jungen Assistentin, während ihr Vater sichtbar Mühe hatte, eine Unmutsbekundung zu unterdrücken.

»Das kann ich so weit nachvollziehen«, versuchte Fräulein Murr, ihren Vater zu besänftigen. »Dann sah Esper in dem vorgetäuschten Amoklauf eine sichere Methode, um getötet zu werden. Aber es war für ihn zwingend notwendig, vorher mit Richard oder

Mr. Leary zu sprechen, damit er bereuen und seine Schuld anerkennen konnte. Warum aber hat Esper nur Frauen ermordet?«

Herr Murr schien zuerst irritiert, dass sie ihren Vorgesetzten beim Vornamen nannte, war dann jedoch sofort wieder bei der Sache.

»Mit Männern hat er nur experimentiert«, schlussfolgerte Oppenheimer. »In dieser Beziehung erscheint er mir ein wenig verwirrt. Aber letztendlich entschied sich Esper dann doch für Frauen als Opfer.«

Für Herrn Murr lag die Sache vom theologischen Standpunkt aus betrachtet klar auf der Hand.

»Da müssen wir nicht weit suchen. Frauen sind das Abbild Evas, die für den Sündenfall und die Vertreibung aus dem Paradies verantwortlich gemacht wird.«

»Diese Argumentation wird seit Jahrtausenden als Ausrede missbraucht, um Frauen zu benachteiligen«, bestätigte Fräulein Murr und seufzte.

»Auch Esper könnte das als Ausrede benutzt haben«, sagte Oppenheimer. »Für den Drang, den er ohnehin spürte. Aber er ging noch weiter. Er verwandelt diese Sünderinnen, wie er sie nannte, nach ihrem Tod vor dem Auge der Kamera zu Heiligen.«

»Er tut ihnen letztendlich einen Gefallen, zumindest aus seiner Sicht. Er reinigt sie symbolisch von ihren Sünden. Es würde mich nicht wundern, wenn er ihnen vorher noch die Beichte abgenommen hat.«

»Das würde erklären, warum er vor der Ermordung mehrere Tage mit ihnen verbringt. Genügend Zeit, um ihnen ein Schuldeingeständnis abzuringen.«

Herr Murr hatte fasziniert beobachtet, wie Oppenheimer und seine Tochter ihre Theorie schrittweise weiterentwickelten. Jetzt fand auch er eine Möglichkeit, wieder etwas beizutragen.

»Sein einziges Ziel war die Vernichtung dieser Frauen«, erklärte er. »Weil er mit dieser Schuld nicht leben kann, spielt er den Barmherzigen, vor den Frauen und auch vor sich selbst. Fürwahr eine verquere Logik.«

»Und doch konnte Esper nicht ignorieren, dass er schuldig geworden ist«, ergänzte Oppenheimer. »Als ihm die Polizei auf die Spur kam und sich die Schlinge immer enger zuzog, plante er einen Ausweg aus diesem Dilemma. Esper wollte für sich die Todesstrafe, und seine demonstrative Reue sollte ihn vor der ewigen Verdammnis in der Hölle retten. Das klingt tatsächlich schlüssig.«

Mittlerweile waren sie in der Friesenstraße eingetroffen, und Peters lenkte das Auto durch das dunkelgrüne Metalltor. Wie selbstverständlich lief Herr Murr mit ihnen zu Oppenheimers Büro, wo sie bereits der Kollege Lutz von der Spurensicherung empfing.

Er saß an dem Platz der Assistenten, sein Kopf ruhte auf der Tischplatte. Als sie eintraten, richtete er sich verschlafen auf und schob Oppenheimer zwei belichtete Bögen Fotopapier von der Größe einer Standardseite entgegen. Lutz reckte sich und sagte: »Das sind die Kontaktabzüge. Wenn Sie Vergrößerungen brauchen, kann ich die noch machen. Und falls nicht, werde ich einpacken.«

Um etwas erkennen zu können, benötigte Oppenheimer eine Lupe. Er lief zu seinem Tisch und kramte in den Schubladen herum. Fräulein Murr und Peters betrachteten im Schein der Tischlampe bereits die Abzüge. Sabine sog scharf die Luft ein.

»O verdammt, das ist sie. Das hier sind Bilder von Rita! Er hat wieder Augen auf ihre geschlossenen Lider gemalt.«

Alarmiert riss Oppenheimer die Lupe aus der Schublade und rief: »Dann ist sie bereits tot?«

Fräulein Murr schüttelte den Kopf. »Das lässt sich nicht erkennen. Aber zumindest passt es nicht zur Geschichte der seligen Angela, wenn Esper sie auf der Stelle tötet.«

Oppenheimer sprang zum Tisch. Unter der Lupe enthüllten sich ihm Großaufnahmen von Rita. Ihre Arme hatte Esper so arrangiert, dass die Hände zum Gebet gefaltet waren.

»Die selige Angela«, murmelte Oppenheimer mit zitternder Stimme. »Rita kann noch nicht tot sein. Sie darf es nicht sein.«

Neugierig geworden trat jetzt auch Herr Murr näher. Oppenheimer hielt ihm die Lupe hin, damit er das Bild ebenfalls betrachten konnte.

»Ich denke, das soll diese Frau für Esper wohl darstellen«, bestätigte er. Konfrontiert mit den konkreten Beweismitteln fühlte er sich unwohl und räusperte sich.

Oppenheimer legte die Lupe zur Seite und starrte auf den Bogen Fotopapier.

»Ich sehe hier nur Aufnahmen von Rita. Die Kamerawinkel sind unterschiedlich. Sie scheint in einer Art Kiste zu liegen, nur gibt es kaum Hinweise auf den Ort.«

»Hier ist es besser zu sehen«, sagte Peters aufgeregt und reichte Oppenheimer den zweiten Bogen mit dem Rest der Kontaktabzüge. »Ein Raum mit einer Kiste. Und dann jede Menge Boote.«

Oppenheimer riss ihm den Abzug aus der Hand, legte ihn auf den Tisch und beugte sich mit der Lupe darüber.

»Die Zimmerwände sind mit Holz verkleidet«, brummte er. »Und die Kiste dürfte von der Größe her genügend Platz für einen Menschen bieten.« Er verglich zwei Aufnahmen miteinander. Auf einer davon befand sich auf der Wand ein helles Rechteck. »Das hier wurde aufgenommen, als draußen die Sonne schien. Die Wand besteht aus Holzplanken. Aber sie sind gebogen.« Oppenheimer richtete sich auf und wandte sich seinen Mitstreitern zu. »Rita wird im Bauch eines Bootes festgehalten.«

»Jetzt ist nur die Frage, um welches Boot es sich handelt und wo es vor Anker liegt«, sagte Fräulein Murr. »Auf den anderen Bildern sieht man mehrere Kähne.«

»Aber es ist ein und dieselbe Anlegestelle«, meinte Peters und zeigte auf die Aufnahmen. »Esper hat immer dieselben Boote fotografiert. Eines davon wird es sein.«

Oppenheimer schob einen Stuhl heran und setzte sich mit Mantel und Hut an den Tisch. Lutz rückte zur Seite, um ihm Platz zu machen. Unruhig verfolgte er die Unterhaltung, denn es hatte noch niemand bestätigt, dass er Feierabend machen konnte. Oppenheimer saß vor den Abzügen und überlegte.

»Diese Boote sind es also«, murmelte er. Es waren sieben oder acht Stück, die in einer Reihe an einem Ufer lagen.

»Ich sehe keine Holzstege, nur eine Böschung. Das kann überall sein.« Er sah genauer hin. »Hier ist eine Steinbrücke, das ist wenigstens ein Anhaltspunkt. Sie ist recht breit, es müsste sich also um eine mehrspurige Straße handeln. Oberhalb der Brücke sehe ich etwas, aber es ist nicht genau zu erkennen. Das müsste ich größer haben.«

Lutz gab einen unterdrückten Stoßseufzer von sich.

»Und hier ist noch etwas. Ein Gebäude, mitten im Fluss. Es ragt ins Wasser, aber das ist kein normaler Bau, die Wand ist abgerundet.«

Herr Murr stürzte jetzt heran. Aufgeregt sagte er: »Könnte ich das mal sehen?«

Oppenheimer reichte ihm den Abzug, während Fräulein Murr und Peters sich fragende Blicke zuwarfen.

»Das kenn ich doch!« Herr Murr lachte auf. »Da bin ich früher häufig spazieren gegangen. Das ist das Tiergartenufer!« Er hielt Oppenheimer den Abzug hin und zeigte auf die Brücke. »Das hier ist die Charlottenburger Brücke. Oben sieht man einen Teil des Tors. Und bei diesem runden Gebäude handelt es sich um die

Versuchsanstalt für Wasserbau. Die Boote liegen gleich hinter der Unterschleuse des Landwehrkanals.«

Mehr brauchte Oppenheimer nicht zu wissen. Er sprang auf und raffte die Abzüge zusammen.

»Besten Dank, Lutz. Das war dann alles für heute.«

Überraschend geschmeidig erhob sich Lutz vom Stuhl und setzte seinen Hut auf. Er tippte zum Abschied noch lässig mit dem Finger an die Krempe und machte sich von dannen. Oppenheimer faltete die Abzüge zusammen und steckte sie in die Innentasche seines Mantels.

»Dann werden wir heute noch einen kleinen Ausflug machen«, kündigte er an.

40

Dienstag, 27. Juni 1950

Rita zuckte zusammen. Eiskalt hatte sie etwas an der Schulter berührt. Sie ließ davon ab, das Holz mit der Gürtelschnalle einzuritzen, und griff an die Stelle.

Der Boden war nass. Wasser war in die Kiste eingedrungen.

Rita verlor die Kontrolle über sich. Die so lange zurückgehaltene Verzweiflung überrollte sie wie eine Flut. Sie dachte nicht mehr an ihren Plan. Jetzt kämpfte sie um das blanke Überleben. Rita schrie um Hilfe, verbissen schlug sie um sich und trat mit den Füßen. Die Holzwände vibrierten unter den Stößen, gaben jedoch nicht nach.

Ihre Kniegelenke und Hände schmerzten schließlich so sehr, dass sie aufhörte. Die Luft war verbraucht, Rita fiel es schwer zu atmen. Sie drückte mit aller Kraft gegen den Deckel. Obwohl er sich nur wenige Millimeter anheben ließ, strömte zum Glück etwas frische Luft herein und half ihr, wieder klare Gedanken zu fassen.

Wenn sie die Stelle fand, an der das Wasser eindrang, konnte sie es vielleicht stopfen und kostbare Zeit gewinnen. Es war pechschwarz um sie herum. Nicht einmal durch den schmalen Schlitz unter dem Deckel drang Licht herein. Rita konnte sich nur auf ihren Tastsinn verlassen. Sie legte den Gürtel weg und versuchte so gut wie möglich, die Seitenwände abzutasten. Die undichte Stelle musste sich in der Nähe des Bodens befinden, denn die Wände der Kiste waren völlig trocken. Als sie die untere Kante überprüfte, war das Wasser bereits etwa fingerdick angestiegen.

Schließlich fand Rita das Leck. Sie riss einen Streifen Stoff vom

Saum ihres Unterrocks ab. In völliger Dunkelheit tastete sie nach dem Riss und drückte mit den Fingernägeln den Stoff in die Öffnung. Sofort merkte sie, wie das Gewebe feucht wurde. Das Wasser fand seinen Weg. Nichts und niemand konnte es aufhalten.

Sie musste hier raus. So schnell wie möglich. Wie besessen begann Rita wieder, an dem Holz zu kratzen. Vorher hatte sie versucht herauszubekommen, wo sich im Holz die Schrauben befanden, mit denen der Schließmechanismus befestigt war. Jetzt konnte sie nur hoffen, dass sie sich nicht geirrt hatte. Wenn sie eine Schraube lockern konnte, eine einzige nur, dann war es ihr vielleicht möglich, sich zu befreien.

Mit diesem Ziel vor Augen rammte sie den Dorn der Gürtelschließe in das Holz. Wieder und immer wieder.

Oppenheimer saß auf dem Beifahrersitz. Da Peters seine Eignung als Rennfahrer bereits eindrucksvoll unter Beweis gestellt hatte, überließ er ihm das Steuer, während er selbst unruhig durch die Windschutzscheibe starrte und die Finger knetete.

Fräulein Murr und ihr Vater saßen auf der Rückbank. Es gab keine Möglichkeit, Herrn Murr nach Hause zu bringen, und die S-Bahnen fuhren auch nicht mehr, also hatte er sich kurzerhand bereit erklärt mitzukommen. Oppenheimer hatte den Eindruck, dass es für ihn eine Ehrensache war, sich an der Suche nach Rita zu beteiligen.

Um diese Zeit waren die Straßen durch den Tiergarten so gut wie verwaist, und Peters konnte ungehindert auf das Gaspedal treten. Es war fast Vollmond, und so war die breite Schneise durch das Waldareal auch jenseits des Scheinwerferkegels gut zu erkennen. An dieser Stelle hatte der Park den Kahlschlag während der kalten Nachkriegswinter einigermaßen heil überstanden, und auch die Aufforstung zeigte erste Resultate. Als sie die Unterführung der Ringbahn passierten, wurde das Motorengeräusch plötzlich vom Mauerwerk zurückgeworfen. Sie waren nur noch wenige Dutzend Meter von ihrem Ziel entfernt. Auf der rechten Seite tauchte das Haus des Deutschen Gemeindetags auf, ein Prachtbau, den Albert Speer für seine Umgestaltung der Stadt in Auftrag gegeben hatte. Oppenheimer zeigte auf die linke Fahrspur.

»Fahr rüber, wir müssen dort vorn wenden.«

Gleich hinter dem lang gezogenen Gebäude befand sich die Charlottenburger Brücke. Die Kolonnaden des Charlottenburger Tors, die am östlichen Ufer des Landwehrkanals die Straße zu beiden Seiten einfassten, waren schon von Weitem zu sehen. Unmittelbar davor gab Oppenheimer Peters den Befehl zum Wenden.

Während dieser abbremste und den Mittelstreifen überquerte, tastete Oppenheimer bereits nach dem Türöffner.

»Wir sind da!«

Peters hielt am Straßenrand, und Oppenheimer sprang aus dem Auto. Hier musste Rita irgendwo versteckt sein. Er wollte bereits zum Ufer laufen, erinnerte sich aber im letzten Augenblick daran, die Rückenlehne vorzuklappen, damit Fräulein Murr und ihr Vater aussteigen konnten.

»Dort vorn ist ein Fußweg zum Ufer«, rief Herr Murr ihm zu, während er sich aus der Tür des Volkswagens zwängte. Für ihre nächtliche Suche hatte Oppenheimer im Polizeipräsidium Stablampen organisiert und verteilte sie jetzt an die anderen.

Im Lichtkegel seiner Lampe fand Oppenheimer den Pfad zum Ufer. Um den Kanal sehen zu können, musste er sich jedoch seitlich ins Gebüsch schlagen. Eine steile Böschung führte zum Wasser hinab. Oppenheimer ging einige Schritte nach unten, bis er die vor Anker liegenden Boote erkennen konnte.

Hinter ihm kam jemand. Die Stimme von Herrn Murr ertönte.

»Sind wir richtig?«

»Das sind die Boote auf den Fotos«, bestätigte Oppenheimer.

Der Kanal machte an dieser Stelle einen Bogen, sodass man bis zur nächsten Brücke einen ungehinderten Blick hatte. Oppenheimer zog den Kontaktabzug zurate. Im Schein seiner Lampe faltete er den Karton auseinander und verglich die Position der Schiffe.

»Das müssen die ersten hier vorn sein.«

»Das Boot da hinten hat aber eine ordentliche Schlagseite«, sagte Fräulein Murr, die bei ihnen angelangt war.

Oppenheimer folgte ihrem Fingerzeig und richtete seine Lampe dorthin.

»Ich kann nicht viel erkennen«, gestand er. »Aber gut, dann fangen wir eben dort an. Wir durchsuchen ein Boot nach dem anderen. Irgendwo unter Deck muss Rita sein.«

Das Wasser reichte Rita jetzt bis ans Kinn. Ihre Bemühungen, die undichte Stelle zu stopfen, waren vergeblich gewesen. Ganz im Gegenteil, mittlerweile schien das Wasser sogar noch schneller in die Kiste einzudringen. Mehrmals glaubte Rita, dass der Anstieg zum Stillstand gekommen wäre, nur um dann festzustellen, dass sie wieder einen weiteren Zentimeter Bewegungsfreiheit verloren hatte.

Schließlich musste sie den Kopf zur Seite drehen, um sich über Wasser zu halten. In wenigen Minuten würde die Kiste komplett gefüllt sein.

Rita kratzte schneller, rammte den Dorn der Gürtelschließe ins Holz und zog ihn wieder heraus. Unzählige Male hatte sie die Bewegungen wiederholt. Plötzlich hörte sie ein Knacken. Die Schließe in ihrer Hand rutschte ab. Rita erstarrte. Nach einer Schrecksekunde machte sie weiter. Doch sie merkte, dass der Dorn nicht mehr in das Holz eindrang. Sie befühlte mit dem Daumen die Schließe, und ihre Befürchtung wurde bestätigt. Der Dorn war abgebrochen. Als Werkzeug war ihr Gürtel jetzt unbrauchbar. Sie ließ ihn los und hörte, wie er ins Wasser fiel.

Rita holte tief Luft und drückte mit aller Macht gegen den Deckel. Er bewegte sich einige Millimeter, doch das Schloss hielt. Verzweifelt ruckelte sie mehrere Male, aber es gelang ihr einfach nicht, es aus der Verankerung zu reißen.

In diesem Moment erinnerte sich Rita daran, dass sie noch die Schnallen ihrer Schuhe besaß. Sie zog ihr linkes Bein an und griff nach unten, um den Schuh vom Fuß zu ziehen. Doch jetzt machte ihr die Kälte des Wassers zu schaffen. Die Kräfte verließen Rita.

Sie hatte alles versucht. Ein Rest an Energie blieb ihr noch. Sie legte all ihre Kraft in einen letzten Hilfeschrei.

Zurück auf dem Uferweg war jetzt auch Peters zu ihnen gestoßen. Er befand sich an Oppenheimers Seite, als sie zum gekenterten Boot liefen. Von der Uferpromenade aus waren die Schiffe nicht zu erkennen. Also versuchte Oppenheimer abzuschätzen, ob sie bereits weit genug gelaufen waren.

Plötzlich merkte er, dass Peters neben ihm abrupt stehen blieb und den Kopf hob.

Auch Oppenheimer stoppte ab und wandte sich ihm fragend zu.

Peters klang angespannt.

»Da ruft jemand um Hilfe!« Er wies in die Richtung des Kanals. »Es ist gleich hier vorn!«

Er hatte den Satz kaum beendet, als er auch schon losrannte. Oppenheimer und Fräulein Murr hasteten ihm hinterher, während ihr Vater es vorzog, auf dem Gehweg zu bleiben.

Todesmutig sprang Peters ins Gestrüpp. Oppenheimer peitschten Äste ins Gesicht, er hob zum Schutz seinen Arm. Gleich hinter sich hörte er die Schritte von Fräulein Murr. Die Wand aus Sträuchern war zum Glück nicht dick. Schon nach wenigen Schritten gelangten sie zur Uferböschung.

Vor ihnen lag das gekenterte Boot. Es hatte bereits eine gefährliche Neigung. Zum Glück ragte die Backbordseite am Ufer nach oben. Mit einem großen Satz hechtete Peters aufs Deck. Oppenheimer folgte ihm und wollte gerade Fräulein Murr die Hand reichen, doch diese war bereits gesprungen.

Oppenheimer brüllte aus voller Kehle. »Rita?«

Sie alle froren mitten in der Bewegung ein und lauschten in die Nacht.

Dann ertönte als Antwort ein gedämpfter Schrei.

»Sie ist hier«, rief Fräulein Murr.

Oppenheimer blickte sich um. Er und seine Mitstreiter ließen die Kegel ihrer Lampen über die Holzplanken und den erhöhten Steuerstand gleiten.

»Da ist es!« Peters hatte auf dem Boden eine Luke entdeckt. Er stürzte darauf zu, doch sie war mit einem Vorhängeschloss gesichert. Oppenheimer fiel ein roter Werkzeugkoffer ins Auge. Er klappte den Deckel auf, riss einen Hammer heraus und sprang zur Luke.

Mit zwei beherzten Schlägen war das Vorhängeschloss entfernt. Sowie Peters die Klappe hochgehoben hatte, sprang Oppenheimer durch das schwarze Rechteck.

Das kalte Wasser traf ihn wie ein Schock. Fast bis zur Taille im Wasser stehend, richtete er den Lichtkegel auf die geschwungene Bootswand, vor der auf Espers Bildern die Kiste gestanden hatte.

Und tatsächlich ragte an exakt derselben Stelle ein Holzdeckel knapp aus dem Wasser. Oppenheimer kämpfte sich zur Kiste vor. Auch sie war mit einem Vorhängeschloss gesichert. Von innen vernahm er jetzt ein aufgeregtes Pochen.

Er setzte zum Schlag mit dem Hammer an. Der Bügel des Schlosses sprang auf. Hektisch zog er ihn von der Metallschließe.

Plötzlich klappte die Truhe vor ihm auf. Rita schoss aus dem Wasser und japste nach Luft. Oppenheimer fing sie auf und hielt sie fest, während sie das Wasser aus der Lunge hustete.

Von oben hielt Peters den Strahl seiner Lampe auf sie gerichtet. Als Rita wieder Luft bekam, blickte sie auf und erkannte, dass sie in Oppenheimers Armen lag.

»Verdammt, Richard«, hustete sie. »Wo warst du die ganze Zeit?«

»Ich musste noch einen bösen Buben fangen«, antwortete er.

Rita sah ihn an. Sie war völlig durchnässt, und als sie blinzelte, waren für Sekundenbruchteile die aufgemalten Augen zu erkennen. Oppenheimers Erleichterung ließ sich nicht in Worte fassen.

»Habt ihr das Aas wenigstens erwischt?«

»Man hat ihn kaltgemacht. Nicht ich, noch andere hatten ein Hühnchen mit ihm zu rupfen.«

Rita atmete auf. »Ein Bescheuerter weniger.«

Peters zog sie durch die Luke aufs Deck und danach Oppenheimer. Beide zitterten am ganzen Leib. Fräulein Murr warf Rita ihre Jacke über die Schultern. Gemeinsam kletterten die beiden Frauen die Böschung hoch. Peters und ein sehr erschöpfter Oppenheimer folgten ihnen. Auf dem Uferweg trafen sie auf Herrn Murr.

»Ja, also«, sagte er atemlos. »Sie haben es wirklich geschafft!«

Fräulein Murr und Peters führten Rita zu ihrem Fahrzeug, während sich Oppenheimer an Murrs Seite stellte.

»Das haben wir Ihrer Tochter zu verdanken. Sie hat das Boot rechtzeitig entdeckt. Nur ein paar Minuten, und es wäre zu spät gewesen. Sie können stolz auf Sabine sein.«

An Murrs Gesichtsausdruck konnte Oppenheimer erkennen, dass er begriff, dass der Kripodienst viel mehr als nur ein Räuber-und-Gendarm-Spiel war. Schließlich sagte Murr: »Natürlich bin ich stolz auf meine Tochter. Und auf ihre Arbeit.«

41

Montag, 3. Juli 1950

Berlin hat wieder seinen alten Tauentzien,
am Wittenberg, da fängt es wieder an zu blühn,
zum Bummel von der Gedächtniskirche immer gradeaus,
und aus den Ruinen ragt unser *KaDeWe* heraus.«

Vor den Textzeilen des flotten Werbeschlagers hatte es in den vergangenen Tagen kein Entrinnen gegeben. Denn an diesem Tag sollte das legendäre Warenhaus, das die Berliner mit ihrer berüchtigten Kodderschnauze auch gern als *KaDeWuppdich* bezeichneten, nun endlich wieder eröffnet werden. Für diesen einschneidenden Anlass hätte man eigentlich keine Werbetrommel rühren müssen. Unter den gestrengen Blicken der Polizeiwachen hatte sich an diesem Morgen vor den geschlossenen Pforten des *KaDeWe* bereits eine Menschenmenge eingefunden und harrte darauf, dass sie endlich geöffnet wurden.

Momentan standen die Zeichen schlecht dafür, dass sich die Dinge in nächster Zeit wieder normalisieren würden. Es war absehbar, dass der Krieg in Korea nicht so schnell beendet werden konnte. Die kurzzeitige Panik nach dem Einsetzen der Kampfhandlungen hatte sich allerdings wieder ein wenig gelegt. Auch die jüngste Blockade der Wasserversorgung von Neukölln durch die Werke im Ostteil der Stadt wurde nur noch mit einem Schulterzucken zur Kenntnis genommen. Umgangssprachlich und in der Westpresse wurden derartige Einschüchterungen des westlichen Systemkonkurrenten jetzt mit der neuen Wortschöpfung *Ostschikane* bezeichnet.

Mit einem gewissen Trotz konzentrierte sich die Berliner Bevölkerung stattdessen viel lieber auf die positiven Entwicklungen in der Stadt. Dazu gehörte auch, dass inmitten der Trümmer nun wieder der luxuriöse Konsumtempel erstrahlte. Die Berliner Traditionsmarke war endlich zurückgekehrt. Dass man von den sechs Etagen zunächst nur das Parterre und das erste Stockwerk fertiggestellt hatte, war nebensächlich. Das Notdach des Warenhauses an der Ostseite wurde von frei stehenden Stahlträgern gestützt, weil die Außenmauer an dieser Stelle fehlte. Und auch die Tatsache, dass die Fensterhöhlen über der neu installierten Leuchtschrift leer und die frisch gegossenen Treppen noch ungeschützt Wind und Wetter ausgesetzt waren, verblasste gegenüber der Besonderheit, dass jetzt dort oben wieder die großformatigen Flaggen des *KaDeWe* wehten und zur Feier des Tages sogar ein Werbeballon angebracht war. Während in dem doppelstöckigen Schaufenster an der Ecke zur Passauer Straße der Berliner Bär die Kunden mit einem Zylinderhut und Blumen begrüßte, blickten vom Baugerüst belustigte Handwerker auf den Trubel unter ihren Füßen.

Auch Oppenheimer stand an diesem Tag kurz vor elf Uhr vormittags vor dem *KaDeWe*. Verantwortlich dafür war Rita, denn sie wollte bei der Neueröffnung nicht fehlen, und so hatte er sich kurzerhand entschlossen, sie zu begleiten. In den ersten Tagen nach ihrer Befreiung waren Oppenheimer und Hilde abwechselnd in Ritas Wohnung gewesen, um ihr Gesellschaft zu leisten. Was am Tag ihrer Befreiung genau auf dem Boot geschehen war, ließ sich nicht mehr rekonstruieren. Esper hatte es bei dem Eigentümer für ein paar Wochen gemietet, in tadellosem Zustand, wie dieser betonte. Eine genauere Analyse der Schadstelle am Bootsrumpf ergab, dass er von außen eingedrückt worden war. Ob Esper für diese Beschädigung verantwortlich oder alles nur ein Zufall gewesen war, blieb reine Spekulation.

Obwohl Rita den Schrecken anscheinend gut verarbeitet hatte, war Oppenheimer vorsichtig und befürchtete, dass der erwartete Menschenandrang vor dem *KaDeWe* für sie zu aufregend sein könnte. Doch während sie mit geröteten Wangen auf die gläsernen Doppeltüren starrte, wurde es ausgerechnet Oppenheimer in dem Andrang allmählich mulmig zumute.

Zum Glück hatte er sich dank seiner Beziehungen einen guten Platz in der Nähe des Eingangs sichern können. Und nun harrte auch er darauf, sein Geld loszuwerden.

Oppenheimer hatte Werbeanzeigen des *KaDeWe* gesehen, darunter auch das verlockende Angebot eines vergoldeten Armbands für nur spottbillige eine Mark und neunzig Pfennig, und er hoffte, es als kleines Geschenk für Lisa zu ergattern. Eingekeilt in dieser Horde von Kauflustigen, kamen ihm allerdings Zweifel, ob er sein Vorhaben realisieren konnte. Zum wiederholten Mal rempelte jemand von hinten gegen ihn. Als sich Oppenheimer umblickte, erkannte er, dass die Menschenmenge noch weiter angewachsen war und schon fast die gesamte Straße blockierte. Hier waren nicht Hunderte versammelt, wie er gedacht hatte, nein, man musste schon mit mehreren Tausend rechnen.

Als Punkt elf Uhr die Vorhänge der Schaufenster aufgezogen wurden und im Kaufhaus die Pförtner mit dem Schlüsselbund erschienen, ging ein hörbares Raunen durch die Menge. Die Türen schwangen auf, und die Polizisten rollten die rasselnde Absperrkette ein.

Danach gab es kein Halten mehr.

Die Menge hinter Oppenheimer setzte sich in Bewegung. Widerstand war zwecklos. Ihm blieb nichts anderes übrig, als mitzulaufen. Wie eine Flutwelle brandeten die Leute ins Kaufhaus. Auch Oppenheimer wurde durch den Eingang gedrängt. Die ganze Zeit versuchte er, Rita, die übers ganze Gesicht strahlte, nicht aus den Augen zu lassen.

Erst als Oppenheimer mitbekam, dass die Eingangstüren hinter ihm wieder geschlossen wurden, hörte das Geschubse auf. Er drehte sich um und sah enttäuschte Kunden vor dem Glas stehen. Offenbar hatten sich die Pförtner abgesprochen, die Menschen nur schubweise einzulassen. Die Menge, in der Oppenheimer stand, löste sich auf, die Leute verteilten sich im Erdgeschoss. Einige Verkäufer standen auf der Treppe, um das rege Treiben von sicherer Stelle aus mit anzusehen. Als die ersten Kunden schließlich ihren Weg ins obere Stockwerk fanden, verschwanden sie einer nach dem anderen in ihre Abteilungen. Neben Oppenheimer blickten sich zwei Damen mit altmodischen Hütchen suchend um.

»Und wo jibt et jetz die Würstchen?«, fragte die eine.

»Ach wat«, unterbrach die andere. »Fett brauch ick erst mal!«

Dann hasteten sie die Verkaufsstände entlang.

Oppenheimer fiel ein Stein vom Herzen, dass sie es nicht auf das Armband abgesehen hatten, das er für Lisa auserkoren hatte. Bei diesem günstigen Preis war der Vorrat sicher begrenzt. Konfrontiert mit den zahlreichen Verkaufsständen, fühlte Oppenheimer sich ebenso desorientiert wie die beiden Damen.

»Wo ist denn der Schmuck?«, raunte er Rita ins Ohr.

Sie warf einen schnellen Blick durch das Parterre und zeigte in eine Richtung. »Das ist da drüben irgendwo, glaube ich. Ich wollte sowieso dorthin. Komm mit.«

Resolut bahnte sie sich den Weg durch die Menge.

Zweieinhalb Stunden später kehrte Oppenheimer zufrieden heim. Er hatte eine der letzten kostbaren Ketten für Lisa erstanden. Erschöpft schlenderte er von der S-Bahn zu Hildes Villa. Er schüttelte den Kopf, als er sich die Eindrücke der *KaDeWe*-Eröffnung vergegenwärtigte. So etwas hatte er selten erlebt. Obwohl das gesamte Kaufhaus aus den Nähten zu platzen drohte, war am Stand für

Bekleidungsstoffe die reinste Hölle los gewesen. Man hätte fast meinen können, dass es etwas umsonst gab. Dicht gedrängt hatten Frauen die Stoffballen umlagert, sodass die Verkäuferinnen notgedrungen auf die Tische gestiegen waren. Aber die eigentliche Sensation war für Oppenheimer, dass es in Berlin überhaupt ein solch reichhaltiges Angebot gab. Die schmucklosen *HO-Warenhäuser* im Osten der Stadt, die auf Devisen der Westberliner schielten, konnte man mit dem Konsumtempel nicht einmal ansatzweise vergleichen.

Zum wiederholten Male tastete Oppenheimer über seine Brusttasche, um sich zu vergewissern, dass ihm Lisas Armkette nicht abhandengekommen war. Als er danach seine Aufmerksamkeit wieder der Straße zuwandte, fiel ihm eine spindeldürre Gestalt auf. Der Mann stand in der Einfahrt von Hildes Anwesen und unterhielt sich mit Theo.

Oppenheimers Herz schlug schneller, als er den Mann erkannte. Es war Herr Kallinich, Theos Vater. War er etwa gekommen, um ihn abzuholen?

Von den schlimmsten Befürchtungen angetrieben, beschleunigte er seine Schritte. Kallinichs Gesicht wirkte ernst. Theo hörte ihm zu, ohne eine Gefühlsregung zu zeigen. Sein Vater klopfte ihm auf die Schulter. Es sah nach einem Abschied aus.

»Herr Kallinich«, sagte Oppenheimer, sowie er sich in Rufweite befand. »Wie geht es Ihnen?«

Kallinich blickte auf.

»Es haben sich neue Dinge ergeben, über die ich Theo aufklären wollte.«

Er schaute Oppenheimer mit einem klaren Blick an. Offenkundig ging es Kallinich wieder etwas besser. Er hatte sich sogar neu eingekleidet und sah nicht mehr wie ein Obdachloser aus. Das Geld für seine Wiedereingliederung hatte er offensichtlich in der Zwischenzeit erhalten.

Aufmerksam trat Oppenheimer an ihn heran. Theo machte ihm Platz und stellte sich dann an Oppenheimers Seite.

»Was gibt es denn?«, fragte Oppenheimer und blickte von Theo zu dessen Vater.

Kallinich holte tief Luft. »Eventuell habe ich einen Hinweis auf den Verbleib meiner Frau.«

Angesichts der Tatsache, dass keiner von Theos Verwandten sich die Mühe gemacht hatte, sich beim *Suchdienst* nach dem Jungen zu erkundigen, war das für Oppenheimer eine faustdicke Überraschung.

»Und wo ist sie? Etwa hier in Berlin?«

Auf Oppenheimers Frage hin schüttelte Kallinich den Kopf.

»Es ist komplizierter. Meine Frau ist in der Westzone. Zumindest wurde mir das berichtet. Sie und meine Tochter sind wohlauf. Sie wollten weiter ins Ruhrgebiet.«

»Das klingt nicht sehr konkret.«

»Wenigstens habe ich jetzt eine Spur. Ich werde sie suchen. Und ich werde sie finden. Früher oder später. Auch wenn ich nicht weiß, wohin es mich verschlägt.«

Kallinich machte eine Pause, bei der Oppenheimer den eigenen Herzschlag in den Ohren hören konnte. Reflexhaft legte er die Hand auf Theos Rücken. Kallinich druckste etwas herum, er tat sich mit der Entscheidung schwer.

»Deswegen halte ich es für besser, wenn mein Jungchen vorerst bei Ihnen bleibt.«

Oppenheimer nickte zustimmend und versuchte, seine Erleichterung nicht allzu offen zu zeigen.

»Wann werden Sie aufbrechen?«

»Sobald ich einen Fahrschein für den Interzonenzug bekommen habe.«

»Dann heißt es vorerst Lebewohl«, stellte Oppenheimer fest.

»Auf Wiedersehen«, korrigierte Kallinich ihn.

Er reichte Oppenheimer zum Abschied die Hand. Dann beugte er sich zu Theo hinab und umarmte ihn. Der Junge zögerte ein wenig, die Umarmung zu erwidern.

Mit geröteten Augen richtete sich Kallinich wieder auf, doch er gab sich gefasst, tippte noch einmal an seine Hutkrempe und lief dann den Weg zurück, den zuvor Oppenheimer gekommen war.

Er und Theo blickten Kallinich hinterher. Oppenheimer war bewusst, dass die mögliche Trennung von Theo damit nur aufgeschoben war. Aber er wollte versuchen, für diese Verzögerung dankbar zu sein.

Die Stimme des Jungen unterbrach seine Gedanken.

»Du warst im Kaufhaus?«, fragte er.

Oppenheimer wandte sich um und schlenderte mit ihm zur Villa.

»Ich zeig dir drinnen, was ich für dich habe«, sagte er.

Nachwort des Autors

Der Tanzpalast *Luxor* existierte damals nicht in Berlin. Obwohl von realen Schilderungen inspiriert, sind die damit verbundenen Details letztlich ein reines Produkt meiner Fantasie. Auch bei der Darstellung des *PX-Stores* an der Clayallee habe ich mir aufgrund der schlechten Quellenlage einige Freiheiten erlaubt.

Der militärische Konflikt in Korea gilt als der erste große Stellvertreterkrieg zwischen Ost und West im Kalten Krieg. Das kommunistische Nordkorea und die verbündete Volksrepublik China standen dabei UN-Truppen unter der Führung der Vereinigten Staaten gegenüber. Konkrete Opferzahlen liegen nicht vor, Schätzungen zufolge sollen zwischen vier und fünf Millionen Zivilisten und Soldaten ihr Leben verloren haben. Am 27. Juli 1953 wurde zwischen Nord- und Südkorea ein Waffenstillstandsabkommen geschlossen und entlang der Grenze eine entmilitarisierte Zone geschaffen. Bis heute existiert kein offizieller Friedensvertrag.

In dieser aufgeheizten Atmosphäre erhielt der von Senator Joseph McCarthy propagierte Antikommunismus in den Vereinigten Staaten einen enormen Zuspruch und sollte im Westen die Frühphase des Kalten Kriegs entscheidend prägen. Rückblickend erscheint McCarthy wie der Prototyp eines gefährlichen Demagogen. Obwohl seine Vorwürfe zumeist auf unbewiesenen Verschwörungstheorien basierten, stand dies seiner rasanten politischen Karriere keinesfalls im Weg. Das House Committee on Un-American Activities (HCUA, auch: HUAC), ursprünglich im Jahr 1938 gegründet, um die US-amerikanische Gesellschaft vor einer Unterwanderung durch Anhänger des deutschen Nationalsozialismus zu schützen, hatte schon seit einigen Jahren die Bekämpfung der kommunistischen Subversion als seine neue

Kernaufgabe definiert. Zunehmend wurden die öffentlichen Anhörungen auch als Mittel missbraucht, um linksliberale Intellektuelle anzuschwärzen. Ab 1953 leitete McCarthy dann in direkter Konkurrenz zum HUAC einen Senatsausschuss, um in Eigenregie Spione und Systemgegner zu enttarnen. Als er schließlich zu weit ging und eine angebliche kommunistische Unterwanderung der U.S. Army nachweisen wollte, läutete er selbst das Ende seiner Laufbahn ein. Angesichts der zunehmend absurden Vorwürfe verlor McCarthy in der Bevölkerung rasch an Zustimmung. Nach einer offiziellen Rüge wegen unverhältnismäßigen Vorgehens verlor er schließlich auch den Posten als Vorsitzender des Senatsausschusses. Das Ende der Kommunistenhatz, die bis in die Sechzigerjahre andauerte, sollte McCarthy selbst nicht mehr miterleben. Er starb im Jahr 1957 im Alter von nur achtundvierzig Jahren, vermutlich wegen gesundheitlicher Probleme aufgrund von Alkoholismus.

Nicht zuletzt der Koreakrieg führte in den Vereinigten Staaten zu der Einsicht, die westlichen Verbündeten wirtschaftlich und militärisch zu stärken. Dies erfolgte getreu dem Motto, dass sich bewaffnete Staaten mit gesunden Volkswirtschaften leichter gegen äußere Feinde verteidigen können. Westdeutschland wurde dadurch mittelfristig der Weg in die gerade entstehende Europäische Union und das Verteidigungsbündnis NATO geebnet. Der aufblühende zwischenstaatliche Handel unter den westlichen Partnern und Investitionen aus Übersee führten in den folgenden Jahren in Westeuropa und einigen Ländern Asiens zu einem beispiellosen Wirtschaftsboom. Schon bald wurde in Westdeutschland ein neues Schlagwort dafür geprägt: Es begann die Zeit des *Wirtschaftswunders*.

Harald Gilbers,
Februar 2024

Literaturhinweise

Franz, Angelika, *Übers Schafott in den Himmel* (8. Mai 2012), URL: https://www.spiegel.de/wissenschaft/mensch/selbstmord-morde-protestanten-toeteten-um-in-den-himmel-zu-kommen-a-829979.html (Stand: 24. Februar 2024).

Helwig, Arno, *The Americans in Divided Berlin. Searching for Remnants in the Southwest of the City*. Berlin, 2017.

Hervieux, Linda, *Forgotten. The Untold Story of D-Day's Black Heroes, at Home and at War*. New York, 2016.

Höhn, Maria / Klimke, Martin, *Ein Hauch von Freiheit? Afroamerikanische Soldaten, die US-Bürgerrechtsbewegung und Deutschland*. Bielefeld, 2016.

Juchler, Ingo, *Americans in Berlin. The Historical Guidebook*. Berlin, 2017.

Sellner, Albert Christian, *Immerwährender Heiligenkalender*. Erweiterte Ausgabe, Frankfurt am Main, 1998.

Smith, William Gardner, *Last of the Conquerors*. New York, 1949.

Stivers, William / Carter, Donald A., *The City Becomes a Symbol. The U.S. Army in the Occupation of Berlin, 1945–1949*. Washington, D.C., 2017.

Ein neuer Verbrecherkönig greift nach der Macht!

Harald Gilbers

Trümmertote

Berlin 1949: Die Verbrechensrate steigt rasant, und so ist Kommissar Oppenheimer nicht sonderlich überrascht, als auf einer Schuttdeponie erst eine, dann noch zwei weitere Leichen entdeckt werden. Alle drei Männer wurden brutal ermordet. Von einem Kontakt in der Unterwelt erfährt er, dass ein Jugendlicher namens Jo seinen Aufstieg zum Verbrecherkönig nach dem Vorbild Al Capones vorantreibt. Wer sich ihm und seiner Bande in den Weg stellt, hat sein Leben verspielt …

»Trümmertote« ist der 7. Teil der **preisgekrönten historischen Krimi-Reihe** aus dem **Berlin der 40er Jahre.**

KNAUR